A History of
British and American
Literary Criticism

英美文学批评史

王守仁　朱　刚　姚成贺　等著

南京大学出版社

图书在版编目(CIP)数据

英美文学批评史 / 王守仁等著. -- 南京：南京大学出版社,2021.1
ISBN 978-7-305-23934-2

Ⅰ. ①英… Ⅱ. ①王… Ⅲ. ①英国文学－文学批评史 ②文学批评史－美国 Ⅳ. ①I561.06②I712.06

中国版本图书馆 CIP 数据核字(2020)第 218379 号

出版发行	南京大学出版社
社　　址	南京市汉口路 22 号　　邮　编　210093
出 版 人	金鑫荣
书　　名	英美文学批评史
著　　者	王守仁　朱　刚　姚成贺　等
责任编辑	董　颖　　　　　编辑热线　025-83596997
照　　排	南京南琳图文制作有限公司
印　　刷	南京京新印刷有限公司
开　　本	718×1000　1/16　印张 30　字数 522 千
版　　次	2021 年 1 月第 1 版　2021 年 1 月第 1 次印刷
ISBN	978-7-305-23934-2
定　　价	118.00 元

网址：http://www.njupco.com
官方微博：http://weibo.com/njupco
官方微信号：njupress
销售咨询热线：(025) 83594756

* 版权所有,侵权必究

* 凡购买南大版图书,如有印装质量问题,请与所购图书销售部门联系调换

前　言

　　韦勒克（Rene Wellek）与沃伦（Austin Warren）在《文学理论》（*Theory of Literature*）一书有专门一章讨论文学理论、文学批评和文学史，指出文学理论是"研究文学的原则、范畴、标准等"，文学批评则是"研究具体作品"。他们注意到：在具体使用过程中，"文学批评"（literary criticism）常常会包括所有"文学的理论"（literary theory），但亚里士多德是理论家，圣伯夫（Charles Augustin Sainte-Beuve）则是批评家，而"文学理论"（theory of literature）也可以包括文学批评的理论和文学史的理论。[①]《文学理论》于1949年问世，距今已有70余年历史。在此期间，文学批评与文学理论都有长足发展，但是韦勒克与沃伦揭橥的批评与理论之间的区别对于我们辨析两者的异同依然有参考价值。艾布拉姆斯（M. H. Abrams）的《文学术语汇编》（*A Glossary of Literary Terms*）出版于1957年，随后多次修订再版。他对"文学批评"这一术语基本定义为"涉及对文学作品进行界定、分类、分析、阐释、评价的研究"，并进一步将其分为理论性批评（theoretical criticism）和实用性批评（practical criticism）。[②] 20世纪70年代以来，形形色色的文学文化理论如雨后春笋般涌现。克拉格斯（Mary Klages）在《文学理论核心术语》（*Key Terms in Literary Theory*）中基于理论是"解释某一事物的假设或观念体系"的认识，指出理论是一种"元思维"，在进行概念化、体系化建构过程中，当代文论采用其他学科的思维方式，体现出"基本的跨学科性"。[③] 各种理论或文论一度受到热捧，在批评领域占据主导地位，许多人甚至认为文学研究如果没有理论，就算

[①] René Wellek and Austin Warren, *The Theory of Literature* (Harmondsworth: Penguin Books, 1986), p.39.
[②] M. H. Abrams, *A Glossary of Literary Terms*, 北京：外语教学与研究出版社，2004年，第49—53页。
[③] Mary Klages, *Key Terms in Literary Theory*, 北京：外语教学与研究出版社，2016年，第106—107页。

不上是真正的研究。进入 21 世纪,"理论热"开始消退,在"理论之后"时代,文学批评"回归文本"的呼声逐渐响亮起来。

《牛津英语词典》为 criticism 提供的词源为 from critic or Latin *criticus* + -ISM,而 critic 的词源为 from Latin *criticus*, from Greek *kritikos*, from *kritēs* "a judge", from *krinein* "judge, decide"。批评家是指对文学、艺术或音乐作品的优缺点进行"评判"(judge)的人。中文的"文学批评"也即文学评判之意。刘勰的《文心雕龙》对各种文体源流及作家作品进行评价论述,列举时人论文之作,都加以批评;金圣叹评点《水浒传》和《西厢记》,显示其卓越见识和独到眼光;王国维的《人间词话》采用传统的词话形式,即以随笔体裁品评词句、论述词调源流及作家得失,融进新的观念和方法,提出著名的"境界说"。批评的主要任务是分析、阐释、评价具体作品,涉及认知判断、辨析鉴赏、是非观念、审美意识、艺术情趣等。在这一过程中,运用一些理论来指导无可非议,而批评这一概念的内涵也因此不断丰富,但如若完全脱离文学作品,纯粹进行抽象的理论演绎,便是偏离了批评的初心。

西方文学批评无论是狭义的作家作品批评还是系统的理论建构都十分丰富。关于文学批评的历史,韦勒克著八卷本《近代文学批评史》(*A History of Modern Criticism*, 1955–1992)和剑桥大学出版社出版的《剑桥文学批评史》(*The Cambridge History of Literary Criticism*, 1989–2008)均以欧洲文学批评传统为框架来溯源流、论发展、辨异同,体系庞大。相对而言,单独成书的英国文学批评史或美国文学批评史专著屈指可数,如 20 世纪五六十年代的格利克斯伯格(Charles I. Glicksberg)著《美国文学批评 1900—1950》(*American Literary Criticism 1900–1950*, 1951)和苏顿(Walter Sutton)著《现代美国文学批评》(*Modern American Criticism*, 1963),80 年代的里奇(Vincent B. Leitch)著《美国文学批评:从 1930 年代到 1980 年代》(*American Literary Criticism from the Thirties to the Eighties*, 1988)。中国学者撰写的西方文学批评史多为西方文学理论或文艺理论史,如缪朗山著《西方文艺理论史纲》(1985)、马新国著《西方文论史》(1994)、曾繁仁等著《西方文学理论》(2015)等。英美文学批评史研究领域近年来取得长足进展,殷企平等著《英国小说批评史》(2001)、王卫新等著《英国文学批评史》(2012)、乔国强等著《美国文学批评史》(2019)先后问世。

本书借鉴国内外文学批评史研究成果和写作实践,梳理英美文学批评的发展历史,分为英国卷和美国卷。郭绍虞先生指出:文学批评常与文学发生"相互连带"的关系,即"文学批评的转变,恒随文学上的演变为转移",而文学上的演化,又会"因文学批评之影响而改变"。[①] 英国文学批评伴随着英国文学的历史进程而发生、发展,批评与文学关系密切,许多批评家本身便是卓有成就的诗人、剧作家和小说家,而专门的批评家也惯于对具体文本进行评论,洞幽烛微,阐发奥义。相对而言,20世纪下半叶的美国文学批评则表现出明显的理论化趋势,各种"主义",如结构主义、解构主义、女性主义、新历史主义、后殖民主义批评等,有意无意地在构建各自的理论大厦,体系完备,层叠架构,逻辑缜密。当然,英国文学批评与美国文学批评的不同特点也并非各自的专属品,毕竟两国几乎同文同宗,文学批评发展时常发生交叉融汇,如英美"新批评"、英美马克思主义批评、文化研究等便是典型的案例,而英国的"实用性批评"与美国的"理论性批评"又何尝不像一枚硬币的两面,互补互融,相得益彰。

本书采用英美文学历史时期与批评流派相结合的主体框架,先依编年,后依方法,各设专章,以各时期、各流派具有代表性批评家的主要观点、经典著作为内容,力求建构一部文风严谨、资料翔实的批评史。罗根泽先生认为,编著历史者应保持一种客观超然的态度,文学批评史的目的是探述文学批评的真相,根植于求"真",进而求"好"。[②] 作为一部有价值的批评史著作,基于史料是最基本的前提。为此,我们在编写过程中尽量对第一手资料细致辨析、甄选,站在今天研究者的立场上与之保持批评距离,对批评家论著的价值与影响做出较为客观的评述。

"英美文学批评史"于2007年获江苏省社会科学基金项目资助,同年我申报的"英国文学批评史"获教育部人文社会科学研究项目批准立项。两个课题的研究工作同时起步,"英国文学批评史"研究进展比较快,结题后由南京大学出版社于2012年正式出版。"英美文学批评史"课题完成后没有马上出版,这是因为没

---

① 郭绍虞:《中国文学批评史》,天津:百花文艺出版社,2008年,第3页。
② 罗根泽:《中国文学批评史》,北京:商务印书馆,2015年,第16、27、28页。

有出书的压力。这段宽松的时间使我得以重新思考一些问题,对书稿进行修改完善,及时更新内容,做到与时俱进。本课题研究是一个集体项目,课题组成员基于自己的学术研究,承担相关章节的写作,特别是20世纪美国文学批评史部分内容是依托南京大学英语系朱刚老师研究的多年积累。各章最后提供了撰稿人姓名,表明本书是通过集体的共同努力,呈现出英美文学批评发展历史的全貌。由于撰稿人会有一些各自不同的写作风格,我和姚成贺在统稿时进行了必要的修改调整及文字润饰,不少章节增补或重写了内容,从而使本书成为一个有机整体。各位撰稿老师在百忙中拨冗参与本课题研究,南京大学出版社外语编辑部董颖主任为本书的出版做了大量认真细致的工作,在此一并致谢。

王守仁

2020年12月于南京大学

目 录

前　言　/ 001

英国卷

第一章　中世纪文学批评　/ 003
第二章　文艺复兴时期的文学批评　/ 018
第三章　18世纪文学批评　/ 046
第四章　浪漫主义时期的文学批评　/ 079
第五章　维多利亚时代的文学批评　/ 102
第六章　唯美主义批评　/ 125
第七章　现代小说批评　/ 143
第八章　文学批评自觉意识的形成　/ 170
第九章　文化研究　/ 197
第十章　当代小说批评　/ 211

美国卷

第一章　19世纪上半叶文学批评　/ 241
第二章　19世纪下半叶文学批评　/ 265
第三章　20世纪上半叶文学批评　/ 286
第四章　英美"新批评"　/ 310
第五章　结构主义和解构主义文学批评　/ 323
第六章　读者反应批评　/ 349
第七章　英美马克思主义文学批评　/ 367
第八章　女性主义批评　/ 391
第九章　新历史主义批评　/ 406
第十章　后殖民主义批评　/ 417
第十一章　生态批评理论　/ 429
结　语　/ 449
参考文献　/ 452

英国卷

第一章　中世纪文学批评

"中世纪"(The Middle Ages)是欧洲历史上的一个时代,始于公元476年西罗马帝国灭亡,止于1453年拜占庭帝国灭亡。公元5世纪中叶,盎格鲁、撒克逊和朱特这三个日耳曼部落开始从丹麦以及德国北部地区向不列颠迁徙。盎格鲁-撒克逊时代留下了一批数目可观的古英语文学作品。如同世界上许多民族的文学一样,英国最初的文学不是以书面形式存在,而是以口头形式传诵的。各种故事与传说先经口头流传,然后在讲述中得到不断的加工、扩展,最终形成抄本。古英语或盎格鲁-撒克逊时期流传下来的英国文学写在400年的时间内(约680—1100年),主要是头韵体诗歌,这些诗歌现存三万多行,保存在四个中世纪的抄本中。

中世纪虽然缺少系统的针对英国文学的批评论著或学术文章,只有一些散见于各类文字中的评述和评注,或是关于修辞学的拉丁文专论,但这些零散的材料标志着英国批评实践的开始和批评意识的萌芽,是英国文学批评传统不可忽略的一部分。南丁格尔(Andrea Nightingale)认为,当口头的艺术作品以文字形式记录下来,成为富于想象力的文学作品时,文学批评便出现了。[1] 可以说,伴随着中世纪英国文学的发展,英国文学批评已经开始萌芽。

西方文学批评理论最具影响力的奠基者无疑是亚里士多德、柏拉图、贺拉斯等古希腊先哲,他们拥有为西方的文学研究开疆拓土之功。在公元前4世纪的古希腊,史诗、戏剧和颂歌的创作是为了取悦听众,属于修辞学的艺术,伴之而生的是诗歌比赛中的裁判,即评论家kritēs("a judge")。那时关于想象性写作的言说与考察,是以高度理论化的方式进行的,成为文学批评的组成部分。亚里士多德的《诗学》在其后的几个世纪中一直是最有影响力的论著。而对这部著作的传阅、翻译、评注在中世纪的英国就已经开始,带动了以评注为主的中世纪批评话语。这些关于模仿、语言训练、文本意义阐释的看法,已然包含了影响后世英国

---

[1] Andrea Nightingale, "Mimesis: Ancient Greek Literary Theory," in Patricia Waugh, ed., *Literary Theory and Criticism: An Oxford Guide* (Oxford: Oxford University Press, 2006), p. 37.

文学批评发展的元素。

古英语文学中最具影响力的作品《贝奥武甫》(*Beowulf*)既是迄今已知的英国文学中最古老的叙事诗,也是当时整个欧洲最早用当时的一种民族语言写成的长篇诗作。这部史诗取材于日耳曼民间传说,随盎格鲁-撒克逊人传入英格兰。现存最早的抄本于8世纪初叶出自不知名的英格兰诗人之手。《贝奥武甫》在两个场合提到了行吟诗人(scop)。第一次是丹麦国王合罗斯加建造了一座宴会厅,命名为鹿厅,天天在此宴酬作乐。行吟诗人吟唱上帝创造世界的故事,使得武士"充满欢乐"。① 在一定程度上,是行吟诗人的歌声和琴声惹恼了妖怪格兰代尔。第二次是贝奥武甫打败妖怪格兰代尔之后,合罗斯加在鹿厅举行庆功宴,行吟诗人以唱歌和弹琴的方式,讲述故事,为武士提供娱乐。② "合罗斯加的行吟诗人"作为国王的御用诗人,忠实地履行自己的职责:他们凭借自己的音乐技艺,在重要的场合为国王及其臣民提供娱乐,同时通过讲述基督教故事、本民族历史和传说,重复并延续集体的记忆。《贝奥武甫》中关于行吟诗人的描写从一个侧面反映了盎格鲁-撒克逊时期诗人的特征。首先,行吟诗人附属于国王或宫廷,如果表现不佳,就有可能被替换。第二,作为表演者,诗人在听众面前即席吟唱或背诵,诗歌形式是口头而不是书面的。第三,诗人通过吟唱故事,为听众提供娱乐,同时也扮演教育者和历史记忆贮藏者的角色。《贝奥武甫》作为英国文学史上最早的史诗,并无文学批评的意识,但作品留下了关于诗人(作者)的地位、创作方式、功能等涉及文学批评基本要素的记载。

古英语时期的另外一种文学样式是散文。早期散文主要是用拉丁文写成的宗教著作和法律文件。历史学家比德(Bede, 约 673—735)用拉丁文撰写了论文《论诗法》(*De Arte Metrica*, 701)和《论修辞》(*De Schematibus et Tropis*, 701)。两篇论文在性质上属语法学研究,关心的均为诗歌表达的语言形式。《论诗法》解释了字母和音节之间的区别,着重说明拉丁文诗的音步和节奏,《论修辞》讲解《圣经》诗篇中修辞格的运用。比德的《英格兰教会及人民史》(*Historia ecclesiastica gentis anglorum*, 731)代表了这一时期用拉丁文写成的散文著作的高峰。阿尔弗雷德大帝(*Alfred the Great*, 849 - 899)后来将该书从拉丁文翻译成古英语,成为历史上用古英语进行翻译和创作散文的第一人。阿尔弗雷德对英国文学最重要的

---

① M. H. Abrams, ed., *The Norton Anthology of English Literature*, Vol. 1 (New York: W. W. Norton & Company, 1979), p. 31.

② 同上,p. 47.

贡献,是在他的指导下开始编写并且在他死后由他人继续编写的《盎格鲁-撒克逊编年史》(The Anglo-Saxon Chronicle)。他为了改变当时学术落后的面貌,兴办宫廷学校,从拉丁文著作中选出"对所有人来说最需要了解"的优秀作品,组织学者将其译成英语。阿尔弗雷德关于翻译的议论散见于他为译著撰写的序言中。在教皇格列高利一世的《司牧训话》(Cura Pastoralis)译序中,阿尔弗雷德描述自己做翻译"有时逐字逐句,有时根据意思"。① 在翻译过程中,不同的译者会有不同的理解和阐释。作为读者的译者,有可能误读原著。将翻译视为理解与阐释,这与后现代文学批评理论关于文本意义可以有多重解读的观点具有一致性。

中世纪英国占主导地位的学问和欧洲其他国家一样,是语法学、修辞学和逻辑学。在中世纪的教会学校(cathedral schools)及初建的大学如牛津大学和剑桥大学,拉丁文语法、修辞学、逻辑学是基础课程。语法学、修辞学和逻辑学均为"研究语言和论说的学科,关心表意和理解",②欧洲中世纪的文学文本分析在不同时期通常被纳入这三大领域之内,"每一划分方式会造成与各划分方式所隐含的功能相关的、截然不同的批评形式"。③ 英国的文学批评也不例外:索尔兹伯里的约翰和杰弗里·文索夫的论著就显示出中世纪思想中这三大学问所具有的重要的观念形态意义。语法学、修辞学、逻辑学关心的主要是语言层面、技术层面的要素,不过,约翰、杰弗里·文索夫等人就模仿、语言训练、文本意义解释等所提出的一些看法,有的在文艺复兴时期,有的在19、20世纪的文学批评中得到响应。到14世纪后期,高尔(John Gower)、朗格兰(William Langland),特别是"英诗之父"乔叟的作品开始体现出朦胧的文学自我意识。所有这些,显示出中世纪的学者们均以不同的方式对文学艺术和实践有所思考。

如同在中世纪欧洲大陆其他国家,基督教在当时的英国占有重要地位。在统治阶级的扶持下,教会神职人员开展神学研究,论证基督教教义,同时将宗教著作翻译成英语,以满足广大不懂拉丁语的民众信仰的需求。对原文或译文进行评注是中世纪常见的做法。抄写员在抄写文稿时往往会故意留出空白或页边,供后人写评注。评注的形式包括批注(gloss)、解释(exposition)、诠释

---

① King Alfred, "Preface to Gregory's *Pastoral Care*," *The Cambridge Book of Prose and Verse: From the Beginnings to the Cycles of Romance*, ed. George Sampson (Cambridge: Cambridge University Press, 1924), p. 74.
② M. A. R. Habib, *A History of Literary Criticism and Theory: From Plato to the Present* (MA and Oxford: Blackwell, 2008), p. 175.
③ Alex Preminger, et al. eds., *Classical and Medieval Literary Criticism: Translations and Interpretations* (New York: Frederick Ungar Publishing Co., 1974), p. 266.

(exegesis),涉及提供背景知识、讲解疑难词义、阐发深奥寓意等。评注既有用拉丁语的,也有用英语或者是双语的。中世纪人对文本的看法颇具"后现代"色彩:他们并不以为对文本的解读是绝对或确定的。随着时间的推移和学术的积累,不少评注是所谓"评注的评注",即对前人的点评或肯定,或纠正,或补充。

"评注是整个中世纪批评话语最为普遍的形式。"①除基督教宗教典籍外,古希腊、罗马流传下来的少数作品也是评注的对象。僧侣们为了阅读拉丁文和希腊文的《圣经》,用统一的拉丁文在欧洲各教会之间进行联系,也要通过古代文学作品学习古代语言。因此,教会在排斥古希腊罗马文化的过程中,又成为其"保留的力量"。② 在中世纪,亚里士多德、维吉尔、奥维德等人的作品得以被传阅、翻译和评注。如道格拉斯(Gavin Douglas)将维吉尔的史诗《埃涅阿斯纪》(*Aeneid*)译成苏格兰英语,并附有"一篇短评"。在其译文和批注中,道格拉斯广泛参照前人的评注,还查阅了奥古斯丁的《上帝之城》(*De civitate Dei*)、薄伽丘的《异教诸神谱系》(*Genealogia deorum gentilium*)等著作。有学者认为,道格拉斯将其译著"在某种程度上视为学术性评注之作"。③评注作为一种阐释、判断行为,难免会带有主观色彩,同时体现出当时通行的价值观和标准。不仅如此,从乔叟身上我们还可以发现:评注是中世纪"作家和读者们形成、表达自身文化身份的方式的一部分"④,其精神已经渗透于作家的创作中。

到中世纪末期,印刷出版业有了一定的发展。值得注意的是,印刷商也以写序的形式直接参与到当时的文学批评活动中。1476 年,卡克斯顿(William Caxton, 1422–1491)在伦敦开办英国首家印刷社,他一生出版近百部书籍,其中 70 多种是英文书,对英语文学的发展产生了深远的影响。卡克斯顿通晓多种语言,经商之余,从事翻译,并为他所刊印的书写序。他在《坎特伯雷故事》第二版序(1484)中称赞乔叟为"伟大的哲学家""桂冠诗人",《坎特伯雷故事》具有"高贵、智慧、文雅、快乐,以及神圣和美德"等品质,阅读这些故事有益于"灵魂的健康"。⑤ 卡克斯顿在马洛里的《亚瑟王之死》的序(1485)中谈及有关亚瑟王历史真实性的争

---

① Richard Harland, *Literary Theory from Plato to Barthes: An Introductory History* (Beijing: Foreign Language Teaching and Research Press, 2005), p. 27.
② 同上,p. 22.
③ Alastair Minnis & Ian Johnson, eds., *The Cambridge History of Literary Criticism*, Volume II: *The Middle Ages* (Cambridge: Cambridge University Press, 2005), pp. 368–369.
④ 同上,p. 234.
⑤ Charles W. Eliot, ed., *Prefaces and Prologues to Famous Books with Introductions, Notes and Illustrations* (New York: Cosimo, 2009), pp. 19–21.

议,但他印书的目的是让读者了解过去时代骑士们"高尚的行动""文雅而合乎道德的事迹",以便"从善去恶"。他指出阅读该书可以带来愉悦,而是否相信亚瑟王传说的真实性,则由读者"自行决定"。① 卡克斯顿不仅是英国第一位印刷商,也是英国最早发出本土批评之声的人物之一。

第一节　索尔兹伯里的约翰与杰弗里·文索夫

在古典时期及之后的很长一段时间里,修辞学批评在欧洲人文学科研究中占据主导地位,这一状况到加洛林王朝时期(公元8—10世纪)发生巨大变化,纯修辞学批评几近消失,其位置被语法学研究取而代之。当然,此时的语法研究吸收了大量修辞学批评的内容。到12、13世纪,出现了新一轮关于修辞学、语法学和逻辑学的地位之争,语法学批评依旧占据主导地位,其中最突出的学者——不止在英国,而且在欧洲范围内——是索尔兹伯里的约翰;修辞学批评则以杰弗里·文索夫及加兰的约翰(John of Garland)为代表。

索尔兹伯里的约翰(John of Salisbury,约1115—1180)生于英格兰的索尔兹伯里,1136年游学巴黎,曾师从阿伯拉尔(Peter Abelard)、贝尔纳(Bernard of Chartres)等著名学者。他是学者,又投身于政治,曾任教皇驻罗马特使、坎特伯雷大主教的秘书等职,后因维护教会的神圣和独立,触怒英王亨利二世而遭流放;1176年始任沙特尔(Chartres)主教,直至去世。他影响最大的著作是两大长篇论文:《政治家手册》(*Policraticus*, 1159,国内译为《论政府原理》)和《元逻辑》(*Metalogicon*, 1159)。在这两篇论文(主要是《元逻辑》的许多片段)里,约翰就文学的归属和功能提出看法,并就写作提出了一些原则性建议。

《元逻辑》是中世纪最先将亚里士多德的《工具论》(*Organon*)引入逻辑学、语法学和修辞学研究的著作。约翰自称写此书的目的是反对托名"科尔尼菲西乌斯"(Cornificius)的人及其追随者对人文教育,对逻辑学、语法学和修辞学的责难,为这三大学问辩护。怀疑论者认为人文教育无关紧要,因为演说能力和敏锐思维乃天之所赋,研习语言和逻辑对理解世界帮助甚微。历史上,从柏拉图到昆体良(Marcus Fabius Quintilianus)都强调口才或文采需要天赋、理论知识和不断的练习,三要素缺一不可,这一思想也成为约翰在《元逻辑》里确立的基本原则之一。他也相信人天生具有理性和雄辩之禀赋,但他认为二者需要加以系统训练

---

① 同上,pp. 23-24.

方能发挥得理想。按照约翰的定义,逻辑学是研究"言语表达和推理的学科",训练理性思维的最佳途径就是研习逻辑。论辩有力首先需要表达正确、自如、有效,这也是逻辑活动必备的能力,语法学是研究"正确地说话和写作的学科",因此,训练逻辑思维和论辩能力,必须先研习语法。不难发现,约翰在主张逻辑研究之时,实际上将语法学提升到首要地位。

《元逻辑》提到当时发生的诗歌归属之争,即属于语法学或修辞学,还是一门独立的学问。这表明在12世纪,关于文学的性质和位置的论争业已开始,学者们开始注意到文学模仿、虚构的因素。约翰视语法学为一切人文研究的起点,"语法使思维做好准备,令其理解一切能用言辞来讲授的东西……所有其他研究均依赖语法";语法是"一切口头表达的母亲与仲裁者,还是打开一切写成之文的钥匙"。① 中世纪的"语法"所覆盖的范围比今日要宽得多——按照他的观点,语法研究的对象不仅包括字母、音节和词语的性质和意义,还包括格律、诗歌的规则、修辞格的定义和运用,以及历史叙事和虚构性叙事的方法,等等。许多在今日属于文学阐释范畴的内容,均被约翰划到语法学的范畴之内。约翰谈到当时该如何对诗进行恰当归类有过一番论争:许多人从诗模仿自然出发,把诗作为一门独特的艺术,认为诗既不属于修辞学,也不属于语法学。约翰承认语法的人为特性,却强调语法一样非常逼真地模仿自然(如诗歌的规则反映了自然),进而明确诗的归属:"诗属于语法学,语法学是诗学研究的母亲和乳母。"②

约翰从语法学家的立场出发,为写作和文本解释提出若干指导性原则。既然语法研究的问题是如何"正确地说话和写作",其功能必然是阐明说写时需要遵守的规则和需要避免的弊病。他针对的是总体的写作和文本解释,故而文学明显包括在讨论对象之内。约翰关于写作的思想大致可以分为三块:遣词造句、文体风格、模仿学习。用词方面,他数次引用恺撒(Julius Caesar)的话"犹如水手会避开岩石,罕见的或特别的词也应当避免",说明写作时须避免生僻、不常用的词,强调以习用(custom)为原则。需要指出的是,约翰所谓的"习用"并非普通人平常所用,而是指"能正确说话者的实践"③。从"习用"观竟然可以隐约看到20世纪接受研究者提出的"阐释群体"思想的影子,这显示出中世纪文学批评所具有的真知灼见。造句方面,约翰提出要仔细避免诸如短语搭配、句子元素组成上

---

① *The Metalogicon of John of Salisbury: A Twelfth-Century Defense of the Verbal and Logical Arts of the Trivium*, trans. Daniel D. McGarry (Gloucester, MA: Peter Smith, 1971), pp. 60 – 61.
② 同上,pp. 51 – 52.
③ 同上,p. 49.

的语法错误。

文体风格方面,约翰特别强调两大原则:明晰易懂和合式(decorum)。他表示,成功的作家应该装备有丰富的词汇、流畅的表达、精巧的文辞,而作家言语表达最优秀的品质是明晰清楚。约翰不反对为了清楚或优美的目的适当使用修辞手法。他沿用圣伊西多尔(St. Isidore of Seville)和圣奥古斯丁关于修辞格的描述,即它是"用得适当的坏毛病""诗歌中最优美的元素",强调使用时务须明辨、宁缺毋滥,它只能是"非常博学者的专有权",①因为只有受过教育的博学者才能有语法意识和辨别能力。约翰十分强调"合式"这一古典时期就有的创作原则,指出人物说话的方式必须由说话人的特征、听话人的特征、说话的时间和地点等诸因素来决定;他甚至在《政治家手册》中称调整词语以适应主题与场合的要求乃遵守论辩的基本规则。

和许多前贤一样,约翰认为作家的成功需要不断的练习,在方法和道德精神上要以古代的杰出作家为典范。他特别推崇他的老师贝尔纳的教育理念:宗法杰出作家,努力做到"真正的模仿"而不是抄袭。值得注意的是,约翰就模仿前人提出了颇有意思的看法,即后来的写作者往往会改变前驱的观点:"每一个人,为了确立自己的名声,创造出自己特别的错误。借助这个错误,人们一方面号称要纠正先生的错误,同时也把自己变成有待后代和自己的门生来纠正、批评指责的目标。我承认,我本人也面临着这一危险,同样的规律也适用于我。"②这一见解预示了 20 世纪后期为美国批评家布鲁姆所系统发展的"误读"思想——后起作家因为对前驱作家的影响怀有深深的焦虑的缘故,必须故意误读前驱,从而为自身创作时能有所创新开辟出空间。"约翰把自己放到误读链条之内,这表明在他的眼中,如此产生文学传统的方式是不可避免的。"③

约翰不仅为写作,还为阅读和文本阐释确立了"语法规则"。他鼓励博观和精选,建议阅读过程中要像蜜蜂那样"自由地从花朵飞向花朵,但只吸取蜜汁"。约翰所谓的"蜜汁"是形成文学效果的主要细节,包括作者如何恰当地处理主题、如何有效地安排细节、特定的词语和修辞格的效果、华丽或克制的表达所产生的优美,等等。与此同时,他反对过于纠缠细节,认为那是学究式的迂腐表现,毕竟绝大多数作品里都有模糊、无关宏旨之处。他指出了古典文学中存在的一些没

---

① 同上,p. 56.
② 同上,p. 117.
③ Habib, *A History of Literary Criticism and Theory*, p. 188.

有启发性的地方,建议读者阅读时须细加鉴别,不能因为对古典的敬仰而放弃了独立的判断。约翰的文本解读观本质上是基于字面意义的作者意图论,其核心是保留作者原意。他指出:要理解文本,必须考虑其根本的目的;在分析文本时应"同情而温和",而不是像对待俘虏那样"放在拷问台上受尽折磨"①。换言之,不能把本来没有的意义强加于作品之上。对于有争议的作品,要根据语境和所维护的目标的性质来认识其意义。在19、20世纪的阐释学中得到深入发展的作者意图观,其基本原则在中世纪已经提出并成为批评的目标。事实上,作者意图观在西方批评史上有着深远的影响,直到20世纪上半叶的"新批评"那里才开始真正受到质疑。

在中世纪的学术大背景下,约翰的思想和观点并不是从文学的立场出发,他也不是文学理论家或批评家。但是,他对古代经典的感情,对经典文学的价值的认识,为写作和文本阐释提出的原则,在英国文学批评史上具有重要的传承意义。正如阿特金斯所云:"在那个神学占学术研究的统治地位、超脱俗世的兴趣占主导的时代里,彰显古希腊、罗马文学的人本价值观,可以说为当时的思想给出了新的方向……他代表着英国土壤上人文主义发出的第一个挑战,为思想和表达开启了新的可能。"②

杰弗里·文索夫(Geoffrey of Vinsauf)生卒年不详,有关他的身世记录也很少,可以确定的是他在巴黎上学,后来在英格兰的汉普顿教书,曾去过罗马。杰弗里·文索夫的《作诗法》(*Poetria nova*)成书于1200至1216年间,广受读者欢迎,有近200个手抄本流传下来,不少手抄本被人评注。杰弗里·文索夫的其他著作有《演讲与诗歌的艺术与方法指导》(*Documentum de Modo et Arte Dictandi et versificandi*)和《修辞色彩概述》(*Summa de Coloribus Rhetoricis*)。

《作诗法》基本上是在修辞学的框架内讨论作诗的技艺,被认为是中世纪最有影响力的修辞诗学著作。《作诗法》仿照贺拉斯的《诗艺》,采用诗体形式,由2121行六音步诗行组成。全书分为六个部分,第一部分《诗歌通论》把作诗比作盖房子,在动工之前先要有图纸,"作为一个工匠,首先在心灵的城堡里构建整个的结构"。杰弗里·文索夫将形式与内容视为可以分离的两个部分,形式为内容

---

① *The Metalogicon of John of Salisbury*, p. 148.
② J. W. H. Atkins, *English Literary Criticism: The Medieval Phase* (New York: Peter Smith, 1952), pp. 89–90.

服务,"诗歌艺术用语言来给题材穿衣服"。① 第二部分《序列》将材料的安排分为自然序列和艺术序列,自然序列只有一种形式,艺术序列则呈多样性:诗歌的开头有多种方式,可以先交代结尾,也可以从中间开始,或以谚语、例子起始。第三部分《铺陈与简约》介绍两种不同的途径,"或是大江,或是小溪"。② 重复、迂说、比较、呼语、拟人、偏题、描绘等铺陈手法可以使涓涓细流变成浩荡大江,纤纤树枝长成参天大树;简约则是删繁就简,简明扼要,以"理解之火"来烧"材料之铁",将其置于"研究之砧",用"智力之锤"锻造出"最为合适的词语"。③ 第四部分《风格的修饰》分别介绍了"困难的修饰""容易的修饰""词性转换""定语"和"各种规定"。"困难的修饰"列举了十种修饰手法:隐喻、拟声、换称、讽喻、转喻、夸张、提喻、词义误用、倒装、置换。杰弗里·文索夫强调"内在修饰"(意义)的重要性:"如果意义具有尊严,就要保持住这份尊严,确保不要让粗俗的词语将其降格。"④词语应适合内容,说话要讲究"适宜性"。贺拉斯在《诗艺》中说:"在创作的时候必须注意不同年龄的习性,给不同的性格和年龄以恰如其分的修饰。"⑤杰弗里·文索夫也说,如果涉及物体、性别、年龄、状态、事件、地方、时间等,应充分重视"物体、性别、年龄、状态、事件、地方、时间应有的不同品质",⑥可见他明显受到贺拉斯的影响。第五部分《记忆》就如何训练记忆提出指导意见,认为输入要适量,让心灵感到"喜悦",而不是"负担","愉悦增强记忆力"。⑦ 第六部分《演说》介绍在大庭广众之下背诵或演说的技巧,建议以良好的品位来控制声音,配上面部表情和肢体语言,"调节声音,使其与话题内容和谐一致。"⑧

值得注意的是,杰弗里·文索夫的论述显示出他在坚持古典原则的同时表现出一定的现代性。一方面,杰弗里·文索夫维护适度、合式,以及文体(散文与诗歌)差异性和文类等级等古典主义审美原则。他强调散文和诗歌有本质不同,即不雅的内容和文辞允许在散文里出现,但不允许在诗歌里出现;类似地,他认为普通的谈话和口头语言只允许在喜剧里出现。另一方面反映在杰弗里·文索

---

① Geoffrey of Vinsauf, *Poetria nova*, trans. Margaret F. Nims (Pontifical Institute of Mediaeval Studies, 2010), p. 21.
② 同上,p. 25.
③ 同上,p. 40.
④ 同上,p. 41.
⑤ 贺拉斯:《诗艺》,杨周翰译,北京:人民文学出版社,1982年,第145—146页。
⑥ Geoffrey of Vinsauf, *Poetria nova*, p. 72.
⑦ 同上,p. 77.
⑧ 同上,p. 78.

夫的文学的功能观。贺拉斯在《诗艺》中提出文学的目的是愉悦或教育,这一观念后来逐渐演变为寓教于乐,愉悦往往被作为教育的策略与途径。在中世纪,基督教强调文学的教育意义,其愉悦作用充其量只服务于文学的教化功能。不仅如此,基督教甚至还认为,感官愉悦有可能使人忘情于快感而忽略教益,从而阻碍人向上帝皈依。因此,中世纪文学特别强调文学的寓意性质与教化功能而弱化其艺术性和愉悦作用。杰弗里·文索夫认为文学的主要作用是提供娱乐——虽然是有限制的娱乐,而并不强调文学的道德教育功能,这无疑是超越时代之见。

杰弗里·文索夫的《作诗法》用拉丁文撰写,就其内容而言,主要是从修辞学角度介绍作诗的技巧方法,并无多少理论创新。这从一个侧面反映了中世纪文学批评的状况:学者们满足于整理、注解、翻译古代文本,因袭古希腊罗马的一些古典文艺观念,并力图将其纳入基督教阐释体系。与此同时,越来越多的人开始用英语进行文学创作。但是,由于语言的隔阂,英语文学创作实践与拉丁文学者之间缺乏互动,后者的相关论著因为不是以英语文学创作为依据,所以更直接地对拉丁语文学创作(如用拉丁语写的基督故事、圣徒传、祷告文、赞美诗等教会文学)有指导作用。

第二节 乔 叟

乔叟(Geoffrey Chaucer,约 1343—1400)对英国文学的突出贡献体现在《坎特伯雷故事》(*The Canterbury Tales*)等诗歌作品,他首创英语诗歌中的英雄双韵体(即五音步抑扬格双韵体)诗行,被尊为英诗之父。乔叟将伦敦方言提升到文学语言的地位,推动了以伦敦方言为基础的英语作为英国统一的民族语言的进程。在文学理论方面,他虽然没有留下阐述文学思想的文章论著,但在一些著作中以各种方式表现了他基本的文学观。乔叟的文学思想涉及文学本质、文学创作、文学与生活、文学与语言,以及文学的功能等许多方面。这些散见于他作品中的观点,由于诗人在英语文学史上的崇高地位而成为英国文学理论的源头之一。

乔叟关于文学的本质和文学创作的各种观点归根结底都根源于中世纪的模仿论。建立在基督教神学基础上的中世纪美学思想认为,世界上一切美都来自上帝,都是上帝之美的"流溢"。文学艺术不是创造美,而是通过模仿来揭示和表现上帝的美。不过中世纪的人认为,上帝之美显然不能直接模仿,文学家们可以模仿的只能是上帝创造的世界和因为模仿世界而体现了上帝之美的优秀文学艺术作品。同中世纪大多数文学家一样,乔叟模仿的主要对象首先是他所说的"权威"(auctour 或 auctoritee),也就是欧洲历代权威作家和权威作品。乔叟在《贞女传奇》(*The Legend of Good Women*)开篇就指出,没有人"去过天堂或地狱",人们只能通过书籍获知"天堂的幸福和地狱里的痛苦"。他进一步说:"如果所有书籍被遗失,/我们将失去记忆的钥匙。"(ll. 1 – 28)① 在《百鸟议会》(*Parlement of Foules*)里,他歌颂书籍:"从古老的田野,/年年产出新谷,/从先前的典籍,/人们必将获得新知。"(ll. 22 – 24)在乔叟现存著作中,有不下 13 处谈及和称颂他所尊崇的"权威"。②

模仿"权威"是中世纪文学创作的通行做法,但是,中世纪的文学模仿并非表层上的复制,而是要深入精神层面,模仿上帝的美与善,揭示普遍的真理。文学家们可以从权威处获得灵感,也可以从其他作品借用材料,但他要探索何种问题,表达什么思想和情感,如何体现上帝的美与善,则需要依靠自己的天分、修养、洞察力和创造性。乔叟对权威的运用和改写表现出他独特的创造性。在《声誉之宫》(*The House of Fame*)里,叙述者梦见自己在维纳斯神庙里阅读维吉尔的《埃涅阿斯记》,但展示在他眼前的荻多和埃涅阿斯的爱情故事却出自奥维德的《变形记》。这样的非理性混乱是乔叟的神来之笔,使之更具梦境的真实性,而且还巧妙地揭示了文学的虚构性:埃涅阿斯的人物形象完全取决于作者的塑造。同样在《贞女传奇》里,乔叟也通过颠覆克勒帕特拉的荡妇形象揭示文学的虚构性。但这并不等于说,他认为文学家可以不必顾及真实。只不过他和中世纪文学家们关注的是精神层面的真实而非叙事层面的事实,他相信文学必须在真实的基础上进行虚构,以便准确表达建立在基督教思想和道德观念之上的关于人、关于人性、关于人类社会的真实。

乔叟在尊崇"权威"的同时,也十分注重"经验"(experience),即实际生活。在其现存诗作里,他至少直接提到或阐述经验达九处之多。③ 比如,巴思妇人在其《引言》一开始就根据她五次婚姻的丰富经验宣称:"要说到婚姻生活的可叹可悲,/那么即使世界上没别的权威,/我凭经验也有足够的发言权。"(358)乔叟不一定完全同意巴思妇人的一些激进观点,但他在尊崇权威的同时也关注现实生活

---

① F. N. Robinson, ed., *The Complete Works of Geoffrey Chaucer* (Boston: Houghton Mifflin, 1957). 文中对乔叟作品的引用,除《坎特伯雷故事》外,均出自此版本,下面引文的页码或诗行随文注出,不再加注。
② Norman Davis, et al. eds., *A Chaucer Glossary* (Oxford: Oxford University Press, 1979), p. 9.
③ Davis, et al. eds., *A Chaucer Glossary*, p. 51.

则是不争的事实。奎恩认为,由于乔叟在创作中关注和表现现实,他发展出独特的诗歌艺术来保护自己。奎恩系统地研究了乔叟如何运用中世纪人"所熟悉的各种文学形式来反映(他的受众)和他自己所关注的事情",认为乔叟的"诗学""既表达又掩盖"诗人自己的思想以及他对现实和周围的人进行的表现和评述。她将其称为乔叟的"掩盖诗学"(poetics of disguise)。① 这种手法使作者隐藏在作品人物之后,由人物出面讲述或评论。也有乔叟学者将其称为"扮演艺术"(art of impersonation)。② 这种诗歌艺术有利于宫廷诗人掩护自己讲述在某些场合不太适宜的故事或表达与受众相左的观点。在中世纪语境中,诗人对自己的思想和对现实生活的指涉不论是表达还是有意识地掩盖都反映出他对现实的关注。乔叟的"掩盖诗学"和现实主义文学思想都最突出地表现在《坎特伯雷故事》里。

在英国文学史上,《坎特伯雷故事》的文学成就和它所体现的现实主义思想都具有里程碑意义。它是英国第一部直接以作者时代的英格兰社会为背景、直接描写与他同时代各阶层英格兰人的重要作品。在这部文学巨著里,乔叟生动地塑造了一群前往坎特伯雷朝圣的香客,描写了他们充满戏剧性冲突的朝圣旅程。香客们来自当时英国几乎所有阶层和主要行业,形成了中世纪后期英国社会的缩影。他们是英国文学史上第一组形象生动、个性鲜明的现实主义群像。

对于乔叟塑造的这些个性化文学形象,英国第一位桂冠诗人德莱顿别有见地地指出:"所有的香客各具特色,互不雷同","他们的故事的内容与体裁,以及他们讲故事的方式,完全适合他们各自不同的教育、气质和职业,以至于把任何一个故事放到任何另外一个人口中,都不合适"。③ 正是因为这些香客—叙述者是个性化了的人物,他们与自己所讲述的故事具有内在统一性,他们的性格决定了讲什么样的故事。这种内在统一性很好地体现了文学中的"合式"观。不仅如此,乔叟还因此创造出一种新的文学体裁:戏剧性独白。戏剧性独白的核心不在于说话者说什么,而在于他说的话以及说话的方式揭示出他是怎样的人。乔叟笔下香客们的故事和语言戏剧性地揭示出他们各自的身份、性格、教养和内心世界,把他们塑造成个性鲜明的人物。戏剧性独白后来在莎士比亚、玄学派诗人那

---

① Esther C. Quinn, *Geoffrey Chaucer and the Poetics of Disguise* (Lanham, Maryland: University Press of America, 2008), p. 2.
② Marshall Leicester, "The Art of Impersonation: A General Prologue to the *Canterbury Tales*," in V. A. Kolve and Glending Olson, eds., *The Canterbury Tales: Nine Tales and the General Prologue* (New York: Norton, 1989): 503 – 518.
③ C.F.E. Spurgeon, ed., *Five Hundred Years of Chaucer Criticism and Allusion, 1357 – 1900*, 2 vols (New York: Russell, 1960), p. 278.

里进一步发展,在 19 世纪诗人勃朗宁那些脍炙人口的诗作里达到顶峰。

乔叟在作品中一再表达了自己的现实主义文学思想和个性化人物塑造,强调要在"细述这故事之前"揭示香客—叙述者们是"什么人,属于哪个阶层":

> 我觉得比较合情合理的做法
> 是根据我对他们各人的观察,
> 把我看到的情况全告诉你们:
> 他们是什么人,属于哪个阶层,
> 甚至还要说说他们穿的衣裳——(5)

只有在揭示和确定其特点和身份后,诗人才能使香客—叙述者们表现其个性化的行为举止,以个性化语言讲述那些"完全适合他们"各自的本性、利益和教养的故事。

香客中许多人来自社会下层,缺乏教养,往往使用粗俗的脏话俚语。在中世纪文化氛围里,考虑到受众主要是宫廷成员,许多还是上层社会的女士,因此乔叟专门在《总引》里用 21 个诗行(ll. 725 - 745)来"掩盖"自己。他强调,那是香客们自己的语言,讲的是他们自己的故事,作为诗人,他仅仅是那些话语和故事的忠实记录者。"任何人要复述别人讲的故事,/就得尽量复述原话的每个字","要不然他就使那些故事走样"(28)。在磨坊主故事的《引言》里,乔叟又用了 16 个诗行(ll. 3171 - 3186)再一次强调自己只是原文照录:"故事得照录,不管是坏还是好,/要不然,就是我对材料掺了假。"(111)乔叟如此反复声明自己忠实于人物,忠实于人物的性格、语言和故事,除了掩盖自己,实际上也是强调要忠实于现实生活和现实中的人。这在寓意模式和浪漫传奇占主导地位的中世纪英格兰文坛无疑是空谷足音,可以说是英语文学史上现存记录中最早的"诗辩"。

早在 14 世纪 70 年代中期,乔叟在《声誉之宫》里就对文学创作进行了比较系统的探讨。在一定程度上,这部作品可以说是关于诗歌创作的诗歌。他在诗中表示,脱离生活现实的宫廷文学是一片没有生机的"沙漠"(l. 489),诗人应该到现实生活中收集创作"信息"。他说自己在工作之余,只闭门读书写作,"过着隐士般的生活",从不东走西串,也不听闲言碎语,因而写作"信息"(tydyngs)告罄,所以朱庇特派雄鹰前来,带他去收集"信息",也就是创作材料(ll. 642 - 660)。后来在《百鸟议会》里,诗人梦中的带路人也对他说:"你能观察","我将带你去把写作材料获取"(ll. 158 - 168)。《声誉之宫》和《百鸟议会》这两部作品的主要部分就是表现梦中的诗人对寓意现实生活的"声誉之宫""谣言之宫"和"百鸟议会"的

"观察"。乔叟在这些作品里强调来自现实生活的"信息"是文学创作的"写作材料"的观点,及其对现实生活与文学创作之间关系的探讨,对中世纪英语文学的发展具有革命性意义。

在欧洲文学发展史上同样具有革命性意义的是乔叟复活了悲剧精神。乔叟毫无疑问是中世纪欧洲第一位既比较准确理解悲剧的性质,同时又有意识地创作悲剧性作品的文学家。在《坎特伯雷故事》里,乔叟为悲剧下了一个定义:

> 悲剧是某一种故事……
> 其主人公曾兴旺发达,
> 后从高位坠落,掉入苦难,
> 最终悲惨死去。(ll. 2770 – 2774)①

这个定义至今广为学者们引用,来说明中世纪后期人们对悲剧的理解,分析那时的悲剧故事同古典悲剧以及文艺复兴以来的近现代悲剧之间的异同。乔叟的悲剧思想主要来自他翻译过的波伊提乌的《哲学的慰藉》(*De Consolatione Philosophiae*)里关于命运变化无常的观点。② 乔叟在生前就已被尊为"哲学诗人",就因为他一直在对天道、对处在中世纪无休止的社会动荡中人的命运进行思考。在 14 世纪 70 年代,他又受到意大利人文主义思想的影响。因此,对天道和命运的思考,波伊提乌关于命运和悲剧的观念,以及人文主义思想这三个方面在他思想中的碰撞终于促使了悲剧精神在中世纪的复苏。他在那期间根据自己对悲剧的理解创作出《修士的故事》、《帕拉蒙和阿赛特》(即《骑士的故事》)、《特罗伊洛斯与克瑞茜达》(*Troilus and Criseyde*)和《贞女传奇》等一系列具有一定悲剧色彩的作品。他还把长篇诗作《特罗伊洛斯与克瑞茜达》直接称为"小小的悲剧"(V, l. 1786)。当然乔叟所说的"悲剧"实际上都是"故事"而非戏剧,但他的定义和他的悲剧性作品表达出悲剧的基本精神。乔叟关于悲剧的基本观点不仅是其文学思想的重要组成部分,而且后来都融入莎士比亚的悲剧观。③ 在文艺复兴时期,英国悲剧的成就远高于其他任何欧洲国家,这或许同英诗之父在这一领域的开拓不无关系。

---

① Geoffrey Chaucer, "The Prologue of the Monk's Tale," in A. C. Cawley, ed., *Canterbury Tales* (London: J. M. Dent & Sons Ltd, 1984), p. 433. 译文参考了《坎特伯雷故事》,黄杲炘译,第 267 页。
② Boethius, *The Consolation of Philosophy*, trans. W. Cooper (London: Dent, 1902), p. 30.
③ 参见安·塞·布雷德利:《莎士比亚悲剧》,张国强等译,上海:上海译文出版社,1992 年。

乔叟的文学思想中另外一个重要方面是关于文学的功用。他认为文学能给人以教益、乐趣和心理慰藉。他的第一部重要诗作《公爵夫人书》(*The Book of Duchess*)就表现了文学在精神和心理上的安慰作用。在《坎特伯雷故事》的总引里,乔叟指出,最好的故事必须"最有意义最有趣"(of best senténce and most solàce)(30),它既给人"教益",也让人"消遣"、找"乐趣"。这可以说是乔叟创作的基本指导思想,也是他对自己创作的总结。提升文学的艺术价值和愉悦作用、强调教与乐并重是文艺复兴文学思想的重要组成,也是对古典文学思想的复兴,在本质上是人文主义的表现。

作为一个"哲学诗人",乔叟在欧洲传统文学思想的基础上,在中世纪英格兰的历史和文学语境中,深入研究欧洲古典和同时代的文学成就,努力探索和总结自己的诗歌创作,对文学和创作进行了理论上的思考,提出了一些开拓性的文学思想和观点。乔叟文学思想的基础是模仿,而现实主义的不断加强是其发展的主要倾向。他在诗歌艺术和文学创作上为英语诗歌的发展做出了巨大贡献,而他表达的文学思想对英国文学理论的发展也有重要意义。

中世纪无疑是英国文学批评的发轫阶段。虽然没有出现系统的、针对英国文学或英语文学问题的批评论著,只有一些见于各式各样文字中的零散的评述和评注,或是关于修辞学的拉丁文专论,但是,这些零散的材料标志着英国批评实践的开始和批评意识的生发,它们是英国文学批评传统不可忽略的一部分。

(撰稿人:王守仁、肖明翰)

第二章　文艺复兴时期的文学批评

　　进入文艺复兴时期，特别是到伊丽莎白时代，英国国力蒸蒸日上，民族凝聚力渐渐增强，文化力量也在攀升。大城市（如伦敦）发展成为文艺活动的中心，《圣经》英译提高了普通民众的文化程度，培育了读者群。尤其重要的是世俗化大潮：这不只是政治权力"由教会和封建贵族过渡到专制君主"①，世俗王权占据根本统治地位的态势到伊丽莎白时代逐步稳固，而且表现在普通民众对世俗文艺的需求不断增加，以及君主和贵族对文艺创作和戏剧活动给予赞助与庇护。英国文学顺时而勃兴，到伊丽莎白时代呈现出欣欣向荣的景象，虽然历经清教徒的压制和17世纪的政局动荡，但依然保持了其势能。与社会发展的总体趋势相应，文艺复兴的英国"上演了一些重要的论争，它们关乎英格兰特性与不列颠特性、不列颠与欧洲及与世界的关系、不列颠政治、不列颠语言和不列颠宗教等"②。在此社会文化进程中，英国文学批评响应英国文学的蓬勃发展，顺应社会政治权力局势，开始其作为一门独立的学科话语的自我塑造，"批评应是一个相对独立的领域"这一观念在这一时期生发。③

　　文艺复兴文学研究专家斯宾加恩（J. E. Spingarn）在《文艺复兴时期文学批评史》（*A History of Literary Criticism in the Renaissance*, 1899）一书里，将英国文艺复兴时期文学批评大致分为五个阶段，他的分法今天看来有值得商榷之处，不过仍有相当的参考价值。第一个阶段以纯修辞学研究为特色，可以从考克斯（Leonard Coxe）1524年左右编撰的《修辞艺术或技艺》（*Arte or Crafte of Rhetoryke*）算起，包括威尔逊（Thomas Wilson）的《修辞艺术》（*The Arte of Rhetorique*, 1553）和阿谢姆（Roger Ascham）的《教师》（*The Scholemaster*, 1570，书中

---

① Vernon Hall, Jr., *Renaissance Literary Criticism: A Study of Its Social Content* (Gloucester, Massachusetts: Peter Smith, 1959), p. 153.
② Lisa Hopkins & Matthew Steggle, *Renaissance Literature and Culture* (Shanghai: Shanghai Foreign Language Education Press, 2009), p. 2.
③ M. A. R. Habib, *A History of Criticism and Theory: From Plato to the Present* (Oxford: Blackwell Publishing, 2005), p. 238.

包含关于写作训练中模仿的专论)。正是在这一阶段,英国作家们认识到要把形式和风格作为文学的区别性特征。第二阶段包括盖斯科因(George Gascoigne)的《关于英语诗歌创作或用韵的几点指导意见》("Certayne notes of instruction concerning the making of verse or ryme in English", 1575)、普腾厄姆(George Puttenham)的《英语诗歌艺术》(*The Arte of English Poesie*, 1589)、布洛卡(William Bullocar)的《简明语法》(*Bref Grammar for English*, 1586)、哈维(Gabriel Harvey)与斯宾塞的通信、韦伯(William Webbe)的《论英语诗》(*A Discourse of English Poetrie*, 1586),这一阶段的主要特色是对实际的语言问题和诗歌韵律的分类与研究。第三阶段以哲学性、辩护性批评为主,其代表是 1595 年出版的锡德尼的《为诗辩护》,以及哈林顿爵士(Sir John Harington)的《为诗辩护》(*An Apologie for Poetrie*, 1591)、丹尼尔(Samuel Daniel)的《为押韵辩护》(*A Defence of Ryme*, 1603)。辩护的起因是清教徒对"诗"的攻击,或古典主义者对英语作诗法和押韵的攻击。[①]在辩护的过程中,批评者们提出并阐发了诗的基本原则。17 世纪上半叶为第四阶段,其中心人物是琼生,这一阶段的特点是创作指导。17 世纪下半叶是英国文艺复兴文学批评的第五阶段,这一阶段英国的文学批评比较明显地反映出法国文学思想的影响,其代表作是德莱顿的《论戏剧诗》(*An Essay of Dramatic Poesie*, 1668),以及霍布斯与达文南特爵士(Sir William D'Avenant)互通的书信。[②]

斯宾加恩的五阶段划分显示了英国文艺复兴文学批评发展的基本脉络。前期的文学研究受修辞学、语法学和逻辑学影响明显,基本上还是在中世纪三大学问的框架内进行,不过学者们越来越强烈地意识到文学是一个独特的文类,有必要对其特征和意义进行探讨。不妨说这一阶段是中世纪诗歌研究向独立的诗学研究过渡的阶段。到 16 世纪八九十年代,以锡德尼的《为诗辩护》为标志,文学批评开始真正地、系统地探讨文学的性质、特征、功能和文化趣味、意义、价值等问题,开始为文学批评作为一门独立的学科话语确立范畴和原则。

文艺复兴文化的总体特征是既努力复兴古希腊、古罗马的文化学术经典,又非常重视创新,这一特征在文学批评上也有明显表现。英国批评家们,从威尔

---

① "诗(poetry)"是英国文艺复兴时期的文学批评里一个极其重要的概念,指的是包括诗歌、戏剧在内的多种诗体文学创作形态,因为当时占统治地位的文学创作都采用诗体形式(verse),而不是散文形式(prose)。本章讨论中使用的"诗"和"诗人"概念,大多数情况下均为沿用文艺复兴时期的指称。

② J. E. Spingarn, *A History of Literary Criticism in the Renaissance* (New York: Columbia University Press, 1912), pp. 253–260.

逊、阿谢姆到锡德尼,再到琼生、德莱顿,都大量借鉴、引用古典思想家的观点、视角,或为理解、认识当代的现象和问题,或为当代作家指出方向、提供建议。然而,英国批评家们并未僵化地接受古典的思想和原则。从他们对文学模仿、文学的目的和功用等基本问题的定义可以发现,他们都不同程度地(尤以德莱顿最为突出)认识到古典思想和原则的历史性:生成于特定的历史语境——古希腊、古罗马,参照的是当时作家的创作(亚里士多德的《诗学》就是典型例证)。或许正是缘于这样的历史意识,英国批评家们大都能以本土文学为基础,既借用古典原则又对之进行发展、修正,并大力为当代文学辩护。

英国文艺复兴时期的文学批评在很大程度上是一系列"诗辩","为文学辩护,或者为某个作家、体裁进行辩解,组成了文艺复兴文学批评的很大部分"。①辩护的原因不仅有清教徒对诗的大肆攻击(如高森的《罪恶学堂》),也有个体作家间的强烈质疑(如霍华德反对戏剧中采用押韵体)。批评家们要在古典思想和艺术规则、中世纪三大学问、新教(尤其是清教)文艺观、法国文学影响以及现代文化意识、以君主和贵族为中心的王权政治格局等多重因素之间巧妙周旋。例如,锡德尼"从道德立场证明诗的合理性",②德莱顿则以商讨的形式论述戏剧诗之种种具体问题。值得注意的是,批评家们近乎异口同声地为英语文学、为"现代性"辩护——这无疑对英国文学的独立发展起到了廓清道路的作用。另一方面,英国文学批评可以说是在辩护中真正成长起来的,诗辩促成了英国文学批评的自我塑造。

为英语文学和现代性辩护,显示出英国文艺复兴文学批评包含着明显的民族主义、爱国主义情绪,其背后则是 16、17 世纪英国的王权和贵族主义意识形态。如批评家霍尔所指出的,文艺复兴时期的批评思想深受当时社会状况的影响,"贵族统治的等级社会是绝大多数批评者所接受的准则"③。形成这一状况的原因可以追溯到由女王和贵族所主导的文艺庇护和资助体制,因为文艺资助与文艺复兴时期新兴的精英阶层——宫廷贵族的利益密切联系在一起,文艺的发展牵涉的是女王和贵族们所代表的政治力量。批评家们号召用母语创作的呼声,对史诗、悲剧等文类的描述,对文学功能的阐述,等等,均采取了贵族主义的

---

① Brian Vickers, "Introduction," in Brian Vickers, ed., *English Renaissance Literary Criticism* (Oxford: Clarendon Press, 1999), p. 1.
② Richard Harland, *Literary Theory from Plato to Barthes* (Beijing: Foreign Language Teaching and Research Press, 2005; first published by Palgrave Macmillan Limited, UK, 1999.), p. 34.
③ Vernon Hall, Jr., *Renaissance Literary Criticism*, p. 2.

立场和迎合贵族趣味的策略,本质上均在维护现行君主集权制下的封建社会等级秩序。

英国文艺复兴时期文学批评与现代文学批评有一个显著的区别:前者基本上是规范性的,后者则基本上是描述性的。现代文学批评关心的是"文学性"、文学作品的解读和意义阐释、文学的发展和变化等问题,分析文学作品本身是核心。但是,文艺复兴时期自始至终,鲜有人试图从作品的内部特征入手来准确评价个体作家的价值,解释作家能力或才华所在,揭示作家想象力之下隐蔽的思想观念、思维方式。当时的批评者——他们绝大多数是已经成名的或成长中的作家,普遍关心的是如何写的问题,包括模仿、创造、押韵、格律、选材、修辞、风格和得体等诸多方面。即使他们在分析具体作品,总结出技巧规律,发现作品的优劣,往往也是为写作提供建议和指导这个目的服务。英国文艺复兴时期的文学批评对英国文学的发展完善、对作家的成长无疑起到了非常直接的作用。

第一节 锡德尼与《为诗辩护》

锡德尼(Philip Sidney, 1554-1586)是文艺复兴时期不可多得的才俊,文武兼备,曾游历巴黎、法兰克福、威尼斯、维也纳等欧陆城市。锡德尼的职业生涯以从政为主,先后做过朝臣和外交、军事方面的官员,32岁牺牲于祖特芬战场。他在文学创作方面的成就包括108首十四行诗、穿插有11首歌谣的《爱星人和星星》(*Astrophel and Stella*, 1591)和诗文合璧的传奇小说《阿卡底亚》(*Acadia*, 1590),他的文学批评论著《为诗辩护》(*An Apologie for Poetrie/The Defence of Poesie*, 1595)[①]堪称英国文学批评的启明星。

《为诗辩护》的具体写作时间不详,一般认为是1580到1583年之间。写作该文的直接原因现在大多认为是清教徒高森(Stephen Gosson)1579年发表的小册子《罪恶学堂》(*The School of Abuse*)。在这本未经锡德尼同意就题献给他的书中,高森从清教道德立场对诗人和演员大张挞伐。伊丽莎白时代有一股被后人称为"反诗歌"或者说反文学的潮水涌动,高森仅是其代表人物之一。在他之前,教士诺思布鲁克(John Northbrooke)于1577年写了《反对赌骰子、舞蹈、戏剧、幽默短剧与其他有闲消遣之檄文》(*A Treatise Against Dicing, Dancing, Plays, and*

---

① 文稿在同一年先后由亨利·奥尔尼(Henry Olney)和威廉·庞森比(William Ponsonby)两家出版商印行,前者用的标题是 *An Apologie for Poetrie*,后者用的是 *The Defence of Poesie*。

Interludes, with Other Idle Pastimes),第一个从道德立场出发批判英格兰的戏剧和其他娱乐活动。《罪恶学堂》的发表如一石激起千层浪,洛奇(Thomas Lodge)同年就写出《为诗、音乐和舞台剧辩护》(*Defence of Poetry, Music and Stage Plays*)反驳高森,之后还有多篇反驳文章陆续面世。反诗歌潮水所激起的诗辩,客观上却促进了英国文学批评的系统发展。《为诗辩护》并非专门针对高森的攻击进行论辩,文中也没有任何地方直接提到高森的名字和其小册子,但标题本身和文中着力反驳的几个观点表明,《罪恶学堂》是锡德尼写作此文时的一个重点论争对象。① 锡德尼借鉴众多先贤的思想,包括亚里士多德、柏拉图、贺拉斯、斯卡利戈(Julius Caesar Scaliger)、卡斯特尔维屈罗(Lodovico Castelvetro),以及一些古希腊诗人、苏格拉底之前的哲学家和意大利理论家,采撷、糅合前人思想中切合自身需要之处,从总体上为文学辩护。

《为诗辩护》的主要内容可以分为四部分:第一部分从历史的角度论述诗以及诗人的地位和重要性;第二部分界定诗的性质,将诗与哲学、历史进行比较,进一步论述诗的特征和功能;第三部分逐一反驳对诗的主要责难;第四部分分析英国诗存在的弊病,对诗人的成长提出建议。

第一部分,锡德尼以历史事实证明诗的普遍性和文化启蒙价值:"在人所共知的高贵民族和语言里,诗都最先为无知带来光明,它是最早的乳母,是她的乳

---

① 锡德尼在开篇时慨叹诗"从最高的学术评价跌到成为小儿的笑料","甚至有哲学家的名字可以用来侮蔑它,在九位缪斯女神之间还有着发生内战的巨大危险"。锡德尼这番话颇耐人寻味,他似乎在暗示诗所面临的压力也来自哲学以及缪斯女神所代表的其他学问——实际所指应该是历史。按照希腊神话,九位缪斯女神分管不同门类的艺术与学问,包括天文、历史、悲剧和喜剧,等等,但是除天文和历史外,都是高森所批评的文艺门类,而伊丽莎白时代的诗歌和诗学地位论争均发生在人文学科之内,并未真正涉及天文等今日所谓的自然学科。与此同时,有证据显示,《为诗辩护》中有多处说法和文字来自英国翻译家诺思(Thomas North)翻译的《希腊罗马名人传》的《前言》。诺思翻译时采用的源文本是法国主教阿米约(Jacques Amyot)于1559年出版的法文译本。阿米约为法译本撰写了《前言》,文中提出了历史的地位高于其他学问之说,诺思从法文将《希腊罗马名人传》连同阿米约的《前言》一起译成英文,于1579年在英国出版。这一发现表明:文学与历史的地位之争是锡德尼在撰写《为诗辩护》时思考的问题之一。参见 Marguerite Hearsey, "Sidney's *Defense of Poesy* and Amyot's Preface in North's Plutarch: A Relationship," *Studies in Philology*, Vol. 30 (October 1933): pp. 535-550. 锡德尼所谓的缪斯女神之间的内战实际专指历史,这一论断也是斯蒂尔曼一篇论文的开篇语和论述的前提,不过他没有在后文解释该论断的依据。见 Robert E. Stillman, "The Truths of a Slippery World: Poetry and Tyranny in Sidney's *Defence*," *Renaissance Quarterly* Vol. 55, No. 4 (Winter 2002), p. 1287.

汁让无知者后来能食用艰硬的知识。"①锡德尼列举了大量的历史事实,并指出:时间上,诗在各国都是最早出现的学问,其他学问都由诗而来;诗人在各国历史上都是最早的写作者,他们用自己的笔把知识传给后代。诗在古今各地普遍存在,不仅有学问的民族从不蔑视诗,而且野蛮的民族也喜欢诗;希腊哲学家们在很长时期里都以诗人的面貌出现,甚至有的本来就是诗人,他们的自然哲学、道德忠言、对政策和战争问题的讨论等都使用了诗。如果没有诗,哲学家和史学家都无法被普罗大众欣赏、接受。锡德尼以辞源为依据指出诗人在古希腊罗马人心中享有崇高地位。古罗马人将诗人尊为圣人、先知,古希腊人视诗人为创造者,如此称呼显示出诗人在当时人们心目中至高无上的地位。锡德尼进而将诗和其他学问对各自研究对象的依赖程度进行比较,以说明诗的高超之处。诗人与自然齐头并进,他不局限于自然所赋之物这个有限的范围内,而是"自由自在地在自身才智的黄道带内遨游"。

第二部分,锡德尼为诗进行定性,其中可以明显看出他借鉴、融合了亚里士多德、贺拉斯、斯卡利戈等人的思想。锡德尼之前,西方文艺批评史上有两种主要的创作观:一是源于柏拉图的神启说,二是源于亚里士多德的模仿说。锡德尼沿袭了后者,认为诗是"模仿的艺术……是再现、仿造,或曰形象的表现:用比喻的说法,它是说话的图,其目的是教育和怡情悦性",②最终都是引人向善。锡德尼将诗分为三大类:一是模仿上帝非凡美德的诗,例如大卫的《诗篇》、所罗门的《雅歌》、《传道书》和《箴言》,以及荷马等许多古希腊罗马诗人的颂歌;二是表现哲学问题(包括道德、自然、历史等方面)的诗,这类诗受到各自主题的约束,不能无拘无束任由发挥。第三类和第二类截然不同,这类诗人真正是为了教育和怡情悦性而模仿;他们"模仿时搬用的绝不是过去、现在存在的事物或者将来的事物",而是博学、明辨基础上确定为"可能发生和应该发生的事物"。③ 在锡德尼看来,这第三类诗人才是真正的诗人,他将诗的定义限制为"真正为了教育和怡情做最恰当的模仿""卓越形象的虚构""自由地描绘完美的模范"。这一限定非同寻常,它一方面策略性地规避了清教徒的道德指控,另一方面又成为对抗哲学和历史的有力武器。锡德尼明确指出了文学性的核心所在——模仿、虚构和想

---

① Philip Sidney, *An Apologie for Poetrie*, ed. Edward Arber (Birmingham: Murray, 1868), p. 20.这个版本采用的是1595年亨利·奥尔尼印行的版本。学界一般认为,较之于由威廉·庞森比印行的版本,奥尔尼的版本更严谨。
② 同上,pp. 26 - 27.
③ 同上,p. 28.

象,这意味着评判文学文本的价值观标准要回到文学和文学性,而不是宗教神学和笼统的道德,意味着须在审美性的基础上探讨文学的认知和伦理价值,否则会陷入哲学和历史的困境中。锡德尼对文学的愉悦和教育功能的阐释表明:审美性本身可以成为文学及文学批评的崇高目标。《为诗辩护》是"现代早期第一部为虚构辩护"的著作,它将想象、虚构作为"一种自足的知识形式——对公共领域享有福乐不可或缺的知识形式"。① 需要注意的是,锡德尼在肯定人有缺陷的同时强调人性中有善和向善的因素("真理在本性中的力量"),则是对清教徒过于强调原罪进行修正。这表明他在原则性地维护清教的道德主张的外表下,实则在偏离、修正清教的文艺观和人性观。

锡德尼对诗的概念做了必要的澄清,深化了模仿和虚构思想。诗可以进一步细分成很多类,有英雄体、抒情的、喜剧的、悲剧的、讽刺的、抑扬格的、悼亡的、田园诗,等等。但是,锡德尼明确指出:不是所有以诗行形式写成的就是诗(在后文驳斥人们对诗的指责时,锡德尼重复了这一点),诗行形式只是诗的外衣,而不是诗的成因;成就诗人的不是押韵和诗行形式,而是将德行、罪恶等以鲜明的形象虚构出来,用愉快的方式教育人,这才是识别诗人的真正手段。

从诗模仿、愉悦、教人向善的基本性质出发,锡德尼以诸学问中地位较高的哲学和历史为比较对象,进一步阐发诗优于其他学问之处,声言"诗人是一切学问的君主"。学问的最终目的是吸引、带领个人最大限度地达到完美境界:"世间一切学问的最终目的是有道德的行为,最能产生有道德行为的技艺才有最正当的理由充当其他学问的君王。"②诗在这方面领先于其他竞争者,原因在于道德哲学家和历史学家一个提供箴规,一个提供实例,而模仿使诗人兼具二者之长。锡德尼认为诗的模仿最符合人的天性,所以诗人不用生硬说教,诗的怡情作用自然地能比其他艺术更有效地吸引人的心灵,让人产生受教的愿望,而硬心肠的恶人也愿意被愉悦,从而见识到善并行善。总之,诗是最柔弱的脾胃都适合的食物,诗人是"真正的群众哲学家"。

诗人之所以胜过历史学家,是因为:首先,历史学家局限于既有的事物而不是应然的事物,局限于事物的个别真实,而不是事物的一般道理。锡德尼引用了亚里士多德关于历史的观点:诗比历史更有哲理,更审慎认真,因为诗关系的是普遍的

---

① Robert E. Stillman, *Philip Sidney and the Poetics of Renaissance Cosmopolitanism* (Hampshire: Ashgate Publishing Ltd, 2008), p. vii.
② Sidney, *An Apologie for Poetrie*, p. 30.

事物——普遍性考虑的是从可能性或必然性角度适合说或适合做的事物,历史关系的则是个别的、具体的事物。历史只能按照本来面目叙述已经发生的事物,不能凭想象自由发挥。其次,虽然历史用现实的例子教导人,但是,在教导人方面,诗里虚构的例子和真实的例子同样有力,因为虚构的例子也能含有最强烈的情感来感染人。况且,历史学家的一切实例,诗人均可以借模仿化为己有,并对之加以美化,以更有教育意义,更有愉悦效果。最后,诗是真正的惩恶扬善以教育人,而历史因为必须叙述事实真相而束手束脚,最终往往从好事变成恐怖,或变成鼓励和放纵邪恶。总之,诗不仅在提供知识方面,而且在引导心灵向善方面,都胜过历史。

在第三部分,锡德尼反驳了时人对诗的非难。他列举了当时关于诗的几个主要反对观点:第一,有许多比诗有用的知识,人们应该把时间花在那些知识上面;第二,诗滋生谎言;第三,诗助长罪恶;第四,柏拉图把诗人驱逐出他的理想国。锡德尼对以上四点逐一进行驳斥,指出诗"不是谎言的艺术而是真知灼见的艺术,不是柔弱萎靡的艺术而是特别能激发勇气的艺术,不是糟蹋人的才智的艺术而是增强人的才智的艺术,不是被柏拉图驱逐的艺术而是为他所尊敬的艺术"。[①] 关于诗的用处大小问题,锡德尼强调:诗在教人德行、感化人向善方面,是其他学问无法比及的,因此没有哪个学问比诗更有益。针对诗人是否说谎的问题,锡德尼先对说谎进行定义——说谎即肯定虚假的是真实的,进而指出诗人最不会说谎。原因在于,诗人从不告诉人们什么存在着和不存在,而是什么应该和不应该存在。诗人虚构可能或应该发生的事物,但从不将虚构的说成是实在的,从不教读者将他们写的东西当作事实,因此从不说谎。针对诗践踏人的才智、唆使人恣意非为这一论调,锡德尼反驳道:诗被人滥用而招致祸害,这不是诗的错。现实中确实有许多诗作里带有各种消极、鄙陋、邪淫的东西,但这不是诗糟蹋了人的才智,而是人的才智糟蹋了诗。因此,决不能因为事物被滥用而使正确使用成为令人憎恨的东西,也决不能因为滥用而责难被滥用的东西。这一思想为锡德尼的第四点辩护(关于柏拉图驱逐诗人的问题)提供了基础。锡德尼重复并延伸了在书中第一部分提出的思想,即柏拉图本身是哲学家中最有诗意的。他经过分析得出结论:柏拉图警醒人注意的不是诗,而是诗的滥用;他针对的并非一切诗人,他想赶出理想国的只是对于神的错误主张——他驱逐的是滥用而不是被滥用的诗,因此柏拉图是诗人的守护者而不是敌人。

对诗的滥用这一发现为锡德尼分析诗在英国不受欢迎的原因提供了思路。

---

① 同上,pp. 59 - 60.

在《为诗辩护》的第四部分,锡德尼对英国文学的状况进行详细检讨。他(包括其他反驳高森的人,如洛奇)认同当代文学不尽如人意这一看法,但他不承认当代文学道德堕落,且多次强调历史上出现了有道德问题的诗,"是诗人的过错,而非诗的过错",因为"极少诗人掌握了这门艺术"。① 辩护过程中,他始终强调要从逻辑上将总体的诗、处于特定时空的诗人、伪劣诗人(poet-apes)这三者严格区别开来。另外,锡德尼也同意诗有败坏道德、引人向恶的可能,故而他一再强调诗的"正当使用"。他首先指出,以诗为乐的人,应该努力了解他们所做的事情,是怎么做的,尤其要客观、理性地反省自身。诗人的成功除天赋外还需要三个关键要素:艺术规则或理论(art)、模仿(imitation)、练习(exercise)。他从内容和文辞两方面对英国的诗做了具体分析,阐明诗人创作中的关键。

内容方面,锡德尼首先突出了诗的整体安排的重要性:诗需要有计划和组织,需要连贯;如果"只是一行引出另一行,在开头没有安排结尾",作品就会"成为一堆叮叮当当押着韵的混乱堆砌的词句,其中没有多少道理"。② 锡德尼用较多篇幅讨论了戏剧所存在的问题,强调戏剧必须遵守礼法和诗艺的规则,这些显示出他批评思想中的新古典主义倾向。他指出,悲剧应当受诗的规律而不是历史的规律制约,它不必顺应故事,而有虚构全新的内容或调整历史以最大限度地就悲剧之方便的自由——而他所谓的"诗的规律"的核心其实是"三一律"。在遵守"三一律"的基础上,锡德尼突出了悲剧中的一个重要技术问题——表现和讲述的运用。在他看来,许多事情可以在舞台上讲述,但不能直接表现。因此,当需要安排包含许多时间许多地点的故事时,要善于利用人物的报告、讲述。另外,直接表现历史的时候,不能刻板地沿袭历史顺序,从最初的行动开始,而必须从所要表现的行动的主要节点开始。最后,锡德尼指出,不能轻易将悲剧和喜剧拼凑到一起,以致失去悲剧应产生的崇敬与同情,也失去喜剧的轻松玩乐;"一个喜剧的整个过程应当充满快乐,悲剧则应始终维持一种巧妙引发出来的崇敬感"。③ 锡德尼明确否定了喜剧效果上没有哄笑就没有怡悦的观点,强调喜剧须以教育为根本目的。他指出:哄笑和怡悦可能同时出现,但是哄笑不应是怡悦的结果,而笑了也未必感到怡悦。总之,"喜剧部分的全部宗旨不要仅放在那些引人发笑的、令人鄙视的事情上,而要和诗的目的——愉快地教育相融合。"④

---

① 同上,pp. 46, 35.
② 同上,p. 63.
③ 同上,p. 65.
④ 同上,p. 66.

文辞方面,锡德尼反对使用过于花哨的、不恰当的词语,反对使用生僻词和太多压头韵的词。他告诫诗人要谨慎使用比喻等修辞手法,切忌滥用和不分场合的使用;技巧的运用要恰当自然,切忌卖弄技巧。和欧陆文艺复兴作家和理论家一样,锡德尼也倡导用本土方言(英语)进行创作,认为英语有自己的优势(例如没有格、性、语气、时态等区别),可以和其他语言一样优美、恰当地表达思想情感。作诗上,不论是古法(侧重音的长短)还是今法(侧重节奏和押韵),都有其用途和美妙之处,而两种方式英语都适合,英语甚至比其他欧洲大陆语言(如意大利语、法语、西班牙语)更有优势,所以英语是"最适合为诗增光,又能因为诗而增光"。[①] 锡德尼为母语辩护,提倡母语写作,体现出英国文艺复兴文学批评所具有的民族主义意识和爱国主义情怀。

锡德尼的《为诗辩护》"在英语语言中首次将文艺复兴时期各家文学批评思想和关心的问题加以综合",其中讨论的问题,诸如诗的教育和怡悦性情的功能、模仿的本质、自然之概念等,"一直到18世纪末,都是各个语言的文学批评家们广为关心的问题"。[②] 不仅如此,他还积极倡导英语文学,为英国文学的发展提出意见。《为诗辩护》不仅是一篇辩护文章,为英国文学的合理性和应有地位发出强大的声音,而且通过对文学性的探讨开始为英国文学批评确立范畴和原则。《为诗辩护》在许多方面具有开创意义,因此成为英国文艺复兴时期最重要的文学批评著作之一。

第二节 琼生与《林木》

文艺复兴批评家中,琼生(Ben Jonson, 1572－1637)是比较特别的一个,他没有专门的批评论著来系统或相对系统地阐发自己的文学思想。他的批评观点都是零散地出现在笔记体著作《林木》和一些剧作(尤其是剧作的《前言》或《致读者》)、诗作中,有时甚至借助诗作的形式本身(例如诗集《灌木》中的第68首《突然的一段反对押韵的押韵诗》)来发表见解。概括起来,这些文学思想主要涉及文学的主题、形式、目的和创作方法等方面。

琼生的文学思想大部分包含在笔记体著作《林木》(*Timber, or Discoveries Made upon Men and Matter*, 1641)中。该书内容覆盖了为人、处事、为学等诸多方

[①] 同上,p. 71.
[②] Habib, *A History of Literary Criticism and Theory*, p. 261.

面,没有分类,不成体系。就书中的文学批评性条目而言,许多文字其实是解诂或翻译亚里士多德、塞涅卡(Lucius Annaeus Seneca)、昆体良及若干其他拉丁语作家的作品片段,①但是其诂读和解释中时刻闪现着一个文艺复兴思想家的光芒。在书中,琼生就诗、诗艺、诗人的成长阐述了见解,扼要评点了古今多位作家,体现了他作为学者所具有的渊博学识,以及作为作家在论述上的谨慎和考究。

和锡德尼一样,琼生直接借鉴了亚里士多德关于诗人和诗的定义。诗人是创造者、虚构者,他的艺术在于模仿或虚构。诗的关键之处不在于完美的诗行形式和韵律,寓言和虚构才是"一切诗作的形式和灵魂",是"用恰当的节奏、音步、和声来表现人的生活",把事物写得有如真有其事。② 琼生将诗作为生活的写照、世界的图像,可以说一定程度上实现了"文学理想的客观化"。③ 琼生也意识到诗在他所处的时代名声不佳,感到有必要为诗正名。在《林木》中,他将诗与绘画和哲学、神学、政治学等学问进行对照,指出诗的特性,进而赋予诗和诗人崇高的地位。在他看来,虽然诗和画的本质都是模仿和虚构,但是诗比画高级,因为前者诉诸理解,而后者诉诸感觉。琼生沿袭了诗的作用是愉悦和教育这一思想,认为诗是"行为举止的绝对的教师、德行最近的亲戚",它的主要目的是"教人以生活的最高的道理"。诗担当道德教育责任相应地要求诗人准确认识所有的善和所有的恶,而且有能力让善恶适当地交锋,最终让人们爱善憎恶。从诗的愉悦和道德教育特性出发,琼生认为诗比哲学、神学、政治学都要高贵。诗人和哲学家一样研究智慧,但是诗人用快乐、温和的方式引导人,这使他们与严肃、刻板的哲学家截然区别开来;在打动人的心灵、激发人的情感方面,诗人则胜过演说家。诗人也可以虚构一个国家,"用良策来管理它、用法律来巩固它、用卓识来矫正它、用宗教和道德原则来教化它",因此集哲学家、神学家和政治家于一身。④

琼生非常重视创作的艺术风格,提出了判断风格好坏的标准,并对作家风格的形成和锻炼提出建议。琼生将自然作为艺术的基本原则,他明确指出:"真正的艺术家不会脱离自然……或者离开生活与真实,要根据听众的能力发言。"⑤琼生以内容与形式的二分法为基础,阐发了他的风格标准。内容是基础和核心,

---

① J. E. Spingarn, "The Sources of Ben Jonson's *Discoveries*," *Modern Philology* 11(1905): 451 – 460.
② Ben Jonson, *The Works of Ben Jonson*, Vol. 9, ed. W. Gifford (London: R. H. Evans, 1816), p. 234.
③ Spingarn, *A History of Literary Criticism in the Renaissance*, p. 306.
④ Ben Jonson, *The Works of Ben Jonson*, Vol. 9, p. 189.
⑤ 同上,pp. 179 – 180.

形式、风格是表现内容的载体和手段，必须根据所选的内容和主题来选取合适的语言、修辞。好的内容必须有好的文采来装饰，以不失其精美，二者合一才能使艺术从粗糙、"蒺藜遍布"的状态提升到纯洁、开放、"繁花似锦"的状态，从而让人们愿意去接受。琼生以表达明晰为风格优点之首。文风既不能枯燥又不能空洞，也不能用大量牵强的描写造成曲折不达、漫无边际的毛病。他崇尚简洁、直接、纯粹的风格，并将简要(succint)、简短(brief)和简洁(concise)的风格区别开来："严格、简要的风格就是把文中的任何东西拿掉，都会造成损失，且是明显的损失。简短的风格是用少量的文字表达丰富的意义。简洁的风格是不全部表达出来，而是留下一些供理解、回味。"①他认为作家应该用最直接的方式来表达，谈论问题时应直抵其本质，词语表达和意思应清楚、明确，以方便听众和读者理解。琼生引用维韦斯(Juan Luis Vives)的话解释其原因："直接的表达传达出光芒，绕弯子、模棱两可、兜圈子式的表达使人糊涂。"相应地，句子不能长也不能太短，长短跳跃仿佛走路时体态不稳，且长句人们难以记住，短句则进入不了记忆。琼生也提到好的风格的其他特征，如应高雅与平易兼具——既不能通篇都用很雅的文辞，又不能平易太过，导致"写孩童的"东西变成了"孩童写的"东西。另外，表达应条理有序，不能混乱。琼生将写作风格比作编织：风格应该像绞好的丝，然后用恰当的线来穿插编织，而不能缠绕杂乱，纠结一团。

按琼生的看法，形式和风格与语言似乎是硬币的两面，故而"凡形式和风格堕落变坏的地方，语言也会变坏"。他将语言的特征(高雅壮丽、直接明了、词语组合通顺流畅)与人的特征(身躯、体形、皮肤与衣着等要素的和谐组合)作类比，显示出他所抱的"文如其人"观念。首先，词语是为表达意义服务的。在他看来，词语与意义的关系恰如肉体与灵魂的关系——没有意义，一切词语都没有生命力。意义或来自经验，或来自对人类生活和行为的认识，或来自人文教育。琼生突出了言辞的庄重与词语的恰当运用之间的关系，强调要根据说话人或谈论的事物来选取词语。"当我们恰当地使用词语，用转借或比喻发挥出词语应有的力量与特性，就可以见出它们的庄重、得当之处。"②琼生对造新词、用古语、用修辞等都提出了具体意见，部分观点与中世纪时期索尔兹伯里的约翰在《元逻辑》里表达的观点颇为相似。他视惯用为用词的基本原则，声称"习用是语言最明确的老师"。琼生还为"习惯用语"划定了范围：它们是"有学问者共同认可的用语"。

---

① 同上，p. 221.
② 同上，pp. 218-219.

作家应考虑在每一种语言里,什么是在使用的,什么是被接受的,并在恰当和必要的前提下,可以适当创造新词、运用古语和修辞式语言。他坦言创造新词能否被人接受需要承担风险,认为有必要冒险,但是不能使用太多新词。琼生也不反对用古语,因为古语为古时所常用,用在今日也能增添庄重感、雅致感和权威感;但是,他坚决反对仅为了装点和花哨而运用古语,并建议选择时采用今词中最古者和古词中最新者,以避免年代过于久远造成的变形扭曲与晦涩难解。在运用修辞性语言方面,琼生同样坚持有必要或有用时才运用。所谓的"必要"与"有用",前者是指绝对缺少一个可以直接表达意思的词语,或者没有非常合适的词语,例如为了避免不敬和冒犯而含糊其词或旁敲侧击,为了避免下流淫猥而转换说法,为了增加乐趣而改变花样,等等。同时,他告诫作者,选择修辞方法时也以常用者为佳,且意义须明确以不妨碍理解,忌牵强、矫揉造作,忌模糊不明、前后不连贯。琼生关于用词和修辞的思想,一言以蔽之,是以习用为主,以新奇变化为辅,务求恰当、得体,切忌引喻失义。

针对诗人的成长和成功,与锡德尼不同,琼生认为诗不是作家想象力和个性的自由发挥,成就一个伟大的诗人有五要素:禀赋、练习、模仿、研究和技巧。琼生的观念既结合了柏拉图式的天启说,更突出人的能动性,特别强调作家必须付出有意识的努力。诗人首先要有好的天赋才智,"诗人必须天生、本能地有能力把精神的财富倾倒出来",能超越平常的、众所周知的想法,说出凡人之口说不出的东西。① 第二要素是反复练习。若创作途中才智陡然不及古人,不要焦躁,而应加之以更深的思考、勤奋地不断尝试。倘使依然没有突破,则"拿回锻炉熔烧,锤炼锉平,重新打造"。琼生把写诗行的人(rhymer)和诗人(poet)区别开来,因为诗人的成功需要时间反复思考、推敲琢磨。他引述维吉尔、斯卡利戈和悲剧家欧里庇德斯的经历和言论,提出他的见解:经过辛苦写出来的东西方值得一读且能够长久留传。诗人必需的第三要素是模仿他人,"能把别的诗人的材料、财富化为己用"。② 琼生对模仿的途径提出了具体意见:一要观察前人是如何模仿他人的,例如维吉尔和斯塔提乌斯如何模仿荷马、贺拉斯如何模仿阿基罗库斯;二须挑选优秀超群的诗人来模仿,一心追随到能以假乱真的地步为止;三要明辨优劣、理解消化,不可亦步亦趋,将毛病当优点,也不可囫囵吞枣,不得精华。此外,还要多方借鉴,即使某作家"很完美,是重要作家,也不能仅模仿他一人,因为没

---

① 同上,p. 237.
② 同上,p. 239.

有模仿者会赶得上被模仿者"。①

琼生将精确的研究和广泛的阅读视为诸要素中最重要的一个。他在《林木》中多处对此进行了讨论,概述了亚里士多德、莎士比亚、培根等古今多位作家的优点,为作家的学习与研究指出方向。琼生指出,研究和阅读的用途不仅在于"使诗人了解一首诗的历史或观点并能说出来,而且使诗人掌握诗的内容与风格,显出自己知道在必要的时候如何将内容和风格都运用、安排、处理得很优美。"②针对研究和阅读,他先后在不同地方提出若干注意事项,具体包括:第一,要了解自己,但不能只研究自己;第二,必须读多位作家的作品,且必须是最优秀的作家的作品,善于取人之长;第三,要根据自身程度有选择地阅读;最后,不能盲从古人的实践和理论,一味地以他们为权威。古人有开门、铺路之功绩,但是应该把他们当作向导,而不是当作指挥官,必须根据自己的经验做出独立的判断。诗人除必须有天赋并勤于练习、模仿和研究外,还需要加上艺术技巧这一要素,"唯有技巧才能使他臻于完美"。正是把技巧作为一种独特要素使琼生与之前的批评家区别开来。

作为一位伟大的喜剧作家,琼生对喜剧的主题、结构、人物塑造等方面进行了大量的思考,这是他与文艺复兴众多剧作家的一个不同之处。在《人人高兴》的前言中,琼生对喜剧的主题发表了意见,认为喜剧:

> 写的是常人的言行举止,
> 喜剧选择描写的人物,
> 用以展现时代的影像
> 嘲弄人的愚蠢而非罪恶。③

也就是说,喜剧应当表现现实的生活,描写日常的行为,使用常人的语言;它嘲讽的对象应该是凡人常见的愚行和错误,而不是嘲讽罪恶,在嘲讽中能见出对人的爱。由此可见,琼生所说的嘲讽是紧扣喜剧的娱乐和教益目的的。他在《狐狸》(*Volpone; or, the Fox*)、《安静的女人》(*Epicoenm; or, the Silent Woman*)等剧作的前言以及《林木》中都指出,喜剧的目的是教益和娱乐。他引用亚里士多德的话,强调喜剧的目的不仅是惹人发笑;仅惹人发笑是喜剧的一个错误,是下作的行为,它会使人性的某些方面堕落。喜剧作家的"职责是模仿正义,是指导生活,净化

---

① 同上,p. 183.
② 同上,p. 239.
③ Ben Jonson, *The Works of Ben Jonson*, Vol. 1, ed. W. Gifford (London: R. H. Evans, 1816), p. 4.

语言,或者唤起温情"。①

琼生多次谈到喜剧创作须遵循一定的结构和形式原则,尤其是"三一律",这反映出他的古典主义倾向。在《狐狸》中,他自诩遵守了高雅喜剧的所有规则,即时间、地点一致和人物前后一致的原则。不过,他本人的创作实践表明他并未始终恪守时间和地点一致原则,且对是否须遵守时间、地点一致律持非常开明的态度。在《人人扫兴》(*Every Man out of His Humour*)的开场,琼生借科达特斯之口发表了一个重要见解:不同时代的喜剧作家会根据所处时代的需要,对喜剧的形式作适当的变化(如增加演员人数、添加合唱)。因此,今日的作家同样有权利在审慎判断的基础上提升创造、为之增色,而不能拘泥于前人设定的严格的、统一的形式。在《塞亚努斯》(*Sejanus, His Fall*)的"致读者"里,琼生坦言该剧没有遵守时间一致律,也没有合唱部分,这似乎有违古训。他同时指出,在今日遵守古训既没有必要也几乎是不可能的,戏剧中重要的是"情节真实、人物尊贵、演说严肃雅致、见解完整充分"。② 以莎士比亚为典型,诸多英国剧作家均未严格遵守时间和地点一致原则而依然创作出优秀的作品,琼生必然认识到这一事实,因此在自己的创作实践和理论思考上都突破了古典理论的局限。

与对时间、地点一致问题上的灵活、变通态度相反,琼生非常强调行动的整一。首先,戏剧行动必须单一。单一包括两个方面:或者它是单独的,或者是由各个部分组成的统一体——他更侧重后一方面。其次,戏剧行动必须完整,即有开头、中间、结尾,各个部分按一定比例联结、编织起来构成一个整体。琼生特别强调,构成整体的各个部分必须恰切、有实质作用,整体结构的任何一部分一旦去除,都会对整体造成改变或破坏。他以维吉尔为例,澄清人们对行动整一的误解:并不是只写一个人的行动就是整一的,因为同一个人可以做各种不同的、并非导向同一目标的事情。因此,维吉尔在《伊尼斯》中略去了许多与最终目标无关的事情,有些则以插曲的形式出现。最后,戏剧的行动须完善,即"没有丝毫欠缺之处",从而必然有一定规模和范围,且须有一定余地供灵活穿插安排之用。琼生重视戏剧行动的整一,而灵活看待时间、地点的一致,显示出他作为一个学者对古典艺术规则、对艺术发展的明智判断。

今天,若以原创性为标准来看,琼生在英国文学批评家中的地位并不高。然而,他以现实的人为中心,强调文学与现实世界的关系,将文学作为苦心孤诣的

---

① Ben Jonson, *The Works of Ben Jonson*, Vol. 3, ed. W. Gifford (London: R. H. Evans, 1816), p. 165.
② 同上,pp. 5–6.

艺术创作,予作家的成长以教导,并努力推进戏剧这一文学形式的发展和完善,其努力和成就不容忽视。他不仅为英国文艺复兴时期的文学批评,也为英国文学的良性发展做出了贡献。

第三节 德莱顿与《论戏剧诗》

德莱顿(John Dryden, 1631－1700)是英国 17 世纪下半叶最重要的作家、翻译家,在英国文学批评史上有着举足轻重的地位。约翰逊(Samuel Johnson)在《诗人传》(*Lives of the Poets*)里称他为"英国批评之父",认为他的批评著作《论戏剧诗》是"现代散文(prose)的开端"。德莱顿的文学批评绝大多数都出现在他为自己剧本所写的前言及献辞里,如《论英雄剧》("An Essay of Heroic Plays")及《为〈论戏剧诗〉辩护》("A Defence of *An Essay of Dramatic Poesy*")。论述范围包括多种体裁:有悲剧,如《特洛伊罗斯与克瑞茜达》(*Troilus and Cressida*, 1679)的前言《悲剧批评的基础》("The Grounds of Criticism of Tragedy");喜剧和闹剧,如《假占星家》(*An Evening's Love, or the Mock Astrologer*, 1671)的前言;英雄剧和英雄体诗,如《征服格雷纳达》(*The Conquest of Granada*, 1672)的前言《论英雄剧》("An Essay of Heroic Plays");还有史诗、讽刺诗、歌剧等。他在这些论著中所表达的思想及讨论的许多问题为蒲柏(Alexander Pope)、约翰逊(Samuel Johnson)、阿诺德(Matthew Arnold)、艾略特(T. S. Eliot)等后世批评家的批评打下了基础。

《论戏剧诗》(*An Essay of Dramatic Poesy*, 1668)是德莱顿最著名的文学批评作品。它是德莱顿与霍华德爵士(Sir Robert Howard)之间关于戏剧采用押韵体的一系列论争的一部分,[①]但是,论文实际覆盖的内容很广。它主要围绕四个德莱顿"在戏剧生涯中一直在思考的戏剧问题"展开,[②]分别是:古代经典戏剧和现

---

① 《论戏剧诗》的起因要追溯到德莱顿将《女情敌》(*Rival Ladies*, 1664)献给奥雷里伯爵(Earl of Orrery)博伊尔(Roger Boyle)的书信。在信中,德莱顿提出押韵体比无韵诗更适合悲剧的观点。之后,霍华德爵士在 1665 年出版的《新戏四部》(*Foure New Plays*)的前言里对德莱顿的观点进行质疑。德莱顿接着在《论戏剧诗》中对霍华德的观点加以反驳。《论戏剧诗》发表的同年,霍华德在《莱尔玛公爵》(*The Great Favourite, or, The Duke of Lerma*, 1668)一剧的前言里再次就押韵问题为自己的观点辩护,对德莱顿进行攻击。德莱顿紧接着写出《为〈论戏剧诗〉辩护》对霍华德之文进行驳斥,该文作为《印第安皇帝》(*The Indian Emperor*)第二版(1668)的"前言"出版,但此后至德莱顿去世出版的《印第安皇帝》均未再包括该前言。

② Stuart Sherman, "Dryden and the Theatrical Imagination," in Steven N. Zwicker, ed., *The Cambridge Companion to John Dryden* (Cambridge: Cambridge University Press, 2004), p. 15.

代戏剧孰高孰下、遵守古人定下的"三一律"是否可以让戏剧更完美、当今法国戏剧与英国戏剧孰优孰劣，以及押韵在悲剧中的合法性。不过，德莱顿在许多其他批评性文章中探讨的重要问题，如戏剧模仿的对象与目的、喜剧与悲剧的区别、古代戏剧和伊丽莎白时代戏剧的缺点、诗体及押韵使用的合理性和时代适应性、文学创作与民族特性和时代的关系，乃至文学批评的目标等等，在《论戏剧诗》里都有体现，因此它成为英国文学"展示的第一篇系统的批评文章"。① 德莱顿在文中假托一场克里特斯、尤金尼乌斯、利西德乌斯、尼安德四人之间围绕戏剧展开的谈话，②参与者各自从不同立场详尽阐述自己的观点，针对上述问题做了深入的辨析。德莱顿在《论戏剧诗》的《致读者》里称，自己的主要目的是"针对那些不公正地偏好法国作家的人的非难，为我们英国作家的荣誉辩护"。在论文中，为英国本土作家、为现代作家辩护的人最后都居于上风，明显反映出德莱顿本人的上述根本立场。《论戏剧诗》受法国戏剧家高乃依（Pierre Corneille, 1606 - 1684）的戏剧三论的影响很大，③德莱顿还经常借鉴亚里士多德、贺拉斯、琼生等人的思想，并结合具体作品，来支撑自己的观点。

论文以指摘当前英国文学创作的一些问题开始，如平淡无奇、缺思想、乏文采、想象力不济、假装朴实以掩盖想象力的贫乏，由此揭开论辩的第一部分——古今之争。英国文学批评史上的古今之争断续出现，为时已久，而到17世纪晚期达到新的热度，包括斯威夫特（《书之战》）等人都加到论争中。德莱顿在文中借克里特斯之口，对古希腊罗马经典作家和伊丽莎白时代的作家表示了必要的尊敬，尤其突出了古代戏剧在模仿自然上的卓越成就；同时，他借尤金尼乌斯之口，大力为现代作家辩护。崇古的克里特斯认为现今的作家既不及上个时代，也不及古代。戏剧在古代希腊诞生、发展、成熟，古人的创作不仅是今人创作的基础，更是模型；尤其是今日作家从事戏剧创作时遵循的规则，均源于亚里士多德对他的前人及同代作家的观察总结。诗在古代受到更多的尊重，而"如今好诗人

---

① John Dryden, *The Works of John Dryden: Illustrated with Notes, Historical, Critical, and Explanatory, and a Life of the Author*, edited by Sir Walter Scott; revised and corrected by George Saintsbury, Vol. 1 (Edinburgh: T. and A. Constable, 1882), p. 442.
② 一般都把《论戏剧诗》中这四个虚构的人物与四位德莱顿同时代的人联系起来，他们分别是：克里特斯——霍华德、尤金尼乌斯——萨克维尔（Charles Sackville）、利西德乌斯——塞德利（Sir Charles Sedley）、尼安德——德莱顿本人。
③ 高乃依于1660年发表了三篇很有影响的戏剧论文，分别是《论戏剧的功用及其组成部分》《论悲剧以及根据必然律与或然律处理悲剧的方法》《论三一律，即行动、时间和地点的一致》。

极少,苛刻的判官甚多",因为今日的诗人乐于诘难他人,自己却不愿意去勤勉努力、研习古人之作以求写得更好。① 克里特斯是古非今的根本原因在于今日作家的作品里找不到"诗的灵魂"——自然:"古人一直是自然的忠实模仿者、睿智的观察者,而如今的戏剧里,自然被撕碎,表现得很拙劣。"②

尤金尼乌斯提出了相反的意见:今日作家在绝大多数种类的诗上都可与古希腊、古罗马作家媲美,甚至在某些种类上超过古人。就戏剧而言,即便今日的戏剧稍逊于上个时代的,但是居上者是本国作家;即便在戏剧方面逊于上个时代的人,在所有其他类诗上(如史诗、抒情诗)都远胜于他们。总而言之,"英语诗的优美在先辈那里从未被理解或实际表现出来",而"我们的诗有幸,因为一些今日尚在的作家得以完善了许多"。③ 德莱顿后来多次强调或阐述今胜于古的思想,例如《杂诗(第三部分)》(*Examen Poeticum: Being the Third Part of Miscellany Poems*, 1693)的献辞与《论讽刺诗的起源与发展》("A Discourse Concerning the Original and Progress of Satire", 1693)④、《征服格雷纳达(第二部分)》的收场白,尤其是在《为〈收场白〉辩护,或,论上个时代的戏剧诗》("Defence of the Epilogue; or, An Essay on the Dramatic Poetry of the Last Age")里,德莱顿通过切实地分析莎士比亚、弗莱彻和琼生的剧作,从语言(用词)、想象力和对话设计三方面说明今胜于古之处。尤金尼乌斯承认今日作家吸取了古人的优点和经验,他更强调今日作家勤奋之功和模仿自然之效,而古希腊、古罗马的戏剧远非尽善尽美(例如古希腊喜剧有分幕不清楚、悲剧有情节老套的问题)。

因为评价作家和剧作的优劣需要先对戏剧进行定义,德莱顿在文中借利西德乌斯之口给戏剧下了一个描述性定义:戏剧"应该公正、生动地描画人性,表现其情感、脾性(humours)及影响人性的命运的种种变化,以愉悦、教导人"。⑤ 亚里士多德将悲剧定义为"对于一个严肃、完整的、有一定长度的行动的模仿",其目的是"引起怜悯与恐惧"以陶冶情感。⑥ 比较《论戏剧诗》中克里特斯以"自然"为诗魂,再到利西德乌斯对戏剧的定义,不难发现英国批评家对于文学性质、文学目的观的历史发展。德莱顿突出戏剧模仿对象为人性(着重情感和脾性),突出

---

① Thomas Arnold, ed., *Dryden: An Essay of Dramatic Poesy* (Oxford: Clarendon Press, 1889), p. 19.
② 同上,pp. 19 - 20.
③ 同上,p. 16.
④ 参见 W. P. Ker, ed., *Essays of John Dryden,* Vol. 2 (Oxford: Clarendon Press, 1900), pp. 6, 26.
⑤ Thomas Arnold, ed., *Dryden: An Essay of Dramatic Poesy*, p. 17.
⑥ 亚里士多德、贺拉斯:《诗学·诗艺》,罗念生、杨周翰译,北京:人民文学出版社,1982 年,第 19 页。

戏剧的愉悦功能,①是德莱顿倾向于现代性的明显表现之一。

克里特斯在言明古希腊戏剧之优点的过程中,着重讨论了古人确立的"三一律"原则——这是《论戏剧诗》中的第二个辩题。古代戏剧家的绝大多数剧作都遵守了时间、地点和行动统一律;今日剧作家里,法国人则是遵守"三一律"的典范。按照时间统一律,戏剧行动的时间须在 24 小时内,以与戏剧演出的自然时间相适应;戏剧行动的各部分须平均分配时间,不能占用其他部分的时间。正因为这一缘故,古希腊悲剧在进入戏剧行动之前采用叙述的手段讲述部分故事。按照地点统一律,戏剧场景地点应限于一地,倘有变换,也须在一城一镇之内,因为大距离的地点变换和所分配的有限时间不相称。古代作家能充分调动戏剧人物,从而保持了场景的连贯。戏剧行动一致律关乎戏剧行动的目的或范围,如亚里士多德所云,戏剧要模仿一个大的、完整的行动,戏里的一切都是朝向这一目标。因此,两个大的行动会破坏戏的统一;大的行动之下可以有"很多别的不完美的行动",以"给观众留下愉快的悬念",但是必须附属于、促成大的行动。② 克里特斯还提醒大家:该钦佩古人,更须好好理解古人。

尤金尼乌斯以具体作家为证,对克里特斯的观点逐一进行分辩。首先,一剧分五幕并非古希腊人的做法,而是直到贺拉斯的时代才真正确立。古人保持场景的连贯靠的是每幕实际只有一场,且时间短。其次,地点一致根本就不是古人的规则,而是在现代才由法国诗人首次将之变成舞台的戒律,而时间一致律实际上常被忽略(古罗马剧作家泰伦斯就是突出例证)。第三,古代戏剧的情节多基于底比斯或特洛伊故事、传说,极其老套、毫无新意。如此看来,古代戏剧家在情节布局和统筹上违反了他们自己制定的艺术规则,"以致依照定义,戏剧诗的一个主要目的——带来愉悦,遭到破坏"。③ 更严重的是,古人的戏剧里不是"奖善罚恶",而是让恶大行其道,因此在教育方面"错得更严重";相比之下,没有哪部现代戏剧里有如此不适宜的内容。证明今日剧作家有才华的另一个证据是:古代的悲剧大师只写悲剧,喜剧大师只写喜剧,今日的剧作家则二者兼通。总之,"现代人在创作上达到了新的完美"。④

---

① 德莱顿后来在《为〈论戏剧诗〉辩护》中更为激进,将愉悦作为戏剧的首要功能:"愉悦即便不是诗的唯一目的,也是主要目的;教育只能居第二位;因为诗唯有能愉悦时方能教育。"见 Thomas Arnold, ed., *Dryden: An Essay of Dramatic Poesy*, p. 104.
② Thomas Arnold, ed., *Dryden: An Essay of Dramatic Poesy*, p. 23.
③ 同上,pp. 29 - 30.
④ 同上,p. 39.

《论戏剧诗》讨论的第三个问题是英法戏剧的优劣。利西德乌斯认为40年前英国作家居上，如今是法国人居上。法国剧作家更好地遵守了三一律：戏剧行动的时间从未超过30小时，地点皆在一城一镇之内——英国戏剧（如莎士比亚的剧作）的时间和地点则跨度太大。法国戏剧仅由一个大的完整的行动构成戏剧情节，集中表现一个重要人物，从而保证了戏剧行动全局的统一，有利于展现情感，也为诗行的写作带来了更大的自由度——英国戏剧人物众多，情节复杂，尤其是悲喜剧，两套情节或者说两出戏同时展开，令人茫然。法国悲剧的情节有一大长处，即总是基于已知的历史：作家们将真实与可能的虚构杂糅在一起，予人以错谬不经却又舒畅愉快之感受。法国作家恰当、合理地运用叙述手段，叙述过去发生及幕后发生之事（包括因残酷而引起反感的事件、难以置信或不可能发生的事件，或为了避免混乱压缩剧情的时间，等等）。法国作家的诗行押韵使用得好，产生了美感，而英国作家的押韵很拙劣。

尼安德以利西德乌斯对戏剧的定义为基础，围绕生动地模仿自然这一核心，对利西德乌斯的观点进行辩驳。他将模仿自然定义为模仿人的脾性和情感，指出法国戏剧缺少对脾性的表现。尼安德大力捍卫英国的悲喜剧体裁，认为它是英国人"为舞台发明、增添、完善了一种更令人愉悦的创作方式，一种古代作家和现代所有其他国家的作家所未知的方式"。[1] 这一立场实际上"把古代关于体裁的纯粹性、适当合度、情节的统一性等所做的几乎所有规定都有效地颠覆了"。[2]就情节而言，尼安德认为法国戏剧的情节枯燥乏味，而英国戏剧的情节五彩纷呈。英国戏剧人物众多，可以使情节更多姿多彩，只要各部分安排得当，则能完整地保持整体美，庞杂而有条不紊，从而为观众带来更大的愉悦。针对叙述的使用，尼安德指出：引起恐惧的、难以置信的事物都有其可能性，都可以供想象力之娱；同时，展示太多或者叙述太多其实都不适宜，应取中庸之道，在两者间合理平衡。他引用高乃依的话，表明拘泥于规则会造成很大局限，丧失美感。尼安德比较英法戏剧时，将情节和人物的丰富多样、想象力强和有活力作为评价的标准，强调灵活运用，反对僵化守旧，这些都成为后来文学批评的基本思想。颇值得注意的是，德莱顿借尼安德之口评价英国作家时，一定程度上"为英国戏剧确立了一个独立的传统，用新的原型作家取代古典传统的那些原型作家"[3]。

---

[1] 同上，p. 56.
[2] Habib, *A History of Literary Criticism and Theory*, p. 288.
[3] 同上，p. 289.

《论戏剧诗》的一个突出之处,是德莱顿借尼安德之口,对莎士比亚、琼生、鲍蒙特和弗莱彻等重要戏剧家的优缺点做了具体入微的评析,真正意义上开始了为现代文学批评所重视的作家作品批评。莎士比亚"有最博大的灵魂",他熟知"一切自然形象",创作时信手拈来;他描述事物形象生动,观众不仅有如亲见,竟如亲历一般;他观察入微,"洞察内里,发现自然"。鲍蒙特和弗莱彻生动地表现了所有的人类情感,英语语言在二人的作品中达到了最完美的境界;他们的喜剧里有种"欢快之气",悲剧里有"哀婉之气",适合所有类型的气质的人。德莱顿对琼生的《安静的女人》一剧进行了细致的分析,说明琼生能突破古典规则的限制,灵活运用各种戏剧技巧,尤其在表现脾性上极为高明。具体作家、作品的分析为今不输古、英不逊法的论点提供了有力的佐证。

《论戏剧诗》的第四场论辩在克里特斯和尼安德之间展开,辩题是押韵体是否适合悲剧,即论辩中所谓"严肃的戏剧"。戏剧中采用押韵体价值几何颇值得探究,英国文学批评到19世纪依然有人在追问该问题。[①] 作为英国文学史上英雄双韵体的杰出代表人物,德莱顿在《论戏剧诗》及其他多篇文章里一直为押韵辩护。在悲喜剧《女情敌》的献函里,德莱顿就阐述了押韵体比无韵诗更适合悲剧的观点——前提是押韵的使用必须与作品的主题、人物及其性格相匹配,[②]《论戏剧诗》重申了他在该文里提出的基本思想。克里特斯以押韵不合自然为由,坚称押韵不适合戏剧:"因为戏剧里的对话是瞬间思考的结果……因为没有人不经深思熟虑能说话押韵,所以在舞台上也不应该这样。"[③]他沿袭亚里士多德的悲剧文体当极近散文(prose)这一思想,认为无韵诗是诗体戏剧语言的最佳选择,押韵体由于有着高度严格的形式约束而成为想象力的桎梏,"既不能自然地表达伟大的思想,又不能优雅地表达低俗的思想"。[④]

尼安德并不否认戏剧可以用无韵诗来写,但是他强调:"在严肃的戏剧里,有宏大的主题和伟大的人物……押韵体和无韵诗一样自然,且比无韵诗更有效果。"[⑤]只要遣词合理、调配得当,押韵体可以同无韵诗体一样自然;另一方面,现实的言语交流中也不会出现无韵诗,况且无韵诗的节奏是和若干有明确数量的

---

① Thomas Arnold, "Preface," in Thomas Arnold, ed., *Dryden: An Essay of Dramatic Poesy*, p. ix.
② 参见 John Dryden, "Epistle Dedicatory of *The Rival Ladies: A Tragi-comedy*," in W. P. Ker, ed., *Essays of John Dryden*, Vol. 1 (Oxford: Clarendon Press, 1900), pp. 7 – 9.
③ Thomas Arnold, ed., *Dryden: An Essay of Dramatic Poesy*, p. 80.
④ 同上,p. 82.
⑤ 同上,p. 84.

音步相结合的——这意味着它一样是有形式约束的文体。在尼安德看来，不必强求押韵的使用贯穿剧作始终，将其作为总体规则即可，用韵的变化及节奏的变化反而可以不断予观众以新鲜感。德莱顿借尼安德之口，对喜剧和悲剧模仿的对象加以区分：前者模仿"普通人物、普通言谈"，后者则旨在"表现自然，而且是升级了的自然（nature wrought up to an higher pitch），其中的情节、人物、想象力、情感以及种种描绘都拔高于普通言谈的层次，至于诗人的想象力所能及之高度，又能达到逼真"。① （德莱顿后来在《假占星家》的前言里对悲剧与喜剧的区别做了更详细的辨析。）上述喜剧与悲剧模仿对象的区别，其实道出了一个历代文学批评者极为关心的关键问题：戏剧乃至文学不是简单、肤浅、刻板地模仿自然，而是想象力的结晶，它们必然经过人为加工、修正、升华。正如尼安德所云："戏剧要像自然……必须高于自然。"② 针对押韵束缚想象力的观点，尼安德指出：首先，应该"在意本质而非外表，在意言辞表达的内容而非言辞本身"；③ 其次，押韵是在词语巧妙组合的基础上自然生成，而不是为了押韵而强求词语；最后，押韵是作家想象力、判断力表达的众多辅助工具之一，它"对于丰富的想象力是巨大的帮助"。

德莱顿不仅在《论戏剧诗》中，而且在之前和之后的多篇文章中都强调想象力在创作中的重要性。例如，在他自称为"历史诗"的《奇迹之年1666》（*Annus Mirabilis: The Year of Wonders MDCLXVI*, 1667）的《前言》中，他指出："一切诗歌创作，应该是来自才智（wit）；而诗人身上的才智，或曰写作的才智，就是作家的想象能力。"④ 作家必须能"用多彩的语言装点出生动、恰当的描绘，将不在之事物完美地呈现于我们眼前，完美得比自然本身更令人心旷神怡"，"发明、想象丰富及表达准确"是作家想象力是否敏捷的标志。⑤ 德莱顿后来在《人之纯真和堕落》（*The State of Innocence, and Fall of Man; an Opera*, 1677）的前言《作者为英雄诗和诗歌自由辩护》（"The Author's Apology for Heroic Poetry and Poetic Licence"）里再次阐发了这一观点。⑥ 锡德尼、德莱顿等众多批评家均强调想象力的关键作

---

① 同上，p. 91.
② 同上，p. 93.
③ 同上，p. 96.
④ John Dryden, "Preface to *Annus Mirabilis: The Year of Wonders MDCLXVI*," in W. P. Ker, ed., *Essays of John Dryden,* Vol. 1 (Oxford: Clarendon Press, 1900), p. 14.
⑤ 同上，p. 15.
⑥ 参加 John Dryden, "The Author's Apology for Heroic Poetry and Poetic Licence," in W. P. Ker, ed., *Essays of John Dryden,* Vol. 1, pp. 186, 190.

用,这是英国文艺复兴文学批评对于模仿观念的重要发展。值得注意的是,德莱顿后来在《为〈论戏剧诗〉辩护》里还以道德真理为标准对模仿自然做出要求:"道德真理同样是诗人的情人……诗必须像自然本相(Poesie must resemble natural truth),但是它必须合乎道德。确然,诗人装扮本相(truth)、装饰自然,但是不能改变本相和自然。"①

《论戏剧诗》以商讨的形式在古今、英法文学之间进行比较,评价各自创作方法、创作观念的长短利弊,指出各自的合理性和文化适应性,堪称"比较文学与文学史方面既文雅又有深厚学养的研习"。②《论戏剧诗》以及《悲剧批评的基础》等多篇文章中均含有对莎士比亚、琼生、弗莱彻等具体作家、作品的分析和比较,可以说是现代文学批评的先声。《论戏剧诗》为英语语言辩护,"为英国戏剧和英国文学格调辩护",作为"代表现代性的辩论",③既推进了英国文学批评中的诗辩传统,又表达了对英语语言和本土文学的自信,为英国文学的发展起到了保驾护航的作用。毋庸置疑,德莱顿及其《论戏剧诗》是英国文学批评史上的一座丰碑。

第四节　其他批评者

英国文艺复兴早期的文学批评基本上都属于修辞学批评,其中阿谢姆(Roger Ascham, 1515–1568)和威尔逊(Thomas Wilson, 1523?–1581)二人影响较大。阿谢姆的《教师》(*The Scholemaster*, 1570)在他去世后出版。书中有章节专门讨论模仿,即如何通过模仿他人学会写作。按照阿谢姆的定义,模仿是种"生动、完美地表达出样板的能力";模仿的范围非常宽泛,因为"一切自然物事一定程度上都可作艺术模仿的样板"。④ 他区分了三个层次的模仿:悲剧和喜剧的模仿,即生动地描绘各色人生;为了学习语言和科学之故而模仿最优秀的作家;第三种涉及模仿的方式、方法问题,包括应该模仿一个还是多个作家,在什么地方用什么方法、手段或工具模仿某个作家,以及如何真正分辨出模仿是否得当等。

---

① Thomas Arnold, ed., *Dryden: An Essay of Dramatic Poesy*, pp. 113–114.
② John Richetti, ed., *The Cambridge History of English Literature 1660–1780* (Cambridge: Cambridge University Press, 2005), p. 148.
③ 同上。
④ Brian Vickers, ed., "Roger Ascham, On Imitation," in *English Renaissance Literary Criticism* (Oxford: Clarendon Press, 1999), p. 141.

阿谢姆逐一评价了诸多前人所做的关于模仿的论述,指出各自的长处和不足,然后根据四大体裁类别——诗、历史、哲学、演说,分别列举了若干优秀作家,从遣词、造句和主题的处理三方面阐明不同作家的优点,为新手模仿提供建议。《教师》如其标题所示,是一本介绍教授、自学拉丁语方法的著作①;但正是书中对模仿问题的关心和深入探讨,使之成为英国文艺复兴文学批评的重要部分。

威尔逊的《修辞艺术》(The Arte of Rhetorique, 1553;1560 年再版,增加《致读者序》)是英语文献中第一篇针对普通读者、系统而又深入的修辞学专论,当时极受欢迎(至 1585 年重印八次)。在威尔逊看来,文学真正的价值在于影响、说服、促动人们依照理性去行动,因而他观念中最重要的文学体裁不是戏剧或史诗,而是演说。《修辞艺术》的目的就是"解释辩才之准则"②;书中以大量实例作为示范和辅助,详细阐述了修辞的概念、目的、要素,以及修炼雄辩之才的方法和原则,以为作家的成长提供指导。因为《修辞艺术》以演说为文学之中心,所以它突出了文学与理性和逻辑之间的亲缘关系,突出了文学影响受众(威尔逊所说的"听众")、影响社会政治实践的作用,为思考文学的功能提供了有益的借鉴。

普腾厄姆(George Puttenham, 1528 – 1590)的《英语诗歌艺术》(The Arte of English Poesie, 1589,匿名出版)是 16 世纪末另一重要诗学著作。普腾厄姆借鉴了塞比耶(Thomas Sébillet)、佩尔提埃(Jacques Peletier)、明图尔诺(Antonio Minturno)、斯卡利戈及锡德尼等人的思想,对英语诗歌艺术做了详尽的阐述。《英语诗歌艺术》如其标题所示,共分三部。③ 第一部论"诗人及诗",阐述诗的历史、地位、作用、主题及其表现方式等。针对清教徒对诗的攻击,普腾厄姆和锡德尼一样大力为诗和诗人辩护。他也赋予了诗人很高的地位,他用诗的悠久历史与普遍性为据的论证方式也基本与锡德尼相同。不过,与锡德尼相比,普腾厄姆更明确地提出诗既是创造的艺术又是模仿的艺术:诗人"根据自己头脑想象设计

---

① 该书的完整标题(按当时的拼写方式)是:*The Scholemaster. Or plaine and perfite way of teachyng children, to vnderstand, write, and speake, the Latin tong, but specially purposed for the priuate brynging vp of youth in Ientlemen and Noble men's houses, and commodious also for all such as haue forgot the Latin tonge, and would, by themselues, without a Scholemaster, in short tyme, and with small paines, recouer a sufficient habilitie, to vnderstand, write, and speake Latin.*
② Brian Vickers, ed., "Thomas Wilson, An English Rhetoric," *English Renaissance Literary Criticism*, p. 76.
③ 该书的完整标题(按当时的拼写方式)是:*The Arte of English Poesie. Contrived into three Bookes: The first of Poets and Poesie, the second of Proportion, the third of Ornament.*

出诗行形式和诗的内容",也能把面前的"一切事物真实而生动地"表现出来。①在普腾厄姆心目中,诗是高尚、尊贵的艺术,因此"不应该用于表现无价值的内容和主题,也不应该用于无益的目的"。② 锡德尼在诗的三类模仿对象之间划分出等级,普腾厄姆在限定诗的题材方面则灵活得多。他认为适宜诗表现的题材主要包括三类——当然,这些题材都是与诗的愉悦和教育功能密切相连的:一是不朽的神明(非犹太的神)的光辉与荣耀;二是高尚君王的有意义的行为、纪念和记载一切伟大的命运、惩恶扬善、教化德行、教授各类自然科学和艺术、劝止野蛮行为、安抚不平之心等方面;三是慰藉短暂生命中历尽艰辛和忧虑的芸芸众生(即消遣、娱乐)。普腾厄姆为消遣和娱乐的诗辟出了独立的空间,这在 16 世纪末可以说是一个大胆的跃进。另外,他很重视民族文学,强调英语诗应有其合法地位。

《英语诗歌艺术》第一部的后半部分和第二、三部对诗的各技术性要素进行了详细的讨论。第一部的后半部分具体展示了诗表现不同内容(如颂神、遣责恶行、爱情和吸引、快乐、悲伤、各种技艺和科学,等等)的方式,同时追述喜剧、悲剧、讽刺诗、田园诗等体裁的发展。书的第二部论"诗的比例",着重解释不同诗节、格律、停顿和押韵的形式特征及艺术效果。第三部论"诗的装饰",即诗的语言和风格,说明如何使用不同的修辞技巧来增强诗歌语言的力量,赋予诗以鲜明的情感和意象效果。书中对各要素都有清楚的解释,并有大量古今作品为例,从正反两方面供读者借鉴。这些因素,使《英语诗歌艺术》成为成长中作家的最系统的参考书。

培根(Francis Bacon, 1561 – 1626)以哲学家的身份为英国文学批评理论的发展做出了贡献。他在《学术的进展》(*The Advancement of Learning*, 1605)的第二卷里简要陈述了他的诗学思想。培根关于诗的特性、功能、合理性和地位的观点与锡德尼的并无本质不同,值得注意的是他的文学生成观。按照他的理论,人的思维是"学问发生之所",思维有三大块——记忆、想象和理性,每一能力分别典型地体现于一个学科门类:记忆对应历史、想象对应文学、理性对应哲学。③ 在培根那里,文学明确地成为想象的产物,它不仅与人的思维活动有关,也与文学作

---

① George Puttenham, "The Arte of English Poesie," in G. Gregory Smith, ed., *Elizabethan Critical Essays*, Vol. II (Oxford: Clarendon Press, 1904), p. 3.
② 同上,p. 24.
③ Brian Vickers, ed., " Francis Bacon, *Imitatio* and Its Excesses; Poetry, Rhetoric, and the Imagination," in *English Renaissance Literary Criticism*, p. 461.

品所诞生的时代有一定关系——换言之,文学作品必然体现时代精神。他简要讨论了文辞表达问题(语法、词语的形态变化和修辞),特别强调理性的重要性。实际上,对理性的强调在《学术的进展》的第一卷里分析、批评学问的三大弊病——空想(fantastical learning)、空辩(contentious learning)和矫揉造作(delicate learning)时,已有明确表现。他极其反对过分追求形式风格而牺牲思想内容的做法,认为言辞是"内容之图像",言辞必须有"理性和创造"作为其生命。①

诗人弥尔顿(John Milton, 1608－1674)从清教徒的立场,在《反对教会管理的主教制》(*The Reason of Church Government Urged Against Prelaty*, 1641)、《论教育》(*Of Education. To Master Samuel Hartlib*, 1644)等政论性小册子及诗歌作品中回顾、反思自己的创作,批评当世文学的一些弊端,为英国诗学留下了一些宝贵的思想。

身为一名清教徒,清教思想对弥尔顿思考诗的作用、诗人的职责具有决定性的影响。他以歌颂上帝的荣耀为创作的出发点,以"为母语增光"、对国家有益为宗旨:"目的不是让语言过分做作……而是用母语来诠释、讲述全岛民众中最好、最英明的事物。"②这不仅体现了他热爱英国、热爱本土语言,也反映了他的文学创作观:强调文学应关心现世事物、有社会功用,重思想内容而戒语言浮华。与文艺复兴时期其他批评家一样,弥尔顿也信奉文学"寓教于乐"的思想,认为诗人通过愉悦的方式和榜样的力量,引领那些本来排斥善和美德的人亲近它们。他视《圣经》为最优秀的作品,因为它"不仅有神圣的主题,而且在写作艺术上有审慎的判断"。③ 他以《圣经》为参照对象,指出诗有五大功能:向人们灌输道德和正确的行为,调和人们的心理与情感,歌颂上帝的荣耀,讴歌伟大的基督徒(圣人、殉道者)的伟行与受难,哀叹国家(特指英国)旧弊复发。诗人的职责就是真实、谨慎、连贯一致地描绘一切宗教上神圣的、道德上值得热爱的或严肃的、命运上有激情或奇异之处、心理上多狡诈与起伏变化的事物,令"处处都可以听到智慧与美德的召唤"。上述五大功能中的第五点尤其值得注意:作为一位高度关心国家命运和政治体制的作家,弥尔顿心目中的诗人有更高的地位——诗人是自由的倡导者,是"专制暴政的不屈不挠的敌人"。

诗的功能要恰当实现,必然对诗人有所要求。弥尔顿提出了诗品与人品相

---

① 同上,p. 460.
② John Milton, *The Reason of Church Government Urged Against Prelaty*, in J. A. St. John, ed., *The Prose Works of John Milton*, Vol. 2 (London: George Bell and Sons, 1890), p. 478.
③ 同上,p. 479.

统一的思想,强调诗人首先必须是道德高尚之人:"谁欲让自己写好高尚事物的愿望不受挫,他自己就应该是一首真正的诗,即成为最好、最高尚事物的组合和楷模。如果一个人自身没有值得称颂的经历和事迹,就不能去颂扬英雄人物或有名的城市。"①不过,好诗人不仅需要有高尚德操,还需要"加上勤奋地阅读精选之作、持续不断地观察,以及洞察一切得体、崇高的技艺和世事"。② 简言之,诗人必须有学识。在《论教育》中,弥尔顿就个体的成长提出了由浅入深、由易入难、循序渐进的教育原则:从熟悉基本语法规则和练习清晰的发音开始,最终上升到经济学、戏剧、政治学、神学、宗教史、逻辑学、诗学等高深的学问。《论教育》并非专论作家的教育,但是其中的思想和原则对于作家的成长无疑是有益的指导。

哲学家霍布斯(Thomas Hobbes, 1588 – 1679)在《霍布斯答威廉·戴夫南特〈冈迪伯特〉前言》("The Answer of Mr Hobbes to Sir Will. D'Avenant's Preface Before Gondibert", 1650)及他为自己翻译的《奥德赛》所写的前言《就英雄诗的特点致读者》("To the Reader, concerning the Vertues of an Heroique Poem", 1675)中,以史诗为中心对象,围绕诗的目的、内容和形式风格等问题发表了见解。他在宇宙、人间和诗三者中找到对应联系:宇宙的三大部分——天界(celestial)、空界(aerial)和地界(terrestrial),与诗人栖居的人间的三大部分——宫廷、城市和乡村相对应,由此生出三大类诗——英雄诗、嘲讽诗和田园诗。每一类根据表现方式的不同(叙述法还是戏剧法),又可以进一步分为两种,分别是:史诗和悲剧、讽刺诗和喜剧、田园诗和田园喜剧。霍布斯也将模仿、虚构作为诗人的区别性特征:诗人的任务是"用令人愉悦的、有节奏的诗行模仿人生,使人们心向着有道德的、高尚的行为而避开恶"。③ 诗在虚构的内容和形式两方面都必须让人愉悦,以达到美化德行、引人向善的目的。霍布斯特别强调诗人必须有好的判断力(理性)和想象力:"时间和教育生出经验,经验生出记忆,记忆生出判断力和想象力;判断力生出力量和结构,而想象力生出诗的装饰。"④诗人的虚构须接近真实,不能太过;诗人的想象要"受真正的哲学箴规的指引"以能恰当地组织、安排内容。霍布

---

① John Milton, *An Apology for Smectymnuus*, in J. A. St. John, ed., *The Prose Works of John Milton*, Vol. 3(London: George Bell and Sons, 1892), p. 118.
② John Milton, *The Reason of Church Government Urged Against Prelaty*, in J. A. St. John, ed., *The Prose Works of John Milton*, Vol. 2, p. 481.
③ Brian Vickers, ed., "Thomas Hobbes, On Epic Poetry," *English Renaissance Literary Criticism*, p. 608.
④ 同上,p. 612.

斯以真实、自然为理想的风格,认为好的风格依赖于诗人熟知自然形象和博闻。他在《就英雄诗的优点致读者》里阐述了得体的诗具有七个特征,并分别列举了每一方面的作家楷模。这七个方面是:遣词恰当,不乱用生僻词;造句明晰、流畅,没有雕琢痕迹;虚构的故事;高尚的想象;作者公正无偏私;描述巧妙、形象;题材丰富多样。霍布斯的诗论既强调规范得体,强调用理性判断来约束想象力,又赋予虚构和想象以足够的重要性,其思想体现了英国文学批评从锡德尼、培根到德莱顿的过渡。

(撰稿人:胡宝平)

第三章 18 世纪文学批评

韦勒克在《近代文学批评史》中指出:"从意大利文艺复兴开始,至 18 世纪中叶,这段时期的批评史建立、深化和传播了一种文学观点,它在 1750 年和在 1550 年实质上是相同的。"[①]韦勒克指的正是新古典主义文学观。这种文学观点源自相同的古本,即亚里士多德的《诗学》、贺拉斯的《诗艺》、昆体良的《雄辩家的培训》和朗吉努斯的《论崇高》。亚里士多德和贺拉斯等人确立了古典主义思想体系和基本原则,他们的文艺批评论著成为西方文艺理论发展的源头。从锡德尼的《为诗辩护》发表以来,英国作家和批评家从不同的角度重新阐释或者说是重复亚里士多德和贺拉斯等人的观点,逐渐确立起新古典主义的主流地位。在此过程中,法国的文艺批评思想渗透到了英国,特别是布瓦洛在《诗的艺术》中倡导的理性原则、自然原则、古典原则和道德原则对德莱顿、蒲柏、约翰逊等人产生了很大影响,他们立足于英国文学传统对其进行了批判性接受。人们通常把 18 世纪上半叶称为"奥古斯都时代"(the Augustan Age),起讫时间约为 1700—1745 年。该词原指罗马帝国第一位皇帝奥古斯都(屋大维)统治时期,蒲柏、艾迪生和斯威夫特等人十分推崇生活在那个时代的维吉尔、贺拉斯和奥维德,将自己的时代与罗马黄金时代相提并论,并在许多方面学习模仿古罗马文学。奥古斯都时代经常与"新古典主义时期"(neo-classical period)互用,因为二者在文学理念、原则、趣味等方面基本一致,但后者时间跨度更大,起讫年代约为 17 世纪 60 年代至 19 世纪。18 世纪下半叶,新古典主义遭到质疑,一些陈旧的观点被人摒弃。伴随着浪漫主义运动的兴起,英国文学批评出现了新的动向。

如果说在 1700 年之前,重要的文学批评主要以序、跋、小册子或书信等形式出现,进入 18 世纪后,期刊开始成为开展文学批评的一个重要园地。书评类杂志早在 17 世纪就已存在,它们早期的主要功能是刊登书商的新书目和书评,为公众提供服务信息。1688 年英国"光荣革命"确立了君主立宪制,随着两党政治

[①] 雷纳·韦勒克:《近代文学批评史》(第一卷),杨自伍译,上海:上海译文出版社,2009 年,第 7 页。

的形成，政党报刊有了较大发展空间。1704 年，笛福创办期刊《评论》(*Review*)，每三周出一期，从未间断，直到 1713 年停刊。《评论》最初专门评论法国事务，后来扩展到国内政治、宗教、经济和社会话题。笛福发表了大量文章，被称为第一位职业专栏作家。斯梯尔(Richard Steele)和艾迪生(Joseph Addison)效仿笛福，创办《闲谈者报》(1709—1711)和《旁观者报》(1711—1712, 1714)。这两份文人杂志为社会各阶层读者服务，是当时最具影响力的刊物之一。艾迪生为《旁观者报》写了一系列文学艺术评论文章，讨论想象、趣味等批评概念和具体作家作品。斯威夫特(Jonathan Suift)也是《闲谈者》和《旁观者》的撰稿人。1710 年，托利党党刊《考察家报》(*Examiner*)问世，斯威夫特应邀担任主笔，为该报撰写了大量政论和讽刺文章。菲尔丁创办过报纸《冠军》(*The Champion*, 1739-1741)和《科芬园报》(*The Covent Garden Journal*, 1752)，在 1747—1748 年间担任《詹姆斯派报》(*The Jacobite's Journal*)主笔，撰写了大量政论文章，同时也阐述关于小说、诗歌、戏剧、文学批评、巧智与幽默的观点。18 世纪中叶，约翰逊创办《漫步者报》(*The Rambler*)，发表自己关于道德、文学、社会、政治和宗教话题的文章。1758—1760 年间他撰写系列文章"闲散者"(The Idler)，刊登在新闻周刊《环球纪事》(*The Universal Chronicle*)上。

就文学体裁而言，新古典主义与诗歌和戏剧关系更为密切，许多重要论著都是基于诗歌和戏剧的创作实践及其作品分析。18 世纪英国社会开始转型，工商业日趋繁荣。英国小说聚焦描写普通人的日常生活，受到读者欢迎。伴随着中产阶级的成长，英国小说逐渐确立其作为文学主要样式的地位，笛福、理查逊、菲尔丁等小说家不仅创作了优秀的作品，对小说批评也有自己的贡献。他们结合自己的创作实践，对小说的社会功能、内容与形式、美学特征等进行思考，提出自己独到的见解。相对于新古典主义诗学，小说批评独立地开启自己的道路。

18 世纪最重要的批评家无疑是约翰逊。他从新古典主义立场出发，但又不为其所羁绊，超越了新古典主义的局限性。基于理性主义和常识，以及具体的作家作品分析，约翰逊提出许多精当之论，对后世影响深远。

第一节　诗歌批评

18 世纪上半叶，新古典主义成为英国诗歌批评的主流话语。艾迪生曾通过分析评论维吉尔、弥尔顿的诗歌作品，发表自己的文学见解，但阐述新古典主义最为系统全面、影响最大的是蒲柏。不过，从 18 世纪中叶起，英国诗风开始发生变化,新古典主义受其自身思想体系的局限,无法跟上时代的发展,逐渐式微,诗歌批评出现各种新的动向,最后发生了大转折,进入浪漫主义时期。

蒲柏(Alexander Pope, 1688—1744)出生于伦敦,自幼体质羸弱,12岁时因结核病感染而身体畸形。他聪慧过人,博览群书,虽然由于其天主教信仰而未能进入大学学习,但是靠自学成才。蒲柏是一名诗人,18岁时开始发表诗歌,代表性批评著作《批评论》(*An Essay on Criticism*, 1711)是用五步抑扬格英雄体写成。主要诗作有讽刺诗《卷发遇劫记》(*The Rape of the Lock*, 1712)和《笨伯记》(*The Dunciad*, 1728),哲理诗《人论》(*An Essay on Man*, 1733—1734)。蒲柏采用诗歌形式将荷马史诗《伊利亚特》和《奥德赛》译成英文,获得很大成功,使他在经济上得以自立。

蒲柏的《批评论》有别于序言或随笔,也非体系完备的理论,而是用优雅的诗歌语言撰写的文学批评专论。《批评论》分为三个部分,共744行,围绕自然(Nature)、巧智(wit)和判断(judgement)三个核心词,阐述了蒲柏关于诗歌创作和批评的主张。批评的任务是能够做出正确的评判,第一部分将判断置于十分重要的地位,开门见山探讨正确判断的可能性。蒲柏认为:就糟糕的写作和误导人们的思想这两种过错而言,后者更具危害性,所以批评家要有良好的判断力。在他看来,由于天才和趣味都来自先天,诗人中"真正的天才"很罕见,批评家中有"真正的趣味"的人也不多见,但这并不意味着正确的评判是不可能的。如果我们仔细观察,会发现大多数批评家身上还都有"判断的种子","自然至少给予了一丝微光"(1—21行)。作为批评家,应该了解自己的能力范围,明白"你的才能、趣味、学识能够走多远"(48—49行)。鉴于批评家自身内在的局限性,蒲柏提出向外寻求指导,在形成正确的评判时有理由、有必要去依据自然。对于蒲柏而言,自然与古典文学范本所树立的标准和规则是一致的。古典法则源于自然,它就是自然,是被发现和被规范的自然;艺术是模仿自然的,模仿自然的捷径是师法古人。在蒲柏看来,自然与荷马没有区别,对于荷马的作品,批评家应"天天诵读,夜夜思忖"(124—125行),这是因为"模仿自然便是模仿它们"(140行)。

《批评论》第二部分继续强调批评家个人修养的重要性。蒲柏将傲慢视为大忌,要求人们"不要相信自我;但是要知道你的缺陷"(213行)。蒲柏将求知的过程比作攀登阿尔卑斯山,登上最初的山峰,把低谷踩在脚下,原以为是到达天际,但放眼漫漫征途,"还有许多险阻,不禁心惊胆战"(230行)。批评家在学问上要谦卑,避免偏执,"防止极端"(384行);在为人处世方面要大度,有宽容之心,"人皆有错,圣者能恕"(535行)。《批评论》中经常出现的一个单词是wit,在有些场合,蒲柏用来指一般意义上的认知或才智,如"艺术如此广博,人的才智如此狭隘"(61行),"才智与判断经常争吵,虽然他们如同夫妻应该相互扶持"(82—83行)。在18世纪上半叶,wit还表示巧智的意思,是一个相当流行的术语。洛克(John Locke)在《人类理解论》(*An Essay Concerning Human Understanding*, 1689)中曾讨论过巧智(wit)与判断两者之间的差别:巧智是识别类似,将有相同之处的理念"聚集"起来,判断则是识别差异,将看似相同的理念"区别"开来。① 巧智与想象不同,但根据新古典主义,在文学创作特别是诗歌创作过程中其重要性并不亚于想象。艾迪生专门撰文《巧智》,阐述自己的观点。他承认洛克关于巧智的定义"是我所见到的最好的、最富有哲理的说明",但在此基础上又做了修正补充,指出:"只有当理念聚集起来时能够给读者带来欣喜和惊异才能称之为巧智。"他还对真假巧智进行了辨析:前者是"理念的相似与一致",后者是"语言文字的相似与一致"。② 蒲柏则着眼于语言表达层面,要求语言表达形式与思想内容有关联度:描写春风和煦,诗歌应该柔语轻声;惊涛拍岸,诗句则应像巨浪怒吼。语言是思想的外衣这一比喻在18世纪被广为接受,人们将语言视为人类进行思想感情交流的工具,因此,就语言与思想的关系而言,语言服从于思想。

作为新古典主义代表人物,蒲柏十分尊崇古人。在《批评论》第一部分他就声称古人不会犯错。古人的圣坛历经战火考验和年代的洗礼,依然保持长青,为后人赞颂。第三部分在论述了批评家应该具备的品质之后,简要梳理了从亚里士多德到18世纪的批评史。蒲柏基本采取的是厚古薄今态度,对亚里士多德、贺拉斯、昆体良、朗吉努斯等人大加赞赏。罗马帝国衰落后,"黄金年代"也随之而去,一直到文艺复兴时期,古罗马的天才得以从历史的尘封中重新站立起来。关于他所生活的时代,蒲柏认为"批评学术在法国最为繁荣"(713行)。他在《致〈笨伯记〉出版商的信》(1729)中称赞"布瓦洛是他时代和国家最伟大的诗人、最明智的批评家"。布瓦洛深受贺拉斯的影响,相比之下,英国人则"鄙视外国法则",貌视罗马先贤。但蒲柏也看到有部分明智之士认识到"自然的主要杰作便是写得出色"(724行),他们"知晓古希腊罗马的才智"(727行),具有良好的品质,"头脑清新,情感真诚"(732行),能够不卑不亢。《批评论》以此结尾,表达了蒲柏对理性、博学、正直批评家的期许。

蒲柏仰慕古希腊罗马,"虽不能至,心向往之",崇尚古希腊罗马文学文化是

---

① 同上,p. 12.
② 同上,pp. 12 – 13.

蒲柏批评思想的基调。在当时的崇古派与崇今派的论争中,蒲柏是崇古阵营的主要人物。同时,他还身体力行,翻译了荷马史诗《伊利亚特》和《奥德赛》,并分别写了《〈伊利亚特〉译序》("Preface to the Translation of the *Iliad*", 1715)和《〈奥德赛〉译后附言》("Postscript to the Translation of the *Odyssey*", 1726)。如果《批评论》给人留下蒲柏重视艺术技巧的印象,《〈伊利亚特〉译序》则特别强调了艺术"创造力"(invention)。蒲柏在这篇重要文章中开门见山地说:创造力才是构成"诗歌创作的基础",是衡量天才的标准,而荷马的出众之处就在于他无与伦比的创造力,借此成为"最伟大的诗人"。① 他的作品处处燃烧着创造力的"诗歌之火"。② 蒲柏从故事、言语、情感、描述、意象、明喻和诗律等方面分析了《伊利亚特》的优点。作为"诗魂",创造力具有点石成金的魔力:它使故事"更宽广",言语"更富有感染力",情感"更温馨和崇高",意象、描述"更充实和生动",诗律"更变化多样"。如果荷马存在缺点或不完美之处,那在很大程度上也是其创造力过于丰富造成的。蒲柏将荷马与维吉尔做比较,认为前者是"更伟大的天才",后者是"更好的艺术家"。③ 在《〈奥德赛〉译后附言》中,蒲柏提及朗吉努斯关于荷马史诗的观点:《伊利亚特》气势磅礴,风格崇高,是诗人青春年少之作;相比之下,《奥德赛》耽于叙事,风格平缓,可视为垂暮之年的作品。蒲柏对此持有异议,认为就叙事而言,他看不出荷马江郎才尽、年迈力衰的迹象。其实,《奥德赛》和《伊利亚特》本质上没有区别:"我们从中发现创造力具有同样的活力和丰饶,意象和色彩具有同样的生机和力量,描述是同样的斑斓,词语是同样的遒劲,隐喻是同样的生动,诗律是同样的和谐多样。"④蒲柏看到了《奥德赛》的教育意义,而这对古典主义来说是十分重要的:"《奥德赛》优于《伊利亚特》之处主要在于其目的:道德教化。"由此,《奥德赛》为后来的史诗作家模仿提供了"一个更好的模式",它是"诗歌的永久源泉"。⑤ 蒲柏还重申了语言形式要服从作品内容的主张:"遣词要遵循意象,要根据思想的脸色采用相应的色调。"⑥而判断力也表现在能够决定什么时候平白直叙,什么时候铺陈辞藻。"屑小的题材采用宏大的风格不仅可

---

① Scott Elledge, ed., *Eighteenth-Century Critical Essays*, Vol. I (Ithaca: Cornell University Press, 1961), p. 258.
② 同上,p. 259.
③ 同上,p. 266.
④ 同上,p. 294.
⑤ 同上,p. 294.
⑥ 同上,p. 295.

笑，也是对得体规则和作诗法的侵越。"①

在《〈伊利亚特〉译序》中，蒲柏还结合自己的翻译实践就直译和意译问题进行了有意义的讨论。他认为翻译经典直译不可取，但同时要防止"轻率的释译"："只有是在为传达原著精神、保持译文的诗歌风格所必需的情形之下才可以去自由处置。"②蒲柏此处提出了翻译要"传神"（transfusing the spirit of the original）的主张。transfusing常用于医院里的输液、输血，这意味着原著的精神要能相溶于译文，在译文中存活。译者的主要关注点是确保不要让"诗歌之火"在他的翻译处理中熄灭。在译文的语言风格方面，蒲柏告诫译者不能随意去"拔高或改善原作者"。原文崇高，译文也要有高度；原文平实，译文也要简单易懂。但简单易懂并不等同于粗俗，蒲柏特别推崇"简练"（simplicity）的风格，这是一种"优雅、端庄的简练"，它介于"做作与土气之间"。③ 他认为自己的译文"努力做到自如、自然"，④保持了荷马风格的真正品质。

18世纪初，莎士比亚作为一位重要剧作家，声名日隆，但世间流传的莎士比亚著作各版本有许多舛误。有鉴于此，蒲柏编辑了《莎士比亚全集》，对莎剧文本进行考证、疏义、辨析，并撰写了《莎士比亚全集序》（"The Preface of the Editor" to *The Works of Shakespeare*, 1725）。蒲柏对莎士比亚赞誉有加，认为他的"独创性"（original）声誉是实至名归。在分析与自然的关系时，蒲柏将莎士比亚与自然等同看待。如果说荷马尚有些书卷气，莎士比亚则是灵感本身，他的艺术并不直接源自"自然之泉"："与其说他是自然的模仿者，不如说他是自然的工具，正确的说法是自然通过莎士比亚来言说，而不是莎士比亚从自然出发来言说。"莎士比亚创造的人物不是"自然的拷贝"，⑤他们都极富个性。莎士比亚的悲剧具有强大的感染力，很自然地能让观众动容落泪；同时他是喜剧高手，具有让人发笑的高超本领，善于讽刺人性的弱点和虚荣心。

《莎士比亚全集序》旨在为莎士比亚"辩解"。蒲柏特别从莎士比亚的演员背景为他遭受的不当指责开脱。针对莎剧中存在粗俗内容，蒲柏的解释是：因为观众由各色人等组成，莎士比亚为使演出成功，不得不去迎合观众的低级趣味。但即便如此，他的才华也难以遮蔽，如同"穿了牧人或农夫衣服的王子"，时时显露

---

① 同上，p. 296.
② 同上，p. 271.
③ 同上，p. 272.
④ 同上，p. 299.
⑤ 同上，p. 279.

出高贵的品质。蒲柏反对用亚里士多德的戏剧标准去衡量莎剧,说这么做犹如用一个国家的法律去审判实行不同法律的另一个国家的公民。演员出身的莎士比亚遵循舞台演出的自身标准,而不是亚里士多德确定的规则,因此,"莎士比亚的大多数缺点应该归因于他作为演员的正确判断,而不是作为诗人的误判"。①

莎士比亚没有进过牛津、剑桥等高等学府,只是在文法学校念过几年书,因此被人认为"缺乏学识"。蒲柏自己也未上大学,因此极力捍卫莎士比亚。在他看来,莎士比亚通晓自然哲学、工艺、古今历史、诗学和神话,剧中关于罗马人、埃及人、威尼斯人、法国人风俗的描述得当,政治伦理判断正确,非常熟悉乔叟的作品,这些都反映出莎士比亚知识面宽广。蒲柏倾向于认为,"缺乏学识"论调的流行是琼生的追随者所为。琼生是饱学之士,人们故意将莎士比亚与琼生相对立,刻意把前者说成胸无点墨,以此来烘托后者。② 在《序》的结尾部分,蒲柏把莎士比亚的戏剧比作"哥特式建筑",相对于雅致规范的现代戏剧,莎士比亚的作品"更富多样性",有"更高贵的房间",曲径通幽,气势恢宏,"更能令人肃然起敬"。③

蒲柏的文学批评比较系统地阐述了新古典主义的原则,在英国进一步确立了新古典主义的地位;同时,他依托自己的学识和文学修养,结合诗歌创作及翻译实践,进行细致观察和认真思考,丰富了新古典主义的内涵。

扬格(Edward Young, 1683－1765)是靠一部诗作奠定其在文学史地位的诗人。他的《哀怨,或关于生命、死亡和永生的夜思》(*The Complaint or Night Thoughts on Life, Death, and Immortality*, 1742－1745)共分九卷,长达一万行,表达了诗人对失去亲人的悲伤之情、内心彷徨以及道德反思,具有强烈的个人化色彩,是18世纪感伤主义诗歌的代表作。扬格对诗歌批评也有独特的贡献。早在1728年他发表了《海洋:颂诗》(*Ocean, an Ode*),并写了一篇序言《论抒情诗》("On Lyric Poetry")。扬格选择颂诗来讨论"抒情诗的本质",这是因为颂诗作为诗歌中最为古老的一种体裁,在思想、韵律、词语表达、行文等方面与散文差别最大:

> 颂诗的思想应该不同寻常、庄严崇高、具有道德意义;颂诗的韵律应该充实、自如、非常和谐;颂诗的词语表达应该纯粹、有力、细腻,不矫揉造作,其新奇的贴切为其他诗歌所难望项背;颂诗的行文应该欣喜若狂,有点出其

---

① 同上,pp. 280－281.
② 同上,pp. 284－285.
③ 同上,p. 290.

不意,在一般人看来显得没有章法。赋予某些作品以形式与生命的表面秩序和连接会剥夺颂诗的灵魂。激情、高尚、优秀的思想不可或缺。①

扬格关注情感,特别强调颂诗要激情洋溢。颂诗要有高尚的情感、庄严的风格,具备"崇高"的品质。在他看来,"伟大的题材应该超越精致,一丝不苟追求精确会使尊严和精神受损,过于注重细节会使作品带上脂粉气"。② 关于师法古人,扬格也有自己的见解。他倡导学习古人"工作的基本的方法而不是作品本身",这与蒲柏的"诵读""模仿"荷马等人作品的主张有着明显不同。

值得注意的是扬格在《论抒情诗》中提出了"独创精神"的观点。他并不看重模仿,认为最佳的模仿不过是栩栩如生的肖像,但不是活生生的人,模仿只能产生二流作品,而独创性作品才具有"真正的生命"(true life)。③ 时隔15年之后,扬格重拾这一话题,发表了《试论独创性作品》("Conjectures on Original Composition",1759),其主旨是反对盲目崇拜古人、模仿古人,力求有所独创。扬格开篇就表示,模仿自然是独创,模仿作家才是他所攻击的模仿。模仿这个批评概念在18世纪英国文坛长期居于统治地位。关于模仿的讨论牵涉对待古代作品的态度问题。蒲柏要求诗人们模仿古人,遵循法则,"自然等于荷马",模仿荷马就是模仿自然。这种说法的流弊在于引导人们盲目崇拜古人,处处以古人代替自然,以模仿代替独创,其结果是对文学的发展不利。扬格指出,现代独创性作品稀少的原因不在人的才智不如古人,不在创作的丰收季已成过去,而在崇古情绪使人意迷、心偏、胆怯。扬格意识到一味模仿对独创的负面作用,提出要让古人的思想"滋养而不是消灭我们的思想"。

消除了盲目崇古的心理,才能发挥自己的天才。在天才与学问的关系上,扬格显然看重前者:"天才是巨匠,学问不过是工具。"④他将天才比美德,以学问比财富:"正如美德越少的人,越需要财富,天才越低的人越需要学问。"⑤扬格赞扬莎士比亚是天才,是"现代人当中的巨星",如果莎士比亚多读了几本书,在学问的重压之下辛苦工作,"可能他就不会上升为那么一个远远超过常人的巨人,如今我们望着他又出神、又欢喜"。⑥ 莎士比亚善于学习两部大书:"自然的书"和

---

① 同上,p. 411-412.
② 同上,p. 414.
③ 同上,p. 414.
④ 爱德华·杨格:《试论独创性作品》,袁可嘉译,北京:人民文学出版社,1963年,第9页。
⑤ 同上,第14页。
⑥ 同上,第40页。

"人的书"。正因为如此,他与古人可以平起平坐:"莎士比亚不是他们的儿子,而是他们的兄弟,与他们平等;而且,不管他有多少缺点,他与他们相当。"反过来,学问太多有可能制约天才,"要是弥尔顿扔掉一点学问,他的诗神由此获得的光荣也许超过所失去的"①。

扬格的整篇论文洋溢着今定胜古的精神,他号召国人认识自己的才能,要重视它、发挥它:"第一,知道你自己;第二,尊重你自己。"要充分了解自己心灵的深厚、广阔、偏见和全部力量,激发并爱护智慧的每一星光和每一分热量,让天才像太阳一般从混沌中升起。扬格大声疾呼摒弃模仿、重铸自信、转向独创,表现出一种强烈的主体意识。对独创与天才的推崇,使得扬格对蒲柏颇有微词。他认为蒲柏作为模仿的热心倡导者,缺乏独创性,是犯了方向性错误:

> 蒲柏执迷于模仿,模仿为他施展出全部的妩媚。像希腊的那位同名者一样,他宁愿在旧世界中凯旋,而不愿寻找新世界。他的文学趣味和宗教信仰犯同样的错误;它不否认对圣人和天使的崇拜,即是说,对那些作家的崇拜,他们谥圣有年,从确立的普遍的名声获得礼赞。真正的诗就像真正的宗教,憎恶偶像崇拜;它虽然尊重对典范的怀念,自愿地(不过是小心地)把他们当作通往光荣之路的向导,它唯一的目标却是真正的、虽然是未曾有过的卓越,它也不寻求任何不够神圣的灵感。②

扬格对蒲柏的评价反映了18世纪下半叶英国文学气候已经开始发生变化。《试论独创性作品》着重阐述独创与模仿的利弊,对新古典主义的核心观念提出有力的质疑。该文出版后一年内就有了两种德文译本,从而影响了德国的"狂飙运动",同时为世纪末英国的浪漫主义也做了前期的理论储备。

第二节 小说批评

18世纪英国文学最重要的新发展是"小说的崛起"。③ 笛福、理查逊、菲尔丁、斯摩莱特、斯特恩等小说家创作了一批经典之作,为推动小说这一文学体裁的发展做出了杰出贡献。在这一过程中,作家对小说创作实践时常有意识地进行反思,并通过作品的序言以及书信等阐述自己的观点。小说在18世纪上半叶

---

① 同上,第38—40页。
② 同上,第34—35页。
③ Ian Watt, *The Rise of the Novel* (Berkeley: University of California, 1957), p. 35.

的英国属新鲜事物,当时人们使用不同的词汇来形容这一新的文学形式,如"罗曼司"(romance)、"历史"(history)、"回忆录"(memoir)、"小说"(novel)等。直到1783年,贝蒂在《道德和批判论集》(*Dissertations, Moral and Critical*)中仍将笛福、理查逊、菲尔丁、斯摩莱特的小说视为"新罗曼司"。[①] 1785年里夫(Clara Reeve)在《罗曼司的进步》(*The Progress of Romance*)中对novel进行明确界定,novel一词才开始被赋予"小说"这一含义。18世纪虽无系统完备的小说理论,但关于小说这一体裁的讨论也相当热烈,其中最有影响的当属笛福、理查逊、菲尔丁三位小说家。

笛福(Daniel Defoe, 1660 – 1731)因其不朽之作《鲁滨逊漂流记》(*The Life and Strange Surprising Adventures of Robinson Crusoe*, 1719)而闻名于世,被视为"英国小说之父"。实际上,笛福是一位多产作家,还著有《海盗船长》(*Captain Singleton*, 1720)、《摩尔·弗兰德斯》(*Moll Flanders*, 1722)、《杰克上校》(*Colonel Jack*, 1722)、《罗克珊娜》(*Roxana*, 1724)等小说,并写了政治、宗教、经济、社会等诸多方面很有影响的小册子和大量评论文章。

《鲁滨逊漂流记》被瓦特等人认为是英国小说的起源,但是笛福本人并不使用"小说"来指称自己的作品。《鲁滨逊漂流记》第一卷的序言说:"编者相信,本书所记述的是事实的历史(History of Fact),没有任何虚构的痕迹。"[②]此处所谓的"历史",是取其"过去事实的记载"这个含义。笛福一再坚持他的小说所讲述的故事确有所据,是发生在客观世界中的真人真事。他在《鲁滨逊漂流记》第三卷《鲁滨逊沉思录》(*Serious Reflections During the Life and Strange Surprising Adventures of Robinson Crusoe*, 1720)序言中断然驳斥了其小说是虚构杜撰的说法,并以鲁滨逊的身份郑重宣告:"这个故事虽然是寓言性的,但又是历史性的。"他以自己的名义担保,《鲁滨逊漂流记》故事里所直接提到的是"至今还活着,而且是颇有名气的一个人,正是他的生活经历构成了这几部书的主要内容"。[③]《摩尔·弗兰德斯》的序开门见山将该书定位为"私密的历史"(private history),而不是"小说"(novels)和"罗曼司"(romances):"作者在这儿是在撰写她自己的历

[①] James Beattie, *Dissertations, Moral and Critical* (London: W. Strahan, 1783), pp. 564 – 573.
[②] Daniel Defoe, *The Life and Strange Surprising Adventures of Robinson Crusoe* (London: W. Taylor, 1719), p. iii.
[③] Daniel Defoe, *Serious Reflections During the Life and Strange Surprising Adventures of Robinson Crusoe* (London: W. Taylor, 1720), Preface.

史。"①《罗克姗娜》的序指出该书有别于同类作品基本的一点是"本书建立在事实真相的基础之上,本书不是故事,而是历史"。作者为了增强可信度,还声称认识女主人公的第一个丈夫和他的父亲。由于故事是由罗克姗娜本人讲述,读者没有理由怀疑其真实性。笛福强调他的故事是当事人亲身经历过的一段生活,以突出"历史性"。传统的罗曼司会从古典文学作品、神话、传说中提取素材进行虚构,主人公往往是帝王将相、骑士贵妇。笛福则从生活出发,声称不进行虚构,如实讲述普通人的故事。他所谓的主人公是"至今还活着"的人的说法可以视为一个噱头,但这种"对历史性的诉求"(claim to historicity)②却表明他对作品真实性的追求。由于是真人真事,其故事情节符合或然性原则。现实主义奉真实为圭臬,笛福采用真人真事叙述手法,获得逼真效果,使《鲁滨逊漂流记》等小说成为现实主义作品。

传统罗曼司的内容多为骑士故事、浪漫爱情、冒险传奇等,语言夸张绮丽。笛福的作品以第一人称讲述普通人的个体经验,类似于自传。"笛福认为小说的真实就是小说与客观现实之间的一致性。"③为了实现这种真实,他努力在作品叙事层面与客观现实之间画等号,要求小说语言风格平实质朴。《鲁滨逊漂流记》的故事是以"朴实的态度"讲述。④ 摩尔·弗兰德斯曾是伦敦新门监狱的犯人,小说出版时"对这位赫赫有名的女人的语言风格稍做调整",使其叙述"更加朴实",真正像是一个已经改邪归正的女人说话的口气。⑤ 笛福对真人真事的坚持导致他选择体验式叙事风格,反映出他反对罗曼司虚构的基本立场。

笛福是一位虔诚的基督徒,宗教信仰对他的家庭和生活产生过很大影响。他因写了《惩治不从国教者的捷径》小册子而被判罚巨款,戴枷示众三天,并在新门监狱坐牢。笛福特别重视小说的社会教化作用,在自己每一部作品的序言中都要提及文学给读者提供的教益,特别是宗教的劝人为善之道。他在《鲁滨逊漂流记》第一卷的序言中写道,作者讲述故事时"把其遭遇的每件事情都与宗教信仰联系起来,用现身说法的方式教导别人,让我们在任何境遇下都要相信和尊重造物主的智慧,一切听其自然"。⑥《摩尔·弗兰德斯》的故事生动,内容丰富,但

---

① Daniel Defoe, *Moll Flanders* (London: Mayflower Books Ltd, 1965), p. 7.
② H. B. Nisbet & Claude Rawson, ed., *The Cambridge History of Literary Criticism,* Volume 4 *The Eighteenth Century* (Cambridge: Cambridge University Press, 2005), p. 241.
③ 殷企平等:《英国小说批评史》,上海外语教育出版社,2001年,第18页。
④ Defoe, *The Life and Strange Surprising Adventures of Robinson Crusoe*, p. iii.
⑤ Defoe, *Moll Flanders*, p. 7.
⑥ Defoe, *The Life and Strange Surprising Adventures of Robinson Crusoe*, p. iii.

坚守了一条准则:"在书中,罪犯和品行不端的人,都会遭到报应,其结局必定悲惨不幸;坏蛋和恶棍,或不得善终,或忏悔自新;叙述无耻的勾当时,都立即遭到谴责;谈到高尚的德行时,都及时得到褒扬。"读者阅读该书,从中可以得到道德上的教益、宗教方面的启示:

> 作者希望:与故事本身相比,读者会更喜欢故事的道德教义;与书中的叙述相比,读者会更喜欢道德教义的实际应用;与主人公的犯罪生涯相比,读者会更喜欢作者写作本书的目的。

作者写书的目的很明确,即"很自然地对读者进行教育"①。《杰克上校》的序言提到英国有很多青年人因缺乏良好的教育,走上了犯罪道路。该书的"目的与整体设计"便是要促使他们改过向善,认识到邪恶的生活是浪费青春年华,其"最佳和唯一的结尾是悔过自新","浪子回头"才能有舒适、安宁和希望。② 笛福主张通过具体例子进行道德教诲,让作品在不知不觉中感化读者。《鲁滨逊漂流记》第三卷的内容是鲁滨逊漂流冒险时所做的"严肃反思"(Serious Reflections),笛福在序言中说:并不是先有前两卷,然后再有第三卷;相反,前两卷是第三卷思考的"产品",小说的目的是"为了道德与宗教的改善","故事(Fable)一向是为了道德(Moral)而制作,而不是道德服务于故事"。③ 笛福视道德教诲为文学的第一要务。在《杰克上校》序中,他甚至说:读者不必过于计较杰克上校的故事是否是"真正事实准确的历史性讲述",只要该故事能够"抑恶扬善",达到教育读者的目的便好。④ 笛福以他丰富的人生经历不可能回避世界存在邪恶这一现实,如果要坚持故事的真实性,对邪恶生活的如实描写则会对读者产生精神污染,导致跟道德教诲的初衷相反的结果。笛福提出对生活中的美丑善恶要分别处理:对那些淫荡下流罪恶的细节"剔除不提",必须保留的小部分则要"缩短"或"包装",使其"干净",不让严肃读者感到冒犯。⑤ 由此可见,真人真事、故事情节的或然性、作品的真实性等具有同一指向,即有效地进行道德教化、传达宗教寓意。18世纪新古典主义在诗歌领域提倡寓教于乐,笛福则将其朴素的道德教诲观念应用

---

① Defoe, *Moll Flanders*, pp. 8-9.
② Daniel Defoe, *The Novels of Daniel Defoe,* Volume 6: *The life of Colonel Jack* (Edinburgh: John Ballantyne, 1810), pp. x-xi.
③ Daniel Defoe, *Serious Reflections During the Life and Strange Surprising Adventures of Robinson Crusoe* (London: W. Taylor, 1720), Preface.
④ 同上, pp. xi-xii.
⑤ Defoe, *Moll Flanders*, p. 8.

到小说创作，并身体力行，表现出他对小说这一文学新样式社会功用的极大关注。

笛福的小说批评思想与他的创作实践有紧密联系，在一定程度上是对创作活动的解释和分析。批评服务于创作，批评从属于创作。在小说本身及小说批评理论尚未成型的年代，笛福对小说现象的观察和思考具有一定的开创性意义，当然其局限性也很明显。

笛福在《杰克上校》序言中提到：在主人公生活的世界里，"美德"得到了"赞颂、鼓励和回报"。理查逊（Samuel Richardson, 1689－1761）则把"美德回报"作为《帕梅拉》（*Pamela; or, Virtue Rewarded*, 1740）的标题。他的作品不多，除《帕梅拉》之外，还有《克拉丽莎》（*Clarissa, or The History of a Young Lady*, 1747－1748）和《查尔斯·格兰迪逊爵士》（*Sir Charles Grandison*, 1753－1754），这三部小说采用书信体写作样式，对英国文学产生了十分深远的影响。

理查逊自始至终关注小说的道德教诲功能。他自行印刷的《帕梅拉》封面上写着"出版本书是为了在青年男女的心中培育美德与宗教的原则"的字样。在书中，他以帕梅拉信件编者序的形式，列举了小说要达到的目的，具体内容达九项，第一项便是小说"在消遣娱乐的同时，要教育青年男女，陶冶他们的心灵"。其他各项大都与道德有关，如"以轻松愉悦的方式向读者灌输宗教和道德"，"用最具典型意义的例子展示父母、子女和社会的职责"，"给邪恶涂上合适的颜色，使其面目当然地显得可憎；将美德置于其自身和蔼可亲之光中，使其显得确实可爱"，由"最端庄的处女、最纯洁的新娘、最温顺的妻子"提供让读者遵循仿效的"实际榜样"，而《帕梅拉》讲述一个"让人受教育的故事"，很好地实现了这些目的。[①] 小说第二版的简短序言重申，《帕梅拉》的"总构思"旨在"弘扬美德，陶冶青年男女的心灵"。[②] 理查逊以同样强烈的道德意识创作《克拉丽莎》，称赞女主人公是"淑女典范"，有一颗"浸润着美德与宗教最高尚原则的心灵"。[③] 他在小说第二版的广告中写道：《克拉丽莎》并非"轻松的小说"或"转瞬即逝的罗曼司"，而是"生活与风俗史"（a History of Life and Manners）。书中的故事被视为"工具"，其

---

① Samuel Richardson, "Preface by the Editor," *Pamela* (New York: The New American Library, Inc, 1980), pp. 21－22.
② 同上，p. 29.
③ Samuel Richardson, *Clarissa, or, the History of a Young Lady* (Ontario: Broadview Press, 2011), p. 29.

目的是"灌输最高尚最重要的教义","教育读者什么应该避免,什么应该仿效"。① 第三版的序言说《克拉丽莎》要达到的特别目的是"告诫那些欠考虑、没有头脑的年轻女子小心提防口是心非的男性设局者的卑鄙手段和企图",小说要"调查研究"好人在其言行举止中是如何践行道德和基督教"最为重要的教义",而坏人如何藐视这些教义,"罪有应得地受到惩罚"。②

《帕梅拉》以书信的形式生动展示了女主人公"心灵最隐秘深幽处",被誉为心理现实主义代表作。理查逊的独特之处是采用"即时描写"(writing to the moment)的手法来写信,几乎是同步报告事件进程,淋漓尽致地描写了女主人公希望、焦虑、恐惧等情绪的萌生、变化和交汇,如第 20 封信结尾处帕梅拉写道:"——但是,妈妈!我相信是他来了。——我……"第 21 封信的开头继续叙述:"我亲爱的父亲和母亲,——我刚才被迫停笔,因为我担心是我主人来了,但来的却是杰维斯太太。"理查逊发现阅读书信有一种"在场感"(presence),他在给友人的信中曾谈到自己的体验,指出文字可以营造在场感,再现"甜美的记忆"。

"即时描写"能够制造在场的效果。《克拉丽莎》由克拉丽莎、她的兄姐和拉夫雷斯四人的书件组成,理查逊在第三版的序言中详细说明了"即时描写"的特点:"所有这些信件在写的时候,写信人必须设定为是全身心投入到他们的话题之中,因此,这些书信中不仅有大量重要的情境描写,而且还充满了许多被称之为瞬间描写和瞬间反思的东西。"③殷企平指出:"对'瞬间'的把握从时间和场景上给读者带来了某种身临其境的视觉和听觉效果。"主人公的情感是在转瞬即逝的瞬间被读者捕捉到的,在阅读过程中,"读者似乎可以听见人物痛苦的呼喊声,感受到人物对话间隙的沉默所传递的痛苦、愤恨和绝望的情绪,看见人物在颠沛流离中忍受的种种可怕的磨难"。④ 理查逊将小说的时间限定于"现在",使人物行动充满在场感,是他对小说创作手法做出的贡献。

理查逊在《帕梅拉》序言中声称"书中的信件是以真实和自然为基础"。⑤ "真实"和"自然"是理查逊小说创作秉持的基本原则,由此他提出了相应的人物观:"公正地描绘各种人物,平等地支持他们";人物的痛苦要有"自然的原因",同

---

① 同上,p. 724.
② 同上,p. 30.
③ Richardson, *Clarissa, or, the History of a Young Lady*, p. 30.
④ 殷企平:《英国小说批评史》,上海:上海外语教育出版社,2001 年,第 33 页。
⑤ Richardson, "Preface by the Editor," *Pamela*, p. 22.

情和怜悯要有"合适的动机"。①《克拉丽莎》讲述"一位年轻女士的历史",是"生活与风俗史",之所以采用"历史"(history)这个名称,是因为该书也是"以真实和自然为基础"。理查逊在《克拉丽莎》序言中特别指出:克拉丽莎不是一个"完美的人物","她身上应该有些缺点,这不仅自然,也是必然"。如果把克拉丽莎刻画成没有一点瑕疵的完人,就让她"从女人变成了天使",而神化就不自然了。② 理查逊追求真实和自然,并不意味着将小说虚构等同于生活,要消除两者之间的界限。理查逊不像笛福那样,要求读者把虚构接受为生活真实。他说:他创作的书信要有"真实的样子",但并不要让读者"以为是真实的",因而可以保留一种"历史忠诚"(historical faith),"我们通常凭着这种忠诚去阅读虚构作品,尽管我们知道它是虚构的"。③ 帕梅拉作为一个 15 岁的小女孩,不可能写出那么多冗长的信件。理查逊必定意识到自己小说的特点,他在给友人的信中曾说:"长度是我主要的厌恶之物。"理查逊"历史忠诚"的观念与柯勒律治"自愿暂停不相信"的思想具有一致性,隐含他对文学作品虚构性的清醒认识,这种虚构意识促使小说家对艺术形式有一种自觉和重视。

理查逊结合自己的小说创作实践发表对小说这一新的文学样式的看法,但他没有专门撰写评论文章,也没有形成系统的小说观,只是在小说序言以及致朋友的信函中有零散的论述。他的观点带有鲜明的个人色彩,在一定程度上反映了他所生活的时代人们对小说艺术的认识。

18 世纪提出较为系统的小说批评理论的是小说家菲尔丁(Henry Fielding, 1707-1754)。菲尔丁与理查逊几乎是在同一时间开始小说创作的,但无论是在思想内容还是艺术风格上,两人都表现出截然不同的倾向。

《帕梅拉》问世后,小说中过多的道德说教引起菲尔丁的不满,他很快以戏拟的方式写了一本小书《莎梅拉》(*Shamela*, 1741),揭露帕梅拉虚伪的真面目:她根本不是美德的典范,而是一个工于心计、善于"演戏"、生活不检点的女子,如小说书名所暗示,是 shame(羞耻)和 sham(赝品)的结合体。菲尔丁列举了《帕梅拉》诸多不道德之处,认为在这本"胡言乱语、荒唐可笑"的书中,没有任何"道德倾向"可言。菲尔丁写《莎梅拉》,与其说是要摧毁帕梅拉的淑女形象,不如说是表达了他对用小说做道德教诲工具这一做法的反感。与笛福、理查逊不同,菲尔

---

① 同上,p. 21.
② Richardson, *Clarissa, or, the History of a Young Lady*, pp. 29-30.
③ John Carroll, ed., *Selected Letters of Samuel Richardson* (Oxford: Clarendon, 1964), p. 85.

丁更看重的是小说消遣娱乐的功能。他在《汤姆·琼斯》(*The History of Tom Jones, a Foundling*, 1749)第一卷序章中将小说家比作餐馆老板,须提供美味佳肴来吸引顾客,卷首引言是"筵上菜单",让读者了解是否有合口味的食物,以便决定是否在此就餐。这一比喻的意义在于淡化了新古典主义者所推崇的小说的社会教育功能。阅读小说是文化消费行为,是为了消遣享受,而非上课受教育。菲尔丁在序章中反复使用"娱乐"(entertainment)这个词,如同厨师做菜要讲究厨艺,小说家追求"精神娱乐上非同凡响",也必须有怡情悦性的技巧,以迎合读者需要,"让他爱不释手"。①

受《帕梅拉》启发,菲尔丁还创作了《约瑟夫·安德鲁斯》(*Joseph Andrews*, 1742)。在这部小说中,菲尔丁一开始是要继续讽刺《帕梅拉》,但是随着约瑟夫被布比夫人辞退,踏上回乡的路程,小说的画面变得宏大宽阔,菲尔丁回到自己的小说写作模式,即《汤姆·琼斯》所采用的"散文体喜剧性史诗"(a comic Epic-Poem)。在《约瑟夫·安德鲁斯》的序言中,菲尔丁对这种"迄今尚未见到有人尝试过的写作模式"做出界定。在他看来,可以将缺乏韵律的小说视为史诗,因为它具备了史诗的其他组成部分,如故事、行动、人物、情感等。和单纯的喜剧相比,小说的行动"拓展更广、更包罗万象","事件范围更大,人物种类更多"。滑稽讽刺作品呈现的是不自然的"怪异和造作",而在小说中,"我们应该严格地将自己局限于自然,所有我们传递给敏感的读者的愉悦都是从对自然的模仿中流淌出来的"。② 菲尔丁通过把小说同史诗、喜剧、滑稽作品等体裁相比较来说明小说的性质特征,将小说视为史诗的一种,意在提升小说的地位,他所强调的"喜剧性"表现的是贴近现实生活的写实倾向。

在小说内容方面,菲尔丁认为小说应该表现"人性"(human nature),因为它具有"丰富的多样性",构成"不可穷尽的题材"。③ 菲尔丁在为他妹妹萨拉的《戴维·辛普尔的历险》(*The Adventures of David Simple*, 1744)所写的序中曾赞扬该小说的优点在于"广泛而深入地透视人性,极深刻地识别所有的曲径、弯道和迷宫——这些曲径、弯道和迷宫给人的心灵带来的困惑非常之大,让人常常无法看透它们"。④ 小说家的任务是展现人性的方方面面,因此,人就成为作家笔下的

---

① Ioan Williams, ed., *The Criticism of Henry Fielding* (New York: Barnes & Noble, 1970), pp. 268–270.
② 同上,pp. 251–252.
③ 同上,p. 269.
④ 同上,p. 263.

"最高题材";而在写人的行动时,"得特别注意,不要超出他所能达到的范围"。①这意味着作家"不要超出事物揣情度势可能发生的界限","必须限于或然律的规则之内"。如果神奇怪异、妖魔鬼怪等可以偶尔出现在诗歌中,小说应将超自然之物排除在外。实际上,菲尔丁说:"我出于衷心,愿意荷马能早就知道贺拉斯所订的规则,让天上众神尽量少出场。"②关于小说人物形象塑造,他要求优劣共存,而不是完美无缺。《汤姆·琼斯》第十卷序章告诫读者:

> 不要因为一个角色并非十全十美,就贬之为坏人。假使你确实喜欢这类完美的模范人物,那坊间肆上有的是书,可使你称心如意。但是,我们在社会交往中,既然从来没有遇见过这样的人,那我们就选择还是不要让这样的人在这儿出现为好。③

菲尔丁在《约瑟夫·安德鲁斯》的序言中声称:"书中的一切均是对自然之书的模仿,几乎没有一个人物或行动不是取自我自己的观察和经验。"④他把《汤姆·琼斯》称之为"历史",以别于罗曼司:前者以现实生活为依据,后者则可以随意想象,"那些无稽之谈的罗曼司,满纸妖魔鬼怪——那并非自然的产儿,而只是头脑昏乱的产物"⑤。菲尔丁所倡导的是能够表现丰富、复杂人性的现实主义文学。

菲尔丁作为一位作家,对现代批评家颇有微词。在他看来,批评家只不过是一些抄录员,其职责只不过是把别人订的规章法则传抄下来,而制定这些规章法则的,都是一些伟大的法官,由于才气卓越,才在各自统辖的学术领域内取得了立法者的煊赫身份。古代的批评家从来不敢自作主张,妄赞一词。随着时光流转,抄录员渐渐"篡其主人之权力,窃其主人之威仪":"写作之法则,乃不以作家之实践为据,而变为以批评家之诰谕为准,抄录员变而为立法家。"本来也许只是一个大作家毫未经意、在作品里信手拈来的东西,却让这般批评家看作作家主要的优点,当作写作中必不可少的东西,传给后来的作家、令他们奉之为圭臬。"其实许多怎样写才算妙文佳作的规章法则,不论在事实上还是在自然中,都丝毫没有根据。它们一般也无其他作用,而只是用来束缚天才,限制天才。"⑥

---

① 同上,p. 283.
② 同上,p. 281 - 283.
③ 同上,p. 294.
④ 同上,p. 256.
⑤ 同上,p. 274.
⑥ 同上,p. 278.

有感于作者会不负责任地写作,菲尔丁在《汤姆·琼斯》第九卷序章中专门讨论了小说家的资格,指出小说家必须具备若干必要的品质。第一是天才,指发明和判断的能力。菲尔丁所说的发明并非普通意义上的创造能力,而是指"发现的能力,或解释所思索的一切事物之真正本质,一种敏锐而睿智的洞察力",而这种洞察力"很少可以离开判断而单独存在"。第二是渊博的学识。历史和文学的充分知识是绝对必不可少的;如果没有这方面起码的知识就想做一个小说家,"那就好像想盖房子却没有砖、灰、木、石一样,必然不能成功"。第三是经验。"不管作家对于人性刻画得多么精细,真正实际的系统知识只能在人世间获得。实在说起来,各种知识,莫不皆然。不论医药,也不论法律,实际都不是仅靠书本就能学到的。不单医药、法律,就是种地植树、栽花莳草,也都得在书本里学到那点初步知识之后,必须通过经验来予以完善。"第四是"在与人物目睹身受方面,必须广泛普遍",这就是说,必须遍于各色人等,不论高低贵贱,全都亲身交往。第五是善良心肠,能够动情。如果一个人形容一种痛苦的时候,自己并不感到那种痛苦,那他是形容不好的。"我断然肯定地说,最引人心伤泪落的光景,都是作者含着眼泪写出来的。"如果作者不先于读者而笑,读者就不会笑。① 菲尔丁有关小说家资质问题的论述比较全面,至今仍有现实指导意义。

菲尔丁在他为自己及他人小说写的序言中讨论小说创作,数量上比笛福、理查逊要多得多。《汤姆·琼斯》共18卷,菲尔丁坚持在每一卷序章中议论小说写作的要则,这使得他小说批评的范围更为宽泛,讨论更加深入。他强调小说的娱乐功能,将小说等同于史诗、等同于历史。菲尔丁的小说批评表明:在18世纪中叶,英国小说这一文学样式有了充分发展,关于小说创作的思考也趋于成熟。

第三节 约翰逊

约翰逊(Samuel Johnson, 1709-1784)是新古典主义重要的代表人物。他出身于一个小书商家庭,曾就读于牛津大学,后因家庭经济拮据而中途辍学。他在伯明翰一度办过学堂,但没有成功,后去伦敦,主要以撰稿维持生计,长期过着清贫生活。50岁时约翰逊成为伦敦最有名望的文人。他对英国文学的贡献是多方面的,创作了《伦敦》(*London*, 1738)和《人类欲望的虚幻》(*The Vanity of Human Wishes*, 1749)等诗歌作品和小说《阿比西尼王子拉赛拉斯》(*The History of*

---

① 同上,pp. 290-292.

Rasselas, Prince of Abissinia, 1759);历时七年编纂的《英语辞典》(Dictionary of the English Language, 1775)是英语史上第一部标准辞书,对英语语言的标准化、规范化功不可没。约翰逊死后葬于威斯敏斯特大教堂。

1750年约翰逊创办了《漫步者报》,每周两期,共208期,其中203期的文章由约翰逊所写,内容题材广泛,涉及道德、礼仪、文学等。《漫步者报》显然受到《旁观者》的影响,但风格显得更为庄重严肃。与艾迪生一样,弥尔顿也是约翰逊特别关注的作家之一。他撰写了多篇文章,专门讨论弥尔顿诗歌的韵律、诗歌中声音与意义的关系、《力士参孙》存在的不足等,展示了他渊博的文学知识,表达了新古典主义的文学观点。

约翰逊秉承新古典主义道德原则,强调作家应该有社会责任感,摒弃"不得体"的思想内容和文字,以教化读者。在《漫步者报》第四期《小说家的道德责任》("The Moral Duty of Novelists")一文中,约翰逊指出读小说的主要人群是"年轻、无知、休闲人员"。小说家"模仿自然",是"人们风俗的临摹者",但"必须区别自然中哪些部分是最适合模仿的对象"。小说在"展现生活本相"的同时还要成为"举止行为的讲座和人生的引导",通过展示"人类最高、最纯粹的德行",为读者提供希望和行动的榜样。①

约翰逊对批评家也提出同样的要求,认为他们的工作是"监督人们的趣味或道德"。② 在《声音与意义》("Sound and Sense")一文中,约翰逊对批评家的任务做了较为明确的界定:"批评家的任务是建立原则,将观点优化为知识,将那些取决于已知原因和理性演绎的愉悦方式和完全诉诸幻想、难以名状和解释的典雅区别开来。"③文艺作品作为想象的产物,具有迷人的美,我们对于美感到愉悦,却难以解释它是如何产生的。针对文学领域中"无知的混乱无序,幻想的变化无常,规定的专横独断",约翰逊提出:批评家应通过批评来"减少在科学的管辖下文学的这些领域"。④ 约翰逊从理性主义立场出发,排斥幻想,强调"幻想必须受理性的制约"。⑤ 他推崇科学理性的批评,其特征是"常规的论证","有条不紊的推理"。⑥ 如果不以理性为指导,批评家就会受偏见所左右,不容易做出正确的

---

① Scott Eledge, ed., *Eighteenth-Century Critical Essays*, Vol. II (Ithaca: Cornell University Press, 1961), pp. 571–573.
② 同上,p. 635.
③ 同上,p. 598.
④ 同上,p. 598.
⑤ 同上,p. 631.
⑥ 同上,p. 635.

判断。第93期《批评家的偏见》("Prejudices of Critics")分析了产生偏见的具体原因:第一,文学作品的美缺乏可验证的客观标准,往往因人而异;第二,要做出"公正的批评",必须全神贯注地阅读作品,而批评家并不能持之以恒,他们并不真正掌握开展批评所需的知识;第三,批评家受兴趣和情感驱使,其个人喜恶会影响其判断的公正性。有人针对批评为某些性格乖张之徒提供恶毒攻击的机会,提议开展批评时只颂扬优点、不指出缺陷。约翰逊对此不赞成,在他看来,"批评的责任不是通过带有偏向的描述去贬低或美化,而是高举理性之明灯,不管有何发现,传播真理所下达的任何决定"。① 艾迪生和夏夫兹伯里都曾对批评家有过议论,蒲柏的《论批评》谈及批评的标准,约翰逊站在理性主义立场论述批评家的素养和批评的功能,使得对这一问题的认识向前推进了一步。

在理性之光的照耀下,约翰逊以实事求是的态度进行批评实践。他认为:英国批评"尚未取得科学的确定性和稳定性",②不少被人奉为圭臬的规则或标准经不起推敲。《漫游者报》有多篇论及规则或标准的文章,约翰逊一贯的主张是必须依照自然或理性制定规则和标准。他经过分析发现:有的规则是因为符合理性或自然,具有正确性而确立的;有的规则是因为古人曾经说过或做过,基于惯例而建立的,具有随意性。约翰逊认可那些由理性所规定并与自然规律一致的规则,反对拘泥于僵化的清规戒律。有些陈规旧章的起源具有"偶然性",③并不符合自然规律,对后人没有什么用处。约翰逊从实际出发,用理性这把标尺衡量前人制定的规则和标准。比如关于悲剧中不能有喜剧成分的规定,与现实生活不符。约翰逊在《规则》("Rules")一文中写道:将悲剧和喜剧融合起来,有什么可以谴责的?舞台是"生活的镜子",如果尊重自然,就应接受悲喜剧。④ 规则和标准是18世纪批评家热衷的一个话题,约翰逊不迷信古人,对那些仅仅是根据先例确立的清规戒律进行质疑,持论公允,以理服人。

约翰逊最为重要的文学批评著作是《〈莎士比亚戏剧集〉序言》(Preface to *The Plays of William Shakespeare*, 1765)。早在1745年,他发表《麦克白悲剧杂论》("Miscellaneous Observations on the Tragedy of Macbeth"),并提出了重新编订莎士比亚戏剧的设想,但直到1756年才开始真正着手这项工作,前后历时九年得以完成。《莎士比亚戏剧集》共有八卷,除长篇《序言》外,每一个剧本有版本校

---

① 同上,pp. 601-604.
② 同上,p. 634.
③ 同上,p. 631.
④ 同上,p. 632.

勘、字义疏证和人物讨论。

《序言》从批评界的厚古薄今现象引入。人们经常抱怨说,"赞誉之词毫无理由地堆在死人头上",作品获得敬重"不是因为优秀而是因为古老",而批评家的主要工作是去"发现今人的种种缺陷,寻找古人的各种美"。约翰逊对此进行分析,认为文学作品的优点"不是绝对和确切的,而是渐进和相对的",[1]因此时间就成为独一无二的试金石。在历史长河中,通过与同类作品反复比较,天才作家作品的卓越品质得以确认。从这个意义上说,莎士比亚"可以开始享有古人的尊严"。文学价值的检验需要一个世纪的时间,莎士比亚去世已有150多年,他的作品历经趣味与习俗的变迁,在代代相传的过程中,"每一次的传播都获得新的荣誉"。[2] 约翰逊以此为出发点,着手探究莎士比亚究竟是"以什么独特的优点来赢得并保持住国人对他的喜爱"。在他看来,"只有对普遍自然的真实表现才能够愉悦许多人并且持之以恒"。莎士比亚"在所有作家之上,至少在所有近代作家之上",那是因为他是一位"自然诗人;他这诗人向读者们举起习俗与生活的忠实镜子"。[3] 约翰逊"镜子说"的理论基础是亚里士多德的模仿学说,但其模仿对象是"普遍自然"。他信奉人性的普遍性和共同性,"人类的感情是始终如一的,而风俗习惯是易变的"。[4] 约翰逊在小说《阿比西尼王子拉赛拉斯》第十章中曾经指出:诗人的任务"不在审察个别事物,而在审察类型;是注意一般的特征和大体的形貌"。诗人写郁金香,用不着数出花上到底有几道纹理;写林木,只说郁郁葱葱就行了,用不着推敲颜色的浓淡深浅。[5] 他按照这一理论来评论莎士比亚的人物,赞扬他们表现了超越地域和时间的"共同人性"。

约翰逊视莎士比亚戏剧为"人生的镜子"。现实生活中,善与恶、悲与喜往往纠结在一起。莎士比亚戏剧"展示了世间自然的真实状态",在严格意义上说既非纯粹悲剧,也非纯粹喜剧,而是一种独特的结合体。约翰逊认同悲喜剧,在《序言》中从新古典主义道德立场来捍卫莎士比亚将悲剧和喜剧成分糅合在一起的做法。他说:古人从善恶悲喜混合在一起的乱象中,根据习惯定律,或是选择专门描写罪行、无常和苦难,或是选择专门写荒诞、轻松和欢乐,在此基础上形成了

---

[1] 同上,pp. 646–647.
[2] 同上,p. 648.
[3] 同上,p. 648.
[4] 同上,p. 579.
[5] Samuel Johnson, *The History of Rasselas, Prince of Abissinia* (London: Penguin Books, 1988), pp. 61–62.

悲剧和喜剧"两种模仿模式",它们采用"对立的方式","分别服务于不同的目的"。莎士比亚"把激发起欢笑与悲伤的能力结合起来",从而使他的戏剧比悲剧或喜剧更忠实于生活,能够更好地发挥道德教育作用。"诗歌的目的是通过愉悦的方式进行教化。混合体戏剧可以表达悲剧和喜剧的所有教导,这一点无可否认,因为在交替的展演中悲剧和喜剧两者皆有,更接近生活的面貌。"至于说这种"场景的变更"和"严肃与欢快的交换"是否会打断观众情绪的整一性,约翰逊认为:混合体戏剧能够成功地打动人心,"产生预期的情感变化",而"所有的愉悦均在多样化之中得以持久"。①

约翰逊对莎士比亚并非一味辩护,也有直率的批评,《序言》列举了莎士比亚戏剧的种种缺点。首先是莎士比亚忽视道德教育功能:他过于注重愉悦,"写作时似乎没有任何道德目的"。有些剧本情节松懈,结尾显得潦草。喜剧人物语涉猥琐,有伤大雅。"在悲剧方面,他似乎使劲愈多,往往成效愈少。艰苦创作的结果只是泛滥、平凡、冗长和晦涩。"莎士比亚过于偏爱使用双关语:为了双关语,他可以不惜代价,"理性、情理和真理都可以牺牲"。②

《序言》未将莎士比亚戏剧违背"三一律"列为"缺点",约翰逊还专门就此做了说明。就戏剧行动而言,莎士比亚的剧本具有一致性,符合亚里士多德所说,剧情设计有开头、中段和结尾,但时间和地点方面就不受清规戒律的束缚。约翰逊对"时间一致"和"地点一致"的合理性进行质疑,认为法国高乃依等人倡导的"三一律"更多的是"给诗人带来麻烦,并不见得给观众带来多少愉悦"。③ 舞台表演是建筑于幻想之上,而"幻想是没有具体限制的"。观众进入剧院,就进入另一个世界,想象自己来到埃及,生活在安东尼与克莉奥佩特拉的年代,一个世纪的流逝可在一个小时的流逝中实现。艺术需要想象,也是可以想象的。那种拘泥于清规戒律的"机械批评"反而显得迂腐,并且不真实。就人生道路而言,莎士比亚没有受过多少正规教育,完全凭借自己的天赋和勤奋取得不朽成就。约翰逊也属于自学成才,感同身受,因此对莎士比亚表现出充分的理解和同情。约翰逊注意到,莎士比亚不了解"古人的规则",或许他知道但不遵从,也没有批评家的"权威"来横加干涉,正是这种独特的历史条件成就了这位戏剧天才。他汪洋恣肆地展示自己的想象力和才能,经常逾越批评家信奉的陈规旧章。

---

① 同上,pp. 650 - 652.
② 同上,pp. 655 - 657.
③ 同上,p. 658.

约翰逊是新古典主义文学批评的倡导者和实践者,他从自然和理性出发,对新古典主义的某些观念进行修正,做出自己独立的判断,奠定其在英国文学批评史上的重要地位。

第四节 苏格兰启蒙运动

18世纪被称为启蒙的世纪,而启蒙运动通常是与孟德斯鸠、卢梭、伏尔泰、狄德罗等法国启蒙思想家紧密联系在一起。自20世纪六七十年代起,越来越多的学者认为,苏格兰也是启蒙运动的一个重镇。1707年苏格兰与英格兰实现政治合并,自由宪政体制保证了长期的社会和政治的稳定。苏格兰通过和英格兰的自由贸易使得经济得以发展,又通过与欧洲大陆在教育上的交流获得最新的思想和信息。各方面的复苏使得苏格兰思想家开始思索经济自由和社会发展,致力于探究允许良性改革的社会变革之路,形成与法国启蒙运动不同的特征。

早在1900年,司各特就开始使用"苏格兰启蒙运动"(Scottish Enlightenment)这一术语。[①] 苏格兰启蒙运动时期出现了一批杰出的学者:哲学方面有休谟,经济学方面有斯密,社会理论方面有弗格森(Adam Ferguson),历史学方面有罗伯逊(William Robertson)。他们长期在爱丁堡、格拉斯哥和阿伯丁这三座城市生活、工作,共同的特点是兴趣广泛,研究和思考的领域涉及各学科,特别是他们关于道德哲学、政治经济学、历史学的思考对现代西方文化产生了深远的影响。苏格兰思想家在美学和文学批评领域也有建树,他们的深刻洞见对后人有着启迪意义。

休谟(David Hume, 1711 – 1776)作为哲学家和历史学家,被视为苏格兰启蒙运动以及西方哲学历史中最重要的人物之一。他出生在爱丁堡,幼时丧父,由母亲抚育成人。家人希望他学习法律,但他更喜欢阅读古典作家特别是西塞罗的著作,选择研究哲学。为了丰富自己的阅历,休谟一度在一家进口糖的公司当职员。1734年,休谟前往法国,在那里完成了《人性论》(*A Treatise of Human Nature*, 1739 – 1740)的初稿。从1752年起,休谟担任爱丁堡苏格兰律师协会图书馆馆长,利用那里丰富的藏书写作了多卷本《英格兰史》(*History of England*, 1754 – 1762)。1763年,休谟应邀担任英国驻法国大使的私人秘书,后升任代办。他在巴黎被捧

---

① William Robert Scott, *Francis Hutcheson: His Life, Teaching and Position in the History of Philosophy* (Cambridge: Cambridge University Press, 1900), p. 265.

为巴黎社交圈的名人,并与伏尔泰、卢梭等有交谊。休谟的主要著作还有:《人类理解研究》(*Enquiries Concerning Human Understanding*, 1748)、《道德原则研究》(*Enquiries Concerning the Principles of Morals*, 1751)和《自然宗教对话录》(*Dialogues Concerning Natural Religion*, 1779)等。

休谟童年即喜欢文学及哲学,他从哲学和美学的角度思考文学,写了若干重要论文。《论悲剧》("On Tragedy", 1757)探讨了悲剧快感产生的原因。观众观看悲剧,体验悲伤、恐惧和焦虑,为什么还会有快感?法国哲学家丰丹纳尔认为:痛感与快感紧密相关,两者在起因上差别不大,而痛感被戏剧的幻觉减弱,可以变成快感。我们在观看悲剧时,心底深处有一种"虚假"的意识,"我们为自己喜欢的人物的不幸而哭泣。与此同时,我们又想到这一切都是虚构的,并用这想法来安慰自己。正是这种混合的感情形成一种悦人的哀伤,使眼泪带给我们欢乐"。休谟指出丰丹纳尔的观点有道理,但不完整。他以西塞罗讲演中关于维尔斯人残杀西西里俘虏的动人描述为例,说明西塞罗能将痛苦转变为愉悦的原因是他出色的雄辩:"我的回答是:这一异乎寻常的效力源自陈述悲伤景象时的雄辩。"休谟所谓的雄辩是指艺术表现的美。根据休谟的分析,悲剧的虚构性可以缓和感情,"但并不是单纯因为减弱或者减轻了悲伤,而是因为融入了新的感情"。在日常生活中,对立相反的因素有时会转化或加强主导的力量:母亲因为孩子生病而焦虑痛苦,不安的情绪更增加了对孩子的挚爱;嫉妒使得爱情更为猛烈;分离使得双方思念更为深切。这一原则同样适用于悲剧。"悲剧是一种模仿,而模仿本身总是愉悦的。"在阅读悲剧或朗诵悲剧时,我们必定体验到痛苦,但这痛苦却被艺术表现的美引起的快感所淹没了。休谟说:"用这种办法,不仅忧郁情绪的不舒适感完全被更强烈的相反的情绪所征服和消除,而且所有这些情绪的全部冲动都转变成快乐,更加增强了雄辩在我们心中引起的欣悦之情。"[1]纯粹的灾难性事件不会产生美感。当然,融入的这种相反的情绪也要有度,控制在一定范围以内。

休谟接受了痛苦可以转变成快乐的观念,但反对把这一转变单纯说成是幻觉感造成的。他强调艺术的作用,悲剧的快感源自艺术创造的美。艺术通过瑰丽的想象力、丰富的表达、优美的韵律和出色的模仿,能在心里产生愉悦。艺术欣赏基本上是一种情感经验,悲剧中的惨痛事件在观众心中产生震撼,激起强烈的情感,使他们对艺术美更加敏感,从而获得欣赏悲剧所特有的体验。

---

[1] Scott Elledge, ed., *Eighteenth-Century Critical Essays*, Vol II, pp. 806–807.

朱光潜在《悲剧心理学》中专门讨论了休谟的《论悲剧》一文，在汲取了休谟思想的基础上，提出了自己的悲剧观点：

> 痛苦在悲剧中被感觉到并得到表现，与此同时，它那郁积的能量就得到宣泄和缓和。这种郁积能量的缓和不仅意味着消除高强度的紧张，而且也是唤起一种生命力感，于是这就引起快感。这种由痛感转化而成的快感更加强悲剧中积极的快感，这种积极快感产生的原因一方面是悲剧的怜悯和恐惧，另一方面是作为艺术品的剧作的美，如整一和适当的比例、声音与形象的和谐、性格描述的深刻真实等。①

朱光潜肯定了休谟对我们理解悲剧快感所做出的极有价值的贡献。

休谟的另一篇美学论文《论趣味的标准》("On the Standard of Taste", 1757)在美学史上名气要更大一些。人称苏格兰启蒙运动第一位主要思想家的哈奇森（Francis Hutcheson, 1694 – 1747）在其早期著作《论美与德性观念的根源》(*An Inquiry into the Original of Our Ideas of Beauty and Virtue*, 1725)中"把美这个词看作在我们身上引起的观念，把美感看作我们获取这一观念的能力"。人们有一种"内在感官"，它能觉知所看到或听到的美。② 哈奇森不是把美理解成客体的属性，而是理解成观察者对客体的质的审美感知。休谟受哈奇森的影响，在《论趣味的标准》中写道："美并非事物本身的属性，它只存在于观赏者的心里，而每一个人心觉知一种不同的美。这个人觉得丑，另一个人可能觉得美。"③趣味作为一种主观性的感知和判断，必然因人而异。那么，是否存在一种"趣味的标准"，可借此来协调人们在趣味方面的不一致呢？在休谟看来，趣味确实存在着一种带有普遍性的标准。他以天才作品历史越久而传播越广、越受人推崇为例证明这个观点："同一个荷马，两千年前在雅典和罗马受人欢迎；今天在巴黎和伦敦还被人喜爱。"因此，"我们要寻找一种趣味的标准，它可以成为协调人们不同情感的一种规则，至少它能提供一种判别的准则，使我们能够确认一类情感，谴责另一类情感"。这个标准的基础是"在不同国家不同时代都能给人以快感的作品总结出来的普遍性看法"。作为一名经验主义哲学家，休谟从操作层面考虑问题，指出人们在评判作品时会采用许多具体规则："诗歌必须受到艺术规则的制约，而这些规则是要靠作家的天才和观察力来发现。"但这些规则不能机械地应用，

---

① 朱光潜：《悲剧心理学》，北京：人民文学出版社，1983年，第176—171页。
② Scott Elledge, ed., *Eighteenth-Century Critical Essays*, Vol. I, p. 353.
③ Scott Elledge, ed., *Eighteenth-Century Critical Essays*, Vol II., p. 813.

要做出准确的判断,批评家必须在适当的时间、场合、心境下观察作品。在讨论过程中,休谟逐渐将趣味的标准问题转移为批评家的问题,"实际上他的主张是好的批评家的判断为我们提供趣味的标准"。① 他认为批评家之所以不能做出正确判断,有以下原因:"内在器官"出了毛病,缺乏敏感性,缺少实践,没有与其他作品做比较,存有偏见,忽视作品的目的,没有利用理性进行分析。理想的批评家应该具有如下品格:"有强健的器官,敏锐的感受,由于实践而得到改进,通过比较而进一步完善,清除了一切偏见。"②休谟强调了批评家的作用,将批评家和趣味标准融为一体:

> 趣味敏感的人尽管很少,但由于他们见解高明、才能出众,在社会里也很容易被辨识出来。他们受到普遍推崇,这使他们给予任何天才作品的赞语能够广泛传播,并成为一般性主导意见。许多人如果只依靠自己,美感就非常薄弱模糊;但一旦经人指出,不管是怎样的神来之笔,他们也都能欣赏。货真价实的诗人或雄辩家每获得一个爱好者,就会通过他争取到更多新的爱好者。尽管各式各样的偏见可能暂居上风,它们决不会联合起来推出一个敌手和真正的天才竞争;相反,它们迟早总要对自然和正当感受的力量投降。因此,虽则一个文明国家在哲学家中作孰优孰劣的选择时选错的情况屡见不鲜,在喜爱某一篇脍炙人口的史诗或某一个悲剧作家之类的问题上发生长时期的错误则是从来没有的事。③

休谟认为事物中的美存在于沉思它的心智之中,这使他转向作为个体的批评家,寄希望于才华出众、心智健全的批评家引领趣味。

休谟在《论趣味的标准》结尾部分提到了古今之争,发现人们忽略了道德维度。对于古人的作品,因时代风俗变迁而存在荒谬之处,他认为可以原谅,但如果道德上有问题,美丑不分,是非颠倒,则不能姑息。休谟划出一条道德底线,明确表示他不能欣赏"丧失人性""混淆善恶"的作品。

休谟还写了《论文艺和科学的兴起和发展》("Of the Rise and Progress of the Arts and Sciences", 1742),探究文艺的发展规律。他总结了四点:第一,文艺只有在自由的政体下才能发展;第二,一些独立的国家彼此为邻,在贸易和政治上保

---

① Alexander Broadie,《苏格兰启蒙运动》(*The Cambridge Companion to the Scottish Enlightenment*),北京:生活·读书·新知三联书店,2006年,第287页。
② Scott Elledge, ed., *Eighteenth-Century Critical Essays*, Vol. II, pp. 813–823.
③ 同上,p. 824.

持联系,最有利于文艺的发展;第三,文艺可以由一个国家移植到一个政体不同的国家,开明的君主国对文艺发展最有利(共和政体对科学发展最有利);第四,文艺在一个国家里发展到高峰之后就必然衰落。休谟的文艺发展观不仅已经得到历史的证明,而且在今天依然有现实意义。

霍姆(Henry Home, Lord Kames, 1696–1782)是苏格兰启蒙运动的中心人物,爱丁堡哲学学会的创始人之一,终身致力于促进苏格兰社会发展和思想进步。他出生在苏格兰贝里克郡的卡慕思庄园,从1723年起担任律师,1752年获册封为卡慕思勋爵。霍姆兴趣广泛,钻研苏格兰法律、历史、道德哲学、美学、农业等,主要著作有《人类历史简述》(*Sketches of the History of Man*, 1734)、《论道德原理和自然宗教》(*Essays on the Principles of Morality and Natural Religion*, 1751)、《公正的原理》(*Principles of Equity*, 1760)等。他在文学批评领域也有建树,于1762年出版了两卷本《批评的要素》(*Elements of Criticism*)。该书第一卷主要从美学角度阐述情感与激情、美、宏大与崇高、令人发笑的物体、相似与不同、一致与多样、滑稽、巧智等概念,第二卷更多涉及文学批评,讨论了语言美、修辞手段、叙事与描述、史诗与戏剧、"三一律"、趣味的标准等。《批评的要素》问世后受到读者欢迎,45年间苏格兰就重印了八版之多。

霍姆在《批评的要素》第一卷用很多的篇幅系统地讨论情感与激情(emotion and passion)。根据他的论证,情感与激情之间的区别在于后者伴有采取行动的欲望。情感与激情有愉悦的,也有痛苦的,是由多种因素引起,并对我们的理解、观点和信念产生影响。霍姆特别指出:虚构的东西与真实存在一样可以激起情感与激情。为此,他提出了"理念在场"(ideal presence)的观念。"理念在场"是一种"白日梦"(waking dream),身处梦境,一切皆真,但当我们开始反思时,梦幻世界便消失了。记忆能够把过去的事件重新浮现于眼前,语言描述也能产生同样的效果,而"语言激起情感的力量完全取决于能否产生生动、清晰的意象"。在所有制造"理念在场"印象的手段中,戏剧演出是最为有力的:好的悲剧能让观众为之动容,潸然泪下。霍姆称赞"理念在场"貌似不起眼,但作用大,我们的情感和激情是通过"理念存在"被激发的:"语言对人心的广泛影响源自理念在场",而这种影响能强化社会纽带,吸引个人慷慨行善。如果没有"理念在场",最优秀的演讲者或作家将无法激发起任何情感,我们的同情将局限于真正出现在我们面前的物体,而语言将完全失去那种使我们与在时间和空间上距离遥远的人们产生共鸣的力量。"理念在场"营造出一种想象的真实,赋予超越真实存在的自由,因此,"能够打动读者、使其活跃起来的诗人可以使用更大胆的虚构"。①

霍姆讨论"三一律"时对戏剧行动的一致性与时间、地点的一致性做了区分,认为有必要坚持戏剧行动的一致性。每一场戏要能产生事件,而行动的一致性在于事件之间要有关联,在这方面,莎士比亚做得很出色。古希腊罗马戏剧严格遵循时间、地点的一致性,对此霍姆明确表明态度:"我们没有必要模仿古人。"古希腊戏剧场与场之间的转换借助于歌队(chorus)来完成,要求时间、地点有延续性。现代戏剧各场之间则有"暂停表演"的间隔,在这间隔期间,任何时间、地点都可以想象并允许,观众也可以意识到:加里克(著名演员)并不是李尔王,剧院也不是多佛岩崖。霍姆写道:"我必须强调:那种对地点和时间的限制在希腊戏剧中是必须如此,但对于我们来说并不是规则。"那些将戏剧行动的一致性与时间、地点的一致性置于同等地位的批评家没有去注意"现代戏剧的性质与构成"。②

《批评的要素》有专门一章讨论"趣味的标准"。霍姆认为:无论是道德还是艺术,都存在着"共同标准"(common standard)。以人类本性为基础的共同标准具有"普遍性",它超越了时代、种族、国家,适用于古今中外,放之四海皆准。如果趣味遵从共同标准,我们凭借对共同标准的确信,"直觉地就设想这是正确或好的趣味,如果不遵从共同标准,我们就设想这是错误或坏的趣味"。趣味与情感的一致性源于这种对共同标准的确信。霍姆声称"趣味的标准是建立在人类共有的确信之上",但这个人类并不意味着社会各阶层所有人群。霍姆首先把体力劳动者排除在外,认为他们"完全缺乏趣味";还有一些人因骄奢淫逸使趣味败坏,也"失去了投票资格"。这样,只有少数精英分子能够胜任"艺术的法官"。如同休谟寄希望于才华出众、心智健全的批评家,霍姆将趣味的标准也交托给小圈子内的高雅之士:他们必须天生拥有良好的趣味;这一趣味要通过教育、反思、经验不断完善;要通过适度、节制的生活和选择理性的愉悦来保持其活力。霍姆从普遍人性论出发论证共同标准,指出每个人都分享着人类的共性,他们的趣味和情感不会有大的差别。基于人类本性的构建原理,不同种族人们的情感表现出"奇妙的一致性",同样的物体在每个人身上会产生同样的印象。即使有偏离发生,迟早也会予以纠正,"让荡子回归正道"。③

---

① Henry Home, Lord Kames, *Elements of Criticism* (Indianapolis: Liberty Fund, Inc, 2005), pp. 66–75.
② 同上,pp. 673–678.
③ 同上,pp. 721–728.

另外，霍姆还在《批评的要素》中多处称赞莎士比亚，认为在戏剧对话艺术方面，没有人能出其右，[1]霍姆被认为是当时重要的莎士比亚评论家之一。

亚当·斯密（Adam Smith, 1723－1790）是苏格兰启蒙运动的代表性人物。他出生于苏格兰东海岸的柯卡尔迪，生前丧父，一生与母亲相依为命，终身未娶。1737 年，斯密进入格拉斯哥大学学习，道德哲学教授哈奇森是他的老师。哈奇森似乎注意到了斯密的天资，把他介绍给了休谟，两人后来成为好友。1740 年，斯密被推荐到牛津大学深造，在那里潜心钻研拉丁语和希腊语古典著作，认真研读《人性论》等当代和古代思想家的作品。1746 年斯密回到家乡卡柯尔迪，1748 年在霍姆的鼓励下，去爱丁堡大学讲授修辞学课程。1751 年，他成为格拉斯哥大学的逻辑学与修辞学教授。从 1752 年起，他继承他的老师哈奇森任该校的道德哲学教授，直到 1764 年辞去教职为止。1759 年，斯密出版了《道德情操论》（*The Theory of Moral Sentiments*），该书在他有生之年共出了六个版本。斯密认为人类是有想象力的人群，通过想象，人们能看到如果自身处于另一个人的境地，会有什么样的感觉。斯密将这种同伴的感觉称之为"同情"，"我们可以通过别人的情感同我们自己的情感是否一致来判断他们是否合宜"。[2] 他将这种感同身受之同情作为道德判断的基础，阐明了具有利己主义本性的个人怎样控制他的感情或行为，尤其是自私的感情或行为，以及怎样建立有确立行为准则必要的社会。1776 年，斯密出版了《国富论》（*An Inquiry into the Nature and Causes of the Wealth of Nations*），创立了富国裕民的古典经济学体系，为现代自由贸易、市场竞争和资本主义提供了理论基础，在经济思想史上具有划时代意义。斯密的《国富论》和《道德情操论》对欧洲社会发展产生了深远影响，使他成为社会学科很少的几位少有争议的伟大思想家之一。

斯密离开爱丁堡前往格拉斯哥大学任教后，就主持修辞学与文学讲座，长达十余年。他的讲座内容用的是自己在爱丁堡大学授课时准备的讲稿，但讲稿一直没有正式发表，幸亏他的几个学生 1762—1763 年间做的上课笔记流传下来，使我们得以了解斯密讲座的具体内容。斯密的修辞学与文学讲座共有 30 讲，涵盖语言发展、遣词造句、修辞手段、风格与个性、作文法、演讲术等。第 21 讲专门讨论文学，涉及当时的一些重要话题。作为修辞学教授，斯密是从修辞角度来讨论诗歌写作，通过分析文学的本质特征来论证如何加强修辞效果。他首先对历史

---

[1] 同上，p. 667.
[2] 亚当·斯密：《道德情操论》，蒋自强等译，商务印书馆，2010 年，第 18 页。

与诗歌进行区分,指出诗歌(文学)的目的是提供愉悦:"显而易见,作者写作时的设计是要愉悦我们。"斯密认为人们选择采用诗歌的形式,这是因为诗歌比散文更优美、更有力。为了实现愉悦读者这一目的,诗人可以采取各种必要的手段:他讲述的内容不必是真实的;他享有"诗歌自由",可以随意添加或砍削,以美化故事。斯密在真实与虚构之间画出一条明确界线,而文学与真实无关。我们阅读荷马,并不是为了接受有关特洛伊战争的教育,阅读弥尔顿也不是为了去了解《圣经》中有关人类堕落的故事。诗人并不期待读者相信他所讲故事的真实性,而读者也明白诗人的故事是杜撰的,但大家乐意接受,这是因为"我们从诗人那里寻找的是娱乐"。① 相对于"愉悦",真实是第二位的。

斯密对戏剧创作的"三一律"发表了自己的看法。在情节一致性原则方面,他提出了"兴趣的一致性"主张,并从这一立场出发,反对悲喜剧。在这一点上,斯密与约翰逊意见不同。他认为在同一部作品中相互抵触的悲剧成分与喜剧成分不应共存:哈姆雷特与掘墓人的插科打诨本身是很好的戏,但与整个剧本的情节无关,与悲剧气氛不协调。关于"三一律"中时间、地点一致性原则,斯密的观点与霍姆的不一样。他指出:史诗诗人简单交代几句,便可解决时间的跳跃问题。莎士比亚剧中有时场与场之间相隔三至四年之长,缺乏必要的连接。观众知道自己是在看戏,但因为没有被告知这三四年间到底发生了什么而感到不安。斯密注意到莎士比亚有些剧本完全不遵守"三一律"中地点一致性原则:上一场在英国,下一场就到了法国,随后在英格兰、伦敦、约克转换。他建议:如果不能像索福克勒斯、拉辛那样把戏剧行动局限在一个地点,各场景地点之间的距离不要太远。

斯密在讲座中讨论了戏剧人物的适宜性。在他看来,人的天性是崇敬比自己伟大的人,蔑视不如自己的人,因此,位居高位者不是被嘲笑的对象,小人物或不如自己的人则是最佳的喜剧人物:"对于小人物的不幸,我们倾向于嘲笑而不是共同分担。"我们可以纵情嘲笑鞋匠或平民百姓的荒诞,但对他们的不幸难以动容落泪。帝王将相等大人物则适合悲剧情节,而坏人永远不能成为悲剧英雄。斯密指出:喜剧的一致性在于人物,悲剧的一致性在于情境的处理。观看悲剧时,我们所关注的是人物与情境的关系:英雄人物身处困境或不幸情境,观众们为此深感不安;他能得以解脱,观众们感到高兴;当他被击败,观众们的悲伤到达

---

① Adam Smith, *Lectures on Rhetoric and Belles Lettres* (Oxford: Oxford University Press, 1983), pp. 117-119.

顶点。这也就是为什么斯密认为悲剧情境中掺入了喜剧成分,会把戏演得非常糟糕。斯密还进一步分析了戏剧人物的多样性。维吉尔、拉辛因为过于注重作品的适宜性和得体性,妨碍了他们塑造出各种各样的人物。荷马和莎士比亚在人物的多样性方面做得要好得多,而莎士比亚还远超过荷马,"但是这一巨大的多样性也导致他们经常破坏得体性和适宜性以及兴趣的一致性"。①

斯密是在修辞学框架内讨论文学。在他的讲座中,修辞与文学批评并不分离:他十分熟悉经典文本,在讲授修辞学课程过程中大量引用莎士比亚、弥尔顿、蒲柏、斯威夫特的文学作品。作为一名经济学家和道德哲学家,斯密观察和分析人的本性和社会环境,他对文学的思考基于对人性和社会普遍规律的探究。如他以简洁明了的语言勾勒出文学发展的进程:诗歌最早以"奇妙"(marvellous)的题材愉悦粗鲁、无知的民众,激发他们的惊讶之心,而民众也易于相信这类故事。随着知识的推广,奇妙的故事渐渐失去吸引力,诗人重新寻找"最能愉悦、最有趣"的题材:他们关注更易产生共鸣的、细腻的普遍人类情感,"表现自己受到感染的那些行动与激情,或者展示人心细腻的情感"。因此,在英雄鬼怪的奇妙传说之后出现的是悲剧。接替"狂野、夸张的罗曼司"的是小说:小说状摹人的内心世界,"将人物的温柔感情或强烈激情展现在我们面前"。② 斯密遵循的是"格物致知"的路径,他有关文学的独到见解显示出深邃的洞察力。

杰拉德(Alexander Gerard, 1728 – 1795)出生在苏格兰的阿伯丁郡,在阿伯丁大学接受高等教育,后来成为阿伯丁大学的哲学教授和神学教授。1756 年,他因撰写《论趣味》(*An Essay on Taste*)而获得爱丁堡哲学学会的金奖。杰拉德在这部书中开门见山地指出:趣味并非完全与生俱来,也非全靠后天培养。趣味的养成主要取决于想象力或哈奇森所说"内在感官"的改进。《论趣味》首先通过分析新颖、崇高、美、模仿、和谐、可笑、美德等感官(sense)的单个原理来阐述趣味的本质,接着探讨这些原理如何配合以形成趣味。③ 杰拉德考察了趣味的方方面面,如判断对趣味的影响,趣味的敏锐性、精致性、正确性,趣味与想象、天才的关系等。就趣味的标准而言,他认为普遍的认可并不能构成标准。衡量一部作品是否优秀,要靠"科学、批评或哲学"。趣味运作过程包括的"判断、反思、分析"能使批评精确,而我们通常以一般原理或法则为指导进行理性判断,因此,"趣味的

---

① 同上,pp. 120 – 126.
② 同上,p. 111.
③ Alexander Gerard, *An Essay on Taste* (Edinburgh: J. Bell, 1780), pp. 1 – 2.

标准要到一般原理中去寻找"。杰拉德强调标准的科学性,力图证明:"在文学艺术中,科学原理构成优秀的最精确标准。"①《论趣味》是西方美学史上的重要著作,杰拉德关于趣味的论述在很大程度上涉及的是文学批评的本质和方法等问题。

《论天才》(*An Essay on Genius*, 1774)分上、中、下三篇,上篇论述天才的本质,中篇探讨不同种类天才产生的因素或来源,下篇将科学天才与艺术天才进行比较。杰拉德以联想理论为指导,力图对天才进行客观、理性的分析,尤其是对想象力做了充分阐释。他认为天才源自想象力,而想象力通过联想来运作。记忆可以将观念以原来的形式与秩序呈现出来,但随着时间的推移,要恢复与过去事件或经验相关的联系会越来越困难;想象力则是在原本没有关联的观念之间建立起新的联系。构成天才的一个基本要素是想象力丰饶,自由驰骋;同时,想象力必须有规范,能使各种观念服从于"总体构思"(design):"想象力的丰饶和规范必须融为一体,天才得以完整。"另外,想象力是否活跃,这一点对天才十分重要:想象力应始终处于活跃状态,各种观念泉涌迸发,同时又指向总体构思。想象力如同来自心灵内部的刺激物,促使天才自发、持久地进行创造。杰拉德将想象力界定为"联想原则的生机活力",为创造收集、选择合适的素材。但是,光有收集或选择并不意味着创造的完成。杰拉德特别强调天才的想象力具备了一种"条理化的整合能力"。在建筑上,如果没有设计,石块、木料等堆在一起,是盖不起房子的,它们必须按照总体部署各就各位。在艺术上,"想象力对每个作品的总体部署贡献良多"。草木从土地中汲取水分,自然将其转化为养分,输送到植物枝叶的各个部分;天才以同样的方式对收集到的观念进行部署安排:

> 想象力远不是一个不熟练的建筑师。想象力收集并选择材料,最初它们以杂乱无章、未经消化的原生态堆在那儿,但想象力在很大程度上凭借自己的力量,通过联想的力量,经过反复的尝试和移调,构思出一个有规范、匀称的建筑。

在任何艺术创作过程中,总体构思和部署都不可或缺,是发明创造"最为重要的职能之一"。想象力作为一种"心智能力"(faculty),其特征是变幻多端、难以解释,杰拉德揭示了想象力的"条理化"一面,表明想象力也是有规律可循。

天才除了想象力之外,还要有"热情"(enthusiasm)陪伴。"热情通常被视为

---

① 同上,pp. 246-273.

跟随天才的一个非常普通(如果不是不可分离)的侍从。"诗人写诗要受到灵感激发,对此诗人自己和别人都这么认为。如果自己缺乏激情,便无法在别人心里激起激情。天才的热情好比是神性的脉动,可以让心灵升华,使其在超自然般的灵感的激发下燃烧。热情源自天才的作为,反过来它又协助和改进天才的活动。火一样的热情提升并激活想象力,其联想的力量活力四射,异常活跃,使它能敏捷地去寻找所需的意念,同时确保我们专注于眼前的题材而不至于驰心旁骛。[①]

杰拉德注意到激情可以对"意念联想"(association of ideas)产生影响。当心灵染上激情的色彩之后,便会受那激情走向的支配。联想的基本形式有相似联想和相邻联想,但是,特定的激情会阻碍心灵去接触与该激情无关的意念,引导想象力选择和关注那些与该激情相符的意念,换言之,联想的力量是在激情允许的范围内运行。[②]

"苏格兰启蒙运动"的大多数思想家并非专门的文学批评家,但他们均有良好的文学修养,对文学艺术表现出极大的兴趣。他们往往从道德哲学的角度审视人性、思考问题,视域比较宽,见解比较深刻。休谟、霍姆、杰拉德等人关于趣味的标准、"三一律"、意念联想等问题的论述明显带有18世纪的时代特点,是英国文艺思想宝贵的理论遗产。

(撰稿人:王守仁)

---

① Scott Elledge, ed., *Eighteenth-Century Critical Essays*, Vol. II (Ithaca: Cornell University Press, 1961), pp. 882–895.
② 同上,pp. 896–908.

第四章 浪漫主义时期的文学批评

1798年华兹华斯与柯勒律治合著的诗集《抒情歌谣集》(*Lyrical Ballads*)问世,在英国文学史被视为英国浪漫主义时期起始的标志性事件。英国浪漫主义文学的主要成就体现在诗歌上,布莱克是英国浪漫主义的先声,随后的主流诗人华兹华斯、拜伦、雪莱、济慈创作了一大批感情真挚、想象奇特的瑰丽诗篇,共同打造了英国诗歌的黄金时代。浪漫主义诗人同时也是批评家,他们或著书立说,或以书信、演说抑或散文随笔等各种形式发表对文学的看法,形成各具特色的批评思想。

要深入了解英国浪漫主义时期的文学批评,必须回溯到18世纪的欧洲。那时,欧洲发生了两件大事——启蒙运动和法国大革命,对浪漫主义的生发有着深刻的影响。狭义上的启蒙运动发生于1688年英国的"光荣革命"与1789年的法国大革命之间,其思想萌芽最初诞生于英国,后经由法国思想家们的阐释与传播,最终形成了声势浩大且影响深远的思想解放运动。启蒙运动在不断发展中逐渐显示出消极的一面,即理性主义传统和科学技术的结合成为资本主义经济和文化的工具,脱离人性的理性至上原则逐渐成为社会的主导价值,浪漫主义正是对启蒙运动发展中唯理性论的回应。浪漫主义者认为,启蒙的理性、启蒙所推崇和宣扬的严整的科学秩序扼杀人的激情、活力和创造力,是对人的束缚;他们看重情感,推崇有机主义。从某种意义上说,浪漫主义在理性与情感的两极之中选择情感,试图通过走向另一个极端来矫正浪漫主义者所看到的启蒙的问题。浪漫主义者重视日常生活中的个人经验,认为人的内心体验可以凝聚整个世界的精神,他们希冀通过反观个人的内心来获得关于世界的智识,因而内省倾向明显。这一点在华兹华斯、柯勒律治、雪莱、拜伦、济慈的个性、诗风、理论中都十分明显,尽管他们对于情感和理论之间关系的论述不尽相同。因为看重内心体验,所以浪漫主义诗学毫不含糊地视诗人的灵魂或诗人的想象力(一个有机整体)为诗的源泉。换言之,浪漫主义的批评理论视诗为诗人主观想象力的产物。在德国,现代理性传统的代表人物黑格尔针对浪漫主义的这个特点提出,浪漫主义精神生发于中世纪的基督教传统,极端注重精神生活、关注内心世界而日益忽视外部客观世界。① 黑格尔的看法间接解释了浪漫主义为什么会在德国发生并蓬勃发展。事实上,当大力推进世俗化的启蒙运动在欧洲兴起之时,德意志民族正处在以宗教传统凝聚自己民族文化的时刻,所以,浪漫主义理论在德国尤为深刻持久,且一时间与德意志民族精神融为一体。

启蒙运动思想家们主张用理性之光驱散蒙昧的黑暗,积极宣传自由、平等和民主,直接为1789的法国大革命奠定了思想基础。英国浪漫主义诗人的诗歌创作及其文学批评思想均受到法国大革命的深远影响。在18世纪末19世纪初的英国,绝大多数的人民生活在极度贫困之中,而英国的法律对穷人又很野蛮和残酷,对于英国劳苦大众、对于同情劳苦大众的浪漫主义诗人来说,法国革命是极大的鼓舞。法国革命的三原则,即自由、平等、博爱,正是他们的社会理想,深得浪漫主义诗人之心。1791至1792年,华兹华斯跨过英吉利海峡亲赴法国观察革命。与此同时,柯勒律治也曾就法国革命为题做讲演。1793年英法开始交战之后,许多有识之士敢冒天下之大不韪,跟随法国革命者的做法,宣布自己是无神论者或政治激进分子。雪莱和拜伦离开英国,部分原因也是对英国社会现状和政治制度表示不满。

此外,在法国大革命的影响下,英国浪漫主义时期的诗学将诗歌的想象力与俗世救赎联系起来。在法国大革命的鼓舞下,英国浪漫主义时期的批评家们大都坚信,一个更美好的世界不仅可能,而且这个世界不在来生,就在今世。在他们的诗歌里,自然界给予人的心灵的超验力就是神性在现实的证明,基督教神学的教义被浪漫诗的泛神论所取代。华兹华斯发现了"让我不安的一个存在,赋予思想升华的喜悦"。② 这时,神是超验的,也是直接的。与传统神学不同,泛神论的"救赎"不是上帝,而是人通过心智,尤其是想象力来成就自我,实现"救赎"。关于这个主题,雪莱、拜伦、济慈均有论述。雪莱认为,想象力既是美又是善的根源,因此以想象力为主要特征的诗可以拯救人类、改善社会。不过,在英国浪漫主义批评家当中,唯有雪莱始终相信这一点,其他人对此均有所保留。华兹华斯的法国之行让他目睹了法国大革命的暴力,久久不能释怀。而历史现实的复杂,使得如华兹华斯的浪漫主义者逐渐将道德目标由改良转为维护已经确立起来的社会秩序。

---

① David Simpson, "The French Revolution," in Marshall Brown, ed., *The Cambridge History of Literary Criticism*, Vol. V (Cambridge: Cambridge University Press, 2000), p. 53.
② William Wordsworth and Samuel Taylor Coleridge, *Lyrical Ballads, 1798,* ed. Harold Littledale (London: Henry Frowde, 1911), p. 207.

英国浪漫主义时期的散文也取得显著成就,杰出的散文作家有兰姆(Charles Lamb, 1775－1834)和哈兹里特(William Hazlitt, 1778－1830),他们也是当时文学批评方面的重要人物。兰姆在英国文学批评中开创了印象主义批评的先河,批评家以意象、场景等联想的方式将其对作品的感受和印象表现出来,从而再现作品中营造的情绪和意境。同锡德尼、雪莱一样,哈兹里特也为诗进行辩护,但他的争论焦点不再是诗的有用性,而是从人的内心欲望与心理需求出发,探求诗的源头,由此将争论引回到诗本身。不同于此前的约翰逊、同时代的柯勒律治等文学批评家,哈兹里特是一位以文章演讲为生计的报章作家,他的几部重要著述《英国诗人》(Lectures on the English Poets, 1818)、《英国喜剧作家》(Lectures on the English Comic Writers, 1819)、《伊丽莎白时代的戏剧文学》(Lectures on the Dramatic Literature of the Age of Queen Elizabeth, 1820)和《时代的精神》(The Spirit of the Age, 1825)均是汇集演讲而成,他是"面向大众说话,同时取悦于人"。[①] 他自己对此有着强烈的意识,因此,哈兹里特在他的批评著述里有意形成一种通俗性,避免使用专门词汇术语,以便适应新型的中产阶级听众的需要和局限,这也使他的批评摆脱了多数英国批评家那种生硬的说教布道的旧习。

第一节 华兹华斯

华兹华斯(William Wordsworth, 1770－1850)出生于英国北部昆布兰郡的一个律师之家,在英格兰西北部的湖区长大,这一成长环境对他今后的创作观产生了不可估量的影响。他八岁丧母,13岁丧父,成为孤儿,17岁考入剑桥大学的圣约翰学院,于1791年获得学位。之后,他花了一年的时间游历欧洲,深受法国大革命的理想主义的影响。回到英国之后,华兹华斯创作了《素描集》(Descriptive Sketches, 1793),颇得柯勒律治赏识,二人遂结为好友,尔后华兹华斯还邀请柯勒律治与其合著诗集《抒情歌谣集》。1797至1807年的十年间是华兹华斯创作的黄金时期,在这期间除了《抒情歌谣集》之外,他还创作了《诗两卷》(Poems in Two Volumes, 1807)和《序曲》(The Prelude, 1805)等作品。虽然发表于1814年的《漫游》(Excursion)也是华兹华斯发表的重要作品,而且在此之后他仍然不断有作品面世,但是不少评论家倾向于认为,此时的华兹华斯的创作已然开始走下坡路。1843年,他被维多利亚女王封为英国的桂冠诗人。

---

① 韦勒克:《近代文学批评史》(第二卷),第240页。

关于英国浪漫主义时期的起始时间存在不同说法，其中颇具影响力的一种认为它始于1798年华兹华斯发表《抒情歌谣集》之时，止于19世纪40年代。将这部诗集的发表当成英国浪漫主义时期开始的标志，足见华兹华斯在浪漫主义中的重要地位。而他为这本诗集写的《序言》①较为完整地阐释了诗人的文学创作观，成为英国文学批评史上的名篇，甚至有评论家将之视为英国浪漫主义的宣言。

作为英国浪漫主义开始的标志，《抒情歌谣集》的《序言》具有承上启下的特性：上承18世纪的模仿理论（mimetic literary theory），下启浪漫主义的表现理论（expressive theories）。艺术即模仿的美学观点由来已久，可以追溯到亚里士多德的《诗学》。在《诗学》的开篇中，亚里士多德曾提出"史诗和悲剧、喜剧和酒神颂以及大部分双管箫乐和竖琴乐——这一切实际上是模仿"，②这些不同的艺术种类都"用节奏、语言、音调来模仿"，③而模仿的对象则是行动。在这种模仿中，诗人的主体性地位并未受到应有的重视。以复兴古希腊罗马经典为己任的新古典主义美学标准继承了亚里士多德的模仿传统，奉艺术即模仿的观点为圭臬。18世纪一个具有代表性的观点认为，"在亚里士多德和希腊批评家们看来（如果有人觉得论证如此明显的观点还要引证权威的话），一切诗歌都是模仿。诗歌模仿上帝创造的一切，将宇宙万物尽收其中，确实是模仿艺术中最高尚、包罗最广的形式"。④ 与模仿概念强调模仿这一行为不同，表现说意在突出模仿者的主体性，认为诗歌从本质上而言是诗人内心世界外化的产物，是诗人的感受力、思想以及想象力共同作用的结果，用华兹华斯的话来说，是"强烈情感的自然流溢"。⑤ 然而，这篇承上启下的文章中的论述多有自相抵牾之处，为不少评论家所诟病。其实，文中大量存在的矛盾源于两种不同的文学观之间的矛盾，源于华兹华斯在思想上的成长，以及由此对《序言》所做的修改。与第一版相比，第二版《序言》最大的改变在于加入了大量表现理论，却未能完全从贯穿第一版的模仿理论中走出来。

---

① 《序言》有两个版本，第一版出现在《抒情歌谣集》第二版之中，通常被称为1800年版《序言》，第二版出现在《抒情歌谣集》第三版中，为1802年版《序言》，在1800年版的基础上做了相当的改动。本文将主要依据1802年版《序言》，并参照1800年版进行论述。
② 亚里士多德：《诗学》，罗念生译，北京：人民文学出版社，1962年，第3页。
③ 同上，第4页。
④ 理查德·赫德，转引自M. H. 艾布拉姆斯：《镜与灯：浪漫主义文论及批评传统》，郦稚牛、张照进、童庆生译，北京：北京大学出版社，2004年，第10页。
⑤ William Wordsworth, "Preface to *Lyrical Ballads, with Pastoral and Other Poems* (1802)," in Paul M. Zall, ed., *Literary Criticism of William Wordsworth* (Lincoln: University of Nebraska Press, 1966), p. 42.

华兹华斯自言,作《序言》乃出于为《抒情歌谣集》辩护的需要,因为该诗集中的平实文风(plain style)、用乡村野趣作创作题材(rustic subject matter)在当时具有革命意义。浪漫主义滥觞之前的18世纪英国,新古典主义文学占据主导地位,合式(decorum)是它的重要原则,强调文学题材与文学体裁之间的相互对应关系。在《序言》中,华兹华斯似乎弃得体原则于不顾,突出强调诗人的主体地位,提出"诗是强烈情感的自然流溢",并以此论为基础,围绕诗的主题、语言、创作、功用以及什么是诗人等问题建构起一整套理论。

"强烈情感的自然流溢",华兹华斯这一著名的诗歌定义,从创作论的角度代表了诗人唤起情感或情感表现说的观点。他认为,自然流溢的情感"本源于宁静中的情感追忆;这种情感一直被观照到由于某种反应而宁静逐渐消失时,一种与先前被观照对象的情感同源的情感又渐渐产生,而它本身实际上存在于心中"。[①] 这一观点实际上将内心情感的初始冲动或者说灵感降临,和之后的意识酝酿、修饰表达,亦即后期的修改技巧结合在一起,形成了诗歌创作的全过程。一方面,华兹华斯多次强调,音步"出自天成""沛然涌出""无法记住",诗人"直抒胸臆,落笔成章","这些真情实事应当本能似的迸发出来","不靠死记硬背,而是凭清新明晰的原来直观洞悉无遗"。另一方面,他又说:"我常常发现初次的表达是讨厌的,第二次用的词句和思想往往是最佳的。"[②]也就是说,诗歌生成并非最初的情感激发的直接结果,它还需要凭借一系列的"艺术规则和功夫"对这种原始情感进行加工润饰,诗人这种有意识的诗才功夫包括观察、感觉、想象、幻象、虚构、反思、判断等意识过程,正因如此,华兹华斯质疑弥尔顿所谓"不假思索的诗句源源而来",认为这容易使人误入歧途,未可尽信。这种从冲动的初始激发到情感的后期积淀和重新酝酿,即"宁静中的情感追忆"构成了华兹华斯情感唤起或者情感表现说的基本内容。

"普通"和"自然"是《序言》论述中的关键词。判断一首诗是否为"强烈情感的自然流溢"的重要标准之一是措辞,即诗的语言。华兹华斯提倡平实的文风,避免在诗歌中将抽象观念拟人化,同时也避免使用所谓的诗歌语汇。他尤其强

---

① Nowell C. Smith, ed., *Wordsworth's Literary Criticism* (London: Henry Frowde, 1905), pp. 34–35.
② William Wordsworth, "Letter to Gillies, December 22, 1814," in Ernest de Selincourt, ed., *The Letters of William and Dorothy Wordsworth: Middle Years*, II (Oxford: Oxford University Press, 1939), p. 614.

调要"遴选人们在真实生活中使用的语言"①作为诗歌用语,认为普通人所常用的语言才是真正具有哲学性的永恒的语言,才是诗歌应该使用的语言。在这一点上,华兹华斯与新古典主义诗学分道扬镳。以德莱顿为代表的新古典主义诗学主张,通过诗人提炼过后的语言才能更接近真实的自然,到达超验的真理。华兹华斯竭力回避甚至排斥 18 世纪所提倡的诗歌语言,批评 18 世纪晚期的诗歌矫揉造作、言不达意。他提出,诗歌应该使用如散文一般平实的语言,好的诗歌语言即好的散文语言,并特意引用墓园诗人格雷(Thomas Gray)的一首十四行诗《论理查德·韦斯特先生之死》为例,指出诗中真正有价值的诗句只有五行,而这五行诗所使用的正是散文的语言,而非造作的所谓诗歌语言。当然,华兹华斯接受过的良好教育让他意识到普通人在日常生活中使用的语言并非全部都适合入诗,于是,他在后面的论述中进行补正,提出在遴选诗歌语言时,良好的品位与感情有助于剔除平凡生活语言中的"粗俗和鄙陋"②之处,再加上适当的格律,这样才能创作出让人满意的诗。

与普通人的语言相应的,是以普通人的生活为主题。当论及《抒情歌谣集》的创作主题和风格时,华兹华斯针对 18 世纪业已为人们所接纳的美学价值体系提出,"卑微的生活题材以及乡村生活题材"③才是诗歌创作的合适主题。就此,他列出了一系列原因:

> 这种生活状态为心灵的基本激情(essential passions)的成熟提供了更好的土壤,对激情约束较少,因而能以更朴实无华但同时也更具表现力的形式展现;因为在这样的生活状态之中,我们的各种基本情愫(feelings)以更朴素的形式共存,于是有可能对之进行更准确的观照以及更有力的交流;因为乡村生活方式萌生自这些最基本的情感以及乡村劳作形式的基本特点,因而最容易理解,也更持久;最后,因为在那种状态之中,人的激情与自然的各种美丽、恒久的形式结合在一起。④

华兹华斯使用"更朴实""更具表现力""更准确""更有力""最容易理解""更持久"这一系列比较级甚至最高级的表述,目的在于阐述乡村题材是"人类之崇

---

① Wordsworth, "Preface to *Lyrical Ballads, with Pastorl and Other Poems* (1802)," in Zall, *Literary Criticism of William Wordsworth*, p. 38.
② 同上,p. 47.
③ Wordsworth, "Preface to *Lyrical Ballads, with Pastorl and Other Poems* (1802)," in Zall, *Literary Criticism of William Wordsworth*, p. 41.
④ 同上。

高的纯粹的原型",①在于证明他所提倡的诗的主题能真正反映出自然的本质，从而获得永恒的艺术魅力。

在推崇回归自然，将普通也是最自然的言行作为诗歌的题材之外，华兹华斯还特别强调人的意识在反映自然之中所起的作用。他提出人与自然之间是和谐的共生共存关系，人的意识是自然之中最美好的那部分特质的镜子。镜子是模仿说的典型隐喻，意指诗歌是真实反映自然本来面目的一面镜子。② 浪漫主义者在起初单纯的客观映照之中加入了诗人的主观意识，令"对自然举起的镜子变得透明，使之得以洞察诗人的思想和心灵。把文学的探索作为探寻个性的指南，这一开拓起于19世纪初，它是表现说不可避免的结果",③从而在一定程度上改造了这个隐喻。

使用凡人的语言、模仿凡人的生活，其目的是制造愉悦（pleasure）。在《序言》中，华兹华斯开宗明义地指出，诗歌的功用在于为读者带来愉悦，通过再现普通的自然来取悦尽可能多的人——这里讲的愉悦实际是审美愉悦。华兹华斯希冀通过使用普通人的语言来启发读者的理解力并同时提升和净化其情感，最终带给读者美的享受。虽然诗人提出采用完全不同于传统的风格和主题，但是这段论述让人感觉他仍旧停留在传统之中，为自己的诗学实践辩护。其实，在关于诗歌目的的论述上，华兹华斯的态度常常模棱两可。他似乎意在表明自己在《抒情歌谣集》中是出于取悦和教化读者的目的而模仿英国乡下人的行为举止、情感和激情。但在之后的论述中，他又提出诗歌并非仅仅再现外部世界，而更多的是倾听和表现诗人内心的声音。此外，华兹华斯声称单纯的情感并不能创造出好的诗歌，好的诗歌都有一个"值当的目的"④，他的诗集中，每一首诗都有其独特的目的，笼统地说，这目的就是展示"我们的感情和观念如何在一种兴奋的状态中结合"，⑤换言之，是展示"形式"。在华兹华斯看来，思想和感情通过形式（form）结合在一起。但他旋即否认在创作之前就有明确的目的性，而是因为冥思的习惯已经对他的感情产生了影响，于是他对于那些能引发感情的客体的描

---

① William Wordsworth, *The Excursion, Being a Portion of The Recluse, a Poem* (London: Longman, 1814), p. 138.
② 虽然这里所说的模仿说是亚里士多德意义上的模仿而非柏拉图的模仿，但艾布拉姆斯认为镜子的隐喻出自柏拉图《国家篇》第十卷，后人沿用下来并发展和丰富了其内涵。
③ 艾布拉姆斯：《镜与灯：浪漫主义文论及批评传统》，第21页。
④ Wordsworth, "Preface to *Lyrical Ballads, with Pastoral and Other Poems* (1802)," in Zall, *Literary Criticism of William Wordsworth*, p. 42.
⑤ 同上，p. 40.

述将无可避免地涵盖目的性。他相信只要在其思想和感情之前预先建立起某种联系,那么一旦出现"强烈情感的自然流溢",读者自然而然地会获得愉悦并且得到教益。不管怎样,目的论一出,让人立刻意识到所谓的"强烈情感的自然流溢"既不自然,亦不只是单纯的情感这么简单。

有意思的是,一旦华兹华斯将诗歌定义为"强烈情感的自然流溢",提倡用普通人的日常用语表现普通人的生活,他就不得不解释作为一个接受过剑桥大学良好教育的律师的儿子,他如何再现他所推崇的乡野村夫的情感这个棘手的问题,而华兹华斯给出的答案并不那么令人信服。在1802年版中,他加入了一大段关于"何为诗人"的讨论。这部分论述的引入,表面上看起来使华兹华斯的理论论述得更为完整,实际上却强化了文章内部的矛盾。他提出,与普通人相比,诗人具有"更鲜活的感受力,更多激情和柔情……比一般人更了解人性,有着一颗更为博大的灵魂";①诗人对自己的激情和意志均感到满足,比常人更能为内心的生命之力所欣喜,乐于就宇宙中类似的意志和激情进行冥想,当他找不到这种意志和激情时,会习惯性地创造它们。在这种种特质之外,他比常人更能受不在场的事物的影响,好似这些事物就在眼前一样。更重要的是,诗人有能力也乐于将他的"所思所感"表达出来,这些思想和感受自觉或不自觉地"在他内心升腾,却不会在他的外在以任何激动的形式立刻显现出来"。② 诗人常常能够"让自己分身进入一种完全的幻境,甚至能够将自己的感情同(他所描述的对象的情感)混淆并且认同"。③ 由此,诗人必须擅长将他的所见所闻内化为自身的经验,就好像他当真曾经亲身经历一般。

与此同时,华兹华斯又说,诗人与普通人在种属和基本素养方面其实并无二致,二者仅仅是在感受力的程度上存在差别而已。不过,诗人还拥有一项特殊的才能:想象力。华兹华斯尤其强调想象力在诗歌创作中化平庸为神奇的决定性作用,他提出,诗人:

> 从普通生活中选取偶发事件和不同的情境,尽可能地选取人们实际使用的语言将它们讲述或是描述出来;与此同时,还需要运用想象力对它们进行一定程序的润色,令普通的事物以不寻常的方式在意识中呈现。当然,更重要的是要通过在这些偶发事件和不同情境中真实而非虚饰地找出我们的

---

① 同上,p. 48.
② 同上,p. 49.
③ 同上。

天性/自然的最基本的法则，主要是寻觅在兴奋状态中将不同的想法联系到一起的方式，从而使这些事件和情境有意思。①

显而易见，想象力的加入使此段论述成为模仿说和表现说的杂糅，而华兹华斯也离他最初所依赖的模仿理论越来越远。当再次提到诗歌是"强烈情感的自然流溢"时，他接着解释说，这种情感"在安静状态下回想起来"时与现实经历的情感并非全然一致。当然，这种在静思冥想状态下回想起来的情感会更加纯净，可是从另一方面来看，却少了些许他之前所提倡的直接的真实性。于是，他步履维艰地跨在模仿说与表现说之上，得出这样一个结论：诗人试图传达的情感的有效性并非如模仿说所认为的那样由准确性决定，而是由一个更加主观、内在的衡量标准决定。

在华兹华斯看来，诗歌以陶冶和培养健全的感情为首要目的，这种感情不仅与读者产生同情共鸣，并且人们借此变得更加善良、更有德行，以涤荡目前时代"野蛮的麻木"和社会人群的感情淡漠。他说，"一位伟大的诗人必须陶冶人的性情，予人以新的感情成分，使其感情变得更加健全、纯洁而恒久，总之，变得更合本性，即更合永恒的本性，以及万物伟大的原动力"。② 这里所谓的"本性"，"一方面意味着与大自然息息相通的理想人性，简朴地生活在大地上，远离都市文明的罪恶，一方面又意味着18世纪所指的'自然'：即对我们的普通人性、所有人民之间的纽带关系、人与外界自然的统一性所具有的一种意识"。③ 这使得诗歌具有了强大的人类社会的救赎功能，"诗人用激情和知识把广袤的人类社会的帝国捆束在一起，使之向整个世界和所有的时代扩展开去"。④ 华兹华斯意在培养"那种爱之纯洁本性的欢乐之情"的诗歌宗旨，其深层次的背后包含着对现代都市文明的仇视、对卢梭意义上自然的回归、人与自然的统一融合等浪漫主义的要义。通过这种感情的孕育和读者对此种感情的觉醒、同情和宣泄，诗歌达到了类似道德教化的社会效果。这种教化和训导的艺术意图随着华兹华斯步入创作的后期而变得日益明显，"每个大诗人都是导师"，⑤而诗歌的目的在于"塑造典范，

---

① 同上，p. 40.
② Smith, *Wordsworth's Literary Criticism*, p. 7.
③ 韦勒克：《近代文学批评史》（第二卷），第173页。
④ 拉曼·塞尔登编：《文学批评理论——从柏拉图到现在》，刘象愚、陈永国等译，北京：北京大学出版社，2003年，第185页。
⑤ William Wordsworth, "To Sir George Beaumont, Jan. or Feb., 1808," in Ernest de Selincourt, ed., *The Letters of William and Dorothy Wordsworth: Middle Years,* I (Oxford: Oxford University Press, 1939), p. 170.

去改进人类的生存规划,重新铸造世界"。这时诗歌逐渐用以传达道德和真理,是"一切知识的生息和灵魂"。①

华兹华斯的《序言》行文冗长拖沓,经常在界定一个概念或是抛出一个观点之后,即用数个短语甚至是从句对之前的定义或观点进行阐释或修订,这种行文风格可以视为诗人观念上的矛盾的外化。鉴于《序言》中的诸多自相矛盾之处,我们有理由相信,华兹华斯是心怀极为复杂的情绪来创作《序言》的。他在本质上仍然停留于亚里士多德以降的模仿说之中,同时又发现这种模仿说并不足以解释浪漫主义的理论,于是在诗歌是模仿的同时,又提出诗歌是表现。韦勒克认为,虽然《抒情歌谣集》以及那篇《序言》的大名如雷贯耳,但华兹华斯在浪漫主义中的地位是盛名之下其实难副。这种看法忽略了华兹华斯在《序言》中表现出来的矛盾性,正是这些矛盾丰富了对其进行不同阐释的可能性。具有反讽意味的是,华兹华斯力邀好友柯勒律治与其合作《抒情歌谣集》,并在《序言》中表示,二人在诗歌题材方面的意见几乎不谋而合。② 但事实上,柯勒律治并不认同他的理念,相反,在其撰写的《文学生涯》中对华兹华斯的诗歌理论进行了针锋相对的批评。

无论如何,尽管存在矛盾、存在争议,华兹华斯为《抒情歌谣集》所作的这篇序言仍然是英国浪漫主义诗歌以及表现说理论的重要批评文献。不可否认它仍然带有此前诗学思想的痕迹,然而更重要的是,作者的诗学主张中对散文化的诗歌语言和乡村生活题材的提倡,由此而形成平实的文风,以及主张诗人作为强烈情感的主体必须具有伟大灵魂和感受力,这些观点都已明显标示出浪漫主义时期文学批评与18世纪新古典主义诗学主张的区别和转折,在这一意义上,它成为浪漫主义诗学思想的一部宣言。

第二节 柯勒律治

柯勒律治(Samuel Taylor Coleridge, 1772 – 1834)是英国浪漫想象力的主要理论家,浪漫主义诗坛的奇才。执着的神学关注、深厚的哲学修养、奇特的想象力以及忧郁而细腻的诗风构成柯勒律治的特色。他生于伦敦德文郡的一位牧师之

---

① 塞尔登:《文学批评理论——从柏拉图到现在》,第185页。
② Wordsworth, "Preface to *Lyrical Ballads, with Pastoral and Other Poems* (1802)," in Zall, *Literary Criticism of William Wordsworth*, p. 39.

家,九岁丧父,先就读于基督医院学校,后就读于剑桥大学基督学院。1794 年从剑桥肄业。他曾与骚塞(Robert Southey)过从甚密,1795 年结识了华兹华斯兄妹。柯勒律治一生创作了多首诗作,其中部分收入 1798 年和华兹华斯发表的《抒情歌谣集》。1817 年,《文学传记》(Biographia Literaria)付梓出版,这本著作连同关于莎士比亚的讲稿是柯勒律治最主要的文学批评著作。

柯勒律治对于浪漫主义批评理论的贡献,要从他和华兹华斯的友谊以及两人的共识及分歧说起。柯勒律治和华兹华斯的诗风迥然相异。华兹华斯是乡村的绅士,以英国的田园风光为其自然的蓝本、内在神灵的源泉。柯勒律治虽然羡慕华兹华斯的自然意境,但他自幼生长在城市,他的风格以新奇想象力为主要特征,直接进入内心,在阴郁而亢奋的奇幻旅程中,曲折地驶向神性。如果说华兹华斯的诗是在自然中寻找超自然,柯勒律治的诗则是在超自然中凭借想象力的引导而获取自然。彼此诗风的差异是个性乃至哲学的差异,两人后来渐行渐远与此也不无关系。

事实上,柯勒律治和华兹华斯在诗学观的关键点上并无二致。他们的友谊有一个基点,即均认为以诗的"愉悦"为特征的美学价值具有改良社会的作用。另外,在诗人和诗的关系上,两人都持浪漫主义的观点,认为诗人的心灵是诗的源泉,诗歌是诗人天才的见证,他们甚至认为诗人的个人生活成为诗歌的内容是天经地义的。这种以诗人主观为本的浪漫诗论后来屡受诟病,到了现代主义时期被正式摒弃。此外,在回忆、童年等主题上,两人也有不少默契。但是,在诗歌应该是模仿还是想象的产物这一点上,两人有着重大分歧,柯勒律治关于想象力的论述也因此更加突出。这些共识和分歧在柯勒律治的《文学传记》里有集中的论述。

柯勒律治写《文学传记》的起因是要评价华兹华斯的诗学,同时和他做美学上的争论。他受华兹华斯的影响尽管多是正面的,但也充满了焦虑和冲突。恩格尔(James Engell)指出:"虽然他认为华兹华斯是个伟大的诗人,也是他写《文学传记》的引路人,但是他也记起了一些不愿想起的往事,如华兹华斯曾经把《古舟子咏》从《抒情歌谣集》里删去,并拒绝收录《克里斯特贝尔》。"[①]柯勒律治阅读了华兹华斯的《抒情歌谣集之序言》之后,有"如鲠在喉,不吐不快"之感,于是从 1815 年下半年开始撰写《文学传记》,第一版于 1817 年面世。

---

① James Engell, "*Biographia Literaria*," in Lucy Newlyn, ed., *The Cambridge Companion to Coleridge* (Cambridge: Cambridge University Press, 2002), p. 60.

《文学传记》被公认为一本难懂的书,它看似混乱却不乏幽默和真知灼见。西蒙斯(Arthur Symons)在1906年的一句评语常常被评论家引用:"《文学传记》是英语中最伟大的(文学)批评书籍,也是任何语言中最让人烦的书籍之一。"① 确切地说,《文学传记》既是传记又是文学理论,或者说是通过传记解说柯勒律治美学立场和概念的一本书。《文学传记》的无序似乎是有意布置,目的是要写成像斯特恩的《项狄传》(*The Life and Opinions of Tristram Shandy*)那样荒诞的小说。恩格尔这样描述:"如柯勒律治所说,《文学传记》是'生活和观点……没有方法的杂记',项狄、哈姆雷特、'文学堂吉诃德'的影子隐约其间,明摆着是要抗拒现代批评出版机器的冷漠。"②

　　具有小说特点的《文学传记》分为两卷,上卷1—13章,下卷14—24章。全书包含自传、哲学、宗教、批评等几个环环相扣的主题故事。第1—4章讲述柯勒律治从基督医院学校到1798年的文学事件,第5—9章讲述他怎样从机械联想的观念体系转向宗教和超验原则的思想历程,第10章以似乎离题的诙谐手法描写他的宗教感觉,第12—13章集中讨论想象力。在下卷里,柯勒律治从抽象的概念进入文学批评实践,其中第17—20章和第22章是柯勒律治对华兹华斯诗艺的评价。

　　柯勒律治和华兹华斯在诗歌的起源问题上分歧最大。华兹华斯从自己的生活经验和诗风出发,对诗的语言有三个假设:第一,诗的语言应该像普通人的语言那样朴实;第二,诗的语言应该像大自然那样崇高美好;第三,诗的语言是诗人受到感动产生激情后,又经过沉思并回忆起来的产物。因此,华兹华斯强调诗歌是模仿,是对普通人(尤其是他熟悉的乡野村夫)的模仿、对自然界的模仿。但是,在柯勒律治看来,华兹华斯的模仿说没有准确地解释诗人的内心世界才是诗歌的源泉,他的主张忽略了诗的灵魂是想象力,实际上陷入了机械联想的陷阱。柯勒律治认为,诗是诗人的灵魂在想象力引导下的表达。从某种意义上说,柯勒律治和华兹华斯在诗的起源上的争论,更像是模仿说和表现说之间的一场争论。据此,有人认为,这是18世纪诗学向19世纪诗学过渡的一场争论。

　　在柯勒律治关于想象力的理论中,核心概念是"第二级想象"。这个概念的

---

① Quoted in James Engell, "*Biographia Literaria*," in Newlyn, *The Cambridge Companion to Coleridge*, p. 59.
② Engell, "*Biographia Literaria*," in Newlyn, *The Cambridge Companion to Coleridge*, p. 62.

定义首先见于《文学传记》的第十三章。柯勒律治提出,想象分为两种:第一级想象(primary imagination)和第二级想象(secondary imagination)。他说:"关于想象,我认为抑或是第一级想象,抑或是第二级想象。"①第一级想象"指的是人的所有观察中所包括的活力和首要媒介,它是(神的)无限之我的永恒创造在(人的)有限的思想中的重复"。② 作为人的观察力的第一级想象这个概念,源自康德。不过,柯勒律治赋予康德的定义以特别的神学内涵,他不仅强调人的观察中的活力和首要媒介,还将此活力和媒介与神性,即无限之我联系起来。

第二级想象和第一级想象既有联系又有区别。柯勒律治说:"关于第二级想象,我认为是第一级想象的回声,它和有意识的意志力并存,但是和第一级想象在其媒介的性质上是相同的,只是和第一级想象在程度上和运作的方式上不同。它(第二级想象)以分之、化之而散之的方法,达到再创造的目的;当这种过程不可能时,它依然努力取得理想化和统一化。"③这一段话有几层相互关联的意思。首先,第二级想象力显然是人的艺术创造力(或曰虚构能力)的同义词;它的分之、化之而散之的方法,是为了把观察的经验材料重组——所谓"再创造"就意味着不是简单的"模仿"或反映,而是虚构一个艺术境界。它的这种"运作方式"正是它与第一级想象不同之处。其二,因为第一级想象中含有神性的媒介,作为它的回声的第二级想象终归是在神性的引领之下,亦即第二级想象和第一级想象"在媒介的性质上是相同的"。换言之,神性会渗透在第二级想象的运作之中。所以,尽管柯勒律治的诗歌笼罩在负面情绪的阴影之中,神性总能显现,并化祸为福(如《古舟子咏》就诠释了想象力的这种特质)。其三,第二级想象所完成的是一个理想化的整体。在十三章之后的论述里,柯勒律治用"融合"(fusion)一词来描述第二级想象,即各种元素融合归一。

柯勒律治对"想象"与"幻想"(fancy)专门进行了区分。他认为,"幻想只不过是记忆的方式从时空的秩序中释放了出来……同日常的记忆一样,幻想是从联想法则获得现成材料"。④ 这一段话似在暗指华兹华斯的模仿说不过是通过机械的联想的回忆,并没有遵循想象力是有机的创造的规律。总之,第二级想象的艺术虚构说与华兹华斯的模仿说相对立,但是,在维护诗的自然神性和有机统

---

① Samuel Taylor Coleridge, *Biographia Literaria*, Vol. I (Chapters I - XIII), ed. J. Shawcross (London: Oxford University Press, 1907), p. 202.
② 同上。
③ 同上。
④ 同上。

一的内涵上,柯勒律治和华兹华斯基本一致。

或许可以说,第二级想象概念的提出,更有力地诠释了浪漫主义诗学。柯勒律治将想象力分成两个相互关联的层次进行解释,继承了西方文学批评传统(当然,华兹华斯的模仿说也是以不同方式继承这个传统),使人联想到亚里士多德提出的"模仿"既合自然界之自然又合诗创造之自然的说法,以及锡德尼在文艺复兴时代提出的艺术相对自然界是第二自然的理论。此外,柯勒律治的想象理论还基于他对德国浪漫主义哲学的修养。在英国浪漫主义的各位代表人物中,柯勒律治与德国浪漫主义渊源最深。他的论述中大量借鉴德国思想家如康德、谢林、奥·威·施莱格尔等人,甚至常有评论家指出柯勒律治大段抄袭这些德国作家。①

在《文学传记》第十四章,柯勒律治将第二级想象的抽象延伸到他和华兹华斯之间的异同以及更具体的诗歌评论中。在第十四章的开始,柯勒律治回顾了1797年和华兹华斯关于诗歌创作的多次谈话。当时,两人就诗歌创作的两个要点取得一致:第一,以忠实于"自然的真理"来取得激发读者同情心的诗的力量。第二,以变化想象力色彩的方法引起读者对新意的兴趣。两人就此分工:柯勒律治侧重以超自然的手法表现浪漫,从内心世界获得人性的志趣和真谛,以此激发想象,使读者可以"自愿悬置怀疑"。而华兹华斯则担起另一项工作,即"赋予日常事物以新鲜感,并激发一种类似于超自然的情感"。这种分工确实符合两位诗人不同的作风。但是,华兹华斯随之获得的称赞和成功,使得他的诗歌理论看起来占了上风,而他的骄傲使他排斥柯勒律治的诗风(如排斥《古舟子咏》和《克里斯特贝尔》)。所以,柯勒律治在读了华兹华斯的《序言》后,不得不发表另一种理论。

在柯勒律治的浪漫主义批评理论中,"有机整体"的概念占有重要地位,在柯勒律治评论何为"正当的诗"(legitimate poem)的一节中对此有清楚的表述。柯勒律治认为,具有诗歌的形式只是技术上符合诗的定义。但是,诗所带来的"愉悦"不仅指涉诗的韵律格式,而是具有更深层次的原因;"正当的诗"必须是一个有机的整体。

那么,诗的有机整体来自哪里?答案是诗人灵魂的有机整体。"什么是诗?

---

① 例如,韦勒克曾指出,受到英美学界交口称赞的《文学传记》的第十二和十三章大段的论述是对谢林思想的直接剽窃。见韦勒克:《近代文学批评史》(第二卷),第184—186页。

这和诗人是谁几乎是同一个问题。"①这就回到了浪漫主义诗学一个最重要的假定:诗人是诗歌的源泉、主题和中心。柯勒律治下面的一段话可圈可点,它既是对诗和诗人的解释,又是第二级想象的更具体的描述:"以理想的完美来描述诗人,他将人的各个功能按照其相对的重要性和尊严而确定归属,从而令人的整个灵魂活跃起来。他将整体的底蕴和精神推而广之,因此而混合(或者说)而融合,环环相扣,用的就是那魔幻的综合力量,只有这种力可以称之为想象力。"②如第十三章中"第二级想象"的定义所说,想象力如果开始于分和散,则完成于整合,因而它是魔幻的综合力量。之所以说是魔幻,是因为原本相互冲突、相互矛盾的元素,在诗人的心灵以及诗艺的作用下却能成为和谐共存的整体。由此看来,"有机整体"就是第二级想象的见证,其中不仅有艺术,更有神性的显现。换言之,想象力表现于诗,生发自诗人。在浪漫主义美学里,想象力(柯勒律治称之为"第二级想象")是诗和诗人的共同特征。

第三节 雪 莱

在所有英国浪漫主义时期的文学代表人物之中,雪莱(Percy Bysshe Shelley, 1792-1822)的思想尤为激进。这位为追求理想而不愿妥协的诗人,出生于英格兰苏塞克斯郡霍舍姆附近菲尔德庄园的一个贵族家庭,是七个孩子中的长子。他的祖父在他出生后不久受到册封,成为从男爵,父亲是辉格党议员。1804年雪莱进入伊顿公学,1810年入牛津大学,但在入学后不到一年便被牛津开除。进入大学那年,雪莱出版了第一部文学作品,一本题为《扎斯特洛兹》(*Zastrozzi*)的哥特式小说。此后,他的创作涵盖小说、戏剧、诗歌、政论、文艺批评等多个领域,他最为人所熟知的作品包括《西风颂》("Ode to the West Wind")、《解放了的普罗米修斯》(*Prometheus Unbound*)、《致云雀》("To a Skylark")、《云》("Cloud")、《阿多尼》("Adonais")、《无神论的必然性》(*The Necessity of Atheism*)以及《诗之辩护》("A Defence of Poetry"),等等。1822年6月,在他30岁生日前夕,雪莱不幸在一场暴风雨中溺水亡故。

总体而言,雪莱对诗歌执着的信念本身就体现了热情自信的浪漫主义情

---

① Samuel Taylor Coleridge, *Biographia Literaria*, Vol. II (Chapters XIV-XXIV), ed. J. Shawcross (London: Oxford University Press, 1907), p. 12.
② 同上。

怀。他相信诗歌会对时代和社会产生巨大的感召，将诗人心灵的感受及其中包含的愉悦和热情传达给读者，唤起每个心灵的共鸣，激起人类的道德情操，从而改善社会的道德风气。用雪莱自己的话说，诗歌"借以宣扬宽宏博大的道德，并在读者心目中燃起他们对自由和正义原则的道德热忱，对善的信念和希望；这些，绝不是暴力、曲解或偏见所能使其绝迹于人间的"。[1] 而诗歌这种巨大的社会感召力和激动人心的效果，来自它对小至个体家庭的情感揭示，大到社会民族的世事勾勒，这些纷繁的表现主题赋予诗歌一种令人为之感动的崇高感。诗歌所展示的所有画卷，最终都有赖于通过诗人的心灵或灵感传达给读者。而诗人之所以能够细致地观察诸如上述的自然人事、表现它们崇高的主题，一方面在于他天才式的心灵，另一方面，在雪莱看来，也需要一种经由开放宏阔的视野和经验所培养起来的感受力，包括对自然风物的观览和社会人事的体验，这正是雪莱本人的经历。由于对这种伟大心灵的强调，雪莱不仅把纯粹的诗人，而且把历史学家、形而上学者的创作均视为广泛意义的诗歌。事实上，雪莱对诗歌本质的立意十分高远。在他看来，诗歌是"生活的惟妙惟肖的映象，表现了它的永恒真实"，它"依据人性中若干不变方式来创造情节，这些方式也存在于创造主的心中，因为创造主之心就是一切心灵的反映"，因此一首诗歌可以包罗万象，"对于举凡人性各项可能有的动机和行为都有关系，它本身就含有这些关系的萌芽"。[2] 这里能够感觉到亚里士多德宣称诗歌相比历史更有哲学意味的延续。

雪莱的诗歌理论除了散见于叙事诗或诗剧的序言之中，集中体现在《诗之辩护》中。这篇论文写于1821年，但一直到雪莱去世之后才于1840年第一次发表，直接原因是《诗之辩护》是针对他的朋友、作家皮科克（Thomas Love Peacock）对诗的责难而作。皮科克于1820年发表了一篇名为《诗的四个时期》（"The Four Ages of Poetry"）的论文，在文中他一开始便将诗歌头上的光环剥去，提出诗的起源是因为有"商品的需求"，[3] 继而对诗歌和诗人大加鞭笞，认为诗的灵感只不过是"激情难忍的咆哮，自作多情的啜泣，假情假意的哀诉"。[4] 皮科克质疑诗歌的

---

[1] 雪莱：《〈伊斯兰的起义〉序言》，《西方文论选》（下卷），伍蠡甫主编，上海：上海译文出版社，1979年，第46页。
[2] 雪莱：《诗之辩护》，《缪灵珠美学译文集》（第三卷），章安祺编订，北京：中国人民大学出版社，1998年，第140页。
[3] 托马斯·洛夫·皮科克：《诗的四个时代》，《缪灵珠美学译文集》（第三卷），章安祺编订，北京：中国人民大学出版社，1998年，第56页。
[4] 同上，第66页。

功能,称诗对于当世人的生活和社会的发展"在任何方面也不配称有丝毫贡献",①而诗人仅凭智力获得与其能力并不相符的名声。针对这样一种诗歌堕落论,雪莱在《诗之辩护》中系统且详细地进行了批驳。

在《诗之辩护》中,雪莱开宗明义,指出人的心智活动由理性(reason,又译为"推理")和想象(imagination)两部分构成。想象,"亦即综合的能力,它的对象是宇宙万物与存在本身所共有的形相";理性,"亦即分析的能力,它的作用是把事物的关系只当作关系来看,它不是从思想的整体来考量思想"。"推理列举已知的量,想象则从个别和全体来领悟这些量的价值;推理注重事物的相异,想象则注重事物的相同。推理之于想象,犹如工具之于操作者,肉体之于精神,影之于物。"②雪莱用"埃奥利亚的竖琴"(an aeolian harp)做比喻说明,如果"人是一种乐器,一连串外来和内在的印象掠过它,有如一阵阵不断变化的风,掠过埃奥利亚的竖琴,吹动琴弦,奏出不断变化的音调",③这种风吹琴弦的旋律类似于将符号排成序列的推理。不过,旋律的灵魂却是和声。雪莱说,除了"推理"之外,人还有另外一种能力,"一种内在的调协,调和被感发的声音或动作与感发它的印象,它不仅产生音调,而且产生和声";"和声"(或和谐)就是"想象"。④

雪莱谈到狭义的诗,也就是"韵律语言的特殊排列"的诗时说:"这些排列是无上威力所创造,这威力的宝座却深藏在不可见的人性之中。"⑤在这里,诗的排列就是竖琴上音符的排列,是韵律;而诗之威力是想象力产生的和声,发自人性之中。诗的语言"更能直接表现我们内心生活的活动和激情"。⑥ 不过,在《诗之辩护》中,雪莱更关心广义的诗。"语言、色彩、形相、宗教的及社会的行为习惯,这些都是诗的工具和素材……这些都可以成为诗。"⑦而想象是诗的灵魂,"诗可以解作'想象的表现';自有人类便有诗"。⑧

简言之,雪莱认为,想象力能在纷杂的事物中把握整体,能在矛盾和差异中看到共性。想象是心智中的整合之力(synthesis),是人的精神之所在,而推理只

---

① 同上。
② 雪莱:《诗之辩护》,《缪灵珠美学译文集》,第135页。
③ 同上。
④ 同上。
⑤ 同上,第138页。
⑥ 同上。
⑦ 同上。
⑧ 同上,第135页。

是工具。雪莱的观点用华兹华斯的话说,就是通过想象能找到"不同中的相同"(similitude in dissimilitude)。雪莱对想象的看重,堪与柯勒律治相比。柯勒律治认为,想象是人性中神性的媒介;雪莱说:"诗灵之来,仿佛是一种更神圣的本质渗透于我们自己的本质之中。"①因此,在想象优于理性(或称推理)这一点上,雪莱和其他浪漫主义时期的批评家的看法是一致的。

因为想象是心智中最特殊、最重要的能力,所以应该对诗和诗人作宽泛的解释。诗性(想象力)使我们亲近德行、愉悦、和谐、友爱;诗人观察现在,发现那些让现在的纷杂事物形成秩序的原则。而且,"一个诗人浑然忘我于永恒、无限、太一之中"。②"近代作家把接近这规则的感觉能力称为鉴赏能力……审美力最充沛的人,便是最广义的诗人,诗人在表现社会或自然对自己心灵的影响时,其表现方式所产生的快感,能感染别人,并且从别人心中引起一种复现的快感。"③所以,诗的快感所传递的不仅是美,同时也是善。与锡德尼一样,雪莱在《诗之辩护》中也把人类历史上最重要的宗教家、哲学家、历史学家、社会改革家等都纳入诗人之列。他认为耶稣是诗人,柏拉图是诗人,"希罗多德、普卢塔克、李维(历史学家),也都是诗人"。④

雪莱用磁石的比喻来论证诗歌非但不是时代堕落的源头,反而是保存美的源泉,是传达愉悦的途径。他写道:"一条锁链却通过许多人的心灵传递下来,系在那些伟大的心灵上,它的神圣铁环从未完全脱节;而那些伟大的心灵,如同磁石,流出了不可见的磁力,同时联结着、激励着、支持着所有的生命。"⑤磁石这一比喻来自柏拉图的《伊翁》,一篇从艺术角度论诗的对话。这篇对话虽然短小,却是探讨诗歌灵感的重要作品。在柏拉图之前的诗人虽然也有灵感之说,但作诗者在这过程中从未失去理智或是陷入迷狂。柏拉图却提出,诗人只有在神志不清的时候才能作诗,因为他只有受到神的凭附,"失去平常心智……精神脱离常态,神志不再清醒",⑥才能获得灵感。另外,柏拉图不仅认为神通过诗人来发语,彻底否认诗人作为创造者的主体性,而且还否认诗人拥有知识的可能,因为灵感排斥技艺,"诗人们作出华彩诗篇,写出动人章句……并非凭技艺,而是凭神

---

① 同上,第160页。
② 同上,第138页。
③ 同上,第137页。
④ 同上,第141页。
⑤ 同上,第148页。
⑥ 柏拉图:《伊翁》,王双洪译疏,上海:华东师范大学出版社,2008年,第47页。

意"。① 此间起作用的神力好比磁石,能将迷狂的状态在诗人、诵诗人和观众之间一层层地传递。雪莱借用柏拉图,但是并不认同柏拉图否定诗人主体的看法。如同其他浪漫诗人一样,雪莱认为诗的来源恰恰是诗人超出常人的感悟能力。诗人的主体性以他的想象力为证,而想象力是神性在人性的媒介。这样,柏拉图的负面观点被正面解读。

与柏拉图将诗和真理隔断的传统截然相反,雪莱坚定地认为:美就是真,就是善。"举凡是指摘诗之不道德的议论,都是误解了诗所用来改进人类道德的方法。"②艺术中描写的复仇、欺骗、奢侈、贪婪等罪恶,是诗人为所创造的人物穿上的服装,而美的精神总会从艺术中透露出来。"伦理学整理诗业已创造的那些原理,建议一些方案,提出社会公私生活的一些榜样……诗唤醒人心并且扩大人心的领域,使它成为能容纳许多未被理解的思想体系的渊薮。"③此外,诗传达的是爱,爱是"道德中最大的秘密……亦即暂时舍弃我们的本性,而把别人在思想、行为或人格上的美视若自己的美"。④ "诗增强人类德行的肌肉,正如锻炼能增强我们的肌体。"⑤雪莱将诗人的地位推上巅峰,"诗人是世间未经公认的立法者"。⑥

应该注意的是,雪莱是因为他人指责诗在教化中的负面影响才奋臂为诗辩护,《诗之辩护》其实是为"捍卫诗歌是进步的这个观点"而作。⑦ 他在反驳最好的文学作品诞生于较为原始的阶段这一论断的同时,还就最好的文学作品不具备实用性、没有改变社会能力的观点,针锋相对地提出了文学的社会和历史功用。雪莱是所有英国浪漫主义诗人中最为相信进步的,这既包括社会的进步,也包含形式和美学体验上的进步。在法国大革命之后的社会改革没有取得预想效果的历史前提下,雪莱提倡回到美学,发挥美学的社会功能,毋宁是一类很典型的思维方式。

---

① 同上。
② 雪莱:《诗之辩护》,《缪灵珠美学译文集》,第142页。
③ 同上。
④ 同上,第143页。
⑤ 同上,第143页。
⑥ 同上,第164页。
⑦ David Simpson, "The French Revolution," in Brown, *The Cambridge History of Literary Criticism*, p. 57.

第四节 济 慈

在几位重要的浪漫主义诗人之中,济慈(John Keats, 1795－1821)"最晚出世,最早辞世,生命最短暂,最有魅力,最惹人喜爱",[1]无论是他的诗歌作品还是诗艺理论对后世均产生了深远影响。

济慈出生于伦敦,是家中长子,1803起他在恩菲尔德的一所学校接受早期教育,对文学产生了浓厚兴趣,并开始着手翻译维吉尔的长诗《艾涅阿斯记》。在完成对维吉尔的翻译之后,他开始尝试写诗,起初模仿伊丽莎白时代的诗人斯宾塞(Edmund Spenser),尔后开始自己创作。1821年年初,因肺病医治无效,济慈在罗马溘然长逝,终年未满26岁。在短暂的生涯中,他留下了不少脍炙人口的名篇,如《恩底弥翁》(*Endymion*)、《夜莺颂》("Ode to a Nightingale")、《希腊古瓮颂》("Ode on a Grecian Urn")、《秋颂》("To Autumn")以及《圣阿格尼斯节前夕》(*The Eve of St. Agnes*)等。除诗歌创作外,济慈对文学批评的贡献也不容忽视。他从未就文学批评进行过系统的表述,除开少数作在书页边缘的注解之外,济慈的批评思想几乎全部见于他的书信之中。

济慈的书信集最初于1848年由米勒奈兹(Richard Monckton Milnes)编辑出版,名为《生活、书信以及文学拾遗》。尽管有评论家称这本书的付梓是"济慈从默默无闻到声名鹊起的分水岭",[2]艾略特亦称这些书信是"英语诗人所写过的最重要的(信件)",[3]但其实该书在19世纪并未引起太大反响,它的影响力直到20世纪才充分显现出来。济慈这些书信的内容覆盖了文学创作的众多方面,既谈到了对诗艺的理解、艺术家的天性问题,也就艺术家处理艺术题材的方式方法发表过看法。在所有的论述中,消极感受力(negative capability)这一概念的提出,无疑是最具分量的讨论之一。济慈认为消极感受力是伟大的诗人所具备的一种过人的能力,它拒斥人类天性中对于确定性的渴望。这个概念中使用的"消极"一词,乍看上去是一个否定修饰,但它包涵的意义却并不

---

[1] John Clubbe and Ernest J. Lovell, Jr., *English Romanticism: The Grounds of Belief* (London: Macmillan, 1983), p. 131.

[2] G. M. Matthews, "Introduction," in G. M. Matthews, ed., *John Keats: The Critical Heritage* (London: Routledge, 1971), p. 31.

[3] T. S. Eliot, *The Use of Poetry and the Use of Criticism: Studies in the Relation of Criticism to Poetry in England* (Cambridge, Massachusetts: Harvard University Press, 1986), p. 92.

旨在进行否定,而是表达一种被动性,指的是以一种看似被动的方式面对复杂世界的多样性。①

拥有消极感受力的诗人必须具备保持中立态度的能力,具体说来,这是摒除先入为主的成见,怀抱开放的心态,细致入微地体察世界、敏锐地感受生活并且清醒、冷静地观察世界的能力。用济慈自己的话来说,"对任何事情都不抱成见——让大脑接纳各式各样的思想,而不是某些特定的想法"。② 保持中立态度令诗人在创作时全然忘我,将感情投射到其他事物之中,成为那些事物的一部分,以那些事物的身份来体验生活——换言之,要求诗人隐去自身主体性,从而与创作的对象产生通感(synaesthesia)。在此基础上,济慈提出了"变色龙诗人"(camelion poet)或无个性诗人的概念。在他看来,诗人应该是一切造物之中最缺乏个性的存在,因而也是最缺乏诗意的存在。

既然诗人毫无个性可言,那么诗作中就不应该出现诗人的影子,因而诸如华兹华斯式的以自我为中心的诗歌创作是不可取的。在写给雷诺兹(John Hamilton Reynolds)的信中,济慈批评了华兹华斯的诗作中张扬的主体性,提出"诗歌应该既伟大且朴实,能深入人的灵魂,以它的主题而非诗歌本身来打动心灵"。③他将同时代的诗人与伊丽莎白时代的诗人作比,认为在现代诗作中,诗人的身影随处可见,他们"像汉诺威的领主一般掌管着自己的小王国,谙熟每天在他的领地中要从道路上清除多少稻草,总是希望所有的家庭主妇都能将她们的铜具擦得锃亮"。④与之相反,伊丽莎白时代的诗人好似"拥有辽阔领地的帝王,他们仅听说过僻远的疆域却并不想去那儿视察",⑤并不会刻意突出诗人的存在。

保持中立态度强调的是一种施与受的被动关系,而济慈书信中曾经提到过一个蜜蜂与花的隐喻,颇能形容消极感受力所包含的这种关系。⑥ 济慈说,"让我们像花儿一样被动地、以接受的姿态舒展叶片,在阿波罗的眼皮底下耐心地萌芽,从到访的每一只高贵的昆虫那里得到暗示"。⑦ 值得一提的是,虽然在一定

---

① 关于 negative capability 的翻译问题,学界并未达成共识。有学者将它译为消极感受力,也有人译为反面感受力,等等。鉴于该词所强调的被动性,此处权且采用消极感受力这一译法。
② Keats, *The Complete Poetical Works and Letters of John Keats*, ed. Horace E. Scudder (New York: Honghton, Miffein and Company, 1899), p. 405.
③ 同上, pp. 285-286.
④ 同上, p. 286.
⑤ 同上。
⑥ Li Ou, *Keats and Negative Capability* (New York: Continuum, 2009), p. 3.
⑦ Keats, *The Complete Poetical Works and Letters of John Keats*, p. 288.

程度上,保持中立态度确实是以一种被动的姿态观照世界,从而获得有关世界本真面目的知识,它具有相当的被动性,但它并不因此否认或是抹杀诗人的主体性。这似乎是个悖论,然而换一个角度,保持中立态度同诗人的主体性并不矛盾,因为并非人人都能做到通感或是获得中立的态度,这需要经验、知识以及对生命的深刻体悟。从这一点上来说,消极感受力概念与华兹华斯所说的"睿智的被动"(wise passiveness)有共通之处。

古往今来的所有诗人中,济慈认为莎士比亚是保持中立态度的典范,认为他具有非凡的消极感受力,在作品中能不费吹灰之力进入其他人的思想或是进入任何一种情境,并将之生动真实地展现出来。济慈的书信中处处流露出对莎士比亚的赞赏,在给海登(Benjamin Robert Haydon)的信中,他说:"我几近于认同哈兹里特的看法,即莎士比亚对我们来说已经足够。"[①]不少后人指出在消极感受力方面济慈本人与莎士比亚极为相像,他自己的诗作恰到好处地诠释了消极感受力。以《秋颂》为例,人们普遍倾向于认为这首诗没有透露出任何诗人所处的大的社会背景,通篇使用非个人化的声音,进行不带个人色彩的客观呈现。

在提出消极感受力的见解之后,济慈在同一封书信中紧接着说,对于一个伟大的诗人而言,美感具有压倒一切的重要性,诗人甚至可以为了美感而置其他一切考虑于不顾。此论引出他的文学批评思想中的又一个关键词:美。何为美?对于这个哲学上的古老命题,济慈给出的答案是诗意的。在他的诗作《希腊古瓮颂》中有这样一条名句:"美即真实,真实即美。"对济慈来说,美不仅仅是真实的同义词,这二者更是终极理想的代名词。

消极感受力的终极目标就在于展现美与真实,而想象力则是经由客观世界接近真实的桥梁。济慈写道:

> 我所确信的仅有内心情感的神圣性以及想象力的真实性。想象力捕捉到的美一定是真——无论它之前是否存在——我对于爱情以及我们拥有的各种激情抱有同样的看法——它们在达到崇高的境界时全都能创造出本质的美……想象力好似亚当的梦——他醒来之后发现梦境是真实的——我对于这种现象更为关注,因为我无论如何也无法理解如何通过逻辑推理来断定事物是否为真……不管怎么样,但愿人们能依靠感觉而非理智生活![②]

[①] 同上,p. 261.
[②] Keats, *The Complete Poetical Works and Letters of John Keats*, p. 274.

在他看来,感觉不仅是想象力的源泉,是诗歌灵感的来源,同时还是诗歌存在的目的。在研究济慈的批评思想时,有人将它视为想象力的同义词。

济慈所理解的想象力以与逻辑推理能力(consequitive reasoning)截然相对的形象出现,它是一股内省的力量,是无意识的。想象力不存在深思熟虑,更多地倚仗与动物本能无二的人的本能。对于凡事要求进行教条式的阐释、界定,以获得有条理的、理性的认识的做法,济慈十分反感。在他看来,抽象的逻辑推理和分析并不能使人获得关于世界的真实的知识,感官和想象力却能够通过直觉与通感来了解生活的真实。关于想象力之于诗歌的重要性,他曾以大海中航行的船为喻:"创造力是诗歌的北极星,正如幻想力是船帆——而想象力则是船舵。"①想象力如船舵一样对诗作有着全局的把握。莎士比亚拥有一般人无可企及的想象力,因而能写下大量不朽的文学佳作。与之相反,柯尔律治是逻辑思维能力占主导地位的诗人的代表,虽然他凭直觉感受到了最隐幽的神秘的真实,却因为无法满足于一知半解,执着地求甚解,试图得到似科学研究般精准的知识,从而错失接近最为神秘的真实的机会。

既然想象力而非逻辑推理能力才是到达真实的途径,那么与想象力密切相关的具象经验理应成为诗歌创作重点关注的对象。济慈主张通过对具象的描述来展示生命本身的复杂性,认为拥有消极感受力的人能意识到静态和细节的图景中所蕴含的巨大能量。在这一点上,济慈自己做出了表率,他洞幽烛微的想象力和超乎常人的通感能力为世人称道。无论是他的诗作中还是书信里,彰显其卓绝想象力的对于细节的描述俯拾即是。

值得一提的是,尽管人们习惯于用浪漫主义的标签标注济慈,但他提出的消极感受力的概念早已超越了浪漫主义批评的范围,成为文学批评史的非个人化理论传统的重要组成部分。在济慈之后,艾略特继承并发展了非个人化理论。在一篇影响广泛的论文《传统与个人才能》中,艾略特将艺术创作过程比喻为化学反应,情感是参与反应的化学物质,而诗人则好比催化剂,虽然是他的去个人化的创作造就了伟大的艺术作品,但他终究只是促成反应进行的媒介,本身并不参加反应。由此可见,虽然济慈并未就文学批评理论留下任何系统论述,但其思想的影响力以及在文学批评史中的地位均不容忽视。

(撰稿人:任海燕)

---

① 同上,p. 271.

第五章　维多利亚时代的文学批评

　　1837年,维多利亚女王登基,长达64年的维多利亚时代宣告开始。维多利亚时代英国社会经历了巨大而深刻的变化。1851年伦敦举办第一次世界博览会,在阿尔贝特亲王亲自参与设计的"水晶宫"里陈列着琳琅满目的发明创造,向世人展示了英国人所创造的物质文明。经济实力的增强以及对原材料和全球市场的需求,使得英国在19世纪下半叶大事海外扩张。到19世纪末,英国在全球各地的殖民地总面积超过其本土面积的一百多倍,成为名副其实的"日不落帝国"。

　　维多利亚时代是一个自相矛盾的时代,在人们对经济发展和科学进步满怀乐观主义信心的同时,却存在着社会心理上浓重的悲观主义和焦躁不安。达尔文进化论学说的传播迫使人们重新审视自己作为"万物之灵长"的地位,各种不同的社会思想进行着激烈交锋;宗教信仰衰落,英国国教正日益失去昔日强大的凝聚力;物资丰裕和科技发达带来了物质至上主义,使得现金交易逐渐成为维系人与人之间关系的唯一纽带。作为社会价值体系和意识形态建构的参与者,维多利亚时代文学呈现繁荣兴旺的局面,特别是现实主义小说迎来黄金时代。

　　维多利亚时期有众多的文学批评家,他们的批评观点各有异同,总体而言,这一时期文学批评的一个特点是对道德的关注。一方面,从道德层面审视文学是英国文学批评的一种传统方式。另一方面,社会、经济、政治、文化的巨大变化给人们的生活带来了巨大冲击,由此引发的文化危机也使得这一时期的批评家往往具有社会责任感。文学及文学批评成为他们力图干预社会、引领人们如何生活的工具。卡莱尔在批评中论述了民族文学与民族精神合二为一的"诗人英雄"概念,提炼出真诚、同情心、诚挚、诚实等优秀品质,"选择了以德取人的道路"。[①] 罗斯金强调艺术与美德之间的密切联系,认为想象力的培养要依靠道德情操。他在《建筑的七盏明灯》中提出七项道德原则来指导建筑实践,强调"伟大

---

① 韦勒克:《近代文学批评史》(中文修订版·第三卷),上海译文出版社,2009年,第146页。

的艺术是伟大的人的思想表述"。① 阿诺德关注文学与人生的关系,认为"违反道德观的诗歌就是违反人生的诗歌,漠视道德观的诗歌就是漠视人生的诗歌"。②

维多利亚时代英国小说取得辉煌成就,涌现出勃朗特姐妹、狄更斯、萨克雷、乔治·爱略特、特罗洛普、哈代等一批优秀作家。1830年时,阅读小说还"被看作顶多也只是肤浅的娱乐与消遣"行为,甚至还是"沉溺于白日梦与谎言"的"危险"行为。③ 到19世纪中期,小说已成为主要文学体裁。与此同时,小说批评在这一时期也有了很大发展。"现实主义"一词最早由哲学家、文学批评家刘易斯(George Henry Lewes)在英国使用。他在《艺术中的现实主义:近期德国小说》("Realism in Art: Recent German Fiction", 1858)评论文章中宣称"现实主义是所有艺术的基础"。乔治·爱略特作为这一时期最重要的现实主义小说家,在《亚当·贝德》(*Adam Bede*, 1859)第十七章《题外的话》中阐述了她所遵循的现实主义原则:"要把人和事物在我脑子里反映出来的形象,如实地叙述出来。"④她反对作家按照个人喜好对生活和人物进行美化,主张尽力避免"主观臆断的场面":"我满足于把我的单纯的故事不加粉饰地如实讲出来。"因为这种"难能可贵的真实性",她能够在那些表现平凡单调生活的真实画面中找到"一种可喜的同情源泉",⑤从而在现实主义与道德之间建立关联。

从英国文学批评发展史来看,维多利亚时代的文学批评可看作处于时代交替的"过渡期"。18世纪的诗学与美学体系已经式微,浪漫主义批评思想根基也不稳固,但是新理论、新学说尚未出现。"和功利的、社会效用的标准相结合的,是对理智、精神的自由活动,思辨性、理论性的怀疑态度。"⑥在这样的氛围下,难以对文学有深入、系统的研究。从事文学批评的往往首先是小说家、诗人或哲学家,然后才是批评家,文学批评只是他们在其他工作之余进行的活动。维多利亚时代之后,20世纪英国文学批评出现了职业化、理论化倾向,文学批评不再只是

---

① Chauncey B. Tinker, ed., *Selections from the Works of John Ruskin* (Cambridge: The Riverside Press, 1908), p. 270.
② William Savage Johnson, ed., *Selections from the Prose Works of Matthew Arnold* (Cambridge: Riverside Press, 2004), p. 99.
③ James Eli Adams, *A History of Victorian Literature* (Oxford: Wiley-Blackwell, 2009), p. 23.
④ 乔治·爱略特:《亚当·贝德》,周定之译,长沙:湖南人民出版社,1984年,第186页。
⑤ 同上,第188页。
⑥ 韦勒克:《近代文学批评史》(中文修订版·第三卷),上海:上海译文出版社,2009年,第114页。

文人的副业，而是开始进入学术殿堂，成为一门独立学科。从这个意义上说，维多利亚时代的结束在一定程度上形成英国文学批评史上的一条分界线。

第一节 卡莱尔

卡莱尔(Thomas Carlyle, 1795 – 1881)生于苏格兰南部邓弗里斯郡一个叫作埃克尔费亨的小村庄，年轻时深受虔诚信奉加尔文教派的父母影响。1809 年，14 岁的卡莱尔进入爱丁堡大学读书。父母希望他将来能成为一名牧师，因此他并没有攻读学位。1814 年，卡莱尔离开爱丁堡大学，做了一段时间数学老师。1819—1821 年间，卡莱尔回到爱丁堡大学，开始学习德语，阅读德国文学和文化类书籍，受到德国唯心主义特别是费希特(Johann Gottlieb Fichte)思想的影响，对宗教产生怀疑。从 1822 年到 1832 年十年间，他先后发表了二十几篇有关德国文学的重要文章，并翻译了包括歌德的《威廉·迈斯特的学习时代》(*Wilhelm Meister's Apprenticeship*, 1824)在内的德国作家的作品，撰写出版了《席勒传》(*The Life of Friedrich Schiller*, 1825)，成为德国文学方面的专家。但此后他的研究重心开始偏离德国文学。1828 年、1829 年和 1833 年，他先后写过几篇关于彭斯、伏尔泰、狄德罗和约翰逊的文章。这些文章，特别是 1828 年发表于《爱丁堡评论》的《论彭斯生平》("The Life of Robert Burns")在学界产生了很大影响。1836 年，他的虚构作品《旧衣新裁》(*Sartor Resartus*, 1833 – 1834)在美国首次发行单行本，给他带来了较高的声誉。此后他的重要作品陆续出版，包括历史学著作《法国大革命》(*The French Revolution*, 1837)、演讲集《论历史上的英雄、英雄崇拜和英雄业绩》(*On Heroes, Hero-Worship and the Heroic in History*, 1841)、社会文化论著《过去与现在》(*Past and Present*, 1843)，使他成为维多利亚时代文坛的一颗巨星。

卡莱尔思想渊博，其作品内容丰富庞杂，涉及历史、文学、社会、文明与文化，因此被冠以政治思想家、历史学家、哲学家、散文家、评论家、社会理论家等各种称号。学界对他的英雄史观和历史批评予以较多的关注，对他在文学批评上做出的贡献却鲜有论述。卡莱尔的文学批评首先开始于他的德国文学研究，第一部著作《席勒传》总结了席勒的一生，并通过引用、翻译大段剧本对其主要作品进行了细致的分析。他认为，席勒在其人生中的不同阶段所创作的戏剧和诗歌反映了其思想和创作技巧的逐步成熟。例如，席勒的早期作品《强盗》(*The Robbers*, 1781)中人物刻画不够成功，是因为年轻的席勒阅历尚浅，不了解人的复杂性。但三年后出版的《阴谋与爱情》(*Intrigue and Love*, 1784)中，人物就显得更富有活力,场景描述也愈加生动,表明他的创作功力随着阅历的增加而日臻成熟。《唐·卡洛斯》(*Don Carlos*, 1787)是第一部标志着其创作技巧已完全成熟的戏剧作品。卡莱尔在《席勒传》中认为作品与作者、与作者生活的环境密不可分,虚构作品是建立在现实的基础之上。此外,他还指出席勒作品的一大特点是其中充斥了强烈的感情,而这一点是因为作者本人满怀激情:"感动他人的最大诀窍是,诗人首先要感动自己。"①除了席勒,卡莱尔对另外两位德国作家歌德和让·保尔也表达了自己的崇敬之情,并对他们的作品做出评价。他力劝好友爱默生阅读歌德,因为他本人十分欣赏歌德:"在欧洲的漫长年代里,他拥有我所发现的在任何程度上唯一'健全'的心智。他第一个令人信服地向我宣布——令人信服,是因为我亲眼见其完成——看哪,甚至在这一代缺少信念、贪图享乐的人中,甚至当一切皆去,留存的只有饥饿与伪善之时,人仍有可能成为真正的人。"②整体而言,卡莱尔在论述德国文学时,采用了德国浪漫主义文学批评的方法,注重探求作者的视角和思维方式,表现出以作家意图为旨归的批评方法。他的文学批评常以嵌入作者传记的方式出现,他对文学作品的评价也总是和对作者的评价相结合。在他看来,欲分析其文,必先了解作者其人;对作品的分析常常导向对作者人格、美德、弱点的评价。这一点在他那部体裁上难以归类的《旧衣新裁》中也有体现:以探讨一位虚构哲学家的生平和性情作为切入、展现、揭示其哲学观点的主要途径。

卡莱尔的德国文学批评开创了一种新的批评方法,为当时爱丁堡和伦敦的批评界注入了新鲜血液。在卡莱尔之前,爱丁堡的书评家、批评家的批评观点总是带有政治偏见,而且形式单一:列举某个作品的优缺点,在伦理问题和自由思想的权衡上徘徊。卡莱尔则借鉴了德国文学批评的方法,"致力于理解作家作品及其生活中所表现出来的赋予作者活力的精神,并研究作者周围环境对他的影响"。③ 在后来的文学批评中,他采用这种批评方法,深入作者的内心活动和创作动机,兼顾周围环境的影响,揭示作者本性的弱点,取得了丰硕的成果。

在《彭斯生平》(*The Life of Robert Burns*, 1828)中,卡莱尔详细地总结了彭斯生前困顿、身后荣耀的一生,评价了他作为诗人的地位和品格以及他整体的创作

---

① Thomas Carlyle, *Life of Friedrich Schiller* (1825), in *Life of Friedrich Schiller* (1825); *Life of John Sterling* (1851): *Two Biographies by Thomas Carlyle* (London: Chapman and Hall, 1857), p. 16.
② 托马斯·卡莱尔、R. W. 爱默生:《卡莱尔、爱默生通信集》,李静滢、纪云霞、王福祥译,桂林:广西师范大学出版社,2008年,第27页。
③ Hector Carsewell Macpherson, *Thomas Carlyle* (Edinburgh: O. Anderson & Ferrier, 1896), p. 28.

风格,并引用其具体作品表达了自己的看法。他认为彭斯是一位极有天赋的诗人,他最可贵的品质在于天然真诚,但在其生命后期也受到当时社会观念的腐蚀,郁郁而终。卡莱尔将彭斯与拜伦相比,认为拜伦诗歌中的人物不够真实天然,过于戏剧化,看起来像是为特定场景而展出的,常显得过于庄重威严。相较而言,彭斯"是一个诚实的人,一位诚实的作家。不管成功还是失败,伟大还是卑微,他总是清晰、简朴、真实,闪耀着自己的光芒"。① 另外,卡莱尔认为彭斯具有深刻的洞察力,能够从日常生活中发现诗意。一般的诗人常试图找到宏大的主题,彭斯却能够立足当时当地的真实生活,使所有的话题都趣味盎然,从而吸引了各个阶层的、大批的读者。不过,他认为彭斯的诗并不完美,没有完全体现他作为诗人的天赋,大部分诗"只是偶尔的情绪宣泄,未经深思熟虑即喷涌而出,以它所提供的方式表达激情、观点或当时的心情"。② 卡莱尔表示,这只是相对于彭斯的天赋而言。总体上,他对彭斯的诗作仍然持赞赏的态度,认为这些诗充满强烈的生活气息,刻画了坚强、自然的人物。同时,他也赞赏这些诗歌韵律和谐、描绘生动,表现出民族主义情感和爱国主义精神。

卡莱尔对于诗人、诗歌、文人、文学的整体看法在其 1840 年的系列演讲(后收录进演讲集《论历史上的英雄、英雄崇拜和英雄业绩》)中体现得更为系统、完整。该演讲集共分为六讲,分别论述了以奥丁为代表的神明英雄,以穆罕默德为代表的先知英雄,以但丁、莎士比亚为代表的诗人英雄,以路德、诺克斯为代表的教士英雄,以约翰逊、卢梭、彭斯为代表的文人英雄和以克伦威尔、拿破仑为代表的帝王英雄。其中第三讲"诗人英雄"和第五讲"文人英雄"集中表达了他的文学批评观。

在"诗人英雄"中,卡莱尔首先谈到了诗人的地位。在他看来,诗人是"永远不会过时的英雄。诗人是属于一切时代的英雄人物,诗人一旦产生,就为一切时代所拥有"。③ 他将诗人与先知比较,认为两者共同拥有深入宇宙神圣奥秘的能力,因此具有一定的共性,都属于"预言家"。两者的区别在于,先知强调理解神圣奥秘的"道德方面,如善与恶、义务与戒律",而诗人看重理解审美方面。"前者可称之为人们行为规范的启示者,后者则是人们喜好的启示者。但实际上,这两

---

① Andrew J. George, ed., *Carlyle's Essay on Burns* (Boston: D. C. Heath & Co., Publishers, 1897), p. 16.
② 同上,p. 12.
③ 托马斯·卡莱尔:《论历史上的英雄、英雄崇拜和英雄业绩》,周祖达译,北京:商务印书馆,2012 年,第 92 页。

个领域是彼此相通、不可分割的。"①

随后,卡莱尔谈到了"什么是诗人?什么是诗?"的问题。他认为:"我们不必费时间给诗人下定义。诗人与一般人之间并不像圆与方之间那样有特殊的区别,因此,一切定义都必然或多或少带有任意性。当一个人自身的诗的素质发展到足以引人注目时,就会被其周围的人们称为诗人。"②虽然诗人很难界定,但他认为可以通过界定"什么是诗"间接地确定哪些人可以被称为诗人。为此,他首先谈到诗的语言和普通语言之间的区别。他认可传统中对诗的通俗看法,认为"诗的特征是韵律,其中有音乐,是一首歌",诗意的描写应该"真正具有音乐的和谐,这种音乐的和谐不仅表现在字面上,而是蕴含在核心与实质中,体现在它的一切思想和表述中,渗透在它的整个观念中"。③换言之,诗的本质在于其内在的一致与和谐,表面上的韵律、节奏等并不构成真正的诗。真正的诗应该是"富有音乐的思想"。④真正的诗人应真诚且有深远的洞察力。

以但丁和莎士比亚为例,卡莱尔论述了他对诗人和诗的理解。他对但丁和其传世之作《神曲》不吝赞誉之词,认为但丁作为诗人的命运比任何其他可能的身份(如佛罗伦萨的最高执政官、市长等要职)都更高贵,而《神曲》是当时欧洲取得的最高成就。卡莱尔认为,《神曲》达到了真正的诗所应达到的境界,甚至是极高的境界,这包括内部的和谐和音乐感、结构的对称、表达的真诚、思想的深度和诗人的热情,等等。首先,他认为"《神曲》是一首真正的歌"。也就是说,《神曲》从内到外都富有节奏感和音乐性。这是因为,"这部著作的精髓和素材本身都有韵律。由于它的深度和心醉神迷的痴情和真诚,使它具有音乐感"。⑤其次,"《神曲》中占主导地位的一种真正的对称,即人们称之为结构上的和谐,使全书的比例均衡协调,正是这种结构上的对称,使它具有音乐的特色"。⑥再次,他认为《神曲》是"一切诗作中最真诚的一部",因为"它发自作者内心深处;历经漫长岁月,又深入到我们心中"。⑦最后,卡莱尔指出,但丁在写作时满怀热情,倾尽心力。他说:"我认为没有哪本著作能像但丁的《神曲》那样如此煞费苦心。它好

---

① 同上,第96页。
② 同上,第97—98页。
③ 同上,第98—99页。
④ 同上,第99页。
⑤ 卡莱尔:《论历史上的英雄、英雄崇拜和英雄业绩》,周祖达译,北京:商务印书馆,2012年,第109页。
⑥ 同上。
⑦ 同上,第110页。

像是在他那沸腾的灵魂熔炉中熔炼过的。"①怀着如此真诚和热情,但丁却能以简洁、凝练、精确的语言表达深刻的思想。这是因为,他对所描述的事物具有一种"同情心",有一种慈母般的怜悯和温情,能看到事物的本质。因此,卡莱尔赞颂它"每一方面都是高尚的,它是一个崇高灵魂的产物"。② 至此,卡莱尔表达了他对诗和诗人的基本看法:诗应由内而外地散发一种韵律感、音乐感和和谐,而诗人则应该是高贵、真诚、热情的。

卡莱尔通过对但丁的评价和分析,强调了诗所应具有的内部韵律和音乐感、诗人的真诚和同情心、诗人与诗的无可估量的价值。他对莎士比亚及其作品的分析则突出了诗人的务实性,对真实生活的表现力、洞察力、道德感和对自然的尊崇。但丁通过他的诗为人们提供信念或精神力量;相比之下,莎士比亚着重歌颂基督教信仰造成的实际生活。后者的伟大在于其生动的描述,特别是对人物的刻画,而这种生动的描述基于他的观察能力。"任何诗人的基本条件是观察。如果一个人不善于观察,即使能掌握韵律,又有丰富的感情,自名为诗人,也是毫无希望的。"③除了观察能力,卡莱尔还强调了道德和公正的重要性。"一个人没有双手,还有脚,仍然可以走路;但是,设想一下,——没有道德,就不可能有智慧;一个完全不道德的人,根本不能懂得什么! 一个人要认识事物,即我们说要有知识,首先要热爱事物,同情它们,也就是说,要公正地对待事物。"④卡莱尔认为,莎士比亚具有一种下意识的智力,"这种下意识的智力中的美德,胜过他有意识的智力"。⑤ 所谓"下意识的智力",指莎士比亚的艺术不在于其技巧,而在于这些艺术"成长于大自然的深处",通过作者高贵真诚的灵魂表现出来,是"自然的心声"。⑥ 莎士比亚有他的忧伤和痛苦,正是由于经受过痛苦他才描绘出像哈姆雷特、克里奥兰纳斯、麦克白那样饱受苦难的英雄的内心世界;同时,莎士比亚有他的欢乐,而且他的笑总是温和的,不是嘲笑弱点、不幸或贫困,而表现出同情和善良。由此可见,卡莱尔赞赏的是莎士比亚的诗对于"现实"的反映,作者自己所经历的现实或当时广泛的社会现实。像他赞颂但丁一样,卡莱尔对莎士比亚的赞颂也无以复加,表现了他对英雄的崇拜。他认为,莎士比亚比但丁还要伟

---

① 同上。
② 同上,第114页。
③ 同上,第127页。
④ 同上,第128页。
⑤ 同上,第129页。
⑥ 同上,第130页。

大。如果说但丁是中世纪天主教的音调优美的传教士,那么莎士比亚堪称"真正天主教的、未来和一切时代'宇宙教会'的更加音调优美的传教士"。① 而且,莎士比亚作为民族代言人,能够将不同地区的人们团结起来,使其和平共处,友好交往。因此,他的价值无与伦比。

从上述可见,卡莱尔无比推崇但丁和莎士比亚这两位诗人,这种推崇像他针对其他英雄所唱的赞歌一样,难免有盲目夸张之嫌,并导向精英统治的意识形态。尽管如此,卡莱尔还是通过对两位诗人的评价和分析提出了自己的相关见解,包括诗的本质应是其内部的和谐,诗的价值远超任何实物的价值,诗人的可贵之处在于其真诚、同情和洞见等。

鉴于已有对"诗人英雄"的讨论,卡莱尔有关"文人英雄"的演讲并没有太多新意。除了文人英雄的重要性,卡莱尔再次强调了文人的特质:高尚、富有灵感和创造性、真诚、关注真实、具有传教士般的神性、能够揭示"公开的秘密",等等。他对约翰逊、卢梭、彭斯的评价突出了作家们生活的拮据、环境的恶劣、个性的暴躁乖戾或淳朴温和,却并未具体到他们的作品内容。不过,卡莱尔或多或少地评述了几位文人整体的风格。他认为,约翰逊的文体非常拘谨,书中有一定的夸张,间或有浮夸的措辞形式,与其内容不相协调。但他指出,读者要容忍这一切,"因为不论它的用语是否浮夸,其间自有重要的东西"。② 他对约翰逊编撰的那部《词典》赞不绝口,认为它定义明确,总体可靠、真实,富有洞察力,编撰方法成功,"堪称所有词典中最好的一部"。③

此外,卡莱尔关于"文人英雄"的演讲还重申了他对彭斯的敬仰之情。他认为,彭斯一生命运多舛,却能够在毫无生气、没有信仰、缺乏独创性的18世纪脱颖而出,实在是一个奇迹。沿袭其对英雄的看法,卡莱尔再次突出了彭斯的英雄特质:高尚、真诚、亲切、淳朴、温柔、天真、富有同情心和洞察力。其中,他着重强调了彭斯的真诚,指出这种原始、朴实的真诚是伟人、英雄的共性。针对他对真诚和真实性的强调,韦勒克认为卡莱尔在文学批评中始终关注文学的纪实性:"卡莱尔是处于理智历史的十字路口的赫拉克勒斯,他优先选择了美德与事实,其次才是艺术与虚构。"④这再次说明,卡莱尔的文学批评对道德的考虑远胜于审美的需要,对作者的评判多于对作品的赏析。

---

① 同上,第134页。
② 同上,第216页。
③ 同上。
④ 韦勒克:《近代文学批评史》(第三卷),第110页。

卡莱尔文风独特，喜用不规则长句，常引入新词和德语词汇，并大量使用比喻和典故，形成了著名的"卡莱尔式文风"(Carlylese)。无论是诗歌、散文，还是历史学著作及文化论著，他的作品中总是澎湃着一种难以抑制的、布道一般的激情。就其文学批评而言，虽然他的观点或有偏颇之处，但他所一直强调的文人和文学所应具有的本质特点——伟大的诗人、文人应该是真诚、富于同情心和洞察力的，伟大的诗歌、文学应真实、生动而富有音乐感，这一观点直至今日仍有其借鉴意义。

第二节　德·昆西

德·昆西(Thomas De Quincey, 1785—1859)生于英国曼彻斯特市的一个商人家庭，少时叛逆，曾于17岁那年出走至威尔士，后隐居伦敦。与家庭和解后，他于1803年就读牛津大学。此后数十年间，他涉猎广泛，著述包罗万象，评论涵盖文学、历史、经济以及德国形而上学，兼及世界各国时务，可谓博闻多识，但其论述也常因浅尝辄止、有失偏颇而为人诟病。1814年大学期间，德·昆西因病首次服用鸦片镇痛，遂渐成瘾，终生未戒。1821年，他基于自身经历的散文《一位英国吸鸦片者的自白》(The Confessions of an English Opium-Eater)在《伦敦杂志》(London Magazine)连载，因其诗意和富于幻想的文风而享誉一时，也奠定了他在文坛的地位。该文后于1821年刊印成书出版。德·昆西也是华兹华斯较早的崇拜者，自1807年起，他结识了华兹华斯和柯勒律治，并与二人交好，过从甚密，还曾租住华兹华斯位于格拉斯米尔村湖畔的一所旧居，后又与华兹华斯渐生嫌隙，以致彼此疏远。1833—1840年，他的回忆录《湖畔忆往》(Lake Reminiscences)在《泰特杂志》(Tait's Magazine)陆续发表，披露了他与湖畔派诗人的交往经历。德·昆西的妻子于1837年去世，次子贺拉斯中尉随军参加第一次鸦片战争，于1842年死于中国，时年22岁。在种种打击下，并因长年服用鸦片，德·昆西在晚年日显孤僻古怪，常常耽于鸦片引致的幻想，于1859年死于苏格兰爱丁堡。

德·昆西一生在文学批评方面著述颇丰，上溯古希腊戏剧，下迄同时代浪漫主义诗人，既点评莎士比亚、弥尔顿和蒲柏等英国文学大家，又旁涉歌德、席勒等德国作家的作品。总体而言，他的文学视野是欧洲的，而不囿于英国传统。

德·昆西的文学批评常常围绕着他区分的一对核心概念展开，即"力量的文学"与"知识的文学"。他在1823年发表的系列文章《致教育被忽视的青年人的信》("Letters to a Young Man Whose Education Has Been Neglected")中首次阐述这对概念,①后于评述哥尔德斯密斯和蒲柏的文章中进一步予以阐发。② 德·昆西的文学是广义的,包括任何提供知识的作品,可以是词典或议会报告。他认为文学旨在传达力量,而知识的传递则是次要的,甚至是"反文学"的。德·昆西称他的"力量说"得益于与华兹华斯的交流,其背后则隐含着特别的批评意识。这一区分可以视作对两种既有文艺理论的回应和批评:一是自古罗马的贺拉斯提出以来直至18世纪欧洲通行的文学功能的二分法,即教诲读者或愉悦读者;二是华兹华斯的看法,即认为诗歌是愉悦和知识的统一体。针对古典的区分,德·昆西指出,知识的对立面并非愉悦,而是"力量"。文学的"力量"并不在于通过传递客观知识实施教化,而是"感化"读者,唤醒沉睡于人们潜意识中的感情和真理,并进而激活人类的生命力和主体意识。在德·昆西看来,力量不仅诉诸日常感受,更能升华人的精神,使人的存在超拔于尘世之上。相较而言,知识只是平面上的推进;力量则依存于人的道德品质,能够"操练和扩展"人对"无限"和真理的"体认"。③ 这里可以看出,深受同时代德国唯心主义哲学熏陶的德·昆西,把文学创作和接受视作一个求真和求善的过程。文学诉诸个体感觉经验,表现人的激情和欲望,因此有别于说教,但文学最终指向超验真理,又有别于纯粹的愉悦。这可能也解释了为何德·昆西认为知识是可译的,力量则是无法通过翻译充分表达的。④

德·昆西对"力量的文学"和"知识的文学"的区分,在一定程度上继承了华兹华斯对诗歌和科学的区分:不同于科学家,诗人传达的真理是"我们存在的必要部分",也是"联结全人类的纽带",而科学知识往往是孤独的,只为发现者所占有和理解。同时德·昆西又以"力量说"批评了华兹华斯强调的诗歌的基本原则为"给予即刻的愉悦",这可以说是超越华兹华斯诗歌理论的一个尝试。⑤

总体而言,德·昆西的批评并不以理论见长,而多融汇在他对具体作家和文本的评述中。在英国作家中,德·昆西极为称颂莎士比亚的才华。《论〈麦克白〉

---

① Thomas De Quincey, "Letters to a Young Man Whose Education Has Been Neglected," in *The Works of Thomas De Quincey*, Vol. 3 (London: Pickering and Chatto, 2000 – 2003), pp. 69 – 74.
② Thomas De Quincey, "The Life and Adventures of Oliver Goldsmith," in *The Works of Thomas De Quincey*, Vol. 16, p. 323; "The Works of Alexander Pope, Esquire," in *The Works of Thomas De Quincey*, Vol.16 (London: Pickering and Chatto 2000 – 2003), pp. 336 – 340.
③ De Quincey, "The Works of Alexander Pope, Esquire," pp. 336 – 337.
④ De Quincey, "Letters to a Young Man whose Education has been Neglected," pp. 72 – 74.
⑤ William Wordsworth, "Preface to *Lyrical Ballads*," in Wordsworth and Coleridge, *Lyrical Ballads* (London and New York: Routledge, 1991), pp. 256 – 260.

中的敲门声》("On the Knocking at the Gate in *Macbeth*")一文是他文学批评的代表作,这篇短文以小见大,从读者心理角度探讨了寻常的敲门声如何能达到摄人心魄的美学效果。他认为,日常看待谋杀,往往是站在受害者的立场,因此感受到的不外乎求生本能,以及随之而来的恐慌;诗人则可以设身处地挖掘罪犯的心理,描摹"激情的风暴,——嫉妒、野心、复仇、仇恨","这使罪犯的内心沦为地狱,我们便要看一看这地狱的模样"。①

相比之下,德·昆西对同时代作家的批评有时则显得苛刻。在浪漫主义诗人中,他较为尊敬的是华兹华斯,赞赏他诗歌的内容和主旨,但对华兹华斯关于诗歌语言的主张颇有微词。华兹华斯主张诗歌应使用普通人的日常语言,而德·昆西认为这有以偏概全之嫌。他指出,以撒克逊语汇为主的日常语言适用于抒情诗,表达私人感受,但宗教性和思辨性诗歌,则应以拉丁文为代表的书面语为主。② 华兹华斯的追随者奉口语为圭臬并推至极端,认为"穷人的语言即是诗的语言",进而欲照此"改正"和"净化"传统书面化的诗歌语言,更是"酿成了大错"。③ 在德·昆西眼中,较之其有失偏颇的语言观,华兹华斯对主题的把握则成功得多:他善于捕捉对立的事物之间微妙的互动和转化的关系,如《我们是七个》一诗中,透过孩童的感知,原本互不相容的生与死获得了沟通。④ 华兹华斯诗歌神奇的力量能够唤醒人们心中沉睡的真理:"这样的真理让我们严肃对待此前微不足道的一个印象,或是刹那间揭示出曾是不相关的、独立的事物之间的一处联系……这样的发现并不亚于天文望远镜的直观的发现……"⑤华兹华斯常常能够呈现习焉不察的自然现象所蕴含的独特意味,写到云朵、黄昏或是食草的牛群,他都能发人之所未发。⑥ 在《雪莱》("Percy Bysshe Shelley")一文中,德·昆西主要从生平经历入手评述雪莱的个性、品行与思想,特别是其"反基督教的疯癫"和革命主张。⑦ 他引用长诗《伊斯兰的反叛》开篇的题诗,佐证雪莱"深深

---

① De Quincey, "On the Knocking at the Gate in *Macbeth*" (first published in *London Magazine*, 1823), in *The Works of Thomas De Quincey*, Vol. 3, pp. 151 – 152.
② De Quincey, "On Wordsworth's Poetry" (*Tait's Magazine*, 1845), in *The Works of Thomas De Quincey*, Vol. 15, pp. 225 – 226.
③ 同上,p. 226.
④ 同上,pp. 227 – 228.
⑤ 同上,pp. 237 – 238.
⑥ 同上,pp. 238 – 241.
⑦ De Quincey, "Percy Bysshe Shelley" (*Tait's*, 1846), in *The Works of Thomas De Quincey*, Vol. 15, p. 285.

的诚挚"及其革命的初心。①他赞赏《钦契》中用刻画黑暗来反衬女主人公天使般的禀性和故事中受难者的光辉,这可能因为这样的叙事契合了德·昆西本人对"对立原则"的推崇。② 德·昆西指责济慈诗歌中对母语的使用是"放肆"的,如同"水牛蹄一样践踏"英语。③ 在他看来,《恩底弥翁》充斥着"仲夏的疯癫",如同"蜡制的纤巧缀饰或镀金的花哨摆设般一文不值的大杂烩"。④ 德·昆西对年轻一代浪漫主义诗人的严厉批评不乏有失公允之处。

总体而言,德·昆西主张的"力量说"及对同时代的浪漫主义诗人的批评,并未跳出浪漫主义的传统。然而,他的创作和批评还有较少为人提及的另一面,即"暴力美学"思想。欧洲现代派的先驱之一波德莱尔极为推崇德·昆西,在他自述吸食鸦片和大麻体验的《人造天堂》(*Les Paradis Artificiels*, 1860)一书中,用多半篇幅引述并评注德·昆西《一个英国吸鸦片者的自白》。德·昆西的行文因枝蔓丛生而常为人诟病,但在波德莱尔看来,"发散性"的写作恰恰是德·昆西独特的审美趣味所在:"德·昆西的思想不仅是蜿蜒的……而且是自然地盘旋的。"⑤

德·昆西较同时代的审美和文艺批评观念有较大突破,这体现在他把世人眼中罪恶、堕落或颓废的活动与体验(如吸食鸦片和谋杀)也纳入了"艺术"范畴,作为纯然的审美对象加以剖析,予以歌颂。在《论高雅艺术之一的谋杀》("On Murder Considered as One of the Fine Arts", 1827)一文中,德·昆西便开宗明义地提出,谋杀无疑是罪恶,社会有责任在其发生前介入并加以阻止,但一旦谋杀既成事实,则可以抛开道德评价,以纯然审美的眼光赏析。⑥ 在该文及后续文章中,他继续阐发这一主旨:谋杀"如果用品位衡量,则是一项十分值得褒扬的表现",而人们应该学会像他本人一样,成为谋杀这门艺术的"鉴赏家"。⑦"以高雅的品位衡量,一桩谋杀和另一桩之间有好坏之别。不同的谋杀在价值上有着细

---

① 同上,pp. 289 - 291.
② 同上,pp. 297 - 298.
③ De Quincey, "Preface" to *Selections Grave and Gray* VI, *Sketches, Critical and Biographic* (1857), in *The Works of Thomas De Quincey*, Vol. 20, p. 75; "John Keats" (*Tait's*, 1846), in *The Works of Thomas De Quincey*, Vol. 15, p. 310.
④ "John Keats," in *The Works of Thomas De Quincey*, Vol. 15, p. 307.
⑤ Charles Baudelaire, *Artificial Paradises*, Trans. Stacy Diamond (Secaucus, N.J.: Carol Publ. Group, 1996), pp. 79, 157.
⑥ De Quincey, "On Murder Considered as One of the Fine Arts" (*Blackwood's*, 1827), in *The Works of Thomas De Quincey*, Vol. 6, pp. 113 - 116.
⑦ 同上,p. 116;"Second Paper On Murder Considered as One of the Fine Arts" (*Blackwood's*, 1839), in *The Works of Thomas De Quincey*, Vol. 11, p. 398.

微的差别,正如雕塑、绘画、演说、浮雕与凹雕等。"①在一系列文章中,德·昆西导引读者游览"谋杀的画廊",从创世纪中该隐杀害亚伯的故事到英国当年轰动一时的谋杀案,逐一鉴赏。这一将审美与道德分离的看法十分接近其时刚刚萌芽的"为艺术而艺术"的思潮,后于英国唯美主义运动中为佩特和王尔德所发展。

德·昆西的文学批评思想既继承了同时代的浪漫主义传统,强调文学的感染力,同时又别开生面,着力呈现梦幻、陶醉状态中的个人想象,探讨罪恶与堕落的美学,推崇迂回、散漫的写作风格。德·昆西可以视作英国维多利亚时期文学批评思潮演变之转捩点。

第三节　罗斯金

罗斯金(John Ruskin, 1819－1900)是英国维多利亚时期著名艺术批评家、建筑评论家与社会批评家。他生于伦敦,家道殷实,父亲做红酒进口生意,引导了他对浪漫主义特别是对司各特的兴趣。家中收藏的大量当代水彩绘画培养了他的艺术品位,丰裕的家境使他能够游览欧洲许多国家的名胜古迹,帮助他了解不同民族的艺术与建筑风格,为他的绘画与建筑批评提供了鲜活的第一手资料。罗斯金的母亲是位虔诚的新教徒,从小就教他熟读《圣经》,其虔诚培养了罗斯金的宗教热情,影响了他对绘画与建筑的认识及其泛宗教主义与泛道德主义的艺术与社会批评倾向。罗斯金对不同学科都有着广泛的兴趣,出版的文字多达39卷,涉及科学、地质学、文学批评、风景绘画、哥特式建筑、自然环境保护、神话、社会与政治经济学批评等诸多领域,深刻地影响了维多利亚时期的英国社会。

罗斯金13岁时收到一份礼物——《罗杰斯的意大利》一书,书中的插图是特纳(J. M. W. Turner)画的,他十分喜爱。四年后有人写文章对特纳的绘画进行抨击,惹恼了罗斯金,他写了一篇长文为特纳辩护。这篇文章引发他后来撰写五卷本《现代画家》(*Modern Painters*, 1843－1860),系统阐述自己的艺术美学思想。罗斯金首先用较多的篇幅讨论真实,将其视为该书的一个核心观念。在谈及其研究目标时,他说:"我将仅仅寻找真实,寻找对各种事实赤裸、清晰、彻底的描绘,在每一个具体实例中尽我所能来展现自然的真实。"②罗斯金心目中的真实内涵丰富,他将真实与模仿进行比较,指出两者之间的区别:

---

① 同上,p. 398.
② John Ruskin, *Modern Painters*, Vol. I (Kent: George Allen, 1888), p. 48.

模仿只能来自某个物质的东西，而真实则既与物质的品质相关，又与情感、印象及思维相联系。真实既有道德上的，也有物质上的；既有印象上的，也有形式上的；既有思想上的，也有实体上的。而在这些真实中，印象与思想的真实是最重要的。因此，真实是一个普适性意义的术语，而模仿则局限于仅对物质认知的那种狭窄的艺术领域。①

真实在绘画中能够表现各种事物，如实在的物体、抽象的概念，特别是人的情感和思想。"真实这个词运用到绘画时，无论在思想上还是在感觉上都意味着对自然本质的忠实描绘。"②罗斯金对特纳赞誉有加，充分肯定他的英国题材绘画，认为特纳能够真正表现真实：他是"唯一一位真正描绘天空的画家""唯一一位真正描绘高山或岩石的画家""唯一一位真正描绘树躯的画家""唯一一位真正描绘大海的平静或惊涛骇浪的画家"。在随后的几卷中，罗斯金结合绘画作品，讨论"一般的真实"，这些真实包括色调的真实、色彩的真实、空间的真实、光线的真实，在风景绘画四大组成部分——天空、大地、水流、植物——中考察那些"具体形状和具体色彩的真实"。③

罗斯金发现特纳能够"表现自然色彩的抽象美"，而美是《现代画家》深入讨论的重要观念。罗斯金认为美是上帝的礼物，真实、美与宗教密不可分。他将美划分为两类，即典型美（Typical Beauty）和生命美（Vital Beauty）。典型美具有无限性、统一性、安谧性、对称性、纯洁性、适度性。作为一部研究绘画艺术的专著，《现代画家》第四、第五卷专题讨论了山之美、叶之美、云之美。在定义生命美时，罗斯金分别从"相对生命美""一般生命美"以及"人的生命美"几个方面论述。与生命美相关的审美能力有两个特征，即"仁慈"和"道德判断的公正性"。在识别植物和动物美时，要有爱心和善。判断人的生命美时，情况要复杂得多，但同样需要道德考量。人的生命美不仅表现在体型上，更是表现在精神和道德上。为了达到理想状态，必须摒弃人性中骄傲、淫荡、恐惧和残忍等弱点。罗斯金关于人的生命美的标准强调两点："美中所含的生命的活力；其次，美中所含的善。"④

罗斯金在《现代画家》第二卷中辟有专章讨论艺术家的想象。他将想象分为三种形态：联想性（Associative）想象、洞察性（Penetrative）想象、沉思性

---

① 同上，p. 20.
② 同上。
③ 同上，p. 136.
④ 刘须明：《约翰·罗斯金艺术美学思想研究》，南京：东南大学出版社，2010年，第73页。

(Contemplative)想象。想象的形态实际上表现为三种不同的功能:"它组合形式,并通过组合创造新的形式";"它以独特的方式对各种简单的意象和自己的组合进行处理,或进行凝视";"它洞察、分析、抵达其他任何能力发现不了的各种真实"①。想象具有达到真实、获得事物本质的能力,"想象的生机便在于发现真实",而这也是它和幻想最大的区别所在:"幻想看的是外部世界,并能对其做出清晰、精彩、详细的描绘。想象看的则是核心和内在自然,使它们能被感觉到,不过,在提供外部细节时,这种感觉往往又是难以理解的、神秘的、断断续续的。"②罗斯金强调想象力的培养要依靠道德情感:"想象在很大程度上都依靠道德情感的敏锐性。"所有真实深厚的情感都是想象性的,利己主义、自私自利、自恋等都是和想象的破坏成正比的,"想象的发挥和力量完全取决于我们是否能够忘掉自我,如同附身的精灵一般,进入我们周围事物的实体中去"。③ 人们通过想象投射到客体,感同身受,想象与道德情感相互作用。

罗斯金在《现代画家》中还首次提出了"情感误置"(Pathetic Fallacy)的术语。在他看来,事物有两种呈现方式:一种是事物的真实表象,另一种是在情感的作用下,我们所看到的事物虚假的表象。他以金斯利(Charles Kingsley)的诗行做例子:"他们驾船航行在翻腾的泡沫里,/残酷的、爬行的泡沫。"罗斯金指出:泡沫既不"残酷",也不会"爬行",只是因为诗人心中充满悲伤,才将生命体的属性赋予泡沫。"所有狂暴的情感会有相同的效果。它们使我们对外部事物的印象产生了假象,这通常被我称为'情感误置'。"在诗歌和艺术中,我们可以接受这种"情感误置":只要我们知道情感是真实的,我们甚至会对由它引起的谬误感到愉悦。"在金斯利的诗里,不是诗行错误地描写了泡沫,而是它忠实地写了忧伤。"当然,罗斯金对"情感误置"持保留态度,认为二流诗人才会使用,他们的特点是"情感强烈,思想无力,看到的并不真实",而一流诗人和艺术家能够适度地控制情感,如但丁,"在他最强烈的情绪里能完全地掌控自己,任何时候都能平静地环顾四周,寻找最佳的意象或语言"。④

罗斯金强调艺术与美德之间的密切联系。从个人层面来说,他认为艺术家自身的道德修养决定了他艺术作品的优劣,尽管一个好人不一定能成为画家,对色彩有鉴赏眼光的人也不能说明他就有一颗诚实的心,"但是,伟大的作品一定

---

① John Ruskin, *Modern Painters*, Vol. II, p. 155.
② 同上,p. 179.
③ 同上,p. 204.
④ John Ruskin, *Modern Painters*, Vol. III (London: George Allen, 1906), pp. 165–169.

是这两种优秀品质的完美结合。艺术是一个人通过艺术天赋所表达出来的纯洁的灵魂。如果没有天赋，就不可能产生艺术；而如果没有纯洁的灵魂，创作出来的只能是坏艺术，无论其技巧多么娴熟"。① 从更大层面来说，罗斯金认为"任何国家的艺术都是其社会美德和政治美德的阐释"，是其"伦理生活的准确阐释"②。作为19世纪英国哥特式建筑复兴的代表人物，罗斯金对建筑与建筑装饰有着自己独到的认识。罗斯金对建筑之美评价甚高，认为一座具有审美价值的建筑，如同一首伟大的诗歌，会在欣赏者的心里产生高尚的审美体验；它优于诗歌与绘画，因为"所有好的建筑都是民族生活与民族特征的表现，由流行的、浓烈的民族趣味，或对美的渴望筑就"。③ 他从宗教与道德的角度阐释建筑，在论述建筑美时，一如既往地强调道德的重要性。在《建筑的七盏明灯》(*The Seven Lamps of Architecture*, 1849)中，罗斯金提出七项道德原则（明灯）来指导建筑实践："牺牲的明灯""真理的明灯""力量的明灯""美的明灯""生命的明灯""记忆的明灯"和"顺从的明灯"，强调"伟大的艺术是伟大的人的思想表述，低劣的艺术说明软弱的人内心的空洞；愚蠢的人建造愚蠢的房子，聪明的人建造明智的房子；有美德的人建造漂亮的房子，邪恶的人建造卑贱的房子"④。罗斯金非常重视建筑的诚实与实用，反对建筑中的欺骗行为，"我们也许不能够拥有优秀的、漂亮的或者创新的建筑，但是我们却能够拥有一座诚实的建筑，其寒酸可以原谅，其实用值得尊敬"。⑤

罗斯金在强调艺术反映真实的同时，关注其实用服务功能。他指出："艺术的全部生命在于它是否符合真实，或者真正实用。"无论艺术本身多么美妙，多么令人快乐，或多么使人印象深刻，"除非它能清楚地具有上述的两个目标，即明白无误地反映真实，或具有服务的功能，它都只能是次等的，或者有变成次等的倾向"。⑥ 除了强调真实之外，罗斯金还指出，艺术不会独立地存在，艺术从来不因艺术本身而存在，"它的正确存在便是它能成为知识的工具，或成为优雅生活的媒介"。⑦ 罗斯金对实用艺术的提倡，推动了莫里斯(William Morris)等人的"工艺

---

① 同上，p. 273.
② 同上，p. 243.
③ John Ruskin, *Selections from the Works of John Ruskin*, ed. Chauncey B. Tinker (Cambridge, Massachusetts: The Riverside Press, 1908), p. 278.
④ 同上，p. 270.
⑤ 约翰·罗斯金：《建筑的七盏明灯》，张璘译，济南：山东画报出版社，2006年，第27页。
⑥ John Ruskin, *Selections from the Works of John Ruskin*, pp. 257–258.
⑦ 同上，p. 258.

美术运动"(Arts and Crafts Movement),影响了英国社会,改变了人们的日常生活。罗斯金希望越来越多的人受益于实用艺术,希望能够有机会与能力为最贫困的阶级提供有生命力的优秀艺术,他的这种思想不仅在英国产生反响,也在美国得以弘扬。弗农·李(Vernon Lee)认为,罗斯金"使艺术更加美丽,使人在不知不觉中变得更美好"。① 塞恩斯伯里(George Sainsbury)对罗斯金的评价更高,认为在对英国民族艺术的普及、欣赏以及人民鉴赏力的提高方面,同时期的任何人都没有罗斯金贡献大,"从30年代到60年代,买什么新东西都让你觉得极其丑陋,从60年代到90年代,我们起码可以买到至少还算高雅的东西"。② 这应该归功于罗斯金的影响。

罗斯金对实用艺术的普及以及对社会环境的关注使他看到了社会中的"丑陋",也正是这种"丑陋"使他从艺术批评更多地转向了社会批评。早年游览阿尔卑斯山区,为《现代画家》收集材料时,他就注意到阿尔卑斯山之美,以及阿尔卑斯山区农民的贫困。他的《威尼斯之石》(*The Stones of Venice*, 1851-1853)不仅分析了从罗马到文艺复兴时期威尼斯建筑史中技术的发展,而且深入考察更加广阔的文化史,指出由于信仰的衰落,威尼斯逐步堕落,社会腐败,文化成就乏善可陈,警示当代英国注意道德与精神健康。在1857年结集出版的演讲中,罗斯金谈到怎样获得艺术、运用艺术,认为英格兰已经忘记真正的财富是美德,而艺术是一个民族安宁康乐的标志。19世纪50年代末以后,罗斯金的社会批评范围逐渐扩大,从关心劳动的尊严,到关心公民身份、理想社区等问题,进而仔细剖析穆勒(John Stuart Mill)基于放任政策与竞争的正统经济学,罗斯金认为劳动分工不人道,政治经济学未能考虑维系社区的社会情感。在为《给那后来的》(*Unto This Last*, 1862)文集所写的序言中,罗斯金忠告政府应该保证服务与生产标准,确保社会正义;建议政府设立青年培训学校,提高就业、促进健康;政府设立工厂与车间;政府的学校向社会输送劳动力;给失业者固定的工资;强迫游手好闲的人劳动;为老人与贫民提供养老金,让他们能够不失体面地接受,等等。罗斯金的许多观点对英国后来建设福利国家颇具指导意义,对英国工党的许多奠基人颇具影响。80年代,罗斯金回归孩童时期喜好的浪漫主义文学及气象观察主题,撰写《19世纪的暴风云》(*The Storm-Cloud of the Nineteenth-Century*, 1884),描述工业化对天气模式的直接影响,预示着20与21世纪的环境保护主义。

---

① J. L. Bradley, ed., *John Ruskin: The Critical Heritage* (London: Routledge, 1995), p. 378.
② 同上,p. 23.

1877年，罗斯金因指责惠斯勒（James McNeill Whistler）的作品《黑与金的小夜曲：散落的烟花"》(*Nocturne in Black and Gold: The Falling Rocket*, 1875)是"向公众脸上泼了一罐颜料，还向他们索要200个金币"，被告上法庭。罗斯金的败诉标志着他作为英国维多利亚时代艺术"唯一仲裁人"地位的终结，开始慢慢淡出人们的视线。虽然罗斯金在绘画、建筑以及实用艺术等方面的泛道德与泛宗教批评为人诟病，但是20世纪60年代以后，他的环境保护主义等观点重新为人们所重视，他的艺术美学思想和社会批判有许多闪光点，表现出明显的现代意义。

第四节　阿诺德

阿诺德（Matthew Arnold, 1822－1888）是维多利亚时代颇具影响的诗人、文学和社会批评家。他出生于泰晤士河畔的雷尔汉姆，父亲是著名的拉格比公学的校长，教父是后来成为牛津运动领导人的科贝尔（John Keble）。阿诺德早年就读于拉格比公学，1841年进入牛津大学攻读古典文学，毕业后曾执教于拉格比公学，1851年开始担任皇家督学，积极推动民众教育，倡导改进中产阶级的教育。作为诗人，阿诺德诗作数量不多，主要有《迷路的狂欢者》(*The Strayed Reveller, and Other Poems*, 1849)、《恩培多克勒在埃特纳火山》(*Empedocles on Etna, and Other Poems*, 1852)、《诗集》(*Poems*, 1853)、《新诗集》(*New Poems*, 1867)等。收入《新诗集》中的哲理抒情诗《多佛海滩》("Dover Beach")是一首传世之作，表达了对宗教信仰的怀疑以及对世事的忧虑，从而使阿诺德比其他维多利亚诗人在观念和气质上更具现代性。阿诺德后来停止了诗歌创作，把注意力放到文学、文化和社会批评方面，写下许多见解深刻的论著。

阿诺德的文学批评活动始于他为自己1853年《诗集》写的序。他在谈及该诗集为什么不收录《恩培多克勒在埃特纳火山》这首诗时，对委顿忧郁的"现代"诗歌表达了不满：

> 那些仅熟悉古希腊天才不朽作品的人心目中的希腊特点消失了，平和、快乐、不计功利的客观性消失了，心灵的自我对话开始了，各种现代问题显露出来，我们已经听到哈姆雷特、浮士德的怀疑，见证他们的消极悲观。

诗歌再现这样的"现代"情感一定会有趣，但不会产生愉悦。在这些作品里，"痛苦无法在行动中排遣；精神上的苦恼没完没了，无法通过事件、希望、反抗来解脱；一切只能忍受，不能有所作为"。阿诺德认为诗歌除了"准确、有趣的再现"之外,"必须表明它是读者能从中获得愉悦的再现"。《恩培多克勒在埃特纳火山》之所以不被收录,是因为恩培多克勒"精神上的苦恼"太多,未能"让读者振奋和欢乐"。①

在阿诺德看来,诗歌再现的"永恒对象"是人的行动,因此诗人首先要选择"卓越的行动"。所谓"卓越的行动"是指"能最有力地唤起人类伟大的原始感情——对那些永久地存在于人类、独立于时间的基本感情——的那些行动"。一个行动是否适合诗歌再现,与该行动发生在现代还是古代没有关系,而是取决于其"内在的品质",取决于在多大程度上与"我们人性的基本组成部分"有关,这是因为"诗歌作品隶属于我们永恒的感情的领地"。②

阿诺德在《诗集·序》中把浪漫主义诗人的作品与古希腊史诗和悲剧相比较,认为后者"行动更伟大、人物更崇高、情境更具张力"。济慈的长诗《伊莎贝尔》虽然语言优雅,表达生动,"但是行动如何?故事如何?该诗的行动本身算得上是卓越;可是在诗人构思中,它是如此软弱,结构如此松散,就其本身而言,所产生的作用是完全无效"。阿诺德称赞莎士比亚,说年轻作者可以从他那里学到"布局的清晰、发展的活力、风格的纯朴",但他更推崇古希腊作家,声称在古人那里找到了"唯一可靠的向导""唯一坚实的立足点"。阿诺德在洞察了伟大的古典作品的精神之后,确信古代诗人孜孜以求的目标是"道德印象的统一性和深刻性",这一品质构成了他们作品的伟大并使之不朽。"被当作一个整体来处理的伟大行动所留下的道德印象",其效果远超过单个思想或意象所产生的效果。③

阿诺德意识到在他生活的时代,"混乱状态很严重",所谓的"现代批评家"不仅允许"虚假的实践",而且还设定"虚假的目标",各种声音竞相兜售令人困惑的见解,社会需要有人担负起责任,引导年轻的作家走出混乱,为他们指点方向。阿诺德自觉地去履行这份责任,《诗集·序》中提出的不少观点在他后来的文学、文化批评活动中重复出现,并得以发展。

1857年,阿诺德当选为牛津大学诗歌讲座教授,五年后又连任一届。他这时把主要精力用于批评的研究与实践,文学批评方面的重要著述有《评荷马史诗的译本》(*On Translating Homer*, 1861)、《论凯尔特文学的研究》(*On the Study of Celtic Literature*, 1867)和两卷本《批评论集》(*Essays in Criticism*, 1865, 1888)。

---

① Johnson, ed., *Selections from the Prose Works of Matthew Arnold*, p. 14.
② 同上,p. 15.
③ 同上,pp. 15 - 19.

阿诺德是维多利亚时代对批评最具自觉意识的批评家,《当今批评的功用》("The Function of Criticism at the Present Time", 1865)充分强调了"批评和批评精神的重要性"。这篇长文的起因是他在《评荷马史诗的译本》里提出英国缺少批评力的观点遭到了包括华兹华斯在内许多人的反对。阿诺德开门见山,再次声称因为"如实看清事物之本相"批评力的缺乏,英国文学受到了伤害。不可否认,创造力是"人的最高级的功能",人们在发挥其创造力时能获得真正的幸福,但文学创作并不是生活的全部,人们在进行批评活动时也有创造力的介入,也能获得同样的真正幸福。批评家的工作是"建立起思想观念的秩序",让"最好的思想观念占优势"。当这些新的思想观念走向社会,到处都会出现"微动和成长",而"文学的伟大创造时代就来自这微动和成长"。阿诺德批评浪漫主义诗人未能写出伟大作品,究其原因,拜伦和华兹华斯诗歌的源头是"感情的伟大运动,而非思想的伟大运动"。① 文学创作要繁荣发展,批评不可或缺。

阿诺德在《当今批评的功用》中对批评的任务、特点、功能进行全方位思考,明确提出了批评观的两个显著特点,即"无功利性"和"自由发挥头脑的作用",这是完成批评的任务所要求的。所谓无功利性是指超然无执,不受任何利益因素影响;所谓自由发挥头脑的作用,是指心灵的自由活动,不受任何条条框框的束缚。英国是一个讲究实用的民族,工业革命带来的社会进步使英国人沾沾自喜,习惯于墨守成规,"实践是一切,心灵自由活动一钱不值"。阿诺德有感于此,一针见血地指出:

> 正是因为文学批评很少停留在纯粹智性的范畴内,很少与实用目的脱离,专事辩论、引发争议,所以在这个国家文学批评把最好的精神工作做得一团糟。而这种工作却应该让人认真考虑其中的卓越之处,考虑事物绝对的美和适当性,从而摒弃使人心智迟钝、庸俗化的自我满足的心理,引导人们走向完美。②

阿诺德所追求的"完美"理念,要通过确立批评的重要地位、正确发挥批评的作用来实现。

鉴于英国与欧洲大陆之间的差距,阿诺德号召国民向先进的欧洲国家如德国和法国学习,树立起一种世界眼光。批评家除了自己本国的文学外,还要掌握至少一种大国文学,"越是不同于自己国家的文学越好"。阿诺德将欧洲其他国

---

① 同上,pp. 22-23.
② 同上。

家文学与英国文学做比较,其用心是拿欧洲的文明优雅来拯救岛国的狭窄闭塞。他有一个设想,即欧洲各文明国家组成一个整体,在这个"大联邦"内,"各成员由一个联合行动联结起来,朝着共同的结果开展工作",它们认同和分享同源的过去,也具有各自国家的知识。现代国家以这种方式将在智性和精神领域取得进步、趋向完美。在《当今批评的功用》一文结尾处,阿诺德重申批评也是一种创造性活动,当然,"这种批评必须是真诚的、纯朴的、灵活的、热切的,不断地在拓宽其知识"。①

阿诺德十分重视文学批评的作用,认为它是社会上的文明力量。同时,他对诗歌(文学)寄予厚望,认为诗歌作为"对人生的诗性批评",是人们的"慰藉和支柱"。《诗歌研究》是阿诺德为《英国诗人》诗集所写的导言,对于如何辨认好诗,他给予了读者专门指导。批评家殚精竭虑地探究是什么构成了"高品质诗歌的属性",但他们的规则过于抽象,更为简便的方法是去看具体的实例。根据阿诺德的建议,只要牢记大诗人的诗行,将其作为试金石应用于其他人的诗歌,便可做出"清晰、合理的评判"。高品质诗歌的属性"存在于诗歌的材料和内容之中,存在于诗歌的形式和风格之中",但无论材料和内容,还是形式和风格,"它们都有一个标志、一个特色,即高度的美、价值和力量"。除了内容和形式以外,阿诺德还增加了一条鉴别标准:"最好的诗歌,其材料和内容都是明显地因拥有真实性和严肃性而获得其特征的。"他随后用这一把标尺来衡量历代诗人,发现荷马、但丁、莎士比亚、弥尔顿有"高度的严肃性",乔叟则没有,这一缺失使他不能成为"伟大的经典作家"。德莱顿、蒲柏、格雷、彭斯等英国诗人也缺乏这种"高度的严肃性",所以不算一流。②

阿诺德关注文学与人生的关系,强烈的道德意识影响到他的批评观和文学观。作为批评家,阿诺德研究文学,既有总体考察,也有作家专论。他写过德国诗人海涅、法国女作家乔治·桑和华兹华斯的评论文章,表达自己的文学批评思想。如在1879年版《华兹华斯诗集》的《序》(Preface to *The Poems of Wordsworth*, 1879)中,他对华兹华斯诗歌创作的成就和不足进行评价,同时讨论了诗歌与生活和道德的关系。他认为:"诗歌就是对人生的批评,诗人的伟大之处在于对人生观——对'如何生活'这一问题的观点——予以有力的、审美的表现。"诗歌会涉及"生活这一伟大的、意蕴无穷的词",而"如何生活这一问题本身就是一个道

---

① 同上,p. 32.
② 同上,pp. 37 – 44.

德观念",因此,诗歌必然具有道德上的显著意义。阿诺德将诗歌与道德联系在一起,明确指出:"违反道德观的诗歌就是违反人生的诗歌,漠视道德观的诗歌就是漠视人生的诗歌。"①

《文化与无政府状态——政治与社会批评》(*Culture and Anarchy: An Essay in Political and Social Criticism*, 1869)是阿诺德最著名的社会批评论著,该书的写作时间大约是在 1867 年到 1868 年间,其中部分篇章曾发表在当时的报刊上,有不少内容是针对 19 世纪 60 年代英国社会的政治、宗教、教育等具体问题,但是阿诺德在介入具体论争时"表现出广阔的视野和深厚的思想文化底蕴",使得该书成为"传世之作"。②

《文化与无政府状态》的思想内容有三大重要之处。首先是关于"文化"和"完美"的理念。阿诺德在"引言"部分声称"我信仰文化",因此提议做一番调查研究,"看看文化究竟为何物"。他在第一章里将文化界定为"对完美的追寻":文化"以追求完美为己任"。此处所说的完美包含几个层次的含义:其一,"完美是一种内在状态,是指区别于我们的动物性的、严格意义上的人性得到了发扬光大";其二,"完美不可能是独善其身,个人必须携带他人共同走向完美,必须坚持不懈、竭其所能,使奔向完美的队伍不断发展壮大";其三,"完美最终应是构成人性之美和价值的所有能力的和谐发展"。③ 阿诺德推崇古希腊艺术和诗歌,是因为他从中看到了关于美、关于人性全面达到完美的思想,"希腊人时时处处以美、和谐及人的全面完善为至高追求"。为了进一步说明文化的完美观,阿诺德引用斯威夫特在《书之战》中"美好与光明"的说法,演绎为"追求完美就是追求美好与光明",而所谓光明是指"理智之光"。④

第二是对贵族、中产阶级和劳工阶级的批评。阿诺德从"美好与光明"文化视角去审视社会三大阶级时,发现各自都有"缺陷",分别给他们起名为"野蛮人""非利士人"(Philistines)和"群氓"。阿诺德使用这样的词语并无贬义,他特别强调各个阶级存在着"人性的共同基础",而每个阶级都有脱离低级趣味、趋向内在完美的潜质,"一心追求完美的人从各个阶级中产生,在野蛮人、非利士人和群氓

---

① 同上,p. 99.
② 韩敏中:《文化与无政府状态——政治与社会批评·译本序》,北京:生活·读书·新知三联书店,2002 年,第 2 页。
③ 阿诺德:《文化与无政府状态——政治与社会批评》,北京:生活·读书·新知三联书店,2002 年,第 8—11 页。
④ 同上,第 18 页、第 33 页、第 38 页。

中,都有这样的追求者"。阿诺德称这些人为内部的"异己分子",他们身上"符合理想的人性精神"需要"养成"。①

第三是强调希伯来精神和希腊精神应该相互平衡的重要思想。阿诺德在书中将人类两种力量或生活分别命名为希伯来精神和希腊精神,并对其异同进行辨析。希伯来精神信仰"火与力",凸显道德,强调"勇往直前的热忱""自我克制和勤奋""严正的良心";希腊精神信仰"美好与光明",凸显智性,强调"作为正确行动之基础的思想""自发的意识"。这两种力量虽然存在差异,却"有着同样的终极目标,那就是人类的完美或曰救赎"。② 阿诺德认为,希伯来精神和希腊精神代表着人性的两个方面,它们应该以"相互理解、取得平衡"而不是"交替占优势"的方式前进。③ 不过,他觉得对于当时大多数英国人来说,"更需要的还是希腊精神"。阿诺德所憧憬的理想社会是有朝一日,我们能"得到智与美":"人的两大自然动力——希伯来精神和希腊精神——将不再分离对立,而是两股力合成一股,思想走正道,行动强有力,如此推动着人类走向完善。"④阿诺德倡导一种被整个社会认可的共同文化,以此来对抗"随心所欲,各行其是"的无政府状态。

阿诺德的文学、文化批评具有人文主义色彩。王佐良先生指出:"他凡所主张,其中心都在视以文学为主体的人文主义教育为济世之道,提高社会的格调依靠它,克服信仰危机也靠它。"⑤如果说约翰逊与 T. S. 艾略特分别是 18 世纪和 20 世纪英国人文主义文学批评的杰出代表,阿诺德则是 19 世纪英国人文主义文学批评的巨擘,他的文学批评思想对富有英国特色的人文主义文学批评传统的形成做出了重大贡献。

(撰稿人:王守仁、宋艳芳、王冬青、王玉括)

---

① 同上,第 73—76 页。
② 同上,第 96—97 页。
③ 同上,第 115 页。
④ 同上,第 175 页。
⑤ 王佐良:《英国诗史》,南京:译林出版社,1997 年,第 379—380 页。

第六章 唯美主义批评

虽然批评界对"唯美主义"运动及其起止时间,以及"唯美主义"批评的代表人物等历来说法不一,但是英国的唯美主义思想有着比较悠久的历史。英国诗人丁尼生、布朗宁、济慈等人的诗作表达了唯美主义倾向,莫里斯等人倡导的工艺美术运动开启了后来唯美主义所倡导的生活艺术化的先河。莱昂·柴(Leon Chai)认为:"从某种意义上来说,所有形式的唯美主义都是在19世纪后期宗教信仰衰落之后的产物。"[①]英国学者斯托克斯(John Stokes)指出,唯美主义"是历史环境的产物,源于宗教确定性的崩溃及科学方法的兴起"。[②] 目前学术界公认的英国唯美主义批评家主要是佩特与王尔德,[③]他们在继承本国浪漫主义诗人如济慈的唯美主义思想,以及借鉴法国诗人戈蒂耶与波德莱尔思想的同时,进一步强调艺术的自律,弘扬并实践"为艺术而艺术"这一口号,从而显得与其他批评家迥然有别。

"唯美主义"这一称谓刚开始在英国出现的时候是一种负面标签,是反唯美主义者对他们的一种贬义称谓。与其他文学流派或文学批评(如浪漫主义、现实主义)相比,"唯美主义"很难界定。普瑞特约翰(Elizabeth Prettejohn)指出:

> 唯美主义这一标签似乎比前拉斐尔派更难确定。前拉斐尔兄弟会(Pre-Raphaelite Brotherhood)是一个明确的历史实体,由七位艺术家在1848

---

① Leon Chai, *Aestheticism: The Religion of Art in Post-Romantic Literature* (New York: Columbia University Press,1990), p. ix.
② John Stokes, "Aestheticism," in Martin Coyle, et al. eds., *Encyclopaedia of Literature and Criticism* (London: Routledge, 1990), p. 1055.
③ 虽然有论者指出,"前拉斐尔派"关于艺术的观点也属于唯美主义批评,但是他们以及罗斯金、斯温伯恩等人的道德批评,使他们与佩特和王尔德的艺术至上论有比较大的距离。例如,韦勒克指出:"有人说英国的'唯美主义运动'起源于罗斯金,而奥斯卡·王尔德受到审判(1895)则标志着运动已被扼杀。但是,声称一场始终连贯的'运动'看来会产生误解,因为罗斯金本人首先是一位道德说教者。"还有人假设"前拉斐尔派"是英国唯美主义运动的另一个源头活水,但是,1848年成立的兄弟会在1850年《萌芽》停刊不久便解散了,这份杂志仅出了四期(1850年1至4月)。见雷纳·韦勒克:《近代文学批评史:1750—1950》(第四卷),杨自伍译,上海:上海译文出版社,1997年,第430页。

年的某一确定日子成立,并发表了宣言,明确地宣示其最初的目标。相反,没有任何正式的艺术家或作家组织宣称忠于"唯美主义""为艺术而艺术"或任何在维多利亚媒体中出现的相关口号。对于唯美主义出现的日期没有共识;一些学者认为出现于19世纪60年代晚期,其他人则认为要更早一些或更晚一些。约翰生(R. V. Johnson)则倾向于称其为一种"倾向"而非一种"运动"。在艺术史中,它从未被严格地与"晚期前拉斐尔派"或"第二代前拉斐尔派"相区分。也许,还不如放弃"唯美主义"这个术语,而专注于晚期前拉斐尔派的各种变形。①

此外,对"唯美主义"的认识也有比较大的分歧,这主要体现在两个方面:作为精英文化范畴的"唯美主义",以及作为生活艺术化的"唯美主义"。周小仪认为,至20世纪80年代,学术界一般将唯美主义在英国的发展大致分为三个阶段:19世纪60年代末之前是发轫阶段,此时唯美主义者主要围绕着"为艺术而艺术"口号或艺术自律观念,与传统的维多利亚批评家展开争论;70年代起,特别是80年代,是唯美主义的繁荣期,批评家称之为"唯美的80年代",此时唯美主义的主要作品相继问世,艺术自律观念在社会上也形成了一定的声势;90年代之后唯美主义演变为颓废主义,批评家称之为"黄色的90年代"。② 这一划分方式显示出当时学界关心的主要是精英文化范畴的"唯美主义"。20世纪90年代以来,学术界更加注重唯美主义的生活实践,莱昂·柴是代表人物之一。在他看来,"唯美主义运动的核心是这样一种愿望,即重新定义艺术与生活的关系,赋予生活以艺术品的形式,并把生活提升为一种更高层次的存在"。③

第一节 佩 特

佩特(Walter Pater, 1839－1894)出生于伦敦东区的斯特普内,三岁时父亲去世,母亲带着全家迁往米德尔塞克斯的恩菲尔德,他在恩菲尔德文法学校上学,由该校校长单独教课。1853年,佩特到坎特伯雷的国王学校上学,那里漂亮的大教堂给他留下了终生难忘的印象,1858年他被送到牛津大学女王学院继续深造。

---

① Elizabeth Prettejohn, ed., *After the Pre-Raphaelites: Art and Aestheticism in Victorian England* (Manchester: Manchester University Press, 1999), p. 2.
② 周小仪:《唯美主义与消费文化》,北京:北京大学出版社,2002年,第2页。
③ Chai, *Aestheticism: The Religion of Art in Post-Romantic Literature*, p. ix.

佩特生性腼腆，交友甚少，但是阅读广泛，罗斯金的《现代画家》对他影响甚大，培养了他对艺术研究的浓厚兴趣。佩特在孩童时期就想成为英国国教徒，大学期间，尽管他喜欢教堂里的仪式与美的元素，但是对基督教的信仰产生动摇。1862年毕业后，于1864年成为布拉斯诺兹学院的研究员，留在牛津，教授古典文学与哲学，过着简朴、平静的生活。

作为"为艺术而艺术"信条的支持者，他相信理想的生活应该包括对美与渊博的欣赏。1866年，佩特开始在《威斯敏斯特评论》上发表文章。在论述柯勒律治作品的文章中，他指出批评家应该通过评价作品与其时代的知识及精神状况的联系而不是与普遍的时代精神的知识及精神状况的联系来认识其意义；他还强调指出，某一特定时代的特征以语言与观念为媒介影响艺术家与批评家。1867年，佩特发表论温克尔曼（Johann Joachim Winckelmann）的文章，开始表述自己的唯美主义思想。其后发表了若干篇关于文艺复兴时期艺术家的研究文章，1873年结集出版，题为《文艺复兴史研究》，再版时改为《文艺复兴：艺术与诗歌研究》(The Renaissance: Studies in Art and Poetry)，一举奠定其在文坛的地位。但是该书的"结尾"也引发许多议论与误解。为了澄清自己的观点，他通过描述一个年轻人智力与精神成长的虚构作品《享乐主义者马库斯》(Marius the Epicurean, 1885)来阐述自己的美学思想。小说的开篇与结尾暴露了佩特对宗教的眷恋之情，主人公也成为佩特的"美学英雄"，成为唯美主义者与颓废者的偶像。1887年出版《想象的肖像》(Imaginary Portraits)，收录探讨智力与情感、禁欲主义与唯美主义、社会习俗与非道德之间张力的作品。1889年出版《鉴赏集》(Appreciations, with an Essay on Style)，主张对艺术与诗歌予以主观、印象主义的批评回应，反对阿诺德等人所实行的更为客观也更加枯燥的道德批评（再版时佩特有所修订）。之后出版的作品有《柏拉图与柏拉图主义》(Plato and Platonism, 1893)和《房中的孩子》(1894)，《希腊研究》(Greek Studies: a Series of Essays, 1895)、《沃尔特·佩特作品集》(1900—1901)、《沃尔特·佩特书信集》(Letters of Walter Pater, 1970)等在他去世后出版。

佩特的《文艺复兴》，尤其是其"引言"与"结语"，成为唯美主义批评史上的重要文献，书中对"印象"及"为艺术而艺术"的强调，以及对道德与宗教的挑战则成为唯美主义的反对者们抨击的焦点。佩特对"印象"的重视与罗斯金的影响密不可分。虽然罗斯金与斯温伯恩（Algernon Charles Swinburne）因注重道德批评而被"逐出"唯美主义者的行列，但是他们关于艺术的思考对佩特有着巨大的影响，佩特最遭后人诟病的所谓"印象主义"批评，就直接来自罗斯金。在《现代画家》

中,罗斯金列举了四种印象:"有人啥也没有感觉到,因此看得很真切;有人感觉很强烈,想得很少,因此看得很不真切(二类诗人);有人感觉很强烈,想得很强烈,因此看得很真切(一类诗人);而还有些人,虽然强悍无比,却受制于比他们更强的影响,而只能看得有点不真切,因为他们能够看得不可思议地高于他们,最后一种是预言式灵感的常见形式。"①

对王尔德等唯美主义者影响深远的"为艺术而艺术"直接来自斯温伯恩(Algernon Charles Swinburne),而且佩特在行文风格方面也深受斯温伯恩的影响。在英国文学批评中,只有斯温伯恩明确提出"为艺术而艺术"的口号,声称我们今后再也不要听什么严肃艺术的道德使命之说。他的论著《威廉·布莱克》(1868)中有段话至关重要:"首先是艺术至上,继而我们可以设想对艺术的所有其他附带要求(前提是艺术已受到足够的重视);但是有人如果抱着道德旨趣着手创作艺术作品,那么就连道德旨趣也应加以消除。"②因为他认为:"艺术在任何情况下都不可能成为宗教的侍女、责任的代表、事实的奴仆、道德的先驱。"③佩特在继承斯温伯恩思想的同时,对之做了进一步发展。如罗塞蒂(Dante Gabriel Rossetti)在1869年11月26日写给斯温伯恩的信中所说:"佩特论列奥那多的文章真是一篇杰作!也许有些你的影子,但也很有效地表达了他自己的很多东西。"④

佩特第一部结集出版的作品《文艺复兴》,阐述了对唯美主义批评影响最大的"瞬间""印象""为艺术而艺术"等观念,并隐含着对宗教的批判。佩特在书中阐释了四种美感模式。唯美主义的第一和第二阶段重在感知者:第一阶段聚焦感觉,第二阶段强调幻想的漂浮。第三和第四阶段重在艺术作品:在第三阶段,艺术使时间处于静态的意象;在第四阶段,艺术浓缩时间以便创造一种动态的意象。佩特把对个体心中静与动的沉思扩大到更为宽泛的探讨艺术在创造不同程度的稳定性方面能够起的作用。虽然佩特设计了唯美主义的四个阶段,但是广为人知的只有第一个:重视感觉。艾略特认为,佩特具有视觉的幻想力,他

---

① Walter Pater, *Modern Painters,* Vol. 3 (London: J. M. Dent and Company, 1906), p. 151–152.
② Algernon Charles Swinburne, *William Blake: A Critical Essay* (London: John Camden Hotten, 1868), p. 91.
③ 同上,p. 90.
④ R. M. Seiler, *Walter Pater: The Critical Heritage* (London: Routledge & Kegan Paul, Ltd, 1980), p. 1.

用自己特殊的方式,"就是从感情方面,而且的确是从感觉方面"把宗教转让给文化。①

佩特以文艺复兴研究开始自己的学术之旅,但是其参照点是18世纪盛行的新古典主义、兴起于18世纪末19世纪初的英国浪漫主义运动、19世纪40年代以后开始繁荣的现实主义写作及其身处其间的维多利亚社会。他虽然没有直接对距离自己较近的现实主义文学、维多利亚社会的宗教与道德教条予以直接的批驳,但是其文艺复兴研究探索自我实现以及艺术的普适定义等本身就是一种批评立场,他在《文艺复兴》的"引言"与"结语"中提出的诸多观点丰富了文学批评,至今仍有启发意义。

佩特在《文艺复兴》的"引言"中开宗明义地指出,美是相对的,越抽象越没有意义,"尽可能用最具体而不是最抽象的术语来界定美,不是发现美的普遍公式,而是找到最充分地表现美的这种或那种特殊显现的公式,这是美学研究者的真正目标"。审美批评家特别关注客体如何作用于主体的问题。"'照其本来面目看待事物',这一向是大家公认的所有文艺批评的真正目标。在审美批评中,照本来面目看待事物的第一步,就是了解自己印象的本来面目,对之加以辨析,并明确地把握它。……这首歌、这幅画、这些出现于生活中或书本里的讨人喜欢的人物,对于我来说意味着什么?它在我身上产生了怎样的影响?它给我愉悦吗?如果有愉悦,那又是何种程度的愉悦?由于它的出现或影响,我的天性有什么改变?"②那么审美批评家把他需要观察的所有客体,各种艺术作品,以及自然与人类生活的各种更加美好的形式都视为产生愉悦的力量,每种形式都或多或少地与众不同。"一幅画、一处风景、生活或书籍中的一个讨人喜欢的人物,通过其优美而使人产生独特的美感或愉悦,审美批评家的作用就在于区分、分析这些优点,将这些优点同其附属物分离开来,指出美感与愉悦源自何处,在何种情况下被人感知。当他将这些优点挑出来,像化学家对自然元素一样对自己也对他人说清楚之后,他的目的才达到。"③

如果说,"引言"强调美的个体感受,及个体"印象"的重要,那么"结语"则对"瞬间"推崇备至,具有和"为艺术而艺术"一样的效果。"结语"以赫拉克利特的

---

① T. S. 艾略特:《艾略特文学论文集》,李赋宁译,南昌:百花洲文艺出版社,1994年,第217页。
② 佩特:《文艺复兴:艺术与诗的研究》,张岩冰译,桂林:广西师范大学出版社,2000年,序言第1页。
③ 同上。

名言"万物流动,变化不息"开始,声称"现代思想的趋势是越来越把任何事情,以及任何事情的原则都看作变动不居的模式或时尚",标举"生命的成功在于总能燃烧着这种炙热的、宝石般的火焰,并能保持这种心醉神迷的状态"。在文章的结尾,他说:"诗的激情、美的渴望、为艺术而热爱艺术,乃是智慧的极致。因为艺术来到你的面前,除了为你带来最高品质的瞬间之外,别无其他;而且仅仅是为了这些瞬间。"①凡此种种,都迥然不同于维多利亚社会关于人生、宗教、艺术等的主流价值观,特别是他使用了"心醉神迷"(ecstasy)和"激情"(passion)等当时与性具有强烈联想意义的词语,都为后来的唯美主义者如王尔德等人进一步高唱为艺术而艺术,以及艺术的生活化奠定了坚实的基础。

佩特也在其他作品,如《鉴赏集》的后记中,探讨了他对古典主义、浪漫主义的思考。他认为,正如古典主义曾经被用得太过抽象而招人误解一样,浪漫主义也在许多非主要特征方面被用得过于含糊。18世纪很显然属于古典主义时代,因为无论在艺术还是在文学中都是秩序井然,但是那个时代已经一去不复返了。人们称小说家司各特为浪漫主义作家,主要因为他和18世纪的文学传统迥然有异,喜欢在中世纪寻找传奇。② 佩特借用司汤达对浪漫主义与古典主义所作的区分来表明自己的审美倾向,"浪漫主义是向人们呈现文学作品的艺术,其实际的习惯与信仰能够给他们最大可能的快乐,而古典主义则能给他们的祖父以最大可能的快乐"。③ 但是佩特也指出,任何批评术语都是相对的,尽管浪漫主义指称特定时期,但是其精神亘古久远;虽然人们总是认为18世纪的英格兰属于古典主义时期,却被布莱克所打破,从而不把古典主义与浪漫主义局限于特定的时间段。

在宗教式微的社会,佩特希望通过诗歌的审美救赎代替宗教曾经具有的作用,其中明显透出阿诺德的影响。在《风格》一文中,佩特肯定了宗教与艺术之间的亲密关系,暗示文学具有宗教一样的功能:"我想,学者们,其实不仅是学者,而是所有公正无私的爱书者,都总会向艺术,以及其他所有优雅艺术,寻求庇护,寻求一种遁世的、躲开粗俗现实世界的庇护。一首像《利西达斯》('Lycidas')一样完美的诗,一部像《埃斯蒙德》(*Esmond*)一样完美的小说,以及像纽曼(John Henry Newman)完美处理《大学的理念》(*The Idea of a University*)那样的理论,对他们来

---

① Walter Pater, *The Renaissance* (New York: The Modern Library, 1873), pp. 194, 197, 198–199.
② Walter Pater, *Appreciations, with an Essay on Style* (London and New York: MacMillan and Co., 1895), p. 254.
③ 同上,p. 257.

说都有某种宗教'静修'的作用。"①这与阿诺德在《诗歌研究》中所宣称的诗歌可以"为我们诠释生活,抚慰我们,维系我们"如出一辙。

佩特去世 20 年后,声誉达到顶峰。1909 年,巴肯(John Buchan)提出,佩特是自阿诺德以来牛津贡献给世界的最杰出人物,"他的信徒把他当作渊博的思想家、严正的学者、创造性的批评家、真诚的人文主义者,以及完美的道德家"。② 1910 年起,评论文章对他作品中的"美学"特征,特别是其"远离生活、文雅精致、重视病态与好奇,以及缺乏道德价值观"等予以重视,但是之后的近 40 年里,他的声誉每况愈下。虽然 19 世纪 80 年代佩特的印象主义批评一度成为英国批评的主流,但是到了 20 世纪 20 年代前后遭到白璧德与艾略特等人的严厉批评,白璧德率先质疑佩特的印象主义批评,艾略特也对佩特的唯美主义贡献评价甚低。在《阿诺德和佩特》("Arnold and Pater", 1930)一文中,艾略特指出,佩特首先是一个道德家,寻求"艺术和诗歌的真正道德意义",比如说他在关于华兹华斯诗歌的文章中明确指出,"用艺术的精神对待生活,就是要把生活变成目的与手段合二为一的东西,也就是说,提倡用艺术和诗歌的真正道德意义来对待生活"。③ 而且"由于他首先是个道德家,他不善于把任何艺术品仅仅看成一件艺术品"。④但是自 20 世纪 30 年代末纪念佩特百年诞辰以来,人们重新恢复了佩特作为维多利亚晚期严肃的、富有独创性作家的地位。霍夫(Graham Hough)的《最后的浪漫主义者》(*The Last Romantics*, 1947)审视了佩特的审美哲学及其批评理论与实践,认为他的成功源于性情而非明确的目标。弗莱彻(Ian Fletcher)在《沃尔特·佩特》(*Walter Pater*, 1959)一书中指出,佩特是位自我的探索者,涉猎了自己时代一些非常重大的问题,"可能他是第一位具有完备历史意识的重要英国批评家",也是"最全面、最不平凡的唯美主义者"。⑤

---

① William E. Buckler, ed., *Walter Pater: Three Major Texts* (New York: New York UP, 1986), pp. 400–401.
② R. M. Seiler, ed., *Walter Pater: The Critical Heritage*, pp. 35–36.
③ 艾略特:《艾略特文学论文集》,第 218—219 页。
④ 同上,第 221 页。
⑤ Seiler, *Walter Pater: The Critical Heritage*, p. 41.

第二节 王尔德

王尔德(Oscar Wilde, 1854-1900)出生于都柏林,母亲是位虔诚的爱尔兰民主主义者,九岁以前,他一直在家受教育,由法国女佣以及德国女教师教授法语和德语。1871年他获得皇家奖学金,到都柏林三一学院学习古典文学,成绩优异,获得学校的希腊文最高学术奖——伯克利金质奖章,1874年毕业时获得牛津大学莫德林学院的奖学金。此外,大学哲学学会也为他提供了另外一种教育:每周讨论罗塞蒂与斯温伯恩这些知识分子与艺术家,他也在讨论中介绍过自己题为《审美道德》的文章。

1874至1878年他在莫德林学院读书期间,已经在唯美主义与颓废运动的圈子里小有名声。他蓄着长发,屋里装饰着孔雀毛、百合花、向日葵、青花瓷以及其他艺术品,尽管偶尔也参加拳击,但是公开嘲笑"男性"运动。早在都柏林三一学院读书时,他就读过佩特的《文艺复兴》,并深受其影响,终于在莫德林学院能亲聆其教诲。牛津求学期间他一度想皈依天主教,虽然最后没有受洗,但终身对天主教神学及其礼拜仪式保有浓厚的兴趣。

与他的老师佩特相比,王尔德更加引人注目,无论在文学理论、批评实践,还是在生活艺术化的展示方面,都青出于蓝而胜于蓝。如果说囿于家庭环境、教育背景,以及本人的内向性格等因素,佩特的唯美主义批评比较含蓄,对浪漫主义与现实主义的思考与批评也更加"耐人寻味"的话,那么王尔德的批评更为明晰,也更具挑战性,其格言式陈述与悖论式反讽别具特色。在《道林·格雷的画像》(*The Picture of Dorian Gray*, 1890)的序言中,王尔德宣称"书无所谓道德或不道德。书只有写得好或写得不好。仅此而已"。他关于现实主义与浪漫主义区分的论述十分犀利,充满挑战色彩,明显有别于佩特以及斯汤达。他认为"19世纪对现实主义的憎恶,犹如在镜中看见自己面孔的凯列班的愤怒。19世纪对浪漫主义的憎恶,犹如在镜中看不见自己面孔的凯列班的愤怒"。[①]王尔德对艺术与现实、艺术与道德以及艺术与社会之间关系的思考充满悖论,令人耳目一新。

艺术与现实的关系是文学和艺术创作与批评中的一个基本命题。文学、艺术模仿生活成为千百年来文学批评的基本准则,文学批评也在艺术模仿生活的

[①] Stanley Weintraub, ed., *Literary Criticism of Oscar Wilde* (Lincoln: University of Nebraska Press, 1968), pp. 229-230.

范围内阐释着文学与艺术的本质,其附属地位十分明显。在王尔德所处的维多利亚时代,文学批评界更加强调文学、艺术对现实的附属关系,强调"现实"的主导地位,因此,1864年阿诺德在牛津大学演讲时宣称"批评的目的就是看到客观事物的真相",时人并不以为忤,唯有唯美主义的先驱们不以为然。斯温伯恩曾经在一次宴会上坚持认为,艺术就是生命本身,它对死亡一无所知,它是绝对真理,对事实漠不关心。"在艺术看来,阿喀琉斯甚至现在比威灵顿还要现实,还要真实,不仅作为一个典型和人物形象,阿喀琉斯更为高贵、有趣,而且他也更为确切和真实。"①在《文艺复兴》的序言中,佩特虽然声称赞同阿诺德有关批评目的的定义并加以引用,但他并没有就此止步,而是予以新的阐述,"要看到客观事物的真相,第一步是要知道一个人印象的真相,辨别它、清晰地认识它"。王尔德认为,佩特非常巧妙地改变了阿诺德的观点:"他把注意力的中心从客观事物的基础移到观看者的感觉的动向来了。这使得批评家自己的作品更为重要也更为主观。"②

斯温伯恩和佩特对阿诺德的批评总的来说比较含蓄,年少气盛的王尔德则直言不讳地指出,批评的目的是要看到客观事物的假相,生活是艺术最好的学生、艺术的唯一学生;不是艺术模仿生活,而是生活模仿艺术。他在《谎言的衰朽》("The Decay of Lying: An Observation", 1891)中指出,"我们越研究艺术,就越不关心自然。艺术真正向我们揭示的,是自然在构思上的不足,是她那难以理解的不开化状态,她那令人惊奇的单调乏味,她那绝对未经加工的条件",而造成这种现状的原因是,"我们时代的大多数文学都令人费解地具有平庸陈腐的名声,可以被看作其主要原因之一的是:撒谎作为一门艺术、一门科学和一种社会乐趣,毫无疑义地衰朽了。古代历史学家给予我们以事实形式出现的悦人的虚构;现代小说家则给予我们虚构外表下的阴暗事实"。③ 因为"事实不仅正在历史中找到立足点,而且正在篡夺想象力的领地,侵入到浪漫文学的王国中来。它们那种令人寒战的触角无孔不入。它们正在使人类庸俗化。美国粗俗的商业主义,它的物质化精神,它对事物的诗意一面漠不关心的态度,它的想象力和高不可及的理想的匮乏,完全是由于那个国家把一个自称不会撒谎的人选定为它的民族英雄"。④

---

① 王尔德:《王尔德全集》(4),杨东霞、杨烈等译,北京:中国文学出版社,第17页。
② 同上,第3—4页。
③ 同上,第321页,第325页。
④ 同上,第340页。

王尔德并没有满足于此,而是通过许多具体的事例表明,艺术高于自然,文学作品高于生活,"自然总是落后于时代。至于生活,它是破坏艺术的溶化剂,是蹂躏其家园的敌人"。在自然方面,王尔德指出,人们发明建筑学,宁愿要房子而不要露天,是因为自然并不总是令人舒适的,而在房子里,"一切皆服从于我们,为满足我们使用上和娱乐上的需要。对本来意义上的人类尊严是如此必要的自我中心论本身,就完全是室内生活的结果。在室外,人们变得抽象和不具人格。人们绝对丧失了个性。而自然呢,她又如此漠不关心,如此不以为然"。①

王尔德选取伦敦的奇妙褐雾以及人们对它的认识作为自然模仿艺术的最典型案例。他认为,虽然伦敦的雾古已有之,但是直到印象派绘画大师莫奈的画笔把它呈现在观众面前,人们才开始真正认识它——如此看来,是自然追随风景画家,从他那里得到自身的风景。因此,王尔德指出:"自然不是生育我们的伟大母亲。它是我们的创造物。正是在我们的脑子里,它获得了生命。事物存在是因为我们看见它们,我们看见什么,我们如何看见它,这是以影响我们的艺术而决定的。……也许伦敦有了好几世纪的雾。我敢说是有的。但是没有人看见雾,因此我们不知道任何关于雾的事情。雾没有存在,直到艺术发明了雾。"②

文学创作方面生活模仿艺术的典型代表是左拉及其自然主义。王尔德认为,虽然左拉的《萌芽》确实存在某种几乎可以称为史诗的东西,但是他的作品从头至尾全是错误的,不是基于道德的错误,而是基于艺术的错误。人们阅读文学作品,是想追求珍奇、魅力、美和想象力,而不想被关于底层社会各种活动的描写所折磨或感到恶心。"如果一个小说家低劣到竟从生活中去寻找他的人物,那么他就应该至少假装他的人物是创作的结果,而不要去夸口说他们是复制品。要为一部小说中的一个人物辩护的正当理由不是说别的人物如何逼真,而应该说作者就是这个人物。"③唯一真实的人,是那些从未存在过的人。王尔德认为,相比较而言华兹华斯技高一筹,他虽然来到湖边,但绝不是湖畔诗人,他只不过在石头中发现了早已经隐藏在那里的启示。尽管进行过道德说教,但华兹华斯的优秀作品产生于返归诗歌而不是返归自然的时刻。

在生活实践方面,文学先于生活,生活模仿文学的例子更是比比皆是。王尔德认为,人们不仅能够发现法国的吕西安们、拉斯蒂涅们出现于《人间喜剧》的舞

---

① 同上,第335页,第322页。
② 同上,第349页。
③ 同上,第330页。

台上,而且可以发现住在肯辛顿广场附近的一位英国家庭女教师,在萨克雷的《名利场》发表之后不久,与她所陪伴的那位富有、自私的老妇人的侄子私奔了,用的完全是《名利场》中女主角罗登·克劳莱夫人的方法,一时间在社会上引起轰动,颇为有趣的是,最后她也在英国失踪,人们间或可以在蒙特卡洛和其他一些赌场窥见她的身影。

在《谎言的衰朽》中,王尔德总结了艺术与现实之间的三条原理。① 首先,"艺术除了表现它自身之外,不表现任何东西。它和思想一样,有独立的生命,而且纯粹按自己的路线发展"。这种艺术本体论表明,艺术绝非时代的产物,通常与其所处的时代针锋相对,换句话说,它在现实主义的时代不一定是现实的,在信仰的时代也不一定是精神的,从而为艺术自律奠定了基础。其次,"一切坏的艺术都是返归生活和自然造成的,并且是将生活和自然上升为理想的结果"。艺术家一旦与其所处的时代妥协,必然难以走出艺术模仿生活的窠臼,以时代作为自己的艺术选择,从而破坏艺术自律性。王尔德举例说,对生活在19世纪的艺术家来说,除了他自己生活的19世纪以外,任何一个世纪都是合适的艺术主题。再次,"生活模仿艺术远甚于艺术模仿生活"。王尔德认为,艺术的真正目的是讲述谎言,讲述美但不真实的故事。在强调艺术超越生活、艺术指向自身的过程中,王尔德开启了20世纪形式主义批评的先河,其对作者主体性的强调为巴特以及福柯等人对作者功能的思考提供了重要参照。

在强调艺术高于生活,生活模仿艺术,而非艺术模仿生活的同时,王尔德强调艺术的非道德性,"一个艺术家是毫无道德同情的。善恶对于他来说,完全就像画家调色板上的颜料一样,无所谓轻重、主次之分"。② 佩特虽然重视对美的瞬间的感受,认为人生的目的在于过程本身,但是其表述方式比较含蓄、文雅,王尔德则多次在不同的文章或演讲中对艺术的道德属性提出质疑,在《英国的文艺复兴》("The English Renaissance of Art", 1882)一文中,他指出,"你们的文学所需要的,不是增强道德感和道德控制,实际上诗歌无所谓道德不道德——诗歌只有写得好和不好,仅此而已。艺术表现任何道德因素,或是隐隐提到善恶标准,常常是某种程度的想象力不完美的特征,标志着艺术创作中和谐之错乱。一切好的艺术作品都追求纯粹的艺术效果"。③ 在《作为艺术家的批评家》("The Critic

---

① 同上,第356—357页。
② 赵澧、徐京安主编:《唯美主义》,北京:中国人民大学出版社,1988年,第182页。
③ 王尔德:《王尔德全集》(4),第24页。

as Artist", 1891)一文中他进一步指出,"一切艺术都是不道德的。因为为感情而感情是艺术的目标,为行为而动感情则是生活的目标,是我们称之为社会的、生活的实际组织的目标。……社会往往宽恕罪犯,但从不宽恕梦想家。艺术在我们心中燃起的美丽而无害的情感在社会的眼里是可恨的"。① 在关于《道林·格雷的画像》的两封信中他指出,"从艺术角度来看,恶人是有趣的,他们代表色彩、变化和奇特。好人则增强人们的理智,坏人则煽动人们的想象"。②

如果说斯温伯恩和佩特借助"为艺术而艺术"这面大旗,半遮半掩地陈述艺术的非道德性,那么王尔德则明确宣示,诗歌无所谓道德或者非道德。他在《笔杆子、画笔和毒药》("Pen, Pencil and Poison: A Study in Green", 1891)中指出,"科学是道德所无法约束的,因为科学的眼睛紧紧盯住永恒的真理。艺术也是道德所无法约束的,因为艺术着眼于美丽的事物、不朽的事物和不断变化的事物。低层次的和不太需要智力的行当才属于道德的范畴"。③王尔德在文中介绍了一个擅长文字与绘画,集诗人、画家、艺术批评家、散文家、投毒犯于一生的艺术家与道德罪人威恩莱特的故事。此人通过一系列笔名,在《伦敦杂志》上发表了《杰纳斯风标》《原告一方》以及《凡文克鲁姆斯》等文,一举成名,兰姆赞誉这位"'和蔼而漫不经心的威恩莱特'的散文是'第一流的'",布莱克曾在皇家艺术学院他的画前驻足,称赞"非常优美"。王尔德认为,"现代报章杂志的风格与形式就应该归功于他和本世纪早期的一些人。他是花式散文的先驱;他喜欢运用形象的形容词短语和浮华的夸张手法"。④ 作为艺术批评家,威恩莱特不像浪漫主义者那样注重想象,而是关心艺术作品给欣赏者留下的复杂印象,认为审美的第一步是找到自己的印象;他并不关注对美的本质的空洞探讨,而是十分重视艺术家的天性,因为对他而言,艺术吸引人的不是理智,也不是情感,而纯粹是艺术家的天性。这位长着一头鬈发、一双漂亮的眼睛和白皙精致的双手,戴着漂亮的戒指、古色古香的宝石胸针,置身于典雅、精美的氛围中,被哈兹里特当作文学新形式的象征、极富才情的艺术家却是一位投毒者、一个罪犯。尽管后来被判流放,他却从未放弃过对艺术的热爱,而且也没有放弃投毒的习惯。威恩莱特的斑斑劣迹引起了许多负面评价,比如说,有人认为他对艺术和自然的热爱只是一种假象,而王尔德对诸如此类的评价并不以为然,"他对艺术和自然诚挚的爱似乎是

---

① 同上,第430页。
② 赵澧、徐京安主编:《唯美主义》,第184页。
③ 同上,第446页。
④ 王尔德:《王尔德全集》(4),第372页。

确定无疑的。犯罪与文化之间没有实质的冲突",甚至认为"他的罪孽似乎对他的艺术也产生了重要的影响,赋予他的作品以一种先前所缺乏的强烈个性",并认为"一个人是一名囚犯并不与他的散文相抵触。内在的品德并非是艺术的真正基础,尽管它们可能是二流艺术家绝好的招牌"。①

王尔德的小说《道林·格雷的画像》是实践其唯美主义思想,反对艺术捆绑道德的典范。艺术家霍沃德醉心于格雷的年轻俊美,为他画了一幅肖像。格雷认为,如果自己能够永葆青春,而让这幅肖像画代替自己变老,那么自己情愿用灵魂去交换。在亨利爵士的鼓励、纵容下,格雷纵情声色,在现实生活中做了许多坏事,他每做一件坏事,他的这幅肖像就增加一份丑陋,他自己的容貌则多少年都没有任何变化,俊美如初。小说最后,当他拿起那把杀死艺术家霍沃德的刀,刺向自己的肖像时,仆人听到一声惨叫,并报了警。人们发现格雷自己心脏中刀,已经死去。更为奇怪的是,他突然变得衰老,干瘪枯萎得难以辨认,只有手上的那枚戒指显示他就是格雷本人,而他的那幅肖像则恢复了往日的俊美,充满生机。对于这部具有哥特式风格的作品,人们评价不一。韦勒克认为,《道林·格雷的画像》"展现了一幅道德败坏遂遭惩罚的寓意画而非一篇为审美生活而作的辩护"。② 王尔德不同意根据作品的内容是否符合当时社会的道德风尚进行裁决的做法,主张应该从作品的风格与主题两个方面进行判断,他明确指出,"每个人都在道林·格雷身上看到了自己的罪恶。到底道林·格雷的罪恶是什么,谁也不知道。谁看出了罪恶,谁就把罪恶带来了"。③ 因此,王尔德认为,艺术是否道德与艺术家是否道德之间没有必然联系,从某种程度上来说,它取决于读者的道德判断。

19世纪下半叶的英国社会物资丰裕、科技发达,宗教的影响渐趋微弱,体现在文学与艺术领域即浪漫主义向现实主义的转变。唯美主义既不赞成浪漫主义,也反对现实主义,不主张采用浪漫主义直抒胸臆与现实主义摹写自然的方法,提出"应当'为艺术而艺术',表现与生活无关的、独特的、纯粹的美"。④ 这种超越浪漫主义与现实主义的冲动,体现了艺术与社会现实之间的张力。王尔德以文艺复兴为例,对传统的艺术功能予以质疑与拓展,指出艺术的伟大之处恰恰

---

① 同上,第379页。
② 韦勒克:《近代文学批评史》(第四卷),第482页。
③ 赵澧、徐京安主编:《唯美主义》,第182页。
④ 蒋孔阳主编:《十九世纪西方美学名著选》(英法美卷),上海:复旦大学出版社,1990年,第5—6页。

在于"它不寻求解决任何社会问题",而是寻求个人能够自由、美好、健康地发展,"所以更能拥有伟大而富有个性的艺术家和伟大而有个性的人"。① 虽然佩特提出"生活的艺术化"的主张,但是囿于个人性格等方面的原因,他并没有身体力行。作为佩特的学生,王尔德不仅信奉有加,而且予以实践,这体现在他那颇为招摇的装饰上:他经常一身唯美主义行头,身穿带有花边的天鹅绒大氅、齐膝短裤,着黑色丝袜、宽松衬衫,系着一条硕大的领带。他的文字论述也表达了"生活的艺术化"观点:如果没有工业,"我们的时代"将是"贫瘠"的,但是如果只有工业而没有艺术,那"我们的时代"就是"野蛮愚蠢"的。他毫不讳言莫里斯与佩特对自己的影响,认为莫里斯"通过装饰艺术的复兴,赋予我们个性化的浪漫运动以社会观念和社会因素"。② 他对艺术的强调,特别是对艺术"救赎"功能的重视,影响着后来的批判思想家。

在《社会主义制度下人的灵魂》("The Soul of Man under Socialism", 1891)一文中,王尔德集中探讨了艺术、艺术家与社会受众之间的关系。艺术与社会之间的张力不仅体现在艺术对现实的模仿、再现或表现上,也体现在社会对艺术表达的认可、评价与接受上,体现在艺术形式上的艺术自律、表现主体方面的艺术自由,以及受众的审美倾向上。他虽然认为艺术对生活有主宰性的影响,认为是生活模仿艺术而非艺术模仿生活,但是他清楚地意识到受众的力量。王尔德总结了社会的三种专制,其中包括君主、教皇与民众,他认为最坏的专制是民众的专制,因为君主对人的身体施行专政,教皇对人的灵魂实行专政,而民众则对人的身体与灵魂都实行专政——艺术以及艺术家的作用就在于打破这种对人灵魂的专政。如果说普通大众不喜欢新颖的艺术题材与表现形式,希望艺术迁就自己趣味的话,那么艺术家一定要坚持自己对主题的选择及其艺术处理,因为从艺术创作的角度来看,艺术是迄今为止最为强烈的个人主义方式,或者说艺术是世人已知的唯一的个人主义方式。它的巨大价值也体现在这种个人主义当中,因为"它要扰乱的是类型的单一、习俗的奴役、习惯的专制和由人到机器的降级"。③ 而且可以在无须顾忌他人、完全为了自己兴趣的情况下,创造出美好的事物。

艺术家如何处理与受众的关系,这是一个无法回避的问题。作为艺术的消费者,公众肯定会因为自己的需要而对艺术家及其艺术创作形成或隐或显的影

---

① 王尔德:《王尔德全集》(4),第 315 页。
② 同上,第 13 页。
③ 同上,第 304 页。

响,公众会不断地要求艺术通俗化,取悦他们的趣味要求,能够"在他们吃得过饱昏昏欲睡时逗乐他们,在他们厌倦了自己的愚蠢时分散他们的思想"。由于受众的力量十分巨大,他们的需求某种程度上"引导"甚至"决定"了多数艺术家的创作倾向,因而艺术家必须保持自己"个人主义"的创作原则,而且关键是要把大众也培养成为艺术家。王尔德指出,艺术家的责任不是去迎合大众:"艺术品应该主宰观众,观众不应主宰艺术品。"艺术家应该通过艺术创作对大众产生影响,使他们也成为艺术家。

由于王尔德高举"为艺术而艺术"的大旗,并勇于实践,他那颇为招摇的服装与外在修饰,以及矛盾、悖论式的妙语,都使人们容易忽视,甚或忘记他对艺术历史背景的强调。在艺术与社会的关系中,王尔德并没有忘记历史的重要性,这种并非"纯粹唯美"的矛盾体现了他作为文学家与艺术批评家的视野与胸襟,也使他之后的批评者略有简单化之嫌。因为无论是白璧德,还是艾略特,他们对佩特的所谓"印象主义"的批评,其理论基础都是20世纪上半叶盛行的注重文本的形式主义理论,他们有意无意地忽略了唯美主义批评对历史的重视。在《面具的真理》("The Truth of Masks", 1885)中,王尔德以莎士比亚的创作为例,指出艺术家与历史的关系。他认为虽然莎士比亚戏剧的美学价值不依赖史实,而是依赖真理,但是莎士比亚对待14—16世纪的英国历史非常认真,务求正确,他戏剧中的许多人物在现实中确有其人;在情节方面,莎士比亚总是取材于可靠的历史,或者古老的民谣和传说。"那些民谣和传说被伊丽莎白时代的公众奉为历史,即使现在严谨的历史学家也不会斥之为不真实。他不仅摈弃了幻想,选择了事实作为他许多想象丰富的作品的基础,而且总是赋予每部剧本以相关年代的一般人物和社会环境。"[①]王尔德认为,对受众而言,要想真正理解莎士比亚,就必须了解莎士比亚同文艺复兴和宗教改革的关系,理解他同伊丽莎白时代和詹姆士时代的关系;此外,还需要熟知莎士比亚所支配的材料,以及他使用的方法,并了解莎士比亚时代的文学批评以及戏剧形式的演变。"总之,他必须能够把伊丽莎白时代的伦敦同伯里克利时代的雅典联系起来,了解莎士比亚在欧洲戏剧史和世界戏剧史中的地位。"

从某种程度上来说,王尔德对社会历史背景的重视开启了艾略特在《传统与个人才能》中所提倡的置个人于历史传统之中的先河。王尔德明确指出,如果要认识19世纪,就必须认识在它之前的每个世纪,因为它们对这一世纪的形成做

[①] 同上,第476页。

出过贡献;如果要彻底地了解自己,就得先了解他人。他这些貌似矛盾的论述导致人们对唯美主义认识的局限,以及对之归类的尴尬,也间接映衬了王尔德艺术批评的丰富。在《作为艺术家的批评家》中,他集中探讨了批评与创作的区别,以及批评发展的新走势。在他看来,正是因为批评的存在,文化才得以存在,因为批评去掉了创造性作品中的糟粕,而保留了其中的精华。像创作方面的"艺术至上"一样,批评的独立性也是其真正的价值所在,而且从创作主题与形式等方面来说,批评的发展空间巨大,"当今时代比以往任何时候都更加需要批评","只有通过批评的方法才能使人类认识到自己达到的境界"。他非常自信地宣布"未来属于批评",而"创作可以支配的题材在范围和种类方面正日渐受到限制"。[①] 这仿佛预示了后人视20世纪为批评的世纪的说法。

虽然王尔德没有到过中国,但是他对中国文化有着敏锐的感知力,非常推崇中国人日常生活中所体现的艺术品位。早在读大学期间,他就非常欣赏收集到的中国青花瓷,并曾戏言自己越来越配不上它了。19世纪80年代初期旅美演讲结束后,王尔德发表《美国印象》("Impressions of America")一文,特别提到自己所追求的艺术生活化,竟然由一些生活在社会底层的中国劳工们实践着。他途经美丽的旧金山时,发现住在这座城市里的很多中国劳工虽然可能显得有些"古怪""忧郁",非常贫穷,甚至会有许多人说他们很下贱,"但他们打定主意在他们身边不能有任何丑陋的东西"。他们所居住的唐人街是他"见过的最富有艺术韵味的街区。……在那些苦工们晚上聚集在一起吃晚饭的中国餐馆里,我发现他们用和玫瑰花瓣一样纤巧的瓷杯喝茶,而那些俗丽的宾馆给我用的陶杯足有一英寸半厚。中国人的菜单拿上来的时候是写在宣纸上的,账目是用墨汁写出来的,漂亮得就像艺术家在扇面上蚀刻的小鸟一样"。[②] 由于不了解中国劳工的艰辛,王尔德这些带有美化色彩的观察可能显得有些浮浅,但在当时美国歧视中国华工的社会氛围里,他的这种"唯美"倾向着实难能可贵,因为它淡化了种族与阶级的界限,超越了国家与民族的区分。

1889年,著名英国汉学家翟理斯(Herbert Allen Giles)翻译的《庄子》问世,1890年王尔德在《言者》杂志发表《一位中国哲人》("A Chinese Sage")的书评,高度评价这位比耶稣诞生早三百多年的中国思想家。他以西方哲学为参照,指出庄子与西方哲学家和思想家的相同或类似之处,认为"如同古希腊早期晦涩的思

[①] 同上,第454—456页。
[②] 同上,第35页。

辨哲学家,他信奉对立面的同一性;和柏拉图一样,他是个唯心主义者,并和所有唯心主义者一样轻视实用的体系;他和狄奥尼西、斯格特斯·埃里金纳、雅各布·伯麦一样,是神秘主义者,他们以及斐洛都认为,生活的目标是消除自我意识,成为一种更高的精神启示的无意识媒介。实际上,可以说在庄子身上,集中了从赫拉克利特到黑格尔的几乎所有欧洲玄学或神秘主义的思想倾向"。① 王尔德并非简单地仅仅以西方文化为坐标来"同化"庄子,而是积极地"求异",非常精辟地指出庄子思想的不同,及其对英国文化的借鉴意义。庄子师承老子的"无为"思想成为王尔德高扬的旗帜,他认为这既是庄子的玄学目的,"把行动化解为思想,把思想化解为抽象",也是他反对当时社会纷争的思想武器:反对竞争、反对道德、反对治理。王尔德所激赏的庄子的绝圣弃智思想是当时英国社会的解毒剂,他调侃地指出,"庄子是个极危险的作家;在他死后两千年,他的著作译成英语出版,显然还为时过早,并且可能让不少勤奋和绝对可敬的人身受许多痛苦"。② 联系到鸦片战争失败后西方社会对中国政府与中国文化的忽视与怠慢,王尔德这种基于唯美的社会批判立场着实令人敬佩。

佩特与王尔德这两位唯美主义运动干将已经离开我们一个多世纪,但是他们所倡导与实践的"为艺术而艺术",以及"生活的艺术化"主张,至今对我们仍具有启示意义。随着人们对同性恋现象的理解,以及"酷儿"理论研究的蓬勃开展,以及对后现代消费社会研究的深入,批评界更加关注王尔德的批评思想与创作实践。20世纪90年代以来,"作为同性恋的王尔德、爱尔兰的王尔德、王尔德与消费主义"等新范式成为人们关注的焦点,③完全超越了他当时的批评视野。人们不再强调"他在泛唯美主义、艺术独立性和装饰形式论这三种不同观点之间不断地转换",④而是更加关注"形象与资本、审美与物化"等话题,并凸显其深刻的悖论:"唯美主义从救赎到物化的历史命运。"⑤周小仪指出,消费文化已影响到王尔德和其他现代主义作家的思维方式。"王尔德注重表层,否定深层,挖空自我,淡化现实,这些都标志着传统意义上的二元对立型思维方式的瓦解。而这些空洞的主体、符号的游戏、语言的构造性、批评的创造性,以及文本的快感,等等,

---

① 同上,第274页。
② 同上,第280页。
③ Bruce Bashford, "When Critics Disagree: Recent Approaches to Oscar Wilde," *Victorian Literature and Culture* Vol. 30, No. 2(2002), p. 613.
④ 韦勒克:《近代文学批评史》(第四卷),第408页。
⑤ 周小仪:《"为艺术而艺术"口号的起源、发展和演变》,《外国文学》,2002年第2期,第54页。

都是对应于当代消费社会的后现代主义理论形态。"①正如美国文化批评家贝尔（Daniel Bell）所指出,文化对工业社会的反抗已经失败,文化已经被资本主义体制所同化。在此语境下重新阅读王尔德等唯美主义作家的作品,既可以历史地勾勒唯美主义思想的超越之处及局限所在,也能帮助当代读者加深对消费文化及其意识形态影响的认识。

（撰稿人：王玉括）

---

① 周小仪:《唯美主义与消费文化：王尔德的矛盾性及其社会意义》,《外国文学评论》1994年第3期,第100页。

第七章 现代小说批评

20世纪被称为批评的世纪,其特征之一是英国作家的批评意识明显增强,撰写文学评论、批评论著成为一种较为普遍的现象,其作品数量之多、思考问题之深,都是以往不能比拟的,这在小说领域尤为明显。究其原因,主要是时代变化遽速,迫使小说家在创作实践中不断革新,并自觉反思小说艺术,传播各自的观点和主张,形成众声喧哗、百家争鸣的态势。

20世纪初,活跃在英国文坛的小说家,如贝内特(Arnold Bennett, 1867–1931)、威尔斯(H. G. Wells, 1866–1946)、高尔斯华绥(John Galsworthy, 1867–1933),基本上沿袭了现实主义传统,用写实的方法描写社会转型时期资产阶级社会和家庭发生的变化。他们通过各种场合,宣传自己的主张。威尔斯认为小说不同于短篇故事,小说这一体裁的本义决定了其诸多头绪、相对松散的组织结构和洋洋洒洒的行文方式,并且小说之于其他文学形式而言最显著的特点是塑造人物,而一个生动、富有魅力的人物形象需要在大篇幅里通过逐步展开来完成,因此威尔斯反对打着艺术审美的旗号对小说的长度和形式进行统一的限制和规定,而主张小说写作重返18世纪斯特恩和菲尔丁式的散漫风格和大部头、多卷本形式,他称赞贝内特的《老妇谭》(*Old Wives' Tale*, 1908)是当代英语小说中最好的长篇作品。[1] 威尔斯强调小说的客观写实性,包括小说人物的真实可信性,指出"小说作者的任务就是向你展示仿佛你可以在公共汽车上碰到的一样真实的人和事"。[2] 他还十分重视小说的社会功能,认为小说不但在英国自诞生以来就是"进行道德教化的强有力工具",[3]并且现代小说是"能对当前社会发展所带来的大部分问题进行探讨的唯一媒介形式"。[4] 贝内特同样强调小说的立身之本是逼真、可信的

---

[1] H. G. Wells, "The Contemporary Novel" (1914), in Leon Edel and Gordon N. Ray, eds., *Henry James and H. G. Wells* (Urbana: University of Illinois Press, 1958), pp. 136–38.
[2] 同上,p. 143.
[3] 同上,p. 144.
[4] 同上,p. 148.

人物形象,①认为对生活的观察及文学再现都要讲究系统连贯化和层次化,要揭示出人物行为的动机和因果关系,包括客观环境对人物的衬托和影响,并且重视人物冲突和传统的故事情节的作用。贝内特追求对生活进行全景式的描写,对小说技巧则嗤之以鼻,甚至认为"除了屠格涅夫是个例外,世界上伟大的小说家们不是无视技巧就是根本不懂小说技巧为何物"。② 高尔斯华绥的小说以情节紧凑生动、人物丰满逼真著称。他十分注重人物形象塑造,在《文学作品中的人物塑造》("The Creation of Character in Literature", 1931)一文中,指出塑造鲜明的个体人物形象是"小说家创作的主要动机和职能",③因为小说中的人物比现实生活中的人能更好地满足读者了解他人、反观自己的强烈渴望。高尔斯华绥与威尔斯一样重视小说的道德教化作用,认为"时刻不停的道德审视是一个人生命中深远、重要的一部分,小说中的人物形象能帮助读者进一步深化并完成这一任务",因而"小说家通过人物塑造对人类道德伦理的有机发展做出有益的贡献"。④ 高尔斯华绥强调一部小说能不能成为传世佳作,关键是看其人物形象是不是栩栩如生、令人难以忘怀。⑤ 他举例说萨克雷、狄更斯、奥斯丁等小说家都是通过自己笔下精彩的个体人物形象而活在历代读者心中的,所以他坚持认为小说作品能够经久不衰靠的是其中的人物形象,而不是小说语言的精练或写作技巧等东西。

　　传统现实主义很快受到来自现代主义文学的挑战。具有现代意识的作家质疑维多利亚传统,对固有的文学观念、表现方式、审美原则持反对态度。20世纪20年代是英国现代主义文学的全盛期,英国文坛一时群星璀璨、佳作迭出。一批重要作家结合创作实践,反思小说的内容与形式,或通过写序、写作家作品评论,或通过讲演、写书的方式,发表自己的见解,对小说创作产生了积极的影响。本章将在下文对康拉德、劳伦斯、福斯特、伍尔夫四位小说家做专门论述。除此之外,有两位小说家值得一提,他们分别是福特和乔伊斯。

　　福特(Ford Madox Ford, 1873 – 1939)是一位重要的小说家,著有《好军人》(The

---

① Arnold Bennett, "Is the Novel Decaying?" (1923), in Samuel Hynes, ed., *The Author's Craft and Other Critical Writings of Arnold Bennett* (Lincoln: University of Nebraska Press, 1968), pp. 87 – 89.
② Arnold Bennett, "The Author's Craft" (1913), in *The Author's Craft and Other Critical Writings of Arnold Bennett*, pp. 18 – 19.
③ John Galsworthy, *The Creation of Character in Literature* (Oxford: The Clarendon Press, 1931), p. 24.
④ 同上,p. 25.
⑤ 同上,p. 23.

Good Soldier, 1915)、《阅兵的结束》四部曲（Parade's End, 1924－1928)等作品。在进行文学创作的同时，福特也写过不少文学批评论著，并且也是一位优秀的文学编辑，于 1908 年创办《英国评论》，刊载知名作家哈代、詹姆斯、康拉德、威尔斯和当时文坛新秀庞德、劳伦斯的作品。后来他在巴黎创办《跨大西洋评论》，海明威曾担任助手，发表了包括乔伊斯、斯泰因等人的作品。福特的创作实践和文学活动使他成为英国现代主义文学形成和发展过程中的重要人物。

福特曾与康拉德合写过两部小说，在长达十年的合作过程中，两人经常在一起讨论文学创作，思考小说的形式和风格。福特的批评作品中，《约瑟夫·康拉德：个人追忆》(Joseph Conrad: A Personal Remembrance, 1924)和《英国小说》(The English Novel: From the Earliest Days to the Death of Joseph Conrad, 1929)比较集中地表达了他的小说观。在福特看来，小说不应该是对于事件的铺述或报道，而应该模仿生活本身给人的感觉，例如在实际生活中，人对生活的记忆表现为围绕某一事件人在脑海里所泛起的一连串杂然无序的印象，成功反映生活的小说就是对这些印象做出选择，选取那些能够反映人物个性或能推动事件发展的人物印象，而不是严格按时间顺序进行叙述。福特主张作者应该从作品中隐身，避免在作品中直接发表任何自己的政治或道德观点，因为"作者的任务是展示世界，而不是改变世界"。[①] 但作者可以塑造一个合理的、令人信服的人物来表达自己的观点。对于语言，福特非常注重使用朴实、精练的文字，而且要求作品中的每个字"都能推动故事往前发展，并且能够随着故事的展开使故事行进得越来越紧凑、越来越有张力"，他把这种方式称为"效果的累进"(progression d'effet)。[②]

乔伊斯(James Joyce, 1882－1941)被认为是继莎士比亚后英语文学史上最伟大的作家，他的小说无论是在思想内容方面，还是在意识流技巧的运用上，都给英国传统小说带来一场革命，不朽著作《尤利西斯》(Ulysses, 1922)奠定了他作为世界文学巨匠的地位。乔伊斯很少撰写小说批评的专门论著，他有关小说创作的观点大多是通过小说人物之口间接表述的，其中最为著名的是"顿悟"(epiphany)。"顿悟"本义指神的突然显现，在基督教中指初生耶稣的神性突然呈现在"东方三贤"面前，也常用于指人从上帝那里得到瞬间的启示。乔伊斯在自己的小说创作中借用了这个词，把它改造成一种文学手法。在《一个青年艺术家的画像》(A Portrait of the Artist as a Young Man, 1916)的初稿《斯蒂芬英雄》

[①] 同上，p. 221.
[②] 同上，pp. 229－230.

(Stephen Hero)中,他借斯蒂芬这个人物对"顿悟"的手法进行了解释:"他所说的顿悟是指突然的精神感悟,无论是粗俗的人物言行举止还是某种难以忘怀的心境都可以引发。他认为文人应该极其细心地记下这些顿悟的经历,因为它们既精巧又转瞬即逝。"①具体地说,顿悟是指小说中的人物从日常生活不经意之间的见闻中突然得到启示,从而对自身或周围世界开始产生全新的认识。乔伊斯在《画像》和短篇小说集《都柏林人》(The Dubliners, 1914)的每个故事中都使用了顿悟的手法。其中《画像》里一个经典的例子是斯蒂芬在海边散步时碰到一个伫立在水中、在他看来像是一只"海鸟"的女孩,②他由此顿悟到自己是希腊神话中巧匠戴德勒斯在精神上的传人以及自己因此所肩负的艺术家的使命。

康拉德、劳伦斯、伍尔夫、福斯特、福特、乔伊斯等人在小说创作上开风气之先,成就显著,他们对小说艺术的看法来自创作实践,其经验之谈包含着许多独立的思考和观察,值得我们认真对待。

第一节 康拉德

康拉德(Joseph Conrad, 1857－1924)是19世纪末、20世纪初一位重要的小说家。他原本是波兰人,17岁到法国马赛学航海,后转往英国,曾在多条英国船上任职,当过水手,也做过船长,多年的航海生涯为他日后的小说创作提供了素材。他将自己奇特的身世背景和生活经历交融在笔下,为英国文学史留下了独具特色的一章。康拉德专门讨论小说理论和小说艺术方面的著述不多,其中他为《"水仙号"上的黑水手》(The Nigger of the Narcissus, 1897)撰写的《序言》一般被认为是他较为全面和系统地阐述自己小说观的代表性文章。

康拉德主张用艺术去探求本质性、普适性真理。在《亨利·詹姆斯:赏析》("Henry James: An Appreciation", 1905)一文中,他说:"一切创造性的艺术都是有魔力的,都是以让人信服的、启迪人们心智的、让人觉得眼熟却又令人惊奇的形式去唤醒那无形的东西,它们的目的就是要能启迪整个人类。"③在《"水仙号"上的黑水手》之《序言》里,康拉德则通过对比艺术与科学与哲学的不同来阐释艺术的本质。他把艺术看作"竭尽全力揭示客观世界在各个方面纷繁复杂而又统一

---

① James Joyce, *Stephen Hero* (New York: New Directions Publishing, 1963), p. 211.
② James Joyce, *A Portrait of the Artist as a Young Man* (New York: Penguin Books, 1993), p. 185.
③ Joseph Conrad, "Henry James: An Appreciation," in his *Notes on Life and Letters* (New York: Books for Libraries Press, 1972), p. 13.

的真实行为"。① 在他看来,艺术和哲学、科学在目的上是一致的,都是要从世界姿态万千的各种表象之中寻找世界及人类存在的本真,但三者各自采取的角度却截然不同。哲学家操作的是抽象的理念,科学家研究的是客观的现象,艺术家则通过"深入自己的内心"②以探索人性。

康拉德指出,哲学家和科学家所致力于解决的是关乎人如何强身健智以征服外部世界的所谓大事,他们以理服人,其话语总是言之凿凿、颇有声势,令人不由得景仰、笃信。相比之下,艺术家关注的似乎都是不甚紧要的小事,如人面对世界的喜怒哀乐、七情六欲,艺术家的声音也常常显得极其微弱,并很快就被遗忘。然而,康拉德认为,随着时间的流转,哲学上旧的理论、观念会被抛弃,科学上曾经被奉为客观真实的现象会受到质疑,而艺术的价值却是永恒的,对人类的影响更深远、更有震撼力。他指出,艺术之所以能够超越时间和空间的限制而具有永恒、普遍的魅力,这是因为哲学和科学依靠的都是人后天培养发展的理性思维,而艺术所诉诸的则是人生而具有的感官情感,特别是"人对同类所怀有的隐隐相伴同生之情"。③ 康拉德认为这种自发而生的"团结相伴之情"(solidarity)像一条纽带一样把人与人团结联系在一起,并且超越时间和空间,"使逝去的人和活着的人、现在的人和未来的人"同悲欢共梦幻。④

如果说哲学和科学是人的理性思维所主导的学科,那么艺术则是人的情感心性或性情气质(temperament)的承载,艺术通过诉诸人的感官来达到创作者与欣赏者之间情感的沟通。康拉德认为小说应该跻身于严肃艺术的殿堂,而要达到这一目的小说就应该向雕塑、绘画、音乐等其他艺术学习,使自己所运用的文字获得雕塑材料的灵活可塑性、绘画颜料的缤纷色彩、音乐音符的联想性等品质,以此作用于人的感官,使人感受到艺术的美,并对艺术家表达的情感产生共鸣。从"小说——如果说想成为艺术的小说——要对气质有感染力"⑤的观点出发,康拉德提倡基于感官的小说表现手法,强调感官直觉在表达手段上的重要性。他说:

> 我力图完成的任务是,通过文字的力量,让你听到,让你感觉到——最

---

① Joseph Conrad, "Preface to *The Nigger of the Narcissus*," in Edward Garnett, ed., *Conrad's Prefaces to His Works* (New York: Books for Libraries Press, 1971), p. 49.
② 同上, p. 50.
③ 同上, p. 50.
④ 同上, p. 50.
⑤ 同上, p. 51.

重要的是让你**看到**。仅此而已！如果我成功了,你将根据自己的能力得到你所有你想得到的东西:鼓励、慰藉、恐惧、魅力,也许还有你忘在脑后的对真理的一瞥。①

康拉德认为一件艺术作品应该在每一笔画、每一线条之中都达到艺术的标准,小说作为艺术的一种也必须通过自己所使用的最基本的物质材料——文字来触动人的感官、激活人的情感。小说家对笔下的每一字每一句都要呕心沥血地斟酌,做到"语不惊人死不休",致力于文字表达上的形质统一,使语言的形式和表达的内容浑然一体,尤其是挖掘文字所蕴含的"神奇的联想性",从而"使被岁月的车轮碾磨得陈旧破烂的文字一个个焕发出新的活力,变得柔韧可塑、色彩纷呈"。②

康拉德指出,小说家从川流不息的时间长河中截取人世生活的一段,这只是创作的起步阶段。接下来,小说作者必须以果敢无惧、坚定诚挚的态度为所截取的生活描形摹状,展示其多面的色彩及鲜活的动态变化,借以揭示生活的本质或其生生不息的秘密:"每一个令人信服的时刻在其内核里都既充斥着张力,也孕育着激情。"③他认为一个小说家如果肯下功夫,并且心无旁骛,那么其作品中所展现的情景,无论是令人叹惋、怜悯,还是恐惧或愉悦,"都会在读者心中激起共鸣,唤发起他们内心无处可藏的团结相伴之情。这种团结相伴之情把人与人联结在一起,共同面对苦难、喜悦、希望或是命运的捉摸不定"。④ 康拉德强调同情心的重要性,认为小说作者应该"通过富有耐心的、充满爱意的对生活的观察来扩展自己对世间之人的同情体恤之心",⑤只有这样才能拓展自己的想象力,从而进一步完善自己的小说艺术。

在《阿尔迈耶的愚蠢》(*Almayer's Folly*, 1895)的《前言》里,康拉德用自己所坚守的"同情体恤之心"驳斥了欧洲殖民主义的种族歧视观点。他批评了当时英国文学界在欧洲中心主义的思想支配下对于以荒远的欧属殖民地为题材的文学作品所持有的轻蔑态度。他认为白人文化精英对殖民地土著人根深蒂固的偏见来源于前者不愿意以平等的心态去细致深入地观察了解殖民地的风土人情,他们对后者所做的粗浅片面的勾勒导致其对土著人简单粗暴的狭隘看法。康拉德强

---

① 同上,p. 52.
② 同上,p. 51.
③ 同上,p. 52.
④ 同上,p. 52.
⑤ 同上,p. 10.

调,殖民地土著人和欧洲白人在上帝面前是没有任何差异的,二者在人性上是相连相通的。那些给土著人以及描写土著人的文学作品贴上"未开化"标签的所谓精英,尽管"举止优雅、情感丰富、睿智过人,但仍然是缺少心灵的游魂",他们"只与上面的天使抑或下面的魔鬼"为伍。① 康拉德表示自己只对尘世间的凡人感兴趣,不论他们居于何方,都对他们充满体恤同情之心。

在康拉德看来,对人世间哪怕最不起眼的生命都身怀同情心的写作者,不会刻意死守小说创作的任何条条框框,也不会被种种红极一时的理论流派束缚住手脚,无论是被正式加封的现实主义、浪漫主义、自然主义,还是虽非正式派别却泛滥不止的感伤主义。他认为,对这些各种"主义"中一些经得住时间考验的东西应该吸收,但是理论的指导作用终究是有限的,小说家最终还是"要回归到对自我内心的省视以及对文学创作道路上的种种艰辛所持有的清醒认识"上,②以此来积蓄自己的创作力量,坚定自己的创作方向。康拉德这样来谈论艺术与生命的关系:"对于艺术创作者来说,艺术无涯,生命有涯,而通向成功的路往往很遥远。"③他指出艺术创作者常常会不由自主地怀疑自己能不能坚持走到底,于是喜欢谈论一下自己为之努力的目的究竟是什么。艺术的目的,在康拉德看来,"就是为忙碌于远处田野里的身影定格,使一心为着遥远的目标匆匆行进的人们暂停下来,环顾一下四周的景色,或叹息一下,或微笑一下。只有极少数人能成功地实现这个目标。而一旦成功了,看吧,生活的真谛就呈现在眼前:一刻的视野,一声叹息,一个微笑,以及对死亡的归遁"。④ 他认为艺术的目的同生命本身的目的一样是神圣的,但同时也是不易捉摸的。它不是由一条清晰的逻辑得出来的漂亮结论,也不是自然定律所能揭示的,它的重要性不在逻辑推理或客观规律之下,却要比它们复杂得多。他认为小说家对自己的创作事业不但要心怀坚定的态度,还应该保持谦卑的心态,提出"好的艺术家不应该期望世人对其创作的辛劳或者艺术上的才华予以称颂或仰慕"。⑤

康拉德把对抽象理论的思考融入个体的生命体验中。在艺术表现手法上,他强调向读者展示生活,而不是把自己的观点强加在读者身上。他非常重视艺术的道德关怀,认为道德与审美是分不开的,艺术通过诉诸读者的感官、情感来

---

① Joseph Conrad, "Preface to *Almayer's Folly*," in his *Notes on Life and Letters*, p. 38.
② Joseph Conrad, "Preface to *The Nigger of the Narcissus*," p. 53.
③ 同上,p. 54.
④ 同上。
⑤ Joseph Conrad, "Books," p. 9.

引起读者的共鸣，而情感反应的背后是读者自己本能的道德价值判断。文学作品应该通过对普世价值的反映，唤起读者对这些道德价值观的认同。

第二节　劳伦斯

D. H.劳伦斯（D. H. Lawrence, 1885－1930）不但是英国现代文学史上一位杰出的小说作家以及诗人、画家，同时也是一位重要的文学批评家。他一生中写了大量的文学评论，其中他对小说与道德的关系等问题所做的思考，在今天仍然值得重视。劳伦斯的文学评论作品主要包括他生前发表在多种报刊上的书评、散文、作品序言，以及一本批评著作《美国经典文学研究》(*Studies in Classic American Literature*, 1924)。在他去世后出版的杂文选集《凤凰》(*Phoenix*, 1936)也包含了他的一些极有价值的文学批评思想。这里主要介绍劳伦斯的生命观、道德观以及他在此基础上建立的小说观，其中包括小说对读者的作用，他对现代小说前途的展望，他心目中好小说的标准，他对文学批评本身的认识以及他自己的一些小说批评实践。

劳伦斯的文学艺术观与他的生命观、道德观是紧紧联系在一起的，其中他重视感性、反对过度理性、强调人的整体性的生命观是贯穿他文艺和社会批评思想的主线。他认为西方工业社会对科学理性的过分推崇扼杀了人对自然界及自身的直觉感受力和想象力，导致了人的异化。劳伦斯的生命观具体可以从两个方面来理解：一是力陈身体感官、直觉和想象力的重要性，指出这些都是奠定人的完整性的重要基础；二是在生活与生存的对立中，指出人与其周围世界的关系，如果是纯朴本真的、鲜活有生气的互应互动的关系，才能称得上是生活，而如果是实用功利的关系，则只能称之为生存。

在"灵"（精神、灵魂、思想）与"肉"（身体感官）的关系上，人们惯于重"灵"轻"肉"，认为"肉"只不过是"灵"的物质载体，就像酒瓶之于美酒的关系。劳伦斯认为这是一种荒谬可笑的迷信观点。在他看来，"肉"与"灵"都属于作为整体之人的一部分，两者同等重要，不存在高低之分。比如人的手和大脑，虽然手的大部分活动，比如写字，是由大脑支配的，但是手有触觉，可感知世界，能做各种事情，因此可以说，手"有它自己的生命力"，[①]一点儿也不比大脑低贱。而一双充满活

[①]　D. H. Lawrence, "Why the Novel Matters," in Anthony Beal, ed., *D. H. Lawrence: Selected Literary Criticism* (New York: The Viking Press, 1956), p. 102.

力的手不可能长在一个死气沉沉的人身上,只可能属于一个生气勃勃的、整体的人,或者说一个真正活着的人。这样的人首先是一个焕发着鲜活的、当下的肉体生命力的人,并且富于活泼的感性直觉体验,更在此基础上拥有丰富的想象力。

劳伦斯一再强调想象力的重要性,认为源自肉体感官和直觉的想象力是人的生命中最宝贵的东西,"真正的爱和力量都是建立在想象力的基础上"。① 但是在科学理性至上的西方现代社会里,人们对宇宙万物完全是从客观科学的角度去认知,而不是借身心去感受、通过想象力与之神会。劳伦斯指出,知识与想象是冲突的,"知识越多,好奇心和想象力就越弱",② 就越对自然界的事物感到厌倦无趣,内心也越空虚。在劳伦斯眼里,当一个人丧失了好奇心和想象力,他就变成了徒具躯壳的"爬虫"。③ 需要指出的是,劳伦斯对人的肉体感官、直觉及想象力的一再强调,并不代表他对理性本身持完全否定的态度。劳伦斯非常重视人的整体性,认为一个有生命活力的人不仅仅是一具躯体、一个灵魂,或一颗思想的大脑,也不是这些部分的简单相加,而是一个"大于所有组成部分"的有机整体,④ 对他来说整体的人最宝贵。

劳伦斯认为"艺术的使命就是揭示在焕发着生活光彩的瞬间里人与周围世界之间充满生气的关系"。⑤ 比如,他认为梵·高在其作品《向日葵》里,画的并不是向日葵本身,而是"在当下那一瞬间里",梵·高与向日葵之间"所发生的有生气的关系"。⑥ 他指出,如果仅仅要呈现向日葵是什么样子,摄像机远比梵·高的画笔要精准无误。梵·高的画里"展现的不是向日葵本身",而是一种"视界",⑦ 它超越了向日葵的实体,可以说无形无状,在空间里无处可觅,而只存在于作为第四维度的时间中。可以看出,对劳伦斯来说,梵·高与向日葵之间,或者说人与周围世界之间在当下那一瞬间里发生的充满生气的关系,既构成生活本身,同时归根结底又是一种审美关系。在劳伦斯的美学观里,审美不是纯粹的感官刺激,也不是纯粹的冥想,而是由身(身体感官)的触动到心的灵悟的过程,因

---

① D. H. Lawrence, "Hymns in a Man's Life" (1928), in *D. H. Lawrence: Selected Literary Criticism*, p. 7.
② 同上,p. 7.
③ D. H. Lawrence, "Hymns in a Man's Life" (1928), p. 7.
④ D. H. Lawrence, "Review of *The World of William Clissold* (by H. G. Wells)" (1926), in *D. H. Lawrence: Selected Literary Criticism*, p. 104.
⑤ D. H. Lawrence, "Morality and the Novel" (1925), in *D. H. Lawrence: Selected Literary Criticism*, p. 108.
⑥ 同上。
⑦ 同上。

此可以说,生活是艺术的本源,生活的,即是艺术的。同生活一样,艺术也具有时间特性。人与向日葵或周围世界都是随着时间变化的,两者之间也就无时无刻不在形成新的关系,因此,艺术除了具有超越空间而存在的永恒性,同时又是常变常新的。

具体到小说创作中,劳伦斯把"人与周围世界之间这种平衡关系在颤动中所保持的不稳定性"[①]在作品中的体现,视为小说的道德,认为这正是小说独有的魅力和价值所在。这种平衡关系犹如一个天平,在永远的回摆颤动状态中保持着平衡,"如果小说作者根据自己的喜好去干预这个天平",就人为地破坏了它的平衡态以及颤动态,"那就是不道德"。[②] 因为生活本身永远处于动态的平衡当中,所以静止的、僵死的不平衡是对真实生活的扭曲。劳伦斯举例说,作者写一部讴歌爱情的小说,如果把爱情描绘成人生中唯一值得拼搏追寻的情感,那么这肯定是一部不道德的小说,因为尽管爱情是伟大的,但是没有任何一种情感是唯一的,一个人与他人或物之间充满生气的关系一定是复杂多面的,包含着多种多样的感情,既有爱,也有恨,有愤怒,也有柔情。如果小说作者单单只描写其中美好的一面,他笔下的爱情就肯定是幼稚呆板、毫无生活气息的,作者写这样的作品就是"做了一件不道德的事"。[③] 同理,一派温情的小说比血腥暴力的小说"更是对生活的伪造"、更不真实,因而"更加不道德"。[④] 总之,在劳伦斯眼里,一部小说不管表现什么样的人物关系,善的也罢、恶的也罢,只要是真实、生动的,即对其进行全方位、立体的刻画而使之真实地反映出生活原有的动态的平衡或平衡中的动态,这就是一部道德的小说。

劳伦斯认为小说这一艺术形式不但最讲求,也能够最完美地体现生活所具有的动态平衡关系。在《为什么小说重要》("Why the Novel Matters", 1925)一文里,他指出宗教、哲学、科学所理解的人都只是人的某一部分,只有小说的对象是鲜活、完整的人。他把牧师、哲学家、科学家都归为蠢人之列,认为他们研究的对象虽然都与人有关,但远离实实在在的生活,与鲜活、有生气的人丝毫无关。牧师只会谈论天堂里的魂灵,而宗教里的天堂是人死之后的事情,劳伦斯表示自己对死后的任何事情都无甚兴趣,颇有孔子"未知生,焉知死"的意味;哲学家自认为哲学理念比其他任何东西都重要,在谈论哲学时故作高深地摆出一副不食人

---

① 同上,p. 109.
② 同上,p. 110.
③ 同上,p. 110.
④ 同上,p. 111.

间烟火的模样;科学家研究的人体器官是割裂了的人,与生活更无关系。牧师和哲学家的言谈思想或许能给人以启迪,但充其量只能算作精神食粮,而不能说它比有生气的人更重要,否则就等于说人吃下去的东西"比人的身体还宝贵"。①对劳伦斯来说,只有小说书写的是鲜活、完整的生命,能揭示什么是真正意义上的活着,从而能为在现实世界中常常迷失自我的人指引生命的方向。所以,劳伦斯把小说看作真正的"生命之书",②他认为在这一点上,"诗歌、哲学、科学,或任何其他的文字形式都望尘莫及"。③

在《给小说动个手术——或来颗炸弹》("Surgery for the Novel—Or a Bomb", 1923)一文里,劳伦斯对小说的现状与前途进行了探讨。他认为当代小说中,高雅严肃小说充斥着过多的对人物自我意识的描写,乔伊斯、普鲁斯特等作家用冗长的篇幅把人物的心理意识进行条分缕析、丝毫必究,这样的小说既死气沉沉,又幼稚无比;大众流行小说同样陷入自恋之中而不能自拔,女主人公都自以为貌若天仙、纯洁无瑕,男主人公都自认为英勇无畏、体贴周到,同时这类小说所宣扬的道德也苍白无力、幼稚可笑。④ 对于小说的未来发展,劳伦斯提出了两条建议:一方面,小说应该挖掘和展现"全新的人物情感",也就是说表现充满生命活力的、完整的人的内心世界;另一方面,小说应该"提出对生命、生活的新思考,并且坚决摈弃抽象说教的方式"。⑤ 劳伦斯认为现代的小说作者应该向古希腊的哲人学习,把哲学与小说融合成一体,像柏拉图的《对话录》就堪称典范。在劳伦斯看来,哲学与小说二者,从古希腊神话开始就是合二为一的,可惜在亚里士多德、阿奎纳、康德等人的手里,它们渐行渐远,劳伦斯把二者的分裂称为"人类历史上最大的遗憾",⑥指出从此小说变得庸俗伤感、有肉无骨,而哲学则变得抽象枯燥、有骨无肉。他认为小说要继续发展下去,就"需要把两者重新有机地结合起来"。⑦

劳伦斯提出把小说与哲学巧妙地结合起来的一个有效方法是象征手段的运用。劳伦斯比较了寓言与象征手法,认为后者避免了道德说教。他指出寓言是

---

① D. H. Lawrence, "Why the Novel Matters," pp. 103 - 104.
② 同上,p. 105.
③ 同上。
④ D. H. Lawrence, "Surgery for the Novel—Or a Bomb" (1923), in *D. H. Lawrence: Selected Literary Criticism*, pp. 114 - 116.
⑤ 同上,p. 118.
⑥ 同上,p. 117.
⑦ 同上。

利用具体的、有特定含义的形象来讲故事,以表达某种特定的寓意,"目的通常在于进行道德说教"。① 寓言的含义是固定的,是可以解说的。象征手法也是采用具体的形象或意象,但是象征意象是有机的、动态的,有自己旺盛的生命力,表达的是"人类在肉体和心灵上深刻的感性体验",②而非单纯的理性意识,因此其含义是多重的、开放的,无法穷尽。对于象征的充分理解要依靠人生动的想象力,而不是理性头脑,对于象征意象的任何理性阐释都是肤浅和片面的,如同盲人摸象,是把象征误读为寓言。劳伦斯指出一个纯粹的形象要发展为一个真正深刻、有意义的象征意象,比如神话中的象征意象,中间"需要好几个世纪的时间",并"经过数代人的生活积累",最终才能"在人类的心灵中扎根",才能"存活在世世代代的后人的意识深处"。③ 而一旦人变得心灵麻木,丧失了想象力,象征意象也随之失去活力。

作为小说家,劳伦斯不赞成在小说作品中进行抽象的理论说教;作为批评家,他也反对文学批评本身的理论化和科学化。他认为文学批评是"批评家用理性的语言来描述他对一部作品的情感体验"。④ 批评家进行文学批评活动依据的是作品对自己情感的触动,而不是任何外在的客观标准,如作品的风格或形式结构。因此,对劳伦斯来说,文学批评是一种非常个人化、主观化的写作。同时,他认为文学批评所关注的道德价值也是无法用任何科学的方法去衡量的。所以,劳伦斯坚持认为文学批评不可能成为一门科学,那些从形式结构的角度用枯燥无味的术语对作品进行归类、分析的做法在他看来都是伪科学,与文学本身无关。

因为劳伦斯提倡的是个体主观性的文学批评,所以他对批评者自身的修养提出了很高的要求。在他看来,一个好的文学批评家必须是个"情感丰富、坦诚率直、逻辑清晰"的人。⑤ 批评者首先必须能够切身在情感上受到一部艺术作品的强烈感染,而要做到这一点,"批评者自己必须是个充满生命活力、情感丰富而强烈的人",⑥才能写出文如其人的具有吸引力的批评文章。劳伦斯发现符合这一条的人有如凤毛麟角,而且"越是受过正规教育的人在情感上越贫乏苍白"。

---

① D. H. Lawrence, "Introduction to *The Dragon of the Apocalypse* (by Frederick Carter)," in *D. H. Lawrence: Selected Literary Criticism*, p. 158.
② 同上。
③ 同上。
④ D. H. Lawrence, "John Galsworthy," in *D. H. Lawrence: Selected Literary Criticism*, p. 118.
⑤ 同上,p. 119.
⑥ 同上。

他还要求一个好的批评者必须"有勇气坦诚直率地面对自己的感受",①而且能够用清晰的逻辑表达出来。劳伦斯认为历史上的大批评家当中,圣伯夫(Charles Augustin Sainte-Beuve)在这三个方面的品质都具备,是位了不起的批评家,而麦考莱(Thomas Babington Macaulay)则稍显美中不足,因为他往往不够坦诚,不能做到把自己的审美和情感体验和盘托出。

就文学批评活动的具体操作而言,劳伦斯认为"一个好的批评家应该向读者说明自己评价作品的标准",并且"对不同的作品可以采取不同的标准"。② 他对历代批评家的标准进行总结:圣伯夫采取的标准是极富同情心的人;佩特的标准是沉浸于纯粹思辨和审美的孤独哲人;麦考莱的标准是社会生活中的弱势群体;吉朋(Edward Gibbon)的标准是有道德的人。③ 可见,不管是对于作为批评活动主体的批评者,还是对于作为批评对象的文学作品,劳伦斯所始终关心的都是"人",是人的内在生命价值。

劳伦斯在评论高尔斯华绥的作品时,提出与"社会人"(the social being)相对应的"自然人"(the human being)的标准。④ 他所说的"自然人"是指人性自由、完整的人,"内心深处天真单纯",⑤"与宇宙万物连为一体",⑥他指出这是人之为人的本质所在。劳伦斯认为每一个伟大的人物,不管是文学中的,像哈姆雷特、李尔王,还是历史上的,如伏尔泰、达尔文,身上都闪烁着这种纯洁的人性光辉。但是当一个人信奉金钱万能论,认为金钱是人类唯一的救赎力量,他身上天真单纯的人性内核就顷刻瓦解、物化,他原本完整的自我从此分裂,变成一个"主体与客体裂解"⑦的存在,这样的人于是堕落为"社会人",不再是"自然人"或者说严格意义上真正的人。劳伦斯强调,说"自然人"拥有天真单纯的本质内核,不是说他是幼稚无知的,他可以是阅历丰富、洞察世事的人,但是"金钱触动不了他单纯的内核";⑧另一方面,"社会人"可以是"物质主义者"——对物质财富贪得无厌的人,也可以是"反物质主义者"⑨——把自己所有的金钱财富都捐献给穷人的

---

① 同上。
② 同上。
③ 同上。
④ 同上,pp. 119-120.
⑤ 同上,p. 120.
⑥ 同上,p. 121.
⑦ 同上,p. 120.
⑧ 同上。
⑨ 同上,p. 121.

人,因为后者虽然可以放弃自己的财产,但是内心里依旧奉金钱为上帝,拜倒在金钱的脚下。在劳伦斯看来,自由人拥有真正的个性自由和独立,在本质上是幸福的,即便他如李尔王一样痛苦悲惨;社会人则是天地之间的寄生虫,是对生命本身的背叛,不但与幸福绝缘,而且生活在无休无止的恐惧之中,对生恐惧,对死恐惧,只相信金钱能给他们安全感。劳伦斯认为"当今社会的悲剧是大多数人只在物质和社会层面上活着",而完全忽视了自己本来的人性内核,"也就任之泯灭"。① 因此他宣称"社会人"是"陶人",是"堕落的人",②是现代社会的奴隶,而从"自然人"沉沦为"社会人",相当于从自由人到奴隶的转变,这在劳伦斯看来是现代社会莫大的悲哀。

劳伦斯在分析哈代小说中的人物时,阐述了自己对于文学作品中悲剧的看法。劳伦斯认为真正的悲剧来自人性中的冲突,古希腊以及莎士比亚悲剧中的主人公都是"被自身人性中相互矛盾的力量所毁灭",真正的悲剧人物触犯的是"人之自然存在的规律"。③ 而如果冲突是来自个体与群体之间的矛盾,就不能称为真正的悲剧。在劳伦斯看来,哈代小说中的主人公往往以毁灭收场,其原因在于他们的"生命力不够旺盛",缺乏一种坚定,"无力斩断他们与大众群体之间的联系纽带",在个体生命与公众舆论之间选择了后者,因此劳伦斯认为他们是"可怜可悲"的人物,而不是真正的"悲剧"人物。④

劳伦斯对于文学艺术的欣赏、创作和批评都是紧紧围绕"人"来展开的。他把本真状态下的生命与生活放在第一位,所以他把能最真实贴切地状写生命与生活的小说这一艺术形式推到无以复加的崇高地位。在他看来,小说不仅来源于生活,也能指引生活。可以说劳伦斯的小说观是一种生命与生活观,他的小说艺术是生命与生活的艺术。

第三节 福斯特

福斯特(E. M. Forster, 1879 – 1970)1924 年发表《印度之行》(*A Passage to India*, 1924)后,基本上停止了小说创作,把精力主要用于从事文学及社会批评活动。1927 年春季他在剑桥大学三一学院做了系列"克拉克文学讲座",其讲稿《小说面

---

① 同上,p. 123.
② 同上,p. 124.
③ D. H. Lawrence, "Study of Thomas Hardy," p. 439.
④ 同上.

面观》(*Aspects of the Novel*, 1927)的出版使他一跃成为一名具有深远影响力的文学批评家。此外，他经常在BBC上做广播谈话节目，还撰写了大量的散文和评论文章，其中一些关于文学艺术的重要讨论收录在杂文选集《对民主的两声欢呼》(*Two Cheers for Democracy*, 1951)中。福斯特的文学批评思想主要涵盖了这几个方面：艺术创作过程，文学作品与作者的关系，对艺术批评本身的看法，以及具体的小说艺术。

福斯特认为艺术创作是人的意识与潜意识结合运用的过程，其中潜意识起着至关重要的作用，可以说"没有它就没有（艺术）"。① 如果说一个人的意识是地面以上的东西，而潜意识是一条流动在地下的河，那么艺术家的创作过程，在福斯特看来，就是"把水桶放落到潜意识的河里"，然后"把汲上来的东西与日常意识体验混合起来，把这混合物打造成一件艺术作品"。② 他认为艺术家的创作过程又近似于做梦，醒来之后把梦记录下来即成艺术作品，就像柯勒律治梦中得诗后写下《忽必烈汗》。③ 福斯特所用的比喻，无论是水桶打捞还是做梦，都是指艺术家在创作时所达到的如痴如醉的忘我境界，亦可视为一种魂魄出窍、"上穷碧落下黄泉"的状态。他还强调艺术作品所散发出的"此曲只应天上有"的魅力对于欣赏者有着强大的"感染性"，④"能够引领（欣赏者）达到作者创作时的状态，同时也唤起（欣赏者）自己内心的创作冲动"。⑤ 也就是说欣赏者在面对这样的作品时也同样不知不觉进入忘我的境界，并且与作者共同成为作品的"合作者"(co-partners)。⑥

福斯特把意识和潜意识又分别称为人的表层人格和深层人格，指出每个人的表层人格都各有自己的名字以及自己鲜明的个性，而深层人格则是人类共有的，是人与人之间彼此相通的部分，没有任何个体特点，也没有具体的姓名。就文学创作而言，虽然表层人格是具体的执笔者，但作者在创作时常常进入忘我——忘掉表层人格——的境界，因而文学作品归根结底来源于作者的——且与读者相通的——深层人格。正是在这个意义上，福斯特坚持认为文学作品"不

---

① E. M. Forster, "Anonymity: An Enquiry," in his *Two Cheers for Democracy* (New York: Harcourt, 1951), p. 83.
② E. M. Forster, "The Raison d'Etre of Criticism in the Arts," in *Two Cheers for Democracy*, p. 114.
③ 同上，pp. 114–115.
④ 同上，p. 117.
⑤ E. M. Forster, "Anonymity: An Enquiry," p. 84.
⑥ 同上，p. 85.

求作者的署名"①。他对作品在本质上所体现出的匿名性的强调,是针对当时在批评界所流行的"文学作品要表达作者个性"②的口号所提出的反对意见。文学作品,或者说一流的文学作品,不仅超越于作者个人而存在,同时也超越于外部的客观世界而存在——这也是福斯特提出的文学作品具有匿名性的另外一个原因。他指出这是因为文字主要有两个功能,一是指涉客观世界,传递实用性的信息,比如公交车的站牌,二是唤起人的主观情感,营造一种心理气氛,最典型的是不负载任何实用信息的抒情诗。③ 福斯特进而指出文字的这两种功能在大多数情况下是同时并存的,区别只是两相结合中各占的比重不同,比如小说比戏剧提供了更多对于现实世界的描述。文字,或者具体说是文字的排列组合,在营造主观氛围的同时也创造了自成一统的世界。不仅抒情诗如此,小说和戏剧虽然也有描述客观世界的部分,但是它们对文字创造功能的运用仍然使其创建了自己独立于现实的世界。那么对于文学作品借助文字所创造的世界,其可信性何在?对此,福斯特认为,"信息如果是准确的那就是真实的,而(文学作品)如果能自成一体那就是真实的"。④ 也就是说,信息的真实性在于它与现实世界相参照的准确性,但是文学作品的真实性在于它内部结构上的有序性。文学作品中的世界"只按照自己的逻辑运行",有自己独特的、超越于现实而存在的时间和空间,是"绝对的"和"永恒的",⑤因而也比现实世界更真实可靠。

根据福斯特的看法,文学或其他艺术作品一旦被创作出来,就成为"自我独立的个体",不但具备"外在的形式",更重要的是拥有自己"内在的秩序",因而可以说它"有自己的生命"。⑥福斯特反对把艺术与现实世界割裂开来。现代化社会带来了人与自我、他人和世界之间关系的异化和碎片化,艺术作为"天地之间唯一拥有内在秩序的东西",⑦能为杂乱无章的现实世界提供秩序与和谐。福斯特认为艺术作品的内部秩序不但代表着真和美,也代表道德的善,或者可以说,真善美在艺术中是统一的,艺术是精神秩序的最完美表达。

对于艺术批评,福斯特保持怀疑态度。在《艺术批评存在的理由》("The Raison d'Etre of Criticism in the Arts," 1947)这篇文章里,他本着为艺术批评正名

---

① 同上,p. 82.
② 同上,p. 83.
③ 同上,pp. 77, 79.
④ 同上,p. 82.
⑤ 同上。
⑥ E. M. Forster, "Art for Art's Sake," in *Two Cheers for Democracy*, p. 89.
⑦ 同上,p. 95.

的目的开篇,最后却做出了几乎恰好相反的结论。他认为如果艺术批评能帮助欣赏者提高艺术鉴赏力,那么这样的艺术批评是可取的,也是必要的。但是过多地浸淫于其中就会适得其反,因为过多的理性思维会遏制感性的艺术感受力。他把艺术批评分为三种方式:一种是构建美学理论,他认为理论有时候对于创作而言有所帮助,尤其是在作品形式结构方面,但是以美学理论作为标准去衡量艺术作品难免经常发生削足适履的情况;另外一种是分析具体的艺术作品,如作者想取得什么目的,哪些方面成功了,哪些方面失败了,他指出这种批评有时候对于读者也有所帮助,但是艺术作品是有机体,理性的解剖工具往往只得其表,不得其里;还有一种勉强可以称为批评的批评,实际上更近似于观后感,批评者并不对作品本身做出阐释,而是描绘作品对于自己心理情感的影响,这样可以激发更多人的阅读或观赏欲望。在福斯特看来,真正的艺术欣赏,一要以强烈的兴趣开始,二要永远保持对作品的新鲜感,不管欣赏多少次,都要保持第一次的好奇心。但是艺术批评却总把作品当成理性认知对象,当成斯芬克斯,谜底一解就立刻死亡。他认为艺术欣赏最重要的环节是欣赏者也达到近似于作者创作时的忘我境界,以这种参与作为自己身上潜在的艺术创造力的释放,因自己的欣赏活动而成为"小艺术家"。① 对此艺术批评所起的作用有限,这是因为艺术家进行创作和批评家进行批评时各自的内在状态截然不同。福斯特这样来形容两者的区别:"批评家的座右铭是三思而后言,艺术家的座右铭是言尽而后思。"②

福斯特在《小说面面观》中对小说形式方面的问题进行了探讨,思考什么样的形式能使小说成为一种超凡脱俗的艺术,对小说的可能性进行了理论探索。福斯特之所以把重点放在形式上,是因为他认为小说之为艺术主要体现在它的形式方面,而题材内容的好坏并不决定小说作品的艺术价值。他指出人类历史的演进只是构成了小说的题材内容,而小说写作的成功与否并不是由其题材内容是否具有历史先进性来决定的,比如,女权运动的发展和妇女地位的提高并不一定意味着以此为题材的小说比以往的更优秀。福斯特认为小说形式的艺术性高低与人类历史的演进并不成正比,在这个意义上,"历史是发展的,而艺术是静止的"。③所以他认为研究英国小说的方法,不应该是循着时间的纵轴来定位各个作家,而应该设想一个不同历史时代的小说家围坐在一间圆形书房里同时

---

① E. M. Forster, "Does Culture Matter?" in *Two Cheers for Democracy*, p. 107.
② E. M. Forster, "The Raison d'Etre of Criticism in the Arts," in *Two Cheers for Democracy*, p. 116.
③ E. M. Forster, *Aspects of the Novel* (London: Edward Arnold Ltd, 1963), p. 23.

写作的场景,这样会发现在时间的长河上相隔甚远的作家之间有着比同时代的作家之间更多的相似之处,比如理查逊与詹姆斯、狄更斯与威尔斯、斯特恩与伍尔夫之间,都有着很多共同之处。

福斯特把小说形式构建的各个方面按照从低级到高级、从物质层面到精神层面、从提供信息到创造氛围的顺序进行了划分:从故事、人物、情节,到幻想、预言、图式和节奏。前三者发生于一定的时间和空间,是存在于有形的物质世界之中,而后四者则超越时间,是属于精神层面的。

福斯特指出小说最基本的要素是讲故事,这是古往今来所有小说作品最大的共同点。故事是支撑起一部小说的骨架,是小说赖以存在的基石或物质基础,同时也是小说构成中最原始、最低级、最简单的一个方面,因为小说归根到底脱胎于人类自远古时代就乐此不疲的听故事、讲故事的活动中,而原始初民的故事毫无疑问是简单无比的,就是讲先发生了什么事,然后怎么样,听故事的人也由于对"接下来发生了什么事"充满着好奇而不断听下去。故事的定义也很简单,就是按照时间顺序叙述事情的发生经过。故事的好坏只有一个标准,就是能不能吸引听众或读者使他们想知道接下来发生了什么事,吸引他们继续听下去或读下去。人们在现实生活中可以在某种情况下忘记时间的存在,但是小说家对自己作品中的时间感决不能含糊。福斯特指出斯泰因(Gertrude Stein)试图在小说中取缔时间,然而她的尝试失败了,这进一步证明小说离不开故事,故事是小说最基本的物质框架。

小说人物与现实生活中的人物有很大区别。福斯特指出,如果一部小说作品的某个人物与现实生活中的某个人物——比如维多利亚女王——完全一样,那这部小说就成了回忆录。回忆录是一种历史记录,是以事实为基准的。历史学家记录的是人物实际做出的言行,他也对人物的性格感兴趣,但他对人物性格的总结是从其外部言行推断出来的。小说家的职责是挖掘、揭示人物的内在心理和情感,如果他笔下的维多利亚女王远比历史记录所展示的更具有心理深度,那么他笔下的这个人物就是个文学人物,而非历史上的某个人物本人。在现实生活中,人与人之间无法完全地互相了解,只能通过对彼此的外部行为的观察来做一个大致的勾勒;而在小说中,小说家向我们展示小说人物的内心世界,我们可以彻头彻尾地了解小说人物,其生命的一切,从内心世界到外在言行,都是可以把握的。福斯特认为也正是在这个意义上,可以说小说比历史更真实。这也是小说的吸引力之一,即小说提供了一种现实生活中没有的、能够洞悉他人的力量。

福斯特把小说中的人物分为扁平人物和圆形人物。扁平人物"有时叫作类型人物,有时叫作漫画人物。就最纯粹的形态说,扁平人物是围绕着单一的观念或素质塑造的"。① 扁平人物只有一个特征,通常是某个观念的化身,一句话就可以概括。扁平人物的好处是读者很容易辨认,并且很容易记住。福斯特认为扁平人物是必要的,狄更斯和韦尔斯笔下几乎所有的人物都是扁平人物,但他们的人物仍然具有活力和深度,并且他们的小说都是伟大之作。扁平人物是两维的,"如果扁平人物身上有一种以上的因素,我们就有了朝着圆形人物发展的那条曲线的开端"。② 福斯特指出奥斯丁笔下的人物也许容易被误认为是平面的,但是实际上都是圆形人物,她可以用一个句子就把一个一直以平面人物出现的人物变成圆形人物。对于文学作品里更成熟的圆形人物,福斯特认为《战争与和平》中的主要人物、陀思妥耶夫斯基笔下的所有人物、普鲁斯特的一些人物、萨克雷和菲尔丁小说里的一些人物等都称得上是圆形人物。如果要判断一个人物是不是圆形人物,福斯特提出只要看这个人物"能否以令人信服的方式让人感到惊奇"。③ 他指出一部作品可以只使用圆形人物,但更多的情况是圆形人物和扁平人物结合使用,这样小说家才能处理好人物刻画和小说其他方面的关系。

　　除了人物的不同类型,福斯特把小说视角也看作小说家的一个重要工具。詹姆斯强调小说应该有一个掌控全局的角度,就像绘画有一个统一的视角。福斯特反驳了詹姆斯的主张以及卢伯克(Percy Lubbock)在《小说技巧》(*The Craft of Fiction*, 1921)中的观点,认为单一视角往往具有局限性,一部小说的叙述视角可以是多重变换的,小说应该仿效音乐,而不是绘画。比如狄更斯的《荒凉庄园》,纪德(André Gide)的《伪币制造者》,托尔斯泰的《战争与和平》,都采用了多重视角。福斯特认为不断变化的叙事角度是小说这种艺术形式独有的优势之一,这也与现实生活中我们对人的观察有着相似之处。现实生活中,我们有时也能看透他人的心思,但不能总是做到这一点。他强调要切记的一点是,作者万不可把自己对某个人物的一切想法都明白地告诉读者,这只会培养读者的惰性,进而使读者失去对人物的兴趣,这是写小说的大忌。

　　情节是指事件的前因后果联系。亚里士多德在讨论悲剧时提出,人的喜怒哀乐的情绪要通过行为表现出来。福斯特认为,这一点适用于戏剧,但小说中人

---

① 同上,p. 65.
② 同上。
③ 同上,p. 75.

物的情绪不一定要通过外在行为来表现,小说与戏剧的一个很大区别就是小说为人物刻画提供了更多的手段,其中最突出的一个就是小说家能够用内心独白等方法向读者展示人物的内心世界。但是福斯特同时指出小说不能一味沉浸于对人物心理的专一刻画,认为小说仍然需要情节。福斯特对故事与情节做了区分:

> 故事是按时间顺序对事件的叙述。情节也是对事件的叙述,不过重点是放在因果关系上。"国王死了,后来王后死了",这是故事。"国王死了,后来王后由于悲伤也死了",这是情节。时间顺序保持不变,但是被笼罩在因果关系的阴影之中。或者再换个说法:"王后死了,没有人知道是为什么,后来才发现是由于对国王的死感到悲伤。"这是含有某种神秘要素的情节,是能够高度发展的一个形式。它将时间顺序悬置起来,离开故事,在自己的范围内尽量发展。①

在阅读过程中,读者需要凭借其"智力"和"记忆",对新的线索不断地重新安排、重新思考,以获得"审美意义上紧凑"的整体感。②

福斯特所说的布局是指整体的美感,而美感主要来自对称性上,可以是人物的对称,也可以是情节的对称。幻想则是指小说家虚构一个超越现实逻辑规律的超自然世界,也可以指在以现实生活为题材的小说里,小说家明里或暗里安排非常规的情节。这样的小说架构要求读者也悬置自己习以为常的日常理性逻辑,更多地以直觉和想象力去感受故事。

节奏的概念是福斯特向音乐借用的,在他看来是一种比幻想还巧妙的小说建构方式,可以代替情节和布局。福斯特认为以节奏架构起来的小说能呈现出交响乐的美感。他把小说中的节奏分为两种方式:一种是见于小说局部的自成一体、间断出现的主题,就像瓦格纳歌剧中所使用的主导主题或曰主导动机,福斯特指出普鲁斯特在《追忆似水年华》中也有所使用;另一种是小说在整体上呈现出一种精神上的一统性,是小说家所能创造的最高层次的美。小说家对节奏的运用使小说在局部的组成部分独立自由、自成一体,但同时又共同组成一个和谐有序的整体。福斯特认为这是音乐的效果,也是一种理想的社会结构,因为在他心目中音乐代表着最完美的秩序,小说和人类社会都应该效仿。预言和节奏的关系,如同情节和布局的关系,但比后者更上一层。福斯特所说的预言不是狭

---

① 同上,pp. 82 – 83.
② 同上,pp. 83 – 85.

义上的预知未来,而是指小说的韵律展示了一切事物所共有的在精神上的和谐统一,赋予小说以永恒。

福斯特所讨论的关于小说的这七个方面,从描述事物的外部表象开始,逐渐上升到揭示事物的内在生命力。小说最基本的任务是讲故事,描写特定时间、地点的人和事,反映特定历史时代的社会生活。福斯特一方面认为小说不能局限于对生活外在表象的记录,而应该像音乐一样,关注人的精神层面,注重展现人的心灵和内心的道德价值,但另一方面他也强调小说决不能弃绝对于特定时间和空间的社会生活的描写。从故事到预言是个从物质到精神的上升运动,但绝不是一个从客观具体的生活到虚无、纯粹的审美的过程。福斯特建议小说在秩序建立方面应该向音乐学习,认为小说可以取得与音乐一样的精神层面上统一有序性。

福斯特的《小说面面观》既蕴含传统小说理论精髓又具有现代意识,在建构现代小说理论中起到开拓性作用,被誉为20世纪最有影响力的小说批评经典之一。

第四节 伍尔夫

伍尔夫(Virginia Woolf, 1882－1941)在小说创作实践和小说批评理论两方面都堪称是英国文学史上里程碑式的人物,不但推动了英国意识流小说及现代主义文学运动的发展,也开启了女性主义文学批评的先河。她的文学批评主要以散文的形式写就,大多数最先发表在多种报纸杂志上,后来收集整理成书。伍尔夫的批评思想涉及范围广泛,包括作家、读者、文学批评本身和女性等议题,也可以概括为关于文学创作和欣赏的一些基本问题,如写什么、怎样写、为谁而写作、怎样读等问题。

伍尔夫认为小说创作包括两个阶段。第一个阶段是投身于生活,从中观察和感受生活。她指出生活是小说的"素材"[1]来源和"描摹对象"[2],也是"小说的恰当目的"。[3] 与画家、音乐家等其他艺术家相比,小说家无时无刻不在留意生活中的一点一滴,而如果离开生活这个原料宝库,就如同鱼儿离开水,其创作生命将会终止。第二个阶段是孤坐在冷板凳上,把自己所观察到的生活或者说所

---

[1] Virginia Woolf, "Life and the Novelist," in her *Collected Essays*, Vol. 2 (New York: Harcourt, Brace and World, Inc., 1967), p. 131.
[2] Virginia Woolf, "The Leaning Tower," in *Collected Essays*, Vol. 2, p. 162.
[3] 同上,p. 135.

收获的原材料,进行工序复杂多样、旨在去粗取精的筛选、提炼、加工,最后创作出来的东西,虽然在外部细节上与生活原本场景相比很可能已经面目全非,却浓缩着生活"赤裸""复杂、恒定"①的真相和本质。

  伍尔夫强调这两个阶段缺一不可,忽视其中任何一个都写不出真正的好作品。一方面,小说作者在第一个阶段所观察感受到的只是生活的外在表象,他必须练就一双火眼金睛,不被生活表面的五光十色所迷惑,误把生活繁华的表象当作本质,下笔时必须选取能够"以一当十"的生活具象,②否则他就沦为"生活的奴隶",他的小说里所充斥的就是"生活之河泛起于表面的浮沫"。③ 这样的作品本身也如同其描绘的繁华易逝的生活表象一样,虽然很容易在一时之间显得光彩夺目,但很快就会被时间的潮流冲没。伍尔夫认为当前的小说作品中至少"有四分之三"属于这种情况。④ 另一方面,她指出,小说作者也不能惧怕生活、远离生活,那种躲在象牙塔里凭空编造出来的生活读起来永远是干巴巴、索然无味的。她这样来形容作者亲临生活的重要性:"要想作品经得住时间的考验,就必须使每个句子都从内部闪着火花,而要做到这一点,小说作者就要敢于冒着任何危险,用自己的双手亲自从熊熊的生活之火中采集。"⑤总之,伍尔夫的意思是说小说作者要学会找到自己的平衡点,既要融身于生活之中获取第一手的材料,又要在适当的时候抽身而退、远离喧嚣,在孤独与沉静中斟字酌句,这样才能写出传世的佳作。

  对伍尔夫来说,要透过生活外在的表象抓住生活内里的本质,小说家不但要掌握好自己与生活的距离问题,还要着重于把笔端深入人物的内心世界,而不是仅仅描述其外在的言行举止。伍尔夫用"躯壳"(body)和"心灵"(spirit)⑥的对比来区分人的外在和内在,认为前者是"琐屑、易变的",而后者才是人物身上"真正、持久的"部分,"不管我们把它称为生活还是精魂,称为真实还是现实"⑦,它都是生活的本质所在。伍尔夫把只注意刻画人物外在生活的当代作家,以威尔斯、贝内特、高尔斯华绥为典型,称为"物质主义者",而把用浓墨重彩来展示人物

---

① 同上,p. 131.
② 同上,p. 135.
③ 同上,p. 136.
④ 同上,p. 132.
⑤ 同上,p. 136.
⑥ Virginia Woolf, "Modern Fiction," in *Collected Essays*, Vol. 2, p. 104.
⑦ 同上,p. 105.

心理意识、以乔伊斯为首的年轻作家看成是"心灵型的"写作者。① "物质主义者"型的作家把人物的外在当作内在本质来大写特写,不仅是浪费了精力,而且是把精力用错了地方,所以伍尔夫认为,他们当中谁的写作技术最高超,谁的作品就反而是最糟糕的,她把"桂冠"赠给了贝内特。

贝内特等"物质主义者"型的作家之所以把目光停留在人物的外在言行上,是因为他们固守着传统小说的写作方式和结构形式,依样画葫芦地构造中规中矩 32 章的长篇巨著。伍尔夫指出这种僵硬死板的小说形式到了 20 世纪已经越来越承载不了生活,越来越成为生活"不合身的外衣"。② 这是因为生活本身并不像传统的小说形式那样形状规则、有条有理:"生活不是一系列对称排列的马车灯;生活是一圈光亮的光晕,是一顶半透明的罩套,把我们环绕起来,从我们的意识之始到意识之终。"③伍尔夫认为小说家不能循规蹈矩,而要勇于打破陈规,以表达自己对生活的真实领悟:"如果作者是个自由的人而不是一个奴隶,如果他能够写自己想写的,而不是他应该写的,如果他能按照自己的真实感受而不是传统规则来写作,他的作品就不会有传统意义上的情节、喜剧、悲剧、爱情纠葛或者灾难性事件。"④伍尔夫指出小说这一艺术形式包含着无限的可能性,她鼓励小说家要自由自在地不断探索新的小说形式:"没有任何东西——没有任何一种'方法',也没有任何一种实验,甚至是最疯狂的实验——能被禁止,只有虚假和伪装应该被禁止。"⑤

伍尔夫在《小说的各个阶段》("Phases of Fiction", 1929)一文中对以英国为主的经典小说家进行了回顾总结,她所采取的角度基本上也是看这些小说家所关注的是人物外在的生活还是内在的生活。比如,她认为笛福、斯威夫特、特罗洛普以及法国的莫泊桑为代表的小说家是"事实记录者",因为他们所刻画的完全是可观可触、井然有序、四平八稳的外在世界,好比一部部漫不经心地记录事实的流水账。詹姆斯、普鲁斯特、陀思妥耶夫斯基等则被伍尔夫称为"心理学家",因为在他们的笔下小说变成了"思想和情感的蓄水池"。⑥ 伍尔夫强调小说拥有"巨大的模拟表面现实的力量",⑦认为这一能力使小说成为人们最喜闻乐见的

---

① 同上,pp. 104, 107.
② 同上,p. 105.
③ 同上,p. 106.
④ 同上。
⑤ 同上,p. 110.
⑥ Virginia Woolf, "Phases of Fiction," in *Collected Essays*, Vol. 2, p. 88.
⑦ 同上,p. 100.

文学形式,但这一特点也很容易使小说作品随着时代环境的转变而失去读者,比如她认为《汤姆叔叔的小屋》就没逃过这一命运。对伍尔夫来说,小说的写法不管怎么变,都始终有一个恒定不变的因素,即人的因素。她认为小说归根结底是关于人的,而人物描写最重要的一点,就是展现人物"情感的发生发展",而不是任何外部的"情节危机与高潮"。[①]

伍尔夫还非常重视读者在文学创作中的作用,认为"写作是一种交流的方式",[②]每个作者都必定是为自己心目中的读者而写作,可以说读者是作者的助产士,能够激励作者发挥出最高水平,写出自己的得意之作。所以,伍尔夫建议作者尤其是写作新手,应该学会慎重选择自己的读者群,因为在她看来,"知道为谁而写,也就知道如何写"。[③] 那么什么样的人才算得上是理想的读者?伍尔夫对此提出了很高的要求,比如,她认为这样的读者必须有持之以恒的阅读习惯,并且博览其他时代和国别的文学作品。作为生活在20世纪的读者,他必须放下虚假的仁义道德,以平常之心对待作品中所谓不雅的描写,并且必须能够甄别什么是哗众取宠的低级庸俗,什么则属于生活原有之义;他必须对社会风俗潮流有清醒的认识,能指出哪些有利于文学创作,哪些则束缚了作者的手脚;他应该鼓励作者勇敢地表达自己的真情实感,而不是"为赋新词强说愁";他应该对莎士比亚的用词和语法有所了解,并提醒作者至少要向莎士比亚看齐,不断磨炼自己的语言功底;更重要的是,他应该珍惜和爱护真正的好作品,为作者提供精神上的支持。

在选择读者的问题上,伍尔夫还指出作者应该端正对读者的态度,既不应该在作品中居高临下地俯视读者,要求读者顺从于自己的意志,也不应该把读者当成高高在上的顾客,为迎合其口味而写作,比如报刊文学。伍尔夫认为这两种极端态度下产生的作品要么是畸形的,要么是昙花一现的,而如果要写出经得起时间考验的好作品,作者就应该把读者"放在与自己平等的位置上,把读者视为自己的朋友"。[④] 在伍尔夫眼里,理想的读者是作者创作过程中的合作伙伴,能在很多方面为作者提供指导和建议,用她自己的话说,读者与作者之间是唇亡齿寒的"双生"关系,"只有在双方协力合作的情况下文学才能得以蓬勃发展"。[⑤]

[①]　同上,p. 99.
[②]　Virginia Woolf, "The Patron and the Crocus," in *Collected Essays*, Vol. 2, p. 149.
[③]　同上,p. 151.
[④]　同上,p. 150.
[⑤]　同上,p. 152.

伍尔夫对理想读者提出的要求已经超出了一般读者的能力和精力所及，而更近乎文学批评家所应具有的素养。她把文学批评者分为三类人，一种是真正伟大的批评家（critic），一种是匆匆忙忙为新书赶写报纸书评的文学评论员（reviewer），还有一种是学院派的学者。① 伍尔夫自己所推崇的大批评家常常同时也都是大文学家，如她所列举的德莱顿、约翰逊、柯勒律治、阿诺德都是如此。她认为优秀的批评家其过人之处在于"对文学的主要原理能如数家珍"，②从而不仅能为大众读者提供阅读指导，而且也能为作者的创作把脉、开方，因为在她看来，批评家之于文学创作者，好比医生之于病人的关系。她进一步这样强调批评家的作用："不只是写作新手需要建议指导。文学写作是门艰难的艺术；客观无私的批评家对无论哪个阶段的写作者提出的意见都是宝贵无比的。谁不愿意摆出家里的茶壶和济慈谈一个小时的诗歌，或者与简·奥斯丁谈论小说的艺术？"③伍尔夫还用法国、俄罗斯小说家如福楼拜和托尔斯泰的例子指出，批评家对文学作品严格要求能迫使作者在创作上更精益求精，不但帮助作者个人写出不朽之作，也能帮助提升小说这一文学形式的艺术地位。④

伍尔夫虽然一方面重视好的文学批评家能给予读者的引导作用，但另一方面她仍然鼓励读者自己去读，以做出自己的判断："关于阅读，一个人能给另外一个人的唯一建议，就是不要听从任何建议，而要跟着你自己的直觉走，用你自己的头脑去分析，得出你自己的结论。"⑤如果听从任何权威人士关于怎样读、读什么、怎么进行价值判断的建议，都等同于"摧毁自由的精神"。⑥ 正如伍尔夫把写作分为两个阶段，她认为阅读也可以同样按两个阶段进行。第一个阶段，是用感官去感受作品，读完之后不去想它，让它沉入潜意识之中，然后等什么时候这本书突然浮现在脑海里，这时读者就要转身变为作者的裁判员，对他的作品进行严格的审阅，把它与其同类的最伟大的作品进行比较。对于伍尔夫来说，文学阅读绝不是一件简单、被动的事，比如，她认为"小说阅读是一门艰难复杂的艺术"，⑦读者不仅要有敏锐的感受力，大胆的想象力，还需要很高的鉴赏判断力。文学阅

---

① Virginia Woolf, "How It Strikes a Contemporary," in Collected Essays, Vol. 2, p. 155.
② 同上，pp. 154 - 155.
③ Virginia Woolf, "Reviewing," in Collected Essays, Vol. 2, p. 213.
④ Virginia Woolf, "The Art of Fiction," in Collected Essays, Vol. 2, p. 55.
⑤ Virginia Woolf, "How Should One Read a Book?" in Collected Essays, Vol. 2, p. 1.
⑥ 同上，p. 1.
⑦ 同上，p. 3.

读最重要的意义,是帮助读者"发挥自己的创造力",①"成为作者的共事者和助手",②也就是在阅读的同时也成为某种意义上的创作者。

伍尔夫对女性与文学所做的思考为女性写作指引了方向。在《女性与小说》("Women and Fiction", 1929)一文中,她开门见山地表明,在女性问题上,自己所关心的既包括女性作者及其作品,也包括现实中的女性及刻画她们的小说作品。女性能不能进行文学创作,伍尔夫认为首先是由她们所面临的社会物质条件决定的。19世纪之前,英国鲜有女性作家,这主要是因为法律和社会习俗规定她们在社会和家庭婚姻生活中处于从属地位。从19世纪开始,法律和习俗开始有所改变,中上阶层的女性甚至可以在婚姻上自主,她们能在家务劳动之余找到属于自己的时间,这时才开始出现女性小说写作者。但是尽管如此,她们有限的活动范围仍然极大地影响了小说写作,使其作品主要局限于描写日常家庭生活,而缺少更为广阔的社会场景。

伍尔夫特别指出,女性所受到的不平等的待遇使得19世纪女性作家的小说作品不但打上了作者本人个性的印记——正如狄更斯的作品也反映着他本人的个性——而且还打上了女性作家本人强烈的性别印记,而这在男性作家的作品中是找不到的。比如伍尔夫指出,在夏洛特·勃朗特和乔治·桑的作品中,"我们感觉到一个女性的影子——一个憎恨女性所受到的不平等待遇并且极力为女性争取自己应有的权利的人"。③ 伍尔夫认为所有处于弱势的群体,如女性、工人阶级、黑人,一旦在写作中充斥着强烈的性别、阶级、种族的意识,其作品就发生了变形。在《美国小说》("American Fiction", 1925)与《斜塔》("The Leaning Tower", 1940)两篇文章里伍尔夫也分别谈到了这个问题,认为在作品中为个体或某个群体作政治上的申辩虽然完全可以理解,但在一定程度上削弱了作品的力量。在伍尔夫看来,女性作家中,只有奥斯丁和艾米莉·勃朗特抵抗住了要为女性申诉的冲动,在作品中进行了仿佛无性别的写作。

伍尔夫认为随着社会历史的推进,女性作家将会拥有更好的条件来写作。正如她在《一间自己的屋子》(*A Room of One's Own*, 1929)中所指出的,女性要能够创作,必须有属于自己的物质条件,有属于自己的时间和空间,能接受学校教育,并开创女性自己的创作传统,发展女性自己的写作语言,这样女性作家才会

---

① 同上,p. 5.
② 同上,p. 2.
③ Virginia Woolf, "Women and Fiction," in *Collected Essays*, Vol. 2, p. 144.

写出越来越好的小说作品。伍尔夫心目中好作品的特点,一个是作者能够"越过个人关系和政治关系的局限,像诗人那样思考更深层次的问题——人类的命运和生活的本质意义";①一个是把小说与诗结合起来,创作诗小说,在《小说的各个阶段》一文里她认为这主要应该体现在"情景诗化"而不必是语言的诗化上;②好小说的另外一个特点,如她在《一间自己的屋子》里所提到的,还应该是作家用"双性同体"③的视角进行写作。伍尔夫对未来的女性写作颇为乐观,认为不但女性作家在创作上会更大胆尝试、不断推陈出新,与此同时,也会出现越来越多的女性文学批评者。可以说,伍尔夫为女性创作和女性批评都开拓出一条宽广的道路。

(撰稿人:张明明)

---

① 同上,p. 147.
② Virginia Woolf, "Phases of Fiction," p. 94.
③ Virginia Woolf, *A Room of One's Own* (London: the Hogarth Press, 1930), pp. 156–157.

第八章　文学批评自觉意识的形成

20世纪之前,西方文学批评理论的发展是非常缓慢的。亚里士多德的"模仿式批评"就曾主导西方文坛两千余年。进入20世纪,一种文学批评理论或方法可以在较长时间占统治地位的传统格局被颠覆瓦解,取而代之的是文学批评思潮的快速更迭或重叠。20世纪西方文学理论以其对传统的反叛更新、改变了人们固有的文学批评理念,把人们从较为单一的传统阅读中解放出来。文学评论家在经历了"模仿式批评"和"表现式批评"之后,在20世纪初开始向关注作品本身的"客观式批评"转向和发展。①

19世纪末,西方世界由于资本主义大工业化生产和科学技术的飞速发展,导致了"物化",并随之进一步导致了西方社会普遍的信仰危机。尤其是第一次世界大战参战各国在欧洲战场上史无前例的互相残杀,使欧美各国的文化界人士感受到从未有过的震撼,从而对人类的前途变得非常担忧。于是,一些有识之士把希望寄托在文学特别是诗歌上,想用文学取代日渐被科学和工业所排挤的宗教信仰的位置,以便拯救被现代科学技术所"物化"的人类。这在文学批评上体现为重视文学价值,其结果是文学批评和研究的学术地位迅速提升,文学批评得以成为一个独立的学科并正式进入大学课堂。在文学批评理论的疆土上开拓出一片新的空间,不仅是当时关心社会现实的理论家们试图改造社会的一种探索,同时也是他们不满文学批评理论和实践的现状而在文学领域内部进行的一场革命。

英国文学批评率先把研究的重点由以往的以外部世界或作者的内心世界为中心转移到以作品为中心。语义学批评就是其中的一种。语义学批评形成于

---

① 美国批评家艾布拉姆斯(M. H. Abrams)曾根据批评视角的变化给西方批评理论做了一个简单却很具概括性的图解:对世界、作品、艺术家和读者的关系画了一张三角图,在这张图中作品居其中,它与其他三者分别单独联系起来。他把关注作品和世界的批评方法称之为"模仿式批评",关注作品和艺术家关系的批评方法是"表现式批评",只对作品本身感兴趣的批评方法叫"客观式(objective)批评",而只把关注点放在读者身上的批评方法是"实用式(pragmatic)批评"。

20世纪20年代,主要代表人物是英国文学批评理论家瑞恰慈。语义学批评因为受到了逻辑实证主义(logical positivism)哲学的深刻影响,所以带有鲜明的实证主义倾向。瑞恰慈的语义学理论、他对诗歌语言采取的具体分析和细读法对"新批评"产生了直接而深远的影响。艾略特、瑞恰慈和燕卜荪在其文学理论与批评的著述中,提出了一系列后来被称为"新批评"的基本观点。其各自特点正如兰色姆所说,"艾略特做学问讲究精确,落实到微妙的批评之中总是一针见血","瑞恰慈的理论代表了革命性的胜利,燕卜荪则带来了不容置疑的文学发现"。[①] "新批评"的先驱还包括英国的休姆,他对浪漫主义的批判和对"古典主义"的呼唤,确立了"新批评"派的思想基调。

第一节 休 姆

意象派诗歌的创始人之一休姆(Thomas Ernest Hulme, 1883–1917)生于英国斯特福德郡格拉顿府的一个陶器制造商家庭,曾在剑桥大学、伦敦大学学习数学、生物学、物理学等课程,但并未完成学业。某种程度上,休姆是位自学成才的美学家、文学理论家、批评家、哲学家。他1906年开始有关哲学问题的写作,后来在奥雷奇(Alfred Richard Orage)任编辑的《新时代》(*The New Age*)杂志上发表了一系列批评文章,并先后于1913年和1916年翻译出版了柏格森的《形而上学导言》(*Introduction to Metaphysics*)和索雷尔(Gorges Sorel)的《暴力深思录》(*Reflections on Violence*)。休姆去世后留下了大量的笔记和手稿,这些手稿后来由他人编辑出版,如里德(Herbert Read)编辑的《思辨集》(*Speculations: Essays on Humanism and the Philosophy of Art*, 1924)和《语言与风格札记》(*Notes on Language and Style*, 1929),海恩斯(Sam Hynes)编辑的《思辨集续》(*Further Speculations*, 1955)等。在现存手稿中还发现休姆生前至少有六部(也可能是六个系列)作品已初具雏形,包括《现代艺术理论》《柏格森哲学引论》等。休姆的文学理论与美学思想主要体现于《语言与风格札记》和《现代诗歌演讲》("A Lecture on Modern Poetry", 1908)、《浪漫主义与古典主义》("Romanticism and Classicism", 1912)、《现代艺术及其哲学》("Modern Art and Its Philosophy", 1924)等论文中。

作为英美现代主义诗歌运动的重要奠基人,休姆的贡献是多方面的,包括组

[①] 约翰·克罗·兰色姆:《新批评》,王腊宝、张哲译,南京:江苏教育出版社,2006年,第89页。

织社团、诗学建构、创作实践,等等。《语言与风格札记》源于休姆1907年的笔记手稿,生前未曾发表。这篇论文围绕语言的特性探讨了诗歌创作的诸多因素。他在文中讨论了语言的性质和特点,认为语言是一种象征,它取代了意义,就像代数中的X一样。人们不假思索地接受了它们,久而久之他们在使用那些成语或短语时往往忽略了它们的真正意义。可诗歌语言是最鲜活、最接近意义的语言,因为在这种语言中,人常常会发现新的类比。这些新的创造十分接近语言的客体。但诗歌语言一旦落入散文之中,就会失去其鲜活性。他还认为,语言不仅具有象征性,而且还有意象性:"每一个词就是一幅画,语言就是一系列画。"①

在研究诗歌创作的过程中,休姆发现整个西方社会思想界的混乱状态,实际是机械论、理性主义和实证主义过度崇尚人的能力所导致的恶果。为了找到能与之抗衡的思想,他停止了诗歌创作,转而研究哲学,尤其是柏格森哲学。他在论文《新的哲学》("The New Philosophy", 1909)中指出,在机械论的框架下,流动的直接经验被转变成一种逻辑性理智(logic intellect)的构建,一个可以在棋盘上移动的棋子,鲜活的经验变成一个具有几何图标清晰性和透明性的固定体。其实,"实在(reality)应该是一条波涛翻滚的河流,无论网箱如何细密,你都无法用网箱去盛水"。② 休姆引入了柏格森的思想,强调柏格森提出的捕捉实在的方法就是将直觉介入实在的流动之中,清除理智和记忆所带来的污染,因为直觉是一种理智的交融,它可以使人置身于对象之中,避免理智所带来的僵化;因为人通过理智可以构建模型,通过直觉才能与流动保持一致;通过直觉,人才能抓住实在的本质。③

休姆在《现代诗歌演讲》中全力呼唤诗歌变革,表达了他的现代审美追求。休姆在文中指出,必须承认诗歌形式就像认可行为举止一样,要经历发生、发展、高潮和消失的全部过程。他还写道,"诗歌不要再处理英雄行动",而要处理"诗人内省瞬间形态的表达和交流"。"旧诗处理的是特洛伊围城战争,新诗尝试表达的是一个男孩垂钓时的心绪。"④ 显然,他反对"宏大叙事",主张诗歌表达应该"向内转"。他认为,诗歌的形式也应该发生变化;诗歌应该转化为现代印象

---

① T. E. Hulme, *T. E. Hulme: Selected Writings*, ed. Patrick McGuinness (New York: Routledge, 2003), p. 42.
② Karen Csengeri, ed., *The Collected Writings of T. E. Hulme* (Oxford: Clarendon Press, 1994), pp. xvi–vii, 86.
③ T. E. Hulme, *Further Speculations*, ed. Sam Hynes (Minnespolis: University of Minnesota Press, 1955), pp. 4–5.
④ T. E. Hulme, *T. E. Hulme: Selected Writings*, ed. Patrick McGuinness, p. 63.

派艺术，这样绘画中的印象主义很快就会在诗歌中找到落脚点；新诗应更接近雕塑而不是音乐，它诉诸眼睛而不是耳朵。它构建一种造型艺术，然后交给读者。①

休姆强调意象对诗歌创作的重要性，并在行动上与庞德、弗林特（Frank Stuart Flint）和杜利特尔（Hilda Doolittle）发起了意象主义运动。意象主义作家重视视觉意象引起的联想，强调表达一瞬间的直觉和思想，主张诗人以鲜明、准确、含蓄和高度凝练的意象生动形象地展现事物，并将诗人瞬息间的思想感情溶化在诗行中。意象主义的核心范畴是"意象"。1915年，庞德帮助休姆发表了《休姆诗选》，集中体现了休姆关于意象的观点。休姆主张通过形象（主要是视觉形象）来表达诗人细微复杂的思想感情。他认为具有生命的意象是诗歌的灵魂，诗与散文的区别就在意象上，"直接的语言是诗，因为它运用意象，间接的语言是散文，因为它用的是死去的、变成了一种修辞手法的意象"；"意象诞生于诗歌"。因此休姆呼吁"诗人必须不断地创造新的意象"，他甚至提出诗人的"真诚程度可以用它的意象的数量来衡量"——这是典型的意象主义美学标准。而且，他还把诗歌意象看成精确的视觉形象，是一种"纪录轮廓分明的视觉形象"的手段，这种新诗提供给读者"形象与色彩的精美图式"，"用来表现和传达诗人心中瞬息间的状态"，它"每一个词都必须是看得见的意象"。②

《浪漫主义与古典主义》一文旗帜鲜明地对浪漫主义诗歌进行了批判，以宣扬古典主义复兴为依托，继续阐发了意象派诗歌的一些基本原则。文章伊始，休姆便以宣言式的文字否定浪漫主义，声言"经过了一百年的浪漫主义，古典主义复兴即将到来，这一新的古典精神所使用的武器，在诗歌上将是奇想（fancy）"③。休姆将想象和奇想区别开来，认为想象的基础是浪漫主义所倚重的情感，奇想的基础则是"对有限的事物的沉思"。④ 休姆对"浪漫主义"和"古典主义"做了必要的概念区分。浪漫主义立足于这样一个思想，即"个体的人身上蓄积着无尽的可能性，倘能摧毁压迫性秩序，对社会进行重组，则这些可能性就有了发展的机会，人们可以取得进步"。⑤ 实际上，诗歌中的浪漫主义和古典主义缘于人们对宇宙

---

① 同上，pp. 64 - 66.
② 同上，第219页。
③ T. E. Hulme, "Romanticism and Classicism," *Speculations: Essays on Humanism and the Philosophy of Art*, ed. Herbert Read (London: Kegan Paul, Trench, Trubner & Co. Ltd, 1936), p. 113.
④ 同上，p. 134.
⑤ 同上，p. 116.

和人的不同态度:浪漫主义的立场是人本质上是善的,是环境令其变质;古典主义则正好相反,它认为人本质上是有局限的,且其本性是绝对恒定的,是秩序和传统的规训令人显得体面合适。休姆认为重提古典主义的精神不仅必要,而且非常迫切,因为古典主义崇尚沉着冷静、坚实可靠的人性,重视现实的需要而非抽象的无穷;浪漫主义则表现出多愁善感的滥情主义和虚无缥缈的理想主义,盲目崇尚无穷,极端放纵情感、放纵个人主义的自我扩张,最终只能是迈向无限的幻觉。古典主义诗歌也推崇想象力,但"即使在想象力最为飞腾的时刻也有所克制,有所保留。古典主义诗人从未忘记有限性,从未忘记人之局限"。① 因此,回归古典主义,正视人的有限性,是当今诗歌创作的发展方向。

古典主义的复兴,并不意味着"回到蒲柏":恰恰因为经历过浪漫主义,它将是不同的古典主义。休姆所谓的古典主义诗歌,是一种"新古典主义"的诗,其"重大目标是精确、准确、明确的描写",②这一观点成为意象派的一个基本思想。优秀的诗歌靠的不是"无限""神秘"或"情感",成功的诗人须具备两大要素:一是以不同于传统的看待事物的方式识事物之本然的思维能力,二是思维集中的状态。为了使描述精确,休姆提出的方法是与生活语言做斗争。因为人们必须借助语言这一公共媒介,所以无法表达出准确的实际状态,这意味着人们"要清楚而准确地表达其所见,必须与语言做一番可怕的斗争","唯有通过思维的集中努力才能把握住它,实现自己的意图"③。休姆对诗歌的意象化语言做了明确的要求:

> 它是直觉语言的折中物,能将各种感觉全部传递出来。它总是努力去吸引人,让人持续不断地看到实在的事物,防止人们在抽象的过程中一滑而过。它使用新鲜的修饰语和新鲜的隐喻,这倒不是它们是新的,我们已经厌烦了旧的,而是因为旧的修饰语和隐喻已经不再能传达实在的事物,却成了抽象的代码。④

简而言之,诗歌语言必须是直观的、具象的、新鲜的,这正是意象派诗歌主张之关键。在休姆的观念中,诗歌中的意象是直觉语言的核心所在。传统语言务须避免,新颖性至关重要,这是由语言和技巧的性质决定的:是新鲜让人瞬间感到艺

---

① 同上,pp. 119 - 120.
② 同上,pp. 131, 132.
③ 同上,p. 132.
④ 同上,pp. 134 - 135.

术家置身于实在的状态中,从而实现了作者和受众之间真正的、难能可贵的交流——审美愉悦即根植于此。这里,休姆明显受到柏格森的影响。柏格森认为理性根本无法把握生命的本质;要揭示被日常生活遮蔽的精神世界,恢复人的本性,必须依靠艺术直觉;传达直觉的唯一途径是意象,而非抽象的语言。在休姆看来,诗作为一种话语带有本体论的特征,诗所涉及的是科学语言无法处理的存在状态,诗的目的在于恢复我们凭借知觉和记忆零星把握到的更为致密和更难以处理的本源世界。

休姆还在《现代艺术与其哲学》中概论了自己的艺术观点。第一,艺术分为两种:"几何的"和"有机的"艺术。所谓"有机的"并非指与软弱和模仿相对的强有力和有创造力,也不是好与坏的分界线。第二,每种艺术与对世界的一种一般观点都有联系。他把希腊和文艺复兴时期的艺术称为"有机的"艺术。第三,这也是最重要的一点,即几何型艺术的再度出现宣告着相应世界观的到来,同时也表明了旧的文艺复兴的人文主义观念的衰亡。他在文中还说,我们所感到自然而熟悉的是古希腊艺术和文艺复兴时期以来的艺术。在这些艺术中,线条是柔软和有生机的。与此不同的是埃及、印度和拜占庭的艺术,这些艺术棱角分明,曲线部分僵硬并呈几何形状。"有机的"艺术中总有一种对自然中能够发现的形体和运动的喜爱并伴随着愉悦。原始人由于对自然的恐惧,就倾向于创造一种抽象的"几何型"艺术作为他们逃避自然变迁和无常的一个庇护所,这种艺术所满足人们的就不是"有机艺术"所提供的愉悦,而是与之相反的恐惧。这种艺术的根源来自人的内心与周围世界的疏离感。他在文中预言,现代艺术将以几何艺术的形式取代文艺复兴时期以来的艺术。这种艺术趋势所代表的或者引领的是思想上对文艺复兴的人文主义精神的反叛,并同时与过去即原始的几何艺术具有一定程度的相似性。尽管他自己也承认,这些观点有一些超前于他所处的时代,他在当时的艺术中也找不到足够的艺术实例来证明这些观点,但现代主义艺术的发展后来在实践上的确证实了他的预言。

休姆的许多诗学主张为20世纪初英美诗歌的发展指明了方向,并对英美现代主义诗歌运动产生了重要影响。对此《牛津文学百科全书》指出,"休姆是英国现代主义文学最重要的知识分子之一,他是一位现代欧洲艺术、政治、哲学、文学和历史思想十分关键的引导者和阐释者",他的思想"促进了20世纪文学方向的形成,特别是促进了庞德的现代诗歌和艾略特的创作"。①

第二节 艾略特

T.S.艾略特(Thomas Stearns Eliot, 1888-1965)是当代英语世界具有重大影响力的著名诗人、文学批评理论家和戏剧家。他生于美国波士顿,1906年进入哈佛大学学习语言文学和哲学,师从桑塔亚那(George Santayana)和新人文主义理论家白璧德(Irving Babbitt)。但是对他影响最深的是西蒙斯(Arthur Symons)的《文学中的象征主义运动》(*The Symbolist Movement in Literature*, 1899)一书。他于1909年和1910年分别获得哈佛大学的比较文学学士学位和英国文学硕士学位,接着去巴黎聆听柏格森的哲学讲座,此后返回哈佛大学学习东方哲学。1914年第一次世界大战爆发时,他在英国牛津大学深造,继续研究哲学。同年8月他在英国定居,并与庞德等从事新古典主义诗歌的创作活动。他1917年发表的诗歌《J.阿尔弗莱德·普鲁弗洛克的情歌》(*The Love Song of J. Alfred Prufrock*)剖析了一个现代资产阶级人士在求爱途中错综复杂的矛盾心理,反映了当时西方一部分人对现代文明的怀疑和理想幻灭的心态。1922年他的长诗《荒原》(*The Waste Land*)发表,该诗被公认为是英美现代主义诗歌的代表作。同年出任《标准》(*The Criterion*)杂志主编,开始在文学评论界宣传自己的文学主张。1927年艾略特加入英国国籍,并加入英国国教,1948年因在诗歌领域杰出的开拓性贡献获诺贝尔文学奖。

艾略特一生著作颇丰,除诗歌外,还进行戏剧创作,主要的文学批评论著有《传统与个人才能》("Tradition and the Individual Talent", 1919)、《圣林》(*The Sacred Wood: Essays on Poetry and Criticism*, 1920)、《玄学派诗人》("The Metaphysical Poets", 1921)、《批评的功用》("The Function of Criticism", 1923)、《论文选集:1917-1932》(*Selected Essays, 1917-1932*, 1932)、《诗歌的用途和批评的用途》(*The Use of Poetry and the Use of Criticism*, 1933)、《一个基督教社会的观念》(*The Idea of a Christian Society*, 1939)、《文化定义札记》(*Notes Towards the Definition of Culture*, 1948)和《批评的边疆》(*The Frontiers of Criticism*, 1956)。

艾略特的思想观念复杂而丰富,这从他的公开宣言中可略见一斑。他自称

---

① David Scott Kastan, ed., *The Oxford Encyclopedia of British Literature*, Vol. 3 (上海:上海外语教育出版社,2009年), p. 83.

在诗歌上忠于古典主义,在政治上属于保皇主义者,在宗教上忠于英国国教。他的文化思想属于新经院主义和僧侣主义的范畴,即认为要以宗教和教会为政治和文化中心,通过教会来传播文化,从而挽救西方文明和西方文化。在艾略特看来,"文学"文化的发展并不是创造一大批作为个体的作家,而是创造出"欧洲的思想"。他把文学的研究范围扩大到神学和哲学领域,认为作品是否有诗意取决于文学标准;但它是否是伟大的诗,则取决于高于文学标准的宗教和哲学标准。

《玄学派诗人》是艾略特为格里尔森(Herbert J. C. Grierson)选编的《十七世纪玄学诗谣集》(*Metaphysical Lyrics and Poems of the Seventeenth Century: Donne to Butler*, 1921)所写的书评。艾略特在文中高度称赞格里尔森的努力,使长期以来备受批评和遭受冷落的玄学派成为文学批评的焦点。约翰逊对以多恩为代表的玄学派诗人曾颇有微词,认为他们的诗歌是"把杂乱无章的想法用蛮力硬凑在一起"。在艾略特看来,约翰逊的评论失之偏颇,玄学派诗人以其构思新颖、意象奇特、感情充溢的"奇喻"(conceit)实现了理智和情感的水乳相溶,"思想对于多恩来说是一种体验;思想调适感受力"。但是,17世纪英国诗歌发生了"感受力的分化"(dissociation of sensibility),理智与情感、思想与感觉发生脱节。此后的诗人要么粗糙感情泛滥,要么纯粹理性思维,当时两位最有影响力的诗人——弥尔顿和德莱顿加剧了这种分化,"从那时起,我们未曾从感受力的分化中恢复过来"①。艾略特希望诗歌重新回到"感受力分化"之前理性和情感、思想和感觉完美结合在一起的状态,并以自己的诗歌创作践行这一理念。在一定意义上,艾略特的《玄学派诗人》正本清源,重新确立了玄学派诗歌在英美文学发展史上的正当地位,但更为重要的是指明了英国现代主义诗歌发展的方向。

《传统与个人才能》被认为是艾略特的文学批评宣言,文中提出了著名的"非个人化"(Impersonal theory of poetry)诗歌理论。文章直接的批评对象是浪漫主义对个人的过分突出和现代派对传统的一味否定,因此它是对过于依赖甚至于放纵个性、情感的浪漫主义创作的有力反拨。《传统与个人才能》的第一部分论述了"非个人化"理论的一方面,即作家与传统间的辩证关系。"非个人化"在这个层面上的意义是:所谓个人才能,并非无源之水、无本之木。艾略特指出文学批评中的一个倾向,即"传统"成为负面词语,批评者关注的是作家与前人不同之处,夸大了个人才能的角色。事实上,任何作家都无法脱离传统而存在:"不仅最

---

① T. S. Eliot, *Selected Prose of T. S. Eliot*, ed. Frank Kermode (London: Faber & Faber, 1975), pp. 59–67.

好的诗人,而且一个诗人作品中最具个性之处,可能就是已故诗人,即他的前辈们,拼命地坚持自己得以不朽之处。"①他主张,衡量一位作家与已故作家的关系应该成为审美批评的一个原则。因此,他强调作家(以及批评家)必须有"历史感":不仅要认识到过去业已过去,而且要认识到过去依然存在——往昔所有的文学作品"同时存在,组成一个共时序列"。② 当然,这样的历史感与个体作家的能动性和创造是并行不悖的。艾略特指出,强调传统的重要性并不表示后代作家可以亦步亦趋地盲从前代作家。一方面,传统并非历史长河中积累下来的一成不变的教条;另一方面,诗人不是被动地接收传统,而是时时不忘自己的当代性,通过自身的探索,积极地获取传统,这意味着诗人在传统面前是有所作为的,也必须在前辈的成功的阴影之下有所作为。作家与传统的辩证关系由此体现出来,"现有的丰碑本身形成了一个理想的序列,这个序列由于新(真正新)艺术作品加入其中而得到调整";"现在受到过去的指导,过去又被现在改变了"。③ 对于成功的作家来说,最终的结果是看似遵循传统却又个性十足,或者看似个性十足却又像遵循着传统,非此非彼又有此有彼。

论文的第二部分讨论了"非个人化"的另一方面:作家与作品之间的关系。在这一部分的开头,艾略特提出了一个"文本中心"式主张,该主张后来成为"新批评"的核心原则之一,即"诚实的批评和敏感的鉴赏不要针对诗人而要针对诗"。④ 在艾略特看来,浪漫主义所说的文学是作家个人的表现其实是一种假象,实际上诗歌写作是非个人化的。他以化学反应中催化剂的角色来比喻诗歌创作过程中诗人的角色,提出诗人只是创作过程中的媒介,创作不是表现个性,不是表现强烈的感情:"诗不是感情的放纵,而是感情的逃避;诗不是个性的表达,而是个性的逃避。"⑤诗人仅仅是艺术表现的特殊工具,种种的印象和经验借助于诗人的心灵用意想不到的方式相互组合而形成了诗。

> 诗人没有什么"个性"可以表现,只是一个特殊的媒介,一个媒介,不是个性,种种印象和经验在这个工具里用种种奇特的、意想不到的方式在他身上结合起来。对于诗人具有重要意义的印象和经验,在他的诗里可能没有任何地位,而在他的诗里是很重要的印象和经验,对于诗人本身、对于个性

---

① Eliot, *Selected Prose of T. S. Eliot*, p. 38.
② 同上。
③ 同上。
④ 同上,p. 40.
⑤ 同上,p. 43.

起到的作用微不足道。①

诗人的心灵是一种储藏器,收藏着无数种感觉、词句、意象,只等到能组合成新化合物的各分子聚齐了,心灵便开始发生催化作用,于是诗就产生了。诗的产生实际上是一个冶炼、化合的非个性化过程。与此同时,诗歌表现的情感也具有非个人化的特点。诗人所未经历的和所熟悉的情感同样供他使用,他的任务就是把寻常的情感化炼成诗,旨在表现实际情感根本没有的那种感觉。这种"去个人化"艺术观念侧重的是诗而非诗人,即强调艺术客体本身,从而使文学研究转向以文本为中心。构成艺术作品的各部分之间的关系,才是文学批评探索的内容。艾略特认为,这种关系是综合性的,非常复杂;艺术作品应被看作一个有机体,它有其自身的生命活力。这就像他在《圣林》的序言中所写的那样:"我们只能说,一首诗在某种意义上有它自己的生命"。②

针对浪漫主义文学批评崇尚情感的自我表现、崇尚个性的观点,艾略特提出了著名的"客观对应物"(objective correlative)观点。所谓"客观对应物"是指"能够成为某种特定情感的方程式(formula)的一组客体,一种情境,一系列的事件"。③ 这一术语最早出现在他关于《哈姆雷特》的评论中。艾略特在文中抛出了一个惊人之论:"这出戏(指《哈姆雷特》)远非莎士比亚的杰作,它确定无疑地是一个艺术上的失败。"原因在于,哈姆雷特的恐惧和厌恶等感情在剧中没有得到充分的表达,没有找到"客观对应物",也就是说特定的事物、情境或事件的组合造成特定的感性经验,那些立即可以唤起特定情绪的东西。在这里艾略特批评莎士比亚是因为莎士比亚和剧中人物哈姆雷特没有在剧中把强烈的情感外化。艾略特又用莎士比亚的另一著名悲剧《麦克白》为例,说明莎士比亚如何用动作、语言和形象来表现麦克白夫人梦游时和麦克白听到妻子死讯时的思想感情。④ 在艾略特看来,艺术作品中的情感表现要通过对相关的外部事物的描写间接地表现出来,而不是通过情感的外化直露地表现出来,因为既然它不是"诗人头脑里的感觉、情感或想象",那就一定有某种媒介物——"一组客体,一种情境,一系列的事件"。只有通过这些媒介物,作者和读者才能交流,它们是读者反应的基础,是找出意义指涉的基本依据,因此批评家应该注意的是这种媒介物的

---

① 同上,p. 42.
② T. S. Eliot, *The Sacred Wood* (London: Methuen, 1920), p. 2.
③ T. S. Eliot, *Selected Prose of T. S. Eliot*, p. 48.
④ 同上,pp. 47-48.

形态和特点。"客观对应物"与"非个人化"诗歌理论具有内在的一致性,前者是对后者的补充和发展,反映了艾略特反浪漫主义的诗学主张。

艾略特的另一篇重要论文是《批评的功用》。艾略特在文中对批评进行界定,认为批评是"用文字所表达的对艺术作品的评论和解释",而批评家的任务是解说艺术作品,纠正不良的阅读理念,培养读者的鉴赏力:批评"应该永远怀有一个目的,大致地说,这一目的表现为阐释艺术作品和纠正趣味"。这意味着文学批评的主要作用一是面对作家,二是面对读者。文学批评通过对作品的阐释,总结创作经验,概括创作规律,帮助作家正确认识和提高自己的思想和创作水平,进而推动文学创作的繁荣和发展。同时,文学批评通过对作品的分析和评价,引导读者的价值取向和阅读方式,提高读者的鉴赏水平,培养读者的审美趣味。批评家不是孤兵独战,而是和同伴们"共同追求真实的判断",在这个过程中,"应努力克服个人偏见和癖好","与尽可能多的同伴化解分歧"。[1]

艾略特论文的标题使人想起阿诺德的《当今批评的功用》一文。实际上,他在讨论"批评性"与"创造性"两个术语的使用时,就说阿诺德对两者的区分过于生硬,并忽视批评在创作中的极端重要性。在艾略特看来,"一个作家在创作他的作品时,他的劳动的绝大部分是批评性质的劳动:筛选、化合、构筑、删减、修改、测试等劳动",而这种劳动的性质"既是创造性的,也是批评性的"。艾略特虽然重视批评,有时甚至把批评置于创作之上,但他也看到批评毕竟不能等同于创作:批评可以很巧妙地注入创作中,却不能将创作融化在批评中。艾略特声称:作家有关自己作品的批评是"最为重要、最高层次的批评",要想达到批评的最高境界或批评的真正实现,必须在艺术家的劳动中将批评活动与创作相结合。艾略特在此还旗帜鲜明地批评了"只去阅读谈论艺术作品的书,而不去阅读作品本身"的不良学风,认为"这种做法只能提供观点,却不能培养趣味"。他认为批评家要培养一种事实感(sense of fact),在从事批评工作时,必须根据事实来进行比较和分析。在这过程中,艾略特也不忘告诫:"我们是事实的主人,而不是仆人。"[2]

艾略特在文学批评上的影响,大部分来自他的批评语言的感染力和他激进的文学主张。他隐隐约约地指出了文学批评的方向,自己却没有建立新的批评模式。然而,他的文学观点的影响是巨大的,带动了新一代的批评家以理性的精神去寻求新的批评语言和批评手段。

---

[1] 同上,pp. 68-69.
[2] 同上,pp. 73-76.

第三节 瑞恰慈

瑞恰慈(Ivor Armstrong Richards, 1893－1979)出生于英国南威尔士柴郡的桑德巴奇。在从事文学批评事业之前，他文理兼修，涉足的领域包括工程技术、军事、生物学、化学、历史、哲学、伦理学、语言学、心理学等。他师从过著名哲学家摩尔(George Edward Moore)教授，1915年获剑桥大学伦理学学位后加入了著名哲学家罗素(Bertrand Russell)任主席的剑桥大学伦理学俱乐部。1918年开始在剑桥大学举办文学讲座，从此走上文学批评之路。1922到1929年间瑞恰慈在剑桥大学任英语和伦理学讲师，此间撰写了多部文学批评理论著作。《美学基础》(*The Foundations of Aesthetics*, 1922)、《意义的意义》(*The Meaning of Meaning: A Study of the Influence of Language upon Thought and of the Science of Symbolism*, 1923)、《科学与诗》(*Science and Poetry*, 1926)、《文学批评原理》(*Principles of Literary Criticism*, 1928)、《实用批评》(*Practical Criticism: A Study of Literary Judgment*, 1929)、《孟子论心》(*Mencius on the Mind*, 1932)、《柯勒律治论想象》(*Coleridge on Imagination*, 1934)、《推理的基本规则》(*Basic Rules of Reason*, 1933)和《修辞哲学》(*Philosophy of Rhetoric*, 1936)等学术著作奠定了他作为现代文学批评之父的地位。从1927到1979年，瑞恰慈六次来华访问和工作，曾执教于清华大学和北京大学，在华共度过了约五年的时光。自1931年起，他一直在美国哈佛大学任教。1963年退休后在个人语言研究机构里进行诗歌和戏剧创作。1973年回到英国剑桥居住。他1979年最后一次来中国，因病中断中国的巡回讲座后回到剑桥，于9月7日病逝。

瑞恰慈在教学上直接培养和影响了一大批学术人才，包括英国新批评文论的先驱燕卜荪、美国著名学者艾布拉姆斯和中国的钱锺书。瑞恰慈突出的开创性贡献是把语义学、哲学和心理学引入文艺批评领域，努力把文艺理论与其他学科的最新研究成果联系起来。他与奥格登合著的《意义的意义》对"意义"问题进行了探索，开创了语义学研究的先河，被普通语义学流派奉为"语义学史上一个非常重要的里程碑"。瑞恰慈把语义分析法与心理学融于一体，对语言、思想与所指客体三者之间的关系进行详细分析，力图揭示作家心理以及读者心理对作品意义的影响。他认为，文学作品意义的关键在于语言与思想的关系，语词只有被人使用时才具有意义，而当语词与思想发生联系而具有意义时，便涉及语词、思想和所指客体三者之间的关系。该书还探讨了语言是如何影响思想的，尝试着在语词、思想和所指事物之间的复杂关系中研究文本的意义以及文本意义的意义。在瑞恰慈看来,文学作品是其文学特性、想象和语言的结合。作品的意义不仅涉及它的语法结构和逻辑结构,而且还涉及对它的联想。由于语法规则和逻辑是比较稳定的,所以文学作品的语词、句子所唤起的意义也相对稳定,而对文学作品的联想所唤起的意义是不稳定的,因为不同人的主体条件和环境各不相同,联想意义也会因人而异。他试图解释作家心理以及读者心理对作品意义的影响,主张从意思、情感、语气和意向四个方面来把握文学作品的意义。在书中,瑞恰慈已明显地注意到语言具有两种性质全然不同的功能:符号功能和情感功能。

《修辞哲学》不再注重研究语言的指涉和情感,而是强调根据语义分析来确立一种新的修辞学:"旧的修辞学认为含混是语言的一个错误,希望限制它、消除它,新的修辞学认为它是语言力量的必然后果,是我们大多重要话语的必不可少的方式——在诗和宗教里尤其如此。"[1]瑞恰慈认为,稳定的语境产生稳定的意义,但是文学的语境常常是不稳定的,因此词语"必须改变它们的意思",如不改变,"语言便因失去适应性而失去敏感性,因此也会失去它为我们服务的力量"。[2] 含混复义是有系统的,是与别的词相互联系的。含混理论突出了文学作品的张力和诗歌语言的表现力。瑞恰慈认为,一个词往往具有多重的极为复杂的潜在意义,但是,只有在具体的语言环境中它才能获得具体的意义,而这个具体意义总与过去曾发生的一连串"复现的事件"密切相关,词语的丰富表现力正是来源于这些"复现的事件"及其相互阐释和彼此印证。在具体的诗歌分析中,瑞恰慈认为,词义的选择是复杂的、不稳定的,因而也是严格的,新批评的细读式个体批评正是从单个语义和单个作品的结构分析入手,因而作品中的具体语境成为新批评语义分析的重要出发点。

《意义的意义》和《修辞哲学》奠定了瑞恰慈语义学批评的理论基础,前者构成了他文学批评理论的源头,其他论著可以看作对该书提出的问题的拓展。瑞恰慈在《文学批评原理》中指出,前人在文学批评上尝试性的工作取得的成果零碎不全。这些问题的提出再次唤起人们文学批评自觉意识的觉醒:批评家应从作品本身,从语言本身,从语义上进行解读和研究;应该从探讨文学批评的正确方法做起。瑞恰慈要求读者净化批评思考,排除一切"泛灵论"习惯,因为这种习

---

[1] I. A. Richards, *The Philosophy of Rhetoric* (New York: Oxford University Press, 1965), p. 40.
[2] 同上,p. 54.

惯会使人们在内心感情和客观现实的性质之间进行毫无根据的联系。《文学批评原理》开宗明义地指出,"存在着两种判然有别的语言用法",即语言的"科学用法"和"感情用法"。后来进一步解释说:"一个陈述可以因它引起的正确或错误的'指涉'而被运用。这是对语言的科学的运用。但它也可以因在感情和态度方面的效果而被运用。……这是对语言的感情的运用。"①瑞恰慈想通过揭示两种语言的根本差别,来认识文学与科学之间的本质区别。他在书中强调,诗歌语言是一种建立在记号基础上的情感语言;而科学语言则是符号语言。作为一种情感语言,包括诗歌语言在内的一切文学语言都具有如下特征:一是文学家对事物的情感态度的表现,二是对读者情感态度的表现,三是希望在读者那里引起情感效果。科学语言指涉明确,逻辑性强,指涉的结果可以检验,正误分明,而表达情感的语言只是说明态度、感觉,往往不遵循明晰的逻辑关系,甚至没有可以明辨的指涉;即使有,指涉的作用也只是陪衬性的、第二位的,情感才是主要的。在心理活动方面,科学语言中如果指涉有误,后果只能是交流的失败;而在感情语言里,即使语言本身的指涉有较大误差,只要能引出需要的情感或态度,语言交流的目的仍然算是达到了。瑞恰慈把诗歌称为"伪陈述"(pseudo-statement),以区别于指涉清晰的科学语言。简言之,科学语言在于"实证",传达实在的真实;文学语言在于"情感",是一种虚构的陈述,引人产生联想,表达一种艺术的真实。文学语言将语言的种种资源构成一种特别的组合,一个复杂的有机整体,创造出一个审美的经验体,自成一个天地。

　　瑞恰慈把诗歌语言定性为表达情感而不是对事实进行客观描述的"伪陈述"。这种诗歌的"伪陈述"在读者身上能激发出某种丰富而复杂的心智状态,从而使诗歌具备了"情感价值"。所以他认为,不是审美体验的直接感觉,而是"心灵结构"中永久的持续的"修改"才是诗歌阅读所能发挥的作用——换言之,诗歌能改变读者的心智结构。瑞恰慈对阅读心理的关注和分析,为大量现代主体批评强调读者的构成性活动提供了除现象学以外的直接的前导。

　　《实用批评》是瑞恰慈把语义学批评理论付诸实践的典范。他成功地将文学批评引进大学课堂,使之成为大学文学课程中的一个重要组成部分,为文学批评的发展和推广做出了巨大的贡献。为写此书,他先让120名大学生和老师对13首没有出版日期的匿名诗歌做出自己的评价,随后他从他们所做的1000份评论中选用了其中的386份。最后他对这386份评论中对诗歌的感觉、情感、语调、意

---

① I. A. Richards, *Principles of Literary Criticism* (London: Routledge, 2001), p. 267.

愿和比喻性的语言进行了分析、评价、归类和研究,从中最终构建了"细读"之法。这些师生在对诗歌社会历史背景和作者一无所知的情况下,只能根据诗篇的字面意义来理解和解释诗歌可能表现的思想感情,于是诗篇本身成了文学批评唯一的起点和立足点。可以想象,不同的人对这些孤立的诗篇做出的阐释当然各不相同,有时甚至完全相反。瑞恰慈将学生对这些诗篇的不同反映整理后,加上自己的评论,于1929年出版了《实用批评》一书,将这种新颖的批评方法推向了社会,他也因此被尊称为"实用批评"的创始人、英美"学院派批评之父"。

《实用批评》分析了阅读失衡的原因。有的失衡是由于"生物发展之所需的缺乏",有些失衡归咎于"天生的结构上"的"失误",有些则源于"事故"、"疾病"、"粗心大意"、习惯、难以组织控制的情感,等等。瑞恰慈认为,这些阅读上所出现的偏差是由于一系列的阅读障碍造成的。为准确把握诗歌的意义,防止误读的产生,瑞恰慈把这些阅读障碍归纳为十类,并依此提出了"细读"的具体阅读方法。他通过对诗歌详细地阅读,结合师生诗评中出现的误读,进行细致的语义分析,最后找到误读的原因所在。"实用批评"方法首先反映了当时文学界力求以"科学""客观"的态度来研究文学现象的期望。其次,将诗篇本身作为文学批评的唯一对象,认为只能通过对诗篇中的语言进行分析才能决定诗的意义,凸显了文学语言对理解文学作品的重要性。最后,阐释作品意义的过程也就是考察文学语言运用的过程,而由于语言和语言所表达的意义这两者的关系中又有许多不确定因素,因此,对某一诗篇有不同解释是正常的——换言之,文学表达中的歧义是普遍的现象。

作为瑞恰慈文学思想的最大源头之一,中国文化对他的影响体现在许多方面。他本人就承认中国经历"是决定我一生的事件之一"。[①] 瑞恰慈在《孟子论心》的前言中感谢燕京大学中文系和哲学系的学者使他对《中庸》更加了解。他早在"1920年就研读了理雅格翻译的《中庸》版本,后来还研读了莱奥(L. A. Lyall)和金辰昆(King Chien Kun)合译的1927年的伦敦版本"。[②] 他研究和引用最多的理雅格翻译的《中庸》版本把中庸译为"平衡"与"和谐",所以他所理解的中庸就是平衡与和谐,这也是二者在他的思想和作品中占据了重要地位的原因之一。瑞恰慈认为,真理处于经常变动的事物与完美性的永恒精神的调和之中,他

---

① I. A. Richards, "Fundamentally, I'm an Inventor," *Harvard Magazine* 76 (Sept. 1973), p. 50.
② I. A. Richards, *Practical Criticism: A Study of Literary Judgment* (London: Kegan Paul, Trench, Trubner, 1929), p. 283.

在这一解释调和的过程中给人类带来了精神的安慰和心灵的启迪。他的哲学思想是一种调和的哲学思想,平衡、和谐是他学术思想的核心,并体现在他的思想观念、行为举止、文艺理论及其作品中。

瑞恰慈很早就进入了汉语研究领域。他"在1921年写《美学基础》时就被'中文短语中所含的多重意义的潜能'所吸引。他多年以后回忆了汉字给他带来的极大兴奋和激动:我们在一起兴奋地把《中庸》的不同译本进行比较"。[①] 众所周知,《美学基础》是他美学研究的出发点。所以在一定程度上可以说瑞恰慈的所有美学著作都与中国文化,尤其与汉语有着亲密的联系。为了更公开明白地表明中庸对自己的影响,瑞恰慈有意识地在《美学基础》前面的封页上竖排印着由徐志摩题写的两个大大的汉字——"中庸"。实际上,该书的开头和结尾都引用了《中庸》,所以从某种意义上说,瑞恰慈确实在建立一种以中国儒家思想为基础的中和的文学观。在解释"美"的第十六个定义"任何引起联感的事物都是美的"中,《美学基础》把"美"定义为联感或美学综感,即一种思想和情感保持平衡和谐的状态,这种思想和情感的平衡和谐会有一种限制人们马上采取行动的倾向,但这并不意味着人们的心智要处于一种被动或惰性的状态。这种思想状态就是平衡和谐的状态。关于"联感",书中写道:"平衡状态不是被动的、惰性的、过度刺激的或者是冲突的……可是要描述同时一起经历多种冲动的美学状态,联感这个词,不管怎样,能很好地包容平衡与和谐这两方面的内容。"[②]在这里,联感"能很好地包容平衡与和谐这两方面的内容"体现了中庸思想的精髓。瑞恰慈的联感理论基石由相互重叠的三个层面组成:平衡、和谐和自由。实际上联感就是这三者的统一。《美学基础》认为,心中各种冲动在美学平衡上,被进一步系统化和强化,可冲动在完整的系统化中,无论是在智力还是情感上都是自由的。审美关系是一种和谐化的自由关系,主体和客体间的和谐自由规定着审美关系的独特本性,使它与实践关系、认识关系相区别。审美活动中人不是为了外在目的,而是为了内在目的,因而审美是一种更高意义的、更高程度的和谐自由关系。这样,平衡、和谐与自由便在瑞恰慈的美学理论体系中融为一体了。为此书中写道:"当我们意识到美时,我们自己就变得更加完整……我们使我们自己冲动的完整复杂系统按照自己的要求进行协调整合。这样我们的兴趣就不会以一个方

---

① I. A. Richards, "Beginnings and Transitions," *I. A. Richards: Essays in His Honor*, eds. Reuben Brower, Helen Vendler, and John Hollander (New York: Oxford University Press, 1973), p. 29.
② 同上,p. 75.

向发泄出来,而是会以准备好的状态从我们选择的方向发泄出来,这就是艺术体验中常常提到的超脱和公允(detachment)。超脱和公允使我们变得非个人化了。"① 这里的"超脱和公允"所表现出来的就是一种完整而协调的自由状态,类似于艾略特所说的"非个人化"。

瑞恰慈把语义学、逻辑实证主义的语言学研究和心理学的概念引入文学批评理论,使文学批评走上"科学"的轨道。"新批评"派把瑞恰慈提出的一系列科学化的文学批评方法和论点发展成一套系统理论,可受益于他文学批评思想的不止"新批评"派,可以说,几乎所有现代批评家都受过他的理论著作的影响,② 他的理论著作对分析美学、读者接受理论和诠释学等也产生过积极的影响。

第四节 燕卜荪

燕卜荪(William Empson, 1906–1983)生于英国约克郡,曾在英、中、日、美等国的大学任教。像其老师瑞恰慈一样,燕卜荪也与中国有过长期的密切接触,曾于1937—1939年(在西南联大)和1947—1952年两度来华执教。20世纪50年代初他离开中国,回到英国的谢菲尔德大学英文系任教,教授英国文学长达20多年,直至去世。1971年,燕卜荪在谢菲尔德大学退休。1979年被授予爵位,剑桥大学麦戈德林学院为他颁发了荣誉博士学位。

燕卜荪文学研究重点是英国的经典作品,关注的是弥尔顿时期的诗歌和莎士比亚时期的戏剧,并对玄学派诗人很感兴趣,在这一点上与休姆和艾略特有相似之处。1930年,24岁的燕卜荪在剑桥大学从数学转读文学专业,受业于英国文学批评家瑞恰慈。作为学生的燕卜荪在瑞恰慈给他的一份作业评语中得到启示,这位天才的学生写出了震动现代西方文学界的著作《含混七型》(*Seven Types of Ambiguity*, 1930)。《含混七型》在汲取现代心理学和修辞学营养的基础上,运用语义学文学理论于批评实践,成为"新批评"方法的第一个实践范例,对西方文学批评产生了很大的影响。

燕卜荪认为,生活充满冲突和矛盾,人不要试图解决,也无法用分析和推理来解决,而应该尽可能深刻地阐释它——这就是经典文学的作用和价值,因为许

---

① 同上,p. 78.
② Chris Murray, ed., *Encyclopedia of Literary Critics and Criticism* (London and Chicago: Fitzroy Dearborn Publishers, 1999), p. 939.

多伟大的诗作就是由矛盾、复杂情感、对立和无以言表的冲动激发而成的。英国传统文学批评自18世纪以降，总体说来，都认为文学作品的意义在很大程度上是稳定的，因而是可以把握的。但瑞恰慈的《实用批评》从根本上动摇了这一观念，燕卜荪的《含混七型》进一步探讨了文学语言中的含混现象。含混一词的普通用法往往带有贬义，多指风格上的一种瑕疵，即在本该简洁明了的地方显得晦涩艰深，甚至含糊不清。这种呈现为含混、朦胧、歧义状态的审美效应，在"新批评"出现以前，一般被视为先天的缺陷、后天的缺点，因为读者和文艺批评家都习惯于诗意的纯粹单一性，认为每首诗应该只有一种正确的读解和意义。经燕卜荪之手，原来带有贬义的含混具有了褒义，这显示了燕卜荪高超的技艺：自己能辨识，也要求批评者能辨识作家们如何巧妙地运用单个词语或措辞来指涉两个或两个以上有差异的事物，或者表示两种或两种以上不同的态度、立场、思想或情感，从而赋予文学作品以新的意义和内涵。《含混七型》初版时，燕卜荪把含混一词扩大引申，强调字面意义的任何细微差异都与其主题有关，把含混界定为："能在一个直接陈述上加添细腻意义的语言的任何微小效果。"到1947年再版时他改成"任何词语的细小差别，不管这种差别有多轻微，足以引起对同一语言产生不同的反应"。在1953年第三版中，燕卜荪指出："所谓含混，在普通语言中指的是一种非常明显的，而且通常是机智或骗人的语言现象。我准备在这个词的引申义上使用它，而且认为任何导致对同一文字的不同解释及文字歧义，不管多么细微，都与我的论题有关。"[①]显然他提出的"含混"自始至终都与语言的多义性、复杂性、可包容多种理解或解释密切相关。他指出，含混的性质包含两层意思：一层是一个词可以具有几种不同的意义，有几种意义相互关联，有几种意义相辅相成，也有几种意义结合起来使该词表达出一种关系或者一个过程；另一层是所有的词语都是一个多重意义的整体。

燕卜荪将"含混"作为文学语言的重要特征来加以分析。在他看来，"含混"是增强作品艺术表现力的基本手段，可使作品的内容更为丰富，产生更强烈的审美效果，是构成诗歌最基本的要素之一。他对于含混的定义和理解无疑继承了瑞恰慈的学术观点：伟大的诗歌内容通常异常丰富，若不进行深入的文字分析、语义研究，就不能真正明了诗人所要表达的全部思想、感情和态度，也就无法做出正确或合理的反应。诗歌语言的多义现象即燕卜荪所说的"含混"，表明词语

---

① 威廉·燕卜荪：《朦胧的七种类型》，周邦宪等译，北京：中国美术学院出版社，1996年，第1页。

意义是一个可以不断发展下去的系列。这一见解对于创作、欣赏和批评的思想解放意义重大,它让人们在面对文本时从细节着手,仔细推敲和慢慢品味文学作品的外层语言和内在结构,从诗歌质素中不断挖掘出各种个性化的意味来。

依此看来,"含混"的概念指文本形态的表现意义模糊而不确定。这种"含混"的产生可能是作者创作时有意或无意、自觉或不自觉为之的结果,或是文本话语简短、修辞丰繁、语序错位以及多义词的使用,也可能是读者阅读时注入自己的情感体验、思想观念从而获得崭新的认识。自此,含混成了西方文论的重要术语之一。它既可被用来表示一种文学创作的策略,又可被用来指涉一种复杂的文学现象;既可以表示作者故意或无意造成的歧义,又可以表示读者心中的困惑。燕卜荪在《含混七型》中推行实施了瑞恰慈的词语细读法,对文学中的含混现象进行细致的考察归纳,按其程度和性质依次分成七种类型。第一种是最简单的参照类(reference)含混类型:"当人们说一种事物像另一种事物时,它们必定具有某些使它们彼此相似的性质。"这种情况下的比喻"在多种意义上均可成立",在好几个方面都发挥效力,但是不知道哪一种意义在人们头脑中最清晰,因此就存在着含混。第二种是较常见的所指类(referent)含混类型:"当两种或两种以上的意义融而为一的时候",词义或句法上的含混就产生了,即上下文引起多种意义并存,比如对文学作品中的某一部分可以做出多种解释,"甚至在作者本人的头脑中也存在着几种意义"①。换言之,一个用语具有双重或多重含义,这些含义在逻辑上保持一致。第三种是意味(sense)含混:"两种只是在上下文中才互相关联的思想可以只用一个词同时表达。"②即同一个词具有两个似乎并不相关的意义;两种不同的解释互不相容,但在上下文中都能成立或说得通。双关语、暗喻和讽喻均属此类。第四种是意图(intent)含混:"一个陈述的两层或更多的意义相互不一致,但结合起来形成作者的更为复杂的思想状态。"③用语具有双重或多种含义,这些含义并不完全一致。这就是将两种表面上看起来相互对立的释义放在一起却能反映出作者的心态,比如反讽。第五种是过渡式(transition)含混:"当作者在写作过程中才发现自己的思想时,或当他心中还没有把这观念全部抓住,从而产生一种不能确切运用于任何事物而是介乎两可之间的明喻。"④诗人一边写一边才发现自己的真意所在,于是"他就把所写的事物比

---

① 同上,第 63 页。
② 同上,第 158 页。
③ 同上,第 209 页。
④ 同上,第 242 页。

喻成比它自身更朦胧更抽象的概念"。第六种是矛盾式(contradiction)含混:"一个陈述,尽管用了同义反复,用了语词矛盾,用了文不对题手法,结果并未增加什么东西,所以读者不得不自己去发明一些说法,而读者想到的种种说法又很可能相互冲突。"①因为作者所言自相矛盾或者在上下文中讲不通,读者只能猜测某种合乎情理的解释。第七种是意义(meaning)含混:"一个词的两种意义,不仅含混不清,而且是由上下文明确规定了的两个对立意义,因而整个效果显示出作者心中并无一个统一的观念。"②一个用语具有明显相互对立的双重含义,此种含混的先决条件是所选单词本身就含有两个截然相反的语义,即两种解释或两种意义完全相反,从上下文只能看出作者内心的矛盾。

燕卜荪"含混"这一概念后来风行于批评界,并且渗透到整个文学领域。它不仅是"新批评"派手中不可或缺的法宝,而且与后现代主义文论中的"不确定性"概念有着千丝万缕的联系。但是,对燕卜荪含混理论的批评并不比赞扬少。有人认为他在鼓励含混,有人认为这种理论偏袒复杂的诗而排斥单纯的诗。虽然燕卜荪对含混归纳的七种类型划分不够严谨,但他为广为诟病的含混正名并肯定其美学价值,无疑是值得肯定的。《含混七型》突出了一个重要的文学现象和批评立场:文学语言的歧义现象不仅是阅读文学作品过程中经常碰到的事实,而且是文学作品构建中的重要特点之一,文学语言的歧义是文学作品必然的特性和内在的品质。

燕卜荪的学术贡献远远不止于为 20 世纪前半叶席卷文学批评和大学课堂的"新批评"提供了理论源泉和实践范例。他后来还出版了《田园诗的几种形式》(*Some Versions of Pastoral*, 1935)、《复杂词的结构》(*The Structure of Complex Words*, 1951)、《弥尔顿的上帝》(*Milton's God*, 1961)、《柯勒律治诗选》(*Coleridge's Verse: A Selection*, 1969)、《论文艺复兴文学》(*Essays on Renaissance Literature*, 1952)等论著,《莎士比亚论文集》(*Essays on Shakespeare*, 1986)等论著在他去世后由别人整理出版。在这些著述中,燕卜荪一方面继续关注文本,另一方面注意挖掘文本的社会文化内涵及文本与特定社会文化语境之间的互动和联系,开拓了文学的文化批评这一新领域,并在一定程度上对后来的新历史主义批评、马克思主义批评和原型批评等产生了重大影响。

《田园诗的几种形式》和《复杂词的结构》都是《含混七型》所探讨的理论在具

---

① 同上,第 277 页。
② 同上,第 302 页。

体实践中的应用。《田园诗的几种形式》依照历史的顺序,揭示了田园诗作为一种表现形式,如何用简洁的方式表达复杂的感情,以及与此相应的社会思想是如何在文学中得以体现的。"从此燕卜荪背离了瑞恰慈学说的情感主义,回归理性主义和功利主义语言观,这样他便能够根据情节和思想来探讨文本、戏剧、史诗和小说,而他以前萦绕单个词语和措辞的方式,则无法触及情节和思想"。① 从批评的内在品质来讲,《复杂词的结构》的评述更扎实,解读更精细,是韦勒克眼中"最为明智也最为明白"的作品。文章继续对文学语言的表现行为进行深入探讨,大体内容是词典编纂和有关个别字眼意义的见解,以及如何编制词典的建议。书中最精彩的部分是燕卜荪对英国文学作品中一些关键词的意义所做的精细发掘,显示出他深厚的语言功力和敏锐的文学感受力,比如对蒲柏《论批评》中的"巧智"、华兹华斯《序曲》中的"感觉"等的评述。

燕卜荪的批评实践比较典型地体现了英国的批评传统,不重视宏大理论的建构,而是从具体实在的批评实践中,在个别的文学实例里,发掘总结出文学现象的一般规律。在他的著述中,燕卜荪自觉而系统地发扬了瑞恰慈的语义分析法、语境理论和细读法则,他运用大量的文学文本实例,通过分析比较语言和文本的多义本质和含混形态,演示了一整套文学的内在批评模式。其对歧义的关注,改变了人们的阅读习惯和阅读方式,丰富了人们阅读的角度和文本的内涵。总而观之,韦勒克对他所做的总结甚为公允:"燕卜荪形成了一种文学观,它在进行话语表达时,与任何交流的话语无法区别开来,也使文学批评与动机和道德方面的任何探讨无法区别。燕卜荪的著述并无多少理论可言。从哲学上看,他似乎最接近普通语言哲学,而不像有人所声称的,属于胡塞尔现象学。他一直是一位实用批评家,一位卓尔不群而又每每固执古怪的诗歌读者,在他后期的著述中,他也是一位善于辨识情节和情境的批评家。"②

第五节 利维斯

利维斯(Frank Raymond Leavis, 1895—1978)是20世纪英国著名的文学批评家。他生于剑桥,从珀斯学校毕业后得到剑桥大学的奖学金,于1918年入剑桥大学,先学历史后转文学。第一次世界大战期间他在欧洲西线战场当担架兵,战

---

① 韦勒克:《近代文学批评史》(第五卷),第477页。
② 同上。

后他回到剑桥继续深造,1924 年以论文《新闻和文学的关系》(*The Relationship of Journalism to Literature*)获博士学位。1925 年起在剑桥大学伊曼纽尔学院任教,1936 年任唐宁学院研究员。从 1932 到 1953 年,利维斯一直担任《细察》(*Scrutiny*)的主编,他自己的大多数论文也都是首先在这份杂志上发表的。1962 年退休后,他曾任许多英国大学的客座教授,1978 年被授予荣誉勋位。除了参加第一次世界大战和为数不多的短期学术出访,利维斯一生都在剑桥度过,所以他的文学思想是剑桥派批评的一个重要组成部分。

利维斯一直是个极其重要又颇具争议的人物,因为剑桥的批评传统从利维斯开始发生了新的转折,开始转向道德和文化批评。利维斯提倡精英文化,其批评本质是文化批评和社会批评。如果说瑞恰慈将文学文本当作"自然对象"来解读,那么利维斯则是将文学作为人学来研究的,他非常强调文学研究和批评的跨学科特点及其文化批评和社会批评的责任。利维斯认为:文学批评从根本上说是一种实践,是人们对文学作品体验的反映,因此文学批评不同于理论,并非抽象的概念。批评也完全不同于哲学,不必对人生和社会做出总体的概括。最理想的文学批评应该是对文学作品的判断和评价。显然,他的文学观念以及与此相应的文学批评观体现了强烈的传统人文主义的精神,将文学批评视为具有浓重个人色彩的价值判断行为。

利维斯的文学批评可分为两个阶段。第一阶段受艾略特的影响,以英国为重点。例如他的《英语诗歌中的新动向》(*New Bearings in English Poetry*, 1932)批评了维多利亚时代晚期的英国诗歌,赞扬了艾略特、庞德和霍普金斯(Gerard Manley Hopkins)作品的重要性。后来他在《再评英国诗歌的传统和发展》(*Revaluation: Tradition and Development in English Poetry*, 1936)中,把评论的范围扩展到 17 世纪。20 世纪 40 年代他把注意力转向小说,《伟大的传统》(*The Great Tradition: George Eliot, Henry James, Joseph Conrad*, 1948)一书对英国小说进行了重新评价。1955 年以后,为劳伦斯和托尔斯泰等小说家所吸引,他写出《小说家 D. H. 劳伦斯》(*D. H. Lawrence: Novelist*, 1955)、《安娜·卡列尼娜及其他论文》(*Anna Karenina and Other Essays*, 1967)。此外他的重要著作《文化与环境》(*Culture and the Environment*, 1933)、《教育与大学》(*Education and University*, 1943)、《共同的追求》(*The Common Pursuit*, 1952)表现出他的广泛研究领域,最后还有《活的原则:英语作为一种思想的学科》(*The Living Principle: "English" as a Discipline of Thought*, 1975)和《思想、词语和创造力》(*Thought, Words and Creativity*, 1976)。尽管他晚期的著作哲学色彩较重,但其在论述语言本质和价值方面绝非抽象的理论空论。

利维斯的重要文学批评论著《大众文明与少数人的文化》(*Mass Civilization and Minority Culture*, 1930)以阿诺德的《文化与无政府状态》中的一段文字开篇："文化为人类担负着重要的职责：在现代世界中，这种职责有其特殊的重要性。与希腊罗马文明相比，整个现代文明在很大的程度上是机器文明，是外部文明，而且这种趋势还在愈演愈烈。"[①]利维斯和阿诺德都怀疑能否用煤炭和钢铁产量（或生产总值、消费水平）的提高来衡量社会的"进步"和"幸福"。但利维斯的时代与阿诺德有所不同，随着工业革命的推进，"大众文明"和它的"大众文化"全面登陆，传统价值受到冲击。少数文化精英发现自己处在一个"敌对环境"之中，这正是利维斯深感忧虑的。利维斯谈到他和阿诺德的不同境遇，指出阿诺德遇到的困难较他要小，因为今天的文化更是濒临绝望之境。在此情况下，利维斯认为文化总是由少数人保持的，并对他的"少数人"概念做了这样的解释：在任何一个时代，明察秋毫的艺术和文学鉴赏常常只能依靠很少的一部分人。除了一目了然和人所周知的案例，只有很少的人能够给出不是人云亦云的第一手判断。虽然人数已相当可观，但他们今天依然是少数人，仍可以根据真正的个人反应来做出第一手的判断。他进而提出，只有这少数人能够欣赏但丁、莎士比亚、多恩、波德莱尔和哈代以及他们的继承人。"正是有赖于这些少数人，过去最优秀的人类经验得以传承，最精致最飘忽易逝的传统得以保存"，这些少数人故而是社会的"中心所在"。[②]

在利维斯看来，19世纪之前，至少在17世纪和17世纪之前，英国有一种生机勃勃的共同文化，是工业革命将一个完整的文化一分为二，一方面是少数人文化，一方面是大众文化。大众文化是商业化的文化，它是低劣和庸俗的代名词：电影、广播、流行小说、流行出版物、广告，等等，它们被缺欠教育的大众不假思索地大量消费。利维斯发现在大众文化的冲击之下，少数人文化面临的危机是前所未有的，少数人从原来高高在上的统治地位被拉了下来。不仅如此，文化精英占据的中心，也被低劣趣味的虚假权威取而代之。

利维斯认为文化的堕落是工业化的恶果。工业革命之前的英国，在他看来，是一个"有机社会"，在那里有高雅和大众的趣味的完好结合。工业技术进步带

[①] 阿诺德：《文化与无政府状态》，韩敏中译，第12页。
[②] F. R. Leavis, *Mass Civilization and Minority Culture* (Cambridge: The Minority Press, 1930), pp. 1-2.

来的大批量生产方式,势必带来一种"技术—边沁主义"文明,其最显著的特征就是文化上的标准化和平庸化。这样一种大众文化甚至是一种文化的灾难,因为它一刀割断了传统和过去,而过去显然是值得缅怀的。正是基于这样一种认识,利维斯呼吁"少数人"武装起来,主动出击,抵制泛滥成灾的大众文化。在大众文化盛行的时候,利维斯发现文学作为高雅文化的范型,即便它有心力挽狂澜,担当起扭转世风日下的历史使命,但现实状况也是令人悲哀的。究其原因,利维斯认为正是因为高雅文学被畅销书和形形色色读书俱乐部铺天盖地的平庸之作抢占了阵地,使精英文化处于"文化困境"。[①]

利维斯一直坚信,现代文明毁坏了传统的社会文化,机器文明改造了现代社会,只有坚持经典文学才能维护伟大的传统与文化。在如何解决生产与大众文化产生的社会文化灾难时,利维斯将希望寄托在文学作品上,认为只有文学艺术才是维持人类社会连续性的关键,人类只有保持文化的连续性,才能实现在科学和技术日益占统治地位的社会里保留和发展人类目标和价值的完整性;并认为弘扬传统是一场值得进行的战斗,而且应该把它当作不会失败的战斗。这场战斗的主角就是经典文学作品(这在一定程度上与瑞恰慈有相似之处,所不同的是利维斯强调用文学经典,而瑞恰慈侧重用诗歌来化解社会危机)。他提出唯有以经典文学来对抗在现代社会日益发展的大众文化,才能找到现代社会发展的出路,因此他强调文学的使命感和道德影响力,甚至把文学批评作为延续文化传统解决现代文明产生的社会危机的佳径。利维斯的主张是,文学要有社会使命感,要能解决20世纪的社会危机,因此,民族意识、道德主义和历史主义以及一种侧重文学自身美感的有机审美论,成为利维斯文学批评的鲜明特征。

论及诗歌批评,利维斯的《英语诗歌中的新动向》和《重新评价:英诗的传统与发展》确立了他在诗歌批评方面的权威地位。《英语诗歌中的新动向》呼吁诗人以现代诗来摹写现代社会,高度评价了艾略特的《荒原》,认为《荒原》揭示了现代世界的真相,就如但丁《神曲》的《地狱篇》,写出了希望之泉怎样枯竭后又怎样新生。《重新评价:英诗的传统与发展》恰如一本简编英国诗歌史一样,对历史上具有重要影响的诗人做了新的定位性的评价。全书是一种提纲挈领式的概述,是根据20世纪观点重写英国诗史的一次尝试。如同一切具有批评个性的文学史一样,利维斯在这里的评述是根据他自己的文学观念和批评价值体系来筛选诗人的。这一筛选过程包括两方面的工作:对某些过去极负盛名的诗人的贬抑,

---

[①] 同上,pp. 18 - 19.

对一些并不为人所津津乐道的诗人的捧抬。在他自己的批评标准的衡量下,传统意义上的经典诗人如斯宾塞、弥尔顿和雪莱的重要性大大降低,比如他认为雪莱是胡乱煽情,滥用修辞;而霍普金斯和艾略特的地位却大大提高。他还对17世纪玄学派诗人给予高度评价,盛赞他们博学、机智和充满情感,其评判标准与趣味都与艾略特大体吻合。

利维斯的文学批评的主要倾向就是重塑英国文学史上的经典作家和经典作品,而他重写文学史的目的之一是影响和改变当代读者的文学趣味和审美观念,使传统和现实发生直接的联系。于是,利维斯的批评或批评标准带有明显的道德实用主义的色彩。正因如此,他竭力反对将文学批评理论化,反对将文学实践抽象化。他认为,保持文化活力的唯一方法是不断从传统中汲取养分,将历史上优秀的东西改造成适合于现代生活的文化资源。他还认为,批评家应责无旁贷地担负起传播文化传统的重任,以自己的批评实践为社会建立起文化和道德的标准,为被经济和科技所主宰的现代社会多提供一些人文主义的温暖和关怀。从这个意义上说,具备社会批评家思想的利维斯的批评观又有了一些理想主义的成分。

利维斯不仅试图重写英国诗歌史,而且还尝试对英国小说家进行重新评价,他的《伟大的传统》是小说批评的代表作。利维斯认为19世纪以来英国文学的主要创作活力体现于小说创作,于是他在20世纪40年代将批评注意力从诗歌转向小说。利维斯的文学价值判断带有比较明显的主观色彩,他在《伟大的传统》一书中开宗明义地断言奥斯丁、爱略特、詹姆斯和康拉德是英国小说家中"大家之人"。尽管他武断的结论招致不少批评与非议,但他的依据是,这些小说家"不仅为同行和读者改变了艺术的潜能,而且就其所促发的人性意识——对于生活潜能的意识而言,也具有重要意义"。① 正是因为这几位小说家和作品所代表的特殊含义,赋予了传统以真正意义上的重要性。

《伟大的传统》第一章对英国小说的伟大传统给予"清晰而负责任的陈述",认为菲尔丁"开创了英国小说的大传统",经由奥斯丁的创造性传承,后来在爱略特、詹姆斯、康拉德和劳伦斯那里得以发扬光大。利维斯根据自己的研读,对文学史上的作家重新进行"甄别区分"。他把奥斯丁视为英国"第一位现代小说家""英国小说伟大传统的奠基人"。爱略特"能够领会奥斯丁的卓越之处,并从而习

---

① F. R.利维斯:《伟大的传统》,袁伟译,北京:生活·读书·新知三联书店,2009年,第1—4页。

之"。在她的作品里,爱略特"以前所未有的细腻精湛之笔,描写了体现出'上等社会'之'文明'的经验老到人物之间的人际关系,并在笔下使用了与她对人性心理的洞察和道德上的卓识相协对应的一种新颖的心理描写法"。利维斯极力推崇康拉德,说他是"英语语言的大师""形式和方法的创新者"。书中对劳伦斯虽然着墨不多,却也推崇备至,认为他"代表的是生机勃勃且意义重大的发展方向"。相比之下,利维斯对维多利亚时代其他作家评价不高,认为萨克雷的"立场态度以及兴味关怀的基本内容,都是非常狭隘有限的",哈代和梅瑞狄斯是"盛名之下,其实难副"。他对乔伊斯也不认可,说"《尤利西斯》不是什么新开端;相反,它是一条死胡同"。① 《伟大的传统》随后四章分别梳理和分析爱略特、詹姆斯和康拉德的小说创作,解读具体作品。利维斯虽然没把狄更斯列在伟大小说家之列,称"他的那份天才却是一个娱乐高手之资",但在书中第五章专门讨论《艰难时世》,称赞这部小说"是囊括了其天才之长的一本书,同时还有一个其他作品都没有的优点,即它是一件完全严肃的艺术品"②。如果说利维斯早期的诗歌批评在理论上多少有所依循的话,那么,他对英国小说传统的重新评价,则更多地显示了他作为一个卓越批评家的挑战精神。利维斯通过对小说文本的细致阐发,在一定程度上为读者树立了细读的榜样。

利维斯评价作家及其作品的方法与理论借鉴了伦理的和道德的理论和方法,即文学伦理学的批评方法。这种方法就是从伦理道德的角度研究文学作品以及文学与作家、文学与读者、文学与社会关系等诸多方面的问题。他把"严肃性"带入文学批评之中,并将其作为批评标注。于是,他推崇奥斯丁:"实际上,细察一下《爱玛》的完美形式便可以发现,道德关怀正是这个小说家独特生活意趣的特点,而我们也只有从道德关怀的角度才能够领会之。"③ 他称赞爱略特"对人的道德本质的深刻洞见",觉得"她是个具有振奋精神的独特功效并有益身心健康的作者,而且是有启发性的","她最好的作品里有一种托尔斯泰式的深刻和真实"。④ 利维斯在展示英国小说伟大传统的过程中,凸显了道德关怀与艺术的关系。

利维斯面对20世纪工业化的狂澜对人类文化进行的猛烈冲击,面对新的大众媒体所代表的消费文明正在侵蚀和瓦解批评的标准,面对文化被公众的想象

---

① 同上,第5—35页。
② 同上,第296页。
③ 同上,第12页。
④ 同上,第161页,第163页。

平庸化为一种大众娱乐的形式时,他不无担心地认为英国社会已经并正在成为文化堕落的牺牲品,但他仍然坚持文学的最终目的是坚持"对生活的批评"。他说,"真正的对文学的兴趣也是对人、对社会和对文明的兴趣",[①]英美文学批评传统及其种种变形,其核心就是对文学作品本身的深刻的关注。这种关注表现在对"文本本身"以及"书本上的文字"的迷恋,表现在把文学作品看作人文精神的偶像以对抗20世纪的文化荒蛮主义。这与"新批评"的观点是相通或相同的。然而,究其本质,这种关注代表了一种对文学作品审美的、人文主义的理想化思潮。在这里,"文学"之所以受到强调,是因为这一批评传统最具有的影响效果之一就是通过仔细的、"无功利的"文本分析,把文学作品中的一些内涵提炼出来。换句话说,只有这些文学作品是"文学"(构思和写作等方面最好的部分),才能构成"传统"的一部分,或者才能构成如今人们更愿意说的"经典"部分。

由于剑桥的经历,人们常常将利维斯与瑞恰慈、燕卜荪联系在一起,但他们之间的差异显而易见。利维斯的文学批评更倾向于人文主义的传统,更强调文学批评在关注人类与变化的时代相互关系下的社会道德功能,而瑞恰慈和燕卜荪则将注意力集中在文学语言上,颇具形式主义的味道,更推崇在文学研究中使用"科学"的分析方法。但是,他们在文学批评的方法论上又有相同之处:他们都认为文学批评从根本上说是一种实践,只有在对文学作品的解读中,文学批评才有意义。同时他们身体力行,通过自己的批评活动,建立了学院派文学批评,为英美文学批评的发展开拓出一个全新的天地。自此,文学批评作为一种自觉的精神活动开始被学术界普遍接受,并成为一种独立自觉的文学体裁,走进了大学文学课堂。

(撰稿人:容新芳)

[①] F. R. Leavis, *The Common Pursuit* (New York: New York University Press, 1964), p. 200.

第九章　文化研究

"文化研究"(Cultural Studies)是风靡20世纪下半叶西方文艺理论界的批评流派。由于它的研究客体是文化现象,而文化现象可以包含一切社会现象,包括大众媒体、社会底层的文化趣味、女性问题和少数族裔的文化体验,所以作为批评流派的文化研究(有学者认为文化研究涵盖面太广而已经不能被称为"流派")不确定性更强,更加难以界定、归纳。① 总体而言,文化研究的两个重要特征包括:其一,它没有自家独到的理论和恒定不变的方法,而是借鉴、糅合了文学、史学、哲学、社会学、人类学等学科的研究路径和理论视角。其二,它具有浓厚的政治介入情结,与新左派声气相投,致力于社会批判,以推动民主和公正为己任。②

今日的文化研究是西方后现代资本主义商品社会的产物,但其初始发展却是英国社会独特的文化现象。英国人类学家泰勒(Edward Tylor)在《原始文化》(*Primitive Culture*, 1871)中这样定义文化:"文化,或文明,就其广泛的民族学意义来说,是包括全部的知识、信仰、艺术、道德、法律、风俗以及作为社会成员的人所掌握和接受的任何其他的才能和习惯的复合体。"③文化与文明此处被认为完全同义,可以互换。哈佛大学教授亨廷顿(Samuel Huntington)在《文明的冲突》(*The Clash of Civilizations and the Remaking of World Order*, 1996)中,不仅将文化与文明相提并论,而且在逻辑上将这两个概念用来进行相互界定:"文明和文化都涉及一个民族全面的生活方式,文明是放大了的文化。"④但是,文化与文明的等同地位仅仅局限于意指特定人类共同体的共同思维和行为方式及相应物质表现形

---

① "文化研究与众不同,不是一个学术分支。它既没有表述严密的方法,也没有界定明确的研究领域。"(Simon During, ed., *The Cultural Studies Reader*, London & New York: Routledge, 1994, p. 1). 这个说法不严密,因为后现代主义批评理论的许多流派(如女性主义、性别研究、新历史主义)都具有这个特点,其原因可能是为了防止被主导意识形态所吸纳而成为其同谋。但是与其他批评理论相比,文化研究的确内容更加庞杂,表现更加纷繁。
② 赵国新:《文化研究》,《西方文论关键词》第一辑,赵一凡、张中载、李德恩主编,北京:外语教学与研究出版社,2006年,第558页。
③ 爱德华·泰勒:《原始文化》,连树声译,上海:上海文艺出版社,1992年,第1页。
④ Samuel P. Huntington, *The Clash of Civilizations and the Remaking of World Order* (New York: Simon & Schuster, 1996. p. 41.

式,二者的内涵虽然有重合之处,但仍存在明显的区别。"culture"一词来源于拉丁文"cult",意为栽培作物、养殖牲畜,后又指教育人的德操、陶冶人的思想。由于它几乎牵涉社会的方方面面,所以似乎"文化无处不在,无处不是"①。"civilization"的词根是希腊文"civis",即城市,以城市的出现为主要特征,由此引申意指一种高于蒙昧和野蛮时代的人类社会高级形态。文化一词具有更多的精神气质,具有哲学、艺术、道德等诸多内涵,而文明具有更多的历史物质遗存的内涵。人类学家摩根(Lewis Morgan)在《古代社会》(Ancient Society, 1877)中以文明时代对比蒙昧时代(stage of savagery)和野蛮时代(stage of barbarism),而文化则侧重于指称个人的教养。此后人类学家和民族学家便越来越多地使用"文化"一词描述原始社会、强调传统,而"文明"一词则用于描述现代社会。在目前一般场合下,人们倾向于认为文化有先进和落后之分,"文明"因与国家和民族结合紧密,则没有高下、优劣之分,只有特色、地域之别。

英国社会向来对自己悠久的文化传统极为自豪与重视,如批评家兼诗人阿诺德在《文化与无政府状态》中就竭力维护贵族经典,以抵制迅速蔓延的非利士人"庸俗阶级"文化。阿诺德的文化精英主义在20世纪上半叶继续发展。当时英国的市民阶层继续增加,影响一步步扩大,通俗小说、流行乐曲、女性杂志、商业电影充斥,使精英阶层更加担心其道德影响。在这种背景下,以著名评论家利维斯夫妇为首的一批文人以学术期刊《细察》为阵地,主张以高雅文化的审美情趣教育熏陶社会大众,以匡正市井文化的不良影响。② 这种批评居高临下,将大众文化看作"只能用来遭受谴责,用来显示这样那样的不足";简言之,这种批评是"有文化阶层对没有文化阶层的'文化'所表述的话语"。但利维斯始料未及的是,这些批判从相反的方向启发了文化研究,他对流行文化的贬抑态度,反而将流行文化纳入文学研究领域,拓展了先前显得有些狭隘和专门的文学研究话语。

"二战"结束后,英国经济复苏,大企业代替了小作坊,劳动生产率大幅增长,白领/蓝领间的收入差距逐渐缩小,英国步入现代资本主义消费社会。实行福利制度之后,低层社会逐渐步入小康,越来越多的普通人转变为"文化人",尤其是

---

① Elaine Baldwin, et al. eds., *Introducing Cultural Studies* (London & New York: Prentice Hall Europe, 1999), p. 6.
② "在任何历史时期,文学艺术鉴赏取决于极小部分人。他们虽然人数极少,却能量巨大,能够凭借真正的个人反应作出第一手判断。犹如纸币一样,其价值取决于占比例很少的含金量,这一点是人们的共识。语言就在他们的维护之下,高尚的生活就取决于他们不断变化的词汇,缺少它就无法区别良莠。我说的'文化'就指对这种语言的使用。" (Raymond Williams, *Culture and Society 1780 - 1950*, New York: Columbia UP, 1958, pp. 253 - 254.)

工人接受成人教育、中下阶层家庭子女凭借奖学金进入高等学府。随着教育的普及,利维斯等人倡导的文化精英主义遭到怀疑,在学校,通俗文化与精英传统之间的冲突越来越明显。20世纪50年代后期,电视机开始出现并很快普及,加速了通俗文化对社会的影响力,表现之一就是1960年的"全英教师联盟大会"。这次会议主题是"大众文化与个人责任",英国文化研究的代表者霍加特(Richard Hoggart, 1918 – 2014)和威廉斯(Raymond Williams, 1921 – 1988)在会上做了主题发言。会议主张对大众文化进行"引导",虽然这种说法仍然带有歧视性,却表明了主流文化对大众文化积极作用的承认。尤其重要的是,大众文化已经作为一个不容忽视的社会现象,列入主流文化的议事日程。[①]

英国的文化研究的鼎盛期以1964年伯明翰大学"当代文化研究中心"(Center for Contemporary Cultural Studies at University of Birmingham,简称CCCS)的成立为标志。1972年CCCS脱离英语系而独立,专注于文化研究,同时"中心"以模版印刷方式出版的研究成果《模版印刷论文集》("Stenciled Occasional Papers")以及《文化研究论文集》("Working Papers in Cultural Studies")逐渐引起欧美学术界注意,影响日增。《论文集》创始时的抱负并不大,只是为了显示研究中心的学术面貌。时任中心主任的霍尔(Stuart Hall)在创刊号"前言"中表示,这本期刊不是文化研究领域的正式期刊,刊出的文章也不算完整的研究成果,只能是阶段性研究报告;连期刊本身也不是正式出版物,只供同行间交流。霍尔首先对"文化"进行了界定,他承认,"'文化'是人类科学里最难以把握的一个概念",同意威廉斯的文化观:"文化是人们体验和处理社会生活的方式,是人类行为中包含的种种意义和价值,间接地体现在生活关系、政治生活等之中。"他同时承认"文化研究"尚无定论,"'文化研究'太杂,很难界定,任何单个小组、倾向或出版物都无法统领这个领域"。同时他也宣称,《论文集》的目的就是要划出界定清晰的研究领域,发展出一套文化研究的方法[②],尽管30年之后这个目标反而越来越无法达到。

霍加特和威廉斯被视为英国文化研究的奠基人。他们出身工人家庭,属于"二战"后凭才华进入大学的"奖学金子弟",毕业后长期从事成人教育,对工人阶级的文化生活具有比较深入的了解,这些对他们文化研究理论的形成产生直接影响。霍加特虽然从事文化研究的时间不长(1968年辞去伯明翰大学教授转到

[①] Graeme Turner, *British Cultural Studies, An Introduction* (Boston: Unwin Hyman, 1990), pp. 41 – 46.
[②] CCCS, *Working Papers in Cultural Studies*, Spring (Nottingham: Partism Press Ltd, 1971), pp. 5 – 7.

联合国教科文组织任职),但他是文化研究的第一人,①协助创办 CCCS 并成为其首任主任,至今仍然被尊为"此领域的权威"。②《读写何用》(*The Use of Literacy*, 1957)出自霍加特本人对工人社区的第一手观察,以及他对成人学生的了解;其中对工人生活的纪实性描述和对工人阶级文化状况的分析,都是此前的文化专著鲜为触及的内容。霍加特在反映工人社区贫困、愚昧甚至暴力等落后面貌的同时,也大量涉及廉价杂志、街头小报、流行音乐、通俗小说、酒吧、俱乐部、体育等大众文化在工人生活中的作用。他并不简单地对这些现象加以批评,给出价值判断;而是把它们联系在一起,揭示由它们所构造的工人家庭关系及社区精神面貌,并且力图说明工人文化和工人生活之间千丝万缕的复杂联系。霍加特对工人文化积极肯定,但对产生这种文化的背景却持否定态度,认为大众文化层次低,不足以提高劳动阶层的审美层次,流露出利维斯的文化精英主义倾向。尤其是此书的后半部分,反映出"作者对自己曾经属于的那个阶级怀着矛盾心理,及他现在所加入的那个理论传统的局限性"。③尽管如此,这部著作"为战后有关文化变化对工人阶级生活、态度造成的影响的讨论指出了新的方向"。④

威廉斯一生致力于文化研究,对英国文化研究产生持久而深远的影响,《1780 至 1950 间的文化与社会》(*Culture and Society 1780 – 1950*, 1958)是当代文化研究的另一部开创性著作。开篇伊始,威廉斯在四个层次上对"文化"进行了定义。⑤他从 18 世纪后期的英国社会开始,详细分析了近两百年英国现代史上数十位哲学家、文学家的思想,由此揭示"文化"这个概念是如何从"思想状态""艺术总体"过渡到当代社会的文化含义,即"物质、心智、精神的整个生活"。威廉斯首先强调"全部",把昔日对文化的理解从思想、艺术推广到人类生活的一切领域,期望借此来"描述和分析(这些观念的)庞大复合体,并解释其历史形成"。威廉斯运用了马克思主义的批评方法,但与传统马克思主义不同的是,他认为属于上层建筑的文化不可以被忽略:"文化远不止是对新的生产方法或对新兴工业本

---

① 学界通常把霍加特 1957 年发表的《读写何用》和威廉斯 1958 年发表的《1780 至 1950 间的文化与社会》作为文化研究的起始。(Graeme Turner, *British Cultural Studies, An Introduction*, Boston: Unwin Hyman, 1990, p. 12.)
② 同上,p. 51.
③ Graeme Turner, *British Cultural Studies, An Introduction*, pp. 48 – 50.
④ CCCS, *Working Papers in Cultural Studies*, p. 5.
⑤ 数年后在《漫长革命》中威廉斯进一步将文化归约为三个"总体范畴",其定义更加详细(Raymond Williams, *The Long Revolution*, New York: Columbia UP, 1961, pp. 41 – 42)霍尔在《文化研究论文集》创刊号上借用的就是文化的这个定义。

身的反映。它还关注在此过程中形成的种种新的个人及社会关系。……文化显然还是对政治、社会新发展的反映"。此外，威廉斯关注文化的"物质性"，主张研究现实社会生活中活生生的文化事件及社会成员的生活经历，"我发现自己对研究现实语言义不容辞，即研究具体个人使用语言赋予体验以意义"。最重要的是，威廉斯对利维斯的文化精英主义公开表示怀疑。他反对把文化仅仅局限于文学艺术经典，反对以文学修养的高低划分文化品位乃至社会地位的高低，主张文化体验要远远超出文学体验。①

如果说《文化与社会》初步确立了威廉斯文化研究的疆域和立足点，那么发表于1961年、被认为是新左派做出的最实质性智力贡献的《漫长革命》(*The Long Revolution*, 1961)则是其文化理论化的一个里程碑。尽管威廉斯对利维斯的文化精英主义提出了批评，但是《文化与社会》中的英国文化仍然围绕英国的文化名人展开。《漫长革命》则将讨论的范围进一步扩大。威廉斯提到现代英国社会所经历的三场影响深远的革命：民主革命，工业革命，文化革命。② 人们对前两场革命谈论得比较多，但是对文化革命的意义则认识不足。他认为这三场革命相互影响、相互契合，共同形成一场"漫长革命"，积淀在我们的意识之中，影响甚至左右着我们的一言一行，"我认为我们应当努力去全面地把握（社会变化）过程，把新的变化视为一场漫长革命，以便理解当前的理论危机，历史真实，现实状况，以及变化的实质"③。

威廉斯首先大胆摒弃了之前的文化研究者对文化的传统定义，在经验基础上提出了文化的三重意义。第一，作为理想（ideal）的文化。将文化界定为人类完善的一种状态或过程，就此而言，文化是指我们称之为伟大传统的那些超越时代的思想和艺术经典。第二，"文献式"（documentary）的文化。根据这种概念，文化是知性和想象作品的整体，是文本创作和文化事件经验的记录。第三，是文化的"社会"（social）定义，即作为一种整体的生活方式的文化。文化的"社会"定义不仅涵盖了前面两种定义所包含的内容，而且还包括了被前两种定义排斥的、在很长时间里未被承认是文化的内容，有"生产组织、社会结构、表现或制约社会关

---

① Raymond Williams, *Culture and Society 1780 – 1950* (New York: Columbia UP, 1958), pp. xvi-ix, 252 – 258.
② 有意思的是，20世纪60年代正是全球范围（尤其是西方和中国）发生文化革命的时代，尽管威廉斯所谓的"文化革命"与后来的社会动荡并不是一回事，但是双方无疑有着密切的逻辑联系。
③ Raymond Williams, *The Long Revolution* (London: Chatto & Windus, 1961), p. 13.

系的制度的结构、社会成员借以交流的独特方式,等等"。① 与此同时,任何广泛意义的文化必然具有三个层次,即被记录的文化(recorded)、选择性的文化传统(a selective tradition)、亲历的文化(lived culture)。文化在理论上可以记录一个时代,这种记录在实践上被吸收成为一种选择性的传统,而两者都不同于亲历的文化。

威廉斯提出的文化概念构成了他分析英国自18世纪中叶以来伴随着工业革命、民主革命发生、发展的文化革命的理论基础。首先,他体认的文化研究内容包括一个社会的全部生活方式,因此文化的分析不能仅作知性与想象作品、文献材料的经院研究,而是"必须包括(三重)定义指向的三方面事实"。② 被记录的文化、选择性文化传统、亲历的文化以及三者之间的互动关系,都应进入文化研究的视野。与文化有关的文本资料,影响文化生产、传播、接受的政策制度、生产组织、结构方式,等等,共同构成了文化研究的纵横坐标系。对于戏剧批评出身的威廉斯来说,这种看似包罗万象的文化研究虽然旨在揭示社会文化的整体属性,但其出发点却始自对艺术与社会(尤其是文学与社会)这组关系的回溯、勾描、探究与展望,与他本人采用的历史主义方法存在显著差异。从《文化与社会》一书开始,威廉斯便划清了两者之间的界限。《漫长革命》又进一步打破了背景与前景、核心与边缘之界限的方法论,将工业革命以降的英国教育、读者、传媒、语言、作家、戏剧和小说形式变迁熔于社会文化史一炉。因此,艺术(文学)研究不是把艺术与社会相联系,而是对所有活动及其之间相互关联的考察,且不可优先考虑"我们想抽取"的某一活动内容。③ 在这一研究方法的指引下,艺术和文学的研究必然奔向视野更加开阔、内容更趋庞杂的文化史领域,从而"无论是在亲历的文化或某一过往的时代,还是在本身即为社会组织的选择性传统中,'文献'分析必将引向'社会'的分析"。④ 霍尔曾高度评价《漫长革命》,称之为"英国战后知识分子界的一个开创性事件",认为它"改变了论辩的整个阵地,将文化的文学道德定义变为一种人类学定义"。⑤ 一部《漫长革命》就这样在无形间为文化研究在英国学界的崛起奠定了基石,也为威廉斯日后倡导的文化唯物主义拉

---

① 同上, p. 42.
② 同上, p. 43.
③ 同上, p. 45.
④ 同上, p. 53.
⑤ Stuart Hall, "Cultural Studies and the Centre: Some Problemsatics and Problems," in Stuart Hall, Dorothy Hobson, Andrew Lowe and Paul Willis, eds., *Culture, Media, Language* (London: Hutchinson, 1980), p. 19.

开了序幕。

"文化唯物主义"这一概念最早来自人类学,由美国人类学家哈里斯(Marvin Harris)于20世纪70年代提出,用以考察文化进化过程中的技术因素。文化唯物主义既是威廉斯早期文化思想在马克思主义启发下的重写与完善,也是其具体的文化(文学)批评实践在马克思主义传统中的理论化尝试。从文化立场上看,威廉斯告别利维斯文化精英主义、重审与马克思主义传统的理论关系一方面调整、稳固了其唯物主义的理论底色,与此同时又开启了考察文化作为社会实践、物质生产过程乃至指意体系的众多新维度。就方法论而言,它结合了比一般社会学更为深刻复杂的历史分析方法和类结构主义的文本分析,实践了一种威廉斯所谓的"历史符号学"(historical semiotics),[①]属意于符号系统意义上文化的全面研究。

威廉斯的"文化唯物主义"更多地出于对英国传统文化批评将文化与物质生活相剥离,以及马克思主义强调的文化史(相对经济过程和政治过程)次生性的反应。从这两组对立关系出发,"文化唯物主义"的首要冲动便是证实文化实践的物质属性,并确认这些实践在社会组成中的构成性。[②] 威廉斯认为文化在本质上是一种生产意义的物质实践。在论证文化实践的物质属性过程中,他特别关注语言的物质性与社会性,指出语言是历史的,被物质实践所渗透,同时又渗透在实践的全部过程中,因而语言既不能简单被抽离出社会生活经验、孤立为上层建筑的内容,也不能被视作附属于经济政治过程的意识产物。英语国家中普遍认可的文学概念视文学为一系列专门表达人类丰富、重大、直接体验的有价值的书面作品,这实际上隐含着文学与社会、政治、意识形态等抽象概念的相对性。威廉斯认为这些概念都是以语言实践为基础的,排斥对"文学"价值的一味拔高,指出原来的文学概念不过迎合了某一特定社会阶级、某种特定学术组织的恋旧怀古心态,[③]主张用"写作语言实践"置换"文学"这一范畴,对文学批评界试图将审美的写作情境与其他的写作情境相区分的做法做出批评与修正。

进入20世纪70年代以后,以威廉斯为代表的早期英国文化研究逐渐为美

---

① Williams, "Crisis in English Studies," in *Writing in Society* (London and New York: Verso, 1981), p. 210.

② H. Gustav Klaus, "Cultural Materialism: A Summary of Principles," in *Raymond Williams: Politics, Education, Letters*, ed. W. John Morgan and Peter Preston (New York: St. Martin's Press, 1993), p. 90.

③ Williams, *Marxism and Literature (Clarendon: Oxford University Press, 1958)* , p. 57.

国理论家所重视,文化研究之风渐盛,但是两者间的区别也日益明显,理论界曾经用"文化主义/(后)结构主义"(culturalism/[post]structuralism)以示区别。"文化主义"一般将文化视为人类全部生活的总和,采用社会学、历史学、人类学的方法进行研究,尤其重视描述普通生活中的具体事例。(后)结构主义则将文化现象视为(半)自足的文本,可以进行符号学分析,揭示其中的意识形态性。文化主义方法虽然成果显著,但是理论家一直批评它缺乏明确的方法论和认识论,只能在文化的外围转圈子,无法形成较大影响。60年代结构主义兴起,被文化研究所采用,把研究的重点从五花八门的文化表象转移到文化的深层"结构",认为文化表象皆产生于文化形式。后结构主义则质疑结构主义(如社会阶层—观念意识的机械对应),更加注重意义产生的具体境况及其复杂性;由于不同意义之间的相互混杂、相互作用,社会意义的产生具有偶然性和不定性,不一定对应于某个相应的社会政治经济结构。

  进入20世纪70年代后结构主义对文化研究的影响变得更大,法国文化研究表现得最为突出,其代表之一就是提出"文化资本"概念的社会学家布尔迪厄(Pierre Bourdieu, 1930–2002)。布尔迪厄认为,在现代社会仅仅靠物质资本的占有来区分社会阶层已经很困难,以此分析权力分配更显不足。他主张,与物质资本相似,文化也是重要的资本形态,可以依据对文化的拥有来划分社会阶层。特定的文化阶层有特定的文化世界,并形成特定的文化观,布尔迪厄称之为"习性"(habitus),习性的不同可以反映文化观的不同,乃至阶级观的不同。[①] 在《如何成为运动迷?》("How Can One Be a Sports Fan?")一文中,布尔迪厄把运动看成满足社会需求的"供应",能享受这个供应的人群形成了特定的文化习性,探求这种需求的产生、由此形成的习性及其生产关系是研究文化的重要途径。他首先区分游戏与竞技。从事游戏者为"运动者",一般是工人阶层,从事竞技者才是"运动迷",因为竞技是中产阶级的专利。体育作为中产阶级的社会需求始于19世纪末。它脱离了平民属性的游戏性和业余性,开始具备物质资本、象征资本、文化资本。首先,从事体育必须具备相应的物质基础,否则无法消费昂贵的体育器材和用品。一些体育项目被有意赋予象征意义,如网球、高尔夫球、帆船、马术,都是所谓的"贵族"运动,反映运动者的社会地位。最重要的是体育中的文化资本。体育已经成为中产阶级培养其接班人的工具:体育迷必须懂得遵守竞技规则,培养顽强的求胜精神,不怕失利,勇于竞争。此外,体育也是控制青少年最经

---

① Elaine Baldwin, et al. eds., *Introducing Cultural Studies*, pp. 39–41, 355–356.

济的方式,让他们宣泄多余的能量,不致对社会秩序造成大的危害。同样道理,企业也会为工人提供一定的体育便利,以疏导暴利倾向:"工人阶级或中下阶层运动者带入体育行为中的'兴趣'和价值观一定和体育职业化要求并行不悖……和从事体育运动的合理化要求相一致,这些要求通过追求最大的利益(以'获胜''称号''记录'来衡量)及最小的风险(这本身就和私人或国家体育娱乐业的发展相关联)来实现"。[1]

但是文化主义却一直抵制(后)结构主义倾向,认为后者只注意抽象的"结构",容易陷入结构决定论,忽视现实中的人及人对结构的反作用。[2] 20 世纪 80 年代起,文化主义/(后)结构主义之分越来越模糊,尤其是双方都对意大利马克思主义者葛兰西[3]产生兴趣之后。葛兰西强调文化具有"物质性",主张深入探讨"由历史所决定的全部社会关系"[4],因此得到文化主义的欣赏。同时葛兰西又充分挖掘文化物质性的本质所在,探讨意识形态形成发展、发挥作用的机制,和(后)结构主义十分契合。葛兰西指出,历史的发展不仅仅只受制于经济基础,统治阶级的权力不仅仅只通过国家政权施展。他认为,意识形态具有物质作用,可以对人施加重大影响,并且通过人来影响历史的发展。他借用意大利文艺复兴时期政治学家马基雅维利(Niccolò Machiavelli, 1469－1527)的观点说明,权力所维护的不仅仅是国家政权,更重要的是维护既成观念体系,维护由权力关系所产生的社会关系;统治过程是统治阶级施加观念影响的过程,因此反抗统治阶级首先要反抗其观念生产部门,包括教育文化部门。葛兰西的一个重要概念是"霸权"(hegemony):"获取赞同,依靠建立领导的合法化以及发

---

[1] Simon During, ed., *The Cultural Studies Reader* (London & New York: Routledge, 1994), pp. 339－350.
[2] Elaine Baldwin, et al. eds., *Introducing Cultural Studies*, pp. 30－31.
[3] 葛兰西是意大利共产党创始人之一,1924 年担任党的主席,1928 年被墨索里尼判刑 28 年,1937 年在国际压力下被假释,同年病逝。法庭上,法西斯公诉人对法官说:我们必须让这个大脑停止运转 20 年。但是狱中九年恰恰是葛兰西思考最富成果的九年,留下 32 本通信集。由于狱方审查,葛兰西无法清楚、完全、自由地表露自己的观点,时常不得不"顾左右而言他";尽管如此,他的著述也已经极大地发展了马克思主义理论,被誉为"20 世纪最伟大的马克思主义作家"。参阅 Ben Agger, *Cultural Studies as Critical Theory* (London & Washington: The Palmer Press, 1992), pp. 9－11.
[4] Antonio Gramsci, *Selections form the Prison Notebooks of Antonio Gramsci*, ed. & trans. Quintin Hoare & Geoffrey Nowell Smith (New York: International Publishers, 1971), p. 133.

展共同观念、价值、信仰、意义,即共同文化。"①葛兰西关注的问题是:墨索里尼法西斯主义明显荒谬,为什么可以获得意大利的举国赞同? 他的结论是,法西斯依靠的是国家专政机器的暴力专制加意识形态灌输的思想钳制。既然赞同可以获取,也就可以打破,所以葛兰西对知识分子(即当代马基雅维利式的"王子")寄予希望,要他们"引导"②大众奋起反抗法西斯的思想统治(即葛兰西式的"被动革命")。③ 文化研究采纳并扩大了"霸权"观;葛兰西的所指只限于统治/被统治阶级,当代文化研究则范围更广,包括性别、种族、身体、愉悦等。④

20世纪80年代之前,文化研究基本上以英国模式为主导,反映的也是大众/工人文化。进入80年代之后,由于消费文化的全球化扩张,文化研究很快传入其他国家,并且因境况不同呈现也不同。美国的文化研究出自英语系和传播系,80年代颇为"火爆",涉及广告、建筑、时装、摄影、青少年等众多领域,虽然在大学里尚算不上主流,但是影响之大前所未有,成了"所谓'批评理论'在各种学术组织中的最新表现"。有人认为这同里根主义保守回潮有关(在英国则是稍早的撒切尔夫人的保守主义)。之前美国左翼学者关注多元文化和睦共存的理论框架,此时需要反击阶级、性别、种族中日益增多的不平等现象,所以向英国的批判传统靠拢。但是美国文化研究已经很难沿袭英国传统,霍尔曾对此提出过批评:美国的文化研究表现为严重的职业化、体制化,追随后结构主义把权力文本化、形式化,学究味太浓,批评家已成为资本主义社会中复制资本主义文化和社会关系的"职业管理阶层"的一部分。⑤

20世纪80年代,为了更好地争取研究岗位和经费,CCCS转为研究教学并重的"文化研究系",同时招收研究生和本科生。1984年,"文化研究学会"(Cultural Studies Association)在英国成立,同时欧洲的文化研究开始普及,美国的文化研究也方兴未艾。进入90年代,文化研究已经成为主流学科,因此偏激冒进少了,深思熟虑多了,看上去更加成熟了几分。⑥ 欧曼(Richard Ohmann)是美

---

① 正如福柯的"power"一样,"hegemony"的英文翻译和它的原意也有不同:它既指一般意义上的"在政治经济方面寻求领导地位"(俗称"霸权"),又含"引导""抵制"之意。(Antonio Gramsci, *Selections form the Prison Notebooks of Antonio Gramsci*, pp. xiii-xiv.)
② 在意大利文里"引导"(direction)和"hegemony"是同一个词根。
③ Elaine Baldwin, et al. eds., *Introducing Cultural Studies*, pp. 39 – 41, 106.
④ John Storey, ed., *What Is Cultural Studies? A Reader* (London & New York: Arnold, 1996), p. 10.
⑤ 同上,pp. 144, 291 – 297.
⑥ John Storey, ed., *What Is Cultural Studies? A Reader*, pp. 55 – 60.

国文化研究/美国学研究(American Studies)的重要代表,他探讨当代美国消费文化,尤其揭示资本主义意识形态如何起"煽情"作用,至今仍然影响很大。早在70年代,他就出版了《英语在美国》(*English in America*, 1976),旨在揭露资本主义文化"不露痕迹"地为资本主义意识形态服务。欧曼既承英国文化研究之传统而注重文化具体表现,又露后结构主义之端倪而探讨文化"霸权"的形成过程,把当时的社会动荡归之于"负责传播知识文化的机构",认为美国大学英语教学并不是培养人文精神,而是在培养资本主义商业文化的继承人。他以美国大学常用的 14 本写作教材为例,指出写作课并不要求学生进行思考,只要求熟记硬背写作规范,绝对服从写作技法,只注意实用功利性,把学生培养成国家、阶级的驯服工具。课本不仅把学生作为无阶级、无性别、与世隔绝的学习者,而且选用的范文竟包括越战时五角大楼的文献,作为学生临摹的标准。[①] 如果说以上的分析还停留在批判的浅层次,欧曼后来出版的《制造销售文化》(*Making and Selling Culture*, 1996)则更加深入,他在书中提出的问题是:"文化制造者了解我们些什么? 他们如何利用这个了解来估计、塑造、产生我们的欲望,以达到让我们消费商品或消费体验的目的?"欧曼最关切的,就是消费文化如何在不知不觉中煽动起消费者的消费欲望。以广告为例,成功的广告并不是推销商品,而是让消费者自己产生消费欲望,其惯常手法是首先挑起消费者对自己消费现状的不满,然后把这种不满转换成"缺乏"或"缺憾",最后产生强烈的消费欲望。当这种欲望发展到一定阶段时,便会使消费者产生物我不分的感觉,把消费作为生命的一部分。

　　文化研究在美国的新近发展之一,是"媒介研究"(Agency Studies)。所谓"媒介",即"通过施展权力达到目的的人或事物",在批评理论中,"媒介研究"的对象是当代资本主义消费文化下产生"权力"的各种批评理论。顾名思义,"批评"理论产生的权力理应和资本主义国家机器及其意识形态产生的权力相对抗,质疑后者的合法性,揭示其非"自然性"。但是此前十几年,后现代理论提出的问题是:批评理论真的能做到这一点吗? 一些批评家(尤其是西方马克思主义者)的回答是肯定的。如葛兰西就寄希望于"有机知识分子"来打破法西斯主义的"霸权",赛义德也提出相似的"世俗/业余知识分子"作为反抗性的代表,[②]詹姆逊同

[①] Richard Ohmann, *English in America, A Radical View of the Profession* (New York: Oxford University Press, 1976), pp. 1, 93 – 94, 146 – 159.

[②] Edward Said, *Beginnings, Intention and Method* (New York: Columbia UP, 1985), pp. 13 – 14.

样倡导"元批评/元代码"来表示独立于商品化之外的真正的批判理论。但后结构主义理论对批评的有效性持否定态度:既然资本主义意识形态无所不在,既然任何批评理论都与消费文化息息相关,任何批评最终都只能落入资本主义的文化逻辑,成为其"同谋"。① 批评理论因此陷入两难的境地,出现某种"危机"。有感于此,美国卫斯理安大学的费斯特(Joel Pfister)觉得有必要探讨后现代批评的有效性,尤其是批评的正面作用。如通俗文化虽然有麻痹作用,但同时也是自我表现的手段;黑人文化追求逃脱,却也是一种精神解放与反抗。最重要的是,因惧怕"同谋"而无动于衷不可能产生社会变化:"为了有效地组织起一个团体或社区群体,不仅仅只是帮助其成员瓦解敌对群体的力量,还需要有效地聚集力量,激发斗志,鼓起勇气,这么做不仅靠群体的反抗力,而且靠群体的凝聚力。"这么做的实际意义还包括,可以让学生们跨出"同谋批评"的局限,创造性地组织实际批评。②

由于后结构主义、后现代主义理论的影响,当代文化研究的泛文化倾向越来越明显。文化被作为文本,文化研究成了文本阅读。任何文本阅读都涉及知识问题,福柯指出,知识首先是人们在话语实践中使用的言语,展示说话者(知识拥有者)在某个领域里享有权力,能把自己的概念完整地融入已有的知识系统,供话语进行使用。福柯着重论述了知识的主观、人为、片面性,表现在知识经过精心的系统化、结构化、成形化之后,被冠之为"科学"。而知识的谬误越少,科学性越强,它的意识形态性可能也越强。通过分析西方历史上知识产生的过程,福柯得出结论:知识话语得力于科学的权力和真理的威严,真理也借助知识的制度化、系统化强化自己的霸权。后殖民主义理论③利用福柯的知识权力论对新老殖民主义霸权话语对东方文化的误征误现进行批判。赛义德认为东方主义对东方文化和东方人的暴力歪曲来自西方历史悠久的所谓"正规"

---

① Michael V. Belok, ed., *Post Modernism, Review Journal of Philosophy and Social Science* (India: ANU Books, 1990), Vol. xv. P. 7; Michel Foucault, *The Archaeology of Knowledge and the Discourse of Language* (New York: Pantheon Books, 1972), pp. 228-229.
② Joel Pfister, "Complicity Critique."页码系指费斯特所赠手稿,原文刊登于 2000 年《美国文学史》杂志。Joel Pfister, & Nancy Schnog, eds., *Inventing the Psychological: Toward a Cultural History of Emotional Life in America* (New Haven & London: Yale University Press, 1997), p. 25.
③ 后殖民主义可否列为文化研究的一个分支尚有争论,但由于它探讨的是"从殖民接触初始开始的整个殖民过程中的所有问题",而且独立后的前殖民地仍然"以这种那种方式受着新殖民主义公开或暗里的主宰",所以后殖民主义揭示的是主导/从属文化间的控制与反控制。(Bill Ashcroft, Careth Criffiths & Helen Tiffin, eds., *Post-Colonial Studies Reader*, New York & London: Routledge, 1995, p. 2.)

"纯学术"的东方学研究机构。它借助"科学性"对东方文化和东方人进行了几百年系统、"缜密"的研究，惯用的手法是从零星观察（typycasting）上升到民族、文化的整体特征（types），然后不失时机地做出价值判断，形成西/东方高/低、优/劣的思维定式（stereotype）。新历史主义则不承认历史可以完全客观再现，即使是纯粹的历史事实，它在历史中的实际表现、作用以及同现实政治的联系仍然有待历史学家去阐述。因此任何对过去的"真实表述"都只是"建构"（construction）而不是"发现"（discovery），而主观建构不可能是永恒不变的真理，背后总隐含有建构者的意识形态目的。[①] 因此新历史主义学者注重对客体文本进行深入挖掘，往往从文本辉煌的表面揭示出它深层隐含的触目惊心的事实。

进入 20 世纪 90 年代，文化研究的一个明显倾向是国际化。80 年代后期在美国创刊的杂志《文化研究》编委会便由国际学者组成，其宗旨是"促进本领域在世界范围的发展，使不同国家不同学术背景的专家学者相互沟通"。文化研究的国际化是对文化全球化的反映：随着资讯科技的发展，不同文化间的交流、碰撞日益频繁。西方文化政治界对未来感到忧心忡忡者大有人在。如日益明显的国际化令英国学者不安，担心广泛的体制化之后文化研究会脱离与现实文化政治的密切联系，陷入象牙塔之中，失去其原有的锐气。[②] 有人担心，一些人对文化研究趋之若鹜只是赶时髦，在旧内容上贴新标签，并不进行认真的学术研究。[③]

这一时期，文化研究面对的社会大环境也发生了很大变化：20 世纪 80 年代保守势力急剧增强，90 年代已经形成了一个十分敌视左翼文化的氛围，与 60 年代的"红色"天下形成鲜明的对比，左翼倾向浓厚的传统文化研究也渐渐失去了往日的气候。发展到顶端的事件就是 CCCS 不得不面临被强行关闭：2002 年暑假结束前一周，伯明翰大学校方决定重组文化研究与社会学系，全部 14 位教师需要自己到其他系科联系"另谋高就"，保留下来的岗位只有 3.5 个。[④] 美国的社

[①] H. Aram Veeser, ed., *The New Historicism Reader* (New York & London: Routledge, 1994), pp. 14–20.

[②] Hans Adler & Jost Hermand, eds., *Concepts of Culture* (New York & Washington: Peter Lang, 1997), p. 25.

[③] "在所有从 70 年代起席卷美国的人文思潮里，没有哪一种思潮像文化研究那样被研究得如此肤浅，如此投机，如此轻率，如此脱离历史。"(John Storey, ed., *What Is Cultural Studies? A Reader*, p. 274.)

[④] 就学科声望来说，CCCS 的社会学研究方向一直在英国名列前茅，社会学和文化研究两个本科方向的录取比例最低也有 1:10，却被校方以学科"优化组合"的名义大大缩减了规模，并且此举得到了学校教师工会的认可。

会环境同样如此。由后结构主义建构的"政治正确的庙堂"受到相当程度的奚落,多元文化、解构主义、文化研究、后殖民主义研究、族裔研究等受到越来越多的指责,当年的耶鲁解构批评家布鲁姆此时提醒美国学者不要在理论上盲目跟进,避免成为"与法国理论家们认同而实际上忘了自己生活和执教于哪个国家的人"[1]。在这样的批评背景之下,过去曾遭到批判的"伦理价值"和"文学经典"被重新请了出来。

自 1964 年伯明翰大学"当代文化研究中心"成立至今,文化研究已走过半个多世纪的历程。学者们冷静地反思其理论实践,似乎有一个共识:"文化研究不是某种固定不变、可供重复使用的方法,学习以后可以应用于任何文化领域。文化研究是各种社会、文本努力的历史总和,以解决政治和文化意义中存在的种种问题。"[2]人类在新世纪遇到大量新的社会问题,文化研究也将担负起历史赋予它的责任。《诺顿理论与批评选集》主编里奇在《21 世纪的文学批评:文学理论的复兴》中认为,新世纪的文学批评已经不会再出现 20 世纪后期批评理论所展现的一个个"流派":21 世纪的文学理论就是一个个的文化研究"专题"。他在此书的扉页上列出了目前在美国比较流行的这些批评理论"专题",共 94 个,归在 12 个大的"领域"中。[3] 可见,即使在新的保守氛围下,作为文化研究的文学批评理论不仅没有萎缩,反而拥有进一步发展的空间。

(撰稿人:朱刚、徐蕾、姚成贺)

---

[1] 哈罗德·布鲁姆:《西方正典》,江宁康译,南京:译林出版社,2005 年,第 410 页。
[2] John Storey, ed., *What Is Cultural Studies? A Reader*, p. 280.
[3] Vincent B. Leitch, *Literary Criticism in the 21st Century: Theory Renaissance* (London: Bloomsbury, 2014).

第十章　当代小说批评

20世纪中期以来,小说这一文学样式存在于一种悖论中,一方面是"小说之死""文学之死"等悲观言论的盛行,另一方面是小说的蓬勃发展以及小说家和批评家对小说的殷切希望和信心。在这一时期,有一批身兼作家和批评家两种身份的学者对小说和小说批评的发展都做出了独特的贡献。代表性的学院派作家包括默多克、布鲁克-罗斯、布雷德伯里、洛奇和拜厄特。他们都曾在大学里教授文学课,熟悉20世纪文学、文化批评理论,将强烈的自省意识融入自己的小说创作,进而又回顾、展望文学创作与文学批评理论的关系,特别是文学批评理论对创作的引导作用或不良影响。在这一过程中,无论他们如何看待自己作家—批评家的双重身份,其创作和批评都体现出互动互惠、互相促进的态势。他们多数并不是理论的创立者,而是对20世纪初以来的批评理论进行梳理、总结、评价、吸收、抵制或修正。因此,他们的批评观点是圈内人的观点,或许缺乏系统性,却涉猎广泛;或许点到即止,却蕴含丰富;或许囿于自己独特的写作体验理论建构,却因其理论与实践相结合而言之有据,生动贴切,闪烁着思想的光辉。

第一节　默多克

默多克(Iris Murdoch, 1919 – 1999)生于爱尔兰都柏林,1942年毕业于牛津大学,1987年被授予大英帝国女勋爵头衔。她主要以道德哲学和小说创作而闻名,但也常常将自己的道德哲学和文学观、小说观融合在一起。她的小说批评观点跟她的整体文学观、哲学观融合在一起,共同致力于对于"善"(goodness)和"自由"(freedom)这两个关键词的理解和阐释。在她庞大的作品阵容中,收集在《存在主义者与神话:哲学与文学论著》(*Existentialists and Mystics: Writings on Philosophy and Literature*, 1997)一书中的多篇文章、杜利(Gillian Dooley)编辑的一部对话集《来自小说宫殿的小角落》(*From a Tiny Corner in the House of Fiction*, 2003)以及她著名的论文《拒斥枯涩的定式》("Against Dryness", 1961)集中体现了她的小说创作观和批评观。

作为一位哲学家和学院派作家,默多克常将其对小说的思考上升到哲学的高度。在她看来,文学应该像存在主义者和马克思主义者一样,对人类状况负责,把生活看作永远的斗争,愿意以思考作为武器参加这场战斗:它"必须参与战斗,它必须是参加者(engagee)"。① 实际上,默多克在其《萨特:浪漫的理性主义者》(Sartre, Romantic Rationalist, 1953)一书中就曾谈到萨特有关小说介入社会(commitment)的观点,但她认为"一位艺术家不应该操心在其艺术作品中观照社会的问题"。相反,"艺术家首先有义务关照其艺术领域,并竭尽所能创作出最好的作品"。② 就小说家而言,如果他工作出色且真诚,那么关注社会就是自然而然的事情,他只须如实表达自己对社会的认知,即可反映社会,根本无须特意去介入社会。她说:"我认为当社会介入干扰艺术的时候,常常是一个错误。它会使小说家紧张、焦虑,无法畅所欲言地表达他所理解的整体事实。"③ 简言之,默多克认为小说应该担负起反映生活、介入社会的光荣使命,但小说家不应因此以介入社会为主要目的,好的艺术作品自然会介入社会,反映生活。

在默多克看来,小说应反映人类本质,反映平凡的生活,或者说反映整体人类的生存状态,但不同的作家可以反映不同阶层人民的生活。默多克指出了小说的三种功能:道德判断功能、慰藉功能、解释人类共同秘密的功能。首先,小说具有道德判断的功能。"如果你写的是小说,那么你就无法避免道德判断",④ 但同时,"小说不是道德传单,而是艺术作品"。⑤ 也就是说,小说不是说教,不是自我标榜,而是以坦诚的态度排除个人的投射,反映生活的偶然性和人类的弱点。其次,小说具有慰藉作用。在默多克看来,小说的这一功能跟整体艺术的功能密切相关。艺术具有慰藉功能,充满了神秘,又趣味盎然。小说主要是喜剧形式的,她认为:"没有任何喜剧成分的小说从审美的意义上来说是危险的。没有喜剧成分,小说家很难保证不丢失一些非常重要的东西。"⑥ 小说恰是通过其喜剧因素达到抚慰的目的。再次,小说通过探索人物的内心揭示人类共同的秘密。默多克认为,人类心理的一个明显特征是人们有隐秘的梦想生活。小说家将会

---

① Iris Murdoch, *Existentialists and Mystics: Writings on Philosophy and Literature,* ed., Peter Conradi (London: Chatto & Windus, 1997), p. 110.
② Gillian Dooley, *From a Tiny Corner in the House of Fiction: Conversations with Iris Murdoch* (South Carolina: University of South Carolina Press, 2003), p. 17.
③ 同上,p. 18.
④ 同上,p. 112.
⑤ 同上,p. 199.
⑥ 同上,p. 118.

揭示这些秘密并力求理解它们。人们通常不会讲出自己的隐秘想法,"一方面是因为他们感到羞愧,另一方面因为拥有秘密很自然、很正常"①。小说家则可以通过塑造各种类型的人物解释人类的心理,暴露人类隐秘的恶,从而使人们认识到自己的弱点,积极向善。

默多克对于"如何写小说"这一问题的阐释和回答可以归结为以下五点。第一,小说应该反映现实,但允许一定程度的实验。像很多主流英国作家那样,默多克深受英国文学传统的熏陶和影响,喜欢现实主义小说。她情愿回归"朴素得多的现实主义写作",情愿"被看作一个现实主义作家",谈论普通的生活、事物的面貌、人们的现状,"刻画真实的、自由的人物"。② 但这并不意味着默多克排斥实验。她认为在小说创作中应容许一定的实验,因为现实生活中幻想的和平常的、朴素的和象征的也通常会交融在一起,因此"最好的小说会把这些因素结合在一起探索并展示生活"。③

第二,小说应该是有趣的、喜剧性的。默多克认为:"不管它所叙述的事物多么悲切,多么糟糕,小说属于一个开放的世界,一个充满怪诞、悬念和愚昧的世界。"④ 恰是这些怪诞、悬念和愚昧的因素构成了小说的喜剧性。

第三,小说应排斥"个人化"的自我表达。关于这一点,默多克说:"我同意艾略特的观点,艺术家的任务是从艺术作品中排除自己。"⑤她认为作家应该把个人风格和个性存在区分开来:"最好的文学作品中都没有明显的作者的个性存在。文学中的个性存在如果过于专横,像劳伦斯的那样,可能会是破坏性的。……表现、阐释、建构自我的渴望是艺术强有力的动力,但必须批判对待。"⑥

第四,小说应保持一定的神秘性。在默多克看来,艺术是"诡计的游戏",艺术家"在某种程度上刻意对他所从事的工作去简单化(de-simplifies),从而或者以一种真实的姿态展现它,或者来隐藏一些事物"。因此,艺术家在刻画人物的时候也应该留有一定的余地和一定的神秘空间。

第五,小说应从"人"的叙述视角出发,而不是"男人"或"女人"的视角。对性

---

① 同上,p. 131.
② 同上,p. 29.
③ 同上,p. 7.
④ 同上,p. 47.
⑤ 同上,p. 7.
⑥ Murdoch, *Existentialists and Mystics*, p. 9.

别的超越成就了默多克宽广的视野和深刻的哲理研究。

在人物塑造方面，默多克认为小说应该塑造"能让人记住的人物"①与自由的人物。她认为托尔斯泰、狄更斯、莎士比亚具有塑造自由人物的能力。他们塑造的人物具有一种内部力量，使之看起来是自足的，而不是由作者决定的。默多克所谓的自由人物指的是不受传统或模式化场景影响的人物。"小说中塑造的个人是自由的，独立于他们的作者，而不仅仅是充当木偶，来表现其幽闭的精神冲突。"②但人物独立于作者并不意味着作者没有权力操纵人物。谈到自己在小说创作中对人物的操纵，默多克指出："在现实生活中，人们也会受到操纵。"例如，人们会在生活中"选出一个人作为他们的领导，或天使，或神，或任何他可能成为的人物，然后，可能是在潜意识中，他们准备接受来自这个人的建议"③。因此，作者操纵人物实际上也反映了人类的本质，但作家没有权力代替其人物做出任何决定或做任何事。小说在人物塑造方面应具有创新性，不应牵涉真实的人。默多克坚信把真实的人牵扯进小说是"不道德的"，而且会"非常枯燥"，而她想要创造一个"从来没有存在过但同时可信的人"。④

默多克不仅重视人物，也重视故事和情节。她认为故事和情节对于小说都至关重要，而且"一般的小说同时需要情节和人物，情节和人物在故事发展中互相提携"。⑤ 因此，她反感一些实验性的反故事的小说，认为相关小说家刻意写得晦涩。默多克以自己创作经历为例，说明人物和情节之间常常难以兼顾。她认为她在《在网下》(*Under the Net*, 1956)之后创作的小说常在两种倾向之间摇摆：一种是通过讲述一个非常强势的故事，牺牲人物来达到小说的强度；一种是保留人物，丢失小说的强度。⑥ 强势的情节可能使人物丧失发展的空间，强势的人物塑造则可能损伤小说的情节节奏。但她表示自己最终找到了一个平衡点，在后期创作中倾向于描述细节、拉长篇幅，更写实，人物形象也更饱满。

默多克指出，英国和美国的现代小说，特别是严肃小说，倾向于两种极端："要么是一个紧密的形而上的客体，希望自己是一首诗，企图以神秘的形式传达有关人类状况的核心真理，要么是一部松散的新闻体叙事诗，记录性的，或者交

---

① 同上，p. 78.
② Murdoch, *Existentialists and Mystics*, p. 271.
③ Dooley, *From a Tiny Corner in the House of Fiction*, p. 74.
④ 同上，p. 224.
⑤ 同上，p. 114.
⑥ 同上，p. 12.

易性的,提供有关当代状况或历史事件的评论。我们得到的是事物或事实。我们失去的是人物。"①结果,"自然主义的人物概念已经基本上从小说的创作倾向和批评家的视野中消失了"。② 读完一部小说,我们常常只记得作者本人,或有关作者的一些重要特征。这与默多克心目中的优秀小说大相径庭。她认为:"小说必须是一座适合自由人物居住的房子,将形式与对现实——包括现实中各种各样奇怪的偶然因素——的尊重结合起来是散文艺术的最高境界。"③

默多克随后论述了著名的"晶体型小说"(the crystalline novel)与"新闻型小说"(the journalistic novel)的区别④。前者指"一种描绘人类状况的准寓言式小型作品。按照19世纪小说的标准判断,它不包含'人物'"⑤;后者指"一种不成形的准文献式长篇作品。它由19世纪小说退化而来,平铺直叙地讲述某个故事,从直接经验和事实中汲取活力,而它的人物却因落入俗套而苍白无力"。⑥ 默多克认为这两种模式的小说都不能称为好的作品,因为它们所忽略的人物刻画是小说的基本要素。文学(特别是小说)应该刻画出真实、"圆形"的人物。

关于艺术,默多克认为,好的艺术首先是自由的艺术。"好的艺术是一种没有被污染的快乐,是幸福。"从好的艺术中,人们可以学习如何看待以及如何理解这个世界。因此,"极权政府干涉艺术家是一种可怕的罪过。艺术家必须不受干涉,批评家也必须放开艺术家"。其次,好的艺术是一种思想方式,一种知识模式。"好的艺术不可避免地教给你一些事物,但它一定不能以教义为目标。"⑦再次,好的艺术把人们带离自我中心,"使他们能够看到人类生活细节的多个侧面,以及多种多样的具体事物,而不是被困在自己的幻想中"。⑧ 最后,好的艺术、伟大的艺术必须有勇气讲真话,必须坚持真理,维护道德良心。

在描述自己理想的艺术之余,默多克还表达了对20世纪文学批评理论的看法。以弗洛伊德的精神分析为例,默多克说:"我对于精神分析的感情较为复杂。我非常讨厌接受精神分析,也不知道这对人们有多大好处。"但另一方面,她并不

---

① Murdoch, *Existentialists and Mystics*, p. 278.
② 同上,p. 280.
③ 同上,p. 286.
④ 同上,p. 291.
⑤ Malcolm Bradbury, ed., *The Novel Today: Contemporary Writers on Modern Fiction* (Manchester: Manchester University Press, 1977), p. 27.
⑥ 同上,p. 27。此处参考了殷企平的译文。见殷企平、高奋、童燕萍:《英国小说批评史》,上海:上海外语教育出版社,2001年,第247—248页。
⑦ Dooley, *From a Tiny Corner in the House of Fiction*, pp. 137-138.
⑧ 同上,p. 142.

全盘否定精神分析,认为弗洛伊德很有趣。"他作为一个思想家非常让人兴奋,他充满了洞见。他写过有关艺术的有趣见解、具体的艺术作品评述以及一般的陈述。……他整体的思考与推测丰富多彩。而且我发现他有关人类心灵的观点很能引起共鸣,也很现实。"① 无论如何,默多克认为,不管批评家——精神分析学家也好,后结构主义者也好——采用哪种分析、批评方法,"小说家不应该为批评家的言辞而担心"。② 这实际上呼应了她有关"自由"的观点,包括作家创作的自由和作品的独立性。

总之,默多克的小说创作观、批评观体现出她作为一位哲学家和学院派作家的使命感、责任感。她孜孜以求于道德和良知,对小说这一文学样式抱有厚望,希望小说能够介入社会,反映人类的本质,并以自己的小说创作践行着这一理念。

第二节 布洛克-罗斯

布洛克-罗斯(Christine Brooke-Rose, 1923 – 2012)生于日内瓦,1928—1936年间在伦敦和布鲁塞尔接受教育,1936年移居英国,1941—1945年间在布莱奇利公园作为空军妇女辅助队的一名报导员破译德文密码,1968年移居法国,因此熟悉英语、法语、德语等多国语言。③ 其自传体小说《重构》(*Remake*, 1996)出版后,约斯泊维齐(Gabriel Josipovici)曾写过一个短评,其中的一段话典型地体现了布洛克-罗斯的学院派作家生涯的主要特点:"生于语言之间,在隐秘信息的截取上摸索到了自己的路子,克里斯廷·布洛克-罗斯有她自己的行为方式。不怀旧、不感伤,微妙而果断地修改那些足够幸运以致跟她的作品挂上钩的人的观念。"④ 综观布洛克-罗斯的小说创作和批评,其中所体现的她对语言的操控能力,创作中的精心设计,批评作品中看待问题的严谨、复杂和多元性,以及她对20世纪文学批评理论的熟悉程度和深度见解都让人叹为观止。尽管布洛克-罗斯"最擅长的是分析和修改别的作家的思想","不是一个体系的建立者,而是一个体系的改

---

① 同上,p. 89.
② 同上,p. 173.
③ 参见 Sarah Birch, *Christine Brooke-Rose and Contemporary Fiction* (Oxford: Clarendon Press, 1994), p. 228.
④ Gabriel Josipovici, "World within Words," *New Statesman & Society* Vol. 9, No. 393(August 3, 1996), p. 41.

编者"①,但她正是在思考、修正他人理论体系的过程中闪烁出聪慧的光芒和知性的深度。

小说的命运和现实主义写作是布洛克-罗斯关心的重要问题之一。在《虚幻修辞学》(*A Rhetoric of the Unreal*, 1981)的开篇,布洛克-罗斯指出,"本世纪正在经历一次现实的危机"②,这已经成为一种陈词滥调。但她随即质疑了这种论调的可信度,认为20世纪所经历的也许只是一次想象的危机,是因为作者和读者对现有的小说形式产生了审美疲劳。她认为,人们对"现实"的认识是有分歧的,而且这种认识经历了不断的发展和变化。对于职业哲学家来说,常识性的物理现实和经验现实与形而上的非现实之间的区分一直都是争论的话题。柏拉图认为我们熟悉的现实仅是完美思想的影子,当代理论家如德里达等则认为"真实"被无限推延,无法达到。对于当代哲学来讲,"赤裸裸的本体论事实是我们无法接近的,因为人类只能通过其多种任意系统,包括语言和科学话语再现它"③。无论如何,随着社会的发展,经验现实不再像以前那样可靠这一认识已经成为社会各个阶层的共识。尤其是到后现代主义时期,人们的自觉意识、反省能力不断增强,世界本身似乎变得越来越虚幻,曾经虚幻的东西反而成为现实。

一旦"现实"遭遇危机,已成常规表现方式而显得疲乏滞后的现实主义写作也遭到唾弃和攻击,"小说之死"的预言此起彼伏。早期阶段(19世纪末)的"小说之死"与现实的危机、现实主义所遭到的质疑紧密相关。旧的现实主义已无力表现变化了的现实,若继续使用这种现实主义,无疑将导致小说的死亡。于是,"反现实主义"的呼声越来越高,作家开始寻求新的修辞方式再现世界,各种各样的文学实验纷至沓来,出现了大量表面上看起来非写实的小说:美国学者斯科尔斯(Robert Scholes)所谓的"寓言"(fabulation),托多洛夫(Tzvetan Todorov)所谓的科幻小说(science fiction)、奇幻小说(the fantastic)、魔幻小说(the marvelous),法国文学界出现的新小说(Nouveau Roman),等等。通过对科幻小说的分析,布洛克-罗斯得出如下结论:"归根结底,任何小说都是现实主义的,不管它是模仿某种神话理念的英雄事迹,还是模仿某种反映进步理念的社会,或是模仿人的内在心理,甚至是像现在那样模仿世界的不可阐释性——这种不可阐释性正是当今

---

① Mark Rose, "A Rhetoric of the Unreal (Book)," review of *A Rhetoric of the Unreal* by Christine Brooke-Rose, *Comparative Literature* Vol. 36, No. 3(Spring 1984), p. 169.
② Christine Brooke-Rose, *A Rhetoric of the Unreal: Studies in Narrative and Structure, Especially of the Fantastic* (Cambridge: Cambridge University Press, 1981), p. 3.
③ 同上,p. 4.

人类的现实,就像世界的可阐释性曾经是(也许会再次成为)人类的现实一样。一种奇幻的现实主义。"①因此,过时的不是现实主义创作技巧本身,而是早期那种陈旧的、平庸乏味的再现生活的写作模式。这种写作模式将小说当作一面镜子,试图忠实地映照世界。即便是看起来实验的现代主义和杂乱无章的后现代主义创作也有现实主义的成分:前者模仿的是心理现实,后者模仿的是已经变得无序、碎片化的世界现实。在《故事、理论与事物》(Stories, Theories and Things, 1991)中,布洛克-罗斯再次强调,"某种类型的现实主义是小说样式的本质"。②这样一种思维方式自然导向她的"复数现实主义"的概念。她指出:"语言本质上不可避免地具有再现本质,它可以通过多种类型的现实主义(realisms)使之实现。"③

布洛克-罗斯在自己的创作中,也力求突破现实主义的局限,冲出"小说之死"的囹圄,极尽实验之能事,因此被称为反现实主义的实验作家。她否定这种说法,指出:"实验并不一定意味着反现实主义,尽管实验可能质疑现实主义的某些惯例。"她说:"如果现实主义意味着再现,我不是反现实主义的作家。我不认为作家可以反再现:语言具有再现的本质,即便是幻想,也必然扎根于现实主义的再现,否则就不成为叙述。"④这再次例证了她的"复数现实主义"观点。

布洛克-罗斯对小说体裁的发展颇感兴趣。在《虚幻修辞学》中,她花了大量笔墨探讨了托多洛夫有关奇幻小说的理论,分析了其体裁划分的依据和缺陷。她暗示,在后现代语境下,现实—虚构的二元对立遭到了质疑,因此,以该对立为基础的体裁划分失去了清晰的标准,其缺陷逐渐彰显。托多洛夫将荒诞小说分为纯粹奇幻小说、奇幻小说、诡异小说(the uncanny)、魔幻小说、科幻小说等,其间还有介于两种体裁之间的一些样式:奇幻—诡异小说(fantastic-uncanny)、奇幻—魔幻小说(fantastic-marvelous)。这一体裁划分总体上是基于小说中的超自然事件是否有自然的解释,或者说这些小说在多大程度上以现实为基础。然而,当现实和虚构不再截然对立,相关体裁之间的界限变得模糊不清,托多洛夫的体裁划分体系也面临土崩瓦解的危险。

---

① Brooke-Rose, *A Rhetoric of the Unreal*, p. 388.
② Christine Brooke-Rose, *Stories, Theories and Things* (Cambridge: Cambridge University Press, 1991), p. 210.
③ 同上,p. 222.
④ Christine Brooke-Rose, *Invisible Author: Last Essays* (Columbus: The Ohio State University Press, 2002), p. 41.

布洛克-罗斯认为,划分理论样式有两个原因。第一,是想针对任一种文学样式在"纯粹"类型和其他类型(基于任何阐明的标准)之间划定一个界限,其中"纯粹"的类型也许并不存在,只是代表了一种抽象的模式,在其他类型中多多少少占主导地位;对于奇幻小说来说,这个界限即文本中的犹疑是否持续到最后。第二,是在那些阐明的标准之基础上预测所有可能的样式发展(未来的或现存却未知的)。在她看来,"正是在第二项功能上,托多洛夫的理论看起来有其缺陷"。虽然布洛克-罗斯并不满意并质疑托多洛夫对于文学样式的划分,但因没有更好的划分,只好姑且沿用了托多洛夫的划分方法。为了进一步说明这几种文学体裁的特点,她分别对不同体裁的小说进行了细致的分析。布洛克-罗斯体裁分析的贡献在于她所一直强调的一种多元思考模式,即以辩证的、多维的视角看待问题,以利于澄清概念,更清晰地看到事物之间的细微区别;其缺陷在于,她在试图修正托多洛夫理论的过程中,没有能够提出更合理的体裁划分模式。

布洛克-罗斯的《故事、理论和事物》致力于叙述学研究,将巴特、热奈特、巴赫金等理论家的言论融入自己的讨论,驾轻就熟地使用"语式"(mood)、"语态"(voice)等叙述学话语,并提出自己的见解。在该书第二章开头,她提出了一个问题:"叙述学究竟怎么了?"并随即这样回答:"它被故事吞没了。"[①]她追溯了亚里士多德及柏拉图以来叙述学的发展、宏大叙事向小叙事的转化、理论的晦涩化,等等,指出叙述学用处很大,但最终它却并不能应付叙述及其复杂性——除非以琐碎化为代价或成为一种独立的理论话语——跟我们所谈论的叙述几乎不相干,这是因为叙述学本身"成了有关叙述的一个或一系列故事"。这些故事"像后现代小说一样自省"。[②] 这为她后文对叙述学的分析、纠正做了铺垫。

针对叙述技巧,布洛克-罗斯也提出了自己的术语和观点。她不认同18世纪以来歌德和奥斯丁最早使用的一种叙述技巧——"自由间接引语"(free indirect speech),认为它排斥了该叙述方法本应包括的对人物思想的描写,而是沿用了班菲尔德(Ann Banfield)的说法,称其为"再现性言语和思想"(represented speech and thought),认为是句子给出了有直接引语特点的词汇和习语,即表达因素,如感叹和疑问,包括说话人/思考者的指示词(比如"现在"一词,尽管表达的是过去时),但它保留了时态的转换以及(必要时)人称的转化(从第一人称到第三人称)等间接引语的特点。它像是间接引语,但没有摘要的印象,因为"我们见

---

① Brooke-Rose, *Stories, Theories and Things*, p. 16.
② 同上,p. 27

到的"是人物的实际言辞和表达。布洛克-罗斯指出,"再现性言语和思想"跟传统的过去时叙述句一起消失了。当代小说家,如贝克特、萨洛特、罗伯-格里耶的作品里都没有这种技巧的影子。她同时提出,这种消失是必要的,必然会带来新的观察方式。很多"后现代"作家采用了"自由直接引语"模式,另外一些作家以突破或颠覆为名玩着各种文学技巧游戏。

布洛克-罗斯的《隐形作者》(*Invisible Author*, 2002)一书是对"作者之死"这一话题的回应。她通过书名"隐形作者"表达了如下多重含义:第一,布洛克-罗斯作为一位作者是隐形的,或者说是"被隐形"的,因为没有得到广大读者的关注:"你有没有试过尽己所能,长期地做一件非常困难的事情,却发现没有引起任何人的注意?这就是我30多年来的境遇。"[①]第二,读者对作者视而不见。布洛克-罗斯说:"我一直困惑:为何赞扬和责备好像常常跟作者真正在做的事情不相关?"[②]第三,作者应该是隐形的,以保证读者阅读的自由。但这种自由是有限度的,不能过度阐释。布洛克-罗斯认为读者应该主要靠细读,发挥自己的想象力进行批评和阐释,提倡融合多种阐释方法,进行多元批评。[③] 她提出了自己所赞赏的批评方法:"作者要重新登台,却不能显得急切。作者只是请求将所有的有关一个多变文本的多种散落的阐释方法融合起来,传播其中的阐释热情,却不会通过情节概要、意识形态、某种严格遵守的理论等手段,或强加一个与任何文本都只有那么一点有限相关性的抽象结构,扼杀文本的多变性。"[④]简言之,就是提倡多元批评,作者意图仅作参考。采用什么理论不是重点,但以加深理解为宗旨。而且,"首要的是,要有真正的愉悦、洞见、想象",真正施展我们的才能,并尊重细读,将文学文本与批评完美地融合起来。[⑤] 这些言论鲜明地表达了布洛克-罗斯对"作者之死"的质疑和修正。她试图提出一种更好的方式,将作者和读者联合起来,共同服务于作品的阅读和阐释。

布洛克-罗斯虽然并未致力于建立自己的理论体系,但正如约斯泊维齐所言,她的批评观点自成体系,有其一以贯之的原则:倡导怀疑主义的精神,坚持解构主义的思维模式,在修正他人理论的过程中追求并维护真、善、美。她对当代文学批评及理论有深刻的洞察,对现当代小说的分析独具匠心,其严谨的文风、

---

① Brooke-Rose, *Invisible Author*, p. 1.
② 同上。
③ 同上,p. 35.
④ 同上。
⑤ 同上。

思考的深度和批判的勇气也颇值得借鉴。

第三节 布雷德伯里

布雷德伯里(Malcolm Bradbury, 1932–2000)生于英国谢菲尔德,1954年在莱斯特大学获得学士学位,1964年在曼彻斯特大学获得博士学位。从1955年到1983年之间,除了在伯明翰大学和东安格利亚大学任教,他还曾在多所著名大学做过客座教授,如印第安纳大学、耶鲁大学、哈佛大学、苏黎世大学和华盛顿大学等。1970年他在东安格利亚大学创办英文创作硕士学位课程班,学员中包括麦克尤恩、石黑一雄等富有才华的作家。布雷德伯里一生中以多种方式笔耕不辍,留下了大量文学遗产。从1959年发表长篇小说《吃人是错误的》开始,他共出版7部长篇小说、16部学术专著,还编辑或参编了多部文学文化研究作品,并获得各种荣誉:1975年小说《历史人物》获海因曼奖,1983年小说《兑换率》入围布克奖决选名单,1991年获大英帝国勋章,2000年获封爵位。

布雷德伯里一生中一以贯之地坚持"自由人文主义"①思想,在吸收学术前沿观点的同时拒绝走向极端,一直保持对传统的尊重。无论是他的文学作品还是批评论著,都体现了自由人文主义的中庸性、开放性、包容性。布雷德伯里的小说批评观集中于五部论著及一部编著,即《何谓小说》(*What is a Novel?* 1969)、《现代英国文学的社会语境》(*The Social Context of Modern English Literature*, 1971)、《诸多可能性:论小说的现状》(*Possibilities: Essays on the State of the Novel*, 1973)、《不,不是布鲁姆斯伯里》(*No, Not Bloomsbury*, 1987)、《现代英国小说》(*The Modern British Novel*, 1993)和《今日小说:当代作家论现代小说》(*The Novel Today: Contemporary Writers on Modern Fiction*, 1977)。这六部作品体现了他对于文学(特别是小说)的基本观点、他所理解的小说诗学和小说发展趋势。

---

① "自由人文主义"是自由主义和人文主义相结合的产物,但并非两者的简单相加。从政治上来讲,"自由主义"居于"保守主义"与"激进主义"之间。自由主义者比保守主义者更相信社会进步,但与更急于促进社会进步的激进主义者相比,又更关注历史的延续性。"自由人文主义的正面意义包括开放的、非教条主义的探寻,个体良心的自由,提倡多元论和法治,反对一元论和极权政治。它的敌人是蒙昧主义、特权、有关少数民族之暴虐的托词,以及所有形式的制度化的不公平。它的目标是让当权者尊重社会公正,社会和精神上的公共事业、礼仪、公平和人类福祉,使之成为政治和社会健康的标志。"见 Wilson H. Coates and Hayden V. White, *The Ordeal of Liberal Humanism: An Intellectual History of Western Europe*, Volume II: *Since the French Revolution* (New York: McGraw-Hill Book Company, 1970), pp. 6, 447.

作为一位杰出的小说批评家,小说的文类范畴和特性是布雷德伯里探讨的一个重要主题。《何谓小说》是应邀而作,目的是为相关领域的学生提供最基本的信息。该书分为六章,分别阐述小说的现状、小说的界定、小说的现实主义因素、小说的虚构性、小说的结构,最后一章以塞林格的《麦田里的守望者》(J. D. Salinger, *The Catcher in the Rye*, 1951)为例,提供了具体解读小说文本的方法。布雷德伯里在其中通过广征博引,介绍了小说的兴起、小说当时的地位以及小说批评的现状,并探讨了小说批评的性质。他认为,小说有双重义务:一是探索外部世界;二是探索自身,包括其语言、结构和形式。因此,批评家也应该兼顾这两方面:一方面要能够欣赏一部小说所表现的人类体验;另一方面也要看到其艺术成分并跟其他小说相比较,以便更全面地看待这部小说。布雷德伯里指出,在所有文学形式中,小说是最难界定的,可能也是最难进行有效批评的。要想界定小说,必然要指出它与之前存在的文学形式之不同,特别是诗歌和戏剧。小说批评家不仅要关注小说中的语态、意象、措辞,还要兼顾小说发展过程中的整体设计,分析小说的动力和能量之源。而且,小说的语言不像诗歌的语言那么精练含蓄,它更接近日常用语。小说更倾向于描述日常生活中人们所熟悉的事物和体验,其结构比大多数诗歌都要复杂,所涉及的范围也更宽泛。最主要的是,小说常常不像诗歌那样表达自己的创作规则、阐明自己的目的。读一首诗,常能通过其音步、节奏、排版、形式等比较容易地辨明它是哪种类型的诗,但读一部小说却很难确定其形式。

布雷德伯里较为深入地探讨了小说的本质。他的重要论著《现代英国文学的社会语境》体现了他批评思想的一个重要方面:小说是社会的产物,小说的社会语境值得重视和研究;现代性给文学带来了新的活力,改变了作家的创作风格。布雷德伯里追溯了柏拉图和亚里士多德以来的文学研究中长期存在的一个批评论争:一方强调艺术的自主性,另一方强调其社会性。他指出:"无论如何,一个不可规避的事实一直存在:文学是社会的一个方面。它衔接、建构并阐明其最深刻的意义。具体来说,它是社会的一个机构,是对艺术实践和价值的继承,是作家和读者形式互动的交汇点,是社会交流和介入社会的手段,是我们好奇心及想象的明确表达。"① 而且,"文学作为一门研究学科,长期以来具有兼容并蓄的特性。学者和批评家常常发现自己在某种程度上依赖于其他学科的洞见,因

---

① 同上,p. xiii.

此诉诸社会学对他们来说再寻常不过"。①

既然文学是社会性的,那么社会的现代化进程对文学究竟产生了什么样的影响?布雷德伯里试图找出社会的"现代化"与文学中的"现代主义"之间的联系。他指出,相对于传统社会的稳定,现代社会变化多端,是一个"危机社会"②。现代思想、艺术和文学则充分体现了这种危机感和不确定性。现代艺术家和知识分子"遭受着特殊的困难,面临繁重的责任"。社会文化变得不稳定,怀疑气氛浓重,在这种情况下,他们的任务是探索而非解释。③ 也就是说,在一个变动不居的环境中,作家的责任发生了变化,他不再是一个可以再现社会现实的艺术家,更不是一个可以预言社会的智者,他本身也需要去探索和发现社会上的种种可能。另外,城市化、现代化进程带来的危机感、无序感及绝望情绪使作家们以想象控制文化的信心开始减退,新的相对性和主观论诞生,表现在文学中,对于英国本土作家来说,是一种乡村怀旧情绪、价值观的相对性和对文化的绝望。但同时,城市化进程使首都伦敦逐渐发展成为国际大都市,吸引了大批流放作家,给英国文学注入了新鲜血液。此外,机械化也给人们的生活带来的冲击。他认为:"如果说城市成为现代人的一个空间上的隐喻,喻示其社会关系,那么机器则是其时间上的隐喻,喻示着人与历史的关系。"④工业化、机械化、城市化、现代化给人们带来一种深刻的"危机感",这种危机感"充满了当时发酵的智力能量,创造出一种奇特的文学——没有牢固的根基和来源,但却充满活力、思想和可能性"⑤。因此,在布雷德伯里看来,19世纪末至20世纪初的英国文学是紧紧跟随英国的现代化进程而来的,社会与文学紧密而复杂地缠绕在一起。对他来说,"文学之存在是一种极端复杂的社会现实"⑥。这是他钟爱"现实主义"的一个重要原因,同时意味着文学批评、小说批评不可忽略其社会文化背景。

《现代英国文学的社会语境》表达了布雷德伯里对文学创作和研究在现代化进程的负面影响下可能走向一个极端的担忧。《诸多可能性:论小说的状况》延续了这种担忧,并暗示了可能的解决方法,那就是"兼容并蓄"。在这部作品中,布雷德伯里重申了他对小说之现实主义的热情和信心,同时表示,这并不意味着

---

① 同上,p. xviii.
② 同上,p. 14.
③ 同上,p. 16.
④ 同上,p. 59.
⑤ 同上,p. 66.
⑥ 同上,p. 109.

我们可以忽视小说的言语建构、结构和风格。他通过分析小说的状况,试图建构一种新的小说诗学,探索一种小说批评的理想模式。在建构自己的"小说诗学"之前,布雷德伯里首先指出了现有小说诗学的不足。他认为,在20世纪60—70年代,小说形式批评领域存在两种小说诗学。一种是新象征主义诗学,重点关注语言:"它坚持认为,语言本身通过激发张力和能量,能够将具体的事例转化为一种自立的形式,一个具体的宇宙空间。"另一种是现实主义诗学,强调小说的指涉功能、社会功能。在他看来,这两种诗学"有一个共同特点,即不情愿以一种兼容并蓄的方式描述小说这种文学样式",①从而失之偏颇,限制了建构一种适当、充分的小说诗学的可能性。因此,他试图提出一种更宽泛的诗学。布雷德伯里指出,如果小说的特点首先是言语的,是语言学的效果,那么我们就会主要关注语言的作用,在作品中找到整体性和秩序;如果小说的本质是再现生活,那么我们会关注判断生活和社会,试图找到世界类型内隐藏的秩序和整体性。但是:

> 如果小说是由语言媒介本身和外部世界共同决定的,我们应该能够在语言和生活之间自由活动,在小说必须具有、必然已经具有的运作中找到秩序,从而达到它劝导的目的。这样我们就可以将小说的指涉层面看作对生活的描述,修辞层面看作一种语言,社会层面看作对文化状况的探索和提炼,哲学层面看作一种思考模式,风格层面看作一种已形成的文化姿态,心理或神话层面看作对个人或广泛社会心理经验的探索。②

也就是说,他所建议的新的小说诗学应该兼顾小说的语言及它与现实的联系,综合考察它的多个层面,从而分析它如何从各个层面达到劝导的目的。

布雷德伯里随后出版的多部专著或论文集都延续了《诸多可能性》的模式,一方面探讨小说的历史、现状和未来,历数小说这一文学样式所经历的种种转折和危机;另一方面试图以多种批评活动践行自己有关"小说诗学"的理念。如1977年出版的《当今小说》收集了国际上文学、理论名家的论文,目的是为了说明小说在写实与虚构之间的摆动,在摆动和融合中的不断发展。1993年出版的《现代英国小说》重新梳理了小说死亡与复活的多次轮回,说明"哀悼是一种长期存在的英国病",③并以英国1878至2001年间出版的多部小说证明小说的活力。

《不,不是布鲁姆斯伯里》(1987)继续关注英国小说状况,表达了布雷德伯里

---

① 同上,p. 276.
② 同上,p. 281.
③ Malcolm Bradbury, *The Modern British Novel* (revised edition)(London: Penguin, 2001), p. xviii.

对现实主义的信心;同时,这部论文集更多体现了他在批评和创作两方面的平衡发展。在布雷德伯里看来,作家与批评家曾经是共生的关系,甚至一个人本身就同时是作家和批评家,比如琼森、德莱顿、约翰逊、华兹华斯、柯勒律治、赫兹里特等。随着批评的发展与繁荣,批评家在文学界获得了一席之地,特别是到了 20 世纪,批评的盛行开创了一个新纪元,批评家得到空前的关注,他们渐渐地不再像以前那样依赖作家和他们的作品:"通常作家需要批评家,来理解、解读他们的作品,引导读者的品味,让读者理解他们;现在,当批评坚守自己牢不可破的深奥,就像保存一件好不容易得来的战利品,就连作家自己也搞不懂它们。"①这表明布雷德伯里对当代批评的发展持一种警觉和怀疑态度,对它发展方向上的误区提出了质疑。在《当代批评》的序言中,他再次提到这问题:

> 我们生活在一个对知识狂热的时代。在这样一个时代,有关文明、文化和文学的公认的观点受到质疑,这注定使批评过分关注自身。这已经导致理论的不断升温——导致批评对自身方法和策略,以及对文学本质和意义的思索。批评确实可能因此变得过于自恋,以至于批评自身的方法成为它至高无上的考虑,而它所要讨论的文学看起来则是次要的,疏离的。②

在强调作家与批评家冲突的同时,布雷德伯里并未排除两者之间的联系,他们有共同点又有差异,互依共存又冲突不断,这就是作家/创作与批评家/批评之间的典型关系。

从布雷德伯里的批评和创作可以看出,他紧跟时代潮流但并不随波逐流,对当代文学批评理论进行了批判性吸收;他作为一直站在学术前沿的知名学者,"从来不认为'最新的总是最好的';他对后结构主义的很多方面持保留意见,不赞成文化相对主义"。③ 作为一位身兼作家、批评家、高校教师等多重身份的学院派作家,布雷德伯里在对自我身份的困惑中常常探讨作家与批评家之间以及创作与批评之间的关系,并通过自己的切身体验证明两者之间的关系总体上是互相依赖也互相逃避,互提意见也互相促进,写出了相辅相成同时又风格各异的批评论著和小说作品。

---

① Malcolm Bradbury, *No, Not Bloomsbury* (London: Deutsch, 1987), p. 9.
② Malcolm Bradbury, ed., *Contemporary Criticism* (London: Edward Arnold, 1970), p. 7.
③ Sachidananda Mohanty, "The Many Worlds of Malcolm Bradbury," in *The Hindu* (December 17, 2000), p. 2.

第四节 洛 奇

洛奇(David Lodge, 1935—)生于英国伦敦南部布洛克利区,1955 年学士毕业,1967 年在伯明翰大学获得博士学位。从 1959 年到 1987 年之间,他曾在不同的大学或学院教书。洛奇乐于尝试各种不同的写作模式,至今已出版 14 部长篇小说、多篇短篇小说、12 部批评著作,另外还编写了一些电视剧本,并编辑出版了《二十世纪文学评论》(Twentieth Century Literary Criticism: A Reader,1972)和《当代批评和理论》(Modern Criticism and Theory: A Reader, 1988)等书籍。洛奇的批评思想主要分布在他的以下批评专著或论文集中:《小说的语言》(Language of Fiction, 1966)、《十字路口的小说家》(The Novelist at the Crossroads, 1971)、《现代写作模式》(The Modes of Modern Writing, 1977)、《运用结构主义》(Working with Structuralism, 1981)、《巴赫金之后》(After Bakhtin, 1990)、《小说的艺术》(The Art of Fiction, 1992)、《写作:文学随笔 1965—1985》(Write On: Occasional Essays 1965- 1985, 1986)和《意识与小说:论文集》(Consciousness and the Novel: Connected Essays, 2002)。

纵观洛奇文学批评的研究历程,可以看出他自 20 世纪 60 年代至 90 年代一直在追踪当代文学批评发展的轨迹,将每个时代流行的观点嫁接到自己对小说的研究过程中,经过归纳、反刍、辩论并加以演绎,以通俗的语言传达给读者。因此,"洛奇的变化某种程度上也是当代西方小说批评理论发展史的缩影"。① 可以说,他是按照文学和批评的发展变化来设计着自己的批评事业。在学术界经历"语言学转向"②的时候,他开始关注小说的语言,撰写并出版了《小说的语言》一书。在小说被宣布死亡,小说家四顾迷茫的时候,他又写了《十字路口的小说家》,描述了这一景况。在文学理论盛行的年代,他分别编撰了《二十世纪文学评论》和《现代批评和理论》。正如他自己所说:"我对小说诗学的探索在每一阶段

---

① 王辽南:《戴维·洛奇小说理论评析》,《外国文学》2005 年第 2 期,第 42 页。
② "语言学转向"最早可追溯到尼采和海德格尔。史密斯(Stan Smith)和罗兰(Anthony Rowland)认为"语言学转向像诗歌本身一样古老"(见 Stan Smith and Anthony Rowland, "Linguistic Turns," Critical Survey Vol. 14, No. 2, 2002: pp. 1-8),并在提到这一短语的时候使用复数。不过,一般认为当代"语言学转向"开始于 20 世纪初索绪尔的语言学理论。"语言学转向"发生在各个领域:历史、社会学、阐释学、哲学等。文学上的"语言学转向"一般认为发生在 20 世纪 60 年代。文学研究的中心从主题、人物和社会关怀转向语言本身。

都得到一些新的(或对我来说是新的)文学理论的促进。"①20世纪80年代接触到巴赫金之后,洛奇放慢了他探索理论的脚步,认为巴赫金的理论似乎回答了他"所有想要解答的问题"。在追赶文学理论的过程中,洛奇形成了自己的小说语言观,提出了文学发展中的钟摆理论以及"问题小说"的概念,描述了自己理想中的小说诗学,表达了对结构主义、后结构主义、后现代主义以及巴赫金对话性小说等当代流行理论的看法。

在《小说的语言》中,洛奇指出,尽管语言学和文体学的方法对分析小说的语言大有帮助,但这些方法并不能达到让人满意的效果。批评家应该采取文学批评的方法,这种方法"力求通过将主观反映与客观文本联系起来,确定文学作品的意义和价值,致力于追求阐释的透彻和判断的一致,但同时意识到这些目标是无法达到的"。② 可见,洛奇受到"读者反映批评"理论的影响,认为小说批评不应仅仅着眼于分析小说文本,而应该将作者的语言选择和读者的反映相结合来分析小说的语言艺术。洛奇进而提出了他的文学批评原则。对于小说批评来讲,应该在维姆萨特的"新批评"观的基础上加以补充,也就是说,将小说文本看作一个自足的整体,通过分析其语言来探知其意义。这是因为,我们所谈论的小说的其他因素,如情节、人物、背景等都是语言的建构。"所有文学结构的'合成原则'是语言:所有的情节都是语言构成的情节。"③因此,在洛奇看来,从某种程度上来讲,意义来源于语言,"所有好的批评必然是对语言之创造性使用的反映,不管它是不是在明确讨论'情节'或'人物'或叙述文学的其他任何范畴"。④ 在此基础上,洛奇提出了自己的小说诗学:以语言分析作为小说分析的主要途径。他认为:"所有好的批评都是对语言的反映——不管在引用和分析中有没有清晰提到语言。"⑤将语言分析看作文学批评的首要原则和最具前途的探寻领域,洛奇转向语言分析的具体方法,认为语言是小说批评的开端亦是其最主要的分析目标,显然受到形式主义和新批评的影响。这种影响随着他接触到新的理论而不断淡化,让位于新的思维模式和批评方式。

在《十字路口的小说家》中,洛奇试图通过自己的批评实践探讨小说的状况

---

① David Lodge, *Consciousness and the Novel: Connected Essays* (Cambridge, Massachusetts: Harvard University Press, 2002), p. x.
② 同上,p. 65.
③ 同上,p. 74.
④ 同上,p. 78.
⑤ 同上,p. 63.

和小说诗学。洛奇所谓"十字路口",即传统的现实主义小说这条大道到了20世纪中期分出了另外两条分支,一条是"寓言体小说",一条是"非虚构小说"。小说家们现在不是找不到合适的形式,而是在五花八门的形式面前无所适从、踟蹰彷徨。洛奇首先从斯科尔斯的《寓言家》(*The Fabulators*,1967)及其所提出的"小说何去何从"谈起,通过论证得出这样的结论:当学者、作家和读者对现实主义小说产生了审美疲劳,表面上反现实主义的"寓言体小说"和"非虚构小说"成为两种选择,前者在形式上注重虚构,后者在形式上注重写实。

在洛奇看来,现实主义小说仍然不断出现,但对现实主义的怀疑也日益增强,以至于很多小说家不再信心十足地沿现实主义小说的大道直行,开始审视该道路上分岔出去的相背的两条路线。其中一条通向"非虚构小说",另外一条通向"寓言体小说"[1]。同时,他们把"何去何从"的犹豫和彷徨融合进自己的小说创作,糅合各种技巧和写作风格,从而形成了"问题小说"。"问题小说"综合了"寓言体小说"和"非虚构小说"两方面的特点,但又有与两者不同的独特性。"寓言体小说"作家"曝光自己的虚构手段,玩弄艺术悖论,以便摆脱现实主义习俗的桎梏,给自己虚构和操纵的自由"。简言之,他们排斥现实;而"非虚构小说"作家则排斥虚构。但"问题小说"作家则对现实和虚构都保持忠诚,只是缺乏传统小说家融合两者的信心,因此把融合现实与虚构这一任务的艰巨性当作了自己的题材。[2] 这点明了"问题小说"的三个特点:第一,从叙事技巧上来讲,问题小说融合了虚构和写实的叙述方法,一方面曝光自己的虚构手段,另一方面又追求再现现实;第二,从创新手段上来讲,问题小说作家在融合虚构和现实主义技巧方面突破了传统现实主义僵化的、力求真实的处理方式,刻意表现出自己的犹豫彷徨,使叙事在虚与实之间徘徊,使故事在真真假假中隐现,从而带动读者做出自己的判断;第三,从题材上来讲,"问题小说"作家常常把虚与实的碰撞当作自己的叙述话题,并最终指向小说虚实之间所反映的现实问题。

洛奇在20世纪70年代末80年代初出版的两部批评作品,《现代写作模式》和《运用结构主义》体现了他对结构主义的思考和应用。在《现代写作模式》的前言中,洛奇指出该书的写作目的就是通过反思、应用、扩展结构主义的理论——特别是雅各布森(Roman Jacobson)的转喻、隐喻理论——来回答一系列关于文学的基本问题:什么是文学?什么是现实主义?文学中形式与内容的关系如何?

---

[1] 同上,p. 19.
[2] 同上,p. 22.

文学形式的多样化、文学风潮的变化遵循什么样的原则？而其中前面三个问题只是铺垫，最后一个问题才是洛奇重点关注的对象。通过例证，洛奇展示了当代文学理论和实践中有关现代写作模式的不同态度和观点，认为所有这些论证可以根据它们对内容和形式的不同侧重分成两大派，一派认为艺术模仿生活，另一派认为生活模仿艺术（即艺术是独立自主的）。这两种观点截然对立，水火不容。但洛奇认为，欧洲形式主义/结构主义的语言理论，提供了两者融合的基础。"以内容为基础的批评本质上不可能包含一切，但从结构上来说，文学形式是有限的。实际上，在某个层面上，它们可以归结为两类。"①这两类即借用雅各布森的转喻—隐喻理论，将文学话语区分为转喻性写作和隐喻性写作两大类。文学形式的多样化、文学风潮的变化所遵循的原则，就是他著名的"钟摆理论"：现实主义文学是模仿现实的，轻形式、重内容，遵循的是"转喻"原则；现代主义文学倾向于自省，轻内容、重形式，遵循的是"隐喻"原则。而后现代主义文学则因其复杂多变性而难以区分。个别作品也许可以归入转喻性或隐喻性写作，但作为一个整体，却很难归类。只能说，后现代主义写作"试图以崭新的方式运用两种技巧，反抗在两种原则之间进行选择的义务"②。另外，在谈论转喻和隐喻的区分时，不是关注互相排斥的两类话语，而是看哪一类话语占据支配地位。"隐喻性作品不可能完全忽视转喻性的连续性……转喻性文本不可能清除所有对隐喻阐释有用的痕迹。"③洛奇总结出了后现代主义文学遵循的矛盾、并置、连续中断、随意、极端、短路等原则，说明了其自我消除、趋向于自我毁灭的特点。④

在《巴赫金之后》的绪论中，洛奇回顾了文学批评20世纪中期以来的发展以及自己在批评上的诸多实践，并反思了自己以前的观点。他认为，巴赫金对当代批评最重要的贡献在于，当结构主义和后结构主义试图宣告文本和读者独立自主的创造性时，他"及时重申了作家创作和交流的能力"⑤。洛奇对巴赫金理论的阐释和应用实际上包含了他对结构主义、后结构主义批评理论的反思和排斥。在他看来，巴赫金的理论主要集中于两大概念：小说的对话性和复调小说。洛奇这样解释巴赫金的语言观："语言本质上是对话性的；也就是说，词语不是像索绪

---

① 同上，p. 71.
② Lodge, *The Modes of Modern Writing: Metaphor, Metonymy, and the Trilogy of Modern Literature* (London: Edward Arnold, 1977), p. 228.
③ 同上，p. 111.
④ 同上，pp. 229–245.
⑤ 同上，p. 7.

尔所说是一个两面符号——能指和所指,而是一个两面行为(act)。巴赫金的语言学是一种言语(parole)语言学。我们所使用的语言已经铭刻上了先前使用者赋予它的意义、意图和重点,我们的任何言说都指向某个真实或假定的他者。"①而小说这一文学样式最能够充分利用语言和文化的内在对话性,因为小说是复调的,可以将多种类型的言语微妙而复杂地交织在一起,对于各种权威的、受压抑的、独白式的思想体系表现出狂欢式的不敬。

除了对话理论,洛奇还分析了巴赫金的"复调小说"理论。在洛奇看来,巴赫金的对话理论和有关复调小说的论述是相辅相成的。他选取了乔伊斯、劳伦斯、伍尔夫、昆德拉等作家的经典作品,运用巴赫金的理论进行了实例分析,主要突出了小说这一文学样式采用自由间接引语和双向言语等方式所表达的嘲讽、幽默、杂语(heteroglossia)、互文等特征,也就是巴赫金一直强调的"狂欢化"(carnivalesque)和"多语性"(heteroglossia)。

虽然洛奇对巴赫金甚为崇拜,但他同时指出后者的不足之处:巴赫金的思维模式基本是二元的,他所坚持的一个基本的二元对立是独白体话语和对话性话语的区分。在巴赫金看来,传统史学中经典化了的文学样式,如悲剧、史诗、抒情诗等是独白体的,而小说话语则是对话体的、复调的。洛奇因此提出:"如果语言具有内在的对话性,那么怎么会有独白体话语?"②他通过分析,提供了一个可能的答案:"在写作中,明显不同于口头言语行为,听话人的不在场使说话人得以忽视或压制语言的对话维度,从而制造了独白体的假象。"③也就是说,独白体话语实质上仍然是对话性的,这也就使独白体—对话体这组二元对立在逻辑上难以成立。他认为,巴赫金"为了呈现小说话语独特的品质和形式上的特点,可能夸大了小说与诗歌之间的区别"。④他通过引证指出,实际上,巴赫金自己后来也开始怀疑是否存在一个完全独白体的文学文本。但洛奇并不认为这一矛盾使巴赫金的理论变得无效,而是建议,在使用独白体—对话体这一二元对立时,主要看哪一方占主导地位,而不是将它们看作互相排斥的两个范畴。⑤

80年代接触巴赫金之后,洛奇开始有意识地远离理论,因为他认为"文学理论进入后结构主义时期之后不再关注文本的形式分析,而是把文学文本当作哲

---

① 同上,p. 21.
② 同上,p. 90.
③ 同上,p. 93.
④ 同上,p. 97.
⑤ 同上,p. 98.

学思考和意识形态争论的基础"。① 也就是说,文学理论渐渐远离了文学文本,陷入了自恋的牢笼。在自己的批评著作中,他也一直以此为戒,总是将文学理论探讨和对文学文本的分析结合起来。因此,他的最后一部批判专著《意识与小说》不再将文学理论作为讨论的主体,而是以"意识"为主线,探讨科学家和人文学者对"意识"的不同理解,以及"小说如何再现意识;它与其他叙述媒体(如电影)再现意识的方式有何区别;作家的意识和潜意识如何运作;批评如何通过形式分析,或作家如何通过自我质询,推断该过程的本质"。② 洛奇指出意识本身、自我本身是变动不居的,因此小说对意识的再现方式也五花八门。

20世纪的文学批评理论呈专业化、多元化发展,常常晦涩难懂。洛奇对此深感不安:"像任何其他高度发展的知识型学科领域一样,文学批评不能完全排除专业术语;然而既然它的主题是人与人之间的语言交流,那么它就有责任与人类话语尽可能地维持连贯性。"③洛奇在批评方面所做出的最大贡献在于,一方面,他以明白晓畅的语言介绍、分析、评述流行理论,使其变得通俗易懂,促进了理论的普及和应用;另一方面,他并不全盘接受相关理论,而是在此基础上进行反思,提出了自己较有体系的看法,表明了其思想深度和批判精神。

第五节 拜厄特

拜厄特(Antonia Susan Byatt, 1936—)生于英国的谢菲尔德,1957年以优异成绩毕业于剑桥大学,同年开始硕士阶段的学习。1958年她曾就读于牛津大学萨默维尔学院,但没有完成学业。拜厄特曾在多所大学任教,并同时写作文艺批评和小说。从1964年发表处女作《太阳的阴影》(*The Shadow of the Sun*)至今,拜厄特已出版九部长篇小说、五部短篇小说集、六部批评作品或论文集,并于1990年被授予大英国帝国司令勋章(CBE),1999年获封大英帝国女勋爵(DBE)。

拜厄特的国际声誉主要来自其作家身份,但她在创作之余也出版了批评专著《自由度:论艾丽斯·默多克的小说》(*Degrees of Freedom: The Novels of Iris Murdoch*, 1965)、《华兹华斯和柯勒律治与他们的时代》(*Unruly Times: Wordsworth and Coleridge in Their Time*, 1970)、《艾里斯·默多克研究》(*Iris Murdoch: A Critical*

---

① Lodge, *Consciousness and the Novel*, p. x.
② 同上, p. xi.
③ Lodge, *The Novelist at the Crossroad*, p. 41.

Study, 1976),论文集《心灵的激情》(*Passions of the Mind: Selected Writings*, 1991)、《论历史和故事》(*On Histories and Stories*, 2000),以及访谈录《想象人物:关于女作家的六次谈话》(*Imagining Characters: Six Conversations about Women Writers*, 1995)。可惜仅有少数学者对这些批评作品予以关注。其中,弗兰肯(Christien Franken)在《A. S. 拜厄特:艺术、作者身份、创造性》(*A.S. Byatt: Art, Authorship, Creativity*, 2001)一书的第一章专门探讨了拜厄特批评作品和其他学术类作品中的多音性(polivocality),并认为这恰是拜厄特批评作品的精妙之处,因此不能简单地给她贴上任何标签。在她看来,拜厄特的批评实际上"在利维斯主义、后结构主义和女权主义有关艺术、创造性和作者权威的争论中穿梭来回,描绘出她自己的轨迹"。[①]

身兼作家和批评家两种身份,拜厄特对文学的功能和范畴颇为关注。对该问题的思考体现了她对利维斯主义的继承与挑战。在《阅读的愉悦》("The Pleasure of Reading")中,拜厄特曾提到自己与利维斯主义之间的关系:"我认为,尽管我所有的书都在不同程度上公开挑战利维斯博士和剑桥英语的道德严谨和社会责任,但我也深深受到了它的影响。"[②]在《心灵的激情》中,她再次提到了自己对利维斯主义的矛盾态度。一方面她成长于利维斯主义统治的剑桥校园,继承了利维斯主义的一些思想观点;另一方面她又不断地对利维斯主义提出质疑:"我的早期小说从某个方面来讲是对利维斯观点和价值观的质疑和挑战,但同时我也继承并同意其中的一些观点。"[③]拜厄特继承了利维斯的观点,认为文学具有道德驯化作用,跟人们的生活息息相关。同时,她又反对利维斯在文学经典问题上的狭隘和精英化,希望挽救边缘作家(包括女性作家)、作品及其中所体现的思想。因此,她的一些作品有浓重的维多利亚之风(如《占有》和《天使与昆虫》),另外一些作品则表达了对女性问题的关注(如其女性四部曲:《花园中的处女》《静止的生活》《巴别塔》和《吹口哨的女人》)。说明她将自己的批评理念实际上贯穿在了创作过程中。

作为学院派作家,拜厄特对当代文学批评理论有特殊的敏感。在积极吸收和利用最新的文学理论的过程中,她也对其中过激的观点表示了质疑和反对。她对后结构主义批评理论的质疑主要体现在语言观、人物观、作者观、对现实主

---

① Christien Franken, *A.S. Byatt: Art, Authorship, Creativity* (New York: Palgrave, 2001), p. xii.
② A. S. Byatt, "The Pleasure of Reading," in Antonia Fraser, ed., *The Pleasure of Reading* (London: Bloomsbury, 1992), p. 132.
③ Byatt, *Passions of the Mind: Selected Writings* (London: Vintage, 1993), p. 2.

义的看法等方面。

首先,拜厄特坚信词语可以指涉事物,反对后结构主义对语言的解构。在《心灵的激情》中,她提到:"我对把语言当作一个与世界无关的自我指涉的符号系统这样的语言理论感到既担心又迷恋。我担心并抵制这样的艺术姿态,即我们所探索的只是我们自己的主观性。"她还引用了约斯泊维齐(Gabriel Josipovici)的观点:"我们发现了事物间的联系并不意味着'我们居住在一个有意义的世界上',相反,'我们蓦然惊觉……我们认为存在并展现在面前的无限开阔的东西'其实是'一个有限的世界,它只不过是我们想象的载体而已'。"[①]对语言的当代自觉意识使得语言和"现实"分离开来,如果语言与世界无关,如果我们所探索的只是"我们自己的主观性",那么文学创作和文学研究就会完全陷入语言的牢笼,世界会成为"我们想象的载体",文学也就没有现实可以表现。这对小说的"现实主义"是致命的打击,因为现实既然是虚构的,小说则是在虚构的基础上进行虚构,现实成了拉康理论中的"实在"(the real),一个永远无法到达的"超验所指"(transcendental signified)。这样的观点激发了拜厄特的兴趣,但也给她带来了焦虑。于是她开始进行自觉的抵制,宣布"描写的精确是可能的、可贵的,词语指称事物"。[②] 通过分析英国当代小说,她试图表明对语言的关注并没有妨碍英国当代作家,比如威尔逊、默多克、福尔斯以及她自己的小说创作。

其次,拜厄特也表达了自己对后结构主义人物观的怀疑。后结构主义理论家不相信人物,认为人物只是符码的组合。拜厄特对此不以为然。在《论历史和故事》中,谈到历史学家沙玛(Simon Schama)对法国革命的描写时,她说,这种描写方式对读者来说是"让人惊讶的",因为沙玛"回到了对'人物'和个人生死的描述……甚至暗示路易斯十六的个性可能影响到了他的命运"[③]。"人物"一词加了引号表明她了解"人物概念过时论",却对其持保留态度。默多克在《拒斥枯涩的定式》中有关小说本质的论述和对"托尔斯泰式的'老式的自然主义人物观'"的辩护给了她很大触动和影响。[④] 拜厄特佩服艾略特在人物刻画上的功力:"……她的人物会思考:他们会为某种想法而担心,在可能的范围内对政治、艺术、哲学和历史做出反应。"[⑤]拜厄特希望小说中有更多这样活生生的人物,并身

---

① Byatt, *Passions of the Mind*, p. 11.
② 同上。
③ Byatt, *On Histories and Stories* (London: Chatto & Windus,, 2000), p. 38.
④ Byatt, *Passions of the Mind*, p. 3.
⑤ 同上,p. 73.

体力行,在自己的小说里刻画了大量的人物。但她毕竟受到了后现代主义和后结构主义的影响,因此她的人物常带有一定的神秘色彩,有符码化的嫌疑。

另外,拜厄特对后结构主义的作者观也提出了质疑,认为作者不是上帝,但作者并没有死亡。在《论历史和故事》的导言中她写道:"很多作家,还有一些批评家,感觉到现代批评运动中的权威人物对作者和作者要求的权威持有几乎斗士般的对抗。我认为这在作家身上引发了新的能量和游戏性。"①她欢迎"作者之死"给作者们带来的启发,但同时在很多批评作品中表现出对作者权威的重视。谈到自己的作者身份,她以自己的短篇小说《糖》("Sugar")为例,说明其中"作者对她要省略不讲以及要忽略的事实进行了选择。它事实上还为作者要求权威地位"。② 拜厄特还从福尔斯那里为她对文本所施加的作者权威找到了支撑:"既然在创作,小说家就依然是上帝(即使是最不能肯定的先锋派小说也没有完全消灭作者);改变的只是我们不再是维多利亚时代无所不知、颁布命令的上帝,而是新的神学上的上帝。我们的首要原则不是权威,而是自由。"③这种"自由"的观念在后现代作家中广受欢迎:发挥作者权威并非把意义强加在读者头上,而是与读者进行协商。作者有写作的自由,读者有解读的自由,两种自由并非相悖,而是有融合的可能。拜厄特在"作者之死"的年代所坚持的观点其实是:读者的诞生并非一定要以作者的死亡为代价,文本在作者和读者的对话中可以更加复杂,更加丰富多彩。

关于对现实主义的看法,拜厄特表示,她所维护的是一种不同于传统现实主义的"自觉现实主义"(self-conscious realism)。这种现实主义写作在写实的同时承认虚构,认为写实与实验应该互依共生。像洛奇一样,她也认为"现实主义"并非一成不变,而是动态发展的。拜厄特有关现实主义的观点突出体现在《纸屋子里的人们:对英国"二战"后小说中"现实主义"和"实验"的态度》("People in Paper Houses: Attitudes to 'Realism' and 'Experiment' in English Post-war Fiction")④一文中。在这篇文章里,拜厄特把自己的论述置于英国小说从 20 世纪 50 年代的"反实验"到六七十年代的实验主义这样的大背景下,表达了她对现实主义的喜爱以及她对文学实验既着迷又排斥的态度。比如,在评论威尔逊(Angus Wilson)的小说《像是用了魔法》(*As If by Magic*, 1973)及作者在其中所运

---

① Byatt, *On Histories and Stories*, p. 6.
② 同上,p. 25.
③ John Fowels, *The French Lientenant's Woman*(北京:外语教学与研究出版社,1992), p. 82.
④ A. S. Byatt, *Passions of the Mind*, pp. 165 – 188.

用的叙述技巧时,她说:"这里我想强调的是旧的现实主义和新的形式实验之间奇妙的共生关系。"①拜厄特所说的"旧的现实主义"不是特指现实主义,而是指与当代文学实验相对照的文学传统。创新固然是文学研究和创作中重要的一部分,但文学传统对她来说一直至关重要。她认为:"如果我们不能理解先于现在并导向现在的'过去',我们就不能理解现在。"②因此,她的批评和创作始终贯穿着对过去的执着:"我对自己身份的认识与过去、与我所读过的东西、与我遗传基因上和文学上的祖先们在他们生活的世界中采取的阅读方式紧密相连。"③通过分析威尔逊、默多克和福尔斯的小说,她得出结论:"很多看起来过分'实验'的小说运用让人迷惑的技巧,在某种程度上其目的是为了使旧的形式和直白现实主义的回归合法化。"④在她看来,用"现实主义"表现变化了的现实确实有一定的难度,但这并不意味着现实主义的衰落,更不表示现实主义无法再表现现实。哪怕现代社会中的"现实"变得概念模糊,现实主义仍然可以发挥它的效力,表现这种有争议的现实。拜厄特认为,现代激进的语言观、价值观带来的不仅仅是对古老传统的冲击,而且是养分和动力,使文学能够克服对于形式的焦虑,促进它的健康发展。拜厄特坦言,她曾把自己描述成一个"自觉的现实主义作家",⑤现实主义一直是她热爱并信赖的文学形式。

拜厄特从未公开承认自己是女权主义者,甚至对"女权主义"颇有微词。但作为女性,她对女性命运表示出持续的关注。因此,她是一位争取女性权力却又不太认同"女权主义"观念的作家和批评家。在《心灵的激情》中,她专列一章讨论"女性的声音",选取六位女作家,分别予以褒扬或批判。但无论其评价是正面的还是负面的,拜厄特的目的是将女性作家推到前台,使其得到应有的关注。这是因为,在她看来,女作家受到了不应有的忽视:"即便是薇拉·凯瑟这样的作家,其地位也不是无可争议的——马尔科姆·布雷德伯里在其美国文学史中根本就没提到她。"⑥随后,她分析了鲍温(Elizabeth Bowen)的情节观,赞扬美国小说家莫里森(Toni Morrison)"乐曲般的叙述",称其作品为美国文学的"杰作"。她称赞英国历史传奇和侦探小说作家黑尔(Georgette Heyer)品位之高,认为黑尔的

---

① 同上,pp. 169-170.
② Byatt, *On Histories and Stories*, p. 11.
③ 同上,p. 93.
④ Byatt, *Passions of the Mind*, p. 176.
⑤ Byatt, *Ou Histories and Stories*, p. 4.
⑥ Byatt, *Passions of the Mind*, p. 240.

成功正在于"她在传奇和现实、荒诞的情节和真实的细节之间达到了一种精确的平衡"。① 但她对女性作家并非一味赞扬。比如,她批评皮姆(Barbara Pym)的作品过于琐碎,过于关注生活中无关紧要的细节,因此"不够大度,不够人性化,缺乏想象力"。② 从拜厄特对这些女作家的评价可以看出,她赞成女性争取自己的权力,赞成女性作家展示自己的才华并希望她们得到重视,但同时,她反对过于激进的、革命性的女权主义,这也是她不愿被称为女权主义作家的一个重要原因。

拜厄特一直关注文学与历史,虚构与事实的关系。她说"在我年轻时,我为发现故事、传记、自传都是虚构故事这一观点而兴奋",③进而又受到"所有的历史都是虚构"④观点的冲击,对文学、历史、虚构、事实之间错综复杂的关系进行了多方面的思考。在《论历史与故事》的绪论中,拜厄特开宗明义地点明:"这些文章是关于读与写和专业的、体制化的文学研究之间的复杂关系。"⑤也就是说,她在本书中主要探讨的就是她作为读者、作家和批评家所从事的各种活动之间的关系。这本论文集由七篇论文组成。第一篇《父辈》主要是关于战争叙事。拜厄特通过举例,说明当代作家,如斯威夫特(Graham Swift)、巴恩斯(Julian Barnes)、麦克尤恩(Ian McEwan)、艾米斯(Martin Amis)如何讲述他们未曾亲历,而是父辈们经历的战争。第二篇《祖先》是"关于英国作家编写非凡多样的遥远过去和建构那些过去的时候所采用形式的非凡多样性"。⑥ 第三篇《远祖》主要讲达尔文主义对小说形式的影响。第四篇《真实的故事和小说中的事实》是关于精确的学术研究和小说之间的关系。第五篇《老故事,新形式》以意大利作家卡尔维诺(Italo Calvino)、卡拉索(Roberto Calasso)等作家的小说为例,主要论述古代神话、童话故事在当代小说中的再现,"分析这些古老的故事和形式通过何种方式得以延续和变异"。⑦ 第六篇《冰、雪、玻璃》主要论述她对这三个意象的喜爱以及安徒生、格林兄弟和19世纪诗人、作家在自己作品中对这些意象的应用。第七篇《最伟大的故事》主要论述阿拉伯故事集《一千零一夜》在各国的流传以及当代作家。这七篇论文集中于一部书中,因为它们贯穿了同一个主题:虚构与历史、故事与现实之间的关系。拜厄特探讨虚构与历史、故事与现实之间的关系主

---

① 同上,p. 265.
② 同上,p. 267.
③ 同上,p. 23.
④ Byatt, *On Histories and Stories*, p. 38.
⑤ 同上,p. i.
⑥ 同上,p. 36.
⑦ 同上,p. 124.

要是因为在后现代主义、后结构主义时期,历史的精确性受到质疑。"我们被告知,我们无法获知过去,我们以为自己知道的内容只是我们将自己的需要和偏见投射到我们所读的和所重新建构的东西上。意识形态遮人耳目。所有的阐释都是暂时的,因此任何阐释都跟其他阐释一样好——真理是一个无意义的概念,所有的叙事都有所选择和歪曲。"①她为这些观点带来的新思想而兴奋,同时又对其极端性表示怀疑。因此试图通过例证表明历史在虚构的同时有其真实性,故事在虚构的同时隐含了真理。

关于历史小说以何种形式呈现历史的问题,拜厄特发现,小说家再现历史的方式纷繁多样,"腹语术"(ventriloquism)是历史小说主要的叙述特点之一,这包括"戏仿的、模仿的、假造文件的、融入真实文件的、将过去与现在混合在一起的、萦绕型的和多音部的、类型小说的历史版本,等等"。而作家的写作目的则可能是为了分析历史或使之魔幻化、传奇化,或仅仅是文体学的考虑。或者,也可能是为了游戏、夸张历史或使之寓言化。"即使是看起来采用单纯现实主义叙述方法的……也并不是不加考虑的选择,而是表示对现有正统观念的让人震惊的反叛。"②针对历史同故事和事实之间的关系,拜厄特引用了巴恩斯对"历史的本质"的阐释:"历史不是发生过的事情,只是历史学家告诉我们的事情。……我们编造一个故事来掩盖我们不知道或不能接受的事实;我们保留一些事实,围绕它们编造新的故事。我们的恐慌和痛苦只能靠让人宽心的寓言来消除;我们将这种寓言叫作历史。"③也就是说,历史其实也是故事,它们之间不是本质的区别而是程度上的区别。

弗兰肯在她对拜厄特的研究中说:"对于 A.S.拜厄特的作品来说,没有什么比她的矛盾心理(ambivalence)更真实,更具有中心地位。"④弗兰肯指的是拜厄特在对待创造性、艺术、作者权威和性别等问题时既肯定又怀疑、既接受又抵制的态度。但从上述分析可以看出,拜厄特并非无端地在两极之间摆动,而是有自己的原则,因此她在自己作品中所体现出的毋宁说是一种多音性而不是矛盾心理。不论是对传统还是实验,对希望还是危机,她采取的其实是一种包容的、扬长避短的态度,站在一个中间位置,汲取两极中的营养,同时避免走向极端。

(撰稿人:宋艳芳)

---

① 同上,p. 10.
② 同上,p. 38.
③ 同上,pp. 49-50.
④ Christien Franken, *A.S. Byatt: Art, Authorship, Creativity*, p. xv.

美国卷

第一章 19世纪上半叶文学批评

美国文学最早出现于殖民地时期的新英格兰地区,与当时社会亟需的宗教思想密切相关。早期新英格兰的诗歌模仿英国诗歌的形式和技巧,但宗教热情和对《圣经》的频繁引用以及新的生活环境为新英格兰诗歌打上特殊的烙印。清教徒认为,优秀的文章须使人充分认识到崇拜上帝的重要性和灵魂在人世面临的精神危险。此外,由于交通不便,远离欧洲的新大陆作家常常模仿在英国已经过时的作品,例如布拉德斯特里特(Anne Bradstreet)、泰勒(Edward Taylor)都深受玄学派诗歌的影响。那时的文学批评寥寥,且隐藏于殖民者的冒险札记与牧师的布道词之中。至独立前夕,南方文学开始描绘贵族式的世俗生活,反映了以种植园为主的社会和经济形态。

独立伊始,人们的生活以政治、经济发展为导向,聚焦于与实际生活相关的领域,给文学和艺术留下了极其有限的时间、精力,导致对于大洋彼岸欧洲特别是英国文化遗产关注的逐渐减少。18世纪中后期,英国已出现浪漫主义文学的先驱,在美国却悄无声息。尽管如此,国家的独立依然带来文学与批评领域独立的愿望,而美国文学批评理论对欧洲特别是英国文学批评传统的继承正是建立在文学与批评独立的初衷之上。"在美国文学中,通往原创性的最佳道路来自对国家的观察。"①在浪漫主义诗歌中,美国文学发现了契合这种自然观察的思想,"当其他诗人仅仅解开自然面纱的一角时,华兹华斯已经出人意料地揭示了自然与普遍人性之间的关联,为理解爱默生的自然观做好了准备"。② 更重要的是,"直接从自然中汲取灵感,只要不是拙劣的模仿,不仅会打破从国外照搬的思想,还会给新的文学原创性的气质与特性"。③ 自此,斯各特、拜伦、骚塞等诗人也逐渐进入美国人的视野。植根美国本土的浪漫主义注重歌颂自然与描写风景的独特性,将传统概念与美国独特的景观相结合。

---

① John Paul Pritchard, *Criticism in America* (Norman: University of Oklahoma Press, 1956), p. 21.
② 同上,p. 17.
③ 同上,p. 22.

新生的美国在1812年英美战争中取得胜利,开始进入疆土扩展与经济发展时期,美国文学在"美国的兴起"这一时期获得发展契机。当人们谈论美国文学的时候,依然将此作为核心,它标志着美国"第一次走向成熟,整个艺术与文化领域历史的开端"。教育和出版业的迅速发展为文学的普及创造了条件,各种文学性期刊开始出现。比较重要的刊物包括《文集》(Portfolio, 1801－1827)、《文选杂志》(Analectic Magazine, 1813－1821)、《北美评论》(North American Review, 1815－1940)、《美国评论季刊》(American Quarterly Review, 1827－1837)、《南方评论》(Southern Review, 1828－1832)等。

尽管修辞批评与控辩批评曾于19世纪初期成为美国文学的主要批评流派,但到了30年代,浪漫主义批评原则得到多数批评家的认同。虽然已经产生了欧文这样开始在世界文学舞台崭露头角的作家,但此时的文学批评主要关注的仍是欧洲文学。达纳(Richard Henry Dana, 1787－1879)于1834年发表的关于莎士比亚的八次讲演,对莎剧中女性角色、超自然因素等的分析均有独到之处,被认为是美国莎士比亚评论的开创者。普雷斯科特(William H. Prescott, 1796－1859)以其对塞万提斯、莫里哀、莎士比亚等人的评论而成为当时重要的批评家之一。他于1832年发表的《19世纪英国文学》一文,反映了对英国浪漫主义文学的总体把握,然而他对雪莱、济慈的偏见使其未能将这些重要诗人纳入讨论之中。埃勒里·钱宁(Ellery T. Channing, 1790－1856)从修辞角度对司各特的《罗伯·罗伊》的评论,以及威廉·钱宁(William E. Channing, 1780－1842)对狄更斯、班克罗夫特(George Bancroft, 1800－1891)对德国文学的评论,在当时都有一定的影响。自18世纪末美国文学开始日渐发展之后,对产生于美国本土文学现象的评论逐渐增多。普雷斯科特和威廉·钱宁等人,就分别评论过欧文、霍桑、爱默生等美国作家的作品,在欧文、坡等人的杂文或文学评论集中,评论同时代美国作家的文章也不在少数。但从总体数量上看,对欧洲文学的评论依然占多数。

爱默生的《自然》与《美国学者》被公认为美国文学的独立宣言,按照惠特曼的说法,"一切始自于爱默生"。爱默生和梭罗的超验主义思想是美国传统文化与意识中的重要组成部分,在当时哲学、宗教、社会等领域引发的革命性波动为美国文艺复兴文学的发展提供了思想和精神依据。他在文学作品中看到"超灵"这一"最高法则"的运用,而不是仅仅遵循新古典主义原则的阐释。在融会理解文学前辈思想的基础上,爱默生创造出一系列原创作品,成为美国经典文学理论的基础。新大陆的开拓也为作家提供了荒野乡村与原生态的人类原型,继而为美国作家提供了独一无二的表达自然、思索荒野的机会。与爱默生相比,梭罗与自然的关联更加紧密,对传统的理解和运用也更为智性并连贯。而坡则是当时为数不多的既在文学创作上富有成就,又自有一套体系较为完整的诗歌创作理论的作家,是重要的文学批评家和第一位系统阐述诗歌小说创作理论的文学理论家。在坡的带动下,文学批评在美国开始走上专业化道路,拥有自成体系的文学理论以及专门从事文学批评的学者作为支撑。尽管此时的美国文学开始树立起文化"独立"的形象,美国文坛真正的批评家相较于后来时代而言仍为数不多。除却爱默生、梭罗、坡,其他批评原则主要包括修辞派批评与浪漫派批评。

第一节　爱默生、梭罗与美国文学批评的独立

爱默生(Ralph Waldo Emerson, 1803 – 1882)是美国 19 世纪影响广泛而深远的超验主义思想家。在 1835 年之前,他的有关超验主义思想的文章就不断发表在《北美评论》上,同时发表了大量他对于文学的思考。于 1836 年匿名出版的《自然》("Nature")被认为是爱默生全部思想的前提和基石。《自然》的主旨是,我们必须抛弃对于书籍与思想者的依赖,去建立"同宇宙的创造性联系",以及"关于洞见而非传统的诗歌与哲学",特别强调原创性与自立。爱默生在书中解释了他所谓"自然"的意义:"宇宙由自然与灵魂构成,严格说来,一切与我们分离之物……自然与艺术,所有其他人与我自己的身体,必须位列于自然之下。"①因此,自然具有双重含义,一是"普通",一是"哲学"。这一自然概念并非局限于自在自为的自然,在对自然美加以描述赞扬之后,他笔锋一转:"自然的这种被感知为美的美,只是最初级的美。……如果我们追求过甚,则成为嘲弄我们的虚幻展示。"在他看来,更高一级的美"存在于同人的意志相结合之中。美是上帝加之于美德(virtue)的印记"。② 爱默生在这里似乎发现了可以统一自然与人的抽象概念:表现为美的美德——在自然,它表现为自然美;在人,它表现为精神与道德美。同时,爱默生的自然并不独立于人的自在自为的物质存在,而是人之心灵的表象。所谓的自然之美,在他看来是人通过存在于心灵之中关于美的概念所认识的美。尽管自然在某种程度上高于艺术,艺术家却可以在自然之上附加其他所谓丑陋的事物。并且,艺术的目标通过艺术的力量与自然相连,从而成为自然

---

① Brooks Atkinson, ed., *The Complete Essays and Other Writings of Ralph Waldo Emerson* (New York: The Modern Library, 1940), p. 11.
② 同上,p. 11.

的一部分。

在《重新审视爱默生与科学》("A New Look at Emerson and Science")中,艾伦(Gary Allen)指出了爱默生生涯的转折点,即 1833 年访问巴黎自然历史博物馆。在那次旅程之后,爱默生宣称"我要成为一个自然主义者",写下《自然历史的使用》("The Use of Natural History")一文,并做了三次关于科学的讲座,由此开启了科学与历史关系的隐喻性定义,"地球与博物馆类似,人类的五感作为完美的哲学工具,与地球提供的自然信息相比,我们从工具中获得的快乐是微不足道". ① "这是一个科学的时代,爱默生作为科学的文学诠释者,是独一无二的。"②在《自然》出版之后,爱默生的作品逐渐变得多元化,但科学一直伴随其间。科学的创造性方法,如何将思想与自然融合为新的整体,赋予了爱默生一把进入宇宙的钥匙,这是他其后从未抛弃的基本洞见。爱默生认为,科学是走向真理的路径。科学渗透进他写作的各个方面,从深层结构,到不经意的类比,思想、科学、自然的方法实现了整体同一。在他看来,真正的科学之人,同时也是美国学者,科学是美国的动态之心,"科学只有一个目标,那就是,发现自然的理论","自然是神圣思想的体现。"③

超验主义的主旨是独立,爱默生自认为《自立》("Self-Reliance")一文最为充分地体现了个人思想及其影响。④ 独立的主题展现在《自立》中,表达了超验主义的核心原则:神性存在于自然之中,存在于每一个个体之中。爱默生的自我与自私相反,他的自我是追寻个体想象范围之内最好的自我,最终与超验自我相融合,爱默生称之为"超"。在《超灵》("The Over-Soul")一文中所谈的"超灵",使用了中世纪经院哲学相关用词 transcendent(transcendente),意为"超越的",爱默生将其表述为"最高法则",是"超越的或超验的(the transcendent)单纯与力量",是"永恒太一"(the eternal ONE)。"一个人需要更多地学会发现并观察来自他内心的光芒,而不是诗人和圣人光辉的思想。"⑤伟大与平庸的所有区别就在于,

---

① Olaf Hansen, *Aesthetic Individualism and Practical Intellect: American Allegory in Emerson, Thoreau, Adams, and James* (Princeton: Princeton University Press, 2014), pp. 99–100.
② Laura D. Walls, *Emerson's Life in Science: The Culture of Truth* (Ithaca and London: Cornell University Press, 2003), p. 1.
③ 同上,p. 5.
④ Lawrence Buell, *Emerson* (Cambridge, Massachusetts, and London: The Belknap Press of Harvard University Press, 2003), p. 59.
⑤ Brooks Atkinson, ed., *The Complete Essays and Other Writings of Ralph Waldo Emerson*, p. 148.

"我们必须做的是与己相关的事,而非别人认为我该做什么"。① 并且,"只有你自己,才能给你安宁"。②

在强调超验自我内心光芒的同时,爱默生没有放弃文学传统的实践原则。正如休姆所言,加尔文思想环境的影响使他在当时浪漫主义的压力下仍然坚守古典主义原则。浪漫主义对新古典主义概念的偏见并未令他无视亚里士多德关于文学价值的基本理念。爱默生也从不否认对古典主义的借用,用他的话说,"伟大的人勇敢地引用,从记忆中发现妙语时,并不会寻找其出处。天才借用高尚"。③

像华兹华斯一样,爱默生在描述诗人的创作实践时尽量避免使用"模仿"概念,但他的文论思想中却不乏模仿理论的渗透。在1862年的日记中,爱默生对摄影作品中自然的再现与画家适当添加或减少细节的理想再现进行对比,认为画家的作品属于新的艺术创造,而诗人试图"将事物的表现适配于思想的欲望,创造一个优于经验世界的理想世界"。④ 在《诗歌与想象》中,他将诗歌创作与蜜蜂酿蜜或化学家的实验进行类比。蜜蜂从花丛中采集原料,创造出新的产物——蜂蜜;化学家将氢、氧混合,创造出新的物质——水。同样,诗人聆听到一段有趣的对话,或观看了自然的壮美外观,从而创造出全新的、更加美好的艺术品。这一化学实验的类比在经历法国作家左拉的发展变化之后,重新出现在诗人艾略特的早期文学批评之中,即《传统与个人才能》中诗人的"化学催化剂"角色。

与画家相似,诗人向我们展现的自然来自个人的亲身体验与感知经历。诗人的眼睛能够在捕获外部自然景观的基础上,形成更为清晰的视觉体系,看到并言说观察所得的深层意义。在爱默生看来,这不是个人的力量,而是以神性智慧充盈的"超灵"的杰作。在亚里士多德的概念中,事物因必要性产生脱离物质的理性,因为在自然中不存在偶然或割裂的事物。美就此产生,存在于合适的尺寸和排列。爱默生认为,美离不开适合(fitness)。美栖身于拥有美丽外表的事物之中,"灵魂与身体表里如一"。⑤ 在《会饮篇》中,柏拉图通过热爱美的事物,形成

---

① 同上,p. 150.
② 同上,p. 169.
③ Ralph Waldo Emerson, *Essays and Poems* (New York: Literary Classics of the United States, Inc., 1996), p. 1031.
④ John Paul Pritchard, *Criticism in America*, p. 46.
⑤ Brooks Atkinson, ed., *The Complete Essays and Other Writings of Ralph Waldo Emerson*, p. 325.

对隐含意义与普遍原则的爱,在爱不断增长的过程中,他从观察者成为创造者,在更高层次上保留了对客观事物原初的爱。而诗人感动于每一次与自然的接触,因为自然现象既是事物的象征,也是思想的体现。诗人能够发现美丽的创造,因为欲望使他在创造中获得自然的愉悦。通过个人的新的洞见,他将诗歌与历史视为同一。[1] 正如亚里士多德所言,诗歌比历史更具哲理性,也更严肃。爱默生在历史的具象中看到诗人追求美、哲学家追求真理的普遍性,发现美即真理。

爱默生的有机形式理论(organic theory of form)源起于贺拉斯"拥有思想就拥有表达的词语"的理论。创造者通向作品之途是理想、永恒、直觉性的,而非人类按自我意愿所设计的符合文学法则的技巧,当诗人的情感被一股神秘思想所搅动,这一思想自然以其形式展现。因此形式是思想本身的有机性质。爱默生的有机形式理论超越了贺拉斯的思想与实践。他认为在传统形式中,首创者或后来传承者是有效的有机表达,但无法表达所有诗人的概念。每一首诗都以自己独特的形式成为有机体的一部分,主题自成韵律,或许表现为表达形式的完全革新。[2]

爱默生进而以晶体(crystallization)的类比说明其有机形式理论。正如自然界中的矿物质拥有各自独特的晶体结构,诗人的每个概念都有其独特的形式。概念聚合成独特的形式,正如自然中的晶体,概念及其聚合体都是自然的作品,而非诗人的理解,诗人难以看到其中的规律。然而,在一定条件下,诗性的晶体会自成秩序,成为超灵产生的神性秩序。因此,诗歌会在形式与内容两方面展现其诗性。在讲述人类的晶体化时,爱默生重复了这一概念:"自然是某种思想的化身,并且会再次转变为一种思想,正如冰经水凝结又变成了水与汽。"[3] 人类的思维过程存在一个类似于矿物质结晶的过程。

艺术作品的创造有助于揭示人性的奥秘。"艺术作品是对世界的抽象,是世界的缩影。它是微缩的自然,是对自然的表述。"[4] 相对于不能人为改变本质的自然而言,艺术是人类将其愿望和类似事物合成的混合物,是"自然之美经过人心提炼后的产物"。诗人、画家、雕刻家、音乐家、建筑师,都试图将自然的美集中

---

[1] 同上,p. 126.
[2] John Paul Pritchard, *Criticism in America*, p. 44.
[3] Eduardo Cadava, *Emerson and the Climates of History* (Stanford: Stanford University Press, 1997), p. 45.
[4] Brooks Atkinson, ed., *The Complete Essays and Other Writings of Ralph Waldo Emerson*, p. 14.

于一点,每一个人都在他的不同作品中满足对美的热爱。正是对美的热爱激发了他创作的热情。因此,艺术是经过人类加工的自然。在艺术作品中,人类将自然之物原初的美展现出来。① 他补充道,某一种艺术的规则具有普适性,适用于所有自然范畴内的事物。其后,他将艺术定义为创造者通过细节产生的合理设计的灵感,是人类通向作品神性之路径。艺术再次成为诗人通过其超群的观察与表达进行充分描绘的能力。如果将艺术的定义限定在文字领域,爱默生认为,艺术通常是思想的有意识表达,这种思想被定义为"基本知识"(primary knowledge)。②

爱默生的自立思想还反映在他对文学批评与诗人地位的认识中。当时美国的批评家无法完全依赖自身的力量,而是更多地审视文学前辈的成就。爱默生认为,自立要求自我检验,作为一门艺术的文学批评需要在创作中不断接受实践的检验。③ 他在《诗人》中谴责了批评领域对欧洲遗产的过度依赖,认为他们仅仅是"土生土长的、自私且充满激情的本地人",忘记了"灵魂先于肉体"这一准则。由于诗歌属于原型文本的通俗版本,批评家的任务是使诗歌与原型相匹配。无论是批评家还是作家,都必须拥有对普遍法则的精确感受,以及在其以新形式出现时能够高度辨别、表达的能力。诗人及其作品的批评家在诗歌的创作与批评中各自经历了神秘旅程,批评家试图在旅程中修正诗人因人性弱点所犯下的错误。公正的批评家在文学中看到属于"超灵"的法则的运用,而不是遵循新古典主义原则的阐释。爱默生还将一切作品都应以相同的精神进行阐释作为批评的基本原则。

当时流行的另一断言是,无论是在文学意义上或社会意义上,文学批评对世界进步都难以带来任何帮助。针对这一观点,爱默生认为,文学批评无用论的根源在于,它本身很少是建构性的,甚至"批评家专门搞破坏"。他提出,适当的实践可以使批评成为一门艺术,在诗人作品的背后检验其思想的秩序与高度,而不只是停留于技能。通过表达个人观点,批评家在基于诗作的艺术创作中实现价值;优秀的批评家以亲身实践所收获的知识,去批评那些未能令其心灵净化与强化的虚伪诗歌,在批评的同时也成为杰出的建构艺术家。当然,批评不仅仅意味着外部改造式地除去冗余,爱默生更希望它成为生气勃勃的创造,尽管有时它二

---

① 同上。
② John Paul Pritchard, *Criticism in America*, p. 44.
③ 同上,p. 47.

者兼具。①

爱默生对自身时代的批评书写原则也熟稔于心。在其个人的批评创作《关于现代文学的思考》("Thoughts on Modern Literature", 1840)中,爱默生勾勒了德国批评的历史,并列举了席勒、康德、费希特、黑格尔的哲学分析。然而,他最为青睐的却是两位英国浪漫主义诗人:华兹华斯与柯勒律治。他吸收了二者的浪漫主义思想并为己所用,得到了大量关于文学批评的艺术启示。爱默生认为,华兹华斯声望的建立是现代文学中的标志性事件。他的伟大之处不在于其诗歌天赋,而是让"超灵"告诉诗人精神的意愿,让"超灵"进入自己,令他的文学时代重获理智。这一伟大之处抵消了所有华兹华斯作为诗人的不足,使他得以与莎士比亚和弥尔顿比肩。尽管在亲见诗人本人之后,爱默生心目中华兹华斯的地位有所削弱,他还是一再强调华兹华斯对于自己和整个时代的重要性。② 在柯勒律治身上,爱默生则寻找批评的原则。除了幻想与想象的理解与区分,爱默生还借鉴了其有机理论作为自己有机形式理论的基础。可以说,柯勒律治是带给爱默生文学批评艺术启示最多的作家。尽管在1836年之后他对柯勒律治的热情有所消减,后者对他的影响仍经久不息。

爱默生认为,作家应如莎士比亚一般超越批评经典,而不是像歌德一样依附于经典,优秀的批评家会对二者进行鉴赏辨别。在写作过程中,他仰慕和追求古典文学中的简朴和自然。像贺拉斯一样,他承认简朴的风险,即在可能产生意义的同时或许会缺乏意义的确定性。但仍然值得去尝试,诗人必须充满真诚地走向简朴,将目光紧紧锁定目标。例如在描写山峦时,他必须亲眼见过、经历过山,而不只是观赏照片。只有当诗人首先被目标打动心扉,而不只是为了书写而找寻对象时,才能够成为真正的诗人。在融会理解文学前辈思想的基础上,爱默生创作出源自美国本土的原创作品,成为美国经典文学理论的基础。

随着个人哲学思想逐渐成熟,视野不断开阔,爱默生对待东方先哲的态度也越来越开放。身为牧师,他对清教教义做出了全面的批判,背弃了一切宗教形式与教义,建立关于"超灵"和"自立"的学说。为了支持自己的观点,爱默生及其超验主义同道转向强调精神和一体的东方思想。东方智慧构成他在破旧立新中寻找新的思想源泉与支撑的重要部分,他希冀从中汲取灵感和依据去巩固自己新建立的体系。爱默生对于中国文化的了解主要是通过阅读,例如一些西方人士

---

① 同上,p. 48.
② John Paul Pritchard, *Criticism in America*, p. 49.

书写的有关中国的旅行见闻。但他不满足于通过道听途说来探索一个未知国家,得益于不断出现的中国古典作品的新译本和新资料,爱默生开始阅读儒家经典的译本,还曾阅读不同版本的"四书",于1836年开始认真思索孔子的思想,由此深入中国文化的核心,自此便一直保持着对中国古典思想的兴趣。

具体而言,儒家的人本主义思想、宿命论、修身论都在爱默生的思想体系中产生共鸣。孔子被弟子们仰视为"圣"。"圣人"在《论语》中,不仅头脑聪慧,同时也要具备高尚的德行。孔子还承认天命的至高无上,同时努力寻找一种人所能扮演的角色。在天命面前,人不应完全被动接受。爱默生尽管背弃清教教义,但并未摒弃有关神圣和命运的概念,常常以"命运"(Fate)来约束人类过度张扬的自由意志。① 这里的"命运"已经远离了上帝,更接近于孔子对天命的态度。在"自立"观念方面,爱默生则与孟子有许多相通之处。他们都坚信人性本善,不否定崇拜对象的权威与神圣性,二者的哲学基础都是人的可完善性。孟子提出修身的三种方式也得到爱默生的认同,即治学、养心、涵养"浩然正气",后者还曾引用孟子的"尽信书,则不如无书"。爱默生认为,书本只是供学者在闲暇时阅读之用,学者读书是为了成为一个思索的人,而不是去做书虫,一个真正的学者应该具备人格,拥有独创性。

实际上道家思想比儒家思想更接近超验主义。老子的"道"与爱默生的"超灵"拥有许多相似之处。二者都是无所不包,自在自为,超验而完美;二者都是万物的源泉与归宿。同老子一样,爱默生相信宇宙的一体性,相信世界的同源,即"超灵"。他也将自在自为视为"最高主宰的特征",并且认为"一切最终将进入这神圣的一"。基于超灵的这一精神,个人的灵魂也因此自足自立。道家还提倡自然与人的合一,爱默生与道家一样,提倡与自然和谐共处,尽管出发点不尽相同。在爱默生看来,人与自然的结合必须通过超灵,他反对人与自然合一的观点。而道家视人为自然的一部分,人生于自然、终于自然,与自然合一才是最自然的状态。人与自然的结合既是精神的,也是物质的。② 遗憾的是,爱默生在作品中对道家思想鲜有提及。

对待异域文化,爱默生采取的是"为我所用"的态度,即吸取儒家思想中他赞同的部分,扬弃他反对的部分。他最为欣赏的是儒家对道德和个人修养的态度,同意儒家的人本主义倾向;最不能接受的是儒家所阐述的等级观念和模式化的

---

① 钱满素:《爱默生和中国——对个人主义的反思》,北京:东方出版社,2018年,第121页。
② 同上,第89、91页。

人际关系。他从未在对东方的赞赏中迷失过自己,而是希望以东方文化的长处弥补西方文化的不足。

在爱默生出版《诗人》的第二年,1845年7月4日,梭罗(Henry David Thoreau, 1817–1862)开始了瓦尔登湖精神独立的探索之旅。他的《瓦尔登湖》(*Walden; or, Life in the Woods*)以全书篇幅最长的"节俭"篇开场,叙述的基本是近乎枯燥琐碎的衣食住行、日常生活开支账、建小木屋的费用开支账,以及大豆地一年的投入产出账等。然而在这些似乎毫无"文学性"可言的数字背后,是梭罗的生活信条:人应当尽可能降低物质欲望,而将精神追求作为第一要义,在《四处的湖》一篇中,他甚至大声疾呼,"让我享有拥有真正财富的贫穷吧",①并认为生活越简陋,人的精神就越可能崇高。生活,这就是人生的目的,至于富有还是贫穷,这无关紧要。在哈佛求学期间,他深受当时在哈佛讲学的超验主义思想家钱宁(Edward T. Channing)的影响,同时也阅读了爱默生的《自然》,聆听了他在哈佛的讲演。无论是追随爱默生的脚步还是与之产生分歧,梭罗的思想实际上一直是独立自主的,并且在许多方面超越了爱默生。

首先,梭罗否定了所有定义诗歌的尝试。他认为,诗歌就是诗歌,一旦提出某种定义,一些诗作就会立刻表现出一种有意识的限制。实际上,诗不为我们所知,我们只能在神秘的经历中获得些许的感受。诗人将救赎记录得越真切,诗就会越包容,令读者以韵律式的或音乐性的形式,从救赎中得到最广博的智慧,"如果可以将人类的智慧凝缩在一卷书中,那将是完全合乎韵脚的诗歌,只有救赎才可能产生诗。"②

与其他超验主义批评家相同,相较于作品,梭罗将更多的注意力倾注在作家身上。梭罗认为诗人可以分为两类,一类与生活为友,希望得到食物的滋养,另一类则与艺术相伴,后者享受其间的意味。于是,作家也被他分为两类,伟大的天才作家从不犯错,也从不从属于批评,却为批评提供法则;稍逊一筹的作家依靠智性与品位写作。具有神性的伟大作品甚为罕见,应该得到与自然之物同等的尊崇。他常常为之苦恼的问题是,作家因过于关注古典模式而掩盖了自身的天性。他认为,诗人不可能做到完全客观。无论创作出怎样的史诗,即使是与莎士比亚戏剧比肩,也不过是幻想与想象,与其生命的真理相比稍逊一筹。实际

---

① Henry David Thoreau, *Walden and on the Duty of Civil Disobedience* (Auckland: The Floating Press, 2008), p. 260.
② John Paul Pritchard, *Criticism in America*, p. 55.

上,诗歌与宗教、哲学直接相关,三者在文明的最后阶段合而为一。如果没有诗歌,在缺乏诗意的思维模式中,人类不会获得任何值得记忆的内容,事实就是诗歌。①

梭罗认为,受灵感统治的诗人地位不高,因为在灵感降临这一时刻他的天才远去,不再是一位诗人。因此,诗人应避免完全交付灵感,应暂缓将经历诉诸笔端。梭罗希望诗人可以像华兹华斯一样,花些时间让心灵小憩,从而有助于丰富的表达,以此保证诗歌的质量。他强调仔细的修改与不断推敲完善文学作品的重要性,倡导艺术家以精益求精的态度对艺术作品作最大限度的观照。狂热自负的诗人认为全世界都在翘首期盼其作品,梭罗批评道,那就更应该立刻着手修改,成功的秘密就在于精雕细琢之间自我的充分表达,这一观念表现出写作与时间延续的结合。②

像爱默生一样,梭罗在艺术作品中发现了有机原则。散文以松散的形式写就,诗歌与之不同,每一首诗都经诗人之笔拥有独特的韵律,而非任意模式的随意注入。冲动、直觉是最好的语言规范者和最自然地表达其思想的方式。爱默生和梭罗关于有机形式概念最主要的差别在于,对爱默生来说,形式在诗人看到诗歌的神秘经历中已经得到揭示,但对梭罗而言,形式是在诗人的修改和表达其概念的过程中不断得到完善的。同样,梭罗在实践中发现,普遍而言,诗歌的形式与已有的传统之间并没有完全地割裂,而爱默生的诗歌则似乎以全新的形式出现。尽管如此,二者都认为思想与表达是有机相连的。梭罗认为,如果否认这种联系,就会阻碍人们获得公正合理的批评。③

从其有机原则可以看出,梭罗接受了自然高于艺术的典型浪漫主义观点。但由于深厚的古典主义素养,他同时拒绝完全支持这一立场。他承认,很多艺术作品都逊于自然,但这更多地指向那些没有真正关注自然的艺术家。比如他发现罗斯金的作品《现代画家》的瑕疵在于,罗斯金仅仅按照特纳画作中的自然进行描绘。④ 最真实的描绘是艺术家对于客体的主观反应,这应该是一种无法度量的诗性描绘,截然不同于科学家仅仅照相式的描绘。在对亚里士多德模仿理论的回顾中,梭罗多少有些讽刺意味地将康科德树林中的橡树虫瘿作为类比。

---

① 同上。
② 同上,p. 58.
③ John Paul Pritchard, *Criticism in America*, p. 56.
④ Robert D. Richardson, *Henry Thoreau: A Life of the Mind* (Berkeley: University of California Press, 1986), p. 358.

"艺术难道不是虫瘿吗?"①上帝在自然之中播撒下人类的种子,艺术家令自然依照自己的想法改变与成长;人类成为寄生虫,艺术也不光彩地寄生式生长。梭罗对于艺术与自然之间关系的见解将浪漫主义与古典主义理论相结合,其概念立场突破了二者的截然对立。

梭罗还提出,要在写作中参考其前辈探究过的主题,从而不必在无谓的主题上浪费时间。与盲目下笔相比,了解已有观点将令作家在知识之路上走得更远,话语也更具权威性。同时,他也警告自己的读者,要将过去视为参考,而不是方向指引。尽管坚定维护古典主义关于普世教育的基本立场,梭罗发现,英国文学并非完美无缺。作为优秀的希腊文学习者,他一直以原文阅读古典作品。他认为,一些拉丁文比全部英诗在高雅简洁层面都令他更加愉悦。② 尽管他一生共购买了四百多部古典作品,并以充满热情的洞察力去阅读,却仍感觉英国文学并不是完全自由的表达,而是从乔叟之日起就是古希腊罗马思想的表达。过多古典作家的指涉令英语作品变得过于枯燥、文明,尽管这些模式同时也赋予了文学无法或缺的品质。梭罗本人通过将浪漫主义思想与古典主义理论的结合避免了古典作品的控制,同时又为自己的作品与生活从中汲取养料。古典思想构成梭罗文学批评思想的独特性。

在爱默生的笔下,荒野是作为自然的一部分为人类所赞美和敬畏,而在梭罗的文字中,荒野被更多地与环境保护联系起来。在梭罗看来,所谓的自然复兴,指的是对自然的无限热爱,而不必去表达自然本身。梭罗十分怀念英诗中失落的清新、荒野之风。在民族史诗《贝奥武甫》中,呼啸着迅疾之风的荒野就已成为英雄与恶怪展开激烈斗争的背景。在华兹华斯、柯勒律治、拜伦、雪莱的诗作中,则处处洋溢着自然的清新与自由——瀑布、彩虹、溪流、鸟语;即便在民谣中,荒野也不是野性的,而是美好的绿林。田园文学传统中这种荒野的逐渐缺失迫切需要新生的国度来弥补。新大陆为作家提供了荒野的乡村、原生态的人,因而为美国作家提供了独一无二的表达自然、思索荒野的机会,重新获得那种盎格鲁-撒克逊世界已经不复存在的自然之品质。③ 与爱默生相比,梭罗与自然的关联更加紧密,对传统的理解和运用也更为智性并连贯,通过对原生态自然的强调,他同时清晰地指出美国将带给文明世界的独特贡献。

---

① Henry David Thoreau, *The Journal of Henry David Thoreau* (Salt Lake City: Peregrine Smith Books, 1984), p. 10.
② John Paul Pritchard, *Criticism in America*, p. 56.
③ 同上,p. 58.

第二节　坡的文学批评与文学创作理论

　　坡(Edgar Allan Poe, 1809－1849)不仅是19世纪美国重要的短篇小说家和诗人，也是重要的文学批评家和美国第一位系统阐述诗歌小说创作理论的文学理论家。如果说爱默生是美国作家创作灵感与哲学思想的灯塔，那么坡无疑是文学批评领域第一位杰出人物。尽管同时被看作关注国家发展的爱国之士，但坡更多地将注意力集中在纯文学的研究上。坡的文学批评生涯大概始于1835年担任《南方文学信使》(*Southern Literary Messenger*)杂志助理编辑期间。当时，普雷斯科特、钱宁等人在文学批评领域已颇有著述，坡便谨慎地效仿这些专业批评家的写作模式。他的文章通常以介绍作者生平、作者过去发表过的作品以及批评界的一般反响开始。在评论小说或叙事诗时，他常常先概述情节，而后指出其优缺点，最后对作品做出整体评价。在评论中，他还经常援引当代或古典文学作品中的例证，以此进一步证明自己的观点。在坡的早期文学评论中，不时可见当时流行的所谓"文学屠宰场"的风格，即对自己所厌恶的作品或作家进行粗鲁的奚落或嘲弄。对于他同时代作家的评价，坡表现出一种偏见，甚至是吹毛求疵。他鄙视当时美国文坛爱国情绪高涨的倾向，呼吁以更严苛的文学标准来评判作品。

　　虽然置身于主流文学之外，但坡从理论到实践都表现出明显的浪漫主义倾向。在1840—1846年间，坡曾多次讨论浪漫主义的核心问题之一，即幻想与想象的本质问题。他以柯勒律治在《文学传记》中的著名区分为出发点，认为这一问题与德国批评家提出的诗歌神秘意义的概念相关。坡指出，人们认为拥有想象力的诗歌正是那些因其神秘意义而卓越的作品。[①] 早在1836年，坡仍然处于柯勒律治理论的影响之下，他便拒绝将诗人视为仅仅对客体的美或经历做出反应及记录的诗作者。在他看来，诗人努力追求超凡美，试图表达未曾眼见或耳闻的事物，因此诗人是创造者。相形之下，单纯的诗作者在作品中表现出的仅仅是对客体的极度熟悉以及进行比较的平庸天赋。坡声称，比较是幻想或者组合能力的关键部分。[②] 诗性情感是理想、想象、创造相结合的能力。他对幻想的反对具体表现在对托马斯·莫雷过度比喻的谴责上，"没有一位如此杰出的诗人是十分

---

① 同上，p. 73.
② Edgar Allan Poe, Sherwin Cody, *The Best Poems and Essays of Edgar Allan Poe* (Chicago: A.C. McClurg & Co., 1903), p. 163.

理想的"①。他还指出，朗费罗的诗行中不具备创造性的想象，那或许可以解释为无意间运用的幻想。

1840年之后，对于柯勒律治提出的"幻想只是组合，想象才能创造"(fancy combines, imagination creates)的观点，坡开始进行反驳，指出就创造性而言二者并无本质区别。"幻想与想象并无二致，二者都没有任何方面的创造，所有新颖的概念不过是不同寻常的组合而已。"②幻想与想象也不存在程度上的差异，创作主体无法将幻想提升为另一种性质不同的被称为想象的事物。想象不过是随机拼凑起已有的元素，以达到一种表面和谐的形式。令人遗憾的是，如同华兹华斯对这个问题模棱两可的见解，坡在进一步探讨时也显得语焉不详，没能充分证实自己的立场。在对柯勒律治幻想/想象区分的反驳中，坡在做出单纯分析之余显得过于挑剔。

想象、幻想与梦幻、幽默一起，是坡所认为的艺术拥有的四种特质。其中最伟大的想象来自艺术家或创造者，他们的作品以和谐包容的方式选择这些特质，并将它们重新排列组合，从而产生美。进入这些组合的形式"本身仍作为原子单位"③，即柯勒律治的幻想所对应的"固定和确定"。美的各个组成部分也都是美的，整体等同于个体之和。坡补充认为，最终的组合很可能缺失各个部分的特质，与各个部分都不尽相同的特质也可能重新创造美。这一过程可以与某种化合物的产生进行类比，这时坡表现出对柯勒律治通过想象对部分进行融合这一观点的接受。然而由于坡的注意力放在对其他问题的考虑上，显然没有注意到两段论述之间潜在的逻辑问题，即"化合物"的类比与他之前所说的无法改变的"原子单位"相矛盾。在讨论浪漫主义理论的重大问题中存在这样的矛盾，表现了他诗学中的缺陷。

尽管如此，坡显然像柯勒律治一样更看重想象，甚至提出"或许全部重要的知识都来自被高度激发的想象力"④。因此，坡反对当时美国评论界普遍追随的约翰逊提出的以寓教于乐作为文学目的。这一主张被他直截了当地冠以"说教的异端"之名。⑤ 他在反驳时认为，任何以训诫为目的进行写作的诗人都无异于异端。作为美的韵律性创造，诗歌首要关注的是美，只有品位才可作为判断的基

---

① 同上，p. 271.
② 同上，p. 311.
③ 同上，p. 116.
④ John Paul Pritchard, *Criticism in America*, p. 74.
⑤ Edgar Allan Poe, Sherwin Cody, *The Best Poems and Essays of Edgar Allan Poe*, p. 124.

础。如果在创造美的过程中，诗歌无意间做出了道德训诫，那么由获得美而产生的愉悦才可称为"最强烈，最高雅，最纯粹"①，尽管没有道德的因素掺杂其间。他认为在所有诗性情感中，忧郁是最主要的；在所有忧郁的情形中，一位年轻且美丽女子的死亡是最凄美的。这些观念在他的文学主题与形式的偏好中占据重要位置。坡还认为，柯勒律治对亚里士多德有关诗歌和历史的论述存在误解，并对此进行了批评。亚里士多德提出，诗歌比历史更具哲学性，也更严肃。坡指出，柯勒律治将这一陈述解读为诗歌是所有书写形式中最具哲学性和最严肃的，并出现在《抒情歌谣集》的前言中。坡认为，湖畔派诗人提出的真理作为诗人眼中的客体之断言也是不可取的。人类存在的终极是幸福，诗为我们提供了一种空灵的美感，这是最高层次幸福的源泉。他因此坚持诗的结尾应包含一种喜悦或一种升华了的愉悦。可以说，坡的观念比华兹华斯和柯勒律治更接近亚里士多德的本意。②

坡最初并未给诗歌做出清晰明确的定义，但他相信诗的情感是能够由诗人加以描绘的，那是"一种美的、崇高的、神秘的感觉"，可以称其为"此时的智性幸福感，以及今后更高智性幸福的希望"。作品带给读者的这种感觉越是强烈，诗人就越伟大。1842年，他引用格里斯沃尔德（Rufus Griswold）的定义，认为诗歌"就是以韵律排列的文字形式进行美的创造，对真实进行理想化的表现"，并将其简化为"诗歌即美的节奏性创造"。这被他认为是"唯一真正的诗歌定义"，坡还赞同柏拉图提出的诗人向往"超凡的美丽……将至的孤独"③，诗人的灵魂因此在神秘视界之光中"努力减少创造中徒劳企图的热情"，伟大的诗就产生于这种或许并没有完全实现的尝试之中。④ 贺拉斯的"与生俱来的诗人"（poeta nascitur）这一概念多次出现在坡的批评文本中。⑤ 在他看来，诗歌以特定个体存在的诗性感情实践为表现对象，以语言为表现载体，那么诗人必备的天赋就是诗人思维中不可或缺的成分。尽管如此，坡并未将其凌驾于诗人具备的知识之上。相反，拥有"抽象思维头脑"的作者会创作更为精致的诗，尽管与那些具备哲学广度与思维深度的作者比稍逊一筹。能够兼具天赋与知识的诗人必定创作出比单具一点的诗人更为卓越的作品。诗人是拥有语言意识的艺术家，坡无法超越语

---

① 同上，p. 128.
② John Paul Pritchard, *Criticism in America*, p. 78.
③ Edgar Allan Poe, Sherwin Cody, *The Best Poems and Essays of Edgar Allan Poe* (Chicago: A.C. McClurg & Co., 1903), pp. 132, 113.
④ John Paul Pritchard, *Criticism in America*, p. 72.
⑤ 在古代关于诗歌是自然的赠予还是有意识的艺术或训练的产物的争论中，poeta nascitur non fit 表示站在自然立场的观点。John Paul Pritchard, *Criticism in America*, p. 70.

言进行构想。他否认爱默生提出的超验知识,尽管他曾承认偶尔在行将入睡时,会意识到"一种精致绝伦的幻想,那不是思想,那绝不可能转换为语言的模式",①而是将之视为精神外部世界的一瞥。但在1846年最后一次提到这类经历时,他却声称已经开始能够控制这种感觉,并且可以通过语言进行表达。然而,坡却并未留下如何将这种经历与他所鄙夷的超验主义神秘救赎相区别的只言片语。②

坡对原创性的强调达到近乎痴迷的地步,他坚持认为,诗人的洞见必须能够产生新的作品。他敌视疑似盗用了诗句或思想的作品,尽管也承认诗人或许无意识地重复其他作家的用词而无意间成为文学的窃贼。坡不允许以牺牲美感和良知为由肆无忌惮地寻找创新点,但他热忱欢迎新的和美好的内容。究其根本,坡希望诗人能够推陈出新,在形式、色彩、声音、情感等方面的创造中倾注更多的个人经历,应将其他次等任务留给散文作家去做。当然,他在这些方面并不具有惠特曼那样的革命精神,他仍然希望诗人遵循前辈的传统,因为创新就是"在领会理解的基础上耐心细致地去组合"。③ 艺术家的语言意识还包括对表达细节的关注。坡写道:"认为最伟大的天才不会受益于对表达方式的关注,这完全是一派胡言。……显而易见,粗糙的宝石越是具有内在价值,打磨它的收获就越大。"④坡注意到诗人与其他艺术家的相通之处,他也可能熟悉音乐,对建筑、绘画略知一二,但诗人常常试图给这些浅尝辄止的研究加诸文化的意味。坡最熟悉的是以语言和天才表演者进行模仿的艺术,他的艺术理论因而最为关注的是文学作品。

最终,坡给艺术下的定义是:"通过灵魂的面纱,再现感官在自然中所感知的内容。"⑤这更似亚里士多德艺术模仿理论的翻版。坡意识到,许多艺术原则的价值早已写在《诗学》之中。例如,亚里士多德关于艺术有机统一体的要求是坡批评思想中的基本要素,尽管被施莱格尔吸收到更宽泛的效果同一概念中。坡看到,施莱格尔的观点在一定程度上是亚里士多德观点的继承,前者借用了大量亚里士多德关于统一的概念,例如每个部分在艺术家安排它的位置都是必要的;事件的安排是由必要性或至少是合理性所决定的;作品应有开头、主体、结尾;作

---

① Edgar Allan Poe, Sherwin Cody, *The Best Poems and Essays of Edgar Allan Poe*, p. 278.
② John Paul Pritchard, *Criticism in America*, p. 71.
③ 同上,p. 79.
④ Edgar Allan Poe, Sherwin Cody, *The Best Poems and Essays of Edgar Allan Poe*, p. 20.
⑤ 同上,p. 115.

品的篇幅已经提前在作家的头脑中确定。艺术作品在细节和整体方面都是可靠、确定的,比生活中出现的任何事件更似一个整体。为了确保这一效果并创造出更高层次的美,诗人或许会经历一个独特的过程,即"对大自然愉快地修改"。①

在文学批评方面,坡认为,恰当的批评实践是"坦诚、直爽、独立的……只在恰当之处施以褒奖,却能够表现出最全面的欣赏能力与最诚挚的意图,将诗人的真实和特质的优点置于最光明的位置"。② 批评家应该清楚一点,批评一部作品不是将作家置于解剖刀下,而是从坚定地去除病变组织中看到"伟大文字"的优点。他应该独立且诚实,不带恐惧、偏袒地为创作者平等地伸张正义。文学的卓越就在于其不言自明与公理性,无须进行任何说明或评价。"在教导读者什么是完美的时候,我们应该关注的是如何更理性地前进,而不是一味进行否定性的定义。"③批评的目的不是检验作家的思想,那是其他学科而不是文学学科的责任。文学批评应限定在艺术分析与评价的框架内,而不是作家观点的代言。坡认为接受评论的是一部艺术作品,是文学作品接受对其文学特质进行检验的过程。

关于批评家应该具备的素质,坡明确提出,首先,批评家应该"至少是位语言学家以及古典文学学者"。④ 坡本人幼年时期曾在伦敦的私人学校读书,打下古典文学知识的深厚基础,可以自由畅读拉丁语写就的古典作品,甚至以拉丁语写诗。第二,批评家必须拥有具有分析能力的头脑。仅仅拥有"对感受变形之美的敏锐欣赏力"是不够的。⑤ 第三,评论者必须尽量避免做出武断的结论。尽管坡并不反对批评理论,或许恰恰相反,他认识到"在对原则的口述或讨论中比在其特定的和有条理的应用中获得更多愉悦"的危险。⑥ 因此,坡认为,美国当时的文学期刊未能真正有效地说明批评中最根本的方法。他相信批评观点的不同通常是对常识性原则不恰当运用的结果,与对一些问题的广泛分歧相比,批评流派的差别本身更多地源于无效的或残缺的方法。第四是忽视传统的勇气与重新思考文学的能力。他并不是要完全废弃过去,而是像早期的批评家一样,希望批评能够从作品中发现新旧智慧并存的内容。最后,批评家本身也应是位艺术家。

---

① 同上,p. 170.
② Edgar Allan Poe, James Albert Harrison, ed., *The Complete Works of Edgar Allan Poe* (New York: T. Y. Crowell & Company, 1902), p. 7.
③ Edgar Allan Poe, Sherwin Cody, *The Best Poems and Essays of Edgar Allan Poe*, p. 178.
④ Edgar Allan Poe, James Albert Harrison, ed., *The Complete Works of Edgar Allan Poe*, p. 98.
⑤ 同上,p. 323.
⑥ 同上,p. 190.

坡在年轻时将批评局限于诗人，后来开始质疑诗人的批评资格。到了1846年，他做出了一些妥协，认为批评家必须"至少拥有诗性感受，如果达不到诗性力量，没有'神性天赋'，至少也应拥有'视界'"，①即诗性的视野。

真正的批评家通过实践检验自己的批评原则。"批评与实践紧密相关，前者暗示或包含了后者。如果实践失败了，那是因为理论还不够完善。"②坡在写作中坚决拒绝迎合大众趣味，对他而言，销量越大意味着作品的质量越差。他戏谑地引用了贺拉斯的评论，"赢得所有投票的作者将实用性与吸引力相结合"。③坡的这一观点基于一种主观的设想，即成功的作家必须违背既定的文学原则。坡写道，笛福的《鲁滨逊漂流记》、哥尔德斯密斯（Oliver Goldsmith）的《威克菲德的牧师》、狄更斯的《巴纳比·拉奇》这三部作品向批评家证明，伟大的文学作品之所以能够愉悦读者，是作家熟练运用经时间检验的文学原则的结果。与寻找这些原则相反，大众常常被广泛流行的"假象"和"吹捧"所欺骗，而这些趣味主导了当时的文学评论。

坡对美国批评状况最细致的陈述发表在1842年《格林厄姆杂志》的创刊号上，他在其中将文学批评定义为一门科学，并反对过去文学评论中对批评活动的轻率表达。他谴责完全民族主义的倾向，指出整个世界才是文学演员的舞台，而不是某个国家。在放弃民族主义立场的同时，评论家应"为了大局而放弃细节"，更多地诉诸普遍性，在审查、研究作品时，应该对其进行分析，并对其特有的品质进行判断。美国的期刊最终开始承认文学批评的重要地位。1842年坡在演讲中对美国文学的潜力表达了信心，"我们已经狠狠打击了英国前辈的领导力，更好的是，我们成功度过了最初的自由时光——这是流浪汉的第一个放荡时刻"。④这表明他赞同美国社会对于英国文化优越性的质疑。他对文学状况的描画与爱默生的憧憬十分相似，并且基本同意纽约那些"新美国人"的观点，尽管因看到很多美国作家的缺陷而没有像爱默生那样写出一篇《美国学者》，坡仍然同样渴望美国作家能够摆脱英国文化的控制。

在坡的带动下，文学批评在美国开始走上专业化道路。但是，他的不留情面使那些他评判过的作家逐渐远离他，并且冒犯了他的批评家同行们，而坡对文学历史知识的忽视令他难以具备更广阔、清晰的视角去讨论文学问题。他并不青

---

① 同上，p. 273.
② Edgar Allan Poe, Sherwin Cody, *The Best Poems and Essays of Edgar Allan Poe*, p. 176.
③ John Paul Pritchard, *Criticism in America*, p. 77.
④ 同上，p. 83.

睐长篇小说,这一方面是由于对文学历史的刻意忽视,另一方面则表现了他的自负,认为只有自己才能够创作出高质量的文学作品。① 尽管存在缺陷与偏见,坡的文学批评实践对于美国文学批评的新生与发展仍然具有重要价值。

第三节 修辞派批评与浪漫派批评

在批评还未成为一种职业活动的19世纪初,通常是从事法律、牧师、学术等相关职业的学者兼作文学批评,他们尤为强调修辞训练,目的是为那些主流职业提供一些可资借鉴的文字处理原则。于是,修辞批评在19世纪初占据了美国批评的主流地位。因为"修辞的力量与重要性在于其清晰明确的批评原则,与长久以来文学传统的紧密联系,严肃与传统的道德倾向,以及实践者的思维水平",②修辞顺理成章地承担起为书写文学批评提供注脚或方法的任务。当时的文化潮流公认文学的价值在于其实用性、启发性与获得辩才,其中最受推崇的当属服务于公共休闲活动的辩才。然而,修辞原本通常仅涵盖说明文的写作与公共演讲的技艺,在转向文学批评时需要进行较大程度的调整与修正。

修辞批评首先遵循社会导向的原则,将维护公共事务、建构社会秩序作为目标。美国的修辞学家们追随拉丁文与英国修辞学家们的教诲,将诗歌语言、创作风格及类似的文学元素融入一般性的社会实践之中。修辞批评对文学的认识论问题不感兴趣,文学不再意指一套自足于文本的想象原则,而是实践性的、促进社会规范的交流工具。修辞批评对于文学功能的这一认识,鼓励批评家超越"单一的艺术问题",专注于与社会需求、社会理论相关的问题。根据《每月选集》(*Monthly Anthology*)的说法,修辞批评所强调的辩才绝不是一个无关紧要的问题,而是将一切艺术与科学、历史与自然宝藏提升为人类心灵的启迪、信念与征服的伟大天赋。21年之后,《文集》(*Portfolio*)再次指出,每一个体都"对社会有所亏欠",如果抛开社会而不顾,我们的批评学问和文学本身都将"孱弱无力"。③

其次,修辞原则与真理的决定与交流方式相关。尽管严格说来,真理的决定属于哲学研究的领域,真理可能性的提出属于修辞学家的任务。但不可否认的是,逻辑与修辞密不可分。于是,如何决定某一真理的形式、如何选择恰当地陈

---

① John Paul Pritchard, *Criticism in America*, p. 75.
② John W. Rathbun, *American Literary Criticism, 1800 – 1860,* Volume I (Boston: Twayne Publishers, 1979), p. 62.
③ 同上,p. 66.

述这一真理成为亟待修辞学家们解决的问题。在审视具体文学作品时,这一问题显得尤其棘手,因为传递真理的目的使文学常常以劝诫的形式从属于修辞,同时文学又往往被认为是修辞的一个分支。① 大多数修辞批评家都在评论中将真理与社会关切联系起来,认为作为文学的目标之一,人类气质应该成为文学根植于其中的基本要素。霍普(Matthew Hope)在《普林斯顿修辞课本》(*Princeton Textbook in Rhetoric*, 1859)中指出,文学应与"一般的经验和流行观点"相一致,这一观点实际上要求文本中的矛盾冲突应该限定在关于民族的信仰与责任的框架之内。钱宁也提出,人性难以改变,趣味的原则因而相对固定,文学批评的经典方能经久不衰。但他同时承认民族性、个人性的差异造成人的道德性格多变。因此,文学的价值不仅体现在澄清人类经验方面,也体现在认识其复杂性上。②

修辞批评的应用价值在于指导创造性写作与评估实践。拉斯本(John W. Rathbun)认为这些指导方法基于三条基本原则,即作品应以不同的创作目的进行分类;在信念(逻辑论证)和劝诫(心理需求)之间应保持泾渭分明,尽管在文学作品中它们或许相互混杂;面对交流过程一方的读者,作者应始终将其置于考察范围之内。③ 博伊德(James Boyd)在关于写作的著作《修辞与文学批评要素》(*Elements of Rhetoric and Literary Criticism*, 1847)中讲解了这些原则如何精简为易于应用的批评方法。他分析了句子模式与包括用词与句法在内的语言元素,以传统方式讨论了文学类型与精心构思的情节,探讨想象与判断的实用性,将创造与风格紧密联系起来。

修辞批评始终强调实用性(utility),指出批评家须将批评工具运用到具体作品中,并为分析文学作品中的元素提供了批评方法,如措辞、叙事、态度等。首先,修辞批评强调整体,要求"对每一部分及其对改变整体的个体更正"形成独立判断。④ 因强调作品的一致性,修辞也常常被类比为对话语的"制造"。一致性(congruity)被批评家认为是作品"艺术性"的体现。一部文学作品的艺术态度决定了作品的"类型",根据不同的标准产生诸如抒情、讽刺等文类。其次,在风格问题上,修辞学为批评家提供了完整、一致的理论。钱宁、纽曼等批评家在逻辑话语和想象书写之间做出区分,强调后者"提升的"风格。就纯文学的意义而言,

---

① 同上,p. 67.
② E. T. Channing, *Lectures Read to the Seniors of Harvard College* (Hardpress Publishing, 2012), p. 176.
③ John W. Rathbun, *American Literary Criticism, 1800 – 1860*, Volume I, p. 72.
④ William Russell, *A Grammar of Composition* (New Haven, 1823), pp. 64 – 65.

写作首先以"语言提升"为特色,其中夹杂明显的作家个人的感悟。批评家甚至会期待具有亚里士多德所称的"富于辞藻"作为想象性文学适当的风格模式。但这种期待的真正基础是,英国修辞学家提出的理性必须由"情感"获得补偿的观点。① 追根溯源,崇高语言激发的美好意识是从修辞文本中获得的主要批评范畴。转换为批评话语之后,修辞成为与理性要素如纯粹、明晰相关联的风格要素,如得体、体面、幻想。

波尔丁(James Kirke Paulding)认为:"天才作品的完美存在于作品各部分的对称与和谐关系,设计的纯粹、辞藻的简洁、各部分得以组成整体的良好判断力。"②大体而言,优美的风格包含四个要素:幻想、得体、时代性、荣耀性,民族性有时被列为第五个要素。③ 修辞学提供了分析一位作家风格适当性的三条途径。首先,批评家可以审视风格对于思想的调适。罗素(William Russell)指出艾迪生诗歌分析与批评的丰富,认为优美的风格会不断地塑造思想。④ 培养了品位之后,批评家会获得几乎成为本能的识别伪造、过分渲染、言不由衷的能力,开始对语调、某一段落的平淡或尖锐变得敏感,在自己的脑海中形成作家对待其写作态度的意识。其次,批评家可以考察作家调整风格以适应读者需要的方式。严格说来,适应读者不再是风格的一个方面,但美国修辞学家都曾强调这一点,包括亚当斯(Henry Adams)、戴(Henry N. Day)等。作品需要的是可读性、结构清晰、简洁明了;并且,作者的角色被认为是服务社会大众,其责任就是保证交流的完整。《美国评论季刊》的一篇文章写道:"诗人必须表现出对读者的尊重,并且理解他们的感受。"⑤于是,作家被要求沉浸在大众文化之中,仔细研究人性,风格于是被批评家视为作者自我的展露。

在1815年之前,美国文学批评领域还曾出现控辩批评(Judicial Criticism)的观点,即对具体的文学作品做出判断,并根据传统或普遍标准为作品划分等级。随后一批批评家受到民族主义精神的鼓舞,以及自由联想观念、欧陆浪漫派哲学的激励,反对控辩批评的立场,直至后者日渐衰微。这些批评家提倡世界的动态性与进化性以及创造性思维带来塑造型力量的观点,判断力从而被舍弃,想象力占据了上风。及至1820年,多数浪漫主义原则都得到发展,到了1830年,浪漫主

---

① John W. Rathbun, *American Literary Criticism, 1800 – 1860*, Volume I, p. 74.
② Quoted by Kendall B. Taft, *Minor Knickerbockers*, p. lxv.
③ John W. Rathbun, *American Literary Criticism, 1800 – 1860*, Volume I, p. 76.
④ William Russell, *A Grammar of Composition*, p. 56.
⑤ *American Quarterly Review*, 2. December, 1827, pp. 484 – 85.

义批评成为多数批评家的实践原则。

在早期反对控辩批评的尝试中,钱宁提出蕴含在欣赏或同情之中的包容性。他提出,人们应该大力支持高雅趣味的多样性,因为这将鼓励创造性天赋的发展,同时提醒批评家克服"服从伟大思想的恶习"。① 欧文在失去早期对控辩批评的兴趣之后,认为批评家更重要的美德在于友善、悠闲、快活,只需要"与大众像老朋友见面一样聊聊某一话题"。② 菲利普斯(Willard Phillips)针对考珀(William Cowper)《诗歌》的文章成为典型的摆脱这种印象式批评的早期尝试。他认可批评家由于感受力的不同而产生对于文学作品不同的个人反应,但这一反应在他看来不应被延伸为"一般批评",若要获得文学作品的公正评价,只能探究作家的个人观点与作品的潜在读者之间存在的联系。美国批评家普遍接受亚当·斯密的原则,他在《道德情操论》中指出,我们能够了解自我的最佳方式就是走出自我,作为"不相干的观察者"去审视自我。菲利普斯改进了这一原则以使其服务于浪漫主义批评。首先,批评家必须努力理解文学作品中的"真实场景",通过占据"作家描绘场景时的相同位置",以同情的方式融入人物关系中去,从而建立必要的联系。③ 菲利普斯的这一观点为许多同时代的批评家所认同。批评态度的转变促使批评家们重新评价作家作品,如人们之前对于拜伦、柯勒律治等浪漫主义诗人的排斥随着对诗人作品的熟悉而逐渐消失。

浪漫主义批评的态度帮助缓解了控辩批评对于小说狭隘的道德诉求。尽管菲利普斯作为浪漫主义的启蒙人物,依然谴责菲尔丁和斯摩莱特作品中的"虚假生活观点"或理查森小说中"罗曼司的感伤谵妄",④但他并不排斥小说本身,还支持奥斯丁《诺桑觉寺》所表达的观点。批评家们也渐渐接受霍桑、库柏、西姆斯等作家对于小说与罗曼司的区分。西姆斯是少数坚持认为罗曼司是史诗的现代等同物的批评家之一,即便是他,也在实践中渐渐忽视了前者与小说的差异。⑤在批评实践中,小说与罗曼司被认为同时拥有浪漫传奇的特征。

诗歌的解读与批评也在更为自由的思潮中进行,质疑道德与社会行为之间联系的声音逐渐消失。1834年,阿尔科特(Bronson Alcott)提出,诗人仍是"最具

---

① E. T. Channing, "On Models in Literature," *North American Review* 3. July, 1816, p. 203.
② Washington Irving, "Letter from Geoffrey Crayon," *Knickerbocker* 13. March, 1839, p. 206.
③ Wilard Phillips, "Cowper's Poems," *North American Review* 2. January, 1816, pp. 234 – 235.
④ John W. Rathbun, *American Literary Criticism, 1800 – 1860,* Volume I, p. 99.
⑤ Edd Parks, *William Gilmore Simms as a Literary Critic* (Athens, Georgia: University of Georgia Press, 1961), pp. 11 – 13.

影响力的道德导师"①,但批评家们不再仅仅关注多数诗歌突出的道德说教特色。《文学与科学知识库》(The Literary and Scientific Repository)提出基督教真理"是否因加上韵脚而显得更好"的问题,似乎诗人应该减少对普遍接受真理的关注,而是转向运用"想象"进行复杂的"诗性创造"。② 例如拜伦不会拒绝宗教主题的运用,但他也承认《圣经》主题不会减少人物与环境在作品中的重要性。

浪漫主义批评还挑战了作家必须在更大、更完善的整体中居于从属地位的保守观点。他们认为天才是第一位的,而不是天才所要遵循的规矩。天才参考的坐标是人类的全部潜力,以及自然的奖赏。天才成就了品位,从而使人们具备欣赏其作品的能力。欧文(Washington Irving)追随导师坎贝尔(Thomas Campbell)的观点,指出天才的广阔范围得以遇见"新的令人惊愕的情况",发掘崭新的有价值的主题。③ 钱宁认为天才"以超越人类的美与力量"为人们建立起自我的本性。④ 天才的能力超越了理解力,他们强调想象,不断地探讨想象在天才之中的前后贯通的作用。

18世纪欧洲的浪漫主义文学以德国古典哲学为思想理论基础。康德、费希特等古典主义哲学家强调天才、灵感和主观能动性,将自我提升到高于一切的地位。与这一观点一脉相承,19世纪美国的浪漫主义批评家们认为天才自发且诗意地因"心灵的完满"而言说,"不带有任何规则的束缚,伪装或惧怕"的想法。⑤ 后期的浪漫主义批评家相信自然由人类精神的存在而激发的观点,认为天才"唤醒了我们内心中人类与伟大造物及其上帝之联系的意识"。⑥ 于是,诗歌揭示了作为"上帝之救赎"在诗人身上唤起的"人之神性"。⑦ 一些批评家会面临屈从于抒情印象的危险,但天才理论至少鼓励人们尝试理解那些远离传统与宗派教化的诗歌。

承认了天才的首要地位,批评家相应减少了对文学传统的关注,作家因原创性与想象力而受到称颂。欧文早在1814年就提出,作家应仅仅依靠他们自己的

---

① Odell Shepard, ed., *The Journals of Bronson Alcott* (Port Washington, New York: kennikat, 1966), pp. I, 44.
② *Literary and Scientific Repository*, 3, 1821, 478–480.
③ Washington Irving, "A Biographical Sketch of Thomas Campbell," *Analectic* 5. March, 1815, pp. 234–250.
④ Quoted by Perry Miller, *The Transcendentalists* (Cambridge, 1950), p. 24.
⑤ "Early Spanish Ballads," *Southern Review* 5. February, 1830, p. 86.
⑥ "Dana's Poems and Prose Writings," *Literary and Theological Review* 1. June, 1834, p. 219.
⑦ "Wordsworth's Poems," *Boston Quarterly Review* 2. April, 1839, p. 149.

判断,以一己之力进行创作。① 因此,《波士顿季刊》(Boston Quarterly)的一位评论员试图以对"理论"的依赖解释华兹华斯作为诗人的艰难。"真正的天才摒弃一切束缚、一切哲学体系,创建并遵循个人的原则。"②其结果自然是先前批评模式,尤其是来自古典主义与新古典主义影响的削弱。钱宁在反对文学模式的檄文中指出,古典主义研究带来的默许与贫瘠(acquiescing and unproductive)的态度代替了自然进程中"不断变化"的规则与模式。③ 其他更具现实主义倾向的批评家认为作家应警惕任何模式带来的束缚影响。例如帕森(Theophilus Parson)指出,美国心灵(American mind)会发现与过度完善的18世纪相比,更具"活力与创造性"。④

批评家们在强调自立与原创的同时,也提出他国文学并非灵感来源,而是会带来模式上的影响。钱宁提出,美国诗歌应避免"对外国流行作家的拙劣模仿"。英国的《威斯敏斯特评论》(Westminster Review)注意到塞奇威克(Catherine Sedgwich)作为"美国最受欢迎的作家之一"毫无疑问受到了英国小说家的影响。⑤ 对于美国作家而言,小说的开拓性来自独特的自然与环境。在美国批评家看来,艺术是创造而不是模仿,其首要功能是依靠"完成"其形式而使自然得到理解,这意味着作家应通过内省参考"内心灵魂"的指示,从而找到主体状态与客体自然形式的联系。

(撰稿人:姚成贺)

---

① Washington Irving, "Review of E. C. Holland's *Odes, Naval Songs*," *Analectic* 3. March, 1814, pp. 242–252.
② "Wordsworth's Poems," p. 159.
③ E. T. Channing, "On Models in Literature," p. 205.
④ Theophilus Parsons, "Comparative Merits of the Earlier and Later English Writers," *North American Review* 10. January, 1820, p. 21.
⑤ John W. Rathbun, *American Literary Criticism, 1800–1860*, Volume I, p. 102.

第二章　19世纪下半叶文学批评

19世纪下半叶，新兴的工业城市如纽约和芝加哥逐渐在经济上超过波士顿，文化上的影响也逐渐扩大，使得新英格兰传统文学观念不可避免地受到冲击。因此，不论其批评理念如何不同，这一时期的批评家几乎不约而同地要求美国批评摆脱狭隘的地方主义，寻找不同的途径来避免印象式批评、鉴赏式批评或道德评判等浅薄的批评方式。19世纪40年代之后，美国文坛开始出现与文学发展相一致的文学批评，逐渐独立于英国的批评传统。这一时期欧洲文学思潮涌入美国，现实主义、自然主义、表现主义等在美国文坛引起巨大反响，出现了一批相应的文学作品。美国的文学批评表现得更加成熟，对欧陆思潮开始进行认真的梳理和评价，更加关注美国文学发展的自身属性。豪威尔斯在文学批评上的贡献史无前例，不仅创立了美国的现实主义理论，还提携了一大批国内的现实主义和自然主义小说家。詹姆斯具备深厚的欧洲文学功底，他的文学创作和文艺批评是欧美风格的一种糅合，产生出一些独到的见解，具有独特的魅力。诺里斯和德莱塞的自然主义文学批评也对这一时期的文学创作起到很大的促进作用。世纪之交的美国文学批评达到前所未有的繁荣程度。现实主义、自然主义和地方色彩文学相互借鉴相互批评，构成美国文学批评的主流，并为20世纪美国文学理论的进一步发展打下了坚实的基础。

第一节　现实主义的美国化

相对于美国的现实主义而言，欧洲的现实主义表现得更为集中，特点比较鲜明，因此相对容易界定。欧洲现实主义传到美国比较缓慢，到19世纪70年代美国的批评家才开始谈论这一概念，80年代才渐成气候。但由于同时出现的地方色彩文学和此后出现的自然主义文学，进入90年代后现实主义已经出现式微的迹象，因此现实主义既是美国文学中的重要文学现象，又不如欧洲现实主义那般对本土文学的发展产生重大影响。

文学史家一直将现实主义与自然主义作为19世纪后期美国文学的主要创

作流派和理论主张,但是 20 世纪文学史家却对这种贴标签式的做法提出质疑,认为将丰富多样的文学表现形式归结为少数几个"主义"实在是弊大于利,而且美国现实主义并没有形成独特的理论主张,"美国现实主义哲学不是专门的技术意义上的一种哲学,而是组织松散并且常常概括化的一套信念和态度———一种饭后白兰地加雪茄式的哲学,而不是一种认识论意义上严密的学术体系"。① 这是因为不同的美国作家对现实和现实主义拥有不同的理解,②甚至同一位作家(如詹姆斯或豪威尔斯)的理解也在变化。从这个意义上说,现实主义成了"没有引文便没有任何意义的词汇",而"想根据形式和主题来给以这个名义所写的那一类书归类,并以此来界定美国'现实主义'无异于陷入无关紧要的细枝末节的泥潭"。③ 尽管如此,文学史家们依然把这些观念和范畴作为研究的对象,因为撇开它们确实很难在宏观上把握这一阶段的文学创作。但是在谈论它们时,的确需要知道这样做的危险:首先,现实主义和自然主义拥有各自哲学和认识论上的含意,用在文学中容易产生歧义;其次,在"主义"的遮掩下容易掩盖每部作品的具体特色;此外,使用了标签之后常常容易忽视作品的思想深度;最后,两者都是舶来之物,是"来自具有欧洲特点的具有特定意义的术语用之于完全不同的美国文学史境况下",容易产生意义歪曲。④

内战前美国作家自诩为英国人,以拉丁经典为楷模,模仿伦敦的浪漫主义文学风气,有意无意地实践着蒲柏对青年作家的告诫:"不要第一个尝试新事物/也不要最后一个丢弃老传统。"在创作上,库柏模仿司各特,爱默生学习柯勒律治,惠特曼则转学爱默生,坡、朗费罗、洛厄尔、惠蒂埃等诗人向济慈、雪莱看齐。理论上坡在《诗的原理》(The Poetic Principle, 1850)中主张艺术反映"永恒的美感",

---

① 评论家们一直在试图界定美国现实主义,如所谓的六大特征:反叛浪漫主义、新的现实观、新的方法和内容、新的道德观、新的公众口味、后期的心理主义。见 Donald Pizer, ed., *Documents of American Realism and Naturalism* (Carbondale & Edwardsville: Southern Illinois University Press, 1998), pp. 309–329.
② 例如常被归为浪漫主义的爱默生恰恰被豪威尔斯作为现实主义者加以引用:"我不要奇伟、遥远、传奇……我要普通,我和熟悉、低下站在一起……今日对没有思想的人来说只是平庸无味,却是化了妆的国王……银行、海关、报纸、决策会议、卫理公会教、唯一神教,这一切对迟钝的人来说干巴巴毫无意义,却和特洛伊城和特尔斐神殿一样神奇。"见 James Nagel, *Critical Essays on Hamlin Garland* (Boston: G. K. Hall Co., 1982), p. 305.
③ Michael Davitt Bell, *The Problem of American Realism, Studies in the Cultural History of a Literary Idea* (Chicago & London: The University of Chicago Press, 1993), pp. 1–2.
④ Donald Pizer, ed., *The Cambridge Companion to Realism and Naturalism, Howell to London* (Cambridge: Cambridge University Press, 1995), pp. 2–6.

爱默生追求"自然界的精神象征",朗费罗认为"文学是精神世界的形象"。但美国文学的一个特点,就是既摆脱不了欧陆(尤其是英国)文化的影响,又竭力要建立自己的形象。因此美国作家同时又在有意无意地抵制英国的影响。库柏的小说里充满了年轻民族的勃勃朝气,斯托(Harriet Beecher Stowe)的《汤姆叔叔的小屋》虽然带有哥特式小说的痕迹,关注的却是美国的社会现实,麦尔维尔(Herman Melville)写出了与欧洲传统大相径庭的小说《白鲸》(*Moby Dick*, 1851),马克·吐温则将美国式的幽默传统和对美国当地生活的表现推到了极致。

19世纪上半叶美国社会主要是农业社会,使人们得以产生较强的独立感,崇尚高傲和正直,因此从库柏到爱默生的小说大多继承浪漫主义传统,注重想象力的驰骋和直觉的重要性。内战后大工业迅速发展,导致经济政治社会发生巨大变化,大量农村人口涌向城市,同时乡村古朴的田园生活正在快速消失,浪漫主义的表现方式(离奇故事、奇特人物、缓慢叙事、夸张比喻等)已经失去其生活的土壤。新的工业精神逐渐取代农业思维,中产阶级价值观和行为方式逐渐占了上风,这种变化在70年代已经初见端倪。1869年大铁路贯通,客观上的西部边疆不复存在,对这片可望而不可即的广袤疆域的神秘感随之消失;1876年电话出现,90年代组装第一台乙醇动力汽车,与遥远的美国西部联系在一起的浪漫神话逐渐消退。1888年柯达生产出照相机,给美国现实主义文学表现方式提供了启发。美国社会发生的巨大变化将人们从对过去的沉湎中唤醒,促使他们思考、展望未来,并对眼前的社会给予空前的关注。

除了这些社会和文学思潮之外,其他人文思潮也对美国现实主义的形成产生一定影响,如当时的实用主义哲学。1878年皮尔士(Charles S. Peirce)提出实用主义哲学,强调生命的意义就在于其最终的实用性,抛弃对形而上和理想主义的追求。现实主义文学和实用主义哲学几乎同时在19世纪下半叶的美国出现;虽然后者在现实主义文学中没有明显的表现,却对它起到深远的影响。威廉·詹姆斯(William James)是小说家詹姆斯之兄,在欧洲的学校和哈佛受过教育,学习绘画和医学,1872年在哈佛任教,教授解剖学、生理学、心理学和哲学。《实用主义》(*Pragmatism*, 1907)献给英国理性主义学者穆勒,是当代实用主义哲学的重要著作,影响过后人杜威(John Dewey)。同现象学等当代西方哲学一样,詹姆斯之所以提出实用主义哲学,是因为世纪之交的欧美学术界越来越陷入方法论混乱,急需予以匡正,以便行之有效地理解现实世界。"我们思维辨析有一个最基本的事实,不论这种辨析有多微妙,都会存在实践上的差别。所以为了对事物产生清晰的理解,我们只需要考虑这个事物会产生什么实际效果——我们期待的是什么感觉,我们要准备的是什么反应。"要产生清晰的理解,要正确评估事物的实际效果,只能依靠正确的理解反映客观现实,"实用主义者依赖事实和具体事物,通过具体的案例观察真实的运作,然后作出概括。对他来说,真实成了经验里一切明确的工作价值的统称":

> 实用主义方法主要是一种解决形而上争论的方法,除此之外这种争论无法解决。世界是一元还是多元?——宿命的还是自由的?——物质的还是精神的?——这些概念无论哪一方都可能对世界有好处,也可能没有好处:对这些概念的争论无休无止。在这些争论里,实用主义方法试图通过探查其实际后果来解释每一个概念。如果一种概念而不是另一种概念是真实的,那么对这种概念会有什么实际区别?如果找不到什么实际的区别,那么其他的选择在实际上都一样,一切的争论都毫无用处。一旦某种争论是严肃的,我们就必须能够说明:如果一方或者另一方是正确的,会出现什么样的实际差异。①

詹姆斯在这里提出了"实践""具体""真实""实际"等重要概念,它们也正是世纪之交美国现实主义文学批评所坚持的基本概念。

这一时期另一位重要的思想家是美学家桑塔亚纳(George Santayana, 1863 – 1952)。桑塔亚纳在新英格兰长大,求学于哈佛,然后到德国学习,1889年回到哈佛教授哲学,1912年去英国,后在意大利定居。桑塔亚纳是20世纪著名的美学家,其美学思考起步之时,正是美国现实主义批评理论高潮之际。他的第一部美学专著《美感》(*The Sense of Beauty*, 1896)探讨主观对美的感受,并不关注眼前的具体事物,所以似乎与现实主义存在很大差别。但桑塔亚纳提倡通过具体事物来体验美的客观形式,而美的形成主要依赖敏锐的观察力:

> 在人类生产的一切产品里,我们注意到事物的外貌对眼睛具有敏锐的吸引力:事物在它最平凡的制作里包含有时间和劳作所做出的巨大牺牲,人在选择自己的居所、衣物、朋友时也会参照自己的审美感受。近来我们甚至还得知,许多动物的形状是由通过性别选择来生存而决定的,性别选择讲究最吸引异性的色彩和形状。因此,在我们本性里一定有一种非常极端并广泛存在的观察美、评价美的倾向。忽视这样明显的能力,就无法恰当地解释

---

① Bruc R. McElderry Jr., *The Realistic Movement in American Writing* (New York: The Odyssey Press, 1965), pp. 641 – 646.

大脑的原则。①

观察力的形成及发挥作用,主要依赖对具体细节做出细致的分析:"对审美生活作出概全性的解释,这种最主观最不真实的理论应当予以拒绝,但这些理论却可以重新表述成审美生活的一个个具体时刻。"这种"研究感官本身及我们对美的切身感受"②的主张无疑与现实主义(乃至其后的自然主义)的创作实践有着十分密切的关系。

美国现实主义的公认旗手是豪威尔斯(William Howells, 1837—1920)。他从波士顿移居纽约后,1886年开始主持《哈柏氏月刊》的"编辑札记"栏目,不仅扶持美国的现实主义作家,而且打破当时文学批评界的"本土主义",介绍了托尔斯泰、契诃夫、普希金、左拉、斯丹达尔、巴尔扎克、易卜生等一大批欧洲现实主义作家。1891年"编辑札记"结集出版为《批评和小说》,成为美国现实主义的主要界定者和鼓吹者。豪威尔斯最坚定的信念就是文学必须依赖现实,真实地反映现实。他在《批评和小说》中指出:

> 小说不要对生活撒谎;而要按原样来描写男人和女人,以我们都熟悉的那种动机和热情来激活他们;小说不是画娃娃,用弹簧和导线去操纵他们,而要以真实的比例展示不同的兴致;不要喋喋不休地谈论傲慢和报复、愚蠢和疯狂、自私和偏见,而是坦率地通过拥有它们的人物和场景来表露它们;不要染上雕琢之气,要使用方言和大多数美国人都会说的语言——各地不会矫揉造作的人们说的那种语言——毫无疑问,这种小说前途无量,不仅令人愉悦而且十分有用。③

这里的"不要对生活撒谎","按原样来描写男人和女人"成了豪威尔斯现实主义的最高原则,也是他几十年文学批评最简洁的概括。这里的"现实"指的是现实生活中的普通事件,但必须经过作家的精心挑选,选取最能表现人物性格的那些现实,避免不具有典型性的"现实":"即使是真实的事件,如果性质不当,文学中真正的艺术家也要避免;同样,真诚的观察者不会只看英雄或偶然行为,而要注意在通常惆怅倦怠心情下的人。"出于自己的喜好,豪威尔斯对何为"性质不当"有自己的理解,如他喜爱喜剧,因此更加注重生活里的喜剧;他相信美国生活中纯朴的一面,因此不愿处理那些"在年轻人尤其是年轻太太们面前不宜谈及的

---

① George Santayana, *The Sense of Beauty* (ReadaClassic.com, 2010), p. 1.
② 同上,p. 9.
③ William Howells, *Criticism and Fiction* (New York: Harper & Brothers, 1891. Start Classics, 2012).

生活事件",因此成为后来自然主义的批评对象。豪威尔斯本人在 1912 年也承认,自己是"旧式人物,有时我自己也希望作家不必对自己那么苛求"。①

"高尚"的行为当然要用完美的艺术形式加以表现,但豪威尔斯关心的不是这个艺术形式本身,而是"传统"艺术形式的缺陷:

> 在问其他问题之前,我们首先要问自己:这个真实吗?忠实于形成真实男女生活的那些动机、冲动和原则吗?这个真实必然要包括最高尚的道德和最高级的艺术——有了这个真实,小说就不会邪恶、不会虚弱;没有这个真实,再华丽的文体,再多的技巧,再复杂的结构,都是无足轻重的表面现象……在整个小说领域,没有哪一个真实的生活画面——也就是真实的人性表现——不同时也是充满神圣和自然之美的伟大文学作品。把文学当作远离生活、高高在上的精品,这种主张使得文学对广大群众无关紧要,对他们毫无意义可言;那种认为小说在表现因果关系时可以虚假的想法,使得即使是它想取乐的人们也瞧不起它,使他们无法把小说家当作严肃有头脑的人。②

豪威尔斯对浪漫主义的攻击无可厚非,他对"文学气"的批评也情有可原("我所知道的文人里,他[马克·吐温]在气质和举止上最没有文学气"③),但问题是在去除"华丽文体"的同时他几乎把文体本身也去除了,因为事实上豪威尔斯很少正面谈及文体问题,导致当时及后世的批评家责备他疏于小说艺术;他的现实主义战友如詹姆斯也对此不以为然。这也是世人对美国 19 世纪现实主义的主要批评:"豪威尔斯先生的信条里有一种观点,认为文学艺术性必然虚假,艺术是最好的小说的敌人。当然他所理解的艺术性是某种衍生物,本身没有独创性,但他的书里对小说艺术始终都存有隐含的不信任。"④

由此可见,不论是内容上还是艺术上,豪威尔斯都同时具备激进和保守的一面,随着时间的推移愈发明显,而这与他信奉托尔斯泰主义不无关系。1886 年他读了《战争与和平》后说:"托尔斯泰明确地告诉我们,不论社会政治还是集体个人,都要像基督要求的那样生活。"他主张社会改革,但不倡导简单的社会革命,

---

① Michael Anesko, *Letters, Fictions, Lives: Henry James and William Dean Howells* (New York and Oxford: Oxford University Press, 1997), p. 454.
② "April Hopes," *Harper's New Monthly Magazine*, 1887(4).
③ "My Memories of Mark Twain," *Harper's New Monthly Magazine*, 1910(7).
④ Michael Davitt Bell, *The Problem of American Realism, Studies in the Cultural History of a Literary Idea*, p. 20.

而是相信美国人具有很高的文明程度,通过不断探索能够找到合适的发展道路。他把维持文学现状者等同于反对社会改革者,把浪漫主义残余对现实主义的恐惧等同于"维护英国贵族的《星期六评论》(一家英国保守刊物)表现出的疯狂"。豪威尔斯的"平民主义"遭到保守势力的攻击,认为他的小说和诗歌里"和我们交谈的是那些在实际生活中我们一刻都不能忍受的家伙",批评他强迫人们"与不健康的人为伍"。① 在1886年的芝加哥农贸市场骚乱后,他是作家里几乎唯一仗义执言的人。他像马克·吐温一样反对美国干涉菲律宾,参加妇女投票权集会,1909年全美有色人进步协会创立时还是一位主要创始人。但豪威尔斯的社会主义基本上还是其现实主义的翻版,正如有人批评的那样,他下午去贵族式的茶馆,晚上去参加工人集会,理论上倡导社会主义,实践上却依然是贵族式的。

实际上,詹姆斯(Henry James, 1843-1916)对现实主义创作方法的关注比豪威尔斯更早。他在1875年至1876年旅居巴黎时由屠格涅夫介绍结识了围绕在福楼拜周围的一群欧洲现实主义作家。19世纪80年代中期詹姆斯开始认真地思考现实主义,1884年发表了《小说艺术》,比豪威尔斯的"编辑札记"还要早两年。同豪威尔斯一样,詹姆斯也是从反对浪漫主义开始的。他认为,浪漫主义代表的是"我们不可能直接知道的事物",而作家所应当关注的则是真实,"代表的是我们不可能不知道的事情"。② 批评家们将詹姆斯归于现实主义作家,因为他赞同豪威尔斯提出的真实再现普通人实际生活的主张。但詹姆斯本人在理论上和豪威尔斯存在分歧,如他几乎没有使用过"现实主义"一词(用得最多的是"真实")。詹姆斯对"真实"的定义是"我觉得真实指的是或迟或早以某种方式再现我们不可能不知道的事物"。③

但是詹姆斯眼中的"现实"和豪威尔斯所倡导的日常生活、自然、诚实等有很大的不同,詹姆斯认为,现实主义反映的不是赤裸裸的客观现实,而是"经过中介的(mediated)现实",即作家通过艺术表现形式对客观现实产生的感受;小说里的现实不是"反映"出来的,而是"生产"出来的。由此可见,詹姆斯的重点已经从表现对象(即"外部研究")转到了艺术家的艺术构思(即"内部研究");小说"现实"所依赖的不是创作素材的真实与否,而是作家本人的艺术"感受力"和"想象力"的高低。也就是说,艺术家要生产严肃的艺术作品,就必须表现出艺术家所具备

---

① Donald Pizer, ed., *Documents of American Realism and Naturalism*, p. 5.
② Bruce R. McElderry Jr., *The Realistic Movement in American Writing*, p. 1.
③ James Nagel, *Critical Essays on Hamlin Garland*, p. 306.

的特征,即艺术性:一件艺术品的"最深层的质量"不是所谓的现实或主题或道德感的质量,而是"生产者大脑的质量"。1875年,詹姆斯在写作五篇关于巴尔扎克论文的第一篇时,将这位法国大师称为"现实主义小说家",但他马上进一步解释了这个定义:这位"现实主义的罗曼司作家"的力量——那种让他得以创作出"如此明确,如此可信,如此真实,如此典型,如此可以辨认"的人物形象的力量——来自"他的丰富的想象力",来自他"对现实的热爱"。也就是说,对詹姆斯笔下的巴尔扎克来说,现实主义不是忠实地模仿,而是具有个性的表现;对巴尔扎克"真实"的权威就是"对自己想象力"的权威。

由此可见,詹姆斯并不赞成豪威尔斯式的社会道德家,不赞成将"文学性"与"生活"截然区分,贬低前者以抬高后者;有时为了表示自己的文学主张,坚持基于"真实"之上的"文学性",甚至不惜以豪威尔斯为反面教材。1884年,詹姆斯在评论法国现实主义作家时指出:"使他们聚集在一起的信念就是,艺术和道德是风马牛不相及的两件事,前者和后者无关,正如它和天文或胚胎学无关一样。小说的唯一责任就是写得好,这一价值包括了小说所能拥有的其他一切价值。"21年后,詹姆斯在写给英国作家 H. G. 威尔斯的信里仍然坚持这一文学主张:"是艺术产生了生活,使生活有兴趣,具有重要性……除此之外我不知道还有什么东西能产生生活的力量和美。"[①]有批评家曾指出,美国现实主义作家都注重表现生活的表面,如事件、语言、风俗,很少下力气去探求表面之下的深层次意蕴——除了詹姆斯之外。这一点至少对詹姆斯本人而言是客观的。

在文学性这点上,当代的批评家大都会站在詹姆斯一边,因为经过现代主义之后任何文学讨论都无法回避文学形式问题。但对于19世纪后期的美国作家,形式似乎并不重要,至少无法同内容相提并论。马克·吐温在19世纪60年代就认为,忠实于自然,准确地反映生活的本来面目,是作家的最高原则,"有头脑的人认为我'真实可信',这最值得我骄傲"。同詹姆斯一样,马克·吐温从不有意识地使用"现实主义"这一术语,即使在现实主义鼎盛期他也不愿意别人将他归为"现实主义者"。但马克·吐温的确对现实主义情有独钟,对其旗手豪威尔斯更是赞扬有加。他讨厌浪漫主义表现手法,批评司各特、库柏、哈特等人的"多愁善感,虚张声势",喜爱对客观现实进行观察和体验。在19世纪80年代前后写给豪威尔斯的信中,他一再赞扬豪威尔斯"描写的都是真实——生活中的真

[①] Michael Davitt Bell, *The Problem of American Realism, Studies in the Cultural History of a Literary Idea*, pp. 73 - 80.

实,你的笔不论落在哪里,都留下一张图片"。他在1890年谈到豪威尔斯的一部自传时称它"十全十美——就像太阳摄下的最完美的图片"。

内战后,哈特(Bret Harte, 1836–1902)和豪威尔斯并肩作战,鼓吹现实主义,两人观点一度极其接近。哈特支持豪威尔斯的观点,认为小说应当反映普通美国人的普通生活。但同豪威尔斯不同的是,哈特认为反映的内容尽管可以是客观现实,但表现方式可以借用浪漫主义传统,他尤其喜爱霍桑的罗曼司。哈特面临的最大问题是如何解决浪漫主义和现实主义间日益增大的鸿沟。他曾试图用讥讽将二者联系起来,但现实主义风靡之后读者对这类讽刺的热情逐渐消失。马克·吐温曾采取过与哈特相似的手法,将生活本身作为讽刺的过程以联系现实主义和浪漫主义。但哈特觉得马克·吐温式的社会批评有损人的尊严,让他无法接受,而一直想在浪漫主义和现实主义间取得折中。但这种折中毕竟不对豪威尔斯的口味,19世纪80年代之后两人逐渐疏远。豪威尔斯转向社会主义后,哈特对豪威尔斯主张的集体主义和国有化更加不理解。19世纪末现实主义中产生自然主义,哈特认为自然主义是一种伪科学,表明的是人类的堕落,因此激烈批评现代小说的"颓废"倾向,力图恢复旧日的情感小说,同现实主义渐行渐远。

另一位美国现实主义作家是加兰(Hamlin Hannibal Garland, 1840–1940)。1885年他在麻省康桥遇到豪威尔斯,事后豪威尔斯曾说加兰对现实主义的信念"与我一样坚定不移"。加兰对现实主义理论最大的贡献是他在《分崩离析的偶像》(*Crumbling Idols*, 1894)中坚持的"写真主义"。加兰认为,"生活就是程式……事实就是统领",真正的艺术家必须"有意识地面对自然、面对生活",记录下"普通类型人物的戏剧性生活"。认识这个程式,承认这个统领,是文学创作的首要原则,而坚持这个原则,就能够真实地反映社会现实,生产出社会所要求的艺术作品。因此在加兰看来,写真主义的实质就是"写你最了解最在乎的事情。这么做你就对自己真实,对你的地方真实,对你的时代真实"。① 豪威尔斯曾如此评价加兰的小说《罗丝》(*Rose of Dutcher's Coolly*):"它坦率地表现罗丝出生的农村环境,在我们的文学里实属罕见。"但加兰至少在一个方面和豪威尔斯不同:他不忌讳谈论性,愿意并且能够正视生活中的各种悲剧。这导致后来豪威尔斯对加兰的写真主义颇有微词:"描写事实时,你会发现他对毋庸置疑的东西一概拿来。

---

① Hamlin Garland, *Crumbling Idols: Twelve Essays on Art, Dealing Chiefly with Literature, Painting and the Drama* (Stone and Kimball, 1894), p. 35.

我是老式人物,有时我觉得这位作者不应该这么全盘照收。"①豪威尔斯在这里批评的是加兰的自然主义倾向,但加兰即使有"自然主义"倾向,也是和豪威尔斯相比而言,因为他曾批评刘易斯(Sinclair Harry Lewis)的自然主义,指责他在《大街》(*Main Street*, 1920)中将灰暗阴沉的细节描写上升到崇高宏大的境界。加兰和现实主义的疏离也揭示出现实主义消退的一个社会原因:19世纪80年代后期90年代初期,加兰创作的现实主义小说每部稿酬均不足100美元,使得加兰和其他年轻作家一样不得不为生计考虑,转而写作收益更好但文学价值不高的传奇小说。

对现实主义最大的责难就是它对艺术性的忽视,文学相对于"现实"处于第二位。这种批评有一定的道理,因为虽然人们一直都在谈论现实主义的"表现手法",但对这些手法到底是什么却始终语焉不详。19世纪的现实主义者们也很少论及这一点,不外乎是客观反映、注重细节、使用方言,等等,很少作深入的探讨。造成现实主义这个"缺陷"的原因比较复杂,但至少同他们对浪漫主义传统的反动有直接关系。浪漫主义追求抽象的美和精神,相信使得真实具有价值的是艺术和生活中理想的一面,而不是真实本身。现实主义则反其道而行之,抛弃"永恒的冲动"和"超脱的灵魂",关注人间和人的日常体验。

但在两者争论的背后隐含着更大的认识论差异。豪威尔斯的论敌泰尔(William Roscoe Thayer)曾说"艺术之灯不同于科学之灯,不要混淆它们的作用。不要妄想用物质的机器和工具来探索属于精神的人内心的秘密。真实包含了理想,但是没有理想的真实就像没有生命的躯体"。这里的含义是,人不等于现实,精神不等于物质,前者属于审美范畴,后者则不属于。此处涉及宗教信仰这个更大的问题,"许多表面上关于文学的词语如人物、情节、语气同时也和作家所持的宗教信仰有关——他是否相信或者怀疑一个神圣的造物主,这个造物主给了他躯体和灵魂,使他有望实现生活的理想"。豪威尔斯的文学批评之所以被贬低为"缺乏热情""冷冰冰""没有灵魂",表面上是他很少谈论文学想象和美,实际上是他的理论深处包含对上帝、人、社会的怀疑,动摇了美国人的信仰根基,所以引起部分人的不安。因此有人认为现实主义是"实际上的无神论用之于艺术"。②

马克思的女儿埃莉诺和女婿爱德华曾在1888年写下的《美国的工人阶级运动》(*The Working-Class Movement in America*)中质问:美国的小说家在哪里?言

---

① Donald Pizer, ed., *Documents of American Realism and Naturalism*, p. 10.
② 同上, pp. 6 – 7, 15.

下之意是同欧洲的现实主义小说相比,美国的现实主义并不大关心大部分的现实,很少表现受到投机商和工业资本家欺压的农场主和城市贫民。20世纪左翼文学批评也认为,19世纪的现实主义存在浓厚的保守色彩。他们相信,实际上现实主义没有完全拒绝保守的传统,"事实上,如果撇开其论争的姿态,只研究其关于小说的具体主张,这种批评的革命性比它表面上所说的要差得多"。① 这个批评尚属公平,因为维多利亚时代的理想是正面宣传,认为黑暗面不利于弘扬社会的整体道德;内战后上升的美国中产阶级也要求正面表现自己,一方面欢迎自由竞争,一方面想抹去由此带来的残酷现实。随着时间的推移,现实主义的缺陷更加明显。豪威尔斯本人的小说缺乏力度,詹姆斯所描写的欧洲上层社会和普通民众的生活有一定的距离,马克·吐温被作为幽默天才而非严肃的小说家,因此"那些主张现实主义具有内在力量并最终会主导文学的人能给出的例证只能是一群欧洲作家,他们对性的过分关注甚至连美国的支持者也怀疑;或者是一大群二流作家,其基于地域色彩写成的小说只松散地同现实主义审美观联系在一起"。②

豪威尔斯等人的现实主义中的"现实"实际上是现实主义者出于一定的目的而"制造"的,再把它作为"客观"存在来加以描述。因此,当代批评界有学者指出19世纪现实主义和主流意识形态的"同谋"关系。19世纪下半叶,美国社会"从社会地位(social status)过渡到社会契约(social contract)",过去的社会地位被现在缔约各方的协商所取代。"契约时代"通过缔约方的内部协调而非外部强加的命令行事,似乎使个人更自由,机会更均等,发展空间更大。但实际上契约外衣下的自由竞争常常只是为了使社会经济不平等合法化,"契约的许诺可以成为意识形态工具来产生平等社会关系的假象,实际上这些关系保留了世袭和重新组合的等级制残余"。现实主义的确时常批评这种新的不平等现象,但实际上它本身就是契约论框架下的产物,具有欺骗性。首先,现实主义经过"契约化"产生出学科化了的中产阶级文学主题;其次,"现实主义时代"和"契约时代"的契合使得现实主义把契约世界作为"客观事实"加以接受,而很少质疑其产生的合法性③;此外,契约论注重事实的组合而非事实本身,现实主义对现实的描写也大多采取

---

① Donald Pizer, ed., *The Cambridge Companion to Realism and Naturalism, Howell to London*, pp. 6 – 7, 22 – 34.
② 同上,p. 15.
③ Brook Thoma, *American Literary Realism and the Failed Promise of Contract* (Berkeley: University of California Press, 1997), pp. 1 – 3.

"展示"(showing)而非"讲述"(telling)的手法,但对契约或现实组合的深层次原因触及甚少。

经过现代主义尤其是后现代主义的洗涤,现实主义过时论被夸大,以新的方法评判各种形式的现实主义成为批评的时尚。流行的说法是,现实主义小说浅薄,扼杀读者的思考,只供消遣。另一种说法依据阿尔都塞的意识形态理论,认为意识形态是社会产生的一套观念体系,总是牵掣着一个特定的、实在的社会现实。意识形态并没有真实反映出现有生活状态与实在,所表现的只是一种由统治阶级累加在人们身上的、不被个体察觉的意识形态所支配的想法或感受。但令后结构主义尴尬的是,"事实是,现实主义小说正风华正茂,虽然现实主义似乎失去了许多实验高地。高水平的现实主义小说……一直被创作、被阅读——如果主要文学大奖可以作为评判标准的话"。① 20世纪末,本来就对"没人追求准确性和可信性"的后现代主义耿耿于怀的批评家开始反思现实主义在本世纪的遭遇。他们认为,19世纪的现实和20世纪的现实不同,当时谈论的现实主义和现实主义本身不应当混为一谈,现实主义的"目的"和19世纪现实主义作家用以达到这个目的的手段也不应当等同。此外,现实主义没有创新的说法也缺乏依据,因为"现实主义被理解为试图公正对待、表达、保留一点现实,这个现实指的不是过去的陈腐,而是现在和未来的挑战。维护现实主义不等于反对新实验;相反,只有那些最想最忠实地表现现实的人才必须大胆实验"。19世纪现实主义的确有消解阶级矛盾、以中产阶级白人男性为主等缺陷,但这并不是现实主义方法本身的缺陷。②

第二节 自然主义在美国

文学概念的定义和区分十分困难。以自然主义为例,不仅文学自然主义本身是个庞杂的流派,而且自然主义与现实主义、现实主义与地方色彩文学之间很难做出清楚的区分。文学概念不能没有,否则将很难谈论文学;但有的时候概念的实际指涉范围在不同语境下会发生变化,"文学自然主义"便是如此:

> 有没有文学自然主义?答案是"有",如果我们指的是一组观念,这组观

---

① Raymond Tallis, *In Defence of Realism* (Lincoln & London: University of Nebraska Press, 1998), pp. 1 – 3.
② 同上,p. 57, p. 115.

念由一种文学方法控制,但由不同的作家使用,使得这种观念出现。但回答也可能是"没有",如果我们指的是一套统一自在的主张,由同一类作家统一加以使用。①

广义上,自然主义指的是"环境的力量,不论是自然环境还是城市环境,超过或者压倒了人的力量;个人对具有决定性作用的事件几乎无能为力,外部世界对个人来说最好也就无动于衷,最坏则充满敌意"。即,自然主义作家写作时目的明确,旨在揭示环境对人的决定性影响,而人在环境面前则显得十分渺小,生存的本能迫使他们挣扎,但任何抗争都必然徒劳无益。这种观点的产生无疑与19世纪科学主义的发展有关,尤其是达尔文的物种起源、适者生存理论,而且近代科学的成就在自然主义形成之前已经影响到文学研究。法国学者泰纳(Hippolyte Taine)被尊为"以科学观点建立系统的文学知识"的第一人,提出著名的制约文学作品的三大因素,即"种族,环境,时代"。在1863年出版的《英国文学史导论》中他宣称"抱负、勇气、真理都有其原因,正如消化、肌肉运动、动物发情有其原因一样。邪恶和善良就像硫酸和糖一样都是生产的结果"。几乎同时,龚古尔兄弟写出了被认为是第一部"科学小说"的《瞿米尼·拉赛特》(*Germinie Lacerteux*, 1864),描写侍女瞿米尼在环境的影响下堕落的过程。但法国自然主义最重要的作家当数左拉。

左拉和福楼拜一样,最初钟情于拉马丁、雨果等浪漫主义作家;随后转向现实主义,认为现实主义描写的现实更加真实。他仰慕巴尔扎克,但不久又立志要"自己摸索一条道路"。此时的左拉已经出版了具有自然主义倾向的小说,如《克洛德的忏悔》(*Claude's Confession*, 1865),而他对自然主义文学最大的贡献则是那部被认为是自然主义流派宣言的《实验小说》(*The Experimental Novel*, 1880)。左拉依据当时的科学和达尔文的物种进化理论,认为社会由人构成,人由遗传基因构成,因此人的大脑和社会都受到严格的科学定律支配。小说家不只是忠实记录事实的工具或被动观察现实的旁观者,还是实验室的科学家,将人物及其感情置于各种环境下进行实验。他们应当拒绝对现实世界作任何超自然、超历史的解释,只有无法确证的事实才不得不诉诸想象;他们应当抛开道德评判和自由意志,把自然和人类生活放在自然法则之下,看作被外力所决定的机械过程。"我要研究的不是性格而是情绪。我选择的生物都处在神经和血液的强有力的控制

---

① Donald Pizer, ed., *The Cambridge Companion to Realism and Naturalism, Howell to London*, p. 65.

之下,没有任何自由意志,任由自己肉体的命运所支配。"①

现在看来,左拉的小说理论比较狭隘,甚至十分极端;将人文科学完全等同于自然科学,不免会产生偏差和谬误。但我们也不应当忘记,左拉的时代是科学摧枯拉朽地征服一切的时代,人文科学也一样不可避免。在这样的背景之下,产生出一种新的文学样式也就十分自然了:

> 自然主义小说必然是纪实性小说,不折不扣地基于活生生的现实,充满可见可及的事实和数据。尽管事实可能会冷酷无情,也必须对它的细枝末节加以精确的描述。……自然主义作家对自己材料的态度必须是完全地脱离,避免做正面或者反面的评论,只是客观地展示事实,决不可显露出自己的态度或者寻求读者的同情。自然主义小说既不可说教也不可讥讽,只能客观地展现人类生活,不做任何结论,因为结论已经包含在材料里面了。②

很多评论家把自然主义看作现实主义的延伸、强化或极端③,这种看法有一定的道理,至少因为双方都对社会现实感兴趣,但双方的差异看上去要远远大于相似。现实主义的"现实"大都是"常人常事",采取照相式的反映,客观上不加选择,主观上不偏不倚。但自然主义对"现实"则有选择,而且这种选择具有明确的目的性,因此自然主义小说都经过刻意的构思,意在表露作者的看法。也就是说,自然主义的"现实"不仅存在于生活,而且来自作家对生活的哲学解释:艺术就是现实,现实就是艺术家创造的艺术。另外,同现实主义相似的是,大多数情况下自然主义者更加看重自然主义的解释,而不是自然主义的表现技巧。基于对生活、对人生的独特理解,自然主义者所展示的社会已经不是豪威尔斯式的温文尔雅的中产阶级社会,因为这种社会经过了粉饰,掩饰了弱肉强食的社会发展本质,不能代表人类社会进化的现实。因此,自然主义者进一步挖掘现实的主题范围,拒绝像现实主义那样表现社会的表面现实,而将笔触深入到社会的最下层生活。对人物的描写也是如此:他们抛开道德和理性这些"浮浅"的品质,转向人的生理机制,尤其表现人受到内在欲望的驱使、外在社会经济因素的压力,对自己命运的无能为力。

---

① 同上, p. 47.
② Jacqueline Tavernier-Courbin, *The Call of the Wild, A Naturalistic Romance* (New York: Twayne Publishers, 1994), p. 16.
③ "自然主义只不过是一些现实主义者所采纳的强化明确的哲学立场。"(Donald Pizer, *Realism and Naturalism in Nineteenth-Century American Literature*, p. 10.)

1894年,克莱恩采访豪威尔斯时,谈到有一股反现实主义的潮流。"豪威尔斯先生点了点头,强调他同意:'确实如此。我觉得它正在袭来。'"到了1901年豪威尔斯对这股潮流已经无可奈何了:"几年前,使小说位居文学之首的那场运动似乎一浪高过一浪,势不可挡,但其中却有和它抵触的暗流,最终止住了它的发展,把它拉回到令人难过的境地,使小说沉沦,'小说'这个词又一次成为一切道德虚伪、精神可鄙的同义语。"① 19世纪90年代的美国文坛对法国文学极感兴趣,尤其是左拉的作品,1878年他的第一部著作在美国翻译出版,到1900年共31家美国出版商出版了180部左拉的作品。② 正是在这一时期,美国文学上现实主义让位于自然主义,因为现实主义发现它所面对的社会现实越来越难以用豪威尔斯的"现实主义"加以定义:这个现实不再是"大多数健康成功快乐的平均生活",因为"平均"原本指的是中产阶级,而此时美国的劳动阶级已经大大超过中产阶级,20世纪初已经达到65%。更重要的是,后者的生活已经全然不是这种现实主义所描写的那种生活。马克·吐温、豪威尔斯、詹姆斯等三四十年代出生的作家保持的是前工业前达尔文时代的道德理想,主人公可以进行道德选择,通过选择决定自己的命运(如《塞拉斯·拉帕姆的发迹》中的塞拉斯可以不惜财产和社会地位保全道德情操),③但对于70年代出生的一代作家(诺里斯、克莱恩、德莱塞)来说,中产阶级道德已经无关紧要,个人无法把握自己的命运,个人的物质生存远比其精神完美更加重要。如果说现实主义对爱默生式的超验主义进行过批判,以更加理智、清醒的态度去把握现实,自然主义则将这种超验主义颠倒过来。它抛开了人的内在神性,嘲弄了主张自立的思想理念,通过"纯粹"非人性的科学来展示超验主义自由意志的可笑和盲目。④ 他们抛开了豪威尔斯的文学主张,从中产阶级的社交活动转向城市贫民的严酷生活,从温文尔雅的爱情游戏转向赤裸裸的性行为,从微笑的生活场景转向冷酷的社会现实。在这种生活里,偶然的突发事件取代了可以让人细心把握的各种机遇,"人的生命从来没有如此低贱"。在这里,没有道德(moral)和不道德(immoral)之分,一切都超越了简单的道德评判,成为非道德(amoral)。

---

① James Nagel, *Critical Essays on Hamlin Garland*, p. 311.
② 但美国的出版商却不愿出版和左拉的大胆暴露相似的美国作家的作品,《嘉莉妹妹》就是一例,因为"美国人宁愿那些大胆的暴露只发生在法国"。
③ 但19世纪美国现实主义后期已经出现变化:《哈克贝里·费恩历险记》突破了豪威尔斯的框框,豪威尔斯本人此后也开始关注社会矛盾,作品里出现暴力、离婚等情节。
④ Bruce R. McElderry Jr., *The Realistic Movement in American Writing*, p. 109.

这一时期的美国自然主义（或称早期美国自然主义）几乎照搬他们所崇尚的左拉理论，但不同的作家又有各自的具体表现，形成一些美国的"特色"。如就悲剧人物而言，与古典悲剧不同，他们往往是一些表面成功实际平庸的人物（如麦克提格）；他们的堕落不是"高尚的毁灭"，因为他们堕落于"中间"而不是堕落自高处；他们自始至终对外部的世界和自己的命运认识不清，无法同外界产生有意义的交流（如《红色英勇勋章》中的主人公）；浪漫主义的自然对人物和谐友善，现实主义的自然可供人物自由选择，到了自然主义那里自然不是严酷无情，就是"无动于衷"（如《海上扁舟》中的描述），人物对此无法选择但又不得不选择。他们始终处于怀疑和惆怅之中，体验着无意义的生活，最终也难以获得任何"成就感"。[①] 由于外力的作用，事件往往向相反的方向发展，使人物成为受害者，小说的结尾常常带有强烈的讽刺意味。社会达尔文主义在这一时期的自然主义小说中得到充分的表现。《金融家》中，弗兰克在水族馆里见到的一幕很能说明问题：龙虾和鱿鱼纠缠在一起搏杀，由于环境（鱼缸）所限，鱿鱼的逃避本领（喷墨、速度）无法发挥，最终被龙虾捕食。这种捕食和被捕食的关系表现在自然主义小说家的人物身上，如《街头女郎梅季》的女主角受遗传和生活环境的影响，成为不公平竞争中弱肉强食的牺牲品。

19世纪美国自然主义文学中左拉最忠实的信徒是诺里斯（Frank Norris 1870–1902）。1896年，在一篇论左拉的文章中他谈及现实主义与自然主义的差别时指出："我们自己就是豪威尔斯先生的小说人物，只要我们循规蹈矩，平平凡凡，属于有产阶级；只要我们不爱冒险，不很富有，不会出格。"诺里斯对小说的理解和他的小说创作一样，既有决定论思想，又带有浪漫主义色彩。他对小说创作和对自然主义的理解集中表现在刊登于1901年12月18日《波士顿晚刊》的短文《呼唤浪漫主义小说》中。他首先指出人们常常误解浪漫主义，将其等同于感情宣泄，其实两者不一样，他理解中的浪漫主义是"你会在城堡的闺房或者武士的堡塔里看见她（浪漫主义）。但如果你仔细的话，还会在街角的灰石房子里或者在市中心的办公大楼里找到她。就在此时此刻，她和纽约东区廉价公寓衣衫褴褛蓬头垢面的家伙们坐在一起"。此处，传统意义上的浪漫主义已经被诺里斯改头换面，十分接近现实主义了，因此"浪漫主义应当得到崇高的地位，而感情宣泄则不足挂齿"。从这个意义上说，严肃地讨论现实生活并不意味着小说家必须放

[①] Donald Pizer, *Twenty-Century American Literary Naturalism, An Interpretation* (Carbondale & Edwardsville: Southern Illinois University Press, 1982), pp. 6–9.

弃浪漫主义而拾起那"严酷冰冷、毫无生气、生硬迟钝的被称为现实主义的工具"。因此,诺里斯与其说是青睐浪漫主义,不如说是在批评现实主义,尤其是那种把现实主义尊为唯一正确的创作形式,"我所采纳的浪漫主义就是承认正常生活的各种变体的那一类小说。现实主义就是只局限于正常生活的那一类小说"。

对诺里斯来说,现实主义有它自身的缺陷。1899 年豪威尔斯在评论《麦克提格》时,一方面对这部小说表示敬佩,一方面又不太理解"这本书描述的真实生活并不真实,因为它遗漏了美。生活的确污浊残酷可怖,但是生活也高尚纯洁可爱"。它没有"真实地反映生活",因为缺乏"照片般不偏不倚的忠实"。这样的批评诺里斯最反感,因为他把豪威尔斯理解的"生活"当作只注意事物的表面。"对(现实主义)来说,它的程度连肤浅都不到,只是一个几何平面,没有深度,只是外表。现实主义在自己的范围内无懈可击,但这个范围却没能超出现实主义者本人的耳闻目睹。现实主义就是细节,就是打破一只茶杯的风波,街头散步时遇到的悲剧,午后访客时感到的快慰,应邀赴宴时发生的奇遇。"与此相反,诺里斯呼吁小说必须探索"性的神秘,生活的问题,人的灵魂黑暗、尚未探测的深处"。

同其他自然主义作家不尽相同的是,诺里斯还是个有心的艺术家,对叙事方式有自己的见解。他认为,小说的每一章都应当"明确,单独,拥有明确的开头、发展、高潮、结尾;情节要连贯,时间上不能有间断,地点始终不变"。使用这些小说创作技巧的目的是要使自然的力量给予小说以"史诗般的气势"。但同时诺里斯又对传统(即除此之外)的文学技巧不屑一顾。他继承了父亲轻视文学的看法,将"文学"等同于"脂粉气",一再说"生活比文学更重要,比文学强得多"。他把文学和生活对立起来,因此否认自己的小说是"文学"。1899 年,他在回应对《麦克提格》的书评时说:"我最喜欢'瞧不起一切装腔作势的文体'这句话。这也正是我竭力要避免的。我讨厌'华丽'、'修辞'、'优美的英语'——这些都是废话。谁在乎精美的文体!讲你的故事,让文体见鬼去吧。我们不需要文学,我们需要生活。"正因为如此,批评家们认为他和其他自然主义者一样也是笨拙的工匠,说他一生创作的七部长篇小说风格呆滞笨重,语言陈腐,处处显出斧凿的痕迹。①

克莱恩(Stephen Crane, 1871 – 1900)的《街头女郎梅季》是美国第一部重要的自然主义小说,克莱恩本人也成为早期美国自然主义的先驱。《街头女郎梅季》

---

① Michael Davitt Bell, *The Problem of American Realism, Studies in the Cultural History of a Literary Idea*, pp. 115 – 119.

是批评家津津乐道的自然主义作品,因为正如克莱恩1893年所说的那样,这部小说"想要揭示环境是世界上一个巨大无比的东西,常常无一例外地决定了人们的生活"。① 在自然主义作家中,克莱恩对现实主义依然怀有深厚的依恋。他在1896年4月的一封信中说:"我认为作家越走近生活就越是伟大的艺术家,我的大部分散文作品都朝着那个被滥用被误解的术语'现实主义'所部分揭示的方向努力。托尔斯泰是我最崇拜的作家。"他自然意识到现实主义手法的缺陷,但并没有因此而抹杀它的长处。他承认描写现实的重要性,但同时认为作家写作并不是出于表现现实的需要,而是内心痛苦的结晶:"《红色英勇勋章》来自痛苦——几乎是绝望,我想这就是它之所以写得更好的原因。……当然有些好作家春风得意心满意足,但我认为如果不是这样他们的作品会更出色。如果在巨大需要的驱动下写作,作品就会缺乏应有的锐气。"这也可以看作克莱恩自然主义和现实主义乃至和其他自然主义的一大区别:写作是痛苦的表现,而不是与己无关的行为。② 其他自然主义作家如诺里斯和德莱塞主张,作家必须表现重大事件,因为只有重大事件才能充分揭示自然主义的主张;而且为了直接面对严肃的社会问题,其载体必须透明,不应当被文学性过多地扭曲,因此文学表现形式并不那么重要。克莱恩的几部主要小说描写的则不属于"重大"事件,而且他非常注重文学性和艺术表现形式,反对以上的这些主张,尽管除了少数私人信件之外,他很少谈及自己的文学主张。

19世纪美国自然主义的最后一位重要作家是德莱塞(Theodore Dreiser)。同诺里斯一样,德莱塞坚持现实生活远远大于文学性,因此《嘉莉妹妹》(*Sister Carrie*, 1900)出版后其文体被批评家指责为和诺里斯的小说一样粗制滥造。1907年《嘉莉妹妹》再版时,德莱塞回应了对他的这种批评:"批评家们并没有理解我当时想做什么。这本书贴近生活,我不想把它写成文学性的东西,而只想在英语语言许可的范围内把它简洁有效地写成一幅环境的图画。坐在那里批评我不用英语而用美语说'马甲',说我拆散不定式或者不时用一些俗语,而对展示的生活悲剧视而不见,岂不荒唐。"③可见德莱塞将文学性和描写真实对立起来,主张表现现实时应当尽量避免任何中介。正因为如此,德莱塞对现实主义原则抱有很

---

① 同上,p. 134.
② Harold Bloom, *Stephen Crane's The Red Badge of Courage* (Philadelphia: Chelsea House Publishers, 1996), pp. 32–33.
③ Michael Davitt Bell, *The Problem of American Realism, Studies in the Cultural History of a Literary Idea*, pp. 132–133, 149–150.

大的同情,只是觉得后期现实主义者一味重复豪威尔斯,无法做出进一步的贡献。坚持按事实的本来面目表现事实,不仅使德莱塞得以为自己的风格辩护,而且也可以据此反击对他"不道德"的指责。当《嘉莉妹妹》受到刁难时,德莱塞在《爱书者杂志》(*Booklovers Magazine*)1903年2月号上刊登《真正的艺术直截了当》(*True Art Speaks Plainly*),表明了自己的看法:"社会道德和文学的全部实质可以用三个字来表达——说真话。评论家们如何饶舌,发育不良、极度传统化的社会如何抱怨,这些都无关紧要;作家(以及世界上的其他工作者)的任务就是说他认为是真实的东西,说出之后耐心地静候结果。"对于"拒绝谈论性问题的主张如此强烈,几乎完全禁止处理这个主题"的批评界,德莱塞自然是怒不可遏:"不道德!不道德!在这个外衣后面掩盖了贫穷愚昧未及说出的巨大黑暗以及财富的罪恶:区区小说家就得行走在它们之间,既不能选择真实又不能选择美,只能选择朦朦胧胧的生活,同整个自然和人类没有诚实的关系……现实的范围就是作家落笔的范围,诚实尊重地表现真实生活就是讲道德有艺术,不管它有没有触犯传统。"

在美国自然主义作家行列里,德莱塞受到的责难最多。当时一位叫谢尔曼的年轻批评家在《民族》(*Nation*)杂志1915年12月号上发表《德莱塞先生的自然主义》(*The Naturalism of Mr. Dreiser*)一文,其对德莱塞的批评具有一定的代表性。首先,他批评德莱塞忽视作品的文学表现形式:

> 听我们的一个新现实主义者讲述他的理论,你会感到写小说的过程就像拍摄用手电和夹子在野兽的栖息地捕捉野兽一样,按他的说法,他不用招呼自己的人物,不组织他们,也不塑造他们特征,赋予他们背景。他只是使思维的感光板曝光,生活在轰轰烈烈地进行,夹子弹了起来。这张照片当然既不教育人规劝人,也没有道德意义,只是表现而已。这种对艺术过程的形象化解释招致唯一严肃的反对意见就是它漠视以下两者的全然不同:一方是漠然冷冰冰的摄影感光板,记录下眼前的一切;另一方是长期习惯于选择的人类大脑,它像个磁铁,把受它影响的生活事实从无序中吸取过来,用自己的模式将它重新组合。

这种批评和对自然主义的常见批评一样,并没有太多的新意;但接下来的批评确实触及德莱塞小说的要害,"德莱塞先生顽固地坚持丛林主题,导致小说形式和内容产生可怕的单调。他只对动物行为感兴趣,不论什么境况,他的情节总是展现两三个基本的冲动"。当时他已经出版的五部主要长篇小说洋洋洒洒几十章,描写的不外乎都是贪得无厌地追求金钱和女人,"读了其中的一部,其他都算读过了。主人公在第一章怎么样,在101章或者在136章也没什么两样"。对于"新现实主义"作家所谓的"新现实",谢尔曼也进行了嘲讽:"任何没有陶醉于一时的自高自大的人,任何清醒地探求历史精神的人,都不会寡廉鲜耻地宣称自己的时代有史无前例的欲望来观察讲述真实。一个时代和另一个时代的真正区别是每个时代当作主要真实的东西——即每个时代承认为该时代最基本的现实的东西。班扬和德莱塞的区别就是两个人描写的事实秩序不同。"应当承认,这种对"真实"的理解已经具有后结构主义色彩,因为20世纪末的美国批评家所持的几乎是相同的态度:"在形式上,借自然主义之名写出的或自称是自然主义的作品都通过超然的叙事意识和文体来过滤素材里的'现实',将这个现实写成完全不同的东西,产生出客观存在的'现实'和理解出的'现实'这两件不同的东西。因此,自然主义实际上的文体标志不是透明,而是各种文体和视角的竞争,透明和中介的竞争。"①

19世纪下半叶的美国文学批评以现实主义影响最大,而自然主义除一些责难外很少有人问津,主要是因为早期的自然主义色调灰暗,为中产阶级和教会所反对。此外,诺里斯和克莱恩生命短暂,德莱塞在《嘉莉妹妹》1900年遭禁后也长期保持沉默。"一战"后美国社会厌恶豪威尔斯、詹姆斯等为代表的绅士传统,开始喜欢冷嘲热讽的马克·吐温和有撼动效果的自然主义作家。但"二战"时期至60年代因为政治形势的缘故,美国文学出现了现实主义的复兴。"新批评"也不喜欢自然主义忽视形式的弱点。另外,三四十年代一些自然主义作家(如德莱塞)有"左倾"倾向,也不为大多数美国人所喜欢。但"我们主要的20世纪小说家没有多少人摆脱得了它的'痕迹',可能它是既受喜爱又具有重要意义的独特的当代美国文学形式"。② 究其原因,一是自然主义实录性的创作方法产生出具体详尽的细节,十分吻合美国人的口味;二是情节、故事完整,虽然有实验手法,但同令人摸不着头脑的现代派小说毕竟不同;此外,自然主义小说产生的离奇效应(暴力、性等)和美国人偏爱的罗曼司传统有些相似,可以吸引读者。当代批评家指出,自然主义和现实主义者表面反对库柏、霍桑、麦尔维尔依赖浪漫传奇,但自己却陷入照相式或者纪实性"真实"的神话。自然选择的说法颇得资产阶级的欢

---

① Donald Pizer, ed., *Documents of American Realism and Naturalism*, pp. 179 – 195; Michael Davitt Bell, *The Problem of American Realism, Studies in the Cultural History of a Literary Idea*, p. 164.
② Donald Pizer, *Twenty-Century American Literary Naturalism, An Interpretation*, pp. ix-xi.

心,因为不平等既然是自然,现存的社会秩序就是合理的了。① 当然自然主义者不一定就是宿命论者。左拉在《实验小说》中指出:"我总结一下作为实验道德家的角色。我们展示有用或者有害的机制,分解出人类社会现象的决定因素,目的是好在某一天控制或指导这些现象。"因此在一定程度上,自然主义作家既坚持决定论,又同时要求读者"对那些小说人物认为不可抗拒的环境进行改革"。② 自然主义者与当今的解构主义者相似,从事的大多是揭露工作,改造或者建构的工作在理论上已经超出了他们力所能及的范围。

(撰稿人:朱刚)

---

① Stephen Crane, *The Red Badge of Courage and Other Stories,* ed. Anthony Mellors and Fiona Robertson (Oxford & New York: Oxford University Press, 1998), p. xi.
② Bruce R. McElderry Jr., *The Realistic Movement in American Writing*, pp. 4 - 5.

第三章　20世纪上半叶文学批评

20世纪初的美国批评既是传统的批评者也是传统的维护者,同时对欧陆文艺思潮做出回应。一批批评家有感于当时对物质的追求所造成的社会道德混乱,自然科学对文学的侵蚀和干扰,尤其是自然主义文学的离经叛道,将关注的目光投向了过去,提出恢复人文精神,以文明传统作为赖以倚仗的价值,纠正人文思潮的混乱状况。他们反对当时被韦伯(Max Weber)所称的清教主义和工业资本主义的结合,提倡节俭、节制和得体;反对浪漫主义盲目追求自我膨胀或自然主义的悲观决定论,认为想象要同理性和判断相结合,主张个体具有自由意志和道德选择能力,并将这样的个体推崇为大众的道德领袖。以白璧德和摩尔为首的新人文主义(New Humanism)者得到一些大学教授的支持,20年代最为活跃。"激进派"批评家在思想内容和艺术特征方面都表现出强烈的"反传统"精神,他们一心想为"美国的世纪"提供所谓的"文化可能性",致力于类似19世纪出现的多元思想观念的交锋,而非仅仅满足于归纳或肯定某种民族文学的优越性和特征。但新人文主义者无法应对1929年经济大萧条后的美国社会,其绅士般的道德理想和说教与社会现实相距太远。白璧德和摩尔于1933年和1937年相继去世,新人文主义很快凋零,尽管它在学术界的影响仍时有表现。

伴随19世纪科学技术的进步,现代心理学逐渐成为一门独立学科。弗洛伊德精神分析学被引入文学批评之后,文学批评家开始将注意力投向具体作家和作品中文学形象的心理活动,文学心理学批评从之前对心理的泛泛而论进入系统描述阶段。同时,勃克和特里林反对在文学研究中对弗洛伊德观点的简单还原,而是倡导应对神经官能症等概念做进一步研究,从而有助于遏制简单化地比附和滥用精神分析,使文学批评平衡而健康地发展。此外,帕灵顿的文化历史批评帮助定义了美国的现代自由主义,并为美国作家拓展了前所未有的社会维度;威尔逊的作品涵盖众多主题,他认为在文学研究中,可以通过把某个文本或主题置于相互交叉的文化思想和社会背景网络中来加以研究。尽管他们所进行的社会学批评还缺乏自觉性和系统性,但仍然对之后的美国文学批评产生了一定影响。

30年代,左翼文学创作与批评得到了前所未有的发展,纽约逐渐成为左翼文化的大本营。《新群众》与《党派评论》是当时影响比较大的两份左翼刊物,分别代表无产阶级普罗大众与文化精英两种倾向。由高尔德和希克斯先后负责编务工作的《新群众》直接面向广大群众,着重剖析经济、政治和阶级斗争在经典文学生产中的作用;拉夫与菲利浦斯创办的《党派评论》则更为关注批评理论,倡导文学的高雅旨趣。左翼文化阵营内部的教条主义与文学现代主义之间的关系日趋紧张,围绕在二者周围的批评家及作家逐渐分裂。左翼文学创作与批评表现出强烈的批判性、否定性和颠覆性特征,开启了马克思主义文艺思想本土化进程,对20世纪下半叶众多美国文学批评或理论思潮直接或间接地产生影响。

第一节 新人文主义思潮与激进派批评

白璧德(Irving Babbitt, 1865－1933)是新人文主义的理论代表,是后者的"规则制定者和旗手"。他出生于俄亥俄州的埃克隆,毕业于哈佛大学,在巴黎大学进修过两年,回国后在威廉姆斯学院任罗曼语教师,后来在哈佛教授法语,1912年晋升教授,1930年当选为美国国家文学艺术研究院院士,20世纪20年代的一些著名批评家如舍曼(Stuart Sherman)、布鲁克斯、艾略特都是他的学生。

白璧德三十年来孜孜以求想建立一套以古希腊罗马的古典主义经典为基石的道德批评理论。他毫不忌讳自己贵族式的反民主观点,认为人文主义不等于乌托邦主义或人道主义,"这个词实际上隐含了一种主义或见解,适用的对象不是大众,而是一小部分精英——简单地说在含义上它指的是贵族而不是民主"。① 因此他认为人文主义者要抵制科学的侵蚀,正如他们之前曾经抵制过神学一样;在他看来,美国大学的任务就是培养这样的社会精英,而不是一味发展纯粹民主。他的第一部文集《文学与美国大学》(*Literature and the American College*, 1908)表现了他一再重复的主要观点:批评现代主义、物质享乐、自由主义,痛惜人文传统的分崩离析,分析其中的原委并试图加以匡正,方法就是恢复古典主义的价值观和基督教传统的权威。《新拉奥孔》(*The New Laocoön*, 1910)和《现代法国批评大师》(*The Masters of Modern French Criticism*, 1912)批评浪漫主义的反理性倾向,要求美国文学追求古典文学中体现出的道德成熟和清晰的表现形式,摒弃当时的主流文学表现形式如自然主义、现实主义和现代主义。甚

---

① Walter Sutton, *Modern American Criticism* (Englewood Cliffs: Prentice-Hall, Inc., 1963), pp. 26－28.

至在20世纪30年代初,白璧德依然顽固地坚持自己的文学主张,评判门肯等"激进主义者"。在《批评家和美国生活》(*The Critic and American Life*, 1932)中,他批评门肯、德莱塞、路易斯和卢梭等人用浪漫主义毁掉当代美国文学,"把批评降低成满足情感的冲动,宣泄个人兴致或不满(门肯先生主要是后一种情况),就和这个词的词源完全相反:批评的词源是辨析和评判……严肃的批评家关注的是获取正确的价值标准以便恰当地观察事物,而不是自我表现。……过去人们据以辨析的标准大部分来自传统"。①

新人文主义的主要实践者是摩尔(Paul Elmer More, 1864 – 1937)。摩尔生于圣路易斯,本科毕业于华盛顿大学,到哈佛大学读了三年研究生,学习梵文和比较宗教学,在哈佛与白璧德结下终生友谊。但摩尔觉得教书不是自己的专长,也不能实现自己的抱负,于是在梭罗的影响下,学习年轻时的弥尔顿,于1897年躲进新罕布什尔的薛尔朋山区当了两年多隐士,整日沉思和写作,被称为"普林斯顿的隐士"(Hermit of Princeton)②。此后摩尔写出《薛尔朋文集》(*Shelburne Essays*, 1904 – 1921)四卷和《新薛尔朋文集》(1928 – 1936)三卷。1903年至1909年间他做过著名的《国民周刊》的总编辑,还在普林斯顿大学任教。晚年的摩尔精神上越来越倚靠基督教文化。摩尔对现代批评表示不满,认为批评家不去"真诚地追寻生活的意义"。摩尔所说的"生活"指的是精神生活,是近似宗教信仰式的追求。他认为当今的混乱正是因为有些人把这种崇高的追求抛到了脑后,"忘记了把道德感和审美感联系在一起的一种哲学,忘记了和讥讽嘲弄式的负面力量对应的一种正面的信念。忘记了这个,他们让批评更容易沿着片面和危险去发展"。③ 对摩尔来说,只有清教传统或是古典主义传统才可能提供精神或者文学上的依托,使得价值判断具有普世的根据,正如他在《绝对的恶魔》(*The Demon of the Absolute*, 1928)里所说:"真正的问题不是标准是否存在,而是这些标准是否基于传统之上,然后被后来的一代代人或批评个人加以创新。……无论如何,如果不承认荷马传统的永恒价值,我不知道怎么可以真诚地研究文学爱好的历史。"④摩尔博学多识,其批评论著涉及的题材广泛,见解深刻,文笔流畅;但他

---

① Charles I. Glicksberg, *American Literary Criticism, 1900 – 1950* (New York: Hendricks House, Inc., 1951), p. 293.
② G. R. Elliott, *Humanism and Imagination* (Chapel Hill: University of North Carolina Press, 1938), p. 56.
③ Paul Elmer More, *Selected Shelburne Essays* (New York: Oxford University Press, 1935), pp. xii – 2.
④ Charle I. Glicksberg, *American Literary Criticism, 1990 – 1950*, p. 265.

同时也非常保守,和白璧德一样常常过于清高和自傲,对批评对象(如乔伊斯和普鲁斯特)的优点视而不见。

与新人文主义针锋相对的是激进派批评家,为首的是门肯(Henry Louis Mencken, 1880–1956)。门肯出生于巴尔的摩的一个烟草商家庭,父母是德国移民后裔,他自己深受德国文化的影响,很小便写诗作曲,显露出文学天赋。16岁时门肯毕业于巴尔的摩工艺技校,遵父命从事烟草业,两年后父亲去世他便重新择业,供职于当地的几家报纸。在此期间门肯广泛阅读,尤其喜爱萧伯纳、马克·吐温、赫胥黎等人的著作,形成了自己激进的民主主义思想。他积极介入文学论战,任《时髦人士》(*The Smart Set*)主编期间发表批评文字近百万言,向传统价值观和美国文学现状发起猛烈攻击。1923年,他创办杂志《美国信使》(*American Mercury*)并为之主笔10年,为德莱塞、奥尼尔、辛克莱·路易斯等提供发表园地。门肯的文学和时政评论发表在六卷本的《偏见集》(*Prejudices*, 1919–1927)、《美国语言》(*The American Language*, 1919)和《关于民主的札记》(*Notes on the Democracy*, 1926)等评论集中。

门肯的思想受到尼采的影响。一家出版社约他撰写一本论尼采和艺术的书,当时"几乎一点不了解尼采"的门肯埋头图书馆啃完一本本尼采的德文原著,一年后完成《尼采的哲学》(*The Philosophy of Friedrich Nietzsche*, 1908),奠定了他对人生、政府、教会乃至女性的讥讽态度。比如他对美国大学教育做了深刻的剖析:

> 学生在一般学校里学习的具体事实既少又零散,培养的不是独立思考习性,而是对权威的逆来顺受。得到学位后通常表示的只是他已经入了流。对拿破仑的看法只是他学习过的书本上关于拿破仑的看法的照搬,他的生活哲学只是老师的生活哲学——也许被他年轻时独特的偶像稍稍改变了一点点。他知道如何拼写许多长单词,熟悉对数表,但在思维过程的适应性和准确性上却相对毫无进展。大学一年级时如果思维混乱,动辄轻信,仰慕权威,四年级毕业时还是如此。①

他对教师也做了类似的尖刻批评,认为职业教师必须循规蹈矩,"一旦对现存秩序提出挑战,他就会失去自己的位子。因此他谨小慎微,主要的工作就是把权威的观点一成不变地灌输给学生。"

---

① Henry Louis Mencken, *The Philosophy of Friedrich Nietzsche* (London: Unwin Collection, 1908), p. 151.

门肯的另一个批评靶子是变了味的所谓"新清教"。内战之前清教尚是一个廉洁清贫、虔诚纯朴的教会,但战争之后随着工业的发展,教会的财产也在膨胀,神职人员一味敛财,财富腐蚀了教会,也腐蚀着整个社会:"清教发财了以后就变得气势汹汹。道德追求成了巨大的组织严密的生意,资本化程度高,办公效率一流,装备精良。财富给虔诚助威,伸出其长长的手臂抓住遥远的数不清的邪恶分子,发配在远方的叛逆者,逍遥自在的逃犯,它把手伸进自己深深的口袋里,替自己抓住的罪犯付钱……"因此门肯在1916年7月28日写给德莱塞的信中表示,要用"整个的生命来跟清教思想做斗争"。

门肯批评论文里有一部分与文学相关,虽然这些评论大多是主观感受,缺少细致入微的分析,但往往在浮光掠影式的印象中透露出些许真知灼见。例如他在《马克·吐温的美国特征》(*Mark Twain's Americanism*, 1917)里这样评价马克·吐温:

> 马克·吐温不仅是个伟大的艺术家,还尤其是伟大的美国艺术家。我们产生的所有作家里没有人比他更具有民族精神。惠特曼梦想做个美国人,但这个美国人过去没有出现过,以后也不会出现;坡在字里行间透露出的都是外国人;甚至爱默生也是欧洲尤其是德国思想在美国的传声筒。但是马克·吐温是完完全全的本土作家。他的幽默是美国式的,他无可救药的市侩气是美国式的,他的英语是美国式的。最重要的是,他把多愁善感和玩世不恭、浪漫主义和偶像破坏奇怪地混合在一起,这就是美国人。

这种评论虽然不够准确(比如对惠特曼的评价),却能给人以启示。他对世纪初的美国戏剧现状进行的分析也是如此,不仅是文学批评,也是社会批评:"在德国,主要剧院的经理大多是受过教育的人;法国政府也帮助保持戏剧的水准,英国的一小群聪慧、令人诧异的演员经理贡献巨大,但是在美国,戏剧管理坦率地说就是商业回报。一般的舞台经理,甚至是较有影响的经理,对戏剧是一门艺术的了解也就停留在因纽特人对澡盆了解的层次上。他根据利润来评价一切戏剧。"①

另一位激进派批评家是早期的布鲁克斯(Van Wyck Brooks, 1886 – 1963)。与门肯有别,布鲁克斯被称为"训练有素的批评家",或许因为他具有值得夸耀的学术背景。布鲁克斯1904年进入哈佛大学学习文学,受教于威廉·詹姆斯、桑塔

---

① Carl Bode, ed., *The Young Menchen* (New York: The Dial Press, 1973), pp. 88 – 91, 144, 370 – 377.

亚纳、白璧德等著名学者。1907年毕业后他曾去英国，回国后在斯坦福任教，发表《理想的弊端》(The Malady of the Ideal, 1913)、《美国的成年》(The America's Coming of Age, 1915)、《文学与领导》(Letters and Leadership, 1918)，以及《马克·吐温的磨难》(The Ordeal of Mark Twain, 1920)和《亨利·詹姆斯的旅程》(The Pilgrimage of Henry James, 1925)两部重要论著。和门肯一样，布鲁克斯对美国文化传统持激烈的批评态度，尤其是"新清教"过分偏向物质追求，忽视了生活中的审美价值，导致美国文学缺乏活生生的生活（如詹姆斯），甚至连马克·吐温这样的作家也无法摆脱商业化的影响。但与门肯不同，布鲁克斯1934年以后态度发生明显变化，从早期批评新英格兰文化转向肯定赞扬，后悔当年对19世纪新英格兰作家的"幼稚"看法。

汉尼克(James Gibbons Huneker, 1851–1921)的批评生涯稍早于门肯和布鲁克斯。他出生于富商家庭，父母爱好音乐和绘画，母亲曾想让他做牧师，他自己也在费城研习过法律，但最后选择了自己喜爱的文艺批评。19世纪90年代起，他在纽约的《实录报》(New York Recorder)和《太阳报》(New York Sun)等报刊上发表评论文章，批判绅士文化传统。这些文评缺乏深刻的见解和完整的结构，大多属于印象式反映，没有对作品进行有分量的辨析。但汉尼克的一大贡献在于引进了欧陆的新思想，在《反传统的剧作家》(Iconoclasts: A Book of Dramatists, 1905)、《自我之上的超人》(Egoists: A Book of Supermen, 1909)和《一个印象主义者的漫游》(Promenades of an Impressionist, 1910)等著作里评介易卜生、福楼拜、萧伯纳、马拉美、尼采、波德莱尔等欧洲新潮作家和批评家，"犹如给沉闷的美国文坛带来一股清风"。

20世纪初，克罗齐的表现主义美学受到美国批评界的注意。这种批评注重作品本身，主张尽量排除心理、政治、历史背景等对文评的影响。克罗齐的一个热心追随者是斯宾加恩。斯宾加恩生于纽约市，22岁毕业于哥伦比亚学院，博士毕业后于1899年任教于哥伦比亚大学比较文学系，1909年晋升教授，但两年后因行政纠纷被解聘。"一战"时期他在法国服役，1919年协助创办著名的哈考特·布雷斯出版公司，在其中担任文学编辑，直到1932年。1899年，他出版《文艺复兴时期的文学批评史》(History of Literary Criticism in the Renaissance)，克罗齐为这本书的意大利文译本写了前言。他最著名的著作是根据讲座修订而成的论文集《新批评》(The New Criticism, 1911)，被称为"美国批评史上的一个里程碑"。在这本书及其他文章中，斯宾加恩主张摒弃一切对文本的"科学"分析，强调对作品精神的"感受"：

在艺术作品面前产生感受并表现出来,这就是表现主义批评家主张的批评的功能。他会这样表达自己的态度:"这里有首美妙的诗歌,比如《解放了的普罗米修斯》。对我来说,阅读它就是体验它的快感。我对它的愉悦本身就是一种判断,还有比这更好的判断吗?我要做的就是讲述它如何打动了我,给我的感受是什么。……所有的批评都把注意力从作品转移到其他地方。其他批评家给我们历史、政治、传记、形而上学,无所不包。我则重新做诗人做过的梦,如果我看上去写得很轻松,那是因为我醒来了,意识到把梦境错当成现实,不由得一笑。我终于做到用一个作品替换另一个作品,艺术只能在艺术里发现它的自身"。①

斯宾加恩阐释的是克罗齐的表现主义。这里的"表现"指的不是作品对社会或个人的"表现",而是对艺术本身,对艺术的个人感受进行的表现。② 尽管"新评论"对如何进行这种表现没有给出明确具体的方法,但和之后不久出现的现象学一样,它要求作家和读者摒弃一切前人的规则概念,对传统展开挑战。由于斯宾加恩过早退出文坛争论,所以他的批评主张没有产生多大的影响。但他积极介绍欧陆思潮,推进这些思潮在美国的发展,有助于美国狭隘的文化本土主义的结束。

如果说19世纪下半叶的美国文学批评与文学创作一样,同美国的现实政治与经济发展联系得更加直接,20世纪的美国文学批评则越来越集中在学术界和大学,批评家已经成为批评的主力:"20世纪美国文学批评似乎没有表现出清晰的进展。但是它也有健康的酝酿以求变化,带有明显的专门化趋势。批评已经成为高度复杂的艺术,延伸出一些不同的渠道,每一种渠道都需要特殊的训练和技能。"而这些转变开始于世纪初的批评实践。19世纪90年代,加兰在《分崩离析的偶像》里宣扬批评家的自由意志和叛逆精神,20世纪初这种精神得到发扬光大,正如斯宾加恩在《新批评》中所说:"我们对一切旧的规则厌烦了。……我们对文学类型厌烦了。……我们对文学的道德评判厌烦了。……我们对独立于艺术的技巧厌烦了。……我们对把诗人作品里的种族、时代、环境作为批评的因素厌烦了。"③这一时期的美国批评家似乎对什么都看不惯,批评美国的每一个

---

① Joel Elias Spingarn, *The New Criticism: A Lecture Delivered at Columbia University* (New York: Columbia University Press, 1911), p. 3.
② Charles I. Glicksberg, *American Literary Criticism, 1900 – 1950*, pp. 25 – 26, 73 – 78.
③ Walter Sutton, *Modern American Criticism* (Englewood Cliffs: Prentice-Hall, Inc., 1963), p. 1.

角落及每一个人；而世纪初轰轰烈烈的揭露黑幕运动也产生出门肯的"揭露艺术"。但是同整个20世纪相比,世纪初的美国文学批评仍稍显稚嫩,对美国文学的批评数量也不多。这是因为批评家们仍然缺乏信心和勇气,欧陆尤其是英国的批评传统仍然占据着主导地位。因此布鲁克斯在《美国的成年》里竭力要发掘出美国的文学批评传统,以便树立信心,尽管依然底气不足。批评家W. C. 布朗在1901年发表的一篇文章中指出,"只有在批评里时代的观念才能变得清晰,得以成形,连贯地得到表达。……它本身就是文学,因为它本身既是评论又是创造,直接表露观念而不是间接地表达——比如像印象主义者那样按时间顺序记录评论家的感受,或依据某种间接的客观的评判标准进行衡量"。[①] 这一方面表明美国的批评时代尚未真正到来,另一方面表明美国批评家们已经意识到文学批评是一门独立的学科,在美国文学中应当占有一席之地。

第二节　早期的心理分析批评

随着19世纪科学技术的进步,现代心理学成为一门独立的学科。在弗洛伊德访问美国之前,美国心理学界已经开始对心理疗法抱有浓厚的兴趣,探索心理疗法的使用、成立美国治疗学会并召开纽黑文专题讨论会,致力于探讨心理疗法在治疗精神疾病中的性质和实用性。[②] 世纪之交兴起的自然主义文学,将人类视为环境和生物遗传的被动接受者,弗洛伊德认为自己所建立的精神分析学属于自然科学的分支,它所提供的一套"科学"式术语,为自然主义者提供了相对可行的解释途径。文学批评家也接受了心理学的研究成果,开始将注意力投向具体作家和具体作品中文学形象的心理活动。

弗洛伊德于1895年前后提出"心理分析"这一概念,到20世纪20年代,心理分析在美国已经成为一个初具规模的文化现象。1909年,弗洛伊德到美国讲学,主要在纽约一带产生影响。1910年,布里尔(A. A. Brill)将弗洛伊德的《性学三论》(*Drei Abhandlungen zur Sexualtheorie*)译成英文,两年后翻译出版了《释梦》(*Die Traumdeutung*)。同样在1910年,最早将弗洛伊德的理论介绍到英语国家并撰写了《弗洛伊德传》的琼斯(Earnest Jones)在《美国心理学学刊》上发表了《哈姆

[①] Charles I. Glicksberg, *American Literary Criticism, 1900–1950*, pp. 7–12.
[②] John Burnham, *After Freud Left: A Century of Psychoanalysis in America* (Chicago: University of Chicago Press, 2012), pp. 40–41.

雷特之谜的解释：俄狄浦斯情结》("The Oedipus Complex as an Explanation of Hamlet's Mystery")，这是运用精神分析法分析文学作品中人物形象的最早实例之一，引起文学批评界的广泛兴趣。琼斯指出，艺术家往往难以清楚地意识到自己所要表达内容的真实含义，且不知其来源。借助心理分析的方法可以得知，艺术作品的起源存在于被主体遗忘但持续产生效果的人类精神过程之中。用弗洛伊德的话来说，各种遭遇挫败和压抑的愿望升华为创造性的输出，而主体对此不再拥有意识，①这为解释哈姆雷特复仇行动之谜提供了一种新的解读方式。琼斯的这篇文章经修改后于1949年出版，题为《哈姆雷特与俄狄浦斯》(*Hamlet and Oedipus*)。此外，波尔内(Randolph Bourne)在抨击清教主义精神的论文《清教徒的权力意志》("The Puritan's Will to Power", 1917)中，试图运用精神分析法说明"禁欲主义是违背天性的"这一说法实则是人们的误解，清教徒的教义实际上已经渗透到个人的道德心理中并成为教徒的"第二天性"，宗教教义随着时间的流逝而自然内化为信徒的全部道德和无意识形态。②

从20年代开始到第二次世界大战结束，越来越多的美国心理学家和文学批评家对弗洛伊德精神分析学产生兴趣。在心理学界，讨论的热点转为所谓的"本性与教养"之争(nature-nurture controversy)。在文学批评方面，布鲁克斯在《马克·吐温的磨难》中试图证明吐温在加尔文教义的浸染下压抑了天性中的艺术倾向，从而在情感和天才方面都遭到了削弱；在《亨利·詹姆斯的旅程》中指出詹姆斯后期的作品常常令人费解，因为作家与养育他的那片土地距离太过遥远，布鲁克斯因此反对作家移居国外进行创作。克鲁奇(Joseph Wood Krutch)发表了《埃德加·爱伦·坡：对天才的研究》(*Edgar Allan Poe: A Study in Genius*, 1926)，指出坡之所以成为美国文坛的怪杰，作品耽于畸形病态的想象，主要是由于他幼年的不幸经历所造成的心理创伤，以及性心理的缺陷。由于弗洛伊德学说传入英语国家的时间较短，当时的文学批评界尚未对学说本身进行深入的研究和鉴别，批评家们常常仅依据弗洛伊德的几条标志性术语和原则进行文本分析实践，难免有所偏颇。此时，勃克(Kenneth Burke, 1897 – 1993)和特里林(Lionel Trilling, 1905 – 1975)主张，学界应该对弗洛伊德所谓艺术与神经官能症的关系做进一步的研究，以澄清精神分析在整个文学批评中的地位和作用，为匡正精神分析的发

---

① Ernest Jones, "The Oedipus-Complex as an Explanation of Hamlet's Mystery: A Study in Motive," *The American Journal of Psychology*, Vol. 21, No. 1(Jan.1910): pp. 72 – 73.

② Randolph Bourne, "The Puritan's Will to Power," *The Radical Will: Selected Writings, 1911 – 1918*, ed. Olaf Hansen (New York: Urizen Books, 1977), pp. 301 – 302.

展方向做出了积极贡献。

勃克的代表作是《动机规范论》(*A Grammar of Motives*, 1945)和《动机修辞论》(*A Rhetoric of Motives*, 1950)。《动机规范论》是对戏剧、故事、诗歌、神学、形而上学体系、政治哲学、宪法等复杂语言形式的"系统的沉思"。勃克认为,人类的语言或语言之外的活动都属于符号化的行为方式,人则被定义为使用(或滥用)符号的动物。① 批评家的工作于是成为一种解释人类象征、阐明人类行为动机的工作。通过对象征的分析,我们可以了解基本的现实状况,而文学作品就是一种表现人在应付各种情况时做出的"象征行为"(symbolic action)。弗洛伊德所讨论的艺术和神经官能症之间确有相通之处,但作为一种文学批评,心理分析方法还必须兼顾其他各种因素,文学批评家的研究范围因此扩展到了社会和伦理领域。《动机修辞论》将视角延伸到人类的劝说(persuasion)和认同(identification)方式。勃克认为,劝说"从最直接的利益追求出发,如在促销或宣传中,通过求爱、社交礼仪、教育和说教,达到一种'纯粹的'形式,只为自己的诉求而愉悦,并没有不可告人的目的";身份认同的范围既包括政治家对农民说出"我自己也是个农家子弟"的认同,也包括神秘主义者对万物来源的虔诚认同。② 从文学批评的目的考虑,一部文学作品总是若干种动机综合作用的结果,而不是依赖于某一种所谓的基本动机。因此,批评活动的基本范畴应该是人际交流,而不是个体主观愿望的表达。

特里林(Lionel Trilling, 1905 – 1975)的《弗洛伊德与文学》("Freud and Literature", 1940)和《艺术与神经官能症》("Art and Neurosis", 1945)集中反映了当时对弗洛伊德精神分析批评持保留态度者的意见。他认为,弗洛伊德的精神分析方法结合了科学方法的严谨性和对浪漫主义神秘想象力的洞察,这种神秘性正是人类理解和欣赏文学作品的心灵。特里林指出,艺术家的心理健康问题从浪漫主义运动开始就引起了文化研究领域的关注。在那之前,人们常说的"诗人疯了"还只是一种文字表达方式,意在说明诗人的思维方式与哲学家的思维方式之差异,并没有真正涉及作为诗人的心理状况问题。但是到了19世纪早期,随着心理学的发展和对精神与情感更严格规范的考察,"诗人疯了"这种说法也具有更加严格规范的意义。诗人与神经官能症患者的区别在于,前者能控制自己

---

① Kenneth Burke, *A Grammar of Motives* (Berkeley, Los Angeles and London: University of California Press, 1969), p. xv.
② Kenneth Burke, *A Rhetoric of Motives* (Berkeley and Los Angeles: University of California Press, 1969), p. xiv.

的奇想,而后者被奇想所控制。弗洛伊德通过精神分析方法揭示出,一位具有创造力的作家并不是神经官能症患者,而是一位自律且能够创造出令人难忘的奇想的文学艺术家。

将神经官能症视为艺术创作之源的神话古已有之,其实这常常是艺术家用以掩盖自己和作品真相的障眼法。特里林援引兰姆(Charles Lamb)在基于艺术作品分析的基础上对"疯狂"内涵的考察。兰姆在《论真正天才的理智》一文中驳斥了那种认为发挥想象力是一种神经官能症的观点。艺术创作的动机是多元化的,即使一些艺术家确实患有神经官能症,但促使他们思考、规划、创作和完成作品的动因仍是健康的。在特里林看来,如果说艺术家是神经官能症患者,那么许多其他职业的人士也都如此,应该说神经官能症普遍存在于人类中间,将艺术家狭隘地归于此类对于文学研究毫无益处。艺术不过给了艺术家一个机会,可以与常人不同的视角审视艺术对象,这不失为实现"陌生化"的一种途径。也就是说,艺术作品如同一种人类症状的表征,在文学批评中,我们不仅将艺术作品与艺术家的神经官能症联系起来,而且需要同时关注文学作品的艺术形式。[①] 同时,讨论弗洛伊德精神分析学说对文学的影响时,我们不应忽视文学对弗洛伊德的影响;二者的关系"是相互的,弗洛伊德对文学的影响并不比文学对弗洛伊德的影响大"。在庆祝他七十岁生日的时候,弗洛伊德被赞誉为"无意识的发现者",他纠正了这个观点:"在我之前的诗人和哲学家已经发现了无意识;我发现的只是研究无意识的科学方法。"[②]特里林批判了一些弗洛伊德学说的追随者在文学研究中对弗洛伊德观点的简单还原,致力于将心理分析的方法引入文学研究的主流方法之中,从而有助于遏制简单化地比附和滥用精神分析,使文学批评平衡而健康地发展。

第三节 帕灵顿和威尔逊的文化历史批评

帕灵顿(Vernon Parrington, 1871 – 1929)出生于伊利诺伊州的奥若拉,1893 年毕业于哈佛大学,后在堪萨斯学院获硕士学位,于 1903—1904 年赴英国和法国进修,1908 年起在华盛顿大学任教,直至去世。他毕生从事美国文化研究,曾为《大

[①] Lionel Trilling, "Art and Neurosis," in *Art and Psychoanalysis*, ed. W. Phillips (Cleveland and New York: Meridian Books, 1963), pp. 502 – 520.
[②] Lionel Trilling, "Freud and Literature," *The Liberal Imagination* (New York: New York Review Books, 2008), pp. 34 – 57.

英百科全书》《剑桥美国文学史》等撰写条目和章节,著有《康涅狄克才子》(*Connecticut Wits*, 1926)、《辛克莱刘易斯:我们自己的狄俄基尼斯》(*Sinclair Lewis, Our Own Diogenes*, 1927)等。令他在美国文学史上占据重要一席的论著是三卷本《美国思想史主流》(*Main Currents in American Thought*, 1927)。其中第一卷《殖民时期的思想》(*Colonial Mind*, 1927)和第二卷《美国的浪漫主义革命》(*The Romantic Revolution in America*, 1927)获普利策历史奖,第三卷《美国批判现实主义的发源》(*The Beginnings of Critical Realism in America*, 1930)由于他突然去世而未能完成。

《美国思想史主流》被当时的批评界视为跨学科美国研究运动的开启者,以及美国文学研究的入门之径。帕灵顿在首卷的"导言"中开宗明义地指出,这部著作叙述的是某些传统上被认为是美国式的原始思想的起源和发展,包括它们是如何形成的,它们是如何遭到反对的,以及它们在决定民族理想和制度的形式与范围方面所产生的影响。他无意于从事狭隘的纯文学研究,而是走上政治、经济和社会发展的广阔道路,因为那些先于文学流派和文学运动的社会力量最终产生了文学塑形的种种思想。[①] 在帕灵顿看来,这样的研究必然会涉及不同的知识背景,尤其是那些一代又一代传入美国的欧洲思想体系,包括英国独立、法国浪漫主义理论、工业革命和放任主义、19世纪科学和欧陆集体主义理论的遗产。这些思想通过与美国本土愿望的交叉融合而生根发芽,产生了一系列所谓的美国式理想,为新大陆乌托邦式的冒险事业提供了参考,也为政府的改革实验提供了智力上的支持。[②]

帕灵顿在书中以杰弗逊的民主理念作为国家的基本信念,将1620年至1900年间的美国作家分条缕析,置于翔实的文学与政治历史知识框架之中,逐一叙述殖民地与宗主国、保皇党与革命党、法国共和主义与英国民权主义、重农主义与"金融势力",乃至无产阶级与金融资本主义之间的斗争。这些相互对立的势力有其各自的意识形态传统、自己的代表性思想家,以及思想、经济、意识和文学方面的特质和表现。帕灵顿首先在第一卷《殖民时期的思想》(1620—1800)中确立美国思想本身的发展过程和实际存在。在殖民地时期的历史条件下,美国形成了某种思维方式,后来又在独立战争期间转变成为美国人普遍的思维方式。在

[①] Vernon Parrington, "Introduction," in his *Colonial Mind*, 1927. http://xroads.virginia.edu/~Hyper/Parrington/vol1/intro.html.

[②] 同上。

接下来的两卷中,帕灵顿研究了浪漫主义和现实主义的民族气质,目的是考察在美国本土成长的某些新事物,澄清它们所呈现的特定形态以及呈现这种形态的原因。① 领土的迅速扩张与高涨的浪漫主义情绪要求相应的哲学来表达新的愿望。19世纪不满足于18世纪的狭义思维方式,而是必须重新调整思想,以适应浪漫主义的风格。这一时期美国社会逐渐接受的模式大部分来自欧洲,适应了新世界的需要。从法国和英国,以及后来从德国,引入了各种各样的浪漫主义理论流派,共同赞颂个人主义的理想。② 帕灵顿对美国历史的阐释在20世纪二三十年代具有强大的影响力,帮助定义了美国的现代自由主义,并为美国作家拓展了前所未有的社会维度。

威尔逊(Edmund Wilson, 1895-1972)出生于新泽西州的红岸镇,1916年毕业于普林斯顿大学。大学毕业后,威尔逊先后担任纽约《太阳晚报》记者,《新共和》《名利场》的副主编以及《纽约客》杂志的书评专栏作家。威尔逊不仅是职业批评家,而且撰写了大量的报告文学、编年史,出版过不少诗集、剧本、长短篇小说,于1955年赢得了美国文学艺术研究院很少颁发的金质奖章殊荣。威尔逊的文学批评专著主要包括《阿克塞尔的城堡》、《三个思想家》(The Triple Thinkers, 1938)、《创伤与神弓》、《到芬兰车站》、《经典著作与畅销书》(Classics and Commercials, 1950)、《光明之岸》(The Shores of Light, 1952),以及《爱国主义血污:美国内战文学研究》(Patriotic Gore: Studies in the Literature of American Civil War, 1966)等。

《阿克塞尔的城堡》(Axel's Castle, 1931)奠定了威尔逊的文坛声望。他在书中的意图非常明确:"追溯当代文学中某些倾向的起源,并在六位当代作家的作品中展示它们的发展。"③这六位当代作家即叶芝、艾略特、乔伊斯、瓦莱里、格特鲁德·斯泰因和普鲁斯特,其中的一些评论至今仍被认为是对象征主义文学运动最重要的评论之一。对威尔逊来说,这些尚未得到承认的伟大作家的作品,创造了一种新的诗歌和小说样式,"如果不采用一种坚定且同情的立场去考察他们艺术和经验的革命观念,我们便无法理解象征主义"。威尔逊在对这些诗人和作家的艺术个性做出充分肯定的同时,对其艺术脱离实际的倾向也提出了尖锐的批评。例如,他完全承认并展示了艾略特作为一位伟大诗人的创新性,及其为语

---

① Vernon Parrington, "Introduction," in *The Romantic Revolution in America*, 1927. http://xroads.virginia.edu/~ Hyper/Parrington/vol2/intro.html.
② 同上。
③ Edmund Wilson, *Axel's Castle: A Study of the Imaginative Literature of 1870-1930* (1931)(Farrar, Straus and Giroux Ebook, 2019).

言带来的一种全新的个人节奏,并以"一种优雅的绝望和无力的遗憾相结合的笔调,写下了他最优秀的诗行",令整整一代人沉醉于其中,那些容易受到影响的年轻读者,"变成了一个略显滑稽的老年鹰群,疲惫不堪地张开无力的翅膀"。尽管如此,威尔逊还是对艾略特"病态的挑剔"和他对庸俗的当下"毫无生气的消极恐惧"颇有微词,并对艾略特的教条主义提出尖锐的批评,认为他"以精巧的学究作风偏爱一种不受世俗和人类价值观玷污的纯粹而罕见的审美本质"。① 又如普鲁斯特"是纯粹知性的思想操作,却不为任何力量所驱使,对人类生活的可能性也没有任何渴望或创造性想象"。

1940年,威尔逊在普林斯顿大学发表的《文学的历史解读》("The Historical Interpretation of Literature")一文集中体现了他的文学观。对于艾略特的文学创作,他进一步明确提出,尽管艾略特试图以一种历史的眼光去看待文学,然而,他的批评却是"非历史性的",远离真正的从历史角度出发的文学批评,后者必须"从社会、经济和政治等方面去阐释文学"。② 马克思和恩格斯的唯物史观、他们关于经济基础和上层建筑的理论为历史角度的文学批评传统注入了新的活力。威尔逊所倡导的"文学的历史阐释"以马克思主义、弗洛伊德的精神分析、传统的社会历史批判和"情感反应"为理论基础,将不同的批评方法结合起来,在批评中既重视文学性又重视文学与社会的关系,体现了他以文学求真、关注人类社会现实、坚持独立自由的人文主义精神。威尔逊还指出,文坛出现的那种强迫文学家去发挥政治作用、重政治而轻艺术的做法,追根溯源并非出自马克思主义,而是在俄国革命以后方才出现的。"文学的历史阐释"本质是"人的思想和想象的历史",意义在于其人文精神。

威尔逊继续在《创伤与神弓》(*The Wound and the Bow*, 1941)中践行心理学与历史分析相结合的文学批评。他从索福克勒斯的《菲洛克忒蒂斯》(*Philoctetes*)一剧得到启发,从作家早年的精神创伤与文学创作的关系入手进行分析。因受伤而被放逐的希腊战士菲洛克忒蒂斯因气味而被驱逐出境,但他的英勇才能和具有魔力的弓箭又为赢得特洛伊战争所必需。借用"创伤与神弓"的比喻,威尔逊旨在说明艺术家的精神创伤的确能够激发艺术想象,点明艺术与神经官能症的相关性。正如菲洛克忒蒂斯的气味与弓箭,社会既恐惧、排斥艺术家,又需要

---

① Pearl K. Bell, "Edmund Wilson's *Axel's Castle*," *Daedalus* Winter, 1976, Vol. 105, No. 1, In Praise of Books (Winter 1976), p. 120.
② Edmund Wilson, "The Historical Interpretation of Literature"(excerpts), https://apracticalpolicy.org/2008/05/13/the-historical-interpretation-of-literature-by-edmund-wilson.

以其艺术创作医治社会创伤。他在书中考察了狄更斯、海明威、乔伊斯、吉卜林和伊迪丝·华顿等作家在童年时期遭受的心理创伤,以及这些经历对他们写作产生的影响。例如,威尔逊不仅充分注意到社会环境对狄更斯性格的影响,而且追溯了狄更斯童年遭遗弃与羞辱的精神创伤在作品中的表现;伊迪丝·华顿的作品则是对她的生活环境和婚姻紧张的反映,"小说中的灾难几乎总是个人与社会群体之间冲突的结果",随着这种紧张的逐渐消退,她的晚期小说也归于平淡。① 威尔逊认为,批评的对象不仅包括作品本身,而且包括以作品为中心的各种心理的、社会的力量及其作用与反作用,及其相互影响、因果关系的总和。一个拥有艺术能力和勇气的神经官能症患者,可能在作品中获得对自我本身和文化环境的独特见解。通过阅读伟大作家的作品,读者可以"治愈一些混乱带来的痛苦,减轻一些无法理解的事件的沉重压力"。威尔逊本人的研究亲身践行了这种"治愈"的过程:"他(威尔逊)通过让我们参与到文学产生的斗争中来获得解脱,使我们能够理解另一个时代和地点的人,就好像他们是我们同时代的人一样。"他表现出一种信念:"……人类精神不是那么容易被击垮的,艺术家英雄(artist-hero)可以使这个政治未能改变的世界变得可理解和可忍受。"②

《到芬兰车站》(*To the Finland Station*, 1940)书名取自伍尔夫的《到灯塔去》(*To the Lighthouse*),可视为对威尔逊本人世界观和文学观的总结。威尔逊在其中以奠基了1917年俄国革命的欧洲作家们为研究对象,展开了一场批判性的历史研究。他探讨了欧洲社会主义、无政府主义和各种革命理论的起源及实施过程,再次采用心理学与历史分析相结合的方式,介绍了政治理论家的思想和著作,包括法国的米歇莱、圣西蒙,德国的拉萨尔,俄国的巴库宁、托洛茨基等为数众多的无政府主义者、社会主义者、虚无主义者、乌托邦主义者,以及马克思、恩格斯和列宁等无产阶级革命家。在书中,伟大而浪漫的革命梦想将所有这些来自不同时间和地点的人物联系在一起,形成有机统一的思想框架。具体说来,这个革命梦想意即人们可以掌控自己的生命,共同创造一个命运的共同体:一个以自由和平等为基础的全新的社会。这样的社会秉持的信条是"人类创造自己",无论男女老幼,人们都可以更自由地表达观点、更强烈和更深切地抒发情感。威

---

① Edmund Wilson, *The Wound and the Bow: Seven Studies in Literature* (Cambridge: The Riverside Press, 1941), pp. 198, 208.
② Lewis M. Dabney, "Edmund Wilson and 'The Wound and the Bow'," *The Sewanee Review* Winter, 1983, Vol. 91, No. 1(Winter 1983), p. 165.

尔逊首先探讨了米歇莱这位历史学家的生平和作品,展示了革命的梦想如何照亮黑暗时代孤独的人类生活。而马克思比任何人都更坚定、更彻底地把握了这一愿景,他坚持不懈地与他笔下最深刻的社会矛盾做斗争。正如威尔逊所解释的那样,马克思的学说并非封闭的体系,他的革命生涯体现了处于社会核心的冲突力量。①

书中最后一节追溯了俄国革命运动的历史进程,从19世纪中叶开始,一直到1917年4月流亡国外的列宁抵达芬兰车站,领导布尔什维克的革命。结尾以充满戏剧性与情感力量的笔触描写了史诗般的经典时刻:午夜穿过圣彼得堡的列宁,在聚光灯下向人群挥手,徐徐响起的背景音乐是《马赛曲》。② 威尔逊以独特批评性叙事方式,将严谨的历史、哲学以文学的形式巧妙呈现出来,将作品的节奏掌控得恰到好处。梅南(Louis Menand)指出,威尔逊"清楚地看到该主题中所包含的小说成分",并且"为它的挑战性所激动"。他"以小说的形式,将列入历史文献资料的历史人物、历史时间、重大历史活动,结合人物身世、社会背景等,轻而易举地串联成富有趣味性的生动形象的故事,并且以火车最终顺利到达芬兰火车站,寓示形成共产主义信仰这段历史的浪漫旅行,通过写作,最终创造了历史行动"。③

从《阿克塞尔的城堡》到《到芬兰车站》,威尔逊一直关注的是文学和社会主题,并以历史学家、诗人、小说家、编辑和短篇小说作家的身份写作。与同时代的一些批评流派如早期"新批评"不同,威尔逊认为,在文学研究中,我们可以通过把某个文本或主题置于相互交叉的文化思想和社会背景网络中来加以研究,包括传记的、政治的、社会的、语言以及哲学的思想。他的作品涵盖众多主题,以博大精深的学识为基础进行深入探讨,并以清晰准确的叙事性风格阐发观点。这两部著作间隔的十年,正是左翼思想盛行的时期,威尔逊的历史分析方法也对左翼文学批评产生了深远的影响。

---

① Edmund Wilson, *To the Finland Station: A Study in the Writing and Acting of History* (New York: Doubleday & Company Inc., 1940), p. 326.
② 同上,pp. 468–474.
③ Louis Menand, "The Historical Romance: Edmund Wilson's Adventure with Communism," *The New Yorker*, March 24, 2003.

第四节　30年代的左翼文学批评

《诺顿理论与批评选集》主编里奇曾说："对研究美国当代文学理论和批评史的人来说，30年代最重要的事件就是四大主要批评流派的产生：马克思主义，'新批评'，芝加哥学派，纽约知识分子群（New York Intellectuals）。"① 这是他在《30年代至80年代的美国文学批评》开篇第一句话，而且将马克思主义文学批评放在四大批评流派之首。之所以如此，是因为20世纪30年代是美国历史上一个特殊的时代。1929年经济危机的突然爆发，结束了美国二十多年欣欣向荣的发展，把整个美国社会抛入痛苦的深渊。正是在这个大背景下，左翼文学创作与批评得到了前所未有的发展。

美国文学批评家曾将20世纪30年代前后的美国文学批评划分为三个阶段："诗歌与时间，诗歌与阶级，诗歌与政党。"② 1912年的文学复兴至1929年经济危机爆发之前，美国文学界讨论的核心是"时间"与"永恒"：门罗（Harriet Monroe）、桑德堡（Carl Sandburg）、庞德（Ezra Pound）、刘易斯（Sinclair Lewis）、安德森（Sherwood Anderson）、斯泰因（Gertrude Stein）、海明威（Earnest Hemingway）等作家抛弃了欧陆诗学追求的"永恒价值"观，呼吁作家描写最直接的美国体验，把文学注意力集中在20世纪初期的纽约、芝加哥、圣地亚哥、爱荷华、阿拉巴马。经济危机的爆发，打破了美国梦这个无阶级社会的幻想。事业的挫败、失业、贫困、饥饿使一大批作家沦为无产者。一旦直面阶级社会这个现实，这些作家就不得不思考文学与阶级的关系问题。

阶级意识的提高，使作家们进一步思考自己的阶级属性和立场。他们首先把自己分割为明显势不两立的两大阵营。作为人，他们支持工人阶级争取实现无阶级社会的斗争；作为诗人，他们又维系着束缚他们的与资产阶级文化的脐带。不断加深的经济危机迫使很多作家放弃这种两面性，后者使他们同时作为人与诗人而陷于瘫痪。或者人随着诗人回到资产阶级阵营，或者诗人跟着人前进加入无产阶级阵营。选择后一条道路的人们认清了如下的事实，即艺术有其

---

① Vincent B. Leitch, *American Literary Criticism, from the 30s to the 80s* (New York: Columbia University Press, 1988), p. 1.

② Hicks Granville, Joseph North etc. eds., *Proletarian Literature in the United States, An Anthology* (New York: International Publishers, 1936), p. 19. 这里的"诗歌"指代一切文学。

阶级基础；他们认识到，在这个革命的时代，"诗歌与政治无法分离"。①

实际上，美国的社会主义运动早在半个世纪前就已开始。社会劳动党、社会民主党分别于1877年和1897年成立；进入20世纪，美国社会党和世界产业工人联盟分别于1901年和1905年成立。1919年，社会党中的左翼脱离社会党，成立共产党和共产主义劳动党；1923年，这两党合并为一，并得到合法地位。30年代，美国共产党党员登记人数增加了10倍，从1930年的7 000人发展到1939年的75 000人，大批重要的知识分子站在共产党阵营，这一时期被称为"红色30年代"②。美国作家联盟（The League of American Writers）于1935年成立，这一"人民阵线组织"成员包括阿尔戈伦（Nelson Algren）、布鲁克斯（Van Wyck Brooks）、考德威尔（Erskine Caldwell）、帕索斯（John Dos Passos）、德莱塞（Theodore Dreiser）、法蒂曼（Clifton Fadiman）、法雷尔（James T. Farrell）、弗兰克（Waldo Frank）、海尔曼（Lillian Hellman）、海明威（Ernest Hemingway）、休斯（Langston Hughes）、麦克利什（Archibald MacLeish）、芒福德（Lewis Mumford）、萨罗扬（William Saroyan）、斯坦贝克（John Steinbeck）、威斯特（Nathanael West）、威廉斯（William Carlos Williams）、赖特（Richard Wright）等著名作家。随着左翼运动的发展，左翼文学刊物也大量涌现。早在1911年，弗拉格（Piet Vlag）就在格林威治村创办了《群众》（The Masses）。1922年由哥伦比亚大学的研究生伊斯特曼（Max Eastman）出任主编，旨在反对旧制度和旧道德，建立新的价值观。弗里曼、高尔德等后来成长为著名左翼作家都是为这部杂志所吸引。1926年，弗里曼和高尔德在纽约创办《新群众》（New Masses），得到许多作家的支持。1934年，拉夫（Philip Rahv）与菲利浦斯（William Phillips）创办《党派评论》（Partisan Review），显露出左翼的精英主义倾向。

20世纪30年代，美国主要的马克思主义学者大多从历史角度研究文学。通常，他们关注内战到大萧条这一阶段的"社会整体"③。卡尔弗顿（V. F. Calverton）的《美国文学之解放》（The Liberation of American Literature, 1932）被视

---

① 同上，p. 21.
② "红色30年代"出自美国记者、作家莱昂斯（Eugene Lyons）1941年出版的《红色的十年：论美国30年代共产主义的经典之作》（The Red Decade: The Classic Work on Communism in America During the Thirties）。虽然莱昂斯将30年代美国共产主义运动称为莫斯科的颠覆阴谋并不客观，但"红色30年代"一说却广泛流传。
③ Vincent B. Leitch, American Literary Criticism Since the 1930s, 2nd ed. (London & New York: Routledge, 2010), p. 6.

为"第一部关于美国文学历史的马克思主义研究长篇论著"。① 1923年,他与几位朋友将一份大学刊物改办成为《现代季刊》(The Modern Quarterly)。卡尔弗顿曾周游欧美,到处撰文演说,致力于各种激进组织的联合,宣传社会主义,反对资本主义和法西斯主义。他的《更新的精神》(The Newer Spirit, 1925)出版后,高尔德给予高度评价,认为美国共产党拥有一批优秀的战士和宣传鼓动家,然而还没有像卡尔弗顿这样的"真正的学者兼批评家"。卡尔弗顿强调社会矛盾在文学创作中的历史作用:"我相信,从根本上讲,美学批评具有社会属性,只有从一种健全的社会哲学出发,对它的研究才具有意义。"②因此,他认为需要策略性地暂缓"纯美学"研究,意识形态的分析成为这部专著的研究方法。他指出,内战后到大萧条,大多数著名作家都出身于中产阶级文化,他们无法在资产阶级文化所倡导的价值中找寻到人生意义,因此始终被一种异化感与悲观主义萦绕。"文学艺术家……完全可以通过其来自社会环境的观点和倾向帮助改变环境。"③艺术家以艺术创作反映社会,同时也改造社会。卡尔弗顿寻求文学与生活的双重解放。这部论著"是一部用革命的马克思主义方法研究美国文学历史的长篇专著","不仅为历史做出某种诊断,而且还为与无产阶级不可分的将来提出了某种纲领"。④

《党派评论》与《新群众》是当时影响最大的两份左翼刊物,分别代表左翼文化阵营的精英与无产阶级两种倾向。由高尔德(Michael Gold, 1893-1967)负责编务工作的《新群众》直接面向无产阶级大众,从他们中间发现文坛新秀。高尔德是30年代著名的左翼作家,著有自传体小说《没钱的犹太人》(Jews Without Money, 1930),从主题到表现手法都成为无产阶级小说的范本。除了小说创作,他也发表批评观点,著述从文学批评向新闻发展。1921年,他在《论无产阶级艺术》一文中率先提出建立"工人阶级战斗文学"的主张。1930年9月,高尔德在《新群众》撰文《无产阶级的现实主义》("Proletarian Realism"),从九个方面论述了这一概念的具体内容。其主要观点包括文学应以工人阶级为描写对象,表现他们的生活经验,细致入微地描述他们的工作技能,并对未来充满革命热情。同时在形式方面反对雕琢虚饰的语言和离奇编造的故事情节。尽管如此,高尔德还只是提出这些初步设想,"无产阶级的现实主义"这一"新形式"尚待左翼作家

---

① Arnold L. Goldsmith, *American Literary Criticism: 1905-1965* (Boston: Twayne, 1979), p. 62.
② V. F. Calverton, *The Liberation of American Literature* (New York: Scribner's, 1932), p. xii.
③ 同上,p. 468.
④ Vincent B. Leitch, *American Literary Criticism Since the 1930s*, p. 8.

在实践中不断探索,创造兼具革命性和文学性的新文学。此外,高尔德还满腔热情地为青年作家提供施展才华的园地。康罗伊(Jack Conroy)的处女作《被剥夺遗产的人》(*The Disinherited*, 1933)出版后,高尔德在《新群众》上发表致作者的信大加鼓励;诺思(Joseph North)的第一篇描写家乡工业小镇的丛林版生活小说也是由高尔德鼓励刊发在《新群众》上的。正是在高尔德的扶持下,许多左翼青年作家,如法雷尔、考德威尔、坎特威尔等,才逐渐得到文坛和社会的承认。他在《新群众》开设的专栏"青年作家向左转""Go Left, Young Writers",在青年作家中产生了巨大反响。

1929年,在《新群众》的倡导下,美共创办了约翰·里德俱乐部(John Reed Club, 1929-1936),以组织青年作家、艺术家共同振兴无产阶级文艺发展,扫除资产阶级腐朽文化为目标。在经济危机激发的革命思潮推动下,俱乐部在全美的分支机构如雨后春笋般涌现,按照各自的理解推动无产阶级文艺的进步。1932年,约翰·里德俱乐部各分支机构召开第一届全国会议,成立了总部设在纽约的执行委员会,以统一文艺革命的步调。同年9月,几十位作家联名发表了题为《文化与危机》(*Culture and Crisis*)的告全国知识分子公开信。信中指出,艺术是阶级的武器,艺术家不应游离在斗争之外,而是应该通过振兴无产阶级文化艺术参与斗争。30年代中期,左翼文化运动发展至巅峰,激进主义热情急剧回落,俱乐部各分支机构在第二次全国大会中分裂。

1934年,身处左翼文学活动中心的希克斯(Granville Hicks, 1901-1982)成为《新群众》的编辑,并于1935年加入共产党,后于1939年因苏德签署互不侵犯条约而退党。他被认为"大概是30年代美国思想最重要的自由文学批评家",[①]影响最为深远的著作是《伟大的传统:对南北战争以来美国文学的解读》(*The Great Tradition: An Interpretation of American Literature Since the Civil War*)。在这部著作中,希克斯沿袭布迈希、鲁克斯、帕灵顿和卡尔弗顿的传统,对美国文学文化进行了马克思主义式的社会学分析,着重剖析经济、政治和阶级斗争在经典文学生产中的作用。与早期左翼批评不同的是,希克斯更注重审美方面的文学批评,避免卡尔弗顿那种将技巧与内容截然分开的批评方法。在《伟大的传统》中,希克斯发展了一套美国文学传统的批评理论,认为马克思主义的世界历史理论适用于美国经验,一场革命斗争正在进行之中,文学反映了这种变革。"这就是美国文学的伟大传统。我们的文学是批判的文学,是批判贪婪、懦弱和卑鄙的文学。它是希望的

---

① Arnold L. Goldsmith, *American Literary Criticism: 1905-1965*, p. 68.

文学,一次次地闪现激情、阶级情义、正义与知识分子的诚实……它涉及的不仅仅是批评,也包括对资本主义及其整个生活方式的摧毁。"①对于希克斯而言,当代的革命作家为美国文学的继续发展提供了必要条件。

1932年,希克斯在《新群众》上发表了《美国文艺批评的危机》("The Crisis in American Criticism")一文,阐述了他的批评理论,即马克思主义批评包含三条主要的文学价值标准:第一,文学作品的主题必须与生活中的核心问题相关;第二,文学必须具有情感力度,能够激励读者参与到作品所描写的现实生活中来;第三,作者的观点必须是无产阶级的观点。希克斯对普鲁斯特(Marcel Proust)《追忆似水年华》(À la recherche du temps perdu)大为赞赏,因为它清楚生动地描绘了腐朽的资产阶级文明,使人们"身临其境地感受到我们生活于其中的制度的腐败与卑劣"。随着时间的推移,希克斯日趋强调忠实于革命的无产阶级标准。在《伟大的传统》修订版序言中,他指出,"我相信文学批评历来是一种武器。所以,我觉得没有理由隐瞒,既没有理由向别人也没有理由向自己隐瞒我身处其中的冲突的本质,或者隐瞒我所选择的立场"。② 希克斯认为,批评究其根本是一场政治活动,是社会斗争中的一件武器。

与《新群众》不同,《党派评论》更为关注批评理论,倡导文学的高雅旨趣。纽约知识分子群大多通过《党派评论》于30年代加入这一行列,其鼎盛期从30年代末一直持续到50年代中叶。重要学者包括蔡斯(Richard Chase)、豪(Irving Howe)、卡津(Alfred Kazin)、拉夫、特里林等。其中,拉夫"显然是该学派的价值与信仰的化身"。③ 1932年8月,拉夫在《新群众》(New Masses)发表《文学的阶级战争》("The Literary Class War")一文,表达了对无产阶级的休戚与共,严词谴责资产阶级、自由主义、温和社会主义以及对苏维埃俄国的批评。他与同事们创办的《党派评论》坚信文学批评与左翼政治之间存在必然的联系。这份左翼刊物侧重于文学评论,积极参与无产阶级文艺运动,主要撰稿人除了两位编辑之外,多为批评家。《党派评论》早期由弗里曼、高尔德和希克斯负责,实际由菲利浦斯和拉夫负责编务工作。

在对艾略特诗歌的分析解读中,菲利浦斯与拉夫以感受力为切入点,深入阐发现代主义诗歌所蕴含的辩证思想。艾略特在《传统与个人才能》("Tradition

---

① Granville Hicks, *The Great Tradition: An Interpretation of American Literature Since the Civil War*, rev. ed.(New York: Macmillan, 1935), p. ix.
② Vincent B. Leitch, *American Literary Criticism Since the 1930s*, pp. 10, 13.
③ 同上,p. 72.

and the Individual Talent")、《玄学派诗人》("The Metaphysical Poets")、《哈姆雷特及其问题》("Hamlet and His Problems")等文章中,从作家作品、形式传统、历史三个方面探讨感受力和客观对应物、诗人的非个性化等问题,希望在主体与客体、精神与肉体等方面寻求某种平衡。菲利浦斯与拉夫在阐发艾略特对感受力与客观对应物论述的同时,提出自己的批评观点。在关于形式与内容的争论中,他们拓展了艾略特的感受力观念,超越教条的马克思主义批评,避开形式主义的陷阱,提出从审美与形式两方面综合评价文学作品。① 菲利浦斯与拉夫合作发表了不少批评文章,1934年,他们联合发表《无产阶级文学中的问题与透视》,开始指向马克思主义批评路径。同年,拉夫在评论海明威作品的文章中,提出远离阶级斗争和一定程度上的文学自治的观点,欣然接受现代主义文学,认为文华绝非同质,现代主义文学绝不能简单等同于反革命意识形态的颓废美学。1935年,他们再次合作发表《评论》("Criticism"),解读评价福克纳的小说《圣殿》(Sanctuary, 1931)。文章分析"特定内容"与意识形态之间的区别,指出福克纳的小说所描绘的美国南方画卷与意识形态无关,因为那些描写属于"特定内容",是个体感受力的产物。菲利浦斯在《形式与内容》("Form and Content")中,分析了莎士比亚戏剧中的内心独白作为纯粹的内容,显示主人公的矛盾心理,同时也是莎士比亚对戏剧人物的体察。在暗示情节与行为的同时,传递出莎士比亚的个人理解。因此,形式必然包含在内容之中,感受力再次发挥作用,令作家得以在创作中将形式与内容、内在与外在、现实与历史等因素有机地融为一体。菲利浦斯在威尔逊的启发之下,提出无产阶级文学应该呈现文学代际之间的互动关系,是现实主义与现代主义综合的成果。② 美国本土作家德莱塞、安德森、桑德堡、罗宾逊(Edwin Robinson)、海明威、艾略特、庞德、考利、卡明斯(Edward E. Cummings)等人的创作都呈现出这种交互作用。由此,菲利浦斯批驳了无产阶级作家不能借鉴现代主义艺术表现手法的观点。

卡津在《纽约犹太人》中回忆30年代的纽约知识分子群时总结道:"他们的目标是无限的思辨自由,是自由激进主义与现代主义的联合。"在这个大家庭中,关系错综复杂:既与资产阶级社会牢牢拴在一起,又与现代主义先锋派亲密无间;既与现实—社会—自由传统有着千丝万缕的联系,又与想象—文学—保守传

---

① 王予霞:《20世纪美国左翼文学思潮研究》,北京:中国社会科学出版社,2014年,第71页。
② 纽约知识分子群对现代主义诗歌的认识得益于威尔逊。20世纪20年代起,威尔逊就开始对刚刚兴起的象征主义诗歌和意识流小说展开评论,出版《阿克塞尔的城堡》。

统关系暧昧;既崇拜20世纪物质文化,又沉缅于现代诗学想象。① 对于纽约派批评家来说,批评与文化的密切联系至关重要。批评不仅涉及社会、历史和道德视角,也会对社会产生影响。无产阶级文学的问题是缺乏一种"美学原理",没有正视政治与艺术之间的界限。实际上,政治在文化批评实践中最终只是占据一个有限的位置。1934年,《党派评论》的编辑们宣称:"我们绝不能答应让艺术和文学'从属'于政治利益。"社会学、历史、伦理、政治和美学的多重视角,使得纽约派知识分子拥有一种独特的美国批评模式。对现代主义的接受令菲利浦斯与拉夫遭致"资产阶级唯美主义""学院派作风"的指责,高尔德批评他们是"官僚主义"。二人继而从阐发重要的美学范畴入手,探寻文艺与马克思主义理论之间的关系。《新群众》的教条主义与菲利普斯和拉夫的《党派评论》的文学现代主义之间的关系日趋紧张,围绕在二者周围的批评家及作家逐渐分裂为两个阵营,及至1936年,终于爆发"法雷尔之争"。

法雷尔(James T. Farrell)背后的支持者是菲利浦斯和拉夫。在《文学评论札记》(*A Note on Literary Criticism*, 1936)中,法雷尔反思美国左翼文学阵营中的过度政治化、庸俗的机械决定论,将矛头指向美国左翼分子,对他们大肆嘲讽。在他眼中,高尔德是"革命的感伤主义者",要求文学必须简单乃至平庸,将工人和工人作家理想化,提倡非理性的充满汗水气味的诗歌;希克斯是虚伪的宗派主义分子、"机械决定论分子",假定文学必须紧密地、忠实地亦步亦趋于经济,拒不考虑技巧与审美。法雷尔反对把马克思主义的原理机械地套用到文学上。他认为,文学同整个科学文化一样,存在一个无法摆脱的连续性的影响。文化不能先于社会的变化,因为经济基础决定着上层建筑。文化发展的每一个阶段都是无法超越的,无产阶级的文学也必须从历史文化中吸取营养,必须随着社会变革的发展而成长。他批驳要求艺术创作必须服务于政治目的的倾向,主张作家要忠于自己的洞察力,超越党派与权威的禁锢。法雷尔还指出,无产阶级文学包含的四种要素,一是无产阶级文学由一定数量的产业工人所创作,充满生机和创造性;二是作为一种创造性文学,它主要描绘工业无产阶级某个时期的特定经验和他们的生活;三是它通过总结与暗示,强化无产阶级先锋队的观念;四是它主要由无产阶级读者阅读,并从中获得革命教益。② 在《文学与道德》(*Literature and Morality*, 1947)一书中,法雷尔讨论了文学的道德寓意问题,认为现代社会中主要

---

① Vincent B. Leitch, *American Literary Criticism Since the 1930s*, p. 71.
② James T. Farrell, *A Note on Literary Criticism* (New York: Vanguard, 1936), pp. 86-87.

的罪恶根源就在于社会结构本身。因此无论是讨论文学,还是讨论生活,道德判断都是不可避免的。在他看来,文学不是一种行为方式,也不是一种直接引发社会变革的媒介,但现实主义文学却可以帮助人们认识生活环境,开拓新的生活体验。①

法雷尔以左翼文化运动参与者的姿态,从阵营内部发起批判,引发了"法雷尔之争"。他的言论不仅将纽约知识分子群与高尔德等人的矛盾公开化,表现出20世纪30年代美国马克思主义阵营内的严重分歧,也预示着兴盛一时的美国左翼文学的退潮。尽管如此,左翼文学与左翼文学批评的发展将马克思主义带进了美国的文学运动,开始了马克思主义文艺思想本土化的进程。阿伦(Daniel Aaron)在《左翼作家》(*Writers on the Left*, 1961)中以亲历者的身份剖析美国三四十年代左翼文学的发展状况,指出经济萧条无法产生文学激进主义,是美国本土文化中固有的浪漫主义传统催生了激进主义。可以说,左翼文学是立足于美国本土文化的文学运动。

(撰稿人:姚成贺、朱刚)

---

① Charles I. Glicksberg, ed., *American Literary Criticism, 1900–1950*, p. 429.

第四章 英美"新批评"

20世纪的西方文艺批评流派中,当属俄苏形式主义为第一个自成体系的流派;当俄苏形式主义进入鼎盛期时,在欧美出现一股与它极其相似的文学文化思潮,这就是英美"新批评"(Anglo-American New Criticism)。虽然在两种文艺思潮之间并未发现存在直接的联系,但双方的理论主张在许多方面都不谋而合,特别是在对文学形式的追求上,因此批评界常常将双方统称为"形式主义"。俄苏形式主义的影响多在俄国/苏联,所以英美"新批评"就显得更加重要,因为它是20世纪欧美第一个大力倡导形式研究的文艺文化理论,并且形成重大影响。"新批评"肇始于20年代,其势头延续了半个世纪,至今仍然在美国大学中保持着强大的影响力,甚至后结构主义批评的诸多流派中,"新批评"的影子也依稀可见。由于英美"新批评"内在联系紧密,关于美国"新批评"的讨论也会涉及英国的"新批评"理论者。因此,有必要回顾一下20世纪初欧美文学研究的状况。世纪之交的欧美文坛文学实证主义、唯美主义和浪漫主义文学批评占主导地位,主要的批评流派在欧洲有象征主义、意象主义、表现主义、唯美主义,在美国有文学激进派、新人文主义、心理分析及文化历史批评。其主要特点是,欧陆的新潮批评越来越关注文学表现本身,美国文坛则一方面受到欧陆文学思潮的影响,一方面对本国批评现状越来越不满。

象征主义(symbolism)是继浪漫主义、现实主义、自然主义之后兴起的一个诗歌流派。象征主义的文学思潮和创作方法在浪漫主义鼎盛期已经初露端倪,表现在热衷于使用暗示、含蓄等写作手法。象征主义注重表现个人情感,但同浪漫主义不同,他们描写的大多是个人内心的隐秘,采用的方法是对诗歌语言进行革新,对俄苏形式主义者所谓的日常语言进行重新组合,产生出人意料的效果。早期象征主义诗人波德莱尔(Charles Baudelaire)将外部世界理解为"意象的储藏室",认为想象是人类灵魂的统帅,最适于表现诗人内心隐秘和真实的感情;马拉美(Stéphane Mallarmé)同样注重意象的出人意料性,强调想象的创造能力,主张以艺术揭示深邃的意境。① 19世纪90年代早期,象征主义(或作为文学流派的象征主义)解体,但其创作思想和艺术风格一直延续到20世纪,即人们常说的20世纪象征主义诗人。如法国诗人瓦莱里(Paul Valéry)通过进入超验的心灵世界来表达诗人"玄虚的思考和空灵的抒情";爱尔兰诗人叶芝(William Butler Yeats)要凭借想象力"找出那摇曳不定的、引人深思的、有生机的韵律";英国诗人庞德(Ezra Pound)倡导使用意象——"一个想象的旋涡,各种思想不断升沉、穿过其中",主张用精妙的意象"转瞬间呈现给人们一个感情和理智的综合体"。②

表现主义(expressionism)文艺理论主要指意大利美学家克罗齐和英国美学家科林伍德的艺术主张。克罗齐在《美学》(Aesthetic, 1902)中认为,艺术中最重要的是表现和直觉,通过艺术家赋予的艺术形式反映出来,达到他所谓的"外部化"(externalization)。这是艺术家霎时的心灵展现,是艺术家和鉴赏者心灵的沟通,而与作家意图、社会时代、道德标准等毫无关系。克罗齐区分了知识的两种表现形式:逻辑/直觉、理智/想象、共相/个别、概念/形象,为几乎同一时期的俄苏形式主义及后来的英美"新批评"的发展(如文学/科学、文学语言/日常语言、内部研究/外部研究等艺术自主论)做了理论准备。③ 稍晚一些的英国学者科林伍德(Robin George Collingwood)在《艺术原理》(Principles of Art, 1938)中也同样区分了技艺(craft)和艺术(art),认为不具备表现特征的艺术只是技艺,其目的主要是实用性的,而艺术主要不在于它的外在功利性,而在于其自身。因此,艺术的本质就是为表现而表现,就是表现形式,表现的对象是心智中的"情感",而不是外部世界中的实物。

唯美主义(aestheticism)产生于19世纪末,其主张可以用一句话来概括:为艺术而艺术。法国诗人戈蒂耶(Théophile Gautier)反浪漫主义而行之,于19世纪30年代提出艺术的全部价值就是形式美,以"艺术移植"(transposition d'art)的方法再现感官、视觉上的纯粹美,导致艺术向唯美和自然主义的转变。英国作家王尔德认为美是永恒的,不带任何功利色彩和利害关系;艺术是纯粹的,它的作用是创造(make)而不是模仿(copy),因此艺术和现实生活没有直接的关系,它自足自律,生活、自然只是对艺术的模仿;艺术和其他文字形式不同:散文或科学文章

---

① Hazard Adams, ed., *Critical Theory Since Plato* (New York: Harcourt Brace Jovanovich, Inc., 1971), pp. 629–630, 693–694.
② Lionel Trilling, *Literary Criticism: An Introductory Reader* (New York: Holt, Rinehart and Winston, Inc., 1970), pp. 285–306.
③ Hazard Adams, ed., *Critical Theory Since Plato*, pp. 727–735.

依赖于内容来表现真理,而艺术里的真理就是它的形式,所以艺术家应当关注的只能是创造美或美的形式。①

以上世纪之交时的文学主张风行于英国乃至整个欧洲大陆,其影响不但波及美国而且还使它产生了本土的艺术思想。美国建国以后,以波士顿为中心的新英格兰地区因其清教主义和绅士文学传统曾一度成为文化中心。但南北战争后,纽约、芝加哥等城市迅速崛起与波士顿分庭抗礼,那里的青年作家群思想敏锐、观点新潮,向新英格兰文学传统提出挑战。当时的美国文学界分为两派:保守派虽然愿意重新评价新英格兰传统,但仍然以柏拉图、亚里士多德的古希腊文化传统和阿诺德为代表的新古典主义为基础,基本上沿袭了清教和绅士文学这一美国传统。与之相对的是吸收了欧洲大陆哲学思想的"激进派"批评家,他们批评已经日趋落后的美国习俗,一度成为美国文坛的主要声音。但无论是保守派还是激进派谈论的都只是文学的教诲作用,他们对"新批评"的形成并没有直接的影响,即使有某种影响也只能是负面的,反而是受欧陆思潮影响的几位批评家更值得重视。

汉尼克撰写过小说、戏剧、音乐、美学等方面的评论,同时将欧陆的文学思潮引进美国,其影响甚至波及欧洲文坛。他本人并没有提出系统的文学主张,但他对欧洲各种新观念的介绍、对美国保守的文化传统的批评,无疑鼓舞了追求新形式的其他批评家。另一位批评家斯宾加恩 1911 年发表《新批评》一书,虽然在内容上与后来的英美"新批评"并无太大关联,却是第一个使用"New Criticism"这个术语的人,并且在以此为题的讲座中"赋予了这一美学运动以名称及明确的方向"。② 所谓"明确的方向"指的是他同汉尼克一样,积极倡导学习欧陆的文学思潮,尤其对克罗齐感兴趣,强调文学的自足自律,主张对文学作品本身开展有深度的审美批评。门肯是 20 年代美国最有影响力的社会批评家和文学批评家。他尖刻地批评美国人的虚伪市侩、偏见狭隘,推崇尼采的怀疑哲学,文学上则喜新厌旧,倡导尖锐泼辣的批评风格,并且通过文学评论赞扬、扶植了一批同他一样桀骜不驯的作家,如马克·吐温和德莱塞。作为文学史家,早年的布鲁克斯同样也对美国传统文化的保守一面进行猛烈的批评。在《马克·吐温的磨难》(*The Ordeal of Mark Twain*, 1920)中他认为,马克·吐温由于幼年受到卡尔文教的约束

---

① 同上,pp. 673 – 685.
② Williams Spurlin & Michael Fischer. *The New Criticism and Contemporary Literary Theory, Connections and Continuities* (New York & London: Garland Publishing, Inc., 1995), p. 218.

致使他的情感发展受到阻碍,而绅士传统和市民习俗也使他的文学天赋受到压抑。《亨利·詹姆斯的朝圣之旅》(*The Pilgrimage of Henry James*, 1925)则批评了詹姆斯远离本土致使文学创作日渐衰颓。此外,布鲁克斯在分析美国文学天才先天不足、后天难成的原因时,指出除了要有主导性的批评领袖外,还有必要组成"自尊自强的文学团体",这样"一切就都会全然改观"。① 这里布鲁克斯只是泛泛而论,但在这种背景下"新批评"的出现就不难想象了。

总体而言,这一时期欧洲大陆各种文艺新潮已经开启对文学艺术本身的重视,以及对文艺自身规律的追求和探索。而美国文学批评的主流仍然是文化历史批评,即使对文学本质问题有所涉及,在探讨的深度上也远未达到欧陆思潮的程度,所以确实需要一个实实在在的理论突破。

英美"新批评"(以下简称"新批评")的发展势头延续了近半个世纪,批评家一般将"新批评"的理论发展划分为三个阶段:起始(1910—1930),成形(1930—1945),鼎盛(1945—1957)。至于"新批评"产生的确切年份则说法不一。如果以英国美学家休姆为"现代英美文论的第一位推动者",或以美国诗人庞德为"新批评"的"远祖",则"新批评"兴起于1910年代初。如果以英国批评家瑞恰慈、燕卜逊等人的学术活动为起点,则"新批评"开始于20世纪20年代。如果以"新批评"形成系统的理论特征算起,则也有人认为它开始于20世纪30年代后期。② 但休姆、庞德毕竟离"新批评"稍稍远了一些,只能算是理论先驱;瑞恰慈、燕卜逊又明显地过于接近"新批评"(实际上他俩已经属于英国的"新批评"群体),20世纪30年代后期实际上已经接近"新批评"发展的鼎盛,而艾略特则是承上启下的人物,所以我们在这里不妨把他作为"新批评"的第一人。③

艾略特于1917年发表的《传统与个人才能》可以被认作"新批评"的序言。他在其中论述的"个性泯灭论"(extinction of personality)或"非个人化"(depersonalization)理论及其带来的"文本中心"式主张、"客观对应物"(objective correlative)概念,均成为"新批评"理论的基石与核心主张。非个性化和后来"新批评"对"情感谬误"的竭力反对如出一辙,情感/组合的区别也十分近似俄国形式主义及"新批评"所一再坚持的日常语言/文学语言的二元论。如果说在"新批

---

① 盛宁:《二十世纪美国文论》,北京:北京大学出版社,1994年,第39页。
② John Fekete, *The Critical Twilight* (London: Routledge & Kegan Paul, 1977), p. 86.
③ 艾略特生于美国,1927年39岁时加入英国国籍,发表成名之作(如《荒原》)时是美国人,写作成熟之作(如《四个四重奏》)并因此获得诺贝尔文学奖时则是英国人,这样的身份在讨论"新批评"这个英美混合物时尤其合适。

评"的起始阶段,艾略特类似于俄苏形式主义文学分支的什克罗夫斯基(Viktor B. Shklovsky),从文学创作和文学批评实践谈论批评理论,那么与俄苏形式主义语言分支的代表雅各布森(Roman Jakobson)相对应的也许就是英国批评家瑞恰慈。[1] 20世纪20年代,瑞恰慈撰写了多部著作,系统阐发其批评理论,对"新批评"后来的发展产生了巨大的影响。在《文学批评原理》中,瑞恰慈把诗歌语言称为"拟陈述"(pseudo-statement),[2]以区别于指涉清晰的科学语言,这里他的语言观十分接近俄苏形式主义者的语言观;在《实用批评》中,瑞恰慈通过评估学生的实际阅读认为,一般的语言(包括诗歌语言)可以行使四种语言功能:观念(sense)、感情(feeling)、语气(tone)、意图(intention)。在实际语言运用中,可能会由于语言使用情况的不同使以上部分功能得到突出而掩盖其他功能,从而使语言具有四种不同的意义类型。[3] 这自然使人想起俄苏形式主义的"前置/后置"说,以及雅各布森的语言六要素(说话者、受话者、语境、讯息、接触、代码)和六功能(指称、情感、意动、接触、元语言、审美),功能依所突出要素的不同而不同。

30年代之后,"新批评"进入其发展的第二阶段即稳步发展的阶段,另一位重要人物美国批评家泰特(Allen Tate, 1899 – 1979)在《诗歌的张力》(*Tension in Poetry*, 1938)中提出了著名的张力说。泰特想要通过诗歌的一个"简单的性质"入手来概括其"共同的特征",这种企图再次回到俄苏形式主义者的做法,只是泰特没有使用"文学性"这一术语。同形式主义一样,泰特的出发点也只能而且必须是:寻找文学语言和非文学语言的根本区别。同形式主义略有不同的是,泰特并没有明确地指出文学/非文学的最终区别,但其结论已是不言自明:日常语言是"交际语言",其目的只是为了煽情,而不是使之具备形式特征(但是,为了交际效果的最大化,日常语言也同样需要具备某种表达形式,泰特对此避而不谈)。泰特批评了政治诗、社会诗等诗歌形式,称其为"交际诗",陷入了"交际谬误"之中。他崇尚的诗歌形式是17世纪英国的玄学派诗人,因为这种诗歌的特点是词语"表面逻辑性强"并且词语"深层次具备矛盾性"。他以"张力"概括这种诗歌词语的特征:"好诗是内涵和外延被推到极致后产生的意义集合体。""内涵"与"外

---

[1] 雅各布森同样主张研究文学语言的"文学性",将其确定在文学语言的内部规律,排除外部的非文学因素,"在作为美学现象的纯文学语言方面,研究工作的长期中断,主要是来自对科学思想的外来限制,而不是认识过程的内部逻辑造成的"。(罗曼·雅各布森:《序言:诗学科学的探索》,《俄苏形式主义文论选》,北京:中国社会科学出版社,1989年,第4页。)
[2] "pseudo"有几层含义,但这里的意思是"模仿、近似"而非"虚假、欺骗",所以没有使用时下常用的"伪陈述",因为后者带有贬义,这并非是形式主义的原意。
[3] David Lodge, *20th Century Literary Criticism* (London: Longman Group Ltd., 1972), pp. 111 – 120.

延"取自形式逻辑,但泰特的用意略有不同。这里"内涵"(intension)指诗歌"深层次"上的"暗示意义"或"附属于文辞上的感情色彩";"外延"(extension)则指词语"表面"的字面意义或词典意义。唯美主义、象征主义直至早期"新批评"和雅各布森都对诗歌的内涵强调有加,而泰特却同样看重诗歌字面意义的明晰性,即外延,因为缺乏外延的诗晦涩难懂,无法形成字面意义,"张力"的一极因此消失,无法与另一极("内涵")产生冲突,也就无法展现意义的丰富。故而泰特将两词的前缀去除,造出"张力"(tension)一词,既表明含内涵/外延于一身,又十分巧妙地勾勒出泰特所称道的诗性。① 另外值得注意的是,泰特的文学性即"张力"本身已经包含有价值尺度,即"极至"的内涵与外延,而其他新批评家极少有这种主张。② 此外,使用"极致"也说明泰特对诗歌语言/交际语言的区分信心不足,只能用"极致"这个含混的术语划定文学语言的范围,但"极致"是主观性很强的概念,与"新批评"崇尚的科学性相悖。

  这一时期美国"新批评"的关键人物之一是兰色姆(John Crowe Ransom, 1888-1974),不仅因为他给了"新批评"一个特定的称谓而使其具有更加明确的整体形象,③而且他承上启下,为"新批评"下一步的发展打下基础。在《新批评》(*The New Criticism*, 1941)中,兰色姆既肯定了艾略特等人的批评观点,又逐一剔除他们身上的心理主义、道德评判、历史主义,并在最后一章提出"本体批评"取而代之。实际上兰色姆有关"本体批评"的说法在 1934 年在《诗歌:本体论札记》(*Poetry: A Note in Ontology*)中就已经提出,并常常念及它,却从来没有正面地予

---

① "张力"本系物理学词汇,指物体所受各方的拉力;用之于泰特意义上的内涵与外延,则十分恰当地显露出两者间的相互作用及动态平衡。见 Allen Tate, *Collected Essays* (Denver: Alan Swallow, 1959), pp. 75-90;赵毅衡:《新批评——一种独特的形式主义文论》,北京:中国社会科学出版社,1986 年,第 55—58 页。
② 当某种"描述"(description)变成"规定"(prescription)后,所谓的客观性就丧失了,也因此会招致诟病,如泰特就很难确定到底一首诗的"张力"有多大,一首诗的"张力"到了什么程度才算是"好"的作品。同样,俄苏形式主义的"陌生化"如果成了价值评判依据,则"陌生化"不够的作品一概被视为"差"作品,使得俄苏形式主义者很难解释儿童文学和现实主义文学;20 世纪 60 年代的德国接受美学强调"空白",但一旦把作品中的"空白"作为审美标准,也会遇到同样的尴尬。
③ 兰色姆 1941 年出版《新批评》一书,对现在通常被归之于早期新批评家的瑞恰慈、燕卜荪、艾略特等人关于文学性的论述进行了评析。他承认他们属于和前人不同的"新批评",又认为他们的批评都有情感化和道德化之嫌,所以呼吁所谓的"本体批评"。(John Crowe Ransom, *The New Criticism*, Westport: Greenwood Press, 1979, pp. vii-xi)没想到此书一出,"新批评"很快成为兰色姆及其同路人的标识,尽管他们本身并不喜欢这个称谓。

以定义。① 兰色姆对本体批评的界定主要是否定性的,②它追求的不是具体的诗歌内容或意象(physical poetry),也不是单纯地传达意念,而是诗歌本身:"对艺术技法的研究无疑属于批评……高明的批评家不会满足于堆砌一个个零散的技法,因为这些技法预示着一个更大的问题。批评家思考的是为什么诗要通过技法来竭力和散文相区别,它所表达的、同时也是散文所无法表达的东西是什么。"③同俄苏形式主义一样,诗歌在这里等同于技法,本体批评要探讨的就是使文学具有文学性的东西,而文学性就是非散文性。有学者认为,兰色姆的"本体"既指文学作品自成一体,自足自在,又指文学的存在是为了复原人们对本源世界的感知,类似亚里士多德的"模仿说",所以此说在立论上相互矛盾。④ 实际上对兰色姆来说,这种实在论(realism)哲学也许本身并不矛盾:文学所反映的并非客观现实,而是"本原世界"(original world),即客观世界的本体存在,文学的本体和世界的本体在本原上是一致的。⑤ 这也是新批评家们共同的信念:他们与早期俄苏形式主义不同,既拼命维持文学的自足性,维持批评的单纯性,又怀有某种政治抱负,想赋予兰色姆所称的"世界形体"(*The World Body*, 1938)中的文学某种更大的社会责任。

"二战"前后,"新批评"在美国的发展达到了顶峰。此时"新批评"的理论主张(如非个性化、含混、张力、本体批评等)已经定型,《肯庸评论》(*Kenyon Review*)、《南方评论》(*Southern Review*)、《西瓦尼评论》(*Sewanee Review*)等批评期刊连篇刊登具有"新批评"倾向的英美批评家的文章,"新批评"方法和思想也逐渐进入越来越多的美国大学课堂,成为文学批评的一种时尚。这一时期新批评家们对传统批评观念进行了更为彻底的批评,在理论上也达到了新的高度。

在对传统观念的批评上,维姆萨特(William K. Wimsatt)和比尔兹利(Monroe C. Beardsley)对两个"谬误"的评判最为著名。在《意图谬误》("The Intentional Fallacy", 1946)一文中,两人强调作者创作时的意图往往稍纵即逝,有时甚至连作者本人也把握不准,因此不足以作为批评的依据。即使作者意图明确并坚信不

---

① "新批评"的许多概念都是如此,或许这是他们的难处所在:与俄苏形式主义者所面临的情况一样,文学性只适宜于描述而不适宜于定义。当然,后结构主义各家对概念的态度和做法与兰色姆如出一辙,可见将文学批评作为"科学"仍然只是一种设想。
② 《"什么是批评?倒不如问得更简单点:什么不是批评?"》,见 David Lodge, *20th Century Literary Criticism*, p. 235.
③ David Lodge, *20th Century Literary Criticism*, p. 237.
④ 朱立元:《当代西方文艺理论》,上海:华东师范大学出版社,1997年,第106—107页。
⑤ John Crowe Ransom, *The New Criticism*, p. 281.

疑,这个意图也不足取,因为文本始于作者的生活经历,却终于语言文字,其正产品是文本;个人生平和经历可能和作品的形成有关,但和已经形成的作品没有直接的关系。诗歌研究(poetic studies)不等于个人研究(personal studies),因为诗歌是日常事件和经历经过文学技巧重新加工之后的产物。这里日常语言/文学语言二元区分显而易见,与俄苏形式主义的"故事/情节"(story/plot)说也几无二致。《情感谬误》("The Affective Fallacy", 1949)中有一段著名的定义:

> 意图谬误是对诗歌和其起源的混淆,对哲学家来说这是"发生谬误"的特别表现。它始于从诗的心理原因寻找批评的标准,终于传记或相对主义。情感谬误是对诗歌和其效果的混淆。……它始于试图从诗产生的心理效果去寻找批评的标准,终于印象主义和相对主义。意图/情感谬误的后果是,诗歌本身本应成为批评判断的特别对象,现在却消失得无影无踪了。①

他们认为,优秀的作品不是作者个人的情感表达,而是时代的情感表达;表达的不仅仅是某个时代,而是所有时代共有的、永恒不变的人类情感。对他们来说,批评家的任务不是如瑞恰慈般列数对作品的个人情感反应,而是将情感冻结,使之凝结于作品的文字之中。如果说《意图谬误》旨在从文学批评中去除作者的痕迹,《情感谬误》则去除了读者的存在,使批评对象只剩下文本中的白纸黑字,批评家面对的是这个永恒的"精致的瓮",批评实践也得到了纯洁,成了泰特所说的"本体批评"。实际上,此时不论是对意图谬误还是对情感谬误进行评判在"新批评"来说都已不再新鲜,因为几乎从一开始"新批评"的矛头就直指这两个"谬误"(如艾略特的"非个性化"和泰特对"交际诗"的批评)。尽管当时它们主要指19世纪实证主义和浪漫主义批评传统,但到20世纪40年代,大多数文学评论中这两个概念仍然占据着主导,可见它们是传统批评的核心。平心而论,作者生平、传记材料(尤其是作者自传)在文学研究中至今还在起着重要作用。在"新批评"退出批评舞台后,这两个概念仍然流行,如阐释学家赫施(E. D. Hirsch)就坚持作者意图是文本阐释所追求的唯一目标;半个世纪之后,后结构批评家费希(Stanley Fish)甚至扬言:意图谬误本身就是个谬误。然而,经过维姆萨特和比尔兹利的有力批判,后世批评家再也不会轻易使用这两个"谬误"了。

这一时期的另一位美国新批评家是布鲁克斯(Cleanth Brooks, 1906–1994)。他曾是兰色姆的学生,30年代一直编辑"新批评"的重要喉舌《南方评论》,1947

---

① David Lodge, *20th Century Literary Criticism*, p. 345.

年到耶鲁大学任教,使耶鲁成为"新批评"鼎盛时期的中心,"新批评"的细读(close reading)传统也使耶鲁后来成为解构主义在美国的中心。布鲁克斯的影响力实际上几年前就已经显现。在《悖论语言》(The Language of Paradox, 1942)中,他以"悖论"作为诗歌语言的特征,排除了"不存在任何悖论痕迹"的科学语言;同时他依赖"新批评"所特有的文本细读,分析了"悖论"在几首诗歌里的存在。如布鲁克斯最欣赏的邓恩(John Donne, 1572—1631)所写的《圣谥》(Canonization),就把疯狂/理智、世俗/精神、死亡/永生等含义相悖的主题融为一体,使诗余味无穷。① 实际上,布鲁克斯的"悖论"在本质上并不是什么创新:悖论把"已经黯淡的熟悉世界放在了新的光线之下",近似于俄苏形式主义的"陌生化原则";而悖论产生于"内涵和外延都具有重要作用的语言之中",又不禁使人想起泰特的"张力"说。几年之后,布鲁克斯又提出了另一个著名的概念"反讽"(Irony As A Principle of Structure, 1948)。"反讽"作为一种修辞手法,在西方文艺批评中由来已久,已经成了"诗歌的基本原则、思想方式和哲学态度",尽管不同的批评家对什么是反讽见解不一。布鲁克斯首先认为现代诗歌技法可以完全归之于"对暗喻的重新发现及完全依赖",而暗喻或反讽"几乎是显示诗歌重要整体唯一可以使用的术语",这与俄苏形式主义追求文学性的做法十分相似。布鲁克斯对反讽的定义是:语境的外部压力加上语言内部自身的压力,使诗歌意义在新的层面上达到动态平衡。② 这里,泰特的"张力说"甚至布鲁克斯本人的"悖论说"都展露无遗。此外,布鲁克斯认为反讽在现代西方诗歌中表现得最为彻底,因为诗歌语言到了现代已经过于陈腐,急需重新振兴方能传情达意。这里不仅体现出俄苏形式主义一味求"新"的"陌生化"原则,而且同泰特对待"张力"一样,布鲁克斯使"反讽"超出了对诗歌语言的一般描述,变成了诗歌本身质量高低的价值判断。需要说明的是,布鲁克斯的两个概念"悖论"和"反讽"意义相近但又不完全相同。"悖论"指"表面荒谬实际真实"的陈述,"反讽"则指"字面意义和隐含意义之间相互对立";即"悖论是似是而非,反讽是口是心非"③。但是布鲁克斯在使用这两个术语时常常相互等同,只是有时把反讽归入悖论的一部分。

另一位颇具影响力的"耶鲁团体"(Yale Group)新批评家是捷克裔学者韦勒克(René Wellek, 1903—1995)。韦勒克是最早接触形式主义的英美批评家。20世

---

① David Lodge, *20th Century Literary Criticism*, pp. 300—302.
② Hazard Adams, ed., *Critical Theory Since Plato*, pp. 1041—1048.
③ 赵毅衡:《新批评——一种独特的形式主义文论》,第185—187页。

纪20年代初期他在布拉格求学,30年代积极介入带有形式主义色彩的布拉格语言学派的学术活动。与上述新批评家不同,韦勒克没有提出过特别的"新批评"阅读理论,也没有创造"新批评"术语,而是"新批评"理论的集大成者。他和沃伦(Austin Warren, 1899 – 1986)合著的《文学理论》(*Theory of Literature*, 1949)可以说是在"新批评"发展的顶峰期对"新批评"文学主张所做的最为完善的理论总结,并且作为美国大学文学课的读本,影响一直延续至今。他从50年代起花费30年时间撰写鸿篇巨制《现代批评史》(*A History of Modern Criticism: 1750 – 1950*),1986年出齐。虽然此书资料翔实、旁征博引、气势宏伟,但"新批评"在此期间已经从巅峰迅速跌入低谷,因此这部"新批评"式文学批评史的影响也江河日下。韦勒克的文学批评视野比大多数新批评家宽,他本人也认为自己不属于"新批评"派,但在"新批评"从鼎盛到衰落的十年间,他可以说是其核心人物。在《文学理论》中,他提出了著名的内部研究/外部研究说,力主把文学作品最为独立自在的对象加以对待,把批评的注意力集中在作品的审美结构上,而不是把文学附属在其他学科之下。他深受斯拉夫同事们的影响:同姆卡洛夫斯基(Jan Mukarovsky)、雅各布森(Roman Jakobson)一样,他把文学作品看作一套符号体系,致力于研究该体系中各个成分之间的相互关系;和波兰现象学家英伽顿(Roman Ingarden)一样,他在《文学理论》中着力描述了文学作品的本体存在模式,被称为"'新批评'的哲学基础"[①]。或者由于《文学理论》一书的影响过大,或者由于"新批评"消失得太快,或者由于曲高和寡,《现代批评史》并没有得到应有的承认。但这套巨著最系统地反映了"新批评"理论,最完整地表现了韦勒克的文学史观,也是"新批评"方法在批评史论中的成功尝试(除了性别和族裔文学理论外,其他现当代西方批评理论尚未做过类似的尝试)。韦勒克还是"新批评"最忠实的辩护人,直至晚年还在不遗余力地为之争辩。在80年代发表的《"新批评":拥护与反对》("The New Criticism: Pro and Contra")中,他历数了后世批评家对"新批评"的不实之词,感叹道:"我简直不知道现在的评论家们究竟有没有读过新批评家们写的东西。"[②]韦勒克的批评也许有一定的道理,受后结构理论影响的当代人一说起"新批评"便急于去否定它,真正研读"新批评"学说的人并不多。布鲁克斯去世前不久(1993),在一次采访中也批评了当代学者学术研究的

[①] Irena R. Makaryk, ed., *Encyclopedia of Contemporary Literary Theory* (Toronto: University of Toronto Press, 1993), p. 485.

[②] René, Wellek & Austin Warren, *The Attack on Literature* (Chapel Hill: University of North Carolina Press, 1982), pp. 87 – 103.

浮躁，因为他们为了批评的便利，常常把"新批评"当成一种会刻板地生产"正确"意义的"运转自如的机器"，把新批评家的某些论述孤立出来断章取义，或用当代的观念如"种族""性别""文化"来反衬"新批评"的"狭隘"①。

韦勒克和布鲁克斯为"新批评"所做的辩护大多只是他们本人的一面之词，但是他们的一点说法值得注意：与同时代的俄苏形式主义一样，美国的"新批评"并不是一味排除历史或社会因素，而是主张文学反映论，相信"词语指向外部世界"，诗歌"面对的是现实的图景"，"文本不是与外部世界毫无关系的某种神圣之物"。这些表述里自然有自我开脱的因素，而且他们所举的例子并不足以让人信服"新批评"具有"历史的想象力"，如艾略特虽然要汲取"过去中的精华"，但这里的"过去"只是文学的传统，"非个性化"的要旨正是切断作品和现实的联系。

但韦勒克和布鲁克斯的话也不是完全没有道理。"新批评"一开始就和早期的俄苏形式主义有所不同，不愿意将文学和现实世界完全割裂开。实际上"新批评"乃至形式主义文学主张的产生本身就是一部分艺术家对现实政治的反应：法国诗人戈蒂耶倡导"为艺术而艺术"以对抗浪漫主义和七月王朝的妥协，英法唯美主义者曾积极介入过1848年的欧洲革命，19世纪90年代英国唯美主义、象征主义者（如王尔德、叶芝）也大部分是非英格兰的"少数族裔"，直至当代的法国结构主义、后结构主义者们也有很多是60年代学生运动的积极参与者。"新批评"也是如此，只是他们的政治立场大多明显地偏向保守主义。休姆怀有"原罪说"的宗教观，艾略特信奉宗教救世思想，维姆萨特是罗马天主教徒，而兰色姆和他的三个学生泰特、布鲁克斯、沃伦等"南方批评派"（the Southern Critics）则代表了"南方重农主义"（South Agrarianism），缅怀封建色彩很强的美国南方文化传统，反对由北方大工业生产所代表的资本主义和科学主义，试图以某种明确无误的信仰准则作为伦理道德的依靠，用以保持生活秩序和社会经验的完整，保持人性的完整。② 新批评家们认为，工业文明的过度发展导致人的异化，人对世界的感知变得麻木迟钝，因此诗的作用就是"恢复事物的事物性"。这个主张和俄苏形式主义的"感觉更新原则"如出一辙，不同的是"新批评"始终关注文学的功利作用，因此对俄苏形式主义者"并无任何同情"③。正因为如此，新批评家们并不像

---

① Williams Spurlin & Michael Fischer, *The New Criticism and Contemporary Literary Theory, Connections and Continuities*, pp. 374–382.
② 赵毅衡：《新批评——一种独特的形式主义文论》，第196—200页。
③ René Wellek & Austin Warren, *The Attack on Literature* (Chapel Hill: University of North Carolina Press, 1982), p. 96.

有些人所说的那样"关起门来的美学家,替国家政权培养听话的公民"。有些左派批评家甚至认为"新批评"的政治倾向性过于外露,功利性过于突出:"那些南方文人们如果更忠实于他们本来的农业文明观,会更好地履行社会责任。"[①]

从这个意义上说,"新批评"的"细读法"就不单单只是一种文本研读方法,而包含了一种认识论,表明"一战"后英美知识分子对社会现状的思考。但是"新批评"的认识论并不会立刻变成知识界普遍的共识,如布鲁克斯在40年代初还抱怨"新批评"只在南方小学校流行,"在大学中毫无影响可言"[②]。但到了"二战"后,"新批评"却几乎统治了美国大学的文学系,在那里似乎当代批评理论只有"新批评"一家。"二战"以后,美国的资本主义消费文化发展迅速,南方农业主义的残存影响迅速萎缩,"新批评"何以反而大行其道呢?英国批评家伊格尔顿分析了个中原委。"新批评"强调"细读"法,借此确立了文学的自主身份,使文学第一次成为可供消费的商品,顺应了资本主义商业文化的发展。"新批评"这个商品在美国大学里寻到了最好的市场,因为它提供了一套文本阐释方法,这些文本细读策略易于操作,十分适于大学文学课的课堂教学,这是"新批评"影响依旧的最重要原因。此外,"二战"后东西方进入冷战阶段,具有自由思想的文人们本来就对冷战思维持怀疑态度,"新批评"那种孤芳自赏、不愿同流合污的清高态度十分符合此时不少文化人的心态。[③] 伊格尔顿说这些话时口气有些调侃,但颇有几分道理,因为"新批评"最终寿终正寝是在60年代后半期,此时的知识界动荡最甚,知识分子追求的是积极入世的人生态度。

"新批评"统治了西方批评界达半个世纪,尽管消亡得似乎太快(有人称之为"盛极而衰"),但也有学者认为"它看上去似乎已经没有影响,只是因为这种影响无处不在以至于我们通常都意识不到",所以与其说是"消亡"倒不如说是"规范化的永恒"。[④] 布鲁克斯直到20世纪80年代还在美国各大学巡回演讲,宣传"新批评",可见追随者不乏其人:"凡是不想'趋赶时髦文论'的教授,在授课时自觉

---

① Mark Royden Winchell, *Cleanth Brooks and the Rise of Modern Criticism* (Charlottesville & London: University Press of Virginia, 1996), pp. 361–363.
② 赵毅衡:《新批评——一种独特的形式主义文论》,第14页;Ann Jefferson & David Robey eds. *Modern Literary Theory—A Comparative Introduction* (New Jersey: Barnes & Noble Books, 1986), pp. 73, 81.
③ Terry Eagleton, *Literary Theory, An Introduction* (Minneapolis: University of Minnesota Press, 1985), pp. 44–50.
④ Vincent B. Leitch, *American Literary Criticism, from the 30s to the 80s*, p. 26.

或不自觉地采用的还是新批评方法,尤其是它的细读法。"① 这其中除了以上几个原因之外,和"新批评"本身的特点也有关系,这就是所谓的"新批评精神"。首先,同俄苏形式主义一样,"新批评"从一开始就致力于寻找文学的本质,给文学以独立的本体身份。其次,"新批评"并非人们误以为的那样,采用科学主义的方法,以客观、具体、可实证为依据,建立系统的阅读理论和思辨方式。相反,"新批评"正是要同"中立的科学主义"展开"勇敢的战斗",②因为裁决艺术品质的优劣始终是批评无法回避的职责。"倘若屈从于中立的科学主义,超然的相对主义,或者听任由于政治灌输而要求的强加于人的外来规范,人文科学就会放弃其在社会上的功能。"③此外,"新批评"提供了一整套文本分析的策略和方法,尤其是文本细读,"新批评"之后,尚没有哪家批评理论可以摆脱细读的影响,从这个意义上说,"无论我们喜欢与否,我们今天都是新批评派"。④ 正因为如此,韦勒克在80年代仍然认为:"'新批评'的大多数说法还是站得住脚的,并且只要人们还思考文学和诗歌的性质和作用,'新批评'的说法就会继续有效。……'新批评'阐明了或再次肯定了许多基本真理,未来一定会回到这些真理上去,对此我深信不疑。"⑤

(撰稿人:朱刚)

---

① 赵毅衡:《新批评——一种独特的形式主义文论》,第214页。
② 韦勒克:《近代文学批评史》(第六卷),杨自伍译,上海译文出版社,2009年,第280页。
③ 同上。
④ 赵毅衡:《新批评——一种独特的形式主义文论》,第214页。
⑤ René Wellek & Austin Warren, *The Attack on Literature*, pp. 87, 102.

第五章 结构主义和解构主义文学批评

结构主义与解构主义是硬币的两面,既相互对立也相辅相成,借用钱锺书在《管锥编》中描述词语的"多意并存"时所言:两者在逻辑上既"背出分训","相违亦相仇";同时也可以"并行分训",在传承关系上实乃"同时合训"。斯科尔斯在谈论结构主义时指出,结构主义是一种社会思潮,带有一定的意识形态含意。从它与浪漫主义诗歌理论的关系、与当代小说发展的关系,可以洞观人类情感、人类行为、两性关系结构,进而可以为人类思维、人类活动提供启示。如果把人视为一个可知、有序系统的一部分,则"结构主义思维当有助于我们的未来生活,这样我们才能真正地在未来继续生活下去。这一任务,这一伟大任务……将在文学系统中产生变化。只要人类会延续下去,新的形式将会出现,也必须出现"。[①]这种对结构主义的认识,与结构主义产生的时代比较吻合;但是如果将其置于20世纪60年代那个"激情燃烧"的岁月,那个渴望颠覆任何"可知、有序系统"的时代,结构主义思维就会遇到挑战。那时的西方生活现实无法继续容忍结构主义的保守倾向,结构主义理论本身隐含的自我颠覆性最终导致解构主义批评理论的滥觞。通过对结构主义以及其他哲学流派时批评,德里达发展了一种解构的批评方法。解构主义从语言学立场出发,使批评家将目光从作品的意义及其内涵或价值,转向意义之所以产生的结构,对结构主义的一些基本概念重新加以解释。

第一节 结构主义文学批评

英文"结构"(structure)一词来自拉丁文"*truere*"的过去分词"*structum*",意指"归纳在一起"或"使有序",希腊文后缀"-ism"将其提升为一种抽象概念。结构主义是一个哲学概念,指人文或者社会科学所研究的客体呈现出的关系性而非

---

① Robert Scholes, *Structuralism in Literature: An Introduction* (New Haven and London: Yale University Press, 1975), p. 200.

数量性状态,以及对这种状态的思考。由此产生出一种批评方法,研究构成这些客体的各组关系(或结构),揭示由这些关系所构成的结构,进而辨析由相似的客体组成的集合体,以及其成员间在结构上如何相互转换。这些集合体共同组成相关学科的研究领域,由此构成的结构主义可以说是现代批评的分水岭。作为一种广泛的思维方式上的革命,[①]结构主义思维使得文学、文化等领域的研究方法发生重大转向,使得传统的"人文学科"(humanities)研究转变为"人际关系"甚至"人的科学"(human sciences)的研究,并使自俄苏形式主义和英美"新批评"以来孜孜以求的人文研究科学化扎扎实实地向前迈进了一步。

从其哲学定义出发,作为一种思维方式的结构主义其萌芽早已有之。两千年前亚里士多德的《诗艺》就可以认为是对文学作品结构的阐释,霍克斯也以18世纪意大利思想家维科(Giambattista Vico)及其《新科学》(Scienza Nuova, 1721)为近代结构主义的代表。当代的结构主义则主要指以列维-斯特劳斯(Claude Lévi-Strauss)、热耐特(Gérard Genette)、阿尔都塞、拉康、皮亚杰(Jean Piaget)、巴特(Roland Barthes)、格雷马斯(Algirdas J. Greimas)等理论家为首的法国结构主义,但是结构主义理论的代表至少还应包括俄国的雅各布森、巴赫金,以及美国学者皮尔斯(Charles Sanders Peirce)、萨皮尔(Edward Sapir)、乔姆斯基(Noam Chomsky)。20世纪前,语言研究的对象是语言文字,讨论的是不同语言的历史演变、相互异同,特别是它们的实际使用,即这里的语言是"复数"的语言,意指一个个具体的语言表达,因此只能算"语文学"(philology),而不是今天我们说的"语言学"(linguistics),后者是一门独立的学科。这种语言文字研究比较简单、透明、封闭,看重实地语言资料的搜集,尽管貌似供语言研究者思考的自足对象,实际上却是思维的产物或附属物。20世纪人们对语言的认识发生了质的变化:语言学问题归根到底是哲学问题,探讨的是语言和意义的本质;语言不再是思维的产物,而是思维的前提,是思维得以存在的基础,并在很大程度上控制甚至决定着人们如何思维。造成这个语言观发生巨变的人当数被尊为结构主义语言观之父的瑞士语言学家索绪尔(Ferdinand de Saussure, 1857 – 1913)。

索绪尔学习的是印欧语言,专攻梵文及与梵文相关的语言,15岁即通法、

---

① 霍克斯在指出有关结构的定义(完整、转换、自我调节)之后,也指出:"结构主义根本上是对世界的一种思维方式,主要关注结构概念并对此加以描述。"(Terence Hawkes, *Structuralism and Semiotics*, Berkeley & Los Angles: University of California Press, 1977, pp. 15 – 77.)

德、英、拉丁、希腊等语言，写了《论语言》一文，试图从他所熟悉的几种语言的语音样式里提取某些语言共性，但是被老师斥之为"不知天高地厚"。21岁时，他发表论文《论印欧语系词根元音体系》，意识到其实他关注的是"一切元音的系统"，这里结构主义倾向更加明显。尽管此文颇受好评，且他的相关研究不断深入，但此后索绪尔极少发表论著。晚年，他在日内瓦大学开设"普通语言学"讲座，结构主义思想和方法日趋完善。1916年索绪尔去世三年之后，他的两位学生以他的名义发表论著《普通语言学教程》(Course in General Linguistics, 1916)。这部著作很快被一些理论家接受，首部英译本出现于1959年，对当代结构主义的兴起起到极大作用。它由编者收集曾聆听过索绪尔讲座的一些学生的课堂笔记整理而成，虽然此书非索绪尔亲笔，导致观念的权威性受到怀疑，但是学者们一般相信它是"结构主义基本原则的最佳入门"。①

《普通语言学教程》的核心是三大观念：语言的任意性、关系性、系统性。索绪尔之前的语言观，一般将语言作为"指称过程"(naming process)，认为语言和现实具有一一对应的联系，后者的存在导致前者的出现，前者是对后者的忠实表述。也就是说，语言现象是物质世界的机械反映，语言变化取决于客观现实物的变化。索绪尔首先在理论上切断语言符号和物质世界的联系。他把语言或声音符号称为"能指"(signifier)，把由此所引发(或与此相对应)的概念称为"所指"(signified)，把客观世界中的对应物称为"指涉"(reference)。这里的关键是，"能指"对应于"所指"，却与传统语言观所重视的客观对应物("指涉")无关。"所指"在这里指的是"能指"在大脑中所唤起的概念或引发的联想，与现实物体没有必然的联系。这一点不难理解：同一个指涉(如"电视")对不同的人群会产生不尽相同的观念(所指)，在不同语言里更有不同的表达方式(能指)，所以索绪尔提出"语言符号具有任意性"。既然语言符号和外界的联系因地域、文化、族群的不同而变化，则研究语言本身的性质就必须排除附加在语言身上的这些变化不定的东西("指涉")，而把注意力专注于语言的能指/所指，因为后者才是稳定不变的，

---

① John Sturrock, *Structuralism* (London: Paladin Grafton Books, 1986), p. 4.《普通语言学教程》由聆听索绪尔课程的巴利(Charles Bally)和薛施蔼(Albert Sechehaye)编写；值得指出的是，1996年人们在翻修索绪尔旧宅时发现大量索绪尔遗留的手稿，由于是索绪尔留下的第一手研究资料而引起世界范围的关注。

对"科学"而言,其研究对象必须是明确不变的。①

但是,语言符号的任意性并不意味着人们可以随心所欲地选择能指,而是要遵从语言内部的一套"游戏规则"。这里索绪尔提出"语言(langue)/言语(parole)"的区别。言语指社会成员对语言的个体使用,而语言则是言语活动的社会部分,是社会为个人行使言语机能而采用的规约,得到社会成员的一致认可:"它是由每一个社会成员通过积极的言语使用而积累起来的储藏室,是每一个大脑,或者更确切地说每一群人的大脑里潜在的语法系统。任何个人语言都不完整,集体语言方才完满。"②虽然在这里语言/言语互为前提且联系密切,但索绪尔认为并不是所有的语言现象都是语言学研究的对象。他把后者严格地限定在语言本身,理由是语言有稳固的结构性质,可以通过语言要素的相互关系认识语言现象的整体。由此可见,索绪尔不自主地使用了现象学方法,通过"括号法"先后把物质世界和语言的个体使用"存而不论",只剩下意向性行为的语言客体本身,其能指/所指在此意义上也可以看作索绪尔得出的有关语言符号的"本质"。

既然语言的意义和语言外部环境没有关系,它只能产生于语言内部,索绪尔的解释是语言意义产生于语言单位的相互作用,即它们各自在语言系统里的特殊位置,这些位置各不相同,语言意义便产生于这些"差异"的相互制约之中。索绪尔十分重视语言差异的作用。他认为语言先于思维,有意义的思维必然依赖语言才能成型,没有语言的思维只能呈混沌状态,经语言的梳理方变得清晰有序,梳理的方式便是产生、安排差异,"在语言中,或在任何符号系统中,一个符号与其他符号的区别构成这个符号本身"。③ 从这个意义上说,"语言里只有差异存在"。索绪尔的差异论是其结构主义思想的基石。它把语言学的研究重心拉

---

① 索绪尔首先确定了特定的研究对象,从而使他的语言研究带有明显的现代科学的烙印;但他只是受到科学发展的影响,如他的很多同代人一样,如什克罗夫斯基和弗洛伊德,都是把研究对象从附加成分中剥离出来,才得以更加"科学"地研究文学形式和人的"心理"并取得突破。在某种意义上,20世纪欧美文艺批评理论的发展,深受20世纪科学思潮的影响。
② 索绪尔喜欢的一个比喻是"下棋":"(单个棋子的)价值首先决定于不变的规则,这些走棋的规律在下棋之前已经存在,下完每一着棋后还继续存在。语言也有这种一经承认就永远存在的规则,这些原则是符号学永恒的原则。"
③ 这里"象棋"的比喻仍然可以说明问题:"棋子的各自价值由它们在棋盘上的位置决定,同样,在语言里,每项语言要素都由于它同其他各项要素对立才具有它的价值。"

回到语言符号本身,从差异出发建立起二元对立,在这个基础上产生出结构观①,更加重要的是,结构主义的后续发展(解构主义)就是从索绪尔的差异论伸展开的。

索绪尔的一组重要的二元对立概念是"历时态/共时态"(diachrony/synchrony),即俗称的"时间/空间"轴:

> 共时语言学关注的是逻辑和心理关系,这些关系将现时存在的要素连接在一起,在说话者的集体意识里形成系统。相反,历时语言学研究的是依顺序发生的要素间的关系,这些关系没有出现在集体意识中,相互替代却形成不了系统。②

传统语言研究遵循的是历时轴,探讨语言现象在历史发展过程中的演变及一系列改变语言的事件,积累下庞杂的语言资料;这种研究方法对研究语言的发生和演变很有用,却很难形成关于语言的整体理论。索绪尔提倡共时研究方法,即抛开孤立的语言现象,在语言的历史横截面上研究语言本身的运作规律。尽管索绪尔并不排除历时语言学的意义,但是共时态才真正符合结构主义认识论,因为任何结构都需要一个相对稳定的系统,其各要素必须同时存在才能共同架构起系统的框架,解构主义也正是从结构要素的"缺损"入手破结构主义神话的。③

索绪尔语言学理论的思想和原则很快传播开来,被广泛地应用到文学、人类学、社会学、心理学和文化研究等几乎所有的人文和社会学科的研究中,出现了以人类学家列维-斯特劳斯为代表的结构主义人类学,以托多洛夫(Tzvetan Todorov)、热奈特、格雷马斯等为代表的叙事学(narratology),以拉康(Jacques Lacan)为代表的结构主义心理分析,以阿尔都塞为代表的结构主义马克思主义,巴特的文学文化批评研究也深受结构主义影响。

20世纪60年代中期,美国批评界开始关注结构主义。美国结构主义批评的重要论著包括詹明信的《语言的牢笼》、斯科尔斯的《文学中的结构主义》、卡勒的《结构主义诗学》等。

---

① "语言的整个机制……就建立在这种对立之上。"虽然索绪尔一直用的是"对立"(opposition),也没有提及"结构"(structure)一词,但是后期结构主义的二元对立观显然建立在对立概念之上。

② Ferdinand de Saussure, *Course in General Linguistics,* ed. by Charles Bally, trans., intro. & notes by Wade Baskin (New York: McGraw-Hill Book Company, 1966), pp. 98 – 99.

③ 以上各段引文见 Ferdinand de Saussure, *Course in General Linguistics*, pp. 13 – 14, 65 – 71, 88, 120 – 121.

斯科尔斯(Robert Scholes)的《文学中的结构主义：引论》(*Structuralism in Literature: An Introduction*, 1974)分析的重点是文学，主要是叙述体文学，兼顾诗歌和戏剧。结构主义作为一种新的思潮和方法，要在个体事物之间的关系（而非个体事物）中探求现实；延伸到文学，它力图建立一种文学系统模式，为其研究的个体作品提供外在参照。从研究语言转入研究文学，通过确定构成小到单个作品之间、大到整个文学领域中所有作品之间关系的结构原则，结构主义要为文学研究建立一个尽可能科学的基础。斯科尔斯分析了结构主义在诗歌、戏剧和小说研究中的作用。对诗歌来说，结构主义理论具有间接的"教育作用"：它"可以使我们对诗歌话语及它与其他形式话语间的关系有清楚的认识，可以完善我们的描述语汇、提高我们对语言过程的认识。由于它旨在描述诗歌可能性的方方面面，因而可以为我们提供所能找到的最好框架，以促进我们对实际诗歌文本的理解……建立新的语文学与新的文学史。在分析具体文学文本的过程中，可以让我们敏锐觉察到整个诗歌过程的交流特征"。① 而对戏剧来说，虽然结构主义无法为具体戏剧情景做恰当描述，但确实可以充当一种结构框架来帮助我们理解戏剧艺术的表现形式。

斯科尔斯用大量笔墨论述了结构主义在小说研究（叙事研究）方面的作用。在提出建立小说诗学(poetics of fiction)的必要性之后，他从体裁(genre)角度建立起一套由讽刺——历史——罗曼司为基础的小说诗学模式，较晚出现的长篇小说居于历史两侧，即讽刺体小说和罗曼司体小说，前者又包括流浪汉小说形式和喜剧形式，后者则包括悲剧与感伤小说形式，它们共同构成如下所示的完整的小说诗学模式：

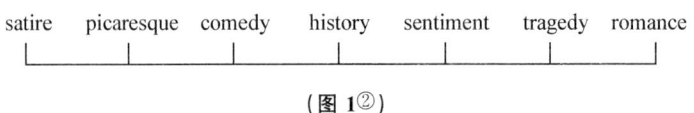

（图1②）

斯科尔斯将以上体裁模式加以变化，同时考虑到长篇小说，得出一个倒金字塔模式(图2)，进而推演出他心目中的近现代小说发展历史的"结构"模式(图3)：

---

① Robert Scholes, *Structuralism in Literature: An Introduction*, p. 40.
② 斯科尔斯小说模式中所用的"悲剧""喜剧"等术语不是传统习惯意义上的故事形式，而意指"小说世界的性质"，所以小说结局时人物是死亡还是联姻并不重要，重要的是死亡或联姻所隐含的世界观或人生理想。见《文学中的结构主义》第133页。图1和以下图2、图3分别见《文学中的结构主义》第133页、135页、137页。

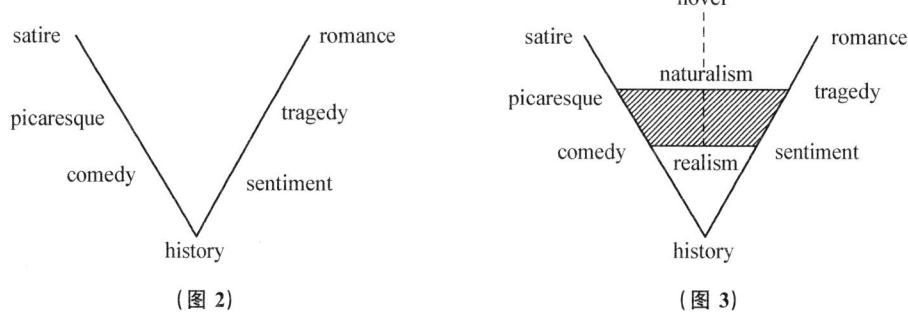

（图 2）　　　　　　　　　（图 3）

结构主义在语言学研究上的优点与缺陷在文学理论中都有所反映——譬如结构主义语言学在描述语言时对语义因素扮演的角色语焉不详，结构主义文学批评也相应地缺乏对文学"意义"与"内容"的关注。结构主义在建立宏观的文学系统方面确实做出突出贡献，但作为文学批评理论，它终须面对具体文本解读的问题，"要提炼出令人满意的办法，将文本的语义层次纳入对文本结构的考虑中"。斯科尔斯指出，我们还是可以找到成功的例子，如巴特从符码角度对巴尔扎克的《萨拉辛》(Sarrasine)的解读，以及热奈特从修辞角度对普鲁斯特（Marcel Proust）的《追忆似水年华》(Remembrance of Things Past)的阐释。

第二节　解构主义文学批评

20 世纪 60 年代是左翼社会思潮大爆发的时代，法国思想界空前活跃。西方生活现实无法继续容忍结构主义的保守倾向，结构主义理论本身隐含的自我颠覆性便得到凸显，最终导致解构主义批评理论的滥觞。当时，福柯、德律兹、巴特等都是人们熟悉的理论家，他们学说中的"解构"思维已经非常明确，尽管并未使用这一术语。如巴特的阅读愉悦说，阅读式/写作式文本，克里斯蒂娃（Julia Kristeva）的互文性理论（intertextuality），都与当时流行于欧美批评界的读者批评理论存在相通之处，只是其中的游戏性、不定性、随意性更强，解构意味也更浓，如巴特笔下的"读者"是他的五大阅读代码的化身，《S/Z》也是结构主义和解构主义的混合体。①

1966 年 10 月，约翰斯·霍普金斯大学人文科学研究中心举办了一次大型专

---

① Jean Duffy, *Structuralism: Theory and Practice* (Somerset: Castle Cary Press, 1992), pp. 63 - 64.

题学术研讨会,专门讨论结构主义。德里达(Jacques Derrida, 1930–2004)向大会提交的论文《结构、符号与人文科学话语中的游戏》("Structure, Sign and the Play in the Discourse of the Human Science")对结构主义直至整个西方哲学及传统展开"掘墙根式"的批判,点燃了解构主义的燎原之火。他指出,结构概念和西方哲学、科学一样古老。结构总要有一个中心的"在场"(presence),以限制结构内部由索绪尔所说的由差异造成的自由游戏,保证结构的平稳;但是这个中心虽然属于结构,却必须凌驾于结构内一切其他因素之上,不受结构运转规则的限制,否则就无法"统领"所有的结构因素。既然结构中心处于结构之外,很快就会因脱离结构因素而枯竭,造成结构的瓦解。①

此后,德里达又连续出版了《论书写》(*Of Grammatology*, 1967)、《书写与差异》(*Writing and Difference*, 1967)、《言语与现象》(*Speech and Phenomena*, 1967)和《播撒》(*Dissemination*, 1972)等一系列著作,对结构主义、胡塞尔现象学、心理分析、言语—行为理论等等逐一检视,将解构主义思想推向深入。德里达指出,西方科学、哲学一直以来以结构观念为基础,结构被赋予一个中心,它构成、平衡、统辖该结构,使结构成为可能("在场");但由于它同时又游离于结构之外,不受结构性(structurality)的约束。既然"在场"的"中心"已然缺失,"中心""起源"无非神话;中心无存,一切成为话语——成为根本就不存在中心能指、初始能指或曰超验能指的系统。消解了唯一的中心与本源之后,德里达对西方强调"在场"的形而上学发起攻击,颠覆了以"语音中心论"(phonocentrism)为代表的逻各斯中心主义二元对立式的高下等级秩序,代之以难辨先后、主次、优劣的"补替"关系(supplement)。他进而以"延异"(différance)与"播撒"(dissemination)描述超验能指迷失后的状态:语言成了差异与延缓的无止境游戏,意义无法以直线方式传达,而是像撒种子一样"这里撒一点,那里撒一点";②找不到纯粹、绝对、本真的中心或者意义,解读犹如永远地"在路上"——没有起源,亦没有终点,只有多元的发现与无尽的可能,且每一种解读都是不完整、不确定的。六七十年代的德里达挥斥方遒,试图把西方哲学自柏拉图和亚里士多德到黑格尔和列维-斯特劳斯的形而上学传统推下悬崖,为20世纪下半叶带来一场轰轰烈烈的思想革命。

---

① 德里达的解释是形而上的,是在思辨意义上对结构做出的本体哲学思考,所以并不为大多数人所理解,这在他的发言后与会者的提问中可以看出。即使在今天,理解德里达也需要我们首先站在这样的立场,然后再从其他立场出发对他的立场进行"批判"。
② 参见《播撒》的英译本"译者前言"。Jacques Derrida, *Dissemination* (Chicago: Chicago University Press, 1981), p. 32.

德里达以解构主义哲学重新诠释索绪尔语言学的"差异"说,认为不仅语言符号与客观事物之间存在差异,而且语言符号本身的能指和所指也非索绪尔所说的相互对应关系。一个能指(如 cat)之所以能在大脑中引出一个有关"猫"的概念,并不因为有一个和它固定对应的先在所指,而是因为由"cat"发出了一系列和它相联又相异的其他能指(即 cat 的意义在于它不同于 rat,mat……)。换言之,一个能指所涵盖的(即所指)其实是无数与它有差异的其他能指,这些差异组成一个个意义的"痕迹"(traces),积淀在这个能指之中,使它具有无数潜在的歧义,造成意义的不断延宕变化。① 既然语言符号对应的所指实际上是一个虚拟的存在,文本的明确意义实际上呈现漫无边际的"播撒"状态,结构主义赖以产生意义的深层结构也就不复存在。②

德里达的解构目标当然不仅仅是结构主义,而是结构主义所代表的西方文化传统。他认为,这个传统的思维方式是预设一个"终极能指",由此出发设定一系列二元对立范畴(正确/谬误、精神/物质、主体/客体,等等),其中的前一项对后一项占统治地位,形成西方文化特有的"逻各斯中心主义"(logocentrism),作为意义自明的纯粹工具来维护思想的纯洁和正统。因此,结构主义才把能指归于经验的、物质的、历时的,而把所指归于精神的、超验的、共时的。因此,以索绪尔为代表的结构主义思维和西方形而上逻辑观一样,都是巩固西方传统的工具,本身并不具有任何先在的意义。③

有学者对结构主义和解构主义的宇宙观做了如下的比较:

解构主义	结构主义
无绝对权威或中心	崇尚神或逻各斯
无预定设计,不停变化	永恒不变,皆神与理性的预定设计
无序,轨迹运动	有序,真善美的运转
宇宙不可全知,无绝对真理	神全能全知,赐理性,人可用来掌握世界
歧异丛生,相互补充相互转换	二元对立

---

① 德里达造出一个词语 différance。它来自法文 difference,意思是"差别"(differ)加"延宕"(defer),德里达"以此表明新词具有更加主动的意味"。(Peter Caws, *Structuralism, A Philosophy for the Human Sciences*, New Jersey: Humanities Press, 1990, p. 161.)
② Jacques Derrida, *Théorie d'ensemble,* Editions Seuil (In Rivkin & Ryan, 1968), pp. 385–390.
③ Jacques Derrida, *Of Grammatology*, trans. Gayatri Chakravorty Spivak(Baltimore & London: The Johns Hopkins University Press, 1976), pp. 10–18.

无等级的多元世界　　　　　一元主导下的等级多元世界①

解构主义虽然力图打破西方传统中的"天"的结构（打破先验玄学里的"永在"主题）和"人"的结构（打破人的自我核心，"核心"只是人把自我感觉理性化而已），但是必须指出，德里达并不是"彻底地反传统"，与当时的激进主义与无政府主义在本质上有很大区别：

> 所以结构唯有在其中心不断更新，使结构随之有自我改变的弹性时，才能在更新换代中延续下去。所谓无中心是指无那种以绝对权威自居的中心；所谓承认"结构性"功能是说一切事物总是在新结构不断诞生中进行生命的延长；所谓解构是说事物总是由于其盲从一个中心的权威，失去更新的弹性而自我解构。凡是结构必有中心，但其中心应当遵守结构的运动规律，不断发生更新的转变，所以"中心"实则应当是一系列的替补运动。②

也就是说，德里达批判形而上传统，并不愿意以"一元消灭另一元"，重新陷入二元对立模式。他所主张的其实是一种多元主义，使结构成为一切因素的游戏场所，矛盾因素相互补充而非对抗。正是在这个意义上有学者认为德里达主张的不是"解构主义"（消解结构），而是"后结构主义"（补足改良结构）："作为思想家德里达把结构主义洞见推到极致，把索绪尔《教程》中缺乏的东西予以补齐，即使德里达不得不先揭露这种缺乏。"③

解构主义得以兴起，主要得力于美国学界对它的着迷。约翰斯·霍普金斯大学研讨会之后，德里达 70 年代初到 80 年代曾每年赴美讲学，推广自己的理论。1972 年，他应德曼的邀请访问耶鲁大学。在他的影响下，美国本土以德曼为代表的一股解构思潮迅速泛滥。以约翰斯·霍普金斯和耶鲁大学为中心，随着德里达著作英译本的陆续出现，一批美国解构主义学者崭露头角，成为批评理论界的"明星"。随着米勒和德曼 70 年代初进入耶鲁大学，其英文系立刻云集了数位解构主义大家（另两位是布鲁姆和哈特曼）。他们的弟子后来也青出于蓝而胜于蓝，包括曾任教于哈佛大学英文系、德里达《播撒》一书的译者约翰逊（Barbara Johnson）。解构主义很快占领了文学批评的中心阵地，发展成为美国的"新新批评"——因为它同此前的"新批评"一样，也以文本为中心，而其主将德曼、米勒、哈特曼和布鲁姆等也都在耶鲁大学，形成了所谓的解构主义"耶鲁学派"（the

---

① 郑敏：《解构思维与文化传统》，《文学评论》1997 年第 2 期，第 61 页。
② 同上，第 56 页。
③ John Sturrock, *Structuralism*, p. 163.

Yale School of Deconstruction)。经过德曼及其同事们的不懈努力,耶鲁大学英文系一度重现昔日"新批评"时代大家云集的辉煌。

耶鲁学派中贡献首屈一指的是德曼(Paul de Man, 1919－1983),他与大西洋另一边的德里达并立,堪称解构批评的"双子星座"。这位比利时裔批评家 1948 年赴美,41 岁在哈佛大学获博士学位,后辗转执教于哈佛、康奈尔、约翰斯·霍普金斯、苏黎世等大学,1970 年定居耶鲁。德曼一生写了大量文章,但真正有影响、稳稳确立了其解构大家地位的是《盲点与洞见》和《阅读的寓言》两部文集,前者收录了他 60 年代后期的一些文章,后者收录了他从 1972 至 1978 年间的一些文章。另外,《浪漫主义的修辞》(*The Rhetoric of Romanticism*, 1984)、《抵制理论》(*The Resistance to Theory*, 1986)和《批评文集》(*Critical Writings: 1953－1978*, 1989)等在他去世后陆续出版。

德曼的解构理论是以语言的修辞性为基础建立起来的。在《盲点与洞见:当代批评修辞论集》(*Blindness and Insight: Essays in the Rhetoric of Contemporary Criticism*, 1971,修订版 1978)中,他申明自己无意于"提出什么批评理论",而是要探讨"普遍使用的文学语言";[1]在《阅读的寓言:卢梭、尼采、里尔克、普鲁斯特的比喻语言》(*Allegories of Reading: Figural Language in Rousseau, Nietzsche, Rilke, and Proust*, 1979)里,他再次强调他关心的是本体论和阐释学不能解决的语言的修辞性问题,"阅读的核心问题在于说明阅读结果所处的困境应归结到语言学而不是本体论或阐释学上"。[2] 德曼关于语言修辞本质的思想至少可以追溯到尼采。在《论尼采的转义修辞学》("Rhetoric of Tropes [Nietzsche]")[3]一文中,德曼借尼采之水浇自己的鲜花,称尼采为语言理论开了一个新纪元,因为传统的语言观认为语言的本质是指称事物或表现意义,而尼采首次提出转义(tropes)是语言的真实本质,语言开始被看成是比喻性的,或者说是修辞性的。承认语言的转义性质,则它原本"自然地"指称事物或表现意义顿时成了破灭的神话,指义出现偏差、歧异的情形不可避免。而在《符号学与修辞》("Semiology and Rhetoric")一文里,德曼吸收了当代言语—行为理论,把"记述式语言"(constative language)与说

---

[1] Paul de Man, *Blindness and Insight: Essays in the Rhetoric of Contemporary Criticism* (Minneapolis: University of Minnesota Press. 1983), p. viii.
[2] Paul de Man, *Allegories of Reading: Figural Language in Rousseau, Nietzsche, Rilke, and Proust* (New Haven: Yale University Press, 1979), p. 300.
[3] 本文和下面的《符号学与修辞》都收入《阅读的寓言》。(*Allegories of Reading*, pp. 103－118, 3－19.)

服和指称相对应,而把"施为式语言"(performative language)与修辞手段和修辞性相对应,从而将语法添加到修辞理论中,语言符号成为语法、修辞和指称三个层次的复合体,将修辞问题延伸到文学。由于文学是以语言为介质的,而这个介质有着天生的转义特性,传统的主题阐释因而问题多多。德曼将解构视为一种阅读策略,而修辞理论则成为他的解构工具。对他来说,批评的目标是构建一个不以阐释主题为目的的修辞式解读,或者说是一种解构修辞学。

德曼拆除了阅读与误读的界限。在这里,"误读"(misprision)不是"错读",而是"复读"。由于修辞性是无法人为控制的,指称和表意的偏离、歧异也是无法控制的,误读的威胁时刻存在。说得更确切些,"文学语言的具体特征就在于误读和误释的可能性"——一个文本之所以算得上文学文本,是因为它允许并鼓励误读,因此,一切以达到唯一"正确"的阐释为目标的阅读和批评都是弥天大谎,抑或自欺欺人。他强调:

> 关于阅读的可能性,绝不可以想当然。它是一种无从观测亦无法厘定抑或核实的理解活动。文学文本不是可感知的事件,我们无法赋予它某种肯定的存在形式——不管是作为自然事实还是作为思维活动。从它身上,我们归结不出任何超验认知、直觉或知识……批评是阅读活动的隐喻,而阅读活动本身又是无可穷尽的。①

从阅读过渡到批评,因为批评和写作同样要使用语言,因此它在本质上也是比喻的,永远无法确切地描述、重复或再现文本,找不到非修辞性的或者说科学的元语言来写批评作品,因此,文学与批评之间的区别是"虚妄的"。德曼以修辞为基础打破了文学作品与批评作品、创作与阅读和批评之间的二元对立,对立双方成为共生的存在物。

文学语言的修辞性导致文本自我解构,导致盲目性与洞见辩证存在,文学文本如此,批评作品也不例外。在《盲点与洞见》中,他分析了诸多批评家在批评作品中的误读,如卢卡契(Georg Lukacs)、宾斯万戈(Ludwig Binswanger)、布朗肖(Maurice Blanchot)、布莱(Georges Poulet)和德里达,等等,指出他们的理论立场与他们的论述逻辑之间的抵牾之处。德曼认为,卢卡契的《小说史稿》从文学语言角度出发,将小说诠释为有机性质、反讽与时间的相互作用,但对三者相互关联与作用之方式的论述却缺乏说服力。"新批评"指出文学语言的"反讽"与"歧

---

① Paul de Man, *Blindness and Insight*, p. 107.

义"特性,却无形中遵循了柯勒律治式的有机形式观,结果在将文学文本作为客观实体去研究时,实际上坚持了阐释循环这一批评前提。宾斯万戈对自我的探讨围绕艺术品的升华力量展开,旨在论证这种力量可以使作者自我的冲突与潜能达到平衡,也就是说,在艺术作品中,自我的调和力量使客观经历与其升华形式可以相互依存。然而,他的分析逻辑却表明作为经验主体的艺术家与虚构的自我之间存在着一条鸿沟。布朗肖的批评以自我的缺失为主题,但他的论证过程实际上重新引入了一种特殊形式的自我。布莱旨在证明认知主体的生发力量,即它能够产生自己的时空范畴。然而,他的论述过程隐含着如下意识:被当作起源的自我总是依赖于一个存在体的先验存在,自我对这一先验存在无法比及。从上述例子可以看出,批评家们就文学本质所做的概括陈述与实际阐释结果矛盾地结合在一起,他们在文本结构方面的发现与他们作为批评模式的总体观念互相抵牾——而且看似矛盾的是,批评家们"不仅始终没有意识到这一抵牾的存在,而且似乎是因这一抵牾而红火,他们最深刻的洞见要归功于被这些洞见本身证明为难以成立的假设"。①

德曼的解构理论不仅关乎文本、阅读和批评,还延伸到文学史。在《文学史与文学现代性》("Literary History and Literary Modernity")一文中,德曼对历史与现代性的二元对立进行解构。现代性似乎同历史截然对立,因为声称现代就要抹去历史的痕迹,然而把现代性定格为当下性,以当下为原点,结果"使自己脱离历史的同时也脱离了现在"。从时间角度看,现代性本身既是历史的一个环节,又"生产"历史;另一方面,历史的持续和更新有赖于现代性,而现代性概念必须与历史相结合才能保证其存在。德曼进而对文学史的可能性表示怀疑:

> 我们更为关心的问题是:像文学这样充满自我矛盾的东西,能否设想它成为一种实体的历史。就目前的文学研究状况而言,这种可能性还远远没有建立起来。一般都承认,实证主义文学史由于把文学当作经验材料的集合,结果只能成为非文学的历史……另一方面,对文学进行内在阐释的人声称自己反历史或非历史,但往往预设了某种历史观存在,只是批评家自己未曾意识到。②

以上德曼对文学史的理解,显然是从语言的修辞性出发对文学史的解读:既然文学阅读是一种误读,文学的历史就只能是"误读"的历史,而这一历史是无法

---

① 同上,p. ix.
② 同上,pp. 162 - 163.

按照现存的历史书写模式进行书写的。德曼的文本误读观成就了自己的解构理论，还对他的同事米勒与布鲁姆构建各自的理论话语产生了重要影响，很大程度上也为美国解构主义批评廓清了道路。

同德曼一样，耶鲁学派的另一代表人物米勒（J. Hillis Miller, 1928－ ）也坚信误读的必然性和文本的自我解构性，并致力于修辞学解构实践。米勒20世纪五六十年代曾是美国日内瓦学派现象学批评理论的主将，七八十年代以解构批评家闻名，至今仍然活跃在批评理论界（尽管他的兴趣已从解构伸展到他处）。从50年代中期到60年代后期，由于受日内瓦学派现象学批评家布莱的影响，米勒也主要致力于现象学方面的批评研究，出版了包括《狄更斯的小说世界》（*Charles Dickens: The World of His Novels*, 1958）、《上帝的消失：评五位19世纪作家》（*The Disappearance of God: Five Nineteenth-Century Writers*, 1963）在内的五部批评著作，获得相当成功。米勒60年代末转向解构主义，大力倡导解构批评，而且成为耶鲁学派的代表性人物，这一转变充分体现于《论乔治·布莱的"认同批评"》（"George Poulet's 'Criticism of Identification,'" 1971）一文。在该文中，米勒对其导师布莱的现象学批评做了鞭辟入里的分析，认为："德里达代表的传统和布莱代表的传统必然相互对立，双方非此即彼、不可调和。批评家要么选择在场的传统，要么选择'差异'的传统……"①当然，米勒选择了德里达。在《传统与差异》（"Tradition and Difference", 1972）、《作为寄主的批评家》（"The Critic as Host", 1976）等论文及《小说与重复：评七部英国小说》（*Fiction and Repetition: Seven English Novels*, 1982）等批评作品中，米勒以德里达的"延异"说与德曼的修辞语言论为基础，构建自己的解构模式。

米勒把语言符号作为修辞手法（如隐喻），使之"语义变形而产生出让人眼花缭乱的效果"。② 他以修辞学成就了自己的解构批评，同时，又是修辞使他为解构主义做出精妙的诠释。长篇论文《作为寄主的批评家》体现了他对解构主义研究本身所作的深层次探讨与概括。批评家艾布拉姆斯（M. H. Abrams）认为，解构主义寄生于明显的、单义的解读（obvious and univocal reading），解构主义文本阅读是"寄生式阅读"，不仅强取豪夺，而且忘恩负义，最终折杀主人，犯下"弑君罪"。米勒很欣赏这个比喻，但是通过细致的"修辞学"分析，彻底颠覆了寄客/寄

---

① J. Hillis Miller, "George Poulet's 'Criticism of Identification'," *The Quest for Imagination*, ed. O. B. Hardison Jr.(Cleveland: Case Western Reserve University Press, 1971), p. 216.

② Vincent B. Leitch, *American Literary Criticism, from the 30s to the 80s*, p. 275.

主这个二元对立项。他从印欧语系、法文、拉丁、中古英语、斯拉夫语等语言中"寄生"一词的"痕迹"追寻起,发现两词词根均含近/远、同/异、内/外、主/仆、食客/食物之意于一身,相互包容相互依赖,实在无法确定到底谁在"款待"谁,谁"吞食"了谁,对立意义共生于一体。当然,这种分析最终意在说明解构式文本阅读的合理性:

> 显而易见,任何诗歌依赖于它之前的诗歌或将之前的诗歌作为寄生物包容在身,所以具有寄生性,是另一种形式的寄主寄客永恒的颠倒往复。诗正如其他文本一样"不可阅读",如果"可阅读"指的是有唯一确定不变阐释的阅读。实际上不论是"显然的"阅读还是"解构"式阅读都不是单义的。每种阅读的内部都含有自己的敌手,本身既是主也是客,解构式阅读含有显然的阅读,反之亦然。①

米勒承袭了德曼修辞性阅读的思想,指出文本意义之所以模糊、丰富,是因为所有的概念表达都与修辞直接相关,并进而指出,所有概念与修辞交融的情形都与某个隐含的叙述相关,解构批评研究的就是在修辞、概念和叙述相互"寄生"的情形中到底隐含着什么。米勒分析了人类思维的修辞特性,借以说明任何阅读都包含着一个外在的、明显的解读和一个隐含的、解构式的解读,它根植于符号逻辑、语言的作用乃至思想的形成当中:"一方面,'明显的、单义的阅读'总是包含着'解构式阅读';另一方面,解构式阅读永远离不开它所要对抗的形而上的阅读。"②换言之,单义阅读与解构阅读之间互相寄生、互为寄主。寄客/寄主关系还体现在互文性范畴:文学是互文的构成,后来的文本接纳了早先的文本,成为其寄主;与此同时,先文本内化于后文本里,使得后文本能够存续下去,因此,先文本又成了后文本的寄主。接着,米勒分析了浪漫主义诗人雪莱的作品《生命的凯旋》("The Triumph of Life"),探讨了虚无主义与形而上学、"在场"逻辑与"缺场"逻辑之间的寄客/寄主关系,并做出总结,认为解构主义既不是虚无主义也不是形而上学,仅仅是"解读"而已,即通过细读文本揭示"虚无"中潜在的形而上学、形而上学中潜在的"虚无"。大千世界中的一切总是处在寄生状态中,处于寄

---

① J. Hillis Miller, "Nature and the Linguistic Moment," *Nature and the Victorian Imagination*, eds. U. C. Knoepflmacher and G. B. Tennyson (Berkeley: University of California Press, 1977), pp. 441–447.

② J. Hillis Miller, "The Critic as Host," *Deconstruction and Criticism*, eds. Harold Bloom, et al. (New York. Seabury Press, 1979), pp. 224–225.

客与寄主之间,非内非外或者既内亦外,这是一个有意义却又无意义、协调却又不协调的世界——而能够显示上述一切的阐释形式就是解构式阅读。值得注意的是,米勒认为解构并非否定一切,"任何解构同时都是建设性的、肯定性的","它不可避免地以另一种形式将自己解构的东西又建设起来"。①

语言的差异特性是米勒的解构语言观加以充分利用的重要思想——不仅符号之间相互区别,而且语言符号与其现实指向物之间也存在着根本的差异。米勒在《自然与语言时刻》("Nature and the Linguistic Moment")一文中举了一个浅显的例子:每一片树叶、一个波浪、一块石头或一朵花与其他的树叶、波浪、石头、花朵都不尽相同,它们与其他事物之间有共性是以这个根本的差别为基础的——其实提出两个事物之间有共同之处就已经隐含着两者本就不同的意识。这意味着不同存在体之间的关系不是以一致与共通之处为基础的,相互差别、中心剥离反倒是它们的构成特征。② 与此类似,天上飞的鸟与白纸黑字的"鸟"绝非一回事,"语言和被其指称的事物之间的联系缘于它和指称物之间无法改变的差别"。③ 与客观对应物之间的联系一旦被切断,语言符号随之成为隐喻——其根本特征是差异、延宕,其内在的不定性导致它不能直接用来表达意义或指称事物。符号的隐喻特性为米勒的文学批评提供了理论依据,他的修辞学批评相信:"文学研究无疑不应认为文学的指涉模仿性是理所当然的。如此严格的文学学科无疑不应只是观点、主题和各种人类心理的总汇。它将再次成为语文学、修辞学,成为转义替代的认识论研究"。④

在米勒看来,"我们传统中所有的文化表达,譬如文学文本,意义都是不定的",⑤语言的隐喻性质使一切解读都成为误读、误释。文本犹如一个浩大的游乐场,唱主角的永远是"语言的时刻"(the linguistic moment)——一种潜在的否定性变异力量,文本因之门户洞开,意义似乎可此可彼又非此非彼。每一种解读都是误读,因为我们永远不可能找到文本"原始"、客观或终极的意义,没有哪个解读可以涵盖或挖掘文本的所有潜能,任何一种解读都包含了对自身的否定:因此,试图把文本归结为某个单一的、正确的、系统的、协调的解读都意味着武断地

---

① 同上,p. 251.
② Vincent B. Leiteh, *Deconstructive Criticism: An Advanced Introduction* (New York: Columbia University Press, 1983), p. 50.
③ J. Hillis Miller, "Nature and the Linguistic Moment," p. 450.
④ 同上,p. 451.
⑤ J. Hillis Miller, *The Linguistic Moment: From Wordsworth to Stevens* (Princeton: Princeton University Press, 1985), p. 54.

限制其中元素的游戏，最终无法避免失败的结局。

米勒自视为一名"实用批评者"，而他对个体作家与作品的细读确实引人入胜。他常常从词源入手，揭示关键词的指称局限及文本蕴含着的无限潜能，说明对之作逻辑归整既可以是徒劳无益的（如果追求唯一意义的话），也可以是充满愉悦的（如果追求的是意义的游戏）。于他而言，批评式阅读以文本中的某些元素为基础，却发现所找寻的基础因为修辞的缘故并不牢靠，于是继续追索以求得一个稳定点，但发现这个点依然"无枝可依"。因为语言的修辞性，文本总是在自我解构，阅读陷入了一个无底深渊，其结果是暴露出阅读的"失败"——即最终意义无迹可觅，米勒称上述阅读过程为"侧向舞蹈"（lateral dance）。他对华兹华斯、史蒂文斯等人的诗歌及哈代等人的小说的分析表明，文本作为词语、意象、角色、主题的多维构成体，它的任何一个层次、任何一个角度都有其独特性，彼此没有高下优劣之分；而作为一个时间性存在体，读者在连续性过程中主观地建立联系，完成自己的解释，所以任何一个解读实际是一种联系模式。"因此，解构的舞蹈，同所有的舞蹈一样，形成了重复行为，不过这种重复行为最终被差异解放，也被差异消空。"①

米勒将文本的自我解构上升到形而上学的自我解构。他指出："所谓的'对形而上学的解构'一直就是形而上学的一部分，是其光芒中的一块阴影……"② 所有文本既包含了形而上学传统的元素，又包含了这些元素的颠覆过程，因此我们没有必要也没有可能越出久已存在的自我解构的逻各斯中心系统。西方文学、哲学和文化等，已经包含了对现代解构主义来说至关重要的矛盾因素、欺骗性的转义、不一致和不确定的东西。历史和传统深深地埋藏于，或者说铭刻于浩大的迷宫式文本囚笼中，而文本本身同时既是形而上学的又是解构的，文本的解构实质上包含了对逻各斯中心传统的颠覆。

在被称为美国解构主义宣言书的《解构与批评》（*Deconstruction and Criticism*, 1979）中，哈特曼指出他和布鲁姆两人与德里达、德曼和米勒之间的区别，认为后三者是"解构主义巨擘"，而他和布鲁姆则"还算不上解构主义者"，有时甚至是反对解构主义的。③ 哈特曼此言是符合实际的。在他们两人的批评中，文本没有被归结为一味的语言游戏，他们要重新回到主体，强调主体的重要性，布鲁姆甚

---

① Vincent B. Leitch, *Deconstructive Criticism*, p. 193.
② J. Hillis Miller, *The Linguistic Moment*, p. 62.
③ Geoffrey Hartman, Preface, *Deconstruction and Criticism*, p. ix.

至要恢复意义,并让文本回归历史。但作为耶鲁学派的成员,批评与创作的平等关系以及语言的至尊地位依然是他们共同坚守的堡垒。

从《直接的景象:解读华兹华斯、霍普金斯、里尔克、瓦莱里》(*The Unmediated Vision: An Interpretation of Wordsworth, Hopkins, Rilke, and Valery*, 1954)到《华兹华斯的诗歌:1787—1814》(*Wordsworth's Poetry: 1787 – 1814*, 1964),哈特曼进行的基本上都是现象学研究和批评,不过一些属于日后的解构主义的思想业已萌生其中,而其现象学研究也对日后的解构主义批评产生了重要影响。70年代以来出版的《超越形式主义:1958—1970文学论文集》(*Beyond Formalism: Literary Essays 1958 – 1970,* 1970)、《阅读的命运及其他论文选》(*The Fate of Reading and Other Essays*, 1975)、《荒野上的批评:今日文学研究》(*Criticism in the Wilderness: The Study of Literature Today*, 1980)和《拯救文本:文学/德里达/哲学》(*Saving the Text: Literature/Derrida/Philosophy*, 1981)等著作,凸显了他在将英美形式主义批评与欧陆哲学批评相结合、为批评正名所做的努力。

哈特曼既不赞同新批评的形式主义倾向,同时又对欧陆哲学批评的局限颇有微词。在《荒野上的批评》中,他指出现代批评有两大倾向:一是学者型批评家,他们将研究限制在细读、阐发具体文本范围内,以形式来定义文学,在文本的整体性方面滔滔不绝,津津乐道于揭示艺术想象力以何种方式有机地组织、协调起来;另一种是哲学家型批评家,他们把文学文本当作通往绝对思想或高级知识的梯子,而忽略了文学的内在特征。生发于经验主义传统中的"新批评"以细读见长,但固守于文本的结构与肌理使文学批评作品显得狭隘,具有唯心主义特质的欧陆批评可以帮助解决这一不足,不过欧陆批评那"高高在上"的架势贬低了文学本身的价值。从《超越形式主义》到《荒野上的批评》,哈特曼一直要使文学批评靠近哲学而又不离弃形式,因为,"尽管要忠于欧陆批评风格,我仍然强烈地感到詹姆斯所说的'形式那胁迫人的魅力'"。① 他一贯主张内在批评应该与外在批评结合,既要以文为本,也要把批评从分析文本意象、主题,等等,转向更广阔的空间——从语文学到哲学、阐释学,从形式分析到现象学批评,从文学转向广泛的人类经验。

耶鲁批评家都对批评的地位问题十分关注,其中尤以哈特曼为胜。以阿诺德为代表的传统观念总是把批评看作创作的附庸,看作次要的存在,这种态度经

---

① Geoffrey Hartman, *Beyond Formalism: Literary Essays 1958 – 1970* (New Haven: Yale University Press, 1970), p. xi.

艾略特传承至"新批评"理论家,反映了英国传统在美国持续的影响。哈特曼坚持批评独立,将批评与创作提到同一等级上。同德里达一样,他也认为所谓起源其实是虚幻的,因为文本相对于它所存在的传统来说总是后来的东西,并不具有优越性。在他看来,批评作品是一种独特的文类,具有自己的风格、自己的形式自由,批评文本也需要具有非凡的创造力,是文学传统中不可或缺的一部分。因此批评家应该抛开"自卑情结",全身心地进入意义的舞蹈中去:

> 我认为这就是我们的现状。我们已经进入了一个可以质疑文学文本高于文学批评文本的时代。朗吉努斯与他所评论的崇高文本一样受到严肃的研究,人们怀着与研究卢梭同样的兴趣研究德里达对卢梭的评论。①

今天的文学批评已经开创了自己的天地而没有危及小说、戏剧和诗歌的存在——也就是说,批评跨越了界线,同创作一样进入文学大家庭,成为和文学作品一样要求高、需要花力气(demanding)的工作:它是一个无法预料的、不确定的文类(genre),不能先验地认为它的功能就是指涉和评论,也决不能把批评文章视为其他某物的补充。② 主张批评独立的同时,哈特曼还提出批评须有创造性,能够引导人们对艺术做深入的思考,故而批评者的自我分析显得尤其重要。坚持内在批评与外在批评相结合,以现象学观念突破解构主义对主体、意图的偏见,强调创造性批评,哈特曼的努力为美国解构主义批评做出了独特的贡献,也使他本人成为耶鲁学派中独树一帜的批评家。

布鲁姆(Harold Bloom, 1930—)早期主要进行浪漫主义批评,侧重于重建浪漫主义传统。针对艾略特所主张的由约翰·邓恩、赫伯特直至艾略特本人等所代表的保守主义传统,他提出了一个由斯宾塞、弥尔顿、布莱克、雪莱,直至叶芝和史蒂文斯等组成的传统与之分庭抗礼。如今,他以其"诗学影响"(poetic influence)——亦称为"诗学误读"(poetic misprision)理论闻名于理论界,该理论曾被誉为20世纪70年代"最大胆最有创见"的批评思想。③ 在20世纪文学理论多元发展的格局中,文学史理论似乎很沉寂,布鲁姆的贡献因而显得尤其宝贵。在《影响的焦虑:诗歌理论》(*The Anxiety of Influence: A Theory of Poetry*, 1973)、《误

---

① Geoffrey Hartman, *The Fate of Reading and Other Essays* (Chicago: University of Chicago Press, 1975), p. 18.
② Geoffrey Hartman, *Criticism in the Wilderness: The Study of Literature Today* (New Haven: Yale University Press, 1980), p. 201.
③ Terry Eagleton, *Literary Theory: An Introduction*, p. 186.

读图释》(*A Map of Misreading*, 1975)、《喀巴拉与批评》(*Kabbalah and Criticism*, 1975)和《诗歌与压抑：重新审视从布莱克到史蒂文斯的诗歌》(*Poetry and Repression: Revisionism from Blake to Stevens*, 1976)，以及《抗争：构建修正的理论》(*Agon: Towards a Theory of Revisionism*, 1982)等著作中，布鲁姆博取众家，诸如尼采的权力意志说、现代精神分析理论（尤其是弗洛伊德的理论）和后结构主义理论（如德曼的误读理论），致力于提出一套"实用批评理论"，让人们重新认识诗歌传统对后起诗人的作用，以期引导出切中肯綮的批评。

布鲁姆从互文性角度确立了自己的文本观，从而为描述文学发展设下铺垫。于他而言，任何诗歌①都是对其亲本诗的误释，因而是"三位一体"的：它自身作为一个文本存在，其中设定了一个亲本存在以及不可避免的解读环节，且解读有着双重所指——既是行为，又是结果：

> 不巧的是，诗歌没什么东西，而只是一些词，这些词指涉其他一些词，这其他的词又指涉另外一些词，如此类推，直至密度过高的文学语言世界。任何一首诗都是与其他诗歌互文的……诗歌不是写作，而是再写作；就算强势诗(a strong poem)是一个新的开端，亦只是再次开始。②

布鲁姆不厌其烦地重申他的文本观，意在与此前盛极一时的"新批评"思潮文本一元论划清界限。针对"新批评"理论家把诗歌当作超脱尘世一切事物、偏安一隅、独立自在的审美一元体的观念，他一再强调"我们应该放弃那种试图把一首诗作为一个独立个体去'理解'的做法"，③甚至愤愤地呵斥"没有哪个观点比如下这一'常识'的东西更难消除了——诗歌文本是自足的，它的意义不用对照其他诗歌文本就能确切弄清"。④ 从否定文本自足而代之以一种"三位一体"的文本观，我们可以看到新批评理论的矫枉过正之处，还可看到布鲁姆为20世纪六七十年代美国文学批评"超越形式主义"所做出的努力。

通过描述文本的性质，布鲁姆建立起以影响、焦虑和误读为主题的"现代"（文艺复兴以来）西方文学发展史模式。他指出：

---

① 鲁姆所说的"诗人"不独指通常意义上的"诗体写作者"(verse-writer)，而包括了所有的作者；同样，他所说的"诗歌"也不是通常意义上的诗歌，还兼指其他体裁的文学作品。
② Harold Bloom, *Poetry and Repression: Revisionism from Blake to Stevens* (New Haven: Yale University Press, 1976), p. 3.
③ Harold Bloom, *The Anxiety of Influence: A Theory of Poetry* (Oxford: Oxford University Press, 1973), p. 43.
④ Harold Bloom, *Poetry and Repression*, p. 2.

> 诗的影响——当它涉及两位强势诗人、两位真正的诗人时，总是以对先驱诗人的误读进行的。这种误读是一种创造性的纠正行为，实际上必然是误释。成果斐然的诗的影响的历史，即文艺复兴以来西方诗歌的主要传统，是焦虑和自我拯救的滑稽模仿史（a history of anxiety and self-saving caricature），是歪曲的历史，是有悖常情、我行我素的修正主义的历史，而没有这一切，现代诗歌就其本身而论就无法存在。①

布鲁姆借鉴了弗洛伊德对"家庭罗曼司"和焦虑的阐释，并对他的人格结构模式做出必要的修正，以描述诗人的人格结构。弗洛伊德的"超我"在布鲁姆这里成为作为前驱作者的"本我"，"自我"成为诗人自身，"超我"则意味着死亡，即无权成为一个真正的独立的诗人。前驱诗人已经写尽了一切，后起诗人清楚地意识到自己的"姗姗来迟"（belatedness），只能接受前人的影响，于是意识中产生负债的焦虑和关于诗人身份的焦虑。强势诗人"自我"的形成是一个无意识过程，前驱诗人潜藏在诗人的"本我"之中，"本我"与"自我"之间的张力构成了诗人的焦虑。为了避免末日来临，开辟出自己的诗歌领地、成为独立的诗人，强势（strong）诗人就要像撒旦一样集结力量与上帝般的创始者进行殊死搏斗，诗歌领域的父子孝道于是让位于"家庭罗曼司"——以爱开始，以弑父结局。②因此，在诗歌创作中，后起诗人要想真正崛起就要对前驱诗人的诗歌进行修正，从而在文学史上获得一席之地。没有这种焦虑和不断修正的历史，现代诗歌也就不可能存在。

布鲁姆提出六种修正比（revisionary ratios③）作为影响与斗争的方式——"偏离"（clinamen），即对诗歌的有意误读；"对偶式接续"（tessera），指以一种逆向对照的方式来续完前人的诗篇；"割弃"（kenosis），要打碎同前驱的连续性的运动；"魔鬼化"（daemonization），指对前驱诗人的崇高的反动；"自我净化"（askesis），在"魔鬼化"的过程中，当诗人陶醉在个人化的"逆崇高"压抑力量的时候，会将一种孤独状态作为自己的净化目标；"回归"（apophrades），诗人经过先前几个阶段的修正之后，会令自己的诗作完全向前驱诗人敞开，诗的成就使前驱诗人的诗歌仿佛不再是自己的作品，而是后起诗人写出了前驱诗人那颇具特色的诗作。这六种修正比标示出互文差异和修正的痕迹，但布鲁姆同时强调，诗歌并不是克服焦

---

① Harold Bloom, *The Anxiety of Influence*, p. 30.
② 弗洛伊德的"家庭罗曼司"和布鲁姆据此得出的文学家的传承关系充满了张力，和"阐释循环"中描述的那种传承关系很不一样，见第六章"读者反应批评"。
③ ratio 一词本来表示数学计算或货币兑换时的比率，布鲁姆借之表示两个强势诗人间的不平衡关系。

虑本身,影响的过程也是心理防御机制形成和作用的过程,每个修正比对应一种防御机制,分别是:反应—形式(reaction-formation),受虐、逆转(turning against the self, reversal),否定、孤立与回归(undoing, isolation, regression),压抑(repression),升华(sublimation),内射与外投(introjection and projection)。在诗歌文本中,防御机制又表现为特定的修辞转换方式,六种防御机制分别对应于六种修辞方式——反讽(irony)、提喻(synecdoche)、转喻(metonymy)、夸张和缩小(hyperbole, litotes)、隐喻(metaphor)以及转喻的转喻(metalepsis),它们的作用方式又分别表现为六种意象——在场与缺场(presence and absence)、部分代替整体或整体代替部分(part for whole or whole for part)、充分与空缺(fullness and emptiness)、高与低(high and low)、内与外(inside and outside)、早与迟(early and low)。另外,由偏离到对偶式接续、从割弃到魔鬼化、从自我净化到回归的过渡又分别可以看作从限制(limitation)到替换(substitution)再到重新表现(representation)的辩证过程。以上六种修正比、六种防御机制、六种修辞方式、六种意象以及三个辩证阶段共同构成了布鲁姆的误读图式。

"诗学误读"理论首先是一套文学史理论——布鲁姆强调它是迥异于前人之"文学伪史"(literary pseudo-history)的"真正的文学史",同时还是一种新的阅读、批评方法论,他所说的误读的三个层次中就包括了批评家对文本的误释。① 《误读图释》开篇伊始,布鲁姆就提出该书的目的是为如何阅读诗歌提供指导。在他看来,阅读过程不是发生于读者和文本之间,而在于文本和它自身的解读之间,解读一首诗"必然总是解读这首诗对其他诗的解读","解读它与其他诗之间的差异"。② 在《喀巴拉与批评》中,布鲁姆借喀巴拉思想深入地探讨了阅读和批评当中的误读。读者和批评者的阅读同作者的创作一样也是后来的行为,统贯创作的影响关系也决定着阅读。"读者面对诗歌犹如诗人面对着前驱——因此所有读者都是后来者,所有诗歌都是前驱,而所有的回顾行为都是'影响',意即受到诗歌的影响,继而影响其他的读者……"③与此同时,转义(tropes)与防御机制同样在其中起作用,作为防御,它必然使解读成为误读。"正如我们有弱势诗歌和强势诗歌,我们也有弱势误读和强势误读,但是没有正确的阅读,因为阅读一个

---

① 布鲁姆将误读分为三个层次:一是后起诗人对前驱的误读,二是批评家对文本的误读,三是诗人对自己诗歌的误读。
② Harold Bloom, *A Map of Misreading* (Oxford: Oxford University Press, 1975), p. 75.
③ Harold Bloom, *Kabbalah and Criticism* (New York: Seabury Press, 1975), p. 97.

文本必然是阅读整整一个系统的文本,而意义总是在文本之间徘徊。"①恰如德曼和米勒以语言的修辞性拆除了创作与阅读同批评之间的对立,布鲁姆以影响关系为基础打破了创作与阅读、批评之间的界限。

通过分析文学史主体的心理,布鲁姆从俄狄浦斯情结角度重新审视传统与后起作者之间的影响关系,以误读理论观照文学史,并对阅读、批评提出了极富启示的见解,为20世纪文学理论做出了不可多得的贡献。

美国批评理论和法国理论的区别之一,就是注重实际文本分析,解构主义也是如此。《"新批评"和解构主义:两种诗歌教学观》便是一例。作者认为,"新批评"和解构主义的区别是观念,而不是手法或方法:"新批评"认为文本中心、意义静态汇集,各种矛盾最终得到圆满消解;而解构主义则认为,文本中无数结构并存,相互颠覆,所以文本意义不断展示,没有最终结果。② 文章以诗人萨利纳斯的一首无名短诗为例。"新批评"方法注重对沙堆的拟人描写及这种描述中的暗喻形式,它使诗产生"张力",待张力消解之后诗歌便进入暗喻层。前半阕沙的流动性唤起一位朝三暮四、见异思迁之女郎形象,读者渐忘沙堆而集中于此女人,被拉进"我"对爱情的悲哀之中。因此此诗的"意义"就是时光瞬息万变,人生飘忽不定。如此解释虽然可行,但是必须对一些诗歌成分视而不见,如沙子的比喻十分离奇,"我"对现实的感受过于异常,"我"一方面过于严肃,近乎浪漫情人般的悲天悯人,但与之相应的原型意象(大海)却显得格外做作,使"我"的可信度大为降低。这时"新批评"便很为难:真诚的悲哀实在无法与游戏人生相提并论,由此产生的张力也很难化解。

德里达提出解构主义的初衷并非为了阐释文学文本,而是要以此积极干预社会政治。③ 美国解构主义确实热衷于"积极干预",但是只限于文本的层面而已,因此批评家纷纷责备解构主义"虚伪",因为它旨在揭露各种唯心主义,自己却是鼓吹文本自足论的最大唯心主义:"德里达所称的逻各斯中心论的最大的讽刺在于,它的阐释(即解构主义)和逻各斯中心论一样张扬显赫,单调乏味,不自觉地编织系统。"理论如此,实践上也同样。福柯指责德里达"完全陷入文本之

---

① 同上,pp. 107-108.
② A. P. Debicki, "New Criticism and Deconstruction, Two Attitudes in Teaching Poetry," *Writing and Reading Differently—Deconstruction and the Teaching of Composition and Literature.* eds. G. D. Atkins & M. L. Johnson (University of Kansas Press, 1985), pp. 169-175.
③ 德里达一直强调解构主义者必须持有立场,因为"解构……不中立,而是干预"。(Jacques Derrida, *Writing and Difference.* London: Routledge & Kegan Paul, 1981, p. 93.)

中"(使人想起詹明信批评形式主义陷入"语言的牢笼"):"作为批评家,他(德里达)带着我们进入文本,却使我们难以从文本里走出来。超越文本轴标的主题与关怀,尤其是有关社会现实问题、社会结构、权力的主题与关怀,在这个曲高和寡的超级语言学框架里完全看不到。"①尽管如何使文本批判与文化现实有机结合一直是当代西方批评理论的头号难题,但是左派理论家们力主"世界、文本、批评家"要三位一体,"任何文字,如果不能和严肃的需求与使用哲学相结合,都是徒有虚名,玩世不恭"。②

对解构主义最为猛烈的批判来自较为传统的批评理论,著名批评家怀特(Heyden White)撰文《当代批评理论的荒诞派时刻》,批评矛头直指几乎所有后结构主义流派。"荒诞派"此处指福柯、巴特,也包括德里达和哈特曼。怀特指出,德里达以为自己的哲学是对结构主义的超越,殊不知却是对结构主义的彻底崇拜,成了它的俘虏;结构主义将文本看作文化的产物,而解构主义则把文化当作语言的产物。怀特对解构主义方法论颇有疑虑,认为其"批评的整体轮廓模糊不清",关注范围没有界定,在研究课题或研究方法上都无视学科界限。"文学批评想怎么做就怎么做。本是循规蹈矩的科学根本无规可循,甚至都不能说它有自己的研究对象。"最使怀特耿耿于怀的,就是解构主义这种"奇谈怪论"对源远流长的西方批评传统造成的破坏。德里达"攻击整个文学批评事业",编出令人眼花缭乱的符号游戏,使理解无法进行。阅读原本面对大众,属于大众行为;但是现在文本被神秘化,语言被神秘化,阅读成为少数智力超群者炒作的资本。③

像怀特那样仍然坚持现代主义、坚持正统文学性的批评家其实并不少,只是因为美国后现代社会试图消解产生这种批评理论的基础,导致怀特这样的传统批评家的声音受到压制。但随着20世纪70年代末撒切尔夫人担任英国首相,80年代初里根当选美国总统,英美社会逐渐与六七十年代的左翼思潮拉开距离,对以解构主义为代表的美国后结构主义提出批评的声音越来越尖锐,甚至出现某种意义上的"政治清算"。对后结构主义进行反思的一个代表作就是芝加哥大学

---

① Richard Wolin, *The Terms of Cultural Criticism* (New York: Columbia University Press Zimmerman, 1992), in Bonnie & Toni A.H. McNaron, eds., *The New Lesbian Studies, Into the Twentieth-First Century* (New York: The Feminist Press, 1996), pp. 200–203.

② Edward Said, *The World, the Text, and the Critic* (Cambridge: Harvard University Press, 1981), p. 207.

③ Heyden White, "The Absurdist Moment in Contemporary Literary Theory," *Directions for Criticism, Structuralism and Its Alternatives*, eds. Murray Krieger & L. S. Dembo (The University of Wisconsin Press, 1977), pp. 85–108.

哲学教授艾伦·布鲁姆(Allan Bloom)1987年出版的《美国精神的封闭》(*The Closing of the American Mind, How Higher Education Has Failed Democracy and Impoverished the Souls of Today's Students*)。布鲁姆批评美国的基础教育向学生灌输文化"相对主义",抹杀意义真理,颠倒是非:"这些人并不要求人们纠正错误走上正确的道路,而是根本就不要你相信自己曾经正确过。"① 此书的出版时间颇耐人寻味:1987年,《纽约时报》披露了美国解构主义代表人物德曼1940—1942年间在比利时刊物上发表的一百三十来篇文章,为纳粹的屠犹政策辩解;加上海德格尔早年的纳粹党员身份曝光,以及70年代中期德曼把德国接受美学代表人物姚斯引进耶鲁大学访学,而姚斯随后也被发现曾参加过党卫军,这些事件严重损害了解构主义(包括美国读者批评)的声誉,也让美国第二代解构批评的代表人物芭芭拉·约翰逊和非裔批评家小盖茨等德曼的学生十分尴尬。尽管约翰逊撰文为德曼做过辩护,提出"好人/坏人"两分法"过于简单化",主张应当对德曼进行具体的历史分析,把他的著作"放到不同的历史环境下去重新阅读",② 但对美国解构主义的伤害已经造成,美国社会对解构主义的疑虑已经无法消除。

挣脱了形而上学束缚的理论生产日益成为一个职业化部门。当今西方所谓文学理论著作,严格来讲已经难以被定义为"文学的理论",因为其中许多最为引人注目的著作并不直接谈论文学,而与这些著作关系密切的,是另一未及正式命名但通常大而无当地称作"理论"的领域。卡勒认为这种"理论""或可称为'文本理论',假如一切用语言表述了的东西都可看作文本的话"。③ 然而,随着形而上学逐渐消解,当代西方实用主义、后结构主义、解构主义、后现代主义等理论思潮的风起云涌,令传统学科分际日益模糊,跨学科研究愈演愈烈,使以往所谓的文学理论日渐与文学文本的实际解读与批评分道扬镳。罗蒂(Richard Rorty)在《文学理论回顾》("Looking Back at 'Literary Theory'")中阐述了这样的状况:"美国大学文学系教师在20世纪70年代开始阅读德里达和福柯,因而产生了一门分支学科——'文学理论'。人们认为,对文学文本加以理论化的阐释,既方便文学

---

① Allan Bloom, *The Closing of the American Mind, How Higher Education Has Failed Democracy and Impoverished the Souls of Today's Students* (New York: Simon & Schuster Inc. 1988). pp. 39, 26.
② Barbara Johnson, "The Surprise of Otherness: A Note on the Wartime Writings of Paul de Man," *Literary Theory Today*, eds. Peter Collier & Helga Geyer-Ryan (Ithaca & New York: Cornell University Press, 1990), p. 13.
③ Jonathan Culler, *On Deconstruction: Theory and Criticism after Structuralism* (Ithaca & New York: Cornell University Press, 1982), p. 8.

系教授讲解他们喜欢的哲学著作,又方便文学系学生就若干哲学课题撰写论文。"①

然而不得不承认,自 20 世纪 60 年代以来,西方文学批评理论流派纷呈,正是形而上学思辨哲学不断遭到解构之后的产物。卡勒在评述解构主义的权威之作《论解构》(On Deconstruction: Theory and Criticism after Structuralism, 1982)前言中提出:"以解构理论为我的论述中心,意在说明,它不仅是近年来理论中冲锋革新的主导力量,而且关涉文学理论中一系列最为重要的问题。"②解构主义从语言学立场出发的范畴与方法,无论直接用于文学语言,抑或作为某种诗学的模式,都使批评家将目光从作品的意义及其内涵或价值,转向意义之所以产生的结构。正如卡勒的总结,一切关于当代批评理论的讨论,必然直面后结构主义这个混乱且被混淆的概念,或者更确切地说,解构理论与其他批评运动之间的关系。③

(撰稿人:朱刚、姚成贺)

---

① Richard Rorty, "Looking Back at 'Literary Theory'," in Haun Saussy, ed., *Comparative Literature in an Age of Globalization* (Baltimore: The Johns Hopkins University Press, 2006), p. 63.
② Jonathan Culler, *On Deconstruction*, p. 12.
③ 同上。

第六章　读者反应批评

由于特殊的历史境况(资本主义世界经济萧条、阶级矛盾凸显、第二次世界大战等),20世纪三四十年代是一个向左转的时代,马克思主义在欧美广泛传播。随着"二战"的结束、冷战的开始,马克思主义的影响在西方急剧下降,这种状况直到60年代中叶起才有了变化,并且迅速蔓延为全球性的左翼思潮。但60年代的知识界不再热衷于轰轰烈烈的群众运动,而是更愿意进行深层次的理论实践;虽然仍然以改造社会为己任,但途径不是通过激进的公开对抗,而是通过深入的理性思辨,思辨的对象之一就是当代资本主义境况下的人。从关注世界关注他人转到关注自我及自我与他人的关系,是20世纪文化思潮的一个变化,这个变化在60年代中叶尤为明显,表现在美国文评界,就是"读者批评理论"的出现。读者批评理论(reader-oriented criticism)是一个涵盖广泛的概念,指在六七十年代出现的、以读者为主要关怀对象的批评理论。

美国批评家艾布拉姆斯(M. H. Abrams, 1912 – 2015)曾根据批评视角的变化给西方批评理论做了一个极其简单却很有概括性的图解:

他将关注作品和世界的批评方法称为"模仿式批评",注重作品和艺术家关系的是"表现式批评",只对作品本身感兴趣的被称为"客观性批评",将重点放在读者身上的是"实用式批评"。① 当代批评史家常常以这个图式来解释当代理论批评视角的变化,如20世纪以前的文艺批评多注重作品对世界的表现(模仿式批评)或作品表露作家的个人情感(表现式批评),形式主义批评理论则关注作品

---

① Abrams, M. H., *The Mirror and the Lamp: Romantic Theory and the Critical Tradition* (New York: Oxford University Press, 1953), pp. 1 – 19.

本身(客观性批评),读者批评理论就是"实用式批评"。这样描述当然方便,但需要说明的是,艾布拉姆斯的图式展示的是西方两千年文艺批评的历史,并不局限于现当代批评理论,如"客观性批评"还包括亚里士多德的《诗艺》和19世纪"为艺术而艺术"的文学思潮。更重要的是,这个图式提出于1953年,当时曾经占据主流的以文本为中心的批评理论虽然已经走完了整个过程,但是读者批评理论尚待开始,而且这里的"实用式批评"指教诲式煽情式作品,与当代读者批评大相径庭。

由于读者批评是当代批评理论的一个分支,会令人产生以往的批评实践不谈读者的错觉。实际上,读者批评理论的兴起主要针对形式主义文论的文本自足论,代表的是一个批评思维范式的转变,而不仅仅只是批评视角的转移,因此关注读者并不是当代批评理论所独有。读者是文学生产—消费—流通这个完整过程中不可或缺的一个环节,对读者的关注在西方批评史上早已有之。以形式主义的代表英美"新批评"为例,20世纪20年代,"新批评"理论的创始人之一瑞恰慈在《文学批评原理》中就讨论了读者阅读过程中的情感反应。瑞恰慈追求文学的显在特征即"文学性",但他在批评实践中将这一特征同读者的阅读体验及其价值观念联系起来,即先令读者对作品进行体验,描述自己的文学反应,然后由评论家对这些反应进行分析,而这样的情感式批评其实很符合美国批评家注重阅读的倾向,和后来的美国读者批评有相当程度的吻合。由于瑞恰慈将注意力过多地放在了读者的主观体验上,对文本中的文学形式并不十分在意,导致后来的新批评家对他多有微词,尤其不喜欢他的心理主义印象式批评。瑞恰慈的学生、另一位新批评家燕卜逊的《含混七型》与其说是突出文本倒不如说是由含混而引出读者的体验。① 从这一点来说,"新批评"实际上在20世纪开读者批评的先河,尽管这一说法有违"新批评"的本意。其实,读者在西方语境中的处境并不凄惨。纵观东西方文化发展史可以发现,西方文化和东方文化的显著区别就是关注的重心从情境(context)转到个体。② 在这种文化氛围与批评传统中,文学批评中的功利因素比中国传统文学批评要少,评判作品价值不必依据某种外

---

① 参阅本书第四章《英美"新批评"》。
② 古希腊人虽然也重视国家、群体的作用,但孜孜以求的不是群体赖以生存的基础,而是使个体生命得以永恒的东西,如毕达哥拉斯的"数"和亚里士多德的"神"。(高旭东:《孔子精神与基督精神》,石家庄:河北人民出版社,1989年,第33—34页。)柏拉图确实鼓吹过功利文艺观,但他的"理念"非儒家伦理纲常那样的立国立家之本,也是一种个体素质,一种"引导个体达到其最终顶点"的东西,而且即使这样的理念观60年代也成了西方后学理论的批评对象。

在的功利标准,反映在意义阐释中,读者也被赋予更大的自由。从这个意义上说,"新批评"对文学语言/非文学语言的区别是对文学的社会功利作用的进一步淡化,"含混""张力"等概念也是对阅读主体作用的突出。

但是,批评家一直在谈论读者并不说明他们谈论的是同样的读者,同样的阅读过程,同样的审美体验。他们与读者批评理论的区别至少表现在三个方面。(1) 读者观不同。读者批评理论讨论的读者通常是具有特定意义和特定功能的读者,即使泛指一般的读者,这个读者也是特定场景中担负一定责任的读者;而传统的读者却概念模糊,如柏拉图的"共和国的公民",18世纪新古典主义的"阅读大众",或"新批评"眼中不加界定的"阅读者"。(2) 阅读观不同。读者批评理论者的研究触角延伸至阅读行为内部,探讨读者的阅读规律以及阅读行为的本质,如卡勒论及的读者阅读能力,霍兰德揭示的读者心理模型,费希描述的阅读体验等;而传统批评理论则只泛泛论及读者(与现实的关系或阅读心态等)。(3) 阅读过程不同。读者批评家十分注重研究读者的实际阅读过程,如布莱希、伊瑟尔、伽达默尔,而传统理论仅涉及读者的情感、反应或心情。美国批评家罗森布拉特(Louise M. Rosenblatt)曾经形象地比喻过这位被忽视的读者:读者和作者立于昏暗的舞台上,中间放着文学作品,舞台灯光只聚焦于三者之一,其他两者被完全淹没。几千年来,只有作者和作品轮流受到映照,读者偶尔在余光里闪现片刻,但基本上被淹没在黑暗中,在舞台上没有做过主角。①

当代读者批评的渊源至少可以追溯到两百年前浪漫主义时期的诠释学。诠释学(Hermeneutics)是有关解释的科学,古希腊神话中赫尔墨斯(Hermes)是掌管商业和道路的神,兼作"解释者",将众神的神谕传达并解释给凡人。此后解释行为②主要指对《圣经》的诠释,涉及的范围仅仅是语文学(philology)。在宗教改革中,罗马教廷和新教争夺《圣经》的解释权,后者坚持每个信徒都有权解释《圣经》(因信称义)。在这种背景下,近代诠释学渐具雏形,其理论奠基人是德国新教牧师施莱尔马赫(Friedrich Schleiermacher, 1768 – 1834)。③ 施莱尔马赫提出了著名的"诠释循环"(hermeneutic circle)以表现理解行为的特征:部分须在整体上才能

---

① Louise M. Rosenblatt, *The Reader the Text the Poem: The Transactive Theory of the Literary Work* (Southern Illinois University Press, 1978), p. 1.
② 这里 hermeneutics 仅仅是"解释行为",因为解释成为一门科学是近代的事情。
③ 施莱尔马赫的浪漫主义诠释学成型于19世纪初,当时他在柏林大学等地任做讲座;他逝世后由其学生根据听课笔记及施莱尔马赫本人的备课笔记整理出版(《诠释学和批评》),施莱尔马赫手稿直到1958年才由伽达默尔的一位学生编辑出版。

理解,整体也须靠部分才能获得。正因为如此,后人的解释肯定要优于前人甚至优于作者本人,因为后人面对的整体更大。施莱尔马赫虽然仍然关注《圣经》解释,但他的解释已经跨出《圣经》范畴,使诠释学成为一门独立的科学门类。他认为诠释学是"理解的艺术",所以不应当属于逻辑学、文字学而应当属于哲学。理解既要注重语言文字的释义,又要注重说话时的历史时刻,所以语法和心理对解释同样重要。成功的解释依赖于解释者的语言能力和对人的理解,即施莱尔马赫所谓的"语法解释"(grammatical)和"技法解释"(technical)。施莱尔马赫对"技法"(即作者的"风格")更加关注,因为风格不仅取决于语言,还受更大的文化因素所影响。[①] 19世纪后期另一位德国人狄尔泰(Wilhelm Dilthey)进一步发展了施莱尔马赫开创的诠释理论,将解释目标从文字文本扩展为文化文本。狄尔泰认为诠释学属于人文科学,不能简单套用自然科学的实证方法,因为解释的对象是人的经验,而经验是"思维现实"而非"物理现实"。狄尔泰把解释对象称为"客观思维",意即被诠释体展现的是一定时空下为公众所共有的价值情感体系,因此解释者可以使用"移情"的方法进入解释对象的生活体验中。[②] 后人对狄尔泰多有批评,认为他的见解心理主义色彩太浓,但狄尔泰对作者之意的重视使之成为经典诠释学的关注对象(如当代诠释学家赫施[E. D. Hirsch]),更重要的是狄尔泰的浪漫主义传统影响了另一位更加重要的当代诠释学家海德格尔。

尽管施莱尔马赫和狄尔泰主张成功的解释取决于"解释者必须在主观上和客观上把自己放在作者的位置",[③]而这个解释者就是"读者",但他们与当代读者批评的关系并不明显。诠释学和读者的显在联系是由德国哲学家海德格尔(Martin Heidegger)的"现象学诠释学"建立的。现象学的一个重要概念是"意向性"(intentionality),即人的意向(心理活动)有指向性,由于意识的指向才使意识对象具有特定的意义。海德格尔是现象学创始人胡塞尔(Edmund Husserl)的学生,将现象学原理用于诠释学,产生了有别于以上"方法论诠释学"的"本体论诠释学"。海德格尔发展了胡塞尔的"纯粹自我意识",认为"此在"或"自我存在"(*Dasein*)是先于一切的真正存在,因为人的思维是不容置疑的,世间万物都是人的思维的衍生物。同狄尔泰一样,他认为解释思维有别于科学思维:科学方法只

---

① Friedrich D. Schleiermacher, "General Hermeneutics," in Kurt Mueller-Vollmer, ed., *The Hermeneutics Reader* (Oxford: Basil Blackwell, 1986), pp. 73–95.
② Wilhelm Dilthey, "Awareness, Reality: Time," in Kurt Mueller-Vollmer, ed., *The Hermeneutics Reader* (Oxford: Basil Blackwell, 1986), pp. 149–159.
③ 同上,p. 83.

能认识现象和外观,不适于本体诠释,"与一切科学有别,思就是存在的思":

> 如果说在存在状态下"此在"就是存在的"在场",也就是说世界存在于"此",它的"存在于此"就是存在于"其中"。后者同样也"在场",正如"此在"也为此"在场"一样。在这个"为此"里,"在世之在"被如此展示,这个展示我们称之为"理解"。在理解"为此"时,基于其中的意义也同时得到揭示。对理解的揭示,正如同对"因此"和意义的揭示一样,属于"在世之在"的一部分。世界如此展示自己,在这个基础上产生出意义。①

也就是说,此在的最大特征是在场性、时间性、历时性、历史性,因此人的理解深深地镶嵌在历史和语言之中,任何诠释行为都必须显示这个"此在"中解释者的位置(即前理解)和解释者的"在世之在"(being-in-the-world)。他否认了狄尔泰诠释学中的浪漫主义色彩,主张作品不是某个个人意图或私人感情的表达,而是对世界的展示。只有诗的思维达到这种境界,最接近"此在"的存在状态,因为诗歌语言的实质是"对话性"和历史性,而"此在"就表现在延绵不断的对话之中。从这个意义上说,诗就是诠释最完美的表现,对话性也是诠释本质最根本的特征。②

海德格尔关于诠释的论述散见于他的存在主义哲学著作中,且多见于对诗歌语言的讨论,所以诗性大于理性,理论的系统性完整性不明显。当代诠释学的集大成者是海德格尔的学生德国哲学家伽达默尔(Hans-Georg Gadamer)。伽达默尔集中在文本诠释,尽管他的关注包括文化的其他方面。他接过施莱尔马赫和海德格尔的"诠释循环"论,并且与后者一样,认为这个循环并不是解释的困境,而是解释的必要条件:没有整体和部分的这种关系也就没有解释行为的必要。这个"循环"表明,一切解释行为都牢牢地根植于历史之中,表现为解释者和被解释物进行"对话":"理解在根本上并不等于理性地进入过去,而在于在解释中使现在卷入过去。"伽达默尔认为,正因为解释是历史行为,诠释循环中存在矛

---

① Martin Heidegger (1927), "Being and Time," in Mueller-Vollmer, ed., *The Hermeneutics Reader*, pp. 215–120.
② Martin Heidegger (1951), "Höerlin and the Essence of Poetry," in Adams & Searle, eds., *Critical Theory Since 1965*, pp. 758–765.

盾,诠释对话里存在差异,所以解释者在进入解释行为时肯定带有"先见",①也即海德格尔所称的"先在知识",构成伽达默尔所谓的"理解视域";在解释行为中,解释者和被解释物间的不同理解视域交会融合,产生一个个新的理解视域,使解释行为不断延续下去:

> 海德格尔描述的解释过程是:对前投射的每一次修正都能够产生出一个新的意义投射,互不相容的投射同时存在,直到综合意义逐渐显现,先见(fore-conceptions)不断被更恰当的见解所取代,解释也开始进行。这个不断的新投射过程就是理解和解释的运动。②

真正的读者理论出现继而异军突起还是 20 世纪六七十年代的事。以现象学和现代诠释学为基础,欧洲兴起了以姚斯和伊瑟尔为代表的康士坦茨学派(Constance School)的接受美学(Reception aesthetic)。海德格尔和伽达默尔所称的"理解视域"在 60 年代被另一位德国理论家姚斯(Hans Robert Jauss)改造为"期待视域"(horizon of expectations),并以此发展出一套文学史理论。几乎与此同时,姚斯的同事伊瑟尔(Wolfgang Iser, 1926 – 2007)也提出了一套以胡塞尔和英伽顿(Roman Ingarden)现象学理论为基础的文学批评理论,加上他们另外几位康斯坦茨大学的同事,形成读者批评的一个重要分支"康斯坦茨学派",即轰动一时的"接受美学"。③ 此时在美国也渐渐形成一批读者批评家,被理论界称为"读者反应批评"(Reader Response)。双方尽管名称相似,但几乎没有理论上的承袭或学术上的往来。由于接受美学影响之大,加上伊瑟尔是德国的英文教授,70 年代之后在美国著名学府任教讲学,所以读者反应批评家开始对他们的德国同行说三道四,引发一场读者批评理论的"内讧",其中隐含了读者批评家之见解不尽相同甚至截然相对的理论主张。

---

① 这里"prejudice"不等于常见的"偏见",而是"先入之见"(pre-judge),即解释者在解释行为(project)开始之前所具有的与之有关的一切理解,伽达默尔还称之为"前投射"(fore-project):"历史思维总要在他人之见和本人之见间建立联系。想要消除解释中自我的观念不仅不可能而且显然荒谬。"
② Hans-Georg Gadamer (1960), "Truth and Method," in Adams & Searle, eds., *Critical Theory Since 1965*, pp. 841–851.
③ 伊瑟尔本人并不喜欢"接受"(reception)一词,认为这个词更适合姚斯,他本人愿意用"effect"(作用、效果)来概括自己的理论,因为"接受"含有被动之意,"作用"则互动的意味更明显。这也是诠释学和现象学的一个主要区别("Reader Response Criticism in Perspective," *Changes and Challenges: The Role of the Future University*, Seoul: Hanyang University Press, 1990, p. 5)。

读者批评的兴起是 60 年代西方社会发展的结果，接受美学的出现也是对联邦德国社会现实的反应。当时主导德国文坛的是自"二战"以来的形式主义文评，学者们喜好所谓科学客观的"内部"研究，而对积极介入社会批评、具有颠覆性的现代文评颇不以为然。在这种情况下，人们对象牙塔里的阅读欣赏式"说教"越来越不耐烦，开始谈论"文学批评的停滞"甚至"文学的死亡"。[①] 此时康斯坦茨大学的几位年轻教师和学生揭竿而起，明确主张文学批评的客体应该从文本转向读者及阅读过程。姚斯 1967 年的教授任职演说成为康斯坦茨学派的成立宣言，伊瑟尔的就职演说同样引起理论界的轰动。[②] 在联邦德国国内，姚斯的影响大于伊瑟尔，或许因为德国人偏爱他们的诠释学传统；但在德国之外，尤其在美国，伊瑟尔的现象学阅读理论却时髦得多，或许伊瑟尔更关注具体的文本阐释，与美国的新批评传统更加吻合。[③]

伊瑟尔的阅读理论开始于文本观念。姚斯曾用 T. S. 库恩的范式论说明读者批评与旧理论相比有"质的飞跃，关系的断绝及全新的出发点"。[④] 毋庸置疑，读者批评确实把读者提到了前所未有的高度，但这不等于文本作用的必然淡化。伊瑟尔就在批判文本自足论的同时把文本作为阅读理论的基石：

> 文学作品有两极，不妨称作艺术极和审美极：艺术极指的是作家创作的文本，审美极指的是读者对前者的实现。依据这种两极观，文学作品本身明显地既不可以等同于文本也不可以等同于它的实现，而是居于两者之间。它必定以虚在为特征，因为它既不能化约成文本现实，也不能等同于读者的

---

① Wolfgang Iser, "Reader Response Criticism in Perspective," p. 5.
② 姚斯的演说是《什么是并且为什么要学习文学史？》（"What Is and for What Purpose Does One Study Literary History?"）。正式发表时题为《文学史作为文学研究的挑战》（"Literary History As A Provocation to Literary Scholarship"）。此文标题有意模仿德国诗人席勒（Friedrich Schiller）在任耶拿大学历史学教授的就职演讲"What Is and for What Purpose Does One Study Universal History?"席勒的演讲做于 1789 年法国大革命前夕，引起轰动，可见姚斯之用心：他在有意引出听众的那个"期待视域"。伊瑟尔的演说于 1970 年以《不定性与读者反应》（"Indeterminacy and the Reader's Response"）为题发表。这使人想起 1913 年 12 月，彼得堡大学语文系一年级学生什克洛夫斯基在一次学术讨论会上做了《未来派在语言史上的地位》的报告，引起轰动；次年 2 月，他出版了 16 页的小册子《词语的复活》（周启超：《理念上的"对接"与视界上的"超越"——什克洛夫斯基与穆卡若夫斯基的文论之比较》，《外国文学评论》2005/4），被视为俄苏形式主义开始的标志。
③ 据美国读者反应批评家费希说，伊瑟尔的两部主要著作（《隐含的读者》和《阅读行为》）在约翰斯·霍普金斯大学出版社的销售榜上仅次于德里达的《论书写》。
④ Robert C. Holub, *Reception Theory: A Critical Introduction* (London and New York: Methuen, Inc., Methuen, 1984), p. 1.

主观活动,正是这种虚在性才使文本具备了能动性。①

这里艺术极是传统意义上具备形式特征的文本,这个文本自亚里士多德开始,到俄苏形式主义达到顶点。伊瑟尔对审美极语焉不详,把它描述为读者对文本的反应、实现,或读者的主观性、心理活动。对伊瑟尔来说以上两极都不足取,因为作为艺术极的文本是作家创作的结果,作为审美极的文本是读者阅读的结果,两者都是终极产品,不足以显示文学阅读的持续性、能动性,也无法说明文本的开放性和读者的不可或缺性。作为纠正,伊瑟尔把他的文本放在以上两极之间,称之为"文学作品",代表的是文本意义产生的过程。这里读者与文本已不再是独立的个体,而是合而为一,构成了一个互动的整体。

伊瑟尔两极理论的背后隐含着他的现象学文学研究方法论。胡塞尔重新解释了笛卡尔哲学中的"我—我思—我思物"(ego-cogito-cogitatum):意向性活动不仅说明意向主体(intending subject)和意向客体(intended object)的存在,而且通过双方的意向性互动,意向主体最终可以揭示意向客体的本质。② 由于文学阅读是典型的主客体间的意向性活动,而现象学所要把握的又是意向性客体的规律、本质,所以胡塞尔之后不少评论家把这种哲学方法应用于文学批评,如英伽登、海德格尔、萨特(Jean-Paul Sartre)、杜夫海纳、布莱、梅洛-庞蒂(Maurice Merleau-Ponty)及日内瓦批评学派等。伊瑟尔对文本和文学阅读进行现象学观照之后提出一个较为具体的现象学文本结构,用以说明文本的现象学特征。

文本的现象学特征就是它的开放性,为了表明这一点,伊瑟尔对文本进行了现象学透视,从中发现了一个文本的"召唤结构"(appellstruktur)。这个结构由两部分构成:文本的"保留内容"(repertoire)和文本"策略"。保留内容指文本取自于现实的社会文化现象,尤指在社会中占主导地位的思想体系、道德标准、行为规范,文本对它们的合法性提出质疑,"召唤"读者对此予以否定。而文本策略则是作品对其保留内容进行艺术加工,即安排文本视角,以便更好地吸引读者。由此可见,伊瑟尔的文本之所以是一个现象学文本,因为其中不仅有文本结构,还

---

① Wolfgang Iser, *The Act of Reading: A Theory of Aesthetic Response* (Baltimore and London: The Johns Hopkins University Press, 1987), p. 21.
② D. Stewart & A. Mickunas, *Exploring Phenomenology: A Guide to the Field and its Literature* (Chicago: American Library Association, 1974), p. 37.

包含有读者的存在,所以它表现的是文本基于阅读交流基础之上的本体性存在。①

主张读者—文本双向互动者远非伊瑟尔一人,但这种主张常常因人而异,得出的结论也不尽相同。罗森布拉特对自己的"互动阅读"有个比喻:文本犹如未封边的挂毯,由读者牵动其四周的织线来改变它的形状;霍兰德也对自己的互动理论做过比喻:文本好比先锋派音乐家手里的乐谱,由他在舞台上任意发挥。伊瑟尔显然不会赞同上面的这些比喻,因为在这种双向活动中读者的自由度太大,文本的作用太小,在霍兰德的比喻中双向互动几乎成了单向操纵。意大利评论家埃柯(Umberto Eco)做的另一个比喻对他也许更为恰当:音乐家既不像古典时代那样对曲谱忠实重复,也非像先锋派那样完全抛开曲谱,而是像现代派那样"沿着音乐符号的分布对音乐形式进行多样化处理"。②

"隐含的读者"是伊瑟尔的另一个重要概念,它一经提出便受到理论界的关注,二十年里对它的争论一直不断,尤其在美国。尽管如此,伊瑟尔本人并没有对它做多少解释;他的一部重要著作的书名就是《隐含的读者》,但书中对此根本没有细谈。比较完整的描述大概是《阅读行为》中的这段话:

> 如果我们要文学作品产生效果及引起反应,就必须允许读者的存在,同时又不以任何方式事先决定他的性格和历史境况。由于缺少恰当的词汇,我们不妨把他称作隐含的读者。他具备文学作品产生效果所必需的一切情感,这些情感不是由外部客观现实所造成,而是由文本所设置。因此隐含的读者观深深根植于文本结构之中,它表明一种构造,不可等同于实际读者。③

由此可见,隐含的读者是伊瑟尔用现象学方法对读者进行现象学透视的结果,表

---

① 这里所说的本体存在指的是现象学意义上对应于"表象存在"的"本质存在"。胡塞尔曾对此有过解释:"一件独立存在的物体不是简单的或宽泛的独立物,不是一个独一无二的'某处某物'般的东西;而是有它自己恰当的存在方式,有它自己的本质属性,这种属性在很大程度上决定了它,因为它正是如此这般被'自我建构'的(这就是'事物自身的存在')。"(Edmund Husserl, *The Idea of Phenomenology*, trans. W. R. Boyce, New York: The Macmillan Company, 1974, p. 53)
② Louise M. Rosenblatt, *The Reader the Text the Poem: the Transactive Theory of the Literary Work*, p. 12; Norman N. Holland, *The Brain of Robert Frost* (New York & London: Routledge, 1988), p. 162; Umberto Eco, *The Role of the Reader* (Bloomington: Indiana University Press, 1984), pp. 48 – 49.
③ Wolfgang Iser, *The Act of Reading: A Theory of Aesthetic Response*, p. 34.

达的是一个现象学读者模型,一种理论构造,不可将其混同于实际读者。但是在建构这个读者模型的过程中实际读者是伊瑟尔的意向客体,该模型揭示的也是真实读者的现象学意义,所以它和真实读者关系密切。隐含的读者说明的又不仅仅只是读者,因为伊瑟尔最终的意向客体是文学阅读本身,即读者—文本的互动过程,所以该"读者"必然要隐含文本的存在,这也是伊瑟尔眼中它的现象学特征,这一特征体现在隐含的读者独特的构成上。

隐含的读者由两个部分组成:作为文本结构的读者作用和作为结构化行为的读者作用。前者是一个现象学文本结构,包括由各种文本视角交织而成的视角网、这些视角相互作用后形成的视角汇合点(即通常所说的文本意义)以及外在于文本、供读者透视文本视角的"立足点"。从现象学角度看,文本的视角汇合点与读者的立足点都是虚在的,要靠读者的"结构化行为"即阅读行为来加以实质化。由此可见,通过隐含的读者伊瑟尔至少想说明两点:文本的存在对任何阅读行为都是必不可少的;离开了文本,脱离文本—读者的相互作用,就不足以揭示读者的本质。

不论是伊瑟尔的"文学作品"还是他的"隐含的读者",都建立在一个重要的基础之上,这就是确定性/不定性原则。文本的召唤结构之所以能保证读者的介入,依赖的就是"保留内容"对占主导地位的文学、文化传统进行质疑而造成不定状态;文本策略则通过对文本视角的安排强化这种不定状态,使之充盈于文本阅读的全过程。同样,隐含的读者中文本结构的生成也由不定因素促成,并激发起结构化行为。由此可见,文本结构的召唤强度和结构化行为的活跃程度完全依赖于不定状态的存在及其在文本中的安排。美国读者反应批评家费希曾从后结构主义角度对文本召唤结构中的确定性/不定性二元对立原则进行过激烈的攻击,可谓击中伊瑟尔的要害,而伊瑟尔的回答有些"顾左右而言他",在论战中处于守势,在很大程度上是因为当时后结构主义思潮在美国正时髦,伊瑟尔带有浓厚欧陆美学色彩的读者接受美学在后结构主义一家独大的氛围里没有市场。[①]

和伊瑟尔一样,20世纪80年代读者批评家的特征之一便是纷纷建构读者模型,用来说明各自的阅读理论,较为著名的有姚斯的"历史读者"、卡勒的"理想读者"、M. 瑞法代尔的"超级读者"、G. 普林斯的"零度听众"、C. 布鲁克-罗斯的"代

---

① 20世纪80年代初的伊瑟尔—费希之争发生在读者批评内部,通过审视接受美学本身深刻地反映了后学背景下形式主义在深层次上的各种表现,见 Stanley E. Fish, "Why No One's Afraid of Wolfgang Iser"(*Diacritics*. Vol. 2. 1981);及 Wolfgang Iser, "Talking Like Whales: A Reply to Stanley Fish"(ibid. Vol. II. 1981)。

码读者"、霍兰德的"互动读者"及布斯(Wayne Booth)后于伊瑟尔使用但含义完全不同的"隐含的读者"等。读者模型的较早版本是 W. 吉布森 50 年代初提出的"模拟读者"。他认为真正的作者"既费解又神秘",重要的则是文本中"虚拟的叙述者"。吉布森的主张有些近似于"新批评"的"意图谬误"论,不同的是他同时为这个虚拟的叙述者安排了一个听众,这位"模拟读者""主动采纳文本语言要求他采纳的那一套态度,具备文本语言要求他具备的品质",因此可以积极介入文本,同虚拟的叙述者形成对话。① "模拟读者"明确提出了读者的作用,这在"新批评"仍然占统治地位的年代的确难能可贵,但更重要的是真实作者/虚拟叙述者之分启发了布斯,他在十年后提出真实作者/隐含的作者之分,后者通过文本中表露的信念与价值观得到表现,而且布斯还根据隐含的作者提出了一个与之对应的读者:"简言之,作者(在作品中)创造了一个自己的形象与一个读者的形象,在塑造第二个自我的同时塑造了自己的读者,所谓最成功的阅读就是作者、读者这两个被创造出的自我完全达到一致。"②此时布斯并未给这个由作者创造的读者冠以任何称谓,但伊瑟尔在提出"隐含的读者"时显然受到布斯的影响,③同时却没有考虑到这两类读者会如此风马牛不相及。布斯在《小说修辞学》1982 年修订版中明确地把这个读者称为"隐含"的读者,即文本或作者要求真实读者必须成为的那类读者,④给后来的评论家造成理解上的混乱。造成这种混乱的另一个原因是当代评论家对这个术语的滥用,正如后人滥用"期待视域"这个术语一样,随意赋予它各种含义,使它离姚斯初次使用时的本意越来越远。⑤

伊瑟尔读者模型的独特之处在于它超出了普通读者的界限,不仅依靠现象学在读者模型中设置了读者反应的"投射机制"(即读者的结构化行为),而且还在其中设置了引起读者反应的"召唤结构",使召唤—投射互为依托,构成一个有机的整体。由此可见,隐含的读者说明的是伊瑟尔的整个现象学阅读理论以及读者在这个理论中的位置与作用,正如伊瑟尔曾以同样的方式建构了他的现象

---

① Walker Gibson. "Authors, Speakers, Readers, and Mock Readers," *Reader-Response Criticism*, ed. J.P. Tompkins (Baltimore and London: The Johns Hopkins University Press, 1984), pp. 1 – 2.
② Wayne C. Booth. *The Rhetoric of Fiction* (Penguin Books, 1987), p. 138.
③ 伊瑟尔在谈论读者时,借用了布斯的两类读者观(真实读者与被创造的读者),说明读者与非读者的区别,以引出自己的隐含的读者观。
④ 布斯本人承认不懂伊瑟尔的"隐含的读者"到底为何物,在 80 年代和伊瑟尔的通信中仍然把它作为作者"在文本中预设的那位轻信的读者"(Wolfgang Iser, *Prospecting: from Reader Response to Literary Anthropology*, Baltimore and London: The Johns Hopkins University Press, 1989, p. 59)。
⑤ Robert C. Holub. *Reception Theory: A Critical Introduction*, p. 69.

学文本,即由艺术极与审美极融合而成的"文学作品"以及由不同的读者—文本交流模型构成的现象学文学交流理论。因此不妨把"隐含的读者"作为真实读者的一种现象学表现,说明的是一般读者的一种本体存在方式。

读者理论在美国主要是以费希、卡勒、霍兰德和布莱希为代表的读者反应批评(reader-response criticism)。① 虽然种种读者理论话语之间也没有统一的立场和文本分析方法,但是,所有被称为"读者反应批评者"(reader-response criticism)、"读者批评者"(reader-critics)或者"受众批评者"(audience-oriented critics)的人都非常关注读者角色,大都认为文本阐释形成于读者与文本相互作用、相互交流的过程中,因此,合理的文学批评必须考虑读者,而不只是孤立的文本。终于,读者角色和阅读活动得到前所未有的关注,文学理论史由此翻开了新的一页。

卡勒(Jonathan Culler, 1944—)②早期撰写的知名著作《结构主义诗学:结构主义、语言学与文学研究》(*Structuralist Poetics: Structuralism, Linguistics and the Study of Literature*, 1975)曾获 1975 年全美当代语言学会"洛厄尔研究奖",不妨说它是法国思想与美国本土思潮的联姻。卡勒从后现代主义思维出发,认为文学批评应该思考自身,证明自身的合理性,要成为"独立的知识模式",而不是囿于文本,单纯地做文字解释。在这方面,法国结构主义提供了很好的样板。结构主义使文学研究不再停留于发现或赋予文本意义,它应该成为探讨文本意义产生条件的诗学;它将注意力投向阅读活动,探究我们如何读出文本的意义,说明文学阐释的基础。总之,"与阅读、讨论个体文本相反,文学研究要努力去理解使得文学成为可能的种种传统做法"。③

卡勒将分析对象从文本转向读者,将文学程式与读者的"文学能力"(literary competence)直接联系起来。他沿袭了巴特对结构主义的定义,将之视为"由现代语言学理论发展而来的分析文化产物的模式",同时,借助美国本土语言学家

---

① 其实接受美学和读者反应理论是密切联系的:不仅两种理论总体上有相当的一致和近似之处,而且伊瑟尔和姚斯都直接参与了英美批评界的读者反应批评运动。伊瑟尔还曾在美国好几所大学讲学,并同费希有过直接论争。

② 卡勒有独创性的理论并不多,而以简洁明了的综合归纳见长,正由于如此,理论热兴起之后,他在我国的知名度较高,多部著述被译成汉语,如《结构主义诗学》、《追寻符号》(*The Pursuit of Signs*, 1981)、《论解构》(*On Deconstruction*, 1982)、《巴特》(*Barthes*, 1983)、《费狄南德·德·索绪尔》(*Ferdinand de Saussure*, 1986),尤其是他的介绍性读本《文学理论入门》(*Literary theory: A Very Short Introduction*, 1997)。

③ Jonathan Culler, *Structuralist Poetics: Structuralism, Linguistics and the Study of Literature* (London: Routledge & Kegan Paul, 1975), p. viii.

乔姆斯基的"能力"(competence)与"表现"(performance)概念来诠释索绪尔语言学中的"语言"和"言语"概念。在他看来,"可以从乔姆斯基语言学的角度把结构语言学看成对语言能力的研究,且不论语言能力的结果如何得出,都必须参照该能力来加以检测"。① 而语言能力的外在表现,譬如口头表达,必须与说话者对意义和语法构成的主观判断直接相关——这意味着结构主义须回到现象学,说明言说主体与其文化客体之间的内在关联。推及文学阅读,则阅读主体的作用至关重要,"文学作品之所以包含着结构和意义,是因为我们以一定的方式去阅读它们,因为阅读活动中运用的话语理论使潜伏在阅读对象之中的特性得以实现"。② 也就是说,阅读活动的展开取决于读者思维中某种先导知识或观念、某种潜在的理解文学话语的方式或程式——即卡勒所谓的"文学能力"。正如理解语言是以主体对语言系统的掌握为基础,理解文学也是以读者掌握理解文学的程式为基础,而这又是以大量阅读经验和相关的教育为前提的。然而,如何确立阐释的规范与程序呢?卡勒提出,如果我们确定一些具备"基本阅读能力"的"理想的读者"(ideal reader),再根据他们对文学文本的接受与理解,我们就可以从中判定形成这些解读的规范与程序,因为"理想的读者"拿到一个文本时,清楚自己该如何去阅读——知道怎样的解释可行、怎样的不可行。

文学以阅读模式为基础,但不同体裁的作品,阅读模式必然也不同。卡勒认为,体裁并非特殊的语言种类,而是不同类型的期待,它们使句子成为二级文学系统中不同类别的符号。他在书中讨论了抒情诗和小说这两种体裁的诗学,进而认为在解读抒情诗过程中起作用的期待程式是诗歌创造的距离感及其非个人化特征(impersonality)、诗的有机整体特征或连贯性,以及诗歌必然表达一定的意义。而统摄小说的基本程式是读者"期待小说会创造出一个世界":读者通过阅读,社会的模型、个人性格模型、个人与社会关系的模型——尤其重要的是上述各方面所具有的意义,将从词语的组合中浮现出来。③ 卡勒从美国视野切入结构主义,把分析重点转向传统结构主义所不屑的读者,并突出读者的主导地位,以阅读主体的期待程式代替单纯的文本结构,为结构主义乃至阅读理论提供了不无意义的启示。

费希(Stanley E. Fish, 1938—)早年的研究兴趣是17世纪英国文学,他的博

---

① 同上,p. 24.
② 同上,p. 113.
③ 同上,p. 189.

士论文《约翰·斯克尔顿的诗作》(*John Skelton's Poetry*, 1965)对英国文艺复兴时期的诗人斯克尔顿的诗作进行了相当精辟的论述。而以专著《为罪而惊:〈失乐园〉里的读者》(*Surprised by Sin: The Reader in Paradise Lost*, 1967)为起点,加上后来的《自我消受的艺术品:感受 17 世纪文学》(*Self-Consuming Artifacts: The Experience of Seventeenth-Century Literature*, 1972)和论文集《这门课里有没有文本?阐释群体的权威》(*Is There a Text in This Class? The Authority of Interpretive Communities*, 1980),费希一跃成为美国最有名的读者批评理论家。

费希反对"新批评"的文本自足观和将文本作为唯一分析对象的做法,强调读者意识的首要性,将读者的阅读过程推到意义阐释的前台。他认为文学语言并没有什么特殊地位,语言材料的客观性也是虚幻的,从而有意识地将自己的方法与各种形式主义方法(包括美国"新批评")区别开来。人们在阅读时习惯于问某句话"是什么意思",费希提出这个问题应该改成"这句话做了什么",因为词句在他眼中不再是自足自律的客体,它们是需要读者参与且发生在读者身上的事件,而该事件就是词句意义之所在。换言之,文学作品通过动态的阅读活动进入读者视野,其意义体现在读者对作品的感受过程中,不是先于阅读活动客观存在的,也不是作品本身,更不是阅读活动或感受过程结束之后的细微所得。"意义是事件,是发生的东西。我们习惯于在书页上找寻意义,但意义不是在书页上,而是在字符(或声音)之流与读者—听众起积极中介作用的意识这两者之间的互动当中"。① 与这种意义观相对应的是一种非正统的文学形式观——"如果诗歌的意义应该从读者对它的体验中找寻,那么诗歌的形式就是上述体验的形式;外在的或者说物质的形式从一定意义上来说是无可置疑地在那里,非常显眼,但从另一种意义上来说,它是偶然的,甚至是不相干的"。② 这无形之中在读者体验、文本意义与文本形式之间画上了等号,意义和形式伴随着读者的体验一起同时延伸。

由于读者阅读过程及对词句的体验过程在本质上存在时间先后特征,费希的意义观相应地也以时间延续而不是空间结构为基础。阅读是时间性行为,文学感受过程中必然要不断地调整感知、观点和评价,而这可能是一个有时间跨度的决定、修改、否定和恢复的过程。正因如此,"使作品化进读者对它的感受中恰

---

① Stanley E. Fish, *Surprised by Sin: The Reader in Paradise Lost* (Berkeley: University of California Press, 1971), p. x.
② 同上,p. 341.

恰是我们批评所应该实现的东西,因为我们阅读时发生的情况无非如此。情节和论述的线索,开始、中间和结尾,意象的集合——我们从阅读体验回过头来后可以察觉的一切形式特征,成为该体验过程中反应的组成部分"。① 文学批评的目的就是如实描述阅读活动,展示读者在语词连续出现时做出的连续的、不断发展的反应。反应的范围包括一连串语词所引起的每一种活动:预测句法和词法的各种可能性,猜想随之发生的事件或将要发生的事件,对人物、事件和观念的态度,等等。批评对象从发掘客体文学作品的意象、结构和肌理等转向探讨主体体验,可以说是美国文学批评一大关键转折。

  批评的焦点从文本转向了读者,然而读者又该是什么样子?1970年,费希发表《读者身上的文学:感受文体学》("Literature in the Reader: Affective Stylistics")一文,对其读者反应理论中关于意义、形式和文本的基本思想做了概括性说明,并对他心目中的读者做了描述。费希指出,读者阅读过程中所作的反应以一个有调节、组织功能的机制为基础——这个机制即读者的能力。因此,他观念中的读者是理想的或者说是理想化的读者,是"有知识的读者"(informed reader):不仅工于文本所使用的语言,而且具有充分的作为成熟的听话人用来理解的语义知识,包括措辞、搭配能力、习惯用语、职业语言和其他行话,等等,还必须具有文学能力。② "有知识的读者"有丰富的阅读经验,通晓文学话语(从最小的技巧到所有文学体裁)的特征。不过他或她"既不是抽象的也不是活生生的、实际的读者,而是一个复合体——一个千方百计使自己具有各种知识的真正读者"。③ 费希相信任何有充分的责任感和自我意识的人都可以成为有知识的读者,从而对自己的阅读体验做出更为可靠的表达。

  那么,为什么同一读者对不同的文本有不同的阐释行为,又为什么不同的读者对同一文本有相似的阐释行为? 在《〈弥尔顿集注本〉解读》("Interpreting the Variorum", 1976)一文中,费希提出"阐释群体"(interpretive communities)观点,以解释读者对文本所作反应的多样性和稳定性的原因所在。"阐释群体"观拓展了此前的"具有各种知识的读者"观,标志着他从早期的现象学研究向后结构主义研究模式的转变。他指出:"阐释群体由那些有共同的阐释策略的人组成,这些

---

① 同上,pp. ix - x.
② Stanley E. Fish, "Literature in the Reader: Affective Stylistics," in *Reader-Response Criticism: From Formalism to Post-Structuralism*, ed. Jane P. Tompkins (Baltimore and London: The Johns Hopkins University Press,1980), pp. 86 - 87.
③ 同上,p. 87.

阐释策略不是用于文本阅读（传统意义上的阅读），而是用于文本写作，用于形成它们的特点，表现它们的意图。也就是说，这些策略是先于阅读行为存在的，因此决定着阅读对象的形态，而不是通常所认为的阅读对象的形态决定着阅读策略。"① 正是由于每个群体的解释者按照自己的解释策略所要求的方式对文本进行解码，因而属于同一阐释群体的不同读者会做出比较稳定的阐释，单个读者在分属不同阐释群体时通常采取不同的阐释策略，并因此创造出不同的文本。阐释群体差别还可以说明文学作品阐释出现诸多不一致、而不一致的阐释之间却可以按照一定的原则展开论争的原因。阐释群体具有一定的稳定性，但这种稳定性是短暂的，因为这些群体的范围会不断发生变化，其中的成员可能互相流动，阐释策略也随之发生变化和调整。至此，费希以阐释策略照应了自己关于文本、意义、形式的理论：意义不是从文本中提取出来的，而是读者使用一定的阐释策略创造的，形式也是阐释策略创造的结果。② 从文本转向读者，从"有知识的读者"转向阐释群体，实际上是从形式主义到现象学再到后结构主义的转变，表明费希一直在发展、完善其读者批评理论。

受"新批评"与弗洛伊德精神分析理论学说的影响，美国另一位批评家霍兰德（Norman N. Holland, 1927-2017）主张在客观理解作品的基础上描述读者的阅读经验，从而熔主观与客观于一炉。在20世纪60年代到80年代期间出版的一系列专著《文学反应动力论》（*The Dynamics of Literary Response*, 1968）、《个人的诗篇》（*Poems in Persons*, 1973）、《五位读者的阅读》（*Five Readers Reading*, 1975）、《我》（*The I*, 1985）以及《一致、个性、文本与自我》（"Unity Identity Text Self", 1975）等论文中，他致力于从自我心理学的发现着眼探讨文本接受的性质。霍兰德认为，每个人自出生起就从母亲那里获得一个"基本个性"（primary identity）的印记，人们在生活经历中将之变成各自的"个性主题"（identity theme），最终透过个性主题这个棱镜去认识世界。同样，人们也按照各自的个性主题阅读、处理文本，这里的"中心原则"是：

> 个性重新创造自身，或者换句话说，风格——这里指个人风格——创造自身。也就是说，我们阅读的时候，大家都用文学作品来象征自我，最终复制自我。通过文本，我们形成自己欲望和调适的特有模式。在阐释文本时，

---

① Stanley E. Fish, "Interpreting the Variorum," in *Reader-Response Criticism: From Formalism to Post-Structuralism*, p. 182.

② 同上，p. 183.

我们与文本相互作用,将之变成我们自己心理历程的一部分,同时将我们自己变成文学作品的一部分。①

文本阐释因而成了读者释放内心恐惧、表达内心愿望和维持自身心理健康需要的活动。

霍兰描述了读者反应的三个阶段:第一阶段出现的是读者对愉悦的期待与对痛苦的恐惧感,痛苦—愉悦机制以及伴生的防御机制的作用构成了反应过程的初期状态;第二个阶段中,读者的愉悦变成了个性鲜明的幻想,借以获得强烈的满足感;第三个阶段中起作用的是对初始幻想(raw fantasy)的焦虑和罪恶感,幻想最终转变为完整的道德、思想、社会和审美体验。因此,在最后出现的是综合的反应,防御、满足与焦虑达成平衡,思维与情绪的稳定得以维持。因为反应的过程包括防御(defenses)、期待(expectations)、幻想(fantasies)和转化(transformations),他用这四个词的首字母组成了一个新词(DEFT)来表示其文学交流模式。霍兰将这一模式推而广之,认为它可以揭示个性或风格制约着阐释一切经验和人类交际的方式——包括机构、文化和国家间的交流,而不只是对文学经验的阐释。以"个性主题"解释阅读反应乃至一切阐释经验,霍兰因此在精神分析和读者反应批评中都有着相当重要的地位。

与霍兰一样,布莱希(David Bleich, 1940－　)也从心理学角度提出自己的"主观批评"理论,而且与美国读者反应批评运动的其他倡导者一样,他也在将文学批评和理论与课堂文学教学相结合方面做了不懈的努力。《阅读与感觉》(*Readings and Feelings: An Introduction to Subjective Criticism*, 1975)和《主观批评》(*Subjective Criticism*, 1978)就是他多年教学实践的成果。与费希一样,布莱希将文学意义视为体验过程,而不是自足的客体;阐释始于读者的反应,而反应又属于认知领域的问题。他力图揭示一切"客观"阐释的主观基础,因为,"将有意识判断与其主观基础分开是人为的、错误的",②毕竟阅读是以个体心理为基础的。按照他的说法,成人在认知过程中通常将存在体分为三大类:物体、人和象征体,文学作品是人们思维创造的结果,所以属于第三类。布莱希将文本意义或者说文本阐释与读者反应严格区别开来:文本的意义依赖于读者的反应,即读者头脑

---

① Norman N. Holland, "Unity Identity Text Self," in *Reader-Response Criticism: From Formalism to Post-Structuralism*, p. 124.

② David Bleich, *Readings and Feelings: An Introduction Subjective Criticism* (Urbana: National Council of Teachers of English, 1975), p. 49.

中的象征活动(symbolization),阐释则指后来的理解反应、将之系统化并赋以意义的再象征过程(resymbolization)。他指出,如果将文学看成象征客体,我们就可以把注意力从信息感知转到能动感知的自我发挥上,进而转到由这些能动感知形成的更有意识的再象征过程上。[①] 文学阐释要再现读者的基本情感反应(包括个体的认知、情绪和联想等),要将个人经验转化为知识形式呈与大众;也就是说,反应是个人的,阐释则是一定群体所共有的,它受到读者所在的阐释群体的约束。与费希提出"阐释群体"一样,在《主观批评》里,布莱希详细探讨了集体商讨(negotiations)决定阐释的问题。读者阅读时可能对文本做出有明显个人倾向甚至怪异的反应,这些个体反应经过群体的质疑、反思,调整完善这一商讨过程,最终得出可以共同认可的阐释。布莱希的主观范式为文学批评从客体文本转向阅读主体又迈进了一步,在美国读者批评运动中占有重要的一席之地。

(撰稿人:朱刚)

[①] David Bleich, *Subjective Criticism* (Baltimore: The Johns Hopkins University Press, 1978), p. 96.

第七章　英美马克思主义文学批评

马克思主义文学批评是以马克思以及恩格斯的经济文化理论和唯物史观为基础的批评流派,发端于19世纪后期,但它作为一套理论方法在西方文学批评传统中发挥重要作用还是20世纪的现象。马克思主义文学批评把文学作品视为具有特殊意识形态功能的一种社会制度,关注社会、阶级、经济基础与上层建筑、意识形态等因素在文学生产、表现形式、艺术规律等方面的症候式表达和交互作用,构建了以物质生产为理论基础的当代西方文学批评的重要维度。

20世纪以来,马克思主义文学批评在西方学界产生了重大影响。西方马克思主义创始人卢卡契(Georg Lukács)、意大利马克思主义批评家葛兰西(Antonio Gramsci)、德国法兰克福学派等知识分子先后对辩证唯物主义、经济决定论和反映论、阶级斗争等马克思主义经典观点进行重新阐释和拓展,确立了马克思主义文学批评通过文学切入生活实际的独特视角。随着19世纪末社会主义运动发展,马克思主义开始在英国传播,逐步成为英国激进知识分子的宝贵思想资源。30年代末的经济大萧条进一步暴露了资本主义的弊端,不满于国内外的政治经济现状的英国知识分子们纷纷汇聚到左翼运动的阵营,接受马克思主义思想的洗礼。马克思主义对文学批评的昭示意义在这个时期初显峥嵘,涌现出考德威尔(Christopher Caudwell)、韦斯特(Alick West)、福克斯(Ralph Fox)等为代表的第一批英国马克思主义文学评论家。他们坚持文学研究从经济基础出发,在英国资本主义经济发展规律和生产关系矛盾的框架中,探析英国文学面临重重危机的深层原因和历史必然性,把救赎英国文学和文化的希望寄托于他们为之献身的共产主义理想。值得指出的是,30年代的英国马克思主义文学批评绝非盲目追随盛行一时的机械反映论、经济决定论,考德威尔等人注重对马克思主义的辩证思考和合理吸收,以创建新的文化制度和政治制度为旨归,深入批判资本主义文学及其生产的意识形态,奠定了英国马克思主义文学批评特有的融思辨性、实践性、文化指向性以及乌托邦主义为一体的思想风格。

英国马克思主义文学批评随着"二战"结束、新左派运动的诞生,在20世纪50年代迎来了第二次高潮。代表人物威廉斯打破了"英文研究"(English studies)

所代表的英国传统的文化精英主义称霸高等学府和学术界的局面,在文学批评领域引入马克思主义理论这股活水,从文学走向文化,在重新界定"文化""文化研究"与不断廓清马克思主义理论教条的过程中一步步将马克思主义推进到文化唯物主义的新阶段。在 70 年代结构主义思潮中崛起的伊格尔顿师承威廉斯的学术旨趣,以意识形态作为文学研究的切入点,在与马克思主义的长期对话中,构建了以艺术审美与政治批评为纵横坐标的革命性阐释框架,拓宽了马克思主义文学批评的视野,凸显出文学研究的实践性和政治性。在英国马克思主义理论迅速发展的同时,美国的马克思主义批评家也有建树,其中詹姆逊所倡导的辩证批评在西方马克思主义文学文化理论领域一枝独秀,他的后现代主义文化批评也非同凡响,成为 20 世纪后期后现代论争中一个嘹亮的声音。

第一节 伊格尔顿

伊格尔顿(Terry Eagleton, 1943—)是当今英国最重要的马克思主义理论家、文艺批评家,他和威廉斯在家庭背景、求学经历、研究兴趣上有着不少交集。对于伊格尔顿来说,在 20 世纪 60 年代初的剑桥结识威廉斯的意义不啻"一场异乎寻常的个人解放"。[①] 威廉斯广博的学识和独特的人格魅力深深打动了伊格尔顿。在威廉斯的影响下,伊格尔顿大量阅读和钻研了马克思本人及其追随者们的理论著作,马克思主义从此在他的学术研究和思想发展轨迹上留下了难以磨灭的印记。

纵观伊格尔顿名下的近 50 部专著,结合其批评理论发展的轨迹,他的学术视野大致涵盖彼此相关的以下三大主题:意识形态与审美问题、文学/文化批评、后现代主义批判。

在马克思主义传统中,意识形态问题一直是辩论的焦点之一,它既是一个政治问题,更是一个哲学问题。《批评与意识形态》(*Criticism and Ideology: A Study in Marxist Literary Theory*, 1976)和《马克思主义与文学批评》(*Marxism and Literary Criticism*, 1976)的发表标志着伊格尔顿正式步入以意识形态问题为辩题的话语圈,开始了对马克思主义文学批评的理论意义和实践功能的探索。伊格尔顿较为系统地清理、展示了马克思主义批评理论的风向变化以及在意识形态问题上

---

① Terry Eagleton, "Introduction," in *Raymond Williams: Critical Perspectives* (Oxford: Basil Blackwell, 1989), p. 1.

的洞见与分歧,尤其深受 20 世纪 70 年代独树一帜的法国马克思主义思想家、结构主义者阿尔都塞对意识形态问题阐释的影响。

由阿尔都塞的意识形态理论出发,伊格尔顿对文学批评实践进行了深刻反思。在《批评与意识形态》一书中,他梳理了西方文学批评的演变脉络,指出当代西方大部分文学批评,包括自诩客观中立的结构主义批评,都隐藏着强烈的意识形态性。这些批评理论在对文学文本的"和谐""一致""深层结构"寻找依据和方法时,压抑或掩盖了文本结构之中无可避免的矛盾和分裂。这与批评的任务完全背道而驰,因为批评本应"是要揭示文本无力了解自己的地方,显明文本生产(铭刻在文字中)的种种条件"。① 马克思主义文学批评必须以揭露文学作品的意识形态内涵为基本任务,"只有有了意识形态知识的保证,我们才能声称获得了文学文本的知识"。② 但有别于庸俗唯物主义分析方法的是,伊格尔顿提出,科学的批评不是简单地把历史唯物主义应用于文学、把文学简化为意识形态,而是要研究文学作为意识形态话语的生产规律。为了研究这种生产规律,伊格尔顿拿出了一套涉及六个范畴的综合方法。这六个范畴是:一般生产方式(general mode of production)、文学生产方式(literary mode of production)、一般意识形态(general ideology)、作者意识形态(authorial ideology)、审美意识形态(aesthetic ideology)、文本(text)。

70 年代的伊格尔顿探究了马克思主义理论中的意识形态概念及其在文学批评中的理论价值与实践意义,但这种考察主要拘囿于马克思主义理论传统,缺乏对西方意识形态研究的整体观照,更谈不上与其他思想文化资源的对接。《意识形态导论》(*Ideology: An Introduction*, 1991)、《意识形态》(*Ideology*, 1994)这两部专题作品系统梳理了自西方启蒙运动以来意识形态概念的生成、发展、走向,较为完整地勾勒出意识形态理论的历史渊源和当下研究空间,同时推动了伊格尔顿在更加开阔的理论视野下进一步完善对意识形态概念的理解与反思。在《意识形态导论》中,伊格尔顿对意识形态在历史上重复、交叉、相悖的定义进行了描述、甄别、评价,他认为对于意识形态研究来说,"更重要的大概是去辨别哪些(历史)有价值、哪些可以抛弃,而不是把每条线索强行拼凑起来形成某种宏大理论"。③ 基于这种立场,伊格尔顿归纳出 16 种定义意识形态的方法,又在这 16 种

---

① Terry Eagleton, *Criticism and Ideology: A Study in Marxist Literary Theory* (London: NLB, 1976), p. 43.
② 同上,p. 96.
③ Terry Eagleton, *Ideology: An Introduction* (London: Verso, 1991), p. 1.

定义之上提炼出六种基本形式:(1) 社会生活中理想、信念、价值的生产的普遍物质化生产过程;(2) 某一重要社会集体或阶级的社会关系和生活经验的象征;(3) 这种社会集团的利益在其敌对利益前的宣扬或合法化;(4) 继续强调这种局部利益,但限定为某一主导性社会力量的行为;(5) 以歪曲和遮蔽宣扬、合法化统治阶级利益;(6) 强调虚假和欺骗性的信仰,但把这些信仰视为不仅源自主导阶级利益,而是来自整个社会的物质结构。①这六种形式表现出一种理解上的渐进性。但伊格尔顿更倾向于把意识形态视作"一种生活关系而不是经验再现",②表现出鲜明的唯物主义立场。同时,一切意识形态都不同程度地具有六种主要策略,即意识形态的六大基本特征:统一性(unifying)、行动导向性(action-oriented)、合理化(rationalizing)、合法化(legitimating)、普遍化(universalizing)和自然化(naturalizing)。③伊格尔顿清理了从启蒙到马克思主义经典作家,从早期西方马克思主义到法兰克福学派直至哈贝马斯,从非理性主义到精神分析学,从结构主义到解构主义等诸多思想家的意识形态概念,以夹叙夹议的方式深入阐释了自己对意识形态概念的重新理解。

《审美意识形态》(*The Ideology of the Aesthetic*, 1990)一书正式将意识形态概念引入美学领域,标志着伊格尔顿意识形态理论发展的新阶段。全书以美学与资本主义社会发展的共谋关系为前提,考察了资本主义不同时期美学的发展,勾勒了美学从夏夫兹伯里一直到福柯、利奥塔、德里达的发展历程。伊格尔顿认为,自美学诞生以来,审美话语之所以在人类文化思想的演进中作用如此突出,关键是因为审美话语对它所置身的意识形态语境提出了异常有力的挑战,提供了人类探索意义和价值本原的话语方式,所以审美话语始终都刻着意识形态斗争的痕迹,呈现出某种二重性:一方面把社会统治更深地置于被征服者的身体中,发挥着最有效的政治领导权的作用,另一方面又扮演着真正的解放力量的角色——扮演主体的统一角色,这些主体通过感觉冲动和同情而不是外在法律联系在一起。在伊格尔顿那里,美学不仅是意识形态,且与政治有着非常密切的联系。他从历史与意识形态的视角重新阐释美学的核心范畴,以考察美学与资产阶级领导权、与政治意识形态之间的关系,挖掘审美理论建构中的政治权力要素,揭示美学作为一种理论话语,并不是一块具有自由性、非功利性和自律性的

---

① 同上,pp. 28-30.
② 同上,p. 30.
③ 同上,p. 45.

"飞地",而是政治意识形态策略的表现,体现了一种渗入社会肌理的实践方式。

伊格尔顿的通过审美解决政治问题的设想激进而大胆,也让《审美意识形态》这部常被看作里程碑式的论著聚讼纷纭。但不容否认的是,透过美学的意识形态之维,伊格尔顿形成了一种具有政治阐释色彩的批评实践方式,那就是着力于文学作品与意识形态的关系,并从认识论角度探讨艺术与社会现实关系的意识形态批评。多年来他一直实践着这种批评方式,并得出了"一切批评都是政治的"结论。这既反映了他一贯的文化生产主张,也奠定了他的批评观念的美学指向。从这个意义上看,《审美意识形态》是伊格尔顿美学与文艺批评的核心。

自20世纪70年代末开始,西方的思想文化症候发生了诸多变化。随着1968年法国革命的退潮,阿尔都塞思想的旗帜不再屹立不摇。在阿尔都塞理论影响下构建了"文本科学"的伊格尔顿也经历了文学思想的转折期。为了强化马克思主义呼应社会现实的能力,他重新发掘德国思想家本雅明的思想价值。1981年《瓦尔特·本雅明,或走向革命的批评》(Walter Benjamin, or Towards a Revolutionary Criticism)的问世标志着伊格尔顿从文学文本向文化文本,从"科学"体系向"政治"实践,从概念分析向实践主体的重大转变。[①] 本雅明从破碎的历史中窥见历史发展的新动力的哲学理念和实践方法,不仅给伊格尔顿提供了意识形态批判的认识论基础,也开辟了一种"解构"的文学批评道路,即根据实际需要,破坏、融化、拆解非社会主义文本,用于书写新的社会实践。这意味着通过拷问文本、逆道解读、层层剥离的方式在根本上动摇意识形态话语的基础,在意识形态的内在断裂处探索潜在的意识形态内涵,在审美话语和意识形态之间的内在联系上突出文学批评的政治旨趣。发表于同一时期的《克拉丽莎被强暴:萨缪尔·理查逊作品中的写作、性与阶级斗争》(The Rape of Clarissa: Writing, Sexuality and Class Struggle, 1982)开宗明义地把本雅明的"炸碎历史的连续性、打造我们的当下与被赎回的一块历史碎片之间的关联"确立为批评的出发点,在文本线索、作家身份、人物的无意识、社会历史等众多因素的穿梭、协商、平衡的过程中,重新阐释了英国18世纪经典小说《克拉丽莎》对于20世纪读者的革命意蕴。

几年之后,不满文学批评走向学院化和市场化两极的伊格尔顿推出了《批评的功能》(The Function of Criticism, 1984)一书,进一步重申了批评的政治实践性功能。他通过对英国乃至整个欧洲现代批评史的回顾,指出批评始于知识分子与

[①] 特里·伊格尔顿:《历史中的政治、哲学、爱欲》,马海良译,北京:社会科学文献出版社,1999年,第7页。

集权政治的斗争,在哈贝马斯描述的 17、18 世纪公共领域中批评确立了其政治性的核心内容,表现出高度的社会参与性。然而当代的批评已经背离了这种传统,"缺乏所有实质性的社会功能",[①]或作为文学产业的公共关系分支,或完全属于学术界的内部事务。伊格尔顿在书中断言,批评只有肩负起与资本主义国家做斗争的首要使命,才可能有未来。

为什么文学批评本质上是政治的?从某种程度上,被公认为文学概论教材中经典之作的《文学理论导论》(*Literary Theory: An Introduction*, 1983)回答了这个问题。伊格尔顿把文学看作一个历史的概念,详细阐述了文学的意识形态性及其产生、发展的历史条件。文学观念在英国产生于 18 世纪资产阶级兴起之际。虽然文学作品在此之前已经存在,但文学观念的产生要从浪漫主义诗人对文学的人文主义塑造开始,从此文学中的象征、审美、体验、和谐等诸多特征得到人们重视。与其说文学是一个纯粹的客体,不如说它是一系列价值观念的载体。正是在这一系列的整体框架之中,文学作为有意义的社会活动和写作形式呈现在人们面前。有许多因素促成这一价值体系形成:基督教衰落后的人类精神世界需要新的替代物,需要一种有机观念拯救被异化的人性,摆脱恩主制的艺术家需要自立门户,等等。文学之所以成为文学,其实更多的是文学与其他社会因素的关系使然。文学观念是社会的产物,是人们对某种价值体系的认可,所以文学观念与意识形态从一开始就紧密交织,对文学的批评自然也离不开意识形态考察和批评家敏锐的政治意识。

20 世纪 90 年代以来,伊格尔顿开始关注民族文化问题。作为爱尔兰移民后裔,他对爱尔兰民族文化的历史表现出浓厚的兴趣,在深入的文本批评中展现了他的文化研究立场,审美话语的意识形态阐释走向了广义的文化批评实践。《圣奥斯卡》(*Saint Oscar*, 1989)、《希斯克里夫和大饥荒:爱尔兰文化研究》(*Heathcliff and the Great Hunger: Studies in Irish Culture*, 1995)、《民族主义:反讽与关怀》("Nationalism: Ironies and Commitment", 1990)、《疯约翰和主教及其他爱尔兰文化论文集》(*Crazy John and Bishop and Other Essays on Irish Culture*, 1998)等一系列论著记录了他的文化研究从阶级范畴向民族范畴转变的过程。伊格尔顿研究范畴的转变与当代资本主义全球化的发展关系密切。当代发达资本主义国家里,中产阶级人口比例上升,资产阶级与无产阶级界限模糊遮蔽了传统的劳资矛盾。

---

① Terry Eagleton, *The Function of Criticism: From The Spectator to Post-Structuralism* (London: Verso, 1984), p. 7.

但国内阶级矛盾的调和并不代表资本主义生产关系的消亡,实际上资本主义在世界范围的扩张加剧了全世界无产阶级与有产阶级的矛盾,处于边缘地区的国家成为世界工厂,这些国家内的民族都成了工人阶级。因此民族观念与民族斗争是阶级观念与阶级斗争的新阶段表达。"在这个意义上,民族主义就像阶级一样,拥有它、感觉到它的存在,才是消灭它的唯一方法。如果你不能对它有所坚持,或者过早地放弃了它,那么你只能蒙受其他阶级和民族的欺骗。"①

  伊格尔顿的爱尔兰文学研究以其对爱尔兰历史传统和民族文化的认同为基础,有着鲜明的指向性和政治批判性。这在《希斯克里夫和大饥荒》中表现得尤为突出。伊格尔顿为了揭示19世纪中期爱尔兰大饥荒的历史迷思,以《呼啸山庄》中身世扑朔迷离的男主人公希斯克里夫为楔子,提出了"希斯克里夫是谁?他代表什么?他想要什么?"的问题。伊格尔顿大胆假设,把来自利物浦的流浪儿希斯克里夫视作大饥荒的灾民,进而把一个关于爱尔兰民族文化的隐喻赋予这个身份不明的人。他的命运起落与爱尔兰现代化进程相交叠,隐藏着英国文明对爱尔兰绿色文明"去自然化"之后的历史创伤。伊格尔顿对希斯克里夫的分析旨在回归对爱尔兰民族来说宛如涅槃原点的大饥荒,抨击当代英国精英文化传统对爱尔兰的分裂化叙事。他反对流行一时的道德相对主义为英国在爱尔兰大饥荒时不作为的辩护,认为历史局限性的说辞不能豁免英国政府的重大过错、推卸殖民者本应承担的责任,"大饥荒是英国有选择地适时无视英联邦利益所造成的最惨绝人寰的后果。"②这部交汇着爱尔兰民族文化历史沿革、当代英国社会意识形态现实、英国主流文化传统、当代文化政治格局等诸多话题的论著饱蘸伊格尔顿深厚的民族情感,透露着针砭时弊的凛然锐气,充分展现了一位爱尔兰裔学者的价值立场和文化关怀。

  20世纪后期,后现代文化对当代西方文化价值观念与激进文化研究格局产生了巨大影响与冲击,马克思主义再一次面临深刻挑战。伊格尔顿始终坚持马克思主义的批判立场,积极探索马克思主义文学理论复兴的前景,在保持锐利文化批判锋芒的同时,表现出返回理论本原的努力和姿态。《后现代主义的幻象》(*The Illusions of Postmodernism*, 1997)是伊格尔顿向后现代激进文化理论发起一

---

① Terry Eagleton, "Nationalism: Irony and Commitment," in Terry Eagleton, Frederic Jameson and Edward Said, *Nationalism, Colonialism, and Literature* (Minneapolis: University of Minnesota Press, 1990), p. 23.

② Terry Eagleton, *Heathcliff and the Great Hunger: Studies in Irish Culture* (London: Verso, 1995), p. 26.

次重要进攻。在伊格尔顿的历史勾描中,后现代主义是左派激进运动在无法挑战现存资本主义情况下的一种替代性选择,也是左派运动失败的文化征兆。以无深度、无中心、无根据、自我反思的、游戏的、模拟的、折中主义、多元主义为总体风格的后现代主义虽然戴着反抗与批判的激进面具,实际却是犬儒主义的政治退却。伊格尔顿尖锐地指出:"如果关注了国家、阶级、生产方式、经济正义等更抽象的问题已经被证明是此时此刻难以解决的,那么人们总是会将自己的注意力转向某些更私人、更接近、更感性、更个别的事物。"①左派知识分子于是心安理得地放弃了革命性的诉求,将批判重点从体制的基本问题(如生产方式、社会形态等)转向文本、语言、欲望、身体和无意识,在混乱的、暧昧不清的、不确定的理论中制造批判话语繁荣的假象。他们否定主体、怀疑总体性、批判历史规律,但是这种政治替代包含着无数可疑的政治期待。左派在资本主义制度的边缘和缝隙中所产生的新的政治兴趣掩藏不住保守的姿态,它赞美分裂的主体、肯定异质的幻象,是一种多面的、流动性的、临时的、没有任何实质性的理论信条。这些理论信条代表了一种空洞的文化主义,让人们在理论偏执中忽略了当代资本主义社会的真实状况,因而后现代理论范式的转变实质服务于保守政治学的激进认识论。

如果从后现代主义思想风格入手对后现代文化进行批判让伊格尔顿找到了批判后现代主义的话语方式的话,那么对后现代主义幻象的批判分析无疑让他的批判落到了实处。2003年发表的《理论之后》(*After Theory*)再次深入西方文化理论研究的整体格局,抽丝剥茧般地揭开后现代理论引导下文化理论的致命弱点,呼唤文化理论回归对道德、价值、真理、死亡等重大问题的思考,汲取马克思主义的理论资源,寻求理解深陷其中的宏大叙事。这本书开篇就不无揶揄地宣告理论的黄金时代已经过去,"雅克·拉康、克劳德·列维-施特劳斯、路易·阿尔都塞、罗兰·巴特和米歇尔·福柯的开拓性著作也已经过去了几十年"。②他进而描述了自20世纪60年代以来文化理论的发展轨迹。虽然文化研究有其可圈可点之处,如对性别研究、通俗文化研究的合法化和拓展,但其内在缺陷已经把它推向了一个十分尴尬的时刻:它无法回答任何有关人类存在的重要问题。伊格尔顿是一个文化理论的批判者,却不是反理论者;实际上,他对文化理论现状恨之深、责之切,皆因为心中怀揣着振兴文化理论的远大理想或雄心。《理论

---

① 特里·伊格尔顿:《后现代主义的幻象》,华明译,北京:商务印书馆,2000年,第22页。
② Terry Eagleton, *After Theory* (New York: Basic Books, 2003), p. 1.

之后》没有为迷失方向的文化理论提出明确的解决方案,但显而易见的是,文化理论要重视人类基本问题,就必须放弃对道德、价值、真理等主题全面颠覆的后现代主义,与以马克思主义为核心的伦理学分析框架建立联系。伊格尔顿相信,马克思主义在新世纪依然是新理论的重要资源,因为只要资本主义制度和基本矛盾存在,马克思主义的基本原理和方法就依然有生命力。

在某种意义上,伊格尔顿的《马克思为什么是对的》(*Why Marx Was Right*, 2011)是他作为一位坚定的马克思主义者在 21 世纪资本主义全球化语境中重新阐释马克思主义基本观点的大胆尝试。该书罗列出 10 种马克思主义最常遭遇的指控和质疑,即马克思主义是否过时、是否必然导致独裁、是否属于决定论、是否属于乌托邦梦想、其阶级理论是否适用于无阶级的现实世界、其经济基础决定上层建筑的学说是否忽视了人类经验的复杂性、唯物论是否轻视人类精神和道德方面的力量、是否鼓励暴力性质的政治行动、是否过度依赖政府权力、与晚近的激进思想有无关系。在一一辩驳上述陈见、厘清马克思主义基本概念的过程中,伊格尔顿没有把马克思主义视为纯粹的意识形态,而是把它作为一种批评观点、检视世界的有用工具。他认为马克思在足够长的时间里对足够多的重要问题做出了正确判断,这些正确的判断可能是以往马克思主义者没有充分认识到的,同时这些判断在当前意识形态化的环境中会遭到强大阻力,难以被人们接受。通过回归马克思主义的原初观念,伊格尔顿对长期以来人们对马克思主义的刻板误读如经济决定论、经济基础与上层建筑关系、共产主义理想等问题提出颇有洞见的阐释,揭示出马克思主义的宝贵遗产对批判和改造物欲横流、价值混乱、个体异化、矛盾丛生的资本主义体制的关联性与必要性。

在《文学事件》(*The Event of Literature*, 2012)中,伊格尔顿正面处理反思与批判的问题,重申贯穿于 20 世纪理论流派的主导观念,是将文学作为反思的武器,去质疑和批判种种被认为理所当然之物,这种批判精神滥觞于马克思主义,在诠释学、形式主义和接受美学中发扬光大。[①] 通过考察文学定义的基本问题,伊格尔顿提供了一种关于理解文学意义的新视角。他首先区分了文学理论(literary theory)与文学哲学(philosophy of literature),认为文学理论家缺乏对真理、指涉、虚构的逻辑等问题的研究兴趣,文学哲学家则对文学语言的组织结构不感兴趣。继而从文化、哲学、宗教、政治角度探讨了中世纪哲学中的唯名论(nominalism)与

---

① Terry Eagleton, *The Event of Literature* (New Haven & London: Yale University Press, 2012), p. 93.

实在论(realism)之争,即作为共相的本质究竟是否存在于实体之中,以此二者的对立将种种有关本质的探讨区分为两大传统。在有关"什么是文学"的讨论中,伊格尔顿对本质主义做出批判,借用维特根斯坦的"家族相似"和"语言游戏"论代替单一的本质论,据此提出文学的五大特征:虚构性、道德性、语言性、非实用性、规范性,①并论述它们作为分类标准的可行性。作为整体的文学世界,在千变万化中呈现出稳定不变的特性。文学艺术在伊格尔顿看来最终要产生实效,属于一种自我批判、面向未来、敞开种种可能性的伦理活动。伊格尔顿阐明了文学在文化中的地位,并以此重申当今文学思想的价值和有效性。

纵观伊格尔顿的整个学术生涯,马克思主义的影响贯穿始终,从文学批评实践、文化政治研究,直至对当代资本主义及其文化逻辑的批判,马克思主义理论,尤其是与文学、文化相关的内容成为他与后现代理论对话、挑战学术前沿的切入点和重要依据。他在审美话语与意识形态的张力中透视文学与文化介入社会现实的交流机制与表达机制,实现了对马克思主义文学理论的重新构建。伊格尔顿的批评实践体现了英国马克思主义文学批评注重的现实感和活跃性,在民族、道德、价值等重要层面丰富了马克思主义理论的现实意义,成为理解西方马克思主义文学批评当代发展的重要维度。

第二节　詹姆逊

詹姆逊(Fredric Jameson, 1934 – ,也译为詹明信)被认为是北美近四十年最有影响、最有深度的马克思主义理论家和文化批评家。其理论涵盖面广,颇为成功地将马克思主义原理与西方文化相结合,所以被视为 20 世纪 60 年代之后马克思主义新的高峰。② 詹姆逊发表了大量文章,还常在世界多所大学讲学,③其著作《马克思主义与形式》《语言的牢笼》《政治无意识》《后现代主义,或当代资本主义的文化逻辑》及《现实主义的二律背反》等在国际上产生了广泛的影响。

詹姆逊的马克思主义文学文化批评具有鲜明的理论特色。首先,詹姆逊以马克思哲学为指导,提倡文学研究关注人及人的生存状况,把文学现象与人类历史进程相联系,使文学批评担负起历史责任。而当时处于社会动荡的西方知识

---

① 同上,p. 25.
② Fredric Jameson, *The Ideologies of Theory* (London: Routledge, 1988), p. ix.
③ 詹姆逊 1985 年 9—12 月在北京大学讲学,讲演录《后现代主义与文化理论》由唐小兵翻译成中文出版。

群体正迫切需要了解马克思主义,作为改造社会的武器。其次,他汲取了黑格尔和马克思的辩证统一思想,主张将文学置于产生这一现象的具体社会中,探索双方内部的复杂关系,恢复马克思倡导的文学对社会的反映、改造功能。但他也反对庸俗马克思主义的经济决定论和蛮横化,主张把马克思主义当作世界观和方法论,尊重文艺的特殊性,实事求是地进行历史的、客观的、周全的文学研究。此外,詹姆逊对传统马克思主义的"发生学"(generic)研究方法(即研究文学的产生和演变过程)表示怀疑,认为这种方法很难深入人的内心来分析西方现代、后现代主义作品,也很难同现当代西方其他批评理论话语形成对话;而由于后工业资本主义意识形态摧毁了人们的历史感知能力,人们也更难把现实有机地构成整体去体验把握,因此马克思主义理论家应当适应新的历史形式,启用新的文学文化阐释方法,以高度的社会责任感引导人们去追求更加完美的社会形式。①

确切地说,詹姆逊的辩证批评是与黑格尔辩证法一脉相承的。在《马克思主义与形式》(*Marxism and Form: Twentieth Century Dialectical Theories of Literature*, 1971)中,他首先详细分析了阿多诺、本雅明、马尔库塞、布洛赫、卢卡契和萨特等人的理论,到最后一章提出"辩证批评"主旨。詹姆逊提出,在以垄断资本主义为特征的后工业时代里,唯有探讨部分与整体的关系、具体与抽象的对立、总体性(totality)概念、现象与本质的辩证关系以及主体与客体相互作用等黑格尔哲学重大主题的马克思主义能够紧紧抓住当前形势。他申述了文学社会学的重要性,提倡将个别艺术作品与更大的社会现实形式结合起来:因为任何个体都必然同大的整体相关,都是某个大的结构(传统或运动)抑或历史形势的一部分,还与处于一定历史条件中的思维主体相关联,所以辩证批评决不能把个体文学文本孤立开来研究。詹姆逊对形式与内容的关系做了深入分析。形式在他那里不是最初的模式,而只是内容本身深层逻辑最后的明晰表述,"这也说明了我们对个别艺术作品的判断何以在本质上终究是社会的和历史的。这里所实现的或没有实现的,或者按照一定比例所实现的内容对形式的适应,归根结底是内容在历史时刻本身之中得到实现的弥足珍贵的标志之一,且形式本身实际上只是内容在上层建筑内的实现"。② 由此詹姆逊提出了"内在形式"概念,它不同于作为艺术表层结构的"外在形式",因为它与内容有机地融为一体。内容和形式总是处于

---

① Fredric Jameson, *Marxism and Form, Twenties Century Dialectical Theories of Literature* (Princeton: Princeton University Press, 1977), pp. xvii - xviii; *The Ideologies of Theory* (London: Routledge, 1988), p. 132.

② Fredric Jameson, *Marxism and Form: Twentieth-Century Dialectical Theories of Literature*, p. 329.

相互依存、相互转化的辩证运动之中,因而两者归根结底是同一的。"内在形式"概念概括了艺术与社会、历史,作品内容与形式之间的辩证关系,这对此前诸多批评厚此薄彼的做法无疑是重要的修正。詹姆逊强调,辩证思想要求批评者要有辩证的自我意识,在思考某个既定对象的同时,还要观察自己的思考过程,他所选定的范畴(如风格、人物、意象,等等)最终必须理解为自己所处的历史条件的一个方面,"真正的辩证批评……必须总是包含对其思维工具的评判"。①

詹姆逊的辩证逻辑在批评俄国形式主义和法国结构主义的著作——《语言的牢笼》(The Prison-House of Language: A Critical Account of Structuralism and Russian Formalism, 1972)中也有突出体现。他在书中给予两者高度评价,同时,从辩证立场对它们的是非利害做出鞭辟入里的分析,并展示索绪尔语言学之共时方法与时间和历史的关系。他逐一讨论了索绪尔语言分析模式的要点,指出其系统概念和以共性与差异为基础的语言认识观有助于摆脱英美思维的经验主义传统,但将共时和历时绝对对立"从长远看来,不能解决如何将共时和历时融入同一系统这一根本问题";②横向关系和纵向关系的区别隐含着历时和共时的区别,否定纵向关系、否定历时的结果是不能揭示系统变化,更不能解决句法的问题。与结构主义语言学强调语言系统独立自主、与现实世界平行对立相似,以"陌生化"为核心的俄国形式主义坚持文学无关外物,文学研究的对象应该是"文学性"(literariness)。形式主义者借"陌生化"提出了一套完整的纯文学理论和新的文学史观,试图把内容当作形式之产物的做法让人难以接受。③

作为新马克思主义的后来人,詹姆逊受到卢卡契和法兰克福学派理论很大的影响,他吸收了卢卡契的"总体性"原则和"物化"理论,又借鉴了法兰克福学派从意识形态观照社会文化的批判视角。在《语言的牢笼》中,他提出把结构主义理论视为对上层建筑抑或对意识形态的研究,这就要求将看似独立的意识形态现象与物质经济基础联系起来,摒弃上层建筑自足之错误看法。可结构主义的缺陷恰恰在于脱离基础结构去谈上层建筑,结果造成上层建筑独立的幻象。结构主义的符号概念排斥外在参照方法,同时又不可避免地为外在现实留下余地,因为所指总是关于某事物的概念;其实所有的结构主义者都预设了在符号系统之外有某种终极现实,它承担着最终的参照物的角色。结构主义将形式转变为

---

① 同上,p. 336.
② Fredric Jameson, *The Prison-House of Language: A Critical Account of Structuralism and Russian Formalism* (Princeton: Princeton University Press, 1972), p. 21.
③ 同上,p. 88.

内容,又把分析对象的内容当作语言来分析,无形中成了哲学上的形式主义,这是语言学模式对形式内在的扭曲。最后,詹姆逊点明批评的旨归——一种新的辩证阐释学:通过揭示既有符码和模式的存在并强调分析者本人的作用,重新让文本和分析过程回归历史,从而调和共时分析与历史意识、结构与自我意识以及语言与历史的关系。[1]

《政治无意识》(*The Political Unconscious: Narrative as a Socially Symbolic Act*, 1981)是詹姆逊理论生涯转折时期的代表作。书中延续了他一向的辩证观念,吸收融合了众多马克思主义理论家(如阿尔都塞和阿多诺)和非马克思主义理论家(如弗洛伊德、拉康、格雷马斯)的学说,旨在强调文学阅读必须回到一定的政治、历史和意识形态,力图用辩证唯物主义历史地透析文学阐释,揭示文学阅读、文本理解中不可避免的政治性和意识形态性。詹姆逊深入"阐释活动的内在动因",他承认符号学、结构主义和后结构主义等等都对解读文本提供了有价值的见解,但是它们采取内在分析方法,缺乏对历史的透彻理解,因而相比于马克思主义"辩证的、总体的理解方式",它们所提供的知识是局部的、有限的。马克思主义批评是"无法超越的地平线",它既利用其他批评方法的长处,让它们在自身空间内发挥相应的作用,同时对它们做出历史的定位。[2] 内在分析是必要的,但还不充分,要对文本作意识形态分析。詹姆逊的"政治无意识"借鉴了弗洛伊德的"压抑"概念,但把它从个体上升到集体层面,意识形态的功能是遏制"革命"。他认为一切意识形态都是"遏制策略"(strategies of containment),而文本以同样的方式运作,其遏制策略通过形式呈现出来。所以分析小说时,我们需要确立一个没有说出来的"缺场因素"(absent cause)——非革命(the non-revolution)。他巧妙地运用格雷马斯的矩形结构分析文本策略,挖掘出那些没有说出来的诸多可能性——即"被抑制的历史"。因此,叙述于他而言不只是一种文学形式或模式,而是重要的"认识论范畴";所有的叙述都要求解释,且所有的解释都具有意识形态特征。他提出一套由三个层次组成的文本分析方法:第一层是内在分析层次,即细读文本,而且细读要置于一定的历史背景中进行,因为文本不是惰性物质,而是能够反映并影响世界的"象征行为";第二层是社会话语分析,因为社会是由对立阶级关系构成的,文本则是阶级话语的具体表现,其语言和主题是"社会阶

---

[1] 同上,p. 216.
[2] Fredric Jameson, *The Political Unconscious: Narrative as a Socially Symbolic Act* (Ithaca: Cornell University Press, 1981), pp. 9–10.

级之间本质上敌对的集体话语中最小的意义单位"——意识形态素（ideologeme），①它们使意识形态在文本中得以体现出来；第三层是历史分析：历史被看成生产方式发展的延续，任何一个社会或历史阶段中都有不同甚至对立的生产方式同时存在，文本是一个作用场，与不同生产方式相对应的意识形态和符号系统都在其上留下痕迹。詹姆逊认为意识形态分析是马克思主义的"否定的阐释学"（negative hermeneutics），他进而提出还有必要进行肯定的阐释（包括辨别、解释各种意识形态中的乌托邦元素）从而使其辩证逻辑显得尤为圆融。

"意识形态素"是一个重要概念。现时使用的意识形态观来自马克思，恩格斯把它作为"错误意识的代表"。②詹姆逊继承法兰克福学派把意识形态作为社会文化批判对象，同时把它扩展为一种阶级的偏见，"社会阶级之间基本上是敌对的集体话语中最小的意义单位"，③以此作为文本分析的对象：它是意识形态和文本叙事之间的中介，使前者在后者中得到体现。也就是说，"意识形态素"代表文本深层中一个阶级对另一个阶级"最为细小"的批判性思考，例如《失乐园》中弥尔顿既想证明上帝对人类的公正，却同时把上帝描写成迫害人类的暴君，这就是一个"意识形态素"，表明弥尔顿对英国资产阶级革命的思考。

詹姆逊马克思主义文艺批评理论实践的特色最集中体现在"元评论"（metacommentary）这一概念上。"元评论"的前缀"元"（meta-）指的是对前缀后的词干部分（commentary）的探究，④即对"评论"抑或"批评理论"自身进行理论反思。对于一位马克思主义批评家，将批评的注意力从社会与人转到理论自身，似

---

① 同上，p. 76.
② Mostafa Rejai, *Political Ideologies, A Comparative Approach* (New York: M. E. Sharpe, Inc., 1991), pp. 11-14.
③ Fredric Jameson, *The Political Unconscious: Narrative as a Social Symbolic*, p. 76.
④ 元评论中的"元"（meta-）是前缀，意指"超越"（如 metaphysics："超越实体的学问"即形而上学）或"位于后方"（港台学术界就把 metacommentary 译成"后设评论"），但是在后现代语境下一般意指"关于本身的知识"（concerned with the concepts and results of the named discipline），如"元语言"（metalanguage）——关于语言的语言；"元理论"（metatheory: theory devised to analyze theoretical systems）；以及"元小说"（metafiction）——"关于小说的小说——指在自身内部带有对其词语或语言特征进行评论的小说"，见 Marjorie Worthington. "Done with Mirrors: Restoring the Authority Lost in John Barth's Funhouse," *Twentieth Century Literature*. Spring 2001: 114. "元小说"是后现代主义小说的一个特征，尽管类似的"元小说"元素至少可以追溯到 18 世纪英国小说家斯特恩（Laurence Sterne）的《项狄传》（*The Life and Opinions of Tristram Shandy, Gentleman* 1759-1767）。以此解释，"元评论"的字面意思就是"关于评论的评论"。

乎很难想象。① 实际上，这是詹姆逊在后现代语境下对马克思主义文艺批评的一个理论"贡献"：把批评的客体从现实世界转到批评方法本身，把政治抗争从历史与社会转移到文化文本中，把对资本主义制度的反思变成对批评理论的反思。这里，后现代主义的"自反性"显然是詹姆逊建构"元评论"的一个依据，而后现代"元"文学（元诗歌、元戏剧、元批评、元语言等）的出现恰恰反映了对文学样式、概念、手法、内容等本身进行思考，正如后现代批评家哈钦所言："我们发现，不论是支持者还是诋毁者，他们口中的今日'后现代主义'艺术——不管是影视、舞蹈、文学、绘画、音乐、建筑、或其他什么形式——似乎都带有双面性的特征，既显示出历史性，也带有内化了的自反性，对艺术话语的属性、局限、可能性进行自我反思性质的探究。"② 后现代艺术创作与后现代批评理论在自反性范畴的一个共同特征就是对"阐释策略"（interpretative strategies）的关注，而这种对"策略""方法""形式"的关注与内容密切联系在一起：

> 正如巴赫金所言，"研究语言艺术应该而且必须克服形成抽象的'形式'研究和同样抽象的'思想'研究两张皮。"在我看来，后现代小说这种形式最好地体现了克服两张皮的价值。它对自己小说形式的自我反省防止了对文学性和语言性的压制，而它对历史知识和思想的质疑则在我们理解文化的方法中突出了叙事与表征的意蕴。③

这段引文中，哈钦突出了后现代自反性思维的几个重要特点：（1）突出对考察对象从内容与形式两方面进行探究，尤其是克服政治批评（后现代批评政治性极强）可能会出现的忽视形式的问题，防止出现"两张皮"（divorce）；（2）突出了"方法"（strategies）的重要性。哈钦谈的主要是后现代艺术创作，并没有过多地涉及自反性文学批评，而詹姆逊对此做了令人信服的解释。

"元评论"比较完整地出现在詹姆逊1971年发表的同名论文中。首先，他提出文学阐释的重要性质"自释性"，"每一个阐释都必须包含对自身存在的阐释，必须显示自己的可信性，为自己的存在辩护：每一个评论一定同时也是一个元评论"。即每一个文学评论都隐含对自身的解释和证明，说明其批评行为的动机、

---

① 十年之后，赛义德还在主张在"世界""文本""批评家"之间建立起密切的联系，尽管从后殖民主义的视角，他并不乐意被称为"未明说的马克思主义者"，见 Edward W. Said, *The World, the Text, and the Critic* (Cambridge: Harvard University Press, 1981), p. 28.
② Linda Hutcheon, *A Poetics of Postmodernism, History, Theory, Fiction* (New York & London: Routledge, 1988), p. 22.
③ 同上，p. 183.

原因、目的;因此文学理论首先关注的不是评判该文学评论的正确与否,而是它展示自己的方式。这是因为阐释的目的不是追求价值判断,也不是刻意寻找问题的答案,而是思考问题本身和形成问题的思维过程,发掘其中隐含的矛盾,把问题的实质显露出来:"在艺术问题上,特别是在艺术感知上,要解决难题的念头是错误的。真正需要的是思维程序的突然改变,通过拓宽思维领域使它同时包容思维客体以及思维过程本身,使纷乱如麻的事情上升到更高的层次,使问题本身变成对问题的解决。"这种思维方式为詹姆逊所独创,同传统马克思主义文评存在很大区别,它要求我们放弃表面化的政治批评,不要在未做细致的形式分析之前就匆忙做出价值判断,放弃简单化的选边站,而是要抓住"问题"不放,步步深入,由一个问题引导出另一个问题,在问题的提问中让"答案"自己显露出来。①

下面这段话将以上的含义表述得更加显豁:

> 不要寻求全面的、直接的解决或决断,而要对问题本身赖以存在的条件进行评论。想建构连贯的、肯定的、永远正确的文学理论,想通过评价各种批评"方法"综合出放之四海而皆准的方法,我们现在可以看出这类企图肯定毫无结果。②

所谓"肯定的"文学批评喻指挖掘文本初始意义的努力(如传统马克思主义批评理论),这种寻求作品宏观大主旨的做法,正是后现代批评所要消解的对象。同为美国后现代批评家的赛义德在同时代发表的方法论著作《开始》中,详细探讨了"开始"(beginning)与"初始"(origin)的区别,表达了和詹姆逊相似的看法:

> 开始指向意义,但是由此产生的延续性和方法一般都是分散、相邻、互补的秩序。换句话说,初始处于中心,控制由它产生的一切,而开始(尤其是现代开始)却鼓励非线性发展,由此方法产生出一种多层次的、播散的一致

---

① 詹姆逊以"问题化"的批评方法而闻名,但是这里的"问题"不是"problem",因为由此"问题"而导出的必然是问题的"解决"(solution)。詹姆逊关注的是"问题化",即问题形成的过程,包括问题的提出、出现的原因、针对的对象、背后的逻辑,尤其是问题本身隐含的内在矛盾,以及由此问题而引出的一系列更多更大的问题。也就是说,詹姆逊提出一个问题,不在于解决它,而在于引出更多的问题,目的是把此问题的实质显露出来,让问题"上升到更高的层次,使问题本身变成对问题的解决"。

② Fredric Jameson, *The Ideologies of Theory*, pp. 5, 67, 44.

性,在弗洛伊德、现代作家的文本中或福科的考古研究中可以见到。①

赛义德主张将关注的重点放在对文本的不同表征上,即"多层次的、播散的一致性",而不关心意义的初始之源和最终的旨归。这与后现代主义的意义理论是完全吻合的,后者所不信任的正是后现代意义上的"宏大叙事"(meta-narrative),②如哈钦所言:"对利奥塔而言,后现代主义的特点正是对主导或宏大叙事的这种不信任。那些在现实里或艺术中哀叹'意义缺失'的人叹息的其实是以下这个事实,即知识不再主要是这种类型的叙事知识了。"③

詹姆逊追求的非神秘化批判性阅读是西马批评理论的总体特点,只是詹姆逊通过"元评论"对它进行了明确的表述。"元评论"不仅揭示出一切文学批评的本质,而且概括了一个新的理论批评模式。首先,它把理论实践牢牢地限制在文本之内,把分析对象化约为文本因素,以避免现实中的传统误见(如庸俗马克思主义脱离审美的倾向)。其次,把批评目标固定在文本之中,把讨论范围限制在"元评论"层面上,就使詹姆逊的理论具有更大的兼容性,可以更加客观公正地对待其他批评理论和实践,承认他们在一定范围内的合理性。最后,把阐释对象从阐释本身转到阐释代码,体现了由表及里,从现象到本质的批判过程,因此是更深层次的文学批评。

詹姆逊对自己的这种非神秘化、批判性、后现代、后结构式的阅读方式做出了更加明确、具体的表述:

> 对这里提倡的这种阐释令人较为满意的理解,是把它看作对文学文本的重写,从而使文学文本看似对之前的那个历史或意识形态潜文本的重写或重构。这样理解不言而喻的理由是,那个"潜文本"并不直接呈现为潜文本,也不是通常意义上的外部现实,甚至不是历史手稿那样的传统叙事,它本身必须总是根据事实来(重新)建构。④

以上引文表明,"元评论"至少包含四个评论文本:第一个文本是社会现实这个大文本,即引文中的"外部现实"和客观"事实";后者经过作家的主观"阅读",产生

---

① Edward Said, *Beginnings, Intention and Method* (New York: Basic Books, Inc., Publishers, 1975), p. 373.
② 注意:这里的前缀"meta"意思为"超越、统领",与"meta-commentary"同形不同义。
③ Linda Hutcheon, "Beginning to Theorize Postmodernism," *A Postmodern Reader*. eds. Joseph Natoli & Linda Hutcheon (Albany: State University of New York Press, 1993), p. 247.
④ Fredric Jameson. *The Political Unconscious, Narrative as a Socially Symbolic Act*, p. 81.

出一个由作家根据"社会大文本"重新建构的社会"小"文本,即引文中的"潜文本";作家根据这个潜文本进行思考之后,对这个潜文本进行"重写""重构",产生出第三个文本即文学文本;而批评家、理论家的工作,就是对作家重构的这个文本(作品)进行解读,产生出第四个文本,即引文中的"阐释"。易言之,批评家的阐释,针对的是作家的作品,这个作品是作家根据自己对所面对的社会进行分析之后写成的,而作家眼里的这个社会是客观现实在他眼里的反映,或者是作家对客观现实做出的主观反应。

作为詹姆逊批评理论和实践的代表,"元评论"提供了一种非常有价值的马克思主义文学阅读理论和文本分析方法,具有很强的操作性。以英美"新批评"为例,"新批评"的一个明显特征就是专注于文本,将其视为文学的唯一载体、文学性的集中体现,认为文学批评要努力排除文本之外的各种"非文学"因素,比如追求作家写作意图被批评为"意图谬误"。无论是艾略特的"个性泯灭论"(extinction of personality)、"非个性化"(depersonalization)理论以及对艺术媒介(medium)即文学文本的推崇,[1]还是瑞恰慈把诗歌语言称为"拟陈述"(pseudo-statement),突出的是"感情"而非"意图",[2]以及泰特的"张力"(tension)说("好诗是内涵和外延被推到极致后产生的意义集合体")[3]和韦勒克在《文学理论》中倡导的"内部研究"和本体研究,乃至最后在维姆萨特和比尔兹利那里达到高峰的对两个"谬误"的评判,[4]都属于詹姆逊的"元评论"所涉及的第四个文本,即批评家所建构的批评文本;这个(第四个)批评文本所针对的是批评家自己大脑中所建构的"小"文本即"潜文本"的"反应",而这个(第二个)潜文本(即作品)又是对社会这个(第一个)文本的"反应"。

如果说产生"新批评"意图谬误说的社会背景(第一个文本)是"一战"后西方社会面临的社会灾难和思想混乱,社会性、政治性阅读则是新批评眼中文学界面临的问题(第二个文本即潜文本),"回到文本"则可以看作他们对这个社会"病症"提出的解决方案(第三个文本),即像较早的俄苏形式主义,与政治批评与主观主义批评拉开距离,回到文本本身,与稍后出现的结构主义批评一样,把文学作品看作符号系统,专注于研究其中各个成分之间的相互关系,以此凸显文本的

---

[1] Hazard Adams, ed., *Critical Theory Since Plato*, pp. 784–787.
[2] David Lodge, ed., *20th Century Literary Criticism* (London: Longman Group Ltd., 1972), pp. 111–120.
[3] Allen Tate, *Collected Essays* (Denver: Alan Swallow, 1959), pp. 75–90.
[4] David Lodge, ed., *20th Century Literary Criticism*, pp. 334–358.

形式与手法。但詹姆逊的"元评论"则指出,"新批评"乃至形式主义文学主张的产生本身就是对现实政治的反应,带有很强的政治性:法国诗人戈蒂耶倡导"为艺术而艺术"以对抗浪漫主义对七月王朝的妥协,英法唯美主义者曾积极介入过1848年的欧洲革命,19世纪90年代英国唯美主义、象征主义者(如王尔德、叶芝)也大部分是非英格兰的"少数族裔",直至当代的法国结构主义、后结构主义者们也有很多是20世纪60年代法国学生运动的积极参与者。新批评家们也是如此,他们的立场大多带有明显的保守主义。休姆怀有"原罪说"的宗教观;艾略特信奉宗教救世思想;维姆萨特是罗马天主教徒;而兰色姆和他的三个学生泰特、布鲁克斯、沃伦等"南方批评派"则代表了"南方农业文明"(South Agrarianism),缅怀封建色彩很强的美国南方文化传统,反对由北方大工业生产所代表的资本主义和科学主义,试图以某种明确无误的信仰准则作为伦理道德的依靠,用以保持生活秩序和社会经验的完整,保持人性的完整。① 新批评家们认为,工业文明的过度发展导致人的异化,人对世界的感知变得麻木迟钝,因此诗的作用就是"恢复事物的事物性"。这一主张同俄苏形式主义的"感觉更新原则"如出一辙,不同的是"新批评"始终关注文学的功利作用,因此对俄苏形式主义者"并无任何同情"②。正因为如此,新批评家们并不像有些人所说的那样是"关起门来的美学家,替国家政权培养听话的公民"。实际上,有些左派批评家甚至认为"新批评"的政治倾向性过于外露,功利性过于突出:"那些南方文人们如果更忠实于他们本来的农业文明观,会更好地履行社会责任"。③

在"元评论"的观照下,"新批评"的艺术主张显露出自其自身隐含的矛盾;"新批评"的各种"细读法"不单单只是文本研读方法,同时包含了一种认识论与世界观,表明"一战"后英美知识分子对社会现状的思考,其中包含了深刻的政治内涵。实际上,"新批评"的政治倾向性一直为保守的批评家所认可,一个例证就是当下保守派文艺刊物《新标准》(The New Criterion)。《新标准》刊名取自早年艾略特主办的文学季刊《标准》(The Criterion, 1922–1939),后者立场保守,旨在维护纯文学的欣赏标准,创刊号上刊登了艾略特的《荒原》。《新标准》1982年创刊,在创刊号开场白"编者的话"中,该刊承办者克莱默(Hilton Kramer)就表达了对美国批评现状的不满,抱怨左翼的后结构理论造成的"红色恐怖","时至今日,我

---

① 参阅赵毅衡:《新批评》,北京:中国社会科学出版社,1986年,第196—200页。
② René Wellek & Austin Warren, *The Attack on Literature*, p. 96.
③ Mark Royden Winchell, *Cleanth Brooks and the Rise of Modern Criticism*, pp. 361–363.

们仍然生活在60年代激进思潮的阴影下,其最可恨的一个特征,就是对思想的毒害",因此他呼吁学界以高雅文化进行反击,"现在,到了用一种新的标准来讨论我们的文化生活的时候了,即用真实做标准"。①

詹姆逊的《元评论》("Metacommentary")一文后来辑入《理论的意识形态》(*The Ideologies of Theory: Essays 1971 – 1986*, 1988)(上下卷)。这部文集收集了詹姆逊1971—1986年间发表的重要理论著述,从不同的角度展示了他一贯的理论指导思想:马克思主义是文学研究的理论基础。值得注意的是,该书下卷从文本分析过渡到文化研究,涉及建筑、历史及后现代主义等论题,标志詹姆逊理论的进一步发展。"元评论"的思想也在詹姆逊的下一部文化研究力作《后现代主义,或晚近资本主义的文化逻辑》中得到进一步的伸展。在书中,他用一贯坚持的马克思主义理论方法对当代西方社会文化的各个层面进行解析,建立后现代主义和当代资本主义发展的密切联系,并透过后现代主义的种种文化表现揭露当代西方社会的意识形态本质。

要对时代做出评判,首先遇到的是时代划分问题。詹姆逊认为,时代划分不应当依据诸如黑格尔所谓的"时代精神"或"行为风范"这些抽象唯心的标准,而应当依靠马克思主义,把资本主义社会发展置于资本发展的框架中去理解:资本发展带来科技发展,因此可以通过更加直观的科技发展来透视资本的发展。德国马克思主义哲学家曼德尔(Ernest Mandel)在《晚近资本主义》(*Late Capitalism*, 1978)中依据工业革命之后机器的发展,提出资本—科技发展模式:蒸汽发动机(1848),电/内燃发动机(1890),电子/核子发动机(1940)。与之相对的资本主义发展三阶段是:市场资本主义,垄断资本主义/帝国主义,后工业/跨国资本主义。对应于资本发展的这三个阶段,詹姆逊提出西方资本主义社会文化发展的三个阶段:现实主义、现代主义、后现代主义。② 在评述詹姆逊的后现代主义理论之前,有必要了解他的文化研究方法,即"译码法"(transcode)。当今社会各种文化诠释层出不穷,它们实际上都是一种"重新写作",用各自的诠释代码重新勾勒社会文化事物。詹姆逊使用马克思主义理论对这些文化诠释代码进行对比研究,揭示它们的独特之处以及理论局限。由此可见,"译码法"和"元评论"的理论基础

---

① Hilton Kramer, ed., *The New Criterion* Vol. 1, No. 1, Sept. 1982:1 – 5.《新标准》除了发行刊物外,还出版有"新标准系列"文学选读、文艺论著,颁发新标准诗歌奖等,与詹姆逊等左翼批评家相对抗。
② 资本发展的三阶段似乎也对应了本文使用的马克思主义发展的三个阶段:古典马克思主义、早期西方马克思主义及当代西方马克思主义。

完全一致，只是文本研究范围从文学文本扩大到文化文本。①

1984年，詹姆逊发表了他称为后现代问题"分析论纲"的《后现代主义，或晚近资本主义的文化逻辑》("Postmodernism, or the Cultural Logic of Late Capitalism")一文，后将此文收入他研究后现代主义的同名著作《后现代主义，或晚近资本主义的文化逻辑》(*Postmodernism, or the Cultural Logic of Late Capitalism*, 1991)中。詹姆逊继承了卢卡契的"总体性"思想，坚持以总体性观念看待当代资本主义社会，将其社会形态与全球化格局联系起来探讨，提出后现代主义是当代资本主义的文化逻辑。他分析了后现代主义在当代社会的建筑、电影、经济学、理论、语言与文学等方面的表现，从心理、时间和空间等角度指出后现代主义艺术的一些突出特征，包括主体性丧失、深度模式的消失、历史性危机，等等。例如，《尤利西斯》《荒原》等现代主义力作中表现出的焦虑、孤独和异化感表明现代人具有完整的主体性和明确的自我意识，而后现代艺术体现的是主体破碎零落；现代主义作品中对绝对的求索和对时间与过去的追忆表现出内在的深度意识，而后现代社会淡化了历史感，后现代作品也就从时间转向了空间，由立体转向平面；现代主义作品需要解释，也具有解释深度，而后现代主义作品难以解释，甚至不需要解释；现代主义艺术追求独特的风格，强调创新和个性化表达，而后现代主义追求大众化，在机械复制中寻求群体满足。这些针对后现代主义文化所做的细致分析和深刻批判引起了广泛的关注和激烈的讨论，嗣后詹姆逊又出版了《时间的种子》(*The Seeds of Time*, 1994)、《文化的转折》(*The Cultural Turn*, 1998)等著作，继续探讨后现代主义文化问题，他因此成为后现代论争中一位不可替代的主将。

詹姆逊对后现代社会的关注起始于这样一些思考："后现代社会"是否存在？提出这个概念有什么实际意义？它反映当代西方社会的哪些特征？在詹姆逊之前一些理论家已经对这些问题做出过思考。美国批评家哈桑（Ihab Hassan）和德里达等人从后结构主义角度对西方形而上传统进行了激烈的批判，虽然他们没有使用"后现代主义"这个术语，但已经把它作为新的时代标志。克莱默（Hilton Kramer）则在《前卫艺术的时代》(*The Age of the Avant-Garde*, 1974)等著述中竭力为现代主义的道德责任感和艺术丰碑辩护，抨击后现代社会道德世风日下、艺术浅薄。哈贝马斯（Jürgen Habermas）也从社会进步的角度否定后现代主义，认为

---

① Fredric Jameson, *Postmodernism, or the Cultural Logic of Late Capitalism* (London: Duke University Press, 1991), p. 298.

其反动性在于诋毁现代主义所代表的资产阶级启蒙传统和人道主义理想,对社会现实表现出全面妥协。詹姆逊认为这些解释"代码"在一定范围内都有合理性,但是他们的通病在于或多或少都是道德评判,没有从资本发展和生产方式的变化来看待后现代主义的历史必然性,把它理解为当代资本主义逻辑发展的必然结果。①

要对当代西方社会进行历史性思考,就必须对这种文化的具体表现形式进行分析,以便对当代资本主义发展中出现的后现代主义文化做出理论描述。以后现代建筑为例,其特点之一是"大众化",但它指的不是建筑规模或气派,而是建筑的指导思想和审美倾向。詹姆逊以一幢现代派建筑"公寓楼"为例:在四面破旧不堪、形象猥琐的建筑的衬托之下,公寓楼鹤立鸡群,表现出格格不入的清高态度,企图用新的乌托邦语言来改造同化这个它所不屑一顾的环境。而后现代建筑"波拿冯契"是幢玻璃大厦,却与周围商业中心的环境极其和谐,溶入其中构成一幅当代资本主义商业城市的图景。它的结构和功能也显露出"大众化":内部设置最大化地便利消费者购物;大楼和城市路面连成一体易于进入,其周身镶嵌的巨幅玻璃反射周围的环境,以消除大楼本身的存在感。这些构成一种意识形态手段,即最大限度地缩小人与物的距离感,最大限度地迎合人们的消费需要,最大限度地发挥大楼的消费功能。这种消费意识在后现代社会的市场运作中表现得淋漓尽致,"市场符合人性"这一冷战时期用于同社会主义国家进行对抗的意识形态,随着后现代商品化的深入不知不觉成了"真理"。大楼的存在其实是一个市场经济符号,表明自由贸易、自由选择。但詹姆逊指出,资本主义后现代所提供的"自由"其实是种虚幻的假象:不论市场中的"自由"还是议会中的"民主"都由资本主义意识形态工具(如媒体)所操纵,大众的选择面实际上非常狭窄。

应当承认,詹姆逊的马克思主义批评理论对西方社会的分析深入细致,其批判力度其他理论话语很难企及。但是,由于詹姆逊的社会批判局限在理论层面,因此在一定程度上拉大了理论与现实的距离,削弱了理论对现实的批判作用,因而有损于理论本身对普通大众的关联性和可靠性。詹姆逊本人对此也许是清楚的,他在分析现代主义的反文化冲击时指出,在后现代资本主义社会,这种冲击力已经大大减弱,通常只作为学院式研究的一种方法或大学课程而存在,因为一

---

① 同上,pp. 45 – 46.

切反叛精神很快都会被消费社会吸收同化,变成一种精神商品。①

　　1971年发表的《元评论》全文收入1988年出版的《理论的意识形态》上卷。2008年,《理论的意识形态》(上下卷)由出版左翼思想著作的Verso出版社再次出版。詹姆逊本人为这个版本写了"序言",刻意指出了右翼保守思潮对20世纪60年代进步思潮的"阻遏":"本书中收集的论文前后间隔四十年,早期的论文与后现代中断(或自由市场时期的开始,即我们所指的里根—撒切尔实施的放松监管,后者被视为当代资本主义[或称资本全球化、资本主义第三阶段])后写的论文,两者在视角上有差异,这一点并不难理解。"②詹姆逊在这里表现出他一贯的"矜持"风格,没有对保守思潮做出过多的阐释;但他却对"辩证法""批评理论"乃至"元评论"表现出一贯的坚定与信念:"无论如何,我至今仍然对早期论文提出的'元评论'方法坚信不疑,对那个被称为理论的话语仍然具有的意义与准确性坚信不疑,我在其他地方把这个理论称为对语言的建构,使之超越传统的哲学,为一度曾被称为是辩证法的事物给出至少一个当代的对应物。"③在这里,他把"批评理论"和"元评论"归结到"辩证法"这个马克思主义的精髓,尽管这里的辩证法并非马克思所独有,至少也涵盖黑格尔等人的思想。

　　"辩证法"这一精髓延续到詹姆逊在21世纪的批评著作中。在《现实主义的二律背反》(*The Antinomies of Realism*, 2013)中,他将作品置于与现代主义和后现代主义的对照之中,强调情感同个人实现与社会的联系。对詹姆逊产生重要影响的卢卡契曾在《叙述与描写》(1937)一文中,赋予叙述与描写截然不同的审美价值,使之成为鉴别现实主义作品与非现实主义作品的重要手段。他从创作手法与历史语境的关系出发,认为"描写"的空间性根本上改写了"叙述"的时间性,其结果是人与事件的停滞、行动的退化。在他看来,叙述与描写这两种文学写作方法的对立,正是现实主义与自然主义对立的根本原因。针对卢卡契的这一观点,詹姆逊将"叙述"与讲故事的传统联系在一起,认为只有将讲故事的功能置于某种对立结构中,才能确定其内涵,否则"叙述"的边界就将涵盖整个精神活动领域,"一切都成了讲故事"。④ 因此,与卢卡契对于"叙述"与"描写"的区分不同,詹姆逊借用萨特对"叙述"(récit)时间性的论述,指出叙述的时间"是已完成事件

---

① Fredric Jameson, *The Ideologies of Theory*, p. 177.
② 同上,pp. ix - x.
③ 同上,p. x.
④ Fredric Jameson, *The Antinomies of Realism* (London & New York: Verso Books, 2013), p. 21.

的时间,它们已彻底了结并进入历史",①将萨特的立场历史化,以探究"叙述"的可能性边界。詹姆逊从社会和文化历史切入,结合19世纪现实主义作家的作品,论述现实主义的形成、发展和特点,及其与意识形态和社会历史的关系。他提出,现实主义作为一种对知识或者真理的"认识论上的宣称"(an epistemological claim),强调真实、客观、现实等,这是现实主义最为特殊的一面。同时它又具有美学理念(aesthetic ideal)上的诉求,强调写作手法、审美风格、创造技巧等。一方面是认识论上的宣称,一方面是审美理想的诉求,于是造成了现实主义的二律背反。"描写"所打开的不仅仅是一个卢卡契所谓的消极而琐碎的偶然空间,更是一种与读者的时间性相关的"永恒当下"的时间,詹姆逊将其定义为"情动"(affect)。"情动"区别于"情感"(emotion),后者是一套已经被辨认、整理和归类的现象,它们被赋予一系列可清晰辨别的名称并被把握为一个现象整体;相反,"情动"则无法被语言把握,因为它"逃避了语言对事物(与情绪)的命名"。② 在此意义上,卢卡契所谓的带来停滞与退化的"描写",在"情动"这里恰恰成为现实主义作家的使命。

詹姆逊从马克思主义立场出发,在批评实践中辩证地将文学与社会、历史、意识形态和文化联系起来,将文学批评拓展为社会批评、意识形态批评和文化批评,取得了巨大的成功。从辩证文学理论到后现代文化理论,詹姆逊成为北美影响最大的马克思主义理论家和文化批评家,他的批评成就被认为是20世纪60年代以来西方马克思主义研究新的高峰。詹姆逊在《理论的意识形态》"序言"的明确:"正因为意识形态分析常常与喜爱争论、令人恼火的否定论联系在一起,强调一下所有这些话题、困惑、矛盾以及嘲弄和立场至今依然源源不断带给我的兴趣和愉悦,这么做也许并不为过。"③这是一位资深马克思主义文学批评家在21世纪之初对自己一生所持有的信念的重申,也可以看作他对半个多世纪以来美国批评理论的发展变化发出的感慨。

(撰稿人:朱刚、徐蕾、姚成贺)

---

① 同上,p. 23.
② 同上,p. 36.
③ 同上,p. xi.

第八章 女性主义批评

20世纪60年代的政治运动促进了左翼学术思潮在欧美的蓬勃发展,除了马克思主义批评理论、读者批评理论、解构主义理论之外,女性主义(或称新女性主义以示与之前的女性主义的区别)也是主要的文艺文化批评理论之一。学界一度把"feminism"翻译为"女权主义",这个译法值得商榷。欧美理论界通常用"feminism"泛指一切争取、维护女性权益的活动,其历史跨度延绵数百年,内容非常庞杂,极难准确定义。而中文"女权"的含义则比较明确,指历史上女性为了获得自身权益而进行的努力,其目标明确,颇有声势,涌现过不少知名的女权活动家。确切地说,女权主义真正兴起于19世纪的欧美,也称"妇女解放运动",20世纪初期随着女性权益的逐渐落实,女权运动也基本完成了使命。从20世纪60年代开始的"feminism"要求的已经不是传统的女性权益,其涵盖面更广,意义更深,影响也更大。此时的"feminism"主要指当代西方学术界对与女性有关的论题进行的理论思考,故译为"女性主义",以区别于20世纪初之前的女权主义(feminism)。尽管如此,要了解20世纪西方女性主义批评理论的发展,仍有必要对当代女性主义的先驱女权主义做个回顾,因为女性对男权中心主义进行了数百年的抗争,其事例不仅为当代女性主义津津乐道,而且为后者的发展做了必不可少的理论铺垫。

由于文字记载所限,很难确定女权主义的源头。现代女性主义的"考古"显示,女权在世界各地均有迹可循。评论家在公元5世纪的雅典文学中发现了与男性社会相抗争的女主角,在中国唐代的诗文中也有类似的女性人物。[1] 欧洲女权主义至少可以追溯到14、15世纪之交,当时法国女诗人彼桑[2]作长诗,批评男性没有按照宫廷礼仪和基督教精神来对待女性,并且分析了厌女(misogynist)

---

[1] 实际上女权主义是西方传统的产物,放到其他文化传统中进行类比须小心。如中国唐代之前的文献中也不乏对女性的褒扬,甚至中国传说中造人的神祇也是女性(女娲),但这些现象都有各自的历史文化背景,其含义也许和女权主义的内涵相差甚远。

[2] 德·彼桑(Christine de Pisan, 1364-1430),其《赞美婚姻》("In Praise of Marriage")大胆描述了婚姻生活。

传统中的种种谬见。著名的荷兰学者伊拉斯谟①是 16 世纪女权主义的代表人物。他认为女性在一些方面和男性具有同样的才能,主张不应当在教育、道德上设立性别双重标准,这些在当时都是非常前卫的观点。当然用现代标准衡量,这些女权先驱的抗争无足轻重,如德·彼桑不可能公开质疑男权中心,伊拉斯谟也只是在规劝男性给生来缺少道德的女性多一些教育。17 世纪的法国蔑视女性成为风气,莫里哀(Moliere)的戏剧一再讥讽轻薄肤浅故作男人态的女性人物。但在其他非英语国家,女权主义的发展仍在继续。如墨西哥女诗人克鲁斯②批评教育体制扼杀女才的聪明才智;西班牙首位女作家索托玛约尔③在《情爱示范集》中,要求男性进行改革,教导女性更好地生存;同期西班牙戏剧的一个重要主题是"mujer esquiva",④即女主角为了保护自己的性别身份而拒绝爱情和婚姻,尽管此类作品结尾时女主角常常在世俗的压力之下屈服。

相比之下,女权主义的发展更加集中在英语国家。美国当代女性批评家吉尔波特和古芭在 20 世纪 80 年代编辑出版了《诺顿女性文学选集》,收集有 14 世纪以来英语世界(主要是英美)女性作家的作品,并对女性主义六百年的发展做了历史回顾。⑤ 从最早的古英语史诗《贝奥武甫》到中世纪诗人乔叟的《坎特伯雷故事》,其间五百余年女性文献尚无迹可查;从中世纪到 15 世纪文艺复兴,女性作者依然寥寥无几,吉尔伯特和古芭所收集的五位女性作者无论在才华和影响上都远远不能和同时代的男性作家相比。这是因为封建社会以暴力和战争为特征,男权中心比其他人类社会形态更严重;女性纯粹是男性或男性家族的财产和工具,俗法、教规都主张对女性严加管教,不可能给她们自由表达的机会。随着文艺复兴思想的深入,越来越多的男性开始接受人文主义者莫尔(Thomas

---

① 伊拉斯谟(Desiderius Erasmus, 1466 – 1536),人文主义者,著作包括《愚人颂》(*In Praise of Folly*, 1511)和《对话集》(*Colloquies*, 1518)。
② 克鲁斯(Sor Juana Inés de la Cruz, 1651 – 1695),墨西哥女诗人,除了诗歌戏剧之外,最著名的当数散文《答菲洛特亚·德·拉·克鲁修女士》(1691),回击教会对她从事文学创作的非难。
③ 索托玛约尔(Maria de Zayas y Sotomayor, 1590 – 1661),出身马德里显贵家庭,仿照《十日谈》的风格写出两部短篇小说集(1637, 1647),书中人物都是女性,讲述的也都是现实中和女性相关的故事,激烈批评了社会上男性的歧视和压迫。
④ 西班牙语,意为"落落寡合、不愿和他人亲近的女子"。
⑤ 吉尔伯特和古芭的这部作品被很多女性主义批评家认为是当代西方女性主义发展最有影响的两部作品之一(另一部是密莱[Kate Millett, 1934 – 2017]的《性别政治》,见 Vincent B. Leitch, *American Literary Criticism, from the 30s to the 80s*, New York: Columbia University Press, 1988, p. 307.)。它不仅挖掘出一批遭到埋没的女性作家,而且把五百年的女性创作进行了归类梳理,建立起女性主义发展的脉络,并依赖"诺顿选集"在学术界的地位来扩大影响。

More)的说法:男女"同样适合学习知识,以培养理解"。其时越来越多的贵族女性开始受到与父兄相似的良好教育,很多中产阶级女性涉足商业、管理,但依然处于她们父兄的监管之下。

17、18世纪英国的资本主义获得巨大发展,封建势力不断削弱。1649年英格兰银行成立,1694年世界首家股票交易所开张,英国从小农经济迅速走向工业和大农业。1769年瓦特发明蒸汽机,矿业、金属加工业获得发展,城市不断崛起、扩张。18世纪初现代传媒初露端倪,仅伦敦便有出版商上百家,写作便成为女性崭露头角的场所。此时中产阶级女性数量增多,受过良好教育,写作不再依赖宫廷资助而诉诸商业成功,服务对象也从很少的达官贵人转向平民大众。当时美国的清教社会虽然是男权为主导,但是在清教教义中男女在信仰上却是平等的,并且允许女牧师布道。尽管如此,女性的社会地位没有明显的改善。当时的法律明显偏袒男性,女性被剥夺了几乎所有的权利。此时虽然女性在婚姻上有了较多的自主权,但婚后仍然是丈夫的财产;而且由于大工业的影响,女性的传统就业范围受到挤压,就业面窄。文学作品中的女性形象或是轻浮做作甚至下流放荡,或是恪守妇德、多愁善感。但是18世纪后期的两次大革命(美国独立战争和法国大革命)却动摇了男权中心的根基,使女性看到了希望;在"自由""平等""博爱"的氛围下,女性可以反抗"束缚我们发表言论的法律"。

19世纪是西方女性解放运动自觉兴起的世纪,也是女权主义真正开始之时。这个时期两大革命的影响逐步深入女性思维,旧秩序正在无可挽回地没落,新观念必将取代旧思维,已经成为欧美社会的普遍共识,争取"做(女)人的权利"①成为女性追求自身解放的理论基础。19世纪上半叶欧美宣布中止奴隶买卖,但私下的贩奴仍然如旧,继而导致大规模的反奴运动,这也极大地促进了女权运动的发展。社会科学的发展也给女权主义提供了契机:达尔文的《物种起源》(On the Origin of Species, 1859)打破了(男)人自以为是的中心地位;马克思的资本学说揭示了以男性为代表的资本主义血腥的一面;尼采动摇了(男性)上帝一千多年的统治地位。女权主义的活动主要包括:首次提出"妇女解放";争取选举权、财产权、子女抚养权;争取获得更多的高等教育,更多地进入传统男性的职业(医生、律师、记者等);争取成立工会,保障女性劳工权益。19世纪中叶"争取女性权利大会"和"全国争取女性选举权协会"在美国成立,"已婚女性财产法案"

---

① 这里指美、法思想家所提倡的"the Rights of Man",即做人的基本尊严和基本生存权利,它与当代西方社会的"人权"概念有所不同。

在美国多个州获得通过。1882年,英国国会经过长期斗争终于也通过"已婚妇女财产法",四年后废除了对女性具有极大歧视的"传染性疾病法案"。1833年,美国奥柏林(Oberlin)学院首先招收男女同校生,其后一批女子学院纷纷建立,包括哈佛大学的拉德克里夫(Radcliffe)女子学院(1879),课程设置基本上与男校无异;70和80年代,英国牛津和剑桥大学也设立了多所女子学院。19世纪还是英美女性文学的黄金时代,涌现出一批杰出的女作家,如奥斯丁、勃朗特姐妹、爱略特、狄金森(Emily Dickinson)等。然而,尽管女权运动轰轰烈烈,女性的地位并没有获得相应的实质性改善。中上阶层女性仍然听从于男性的主导,知识女性的社会地位低下,简·爱那样的家庭教师和女仆并没有多大区别,劳动阶级女性的待遇更加悲惨。

进入20世纪,女权主义的发展使男性真正感到了威胁。男性的"焦虑"主要来自现代社会科技与人文思潮的发展。爱因斯坦(Albert Einstein)的相对论对人们(确切地说是男人们)长期以为绝对不变的时间和空间概念提出了挑战,弗洛伊德对人内心的黑暗面进行了剖视,人类学、考古学的研究表明,父权社会并不是人类固有的社会形态结构,象征父权的大英帝国在世界各地遭遇了前所未有的挑战。此外,第一次世界大战的残酷现实还使人们对同样象征父权的科学技术产生疑问。面对这种浓厚的怀疑主义倾向,人文学者们(如伯格森、胡塞尔、海德格尔、维特根斯坦[Ludwig Wittgenstein])力图重新界定传统知识,结果常常事与愿违,反而进一步削弱了人类认知体系的稳定可靠性。在主导观念日渐淡薄的情势下,极端主义随之泛滥,如法西斯主义、美国的三K党等。正是在男性中心主义日衰的情况下,女权主义得到了进一步发展。1903年,"全美女性工会联盟"成立以维护女雇员的经济权益,1910年代,英美两国女性采取了一系列激烈行为(游行示威、绝食、破坏建筑物等)表达对男权的不满。"一战"期间,大量女性加入就业行列并大显身手,为战争的胜利做出了巨大贡献,令包括英国首相在内的保守人士刮目相看,同时也使女性更加意识到自己的能力。英美在1918、1920年分别批准了女性选举法案,经过75年的奋斗,女性终于获得了一场重大的胜利。新的节育科学使女性更容易走向社会,更多的女性接受大学教育,进入职业女性的行列,因此也愈发摆脱对男性的依赖。此时女性的思想进一步解放,自由恋爱甚至性解放成为时尚。新潮女性的服饰"其重量只有维多利亚时代女性服饰的十分之一",这当然不仅仅只是身体上的"松绑"。

与此同时,女权主义也受到传统势力的顽强抵抗。首先,女性仍然受到外部世界的挤压。战后许多女性找不到工作,就业前景暗淡;工作的女性从事的也是传统的"女性"职业如教师或护士，但在晋升上却非常困难，女教授寥寥无几，医学院女学生的人数甚至在减少。其次，传统思想以新的形式继续对女性施加影响。化妆品、美容院的泛滥"可以把最开放的新女性变相地变为她维多利亚祖母所期望的那种洋娃娃"，电影女明星的脂粉气也抵销着女权主义的战斗精神。同样令女性活动家沮丧的是，大多数女性选民对千辛万苦赢得的选举权并不感珍视，选举时或由丈夫、父亲做主，或干脆就不登记。时至今日"反女权主义在知识界竟然是唯一正确的态度"。

让人欣慰的是，当代女性主义同时也进入了新的发展时期。经历了20世纪30年代的经济萧条和残酷的第二次世界大战以后，女性主义对男权世界的认识更加客观。冷战，越战，军备竞赛；和平，裁军，学生运动，女性主义从一次次的社会动荡里汲取养分和经验，执着地追求着既定的目标。"二战"后，西方女性的法律地位得到了极大提高，这是女权主义多年来取得的最大成绩：男女在离婚法案中享有真正平等的对待，法庭在子女的归属上也不得偏袒丈夫；大部分英语国家采纳了同工同酬、相等机会法，力图纠正工作待遇上的性别歧视。1964年，美国颁布《人权法案》，宣布性别、种族歧视为非法，1972年的《教育修正法案》敦促大学切实保证男女机会均等，同年最高法院裁决取消各州有关禁止堕胎的立法，合法堕胎权正式成为美国女性写在《宪法》上的人权，给予女性控制自己身体的权利。同时，各种女性主义组织不断出现，美国重要的女性组织包括"全美妇女组织"（1966）和"全美黑人女性主义组织"（1973）。进入80年代，女性主义研究或女性研究在美国主要的高等学府中已经成为常设的重要课程或研究项目。但是，女性同样面临困难和问题。"二战"后女性就业人数成倍增长，但是绝大多数从事的仍然是收入低社会地位低的所谓"女性职业"（如店员、秘书、女佣）。女大学生人数接近甚至超过男生，但是商业、法律、医生等行业或职业女性很难涉足。职业女性的家庭负担丝毫没有减轻，因此必须承受家庭和社会的双重压力。尽管男女平等的思想似乎人人皆知，但是强奸、家庭暴力事件仍然随处可见。性解放、性自由的最大受益者不是女性而是男性，使女性活动家意识到"性解放并不等于女性解放"，激进的举动并不一定会给女性带来好处。近年来，女性活动家十分注重女性草根组织的普及，发挥它们的作用，在各处成立中心，为女性提供儿童护理、医疗保健以及伤害庇护等服务。但是，令女性主义运动为难的是，女性群体本身常常并不一致，如有些女性并不赞成男女平等，因为担心女性传统上享有的照顾和保护会因此减少，所以国会1972年通过的《平等权利修正法案》在

1982年的限期内没有获得 38 个州的认可,最终功亏一篑。①

同女权运动一样,女性主义批评理论也是在争论、矛盾中发展的。理论界通常把当代西方女性主义批评理论分为两部分:英美理论与法国理论。② 说到当代英美女性主义理论,不能不提及英国作家伍尔夫(Virginia Woolf),她被尊为西方当代女性主义的先驱。伍尔夫是一位走在时代前面的女性:学习当时女性很少触及的希腊文,任教于伦敦的一所成人女子学院,投身于争取女性选举权运动,替著名的《泰晤士文学增刊》撰稿。在她的文学圈子里,她无所不谈,包括为保守的维多利亚社会所不容的同性恋现象。《一间自己的屋子》被评论家认为是当代英语国家第一部重要的女性主义文献。伍尔夫在文中假设莎士比亚有一位同样才华横溢的妹妹,但是这位女莎士比亚的命运肯定无法与她的哥哥相比:尽管她不顾父亲的软硬兼施,逃到伦敦的某个剧院,但男性根本不会允许她施展才能,结果为剧院经理诱奸,怀孕后自尽,被埋尸郊外。伍尔夫借此指出,女性在心智上与男性完全平等,但是在男权的压迫下,无法培养自己的才能,即使具备才能也没有用武之处。在以《女性的职业》为题的演说里,她把男性眼中的女性称为"屋子里的天使":"要有同情心,要温柔妩媚,会作假,善于使用女性的各种小手段。不要让其他人看出你有思想,最要紧的是,要表现得纯洁。"伍尔夫奋起"自卫",杀死了这位象征男权的"天使"。③ 但是同时她不得不承认,在现实中这个"天使"其实很难杀死,她的阴影将长期笼罩在职业女性的心头,因此伍尔夫宣称"杀死'屋子里的天使'是每一位女作家职业的一个部分"。在演说中,伍尔夫还提及另一个女性主义理论感兴趣的话题:女性的特殊体验。她指出,女性的思维、感受、激情等等,和男性不同,但是男性却不允许女性表达自己的体验,而且这种禁令已经成为一张无形的绳索紧紧地束缚着女性,女性尚无有效的办法挣

---

① Sandra M. Gilbert & Susan Gubar, eds., *The Norton Anthology of Literature, by Women, the Tradition in English* (New York: W. W. Norton & Company, 1985), pp. 9 – 13; 39 – 58; 162 – 83; 1215 – 1238; 1654 – 1676.

② 其实当代女性主义批评理论百花齐放,很难进行归类:"对那些想寻找单一政治立场或一致的女性主义操作方法,甚至于只想把女性主义讲清楚的人来说,这种多样化确实让他们头痛。"以上的分析主要为了便于讨论,但缺点是:英美/法国这种区分把丰富的女性理论简单化,如法国的女性批评家并不都属于所谓的"法国女性理论",少数裔和异性恋女性理论也显然被排斥在外。(Mary Eagleton, *Feminist Literary Criticism*, Longman: New York, 1991, pp. 2 – 4)

③ 《屋子里的天使》(*The Angel in the House*, 1854)是 19 世纪英国诗人帕特莫尔(Coventry Patmore, 1823 – 1896)献给自己妻子的诗作,集中体现了维多利亚时代所谓女性谦恭卑微的"美德"。

脱它。①

现代女性主义批评以伍尔夫的《一间自己的屋子》为先声,经波伏瓦(Simone de Beauvoir)的《第二性》(*The Second Sex*, 1949),到20世纪60年代末进入一个新阶段,被称为女性主义批评的"第二次浪潮"。在美国,随着国内妇女解放运动的高涨,女性主义批评发展迅猛。女性主义批评者最初在著述中揭示父权社会的思维前提和偏见,批评男性中心主义,接着发现了许多被忽视、遭遗忘的女性作者,进而重新评价女性文学,深入探讨文学和批评的社会和文化语境。美国批评家、《诺顿理论与批评选集》主编里奇将美国女性主义批评理论的发展分为三个阶段。② (1) 批评阶段,揭露男性作品(androtexts)中隐含的歧视扭曲女性的意识形态表现(male sexism);(2) 发掘阶段,重新梳理评价(spade work)文学史、思想史,发现历史上遭到埋没的女作家、女思想家(gynotexts);(3) 话语分析,把女性主义批评实践上升为理论话语,为女性主义塑造理论身份。这里的"阶段"(phase)可能会产生误解,把它机械地当成时间顺序。③ 其实里奇所谈的是美国女性主义批评理论的三个层次,它们同时存在、同时发展、相互关联,构成一个有机整体。

第一阶段是20世纪60年代末到70年代中期的女性形象批评以及对男性中心主义的抨击。1968年,艾尔曼(Mary Ellmann)的《关于女性的思考》(*Thinking about Women*)问世,作者在书中以极其讽刺的笔法揭示了男性批评者在贬低女性作家时使用的定式(stereotypes)。然而影响更大的是两年后米利特(Kate Millett)发表的《性别政治》(*Sexual Politics*, 1970)。此书被誉为当代美国女性主义批评理论两部标志性著作之一,米利特也被称为"美国女性主义批评最著名的母亲"④。米利特的著作是她的博士论文,现在看来,她的行文并不十分严密,处处显露出稚嫩的痕迹,也有批评家认为根本就不属于学术论著。但这是向男权社会发起的正面攻击,在当时实属难得,而且措辞之激烈,评判之不留情面,都是前所未有。米利特反对当时蔚为风气的形式主义,倡导社会和文化批评。她借用社会学中区分生理性别(sex)与社会性别(gender)的做法:前者取决于生物因素,后者则是一个心理概念,决定于社会、文化因素。社会上习以为常的女性心理气质、性别角色乃至社会地位状况不是与生俱来,而是男权社会所造成的,它具有

---

① Sandra M. Gilbert & Susan Gubar, pp. 1376–1387.
② 当代英国女性主义批评理论同样也具有这些特征,只是更加多样化,因此也更难归纳。
③ Vincent B. Leitch, *American Literary Criticism from the 30s to the 80s*, p. 307.
④ 同上,p. 309; Janet Todd, *Feminist Literary History* (New York: Routledge, 1988), p. 21.

明显的压制效果,性别角色在两性之间不平等的控制与被控制关系中表现出来的就是米利特所指的"性别政治"。

米利特的评判涉及面广,从文学到社会思潮直至西方文化的方方面面,明确地把性别问题与政治斗争联系起来,突破了当时的形式主义批评范式。此外,米利特的批评矛头指向当时得到主流公认的文学大家,从他们貌似的伟大中揭示其中隐含的种种触目惊心的误征。她认为,从 1830 年到 1930 年这一百年的历史是女性争取自身解放的革命史,而 1930 年到 1960 年——即现代主义盛期(high modernism)——是个"反革命"(counterrevolutionary)时期,女性运动受到阻遏。她对所谓的男性理论权威(如弗洛伊德心理学)提出挑战,对他们的"主导叙事"(master narrative)不屑一顾。米利特呼吁回到早期的激进主义,反对改良主义,直言女性必须发动一场"史无前例的社会革命",为其后的女性主义(尤其是激进女性主义)批评开了先河。"作为我们社会中受隔离的最大群体,就其数量之大、情绪之强、受压迫时间之长以及有着最广大的革命基础来说,女性可能前所未闻地在社会革命中担当起领导人的角色。"①她以劳伦斯、米勒(Henry Miller)、梅勒(Norman Mailer)和热内(Jean Genet)四人的作品为例,揭示男性作品中的压迫性别表现,探讨了男性至上与性暴力等问题。以对劳伦斯的批评为例,她指出,虽然劳伦斯通过男女自然的情爱来批判工业文明对人性的摧残,但与此同时,却把所谓的男女自然之情建立在男权主导之下,使女性实际上受到物欲社会和男权伦理的双重压迫。在《查太莱夫人的情人》中,查太莱夫人完全在情人梅勒斯的主导之下,是阳具权威的附属物;在《儿子与情人》中,劳伦斯通过保罗和他身旁女性的关系,勾勒出弗洛伊德所描绘的图景:女性都是阳具羡慕者,她们的身份依赖于男性,一切活动服务于男性,本体存在取决于男性。②米利特令人信服地说明,生理性别(sex)不等于社会性别(gender),人们习以为常的女性性别角色绝不是天生的,而是男权社会共谋的结果。这是当代早期女性主义最直接的表露。20 世纪 60 年代末到 70 年代中期的女性主义文学批评具有很强的政治意味,批评家们愤怒批评社会不公,致力于增强女性受男性压迫的政治意识,《性别政治》可谓典型代表。这部著作相应地成为女性主义文化批评的先声,那些受尊敬的男性作家身上的神秘性由此开始消退,因而具有相当的反权威意义。

70 年代中期开始,女性主义批评的重心由批判此前的男性中心主义与男性

---

① Kate Millett, *Sexual Politics* (Garden City, New York: Doubleday, 1970), p. 363.
② 同上,pp. 238 – 257.

文本转向重新解读和发现女性作家的作品，进而提出了独立的女性传统存在的合理性和建立女性经典的必要性。1975年，斯帕克斯(Patricia Meyer Spacks)出版了《女性的构想：从文学与心理角度看女性写作》(*The Female Imagination: A Literary and Psychological Investigation of Women's Writing*)。她指出，此前的女性主义批评存在一个缺憾——竟然未曾关注女性自己写出的作品，进而提出一些发人深省的问题，例如，女人是如何以女性身份写作的？女性创作与男性创作究竟有何不同？

美国批评家莫尔斯(Ellen Moers, 1928－1978)从20世纪60年代初就开始思考女性文学问题，她说自己一度狭隘地认为，以性别为根据将那些主要作家与整个文学史进程分开意义不大，但1963年弗里丹(Betty Friedan)出版的《女性的奥秘》(*The Feminine Mystique*)改变了她的看法。1976年，《文学妇女》(*Literary Women*)出版，受到广泛的好评。开篇伊始，莫尔斯就直言女性作家的重要性不容否定。女性创作的历史是"湍急汹涌的暗流"，"不讨论女性作家，我们就无法理性地谈论英国小说，或法国浪漫主义，或美国短篇小说，或现代诗歌"。[①] 她以小说为重点，纵览了18世纪80年代到20世纪30年代英、美、法各国伟大女性作家的作品，分析了其中的常见主题、意象和风格。通过追溯诸女性作家的生活经历，以及奋斗和成功的历程，从传记角度对作品加以解读。例如她认为《弗兰肯斯坦》(*Frankenstein*)反映了作者玛丽·雪莱(Mary Shelley)本人怀孕与流产的经历。值得注意的是，莫尔斯关注的不仅包括奥斯丁、布朗宁(Elizabeth Barrett Browning)、乔治·桑(George Sand)、斯托夫人等名作家，还包括马蒂诺(Harriet Martineau)、特里斯坦(Flora Tristan)等"小"作家。然而，莫尔斯在强调女性经验的独特之处时，并没有将女性文学一以概之，因为在她看来"不存在什么单一的女性文学传统，女性没有受限于任何一种文学形式"，根本就不存在"独特的女性天赋或女性感受"，也没有"单一的女性文学风格"。[②]《文学妇女》中有很好的作品概括，侧重作家生平及传记材料，体现了女性文学的广度、深度和多样性，为后来的女性主义文学批评和文学史做出铺垫。

肖瓦尔特(Elaine Showalter, 1941－)无疑是美国女性主义从"游击战"转为"正规战"最重要的批评家。她提出了一些女性批评的策略和方法，为美国女性主义批评所承认，如在《建立女性诗学》("Towards a Feminist Poetics", 1979)中提

---

① Ellen Moers, Reface, *Literary Women* (Garden City, New York: Doubleday, 1976), p. ix.
② 同上，pp. 62－63.

出的"女性批评"观（gynocriticism），即把女性作家之作同女性经验相联系，探索适合于女性研究的理论和方法；而《荒野里的女性主义批评》（"Feminist Criticism in the Wilderness", 1981）也再次要求建立女性研究理论。批评家一般认为，美国女性主义批评一直注重实践性，反对法国女性主义过于重视理论而忽视女性的现实处境。但是法国女性主义批评毕竟影响太大，肖瓦尔特的"理论转向"或许可以说明美国学者态度的变化，而《展现奥菲丽亚：女人，发疯，以及女性批评的责任》（"Representing Ophelia: Women, Madness, and the Responsibilities of Feminist Criticism", 1994）一文则显示出后期美国女性主义注重理论与实际的结合。奥菲丽亚是莎士比亚悲剧《哈姆雷特》中一个不起眼的女性人物，曾和哈姆雷特王子订婚，由于王子为了复仇而装疯，故意疏远她，导致她精神崩溃溺水身亡。法国女性主义的阐释是，从外在思想、语言、性别身份上奥菲丽亚都表现为"零"：疯癫、不连贯、沉默、流动、表明负面、否定、空缺、不在场；这是男性话语对女性的典型表现。肖瓦尔特并不满足于这种抽象思辨。她指出，虽然奥菲丽亚很少为批评家关注，却是一个引人注目的莎剧人物，她的原型长期以来在英国文学、绘画、通俗文化中得到广泛的表现。如伊丽莎白时代疯女人在舞台上的典型展现是：穿白衣，披散的头发戴着野花，口唱小曲。白色既表示处女般的纯洁，也与男性庄重的黑色服饰形成对照。野花则是天真烂漫和下流淫荡的结合，披头散发象征发疯或被奸淫，都有违于主流社会的道德规范。甚至投河自尽也非女性莫属，女性的"流动性"（乳汁、泪水、月经等）都与水、死亡存在逻辑关系。从 17 世纪开始舞台上就把女人的疯癫视为女性天性的一部分，但到 18 世纪此举被认为有伤风化，因此奥菲丽亚的语句被依照男性的新标准进行了删节篡改。19 世纪浪漫主义时期疯女人又受青睐，当时英法等国对疯癫和女性性别特征的关系极感兴趣，甚至疯人院也研究奥菲丽亚，以此获得对疯女人的认识。此时奥菲丽亚从疯女人的典型归纳上升为疯女人的一般表现，成为男性社会衡量女性精神病的标准，如沙可（Jean-Martin Charcot）首先使用摄像机研究女精神病人，他提供的疯女人照片就是奥菲丽亚的翻版。由此肖瓦尔特进一步提问："奥菲丽亚是不是代表全体女人，她的疯癫是不是代表这个悲剧乃至整个社会对女人的压迫？她是不是疯女人或女人疯的文本原型？最后，女性主义应当怎样在自己的话语里去表现奥菲丽亚？对于作为戏剧人物或女人的奥菲丽亚，我们的责任是什么？"[①]

与莫尔斯相反，肖瓦尔特坚持认为有一个独特的女性文学传统存在，它是与

---

① "Showalter in Newton," 1992: 195–209.

黑人文学、犹太文学、加拿大文学等相同的亚文化群——"当我们把女性作家看成一个整体时,我们可以看到有一股绵绵不断的创造力之流,某些模式、主题、问题,还有意象一代一代重复出现。"① 而她在《她们自己的文学》(*A Literature of Their Own: British Women Novelists from Brontë to Lessing*, 1977)中所做的,就是描述从夏洛特·勃朗特到莱辛(Doris Lessing)这一时期英国小说的女性文学传统,并说明这一文学传统的发展与其他任何亚文化的发展相似之处。按照她的理解,所有文学亚文化都有三大发展阶段:起初是一个漫长的模仿、吸收阶段——模仿当时主流传统的流行模式,消化吸收其艺术标准和社会角色观;接着是反抗阶段——弱势群体起而对抗主流的标准和价值观,提倡少数群体的权利和价值观;最后是自我发现阶段,不再依赖对立面,而转向内在,找寻和发现自我。与上述发展模式相对应,肖瓦尔特用三个术语概括英国女作家的创作轨迹:首先是"女人阶段"(the feminine phase)——始于1840年,其时女性作家开始用男性笔名发表作品,终于1880年(即爱略特去世之年);然后是"女权阶段"(the feminist phase)——始于1880年,终于1920年;最后的"女性阶段"(the female phase)从1920年直至现在,不过到1960年以后因为妇女运动的开始而有了新的动向。

肖瓦尔特对传统文学史提出批评,因为它只突出一些男性大作家,而有意轻视甚至排斥女性作家,结果"由于已经看不到那些不起眼的小说作家——那些串联各代作家的环扣,我们对女性作品的连续性了解得不甚清楚"。② 她要纠正这个严重错误,重建文学经典。和莫尔斯一样,③ 她也在书末做了一个长达30页的《传记附录》(Biographical Appendix),其中列举了大量几乎不为人知的女性作者。因为她的努力,许多业已被忘却或被忽略的女性作家被重新发现,许多此前不为人知的女性作家的作品开始受到关注并得到应有的评价。

与莫尔斯还有一点不同,肖瓦尔特有着非常明确的批评目标——构建女性主义文化批评理论。这在她的论文《构建女性主义诗学》和《荒野中的女性主义

---

① Elaine Showalter, *A Literature of Their Own: British Women Novelists from Brontë to Lessing* (Princeton: Princeton University Press, 1977), p. 11.
② 同上,p. 7.
③ 莫尔斯《文学妇女》后面附有一个《文学妇女目录》(Dictionary Catalogue of Literary Women),其中列出了从萨福(Sappho, 612–580 B. C.)到安娜·阿克玛托娃(Anna Akhmatova, 1889–1966)等近250位女性作家的创作以及探讨这些作家的最佳作品。

批评》①中有充分体现。在《构建女性主义诗学》中,肖瓦尔特指出女性主义批评应从以女性读者(women as reader)为对象的女权主义批评(feminist critique)转为以女性作者(woman as writer)为对象的"女性批评"(gynocriticism),"要建立起有女性特色的框架来分析女性文学,要以研究女性经验为基础提出新的模式,而不是适应男性模式和男性理论",还要考虑到"对女性文学选择与文学生涯起决定作用的政治、社会、个人历史发展的不同速度和曲折过程"。②《荒野中的女性主义批评》重申了上述观点,提出"女性批评"的论题:女性创作的历史、风格、主题、体裁和结构,女性创造力的心理机制,个体女性或集体女性文学生涯的发展历程以及女性文学传统的演变和规律,等等。③

以肖瓦尔特为代表的美国女性主义将理论、文本、实际三者结合得比较紧密,在批评实践上最为实用。以莎士比亚的另一剧《泰特斯·安德洛尼克斯》(*Titus Andronicus*, 1592)为例。这是莎翁的早期悲剧,剧中大量渲染凶杀、强奸、残身、焚尸,在所有莎剧中血腥味最浓。剧中的两位女性主角形象可怖:拉维尼亚遭遇之惨,塔摩拉心肠之毒,皆令人发指。前者是美丽善良逆来顺受女性的典型,具备男性要求女性所具备的一切"优秀"品德:当父亲不顾婚约将她送给国王时,当国王故意当面和别的女人调情时,甚至当她遭到野兽般的强奸时,她都默默地忍受。但是强暴者仍然割去她的舌头,使她永远失去开口的可能,因为丧失说话能力的女人更接近父权社会的理想女性。与拉维尼亚相反,塔摩拉则是男性传统中妖妇的化身。她工于心计,野心膨胀;她是寡妇,自然就淫荡多欲;为了私欲,她可以借最残忍的手段摧残拉维尼亚。但是这样的人不能作为女性,所以莎氏把她写成"两性人",可以不需要依赖男性而存在。她的自给自足打乱了男性生活结构的秩序,对父权制度构成挑战,引起男性的恐慌。结果可想而知,男性收回王位,恢复了罗马原来的秩序,塔摩拉最终也难逃拉维尼亚的下场,成为男权的牺牲品。

吉尔伯特(Sandra M. Gilbert, 1936—)和古芭(Susan Gubar, 1944—)合著的《阁楼上的疯女人》(*The Madwoman in the Attic: The Woman Writer and the Nineteenth Century Literary Imagination*, 1979)是这一时期探讨女性作品和女性文

---

① 《构建女性主义诗学》和《荒野中的女性主义批评》这两篇文章后来收入肖瓦尔特本人主编的《新女性主义批评》(Elaine Showalter, ed, *The New Feminist Criticism: Essays on Women, Literature, and Theory,* New York: Pantheon Books, 1985, pp. 125 - 143, 243 - 270)。
② Elaine Showalter, "Towards a Feminist Poetics," *The New Feminist Criticism*, pp. 131 - 132.
③ Elaine Showalter, "Feminist Criticism in the Wildnerness," *The New Feminist Criticism*, p. 248.

学史的又一巨篇杰作。两位作者希望能重新理解"独特的女性传统"的性质,并提出一套关于女性文学创造力的新理论。吉尔伯特和古芭借用了耶鲁理论家布鲁姆带有明显男性中心主义特征的"影响的焦虑"思想并从女性主义角度对之做出重要修正,提出了"对作者身份的焦虑"(the anxiety of authorship),"为理解女性文学针对男性文学中的断言和胁迫所做的反应机制提供模式"。① 她们对肖瓦尔特的观点表示赞同,即19世纪,艺术创造力被看成是男性的品质,作者是文本的"父亲",是"创作权威"(Author)。在这种父权体系中,有创造力的女性面对男性中心主义创造神话度日维艰,"女性还没有动笔之前——笔是她们被严格禁止不得碰的东西,父权制度及其文本就已将女性置于从属地位,囚禁了女性,因此,她们必须避开那些男性创作的文本"。② 与此同时,围绕女性的形象——要么天使、要么怪兽,也是男性塑造出来的,女性被剥夺了创造自身形象的权利,必须遵从强加于她们之上的男性社会标准。这意味着女性艺术家丧失了自我定义(self-definition)的权利,结果不可避免地受到"对作者身份的焦虑"的折磨。吉尔伯特和古芭揭示了19世纪女性作家克服焦虑、对抗男权统治、寻求文学独立和自主的方式。在修正式斗争中,她们所寻找的代表"独特的女性才能"的前驱作家以母亲或姐姐的形象出现,她的先锋模范作用赋予后来者以创造力,使她们能与压迫、钳制性的男性文学权威相抗衡。在她们看来:

> 从奥斯丁和玛丽·雪莱到艾米莉·勃朗特和艾米莉·迪金森等等女性创作的作品,在一定程度上都是多层次淀积物,这些作品的表面设计隐藏或模糊了更深层、更不易获得(和更难为社会接受)的意义。因此,这些作家通过同时既遵从又颠覆男权社会文学标准的方式来完成艰难的任务——成为真正的女性文学权威。③

吉尔伯特和古芭分析了诸女性作家的主题和意象,总结出她们用于斗争的文本策略,即在批评的同时重建男性文学延续下来的女性形象,特别是天使与恶魔这一对对立形象。两位作者发现,这一时期的女性文学中反复出现诸如禁锢与逃跑、疾病与健康等对立意象,且往往有某个精神失常者作为主人公的对立面出现;女主人公身体和心理上的疾病也有规律可循,基本上是健忘、失语、厌食、

---

① Sandra Gilbert and Susan Gubar, *The Madwoman in the Attic: The Woman Writer and the Nineteenth Century Literary Imagination* (New Haven: Yale University Press, 1979), p. xii.
② 同上,p. 13.
③ 同上,p. 73.

贪食、空旷恐惧、幽闭恐惧、癔症,等等。实际上,众多诗歌和小说人物身上体现出来的疯女人形象,譬如《简·爱》(Jane Eyre)中的伯莎,"通常在某种程度上是作者本人的替身,是她本人的忧虑和愤怒的表现"。① 处于男权社会中的女性作家,从身体到精神都受到压迫与控制,"通过把自己的愤怒和不安投射到可怕的人物身上,通过为自己和女主人公塑造出阴暗的替身,女性作家既认同男权文化强加于她们身上的自我定义,又对其做出修正。所有在小说和诗歌中召唤女性恶魔的19世纪和20世纪文学女性都是通过将自己与该形象的认同而改变其意义"。② 疯女人形象因此成了巧妙的文学策略的象征,它赋予19世纪女性小说以革命色彩。《阁楼上的疯女人》结合社会、历史、文化背景和作者生涯对19世纪主要女性作家和她们的作品做了比较全面的分析,为女性创造力和19世纪的女性文学史提出了一些十分独到的见解,成为当代女性主义批评乃至当代美国文学理论中的经典之作。

从20世纪70年代中期开始,美国女性主义批评就已经出现了一些总结与反思之作,如科洛德尼(Annette Kolodny)的论文《关于界定"女性主义批评"的几点意见》("Some Notes on Defining a 'Feminist Literary Criticism'", 1975)就是一例。在这篇文章中,科洛德尼回顾了女性主义批评的门类,最后提出她的主旨——将女性作品作为独立的范畴来研究。而到70年代末80年代初,女性主义批评逐渐进入理论总结和反思的阶段,其中最突出的应该是肖瓦尔特的《构建女性主义诗学》和《荒野中的女性主义批评》,此外,还有科洛德尼的《漫舞过雷区:关于女性主义文学批评理论、实践与政治的几点看法》(*Dancing Through the Minefield: Some Observations on the Theory Practice and Politics of a Feminist Literary Criticism*, 1980)③和收集在肖瓦尔特主编的《新女性主义批评》中的一些其他论文、杰伦(Myra Jehlen)的论文《阿基米德斯与女性主义批评的悖论》("Archimedes and the Paradox of Feminist Criticism", 1981)以及多诺万(Josephine Donovan)的专著《女性主义理论:美国女性主义的思想传统》(*Feminist Theory: The Intellectual Traditions of American Feminism*, 1985),等等。多诺万在《女性主义理论》中回顾了女性主义理论的理论渊源,总结了美国女性主义理论的五大源泉:18世纪启蒙运动的思

---

① 同上,p. 78.
② 同上,p. 79.
③ 科洛德尼的《漫舞过雷区》也收入了肖沃尔特主编的《新女性主义批评》一书,参见 Annette Kolodny, "Dancing Through the Minefield: Some Observations on the Theory Practice and Politics of a Feminist Literary Criticism, The New Feminist Criticism," pp. 144-167.

想遗产、人类学与社会学等文化源泉,以及马克思主义、弗洛伊德的精神分析理论、欧陆存在主义。

从最初的女性形象批评以及对男性中心主义的抨击,到重新解读和发现女性作家的作品,进而提出了独立的女性传统存在的合理性和建立女性经典的必要性,重新评价女性文学,深入探讨文学和批评的社会和文化语境,女性主义批评理论随着美国妇女解放运动的高涨而发展迅猛。在后现代语境中,女性主义批评还融合了形式主义、符号学、后殖民主义等不同批评方法,其批评对象不仅覆盖了自中世纪以来几乎所有时期、所有体裁的文学作品,而且包括了大众文化、大众传媒等领域。新时期女性主义文学批评重新审视文学、文化产品,深入检讨文学、文化研究的观念、方法和过程本身中的问题,为当代美国文学和文学批评理论的发展做出了贡献。

(撰稿人:朱刚)

第九章　新历史主义批评

新历史主义与其他现当代西方批评理论一样，其理论渊源较难确定。也许可以说，它的"新"同20世纪60年代出现的"新历史"有关联，后者有别于当时传统的历史学研究，把关注的重点转移到政治和外交事件，并依赖于叙事作为讲述历史的基本手段。① 这里值得注意的，一是对历史档案（historical documents）的关注，二是把历史描述看作"叙事"，这两点正是新历史主义的主要特征。尽管新历史主义的来路难明，但有一点可以肯定，那就是它的出现是对传统的"旧"历史主义的一个反拨。这里的"旧"历史主义主要指两个概念：一是19世纪和20世纪初期德国史学家提出的，"其假设是，过去发生的事件和出现的情况是独一无二、无法再现的，因此要理解它，不能使用一般的术语，而只能使用属于当时的特定术语"。② 也就是说，历史研究必须"真实地"再现历史原貌，以客观性为唯一准则。这种观点遭到后来史学家的质疑，如伽达默尔的主要论点就是，"后来"的史学家不可能也没有必要逃避由时空差异造成的历史主体性以及由此而产生的文化上的局限性。从这个意义上说，新历史主义可以被视为用一种"普遍的"（后结构主义式的）术语来重复某段历史的过去。

在传统的历史批评中，文本是首要的，历史则充当次要的角色，它只是作为背景知识或被反映的对象进入文学分析的视野。与这种批评思想并行的是一套旧的历史观，即：历史学家可以为任何民族、国家或历史时期归结出一个统一的、内在一致的世界观，可以准确客观地重现历史事件。进入20世纪70年代，这一历史观受到质疑。以美国格林布拉特为代表，包括怀特、蒙特罗斯和英国的多利莫尔（Jonathan Dolimore）等学者发表了一系列论文和著作，异口同声地反对上述旧历史主义观念，提出新的历史阐释逻辑。新历史主义的出现与现当代批评理论的两个分支密切相关，一是后结构主义思潮这个大的学术背景，另一个是福柯

---

① Jim Obelkevich, "New Developments in History in the 1950s and 1960s," *Contemporary British History*, 2000(14: 4), p. 126.
② Harry Ritter, "Historicism, Historicism," *Dictionary of Concepts in History* (New York: Greenwood, 1986), p. 183.

的学术思想。新历史主义和后结构主义观点有明显的脉承关系：(1) 历史总是"叙述"(narrated)出来的，因此对"过去历史事件"的第一手把握或者最直接的感受已经不可能；(2) 没有一个统一的、前后一致的、和谐连贯的、大写的"历史"或者"文化"，所谓的历史其实是"断断续续充满矛盾"的历史叙述，这个"历史"是小写的，以复数形式出现；(3) 因此，不可能对历史进行任何"置身于其外"的"客观"分析，对过去的重建只能基于现存的文本，而这些文本是"我们依据我们自己特殊的历史关怀来建构的"；(4) 一切历史文本都应当得到重视，其中包括"非文学"的历史文献：一切文本或者文献都体现出文本的特性(textuality)，相互都是互文(intertexts)关系，对文学研究都有用。[①] 新历史主义认为：一切历史都是主观写就的，编纂者的个人偏见影响了他们对过去的阐释和呈现，因此历史可以提供基本的历史"事实"(譬如乔治·华盛顿是美国第一任总统、拿破仑兵败滑铁卢等)，但是不可能提供事实背后的真相、真实或真理，也不可能完整、客观、准确地再现过去的事件或人们的世界观——历史是叙述，是阐释，它只是人们思考、认识世界的众多方法和众多话语之一。相应地，"表征"(representation)问题成了新历史主义研究所关注的中心问题之一。"新历史主义"动摇了批评和文学的"坚实"基础，对包括它本身在内的一切"方法假设"(methodological assumption)提出了质疑，从表面的一致中揭示出隐含的种种矛盾和冲突。

1980 年，加拿大批评家麦肯利(Michael McCanles)在研究文艺复兴文化的论文中首次使用"新历史主义"一词。但这个术语后来的含义却是美国批评家格林布拉特(Stephen Greenblatt, 1943—)赋予的。1982 年他应学术刊物《文类》(*Genre*)之邀，组一批研究文艺复兴文学的稿件，在为此撰写"前言"时，苦于"从来就不善于杜撰这一类的广告词"，就用"新历史主义"来概括该组文章的共同特点。[②] 格林布拉特以研究文艺复兴时期英国文学见长。在 20 世纪 70 年代

---

① Raman Selden, *A Reader's Guide to Contemporary Literary Theory* (New York & London: Harvester Wheatsheaf, 1989), p. 105.

② H. Adam Veeser, ed., *The New Historicism* (New York & London: Routledge, 1989), p. 1. 不少批评者倾向于把新历史主义称为文化诗学(cultural poetics)——格林布拉特在伯克利所授的课程就曾名为"文化诗学"，并把格林布拉特、蒙特罗斯、怀特和英国的多利莫尔、辛菲尔德(Alan Sinfeld)等都划到新历史主义大旗下。与此同时，也有很多批评者倾向于把以格林布拉特为代表的美国这一支称为新历史主义(New Historicism)，而把以多利莫尔为代表的英国学者称为文化唯物主义(Cultural Materialism)，两者相同颇多但依然互相区别。现在意义上的"新历史主义"的始作俑者一般都认为是格林布拉特：1982 年，他在《文类》(*Genre*)杂志文艺复兴研究专刊的序言中正式提出"新历史主义"(new historicism)一词；翌年，新历史主义刊物《表征》(*Representation*)创刊；1986 年，由他主编的《新历史主义——文化诗学研究》(转下页)

以来出版的著作和论文里,他吸取马克思主义研究的长处,并借鉴格尔茨(Clifford Geertz)的文化解释学方法,一反时下文学研究的形式主义与徘徊于语言囚笼的"非历史"之风,同时突破旧的历史观,阐发了其新历史主义研究的基本思想和理论旨归,以新的历史理解方式与占主导地位的考证式历史研究分庭抗礼。格林布拉特十分关心文学作品产生的社会文化环境,在研究过程中,他披阅了大量的历史材料——包括无名小诗、文艺复兴时代的油画,甚至纪念碑和雕塑,等等,以探讨具体文学文本与其产生时的权力结构和社会意识形态之间的复杂关系,将文化产品与社会历史进程联系起来。

格林布拉特一直十分关注权力与自我意识形成的关系,这一主题在其博士论文《文艺复兴时期人物瓦尔特·罗利爵士及其角色》(Sir Walter Raleigh: The Renaissance Man and His Role, 1972)里已有突出体现。在这篇论文里,他分析了罗利爵士如何在其诗歌、书信和游记中将自我戏剧化,以确立自己的身份与地位。1980年,《文艺复兴时期的自我形塑:从莫尔到莎士比亚》(Renaissance Self-Fashioning: From More to Shakespeare)出版,随即轰动批评界,后来被公认为新历史主义批评的奠基作。格林布拉特在书中探讨了文艺复兴时期历史主体塑造自我身份的方式,揭示出权力如何决定着人的主体性。他认为,"在现代历史初期,主导那代人身份的思想、社会、心理和美学结构发生了变化",人们不仅开始认识到自我,自我可以塑造的意识同时也产生了——这种自我意识表现为主体"对个人生存秩序的感受、向世界言说的独特方式以及受约束欲望的结构",且在自我身份形成与表现的过程中有些着意塑造的成分。① 这里的自我塑造被赋予了新的意义,它可以描述父母和老师的行为实践,可以涉及人的举止、行为——尤其是精英派的举止、行为,可能意味着自私与欺诈,也可能表示个人言语、行为中秉性或意图的表征。而"因为表征,我们回到文学,或者我们可以说自我塑造的意义恰恰源于如下事实,即它在运作时并不将文学与社会生活截然区别开来。它恒定不变地跨越了存在于诸如文学人物创造、人们自我身份形成、被非自己所能

(接上页)(New Historicism: Studies in Cultural Poetics)丛书相继问世,新历史主义研究在学界日益受到人们的关注。由于这种新的研究方法广泛涉及文化、历史、文学等因素,格林布拉特在80年代末期再次以"文化诗学"指称自己的研究。"文化唯物主义"一词由威廉斯在《马克思主义与文学》(Marxism and Literature, 1977)一书中提出;80年代,多利莫尔和辛菲尔德援引该词作为《政治与莎士比亚——文化唯物主义新论文集》(Political Shakespeare: New Essays in Cultural Materialism, 1985)的副标题。

① Stephehn Greenblatt, Renaissance Self-Fashioning: From More to Shakespeare (The University of Chicago Press, 1980), p. 1.

控制的力量塑造的体验以及塑造其他自我的努力等等之间的疆界"。①

格林布拉特指出,16世纪的自我塑造不是自主完成的,家庭、国家及宗教机构起着非常严格而深远的规约作用;自我是社会文化的产物,或者说,自我塑造体现的是一套权力慑控机制(包括习俗、传统、计划、方案、规章,等等),是种种意义组成的文化系统。换句话说,"从来就没有什么纯粹的、不受限制的主体,实际上,人类主体自身一旦成为特定社会里权力关系的意识形态产物,就开始显得非常的不自由"。② 文学在上述文化系统中起三点作用:它既展现了作者的具体行为,又展现了作者行为赖以实现的规矩、约法,同时它又是反思这些规矩、约法的结果。伟大的艺术作品是至为敏感的载体,它记录了文化中诸多复杂的冲突与融和。格林布拉特选取了莫尔、廷德尔(William Tyndale)、怀亚特(Sir Thomas Wyatt)、斯宾塞(Edmund Spenser)、马娄(Christopher Marlowe)和莎士比亚六位文艺复兴时期的作家分别加以探究,因为他们体现了这个时期自我塑造的各个不同侧面。格林布拉特希图通过追踪文艺复兴时期具体历史情境和作家的具体生活经历,分析他们的作品,去重新看待内在的(即作品的象征结构)与外在的(即作家个人生活经历和社会中的可知结构)之间的相互作用,最终更好地理解文艺复兴文化中文学人物的自我和作家社会性自我的形成方式,从而展现"更大的文化模式"。③

例如,格林布拉特认为斯宾塞的《仙后》表现了文明与性欲的对立,其中预设的是对伊丽莎白时期道德原则的绝对服从;马娄的作品表现出了意志自由与社会约束之间无从妥协的矛盾,不过,马娄作品中的主人公虽然抵制、敌视伊丽莎白社会至高无上的价值观,其作品艺术表现的结果却使所要否定的那些原则显得更为合理。简言之,马娄通过反抗政府权力,最终与"他者颠覆式地同一"而塑造自我;莎士比亚则是自由主义的马娄和保守主义的斯宾塞的复合,他不是因其越轨而伟大,而是因其"特别的高度顺从"(a peculiarly intensive submission)而伟大——顺从于传统,然后从其内部颠覆之。格林布拉特认为,斯宾塞和马娄可以被看作中世纪末期英国文化发展进程中的两极,而莎士比亚则可以被看成向现代早期过渡过程中两极的辩证融合。格林布拉特还指出,文艺复兴时期的自我身份形成模式对于当代文化有着深远的意义,因为在他看来:

我们所创造又身处其中的文明依赖于一套复杂的控制手段,其起源可

---

① 同上,p. 3.
② 同上,p. 256.
③ 同上,p. 6.

以追溯至文艺复兴时期……至关重要的也许是我们能意识到：与我们血脉相关的文化也是构建的产物，是人为的东西，是短暂的、有时间限度的、是偶然的。同时也意识到我们置身于始自文艺复兴的文化运动的末期，而社会与心理世界的崩裂之处正是它们当初构建时显现的结构联结点……体验文艺复兴文化就是感受我们当初如何形成自己的身份，该体验使我们同时产生更为深切的归属感和疏远感。①

"自我型塑"（Self-Fashioning）成为格林布拉特的一个主要概念。"自我型塑是经由那些被视为异端、陌生或可恨的东西才逆向获得的。为了进行攻击并摧毁异己，必须发现或创造出这种带有威胁性的他者——异教徒、野蛮人、巫婆、通奸淫妇、叛徒、敌基督等。"②即文学形象和文学意义的"形成"是在人物与其环境之间反复对比反复较量的过程中逐渐产生的。这种产生当然是阐释的结果，但这种阐释是一个反反复复的过程，"自我"通常是历史合力的产物，这些合力中不乏怀有敌意的力量。这里似乎能用到格林布拉特的"协合"（negotiation）观，其意义包括"协商、传达、调解、融合"。用之于人物的"自我型塑"，也就体现出自我身份形成涉及的各种力量之间的角逐和争斗，以及自我在此过程中采用的策略。此外，在多利莫尔所界定的"颠覆"（subversion）、"抑制"（containment）、"强化"（consolidation）三个概念中，格林布拉特主要运用了"颠覆"与"抑制"两个概念。颠覆是指对代表统治秩序的社会意识形态提出质疑，使普通大众的不满得以宣泄，而抑制则是把这种颠覆控制在许可的范围内，使之无法取得实质性效果："对我们来说，颠覆这个术语指的是文艺复兴中的某些因素，就是当抑制看上去不可能时，当时的读者所力求达到的、对我们自身关于真理和现实的感觉的一种抑制、摧毁或服从。"但是，这种"颠覆性的声音并不侵蚀秩序的根基"③。之所以如此，是因为这种颠覆是权力产生出来的，权力本身就"建立在这种颠覆性的基础之上"，通过抑制颠覆来强化统治。④

除《文艺复兴时期的自我型塑》外，格林布拉特还发表了大量论文，其中一部分论文收集在《表征英国的文艺复兴》（*Representing the English Renaissance*, 1988）

---

① 同上，pp. 174 – 175.
② 同上，p. 9.
③ Stepehen Greenblatt, *Shakespearean Negotiations: The Circulation of Social Energy in Renaissance England* (Berkeley & Los Angeles: University of California Press, 1988), pp. 39, 52.
④ 杨正润：《文学的"颠覆"和"抑制"——新历史主义的文学功能论和意识形态论述评》，《外国文学评论》1994年第3期，第23页。

和《莎士比亚的协合——英国文艺复兴时期的社会能量流通》(*Shakespearean Negotiations: The Circulation of Social Energy in Renaissance England*, 1988)中。在论文《莎士比亚与驱魔师》("Shakespeare and the Exorcist", 1984)中，格林布拉特指出，莎士比亚的一些剧作标志着社会体制的转换，新的社会文化话语在该转换过程中逐步形成。《学会诅咒》("Learning to Curse", 1990)一文分析了莎士比亚的后期作品《暴风雨》(*The Tempest*)，指出该剧以文学形式对有文字世界和无文字世界——亦即有特权和无权利世界之间冲突极其深刻的考察，而莎士比亚则表现出欧洲文化的优越感。《莎士比亚的协合》中的论文则透露出一个重要观点：莎士比亚绝非一位天外飞来的奇才，他所取得的卓越成就源于社会能量的流通，或者说他大量汲取了文学和戏剧之外广袤领域的文化资源和社会能量——恰如市场上的讨价还价者，不时地进行着象征式的购买与交换。后来出版的《炼狱里的哈姆雷特》(*Hamlet in Purgatory*, 1996)探讨了莎士比亚名剧《哈姆雷特》，为新历史主义批评实践再添辉煌。

格林布拉特从文学文本入手，揭示文学与历史、社会意识形态等之间的关系，为文艺复兴和莎士比亚研究提供了新的视角，《文艺复兴时期的自我型塑》和《莎士比亚的协合》也成为新历史主义批评的经典之作。格林布拉特是新历史主义的开创者，《文艺复兴时期的自我型塑》一书也被誉为北美学者撰写的英国学研究方面的最佳著作，然而，为新历史主义做出明晰的理论归纳和界定的却是加州大学圣地亚哥分校的蒙特罗斯(Louis Adrian Montrose)。自20世纪80年代以来，蒙特罗斯发表了一系列论文和专著——如《文艺复兴文化之诗学》(*A Poetics of Renaissance Culture*, 1981)、《文艺复兴文学研究与历史主体》(*Renaissance Literary Studies and the Subject of History*, 1986)、《新历史主义一席谈》("New Historicisms", 1998)、《演戏的目的：莎士比亚与伊丽莎白时期戏剧的文化政治》(*The Purpose of Playing: Shakespeare and the Cultural Politics of the Elizabethan Theatre*, 1996)，追述了新历史主义的发展，分析了该理论的基本宗旨和特点，同时也做了卓有成效的批评实践。

蒙特罗斯指出，新历史主义突出了文学话语与其他话语、文化产品与社会历史之间的作用与反作用关系，认为文学生产与文学阐释的形成受当时社会历史和政治条件的制约，又反过来影响它们。文本创作与阅读，人们划分文本类别和传播、分析、教授文本的过程都被理解为文化产品受历史制约而又制约历史的方式。于是，早先被视为封闭自律的美学及学术问题得以被重新看待，因为它们与其他社会话语、社会实践和社会公共机构有着道不清的关系。蒙特罗斯本人的著述——如专著《演戏的目的》、论文《〈伊丽莎白——牧人的女王〉、作为权利的牧歌》("'Eliza, Queene of Shepheardes,' and the Pastoral of Power", 1980)和《幻觉的形成:伊丽莎白文化中性别与权力的表现》(*Shaping Fantasies: Figurations of Gender and Power in Elizabethan Culture*, 1983)等等就充分体现了上述批评宗旨,譬如,《演戏的目的》一书通过描述制约伊丽莎白时期主体生存条件和戏剧产生条件的社会经济、政治与宗教力量和社会公共机构,探讨了与宗教和社会政治变革同时进行的文化转型过程中,"戏剧演出作为人的认知和发挥自身力量的方式"[①]所起的作用,揭示了语言与文学想象对于文化价值与信仰、社会差别与交流、政治控制与斗争等所产生的影响。

蒙特罗斯用"文本的历史性"(historicity of texts)与"历史的文本性"(textuality of histories)这一对对称术语巧妙地概括了新历史主义研究的特征。文本的历史性指一切写作和阅读方式——不仅包括批评者所研究的文本,还包括批评文本本身,都有着具体的历史背景,都产生于一定的社会和物质环境,并且参与了历史的编写。历史的文本性则是因为我们无法回到原原本本的历史,后来者只能借助记载并流传下来的文本认识历史,而记载本身又是选择、保留与舍弃的结果;与此同时,一旦从事人文学科研究的人把这些记载当成历史档案来理解,他们在描述、阐释历史事件时,又会做出进一步的调整与变更。[②] 这样一来,原本独一无二、一逝不返的非文本化形式的历史就衍变为千门万类的由文本再现的历史。[③] 因此,蒙特罗斯强调批评者必须有自我意识,必须认识到自己的研究同样受一定历史、社会与体制的制约,不仅要用历史的眼光看待过去,还要用历史的眼光检视现在以及过去与现在的辩证关系。

如果说格林布拉特和蒙特罗斯的理论话语带有明显的后结构主义特征的话,美国另一位新历史主义理论家怀特(Hayden White, 1928-)则是从结构主义立场拆除了历史与文学之间的界限。另外一点不同是,格林布拉特和蒙特罗斯专治文艺复兴时期文学文化,怀特则主攻19世纪欧洲思想史。在其最重要著作《元历史:19世纪欧洲的历史想象》(*Metahistory: The Historical Imagination in*

[①] Louis Montrose, *The Purpose of Playing: Shakespeare and the Cultural Politics of the Elizabethan Theatre* (Chicago: University of Chicago Press, 1996), p. 205.

[②] Louis Montrose, "Professing the Renaissance: The Poetics and Politics of Culture," *Literary Theory: An Anthology*, eds., Lulie Rivkin and Michael Ryan (Oxford: Blackwell Publishers Inc., 1998), p. 782.

[③] 同上,p. 411.

Nineteenth-Century Europe,1973)和《话语转义学：文化批评论集》(*Tropics of Discourse: Essays in Cultural Criticism*, 1978)中,怀特针对历史编纂和历史阐释提出了一套"元历史"理论,引起了很大反响。他在书中提出的后结构主义历史观常被用来给新历史主义的认识论做注释。怀特的原理比较庞杂,但是基本思想比较简单:逝去的历史永远不可重现和复原,不可能真正"找到";人们所能发现的,只能是关于历史的叙述、记忆、复述、阐释,即对于历史事件的主观重构(不管主观上会如何想要忠实于客观历史事实)。也就是说,人们最后得到的,仅仅是被重新串联起来的一系列历史事件和对这些事件的说明,是一段经过编辑或者"编织"过的"历史"。不管这样的历史如何"真实",背后总有编写者的目的,或者说总有更大的意识形态语境。怀特将历史事实、历史意识和历史阐释相互串联起来,并予以相互等同,使过去常说的"客观事实"不可避免地带上了诗意的想象和虚构成分。

怀特以语言理论为基础建立起历史理论,而其第一步就是以语言构成体来厘定历史的性质。他关注的不是过去事件这个意义上的历史(history),而是以叙述文本状态存在的历史书写(historiography)。人无法回归到原生态的历史现实中去,我们所接触的历史其实是史学家、历史学者以语言按照一定的阐释视角和叙述结构编织起来的以文本形式出现的历史叙述和历史阐释。在历史文本背后潜藏着一个深层结构,这个深层结构在本质上是诗性的,而且具有与其他语言构成物相同的性质——也就是说,历史文本不可避免地也是想象、虚构的产物。历史事件只是叙述的素材,是历史叙述的潜在成分,从价值判断上来说是中性的(value-neutral),而其最终表现形式取决于历史学家按照何种方式安排情节(emplotment),如何把具体的情节结构和他所希望赋予某种历史意义的历史事件相结合。《元历史》集中分析了黑格尔、米什莱(Jules Michelet)、兰克(Leopold von Ranke)、托克维尔(Alexis de Tocqueville)、布克哈特(Jacob Burkhardt)、马克思、尼采、克罗奇等八位19世纪西欧历史学家与历史哲学家,归纳出历史叙述话语中常见的四种情节安排模式:罗曼司、悲剧、喜剧和讽刺。不仅如此,每种情节安排模式都与某种意识形态模式相对应,分别对应于无政府主义、激进主义、保守主义和自由主义(存在一定限度内的变异);情节安排模式和意识形态模式进而又与某些特定的形式论证模式相关联,包括形式主义、机械论、有机论和语境决定论等。上述三套模式共同组成了历史文本的审美、道德和认识层面,体现了历史写作风格的特征。在《话语转义论》中,怀特进一步以话语虚构为基础将历史与文学等量齐观:一方面,历史话语自身不具备描述其研究对象的正规术语系统,只能借助比喻性的语言;另一方面,历史学家排斥、贬低历史事件中的某些因素而突出、重视另外的因素,加上个性塑造、主题重复、视角变化和描述策略的选择,等等——总之,通过我们一般在小说或戏剧中常见的技巧,历史的语言虚构同文学的语言虚构合流了。

历史学家在表现、解释或评价某个历史领域的材料之前,必须将这个领域作为思维对象看待,这一行为的核心在怀特看来属于语言转义的运作,它决定了此后的阐释以何种形式出现,"思维依然是语言模式的俘虏,在这个模式中,思维力图把握其感知领域内的对象的轮廓"。① 这里的转义形式也有四种:隐喻(metaphor)、提喻(synecdoche)、换喻(metonymy)和反讽(irony),它们与情节安排模式、意识形态模式及形式论证模式相关联,并决定着一切历史文本的深层结构或者说潜在层次。"在历史中……历史领域所构成的是语言行为中可能的分析范畴,这一语言行为本质上是转义性的。实现这一构成行为的主导转义模式既决定着允许在该领域中作为资料出现的对象的种类,又决定着从它们之间可能得出什么样的关系……"②

怀特揭示出历史文本自我阐释功能。历史学家在编史过程中,总会依据需要对历史材料做出相应的选择与安排,从而生成一定的历史"情节"。在他看来,这一生成过程带有特别的阐释功能:

> 因此,阐释至少从三个方面进入历史编纂活动:审美层面(体现于叙述策略的选择)、认知层面(体现于解释模式的选择)和道德层面(体现于推断给定表征的意识形态含义以理解当前社会问题的策略选择上)。……除非那种极其教条主义式的历史编纂,否则要为上述三个层面判出孰先孰后,几乎是不可能的。③

历史叙述不仅是关于过去事件和过程的叙述模式,也是元叙述,是象征符号的复合体(a complex of symbols)——一切历史文本在追述过去的同时在上述三个层面上进行自我解释,这也就意味着一切历史都是元历史。他指出:"尽管专业历史学家声称可以将正式历史与元历史区分开来,这种区分没有充分的理论依据。任何正式历史都预设了元历史的存在,该元历史不过是历史学家在对前面所划

---

① Hayden White, *Metahistory: The Historical Imagination in Nineteenth-century Europe* (Baltimore: Johns Hopkins University Press, 1973), p. xi.
② 同上,p. 430.
③ Hayden White, *Tropics of Discourse: Essays in Cultural Criticism* (Baltimore: Johns Hopkins University Press, 1978), pp. 69 – 70.

分的审美、认知和道德三个层面解释过程中做出的承诺之网络。"① 怀特道出了历史话语产生的方式、历史阐释学对转义的依赖,以及历史话语本质上的阐释性。他的著述不仅在历史学界引起轩然大波,还受到文学批评界的广泛重视,《元历史》和《话语转义论》成了文学、文化批评者的必读经典。

新历史主义的历史观打破了主观和客观、真实和虚构、事实和故事之间一直存在的界限,使双方你中有我,我中有你,虽然不是合而为一,但是,其间的区别大大模糊了。这种说法其实并不算新鲜,在中外主观唯心主义那里都可以找到类似的表达。另外,马克思主义也早就指出,任何事物都不可避免地带有时代和阶级的烙印,历史也不例外。这也就是克罗齐为什么说"一切历史都是当代史"的缘由,因为对历史的研究终究是要服务于现代:"人类真正需要的是在想象中重建过去,并从现在去重想过去,而不是使自己脱离现在,回到已死的过去"。②这里,研究者本人的影子已经非常清晰了。

新历史主义的创新之处在于,它为历史认识做出了新的解释,增加了新的印证方法和手段。历史的确定本身就是一种意识形态立场的选择,后者集中体现在史料的遴选上,而新历史主义把焦点集中在这里,把我们的注意力拉到易为常人所忽视的"小历史"上,告诉我们:历史的真实不仅表现在那些宏大叙事上,而且也体现在那些旁枝末节。新历史主义想要说的是:形象并不等于"真相",尽管真相也许并不那么令人赏心悦目。格林布拉特等人就是挖掘历史枝杈的能手。他们醉心于小写的历史和复数的历史,通过丰富具体、往往又是庞杂琐碎的"野史",来让原本处于边缘地位、微弱甚至沉寂的历史小事件发出(常常是不和谐的)声音,让被历史大树遮蔽的杂草显露出来,使中心话语露出破绽,使主流意识形态显出裂缝,进而揭示出历史话语中蕴含的权力机制及其虚构性。对应于文学研究来说,这就意味着文学和历史的不可分割,而且这个文学的历史背景并不是固定不变的,即产生文学的"背景"所对应的"历史"是一个大杂烩,一切历史都可能是产生文学作品的"前景"(foreground)③。

毋庸置疑,新历史主义自形成气候以来一直受到理论界的批评,比较突出的指责是批评它的"形式主义"倾向。这种批评既出乎意料,又在情理之中。出乎意料,是因为新历史主义的初衷至少是反形式主义的,很难设想在形式主义江河

---

① 同上,p. 71.
② 克罗齐:《历史学的理论与实际》,北京:商务印书馆,1982年,第 220 页。
③ Raman Selden, *A Reader's Guide to Contemporary Literary Theory* (New York & London: Harvester Wheatsheaf, 1989), pp. 162–163.

日下的 20 世纪 80 年代还会有人冒这个风险。情理之中,是因为作为后结构主义的一个分支,新历史主义逃不脱后结构主义整体上的形式化倾向。新历史主义非常重视语言的修辞、隐喻、叙事、想象功能,使得新历史主义带有"平面化修辞"和叙事模式,与解构主义十分相似,也就难免带上后者的形式主义之嫌。无论如何,历史是立体而非平面的,历史可以进行文本分析,但是历史毕竟不是文本,单一维度的文本分析并不能代表历史本身。历史叙事的确带有很大的主观性和偶然性,但是如果据此把历史撕裂为一个个片段,甚至忽视它的主线条和整体脉络,就会出现解构主义所犯的错误:词永远不可能达意。就解构主义而言,意义由语境决定,而语境是无止境的,因此意义也就无止境。逻辑推理似乎无误,而结论的失误在于忽视了历史的多维性和延续性:在一定的时间跨度内,人们能够意识到的语境毕竟非常有限,尽管语义的"转化"和"延异"可以无比复杂,却对人们的实际交际不会产生较大妨碍。

对新历史主义的另一个质疑是它的反抗性,"颠覆"和"抑制"的语言因其"对文化政治显而易见的机械解释"而受到质疑,[①]它对无处不在法力无边的"权力"的近乎滥用,"没有留下任何可以争取自由或反抗国家压迫的余地"。对于反抗问题,福柯曾做出一种解释:对权力的每一次行使都有可能招致别人的反抗,因为"权力本身包含有矛盾、冲突、斗争的危险,至少权力关系有暂时被颠倒的危险"。[②] 但是,福柯所说的反抗在新历史主义那里却很难施展,因为后者拒绝提出"系统的理论见解",拒绝摆出自己"坚定的政治立场"。

新历史主义批评经过二十多年的蓬勃发展,到 20 世纪末,"文学批评家们已经很少公开标榜自己属于新历史主义"。[③] 批评家们曾说过这样一句话:事实是不会陈旧的,但是思想却总是不断过时。新历史主义表述的就是"事实不会陈旧"或者"事实之外还有新的事实""思想之外还有新的思想"。如果想依赖不断地翻新事实来表示思想不过时,肯定难以做到。但是与形式主义、结构主义一样,新历史主义的精神已经成为现当代西方批评理论的重要支流。

(撰稿人:朱刚)

[①] David Harris Sacks, "Searching for 'Culture' in the English Renaissance," *Shakespeare Quarterly* 39, 1988, pp. 477–478.

[②] Michel Foucault, *Discipline and Punish: the Birth of the Prison*, trans. Alan Sheridan (New York: Vintage, 1975) p. 27.

[③] Vincent Leitch, *The Norton Anthology of Theory and Criticism* (W. W. Norton & Company, 2001), p. 2251.

第十章　后殖民主义批评

　　后殖民主义(postcolonialism)——又称为后殖民研究(Postcolonial Studies)可以说是20世纪90年代独领风骚的批评理论。要理解后殖民主义,首先要对术语进行界定。后殖民涉及殖民、殖民主义、后殖民主义,涵盖的范围很广,包括政治、经济、文化、人类学、文学、艺术等等。后殖民理论蕴含丰富,批判意识强烈,具有庞杂、混合、不确定等特征。即使在文学研究领域,后殖民主义也涉及心理学、比较文化学等多个领域。

　　"二战"之后,民族解放运动风起云涌,一大批前殖民地国家获得独立,至70年代非殖民化运动已经基本完成,但作为一种控制掠夺形式的殖民主义并没有消失。新老帝国主义继续使用各种手段对前殖民地进行渗透和控制,经济上推广西方现代化的发展模式,把世界纳入他们的分工体系;政治上推行西方的政治体制,扶持代言人;宗教、文化、意识形态等方面的宣传和渗透则更加微妙和无孔不入。这些操控手段使得当代世界的主导权仍然把持在原先的新老殖民者手中,只不过控制和掠夺的方式有所改变罢了。"后"表示殖民主义结束后权力结构的变化,以及殖民主义长期持续的后果与影响(尤其是话语领域的影响)。

　　如果说殖民主义主要是指经济、政治、军事和国家主权上的直接干涉、侵略和控制,后殖民主义则强调研究文化、知识、语言方面上的控制和霸权。在一定意义上,后殖民主义研究是20世纪中叶非殖民化运动的继续,只是内容从政治经济文化斗争转到了学术研究,场所从现实世界转到了教学科研机构。因此,有人主张用带连字符的"post-colonial"指时间上的分段(即殖民地独立以后的阶段),用不带连字符的"postcolonial"指学术潮流,即当代人文研究的一个分支,用作"对欧洲帝国前殖民地的文化(文学、政治、历史)及其和世界其他地区的关系进行考察的相关理论和批评策略"的总称。这样既说明双方的同源关系,也说明双方的不同之处。

　　后殖民主义理论主要研究殖民时期之后原宗主国与前殖民地和第三世界之间存在的复杂关系,包括殖民话语、西方对东方的文化再现、文化与帝国主义、第三世界的文化抵抗、全球化与民族身份等问题。随着研究的逐步深入,第一世界国家移民群体的处境、种族、性别等新问题也进入了后殖民主义批评研究。因此它是分期概念,更是方法论上的修正,使我们可以对西方知识权力结构进行全面的批判。

总体而言,后殖民主义研究涵盖以下四个方面:第一,宗主国文化;第二,从属国文化;第三,对帝国主义的反抗文化;第四,第一世界中心文化和第三世界边缘文化之间的关系。需要注意的是,属于后结构主义的后殖民主义研究已经超出了自虐式的控诉和申冤,或者义愤填膺的谴责和批判。因为后结构主义注意的是话语分析和意识形态批判,并不介入直接的社会实践,而且西方的后殖民主义批评家并不愿意充当道德裁判做出是非判断。由于20世纪80年代前后赛义德的著述和他的"入世"做法,常常使人误解,把后殖民主义理论简单化表面化,而忽视其作为学术话语的复杂性。但是,不能因此以为他们只是与实际完全脱节的理论空谈——从文化研究兴起之后,理论上的实践常常与实际生活密切相关。后殖民主义理论关注的是"殖民行径所产生的物质效果,以及世界范围内对这种效果做出的反应,这种反应有时随处可见,有时却隐含很深,相差极大"。这里的"物质效果"表明,后殖民现象不仅仅只是对殖民主义进行"自动的、众口一词的、没有变化的反抗",而是常常涵盖了"范围广泛的活动,甚至包括和帝国事业有(或者似乎有)同谋关系的观念和行为"。[①] 也就是说,殖民化进程一开始,当帝国主义感觉到异域文化以各种方式或明或暗地颠覆、侵蚀、抵消甚至"同化"殖民文化时,双方的对话就存在了。所以,"后殖民话语"早已有之:"帝国主义语言和当地人的经验混合在一起会产生问题,相互抗争,当这种混合最终具有活力变得强大,一旦殖民地人民有理由对这种现象进行反思、表示反对,后殖民'理论'就产生了"。[②]

后殖民主义理论吸收了20世纪初期以来对于帝国主义和殖民主义的批判——主要是意大利思想家葛兰西(Antonio Gramsci)的文化霸权理论和阿尔及利亚民族解放运动的核心人物法农(Frantz Fanon)的种族文化思想,而福柯话语权力理论的影响尤其突出。以赛义德《东方主义》的出版为标志,后殖民主义理论风起云涌,斯皮瓦克、巴巴很快也成为具有国际影响的批评家,还有许多其他理论家,如阿什克罗夫特(Bill Ashcroft)、扬(Robert Young)、詹姆逊等也相继加入

[①] Bill Ashcroft, Gareth Griffiths & Helen Tiffin, eds., *Post-Colonial Studies Reader*, p. 2.
[②] 同上,p. 1.

该行列中。

赛义德(Edward W. Said, 1935-2003)是后殖民主义批评的主要人物,开美国后殖民主义批评之先河。赛义德是巴勒斯坦人,生于耶路撒冷,童年在开罗上学,后来随父母移居黎巴嫩,接着在欧洲流浪过一段时间。1951年迁入美国,先后就读于普林斯顿大学和哈佛大学,执教于哥伦比亚大学。流浪坎坷的经历、异乡异客的际遇,使他的批评对社会、历史、政治、种族、民族等问题有着非同寻常的体味与关注。从博士论文《约瑟夫·康拉德与自传的虚构性》(*Joseph Conrad and the Fiction of Autobiography*, 1966)开始,赛义德就有意识地突破形式主义和后结构主义理论之文本至上的倾向,将文学文本与作者传记材料乃至人类社会历史、政治等密切联系起来,强调文学批评应跨越学科、民族和国家界限,呼吁批评者担负起社会和历史批评的责任。在这篇博士论文里,赛义德从康拉德的私人信函入手,分析其中反映出的作者对社会、政治与人生的态度和看法,探讨它们对康拉德短篇小说中人物、事件、叙述和创作风格的影响。在此后出版的一系列专著——包括《起始:意图和方法》(*Beginnings: Intention and Method*, 1975)和论文集《世界、文本与批评家》(*The World, the Text, and the Critic*, 1983)中,赛义德一以贯之地坚持着社会、文化批评的立场。在他看来,"文本是关乎现世的(worldly),一定程度上它们就是事件;就算它们似乎否定这一点,它们依然是社会、人生的一部分——当然也是它们所处并被解释的历史时期的一部分"。[①] 批评者必须研究文本与作者、社会和文化之间联系的基础,而一旦文本强化教条的社会现状或者某种统治形式时,批评者要敢于起来抵制、抗争;批评要以"丰富生活为自身目标",要敢于反对"任何形式的暴政、主宰和虐待",以"为人类自由生产出非压迫性知识"为己任。[②] 赛义德欣赏的知识分子和批评家都在各自积极的世俗批评实践中跨越了学科和国家的界限,因为在他看来,实现批评功能的途径在于文化、话语和学科间的交流,不同领域决不能各自独立、自成体统、走专业化或专门化道路。

1978年,《东方主义》(*Orientalism*)出版,该论著被称为后殖民主义研究的"开山之作"(source book),[③]后来出版的《巴勒斯坦问题》(*The Question of Palestine*,

---

[①] Edward W. Said, *The World, the Text, and the Critic* (Cambridge: Harvard University Press, 1983), p. 4.
[②] 同上,p. 29.
[③] Gayatri Chakravorty Spivak, *Outside in the Teaching Machine* (London & New York: Routledge, 1993), p. 56.

1979)、《报道伊斯兰》(Covering Islam, 1981)、《文化与帝国主义》(Culture and Imperialism, 1993)进一步发展了《东方主义》提出的思想。赛义德将福柯的话语权力分析移植到马克思主义文化分析传统上,同时借鉴葛兰西的文化霸权理论,以研究当代殖民主义与文化生产的关系,试图揭示文化对于获取在统治秩序中处于低下地位的社会群体的认同方面所起的作用。在书中,赛义德提出一个非常重要的论点:东方主义应当理解为一种庞大而有系统的学科话语,这种话语的目的远不止描述东方,"欧洲文化可以借此在后启蒙时期从政治、社会、军事、意识形态、科学和想象等方面来管理——甚至制造出——东方",[1]用一贯的种族主义、性别主义和帝国主义的方式统治东方。因此,赛义德的目的不是要提供一个比东方主义所描述的更为真实的东方版本,而是期望人们认识西方学术体系以及它所认定的经典文本所赖以存在的权力结构,即西方世界对非西方世界进行殖民主义、帝国主义统治的那一长段历史。

赛义德探讨了东方主义的范围和它控制东方的过程。东方主义有三层含义:首先,它是东方学研究者(写东方、研究东方或者教授东方知识的人)——包括语文学家、社会学家、历史学家、人类学家等学者和政府专家的研究工作及成果;其次,它是建立在东西方本体论和认识论差异基础上的一种思维方式;最后,它是西方对付东方的体制(institution),就东方发表声明和权威观点,对之实行统治、重构。[2] 东方主义控制着知识的本质和形式,以及知识生产和传播的方式,因此这种知识不可能是公正无私的。东方主义形形色色的文本——包括语言学、政治科学、文学、艺术,等等,纷纷致力于构建东方形象,将东方变成西方卑贱的"他者",从而强化西方文明高贵优越的形象,以服务于西方对东方的霸权。这主要又是以二分法将东西方视为对立双方,突出两者差异,前者的特征被定格为暴政、女人气的、重感性、无道德、落后等,后者则被定格为民主、男性化的、重理性、讲道德、进步等。在东方主义中,零星的观察结果经过总结而被当作典型(type),最终上升为价值判断的标准——概念化的定型(stereotypes)。赛义德进而对"纯"知识和"政治"知识的区别加以质疑,否定了"纯"知识的稳定地位,强调文化文本在殖民统治中所起的巨大作用:为帝国主义打下基础,同时巩固了它的权力结构。总之,东方主义话语绝不是"思想或行动的自由题材",[3]其目的始终

---

[1] Edward Said, *Orientalism* (New York: Vintage Books, 1979), p. 3.
[2] 同上,pp. 2-3.
[3] 同上,p. 3.

是控制东方及东方人民。

《东方主义》以西方的东方学研究为批评对象，指出西方的所谓客观中立、不受政治影响的东方学，实际上充满了偏见和误解，是帝国主义实施掠夺和控制的组成部分。① 赛义德指出，东方主义的种族优劣论并不仅仅是一厢情愿的说法，而是有数百年坚实的东方主义"科学"理论为依据，通过垄断知识和"客观真理"来维系和发展种族的不平等。这与福柯对知识的产生过程所作的反思相一致：知识首先是人们在话语实践中使用的言语，展示说话者（知识拥有者）在某个领域里享有的权利，能把自己的概念完整地编码进入已有的知识系统，供话语进行使用。从这个意义上说，事物的"秩序"是由文化代码确立的，而文化代码的运作或知识谱系的建立则需要科学为其提供保证。赛义德和福柯一样，着重论述了知识的主观、人为、片面性，尤其指出知识和意识形态可以相互利用，相互加强：知识可以将意识形态成形化、系统化、结构化，而反过来意识形态也可以给知识冠上"科学"的称号；从这个意义上说，知识的谬误越少，"科学性"就显得越强，它的意识形态性可能也就更强。② 对应于葛兰西的有机知识分子，赛义德提出了"世俗知识分子"（secular/gentile/amateur intellectuals）的概念，即一群精神上和肉体上的自我"流放者"。

尽管《东方主义》主要围绕着西方与中东伊斯兰世界的关系展开，它论述的范围还包括东方世界的其他地区（赛义德有时甚至表示它涉及整个帝国主义统治下的世界）。赛义德认为，东方主义有着悠久的历史：上可以追溯到古代希腊、雅典与波斯冲突时期，下一直延续到20世纪70年代美国对伊斯兰地区的干涉（后来赛义德又将其延伸到90年代的海湾战争）；从19世纪初到第二次世界大战，英法两国控制了东方和东方主义，而"二战"后英法的地位由美国取代。赛义德剖析了但丁、夏布多里昂（François-René de Chateaubriand）、拉马丁（Alphonse Marie-Louis de Lamartine）、福楼拜（Gustave Flaubert）、勒南（Ernest Renan）、吉布（H. A. R. Gibb）等东方主义作家和学者，他们"不仅检视学术著作，还有文学作品、政治文章、新闻报道、游记乃至宗教、语言研究，等等"③知识文本，回顾了英法帝国主义历史的大格局，探讨了当代由美国所主宰的新殖民统治秩序的影响，旨在表明西方知识体系及与之相关的对权力的渴求贯穿

---

① 同上，pp. 96, 215.
② Michel Foucault, *The Archaeology of Human Science* (New York: Vintage Books,1973), pp. xx – xxii; *The Archaeology of Knowledge and the Discourse on Knowledge*, pp. 183 – 186.
③ Edward Said, *Orientalism*, p. 23.

着不同的历史时期、不同源流的文化、不同的学科和审美领域。在1993年出版的《文化与帝国主义》中,赛义德拓展了他的后殖民主义研究。《文化与帝国主义》突出对位法(counterpoint),将一些看似无甚关联的文化生产、时期和地域摆到一起,论述了广泛的文化史和文化形式(包括歌剧),而且探讨了《东方主义》几乎从未涉及的反殖民和后殖民文化生产问题,成为后殖民主义批评的又一力作。

赛义德以其深挚的人世关怀投身社会、历史和文化批评,提出了大量发人深省的问题。他的实践为斯皮瓦克、巴巴等后来的理论家提供了起跳板,也为日后的论争打下了基础。他的思想在英国文学、历史、比较文学、人类学、社会学、地区研究和政治科学等方面引起了广泛的兴趣和轰动,催生了无数研究结果。

美国后殖民主义批评的另一位代表是印度裔女学者斯皮瓦克(Gayatri Chakravorty Spivak, 1942 –)。与众不同的是,斯皮瓦克的后殖民主义批评广泛吸取了解构主义、女性主义、新马克思主义和心理分析等理论。70年代初,是她最早将德里达的《论书写学》翻译引入英语世界,后来又是她首先把后殖民主义批评与女性主义批评紧密结合,取得了令人瞩目的成绩。与赛义德侧重分析殖民者和西方社会统治者的话语不同,斯皮瓦克关注的一直都是无奈地处于第三世界中的弱势群体。80年代以来,斯皮瓦克出版了包括《在他者的世界里:文化政治论集》(*In Other Worlds: Essays in Cultural Politics*, 1987)、《后殖民批评家》(*The Postcolonial Critic: Interviews, Strategies, Dialogues*, 1990)等多部著作,发表了诸如《阐释的政治》("The Politics of Interpretations", 1982)、《女性的换位及其话语》("Displacement and the Discourse of Woman", 1983)、《属下研究:解构撰史》("Subaltern Studies: Deconstructing Historiography", 1985)等大量论文,致力于从"边缘"立场批评第一世界与男性权力话语。身为第一世界高层学术圈中的第三世界女性,斯皮瓦克感受到的不仅是缘于民族、种族和性别的压力,而且有力图保持自己文化身份时的尴尬与无奈,她提倡用解构主义分析方式和马克思主义的批判理论透析宗主国文化对殖民地文化所造成的恶劣影响,揭露西方世界中心话语对殖民地历史的虚构和歪曲,同时将文化与政治、经济、法律等领域普遍联系起来进行全面检查,让历史重见天日。

斯皮瓦克的理论来源十分驳杂,她也不愿意归属任何流派,自我放逐在女性主义、精神分析、解构理论、后殖民理论及马克思主义等领域"之间"。在后殖民理论方面,她以其女性视角弥补了赛义德、巴巴等人理论上的一些缺陷,同时也让后殖民主义研究更趋于复杂。斯皮瓦克借用了葛兰西的"属民"(subaltern)一词来描述第三世界弱势群体的乖蹇命运。她的论文《属民能说话吗?关于寡妇殉节的思考》("Can the Subaltern Speak? Speculations on Widow-Sacrifice", 1985)探讨了一个非常重要的问题:"属民"人物能否替自己说话,能否用自己的声音表达自己的文化经验?斯皮瓦克以19世纪早期的印度男性统治者和英国殖民者对寡妇殉节的立场为例,剖析了英国殖民者如何运用特权替殖民地妇女"说话"。英国殖民者与印度本土支持寡妇殉节的人都声称"代表"殖民地妇女的最高利益,因此两者之间出现了某种矛盾,矛盾的核心是赋予印度妇女一个"声音"——一个代表自由意志的声音。从英国殖民者话语的角度看,这个声音是在为自由和解放呐喊;而在印度男性看来,这个声音在维护印度古老的传统和习俗。在两种解释里,"属民"女性的声音均发自他人之口,我们"从来就看不到有关妇女的声音意识的证据"。[1] 斯皮瓦克的结论毫不含糊:"在性别关系中的下层根本就没有自己说话的空间。"[2]她进而追问第三世界妇女"属民无权说话"的失语状态是如何形成的。殖民者现身"说法",其实质是为实施帝国政府所谓的"现代化""解放"和"进步"的计划粉饰门面,强化英帝国文明的自我形象,而印度"属民"妇女和支持殉节习俗的男性统治者分别成了原始和野蛮的代名词。斯皮瓦克还着重分析了德勒兹(Gilles Deleuze)和福柯这两位著名的西方"激进"知识分子的话语,指出他们的话语发展于西方认知模式和体制内部,故而也无法摆脱压迫、统治第三世界那套总体知识系统的内在影响,因此,就在这些西方知识分子赋予从属者一个主体位置并从该位置说话时,他们其实在"代表"着"属民"说话——而这一做法与那些在西方帝国主义统治时代为被殖民者构建主体位置并为他们说话的历史是一脉相承的。

斯皮瓦克也对当代西方女权主义批评前提中潜在的霸权和殖民色彩提出批评,譬如,其中的女性实际上只包括白人、异性恋和中产阶级女性。而在《国际格局中的法国女权主义》("French Feminism in an International Frame", 1981)、《帝国主义与性别差异》("Imperialism and Sexual Difference", 1986)和《三位女性的文本以及对帝国主义的批判》("Three Women's Texts and a Critique of Imperialism", 1987)等论文中,她揭示了白人女性在殖民主义历史中的作用、她们在殖民话语里所扮演的角色,以及有些西方女权主义批评在"代表"底层妇女时的自我中心

---

[1] Gayatri Chakravorty Spivak, "Can the Subaltern Speak? Speculations on Widow-Sacrifice," in *Colonial Discourse and Post-Colonial Theory: A Reader*, eds. Patrick Williams and Laura Chrisman (New York: Harvester/Wheatsheaf, 1994), p. 93.

[2] 同上,p. 103.

倾向,指出有些西方女权主义批评实际上与统治话语合流了。斯皮瓦克从种族、性别、阶级等角度深入批判殖民地权力话语乃至广泛的西方知识体系,关注弱势群体,强调文化身份,为当代女性主义批评和文化批评等都做出了贡献,成为后殖民主义批评中所谓的"三圣"之一。①

另一位印裔美国后殖民批评家巴巴(Homi K. Bhabha, 1949－)认为,如果被殖民者真的有自己的声音,这种声音也只能理解为一种"固定的东西"(fixity),因为被殖民者的话语策略只能是对殖民定式(stereotype)进行含混重复,反映出被殖民者下意识中的矛盾心态,即他们同时既需要现成的权力关系也不断地颠覆这种关系。② 巴巴的独特之处在于,他不像赛义德等人对殖民关系做截然对立的二元区分,如过去/现在,传统/现代性等,而是有意使问题看上去更加"复杂"。他认为殖民者与被殖民者的关系比一般人想象的更微妙,往往存在着中间地带,有政治上模糊不清的特点。面对殖民者的同化政策(如传教),原住民有些采取"狡猾礼仪"(sly civility)的方式,即表面上遵从,实际上使之变味、变质来消解殖民权力。殖民者极力推行自己的宗教、文化、语言、制度、思想等,让这些逐渐取代原住民的原初和本真的文化。而原住民采取的策略则是成为"模拟人"(man of mimicry),策略是鹦鹉学舌,"模拟既是认同,又是威胁",③因为原住民在模拟的同时,加进自己的文化元素,是故意的模拟失真,给殖民地文化造成一种逼真却又不同的双重假象,这样就能干扰殖民权威,打破殖民文化的一统天下,给处于边缘的殖民地文化留出一些反抗的空间。所以模拟人形成的是体现差异的文化,在模糊不清的区域促成反殖民话语的产生。这样的抵抗不一定是直接的反抗、简单的否定和排除,而是一种对殖民话语和权力进行"杂糅"(hybridity)的策略。"杂糅干预权威的实施,不仅表明不可能对其认同,而且反映其殖民存在的不可预测性。"④恰如巴巴所举的例子:印度人曾经对《圣经》有大量需求,却不是为了信教:有的据为己有,视为奇货;有的卖掉赚钱;有的则当作废纸使用。有一位传教士不得不承认,不加区别地分发《圣经》,真是"浪费金钱,浪费时间,让人空欢喜一场"。⑤ 当然巴巴的这种策略同样也受到质疑。如有人认为他没有建

---

① 罗伯特·杨(Robert Young)在《殖民主义欲望》(*Colonial Desire*, 1995)一书中将赛义德、斯皮瓦克和巴巴三人称为后殖民主义批评之"圣三一"(the Holy Trinity)。
② Homi Bhabha, *The Location of Culture* (London & New York: Routledge, 1994), pp. 66-69.
③ 同上,p. 86.
④ 同上,p. 114.
⑤ 同上,p. 122.

立不同于殖民文本的另类文本,即反殖民话语的文本。① 也有人发现巴巴没有把"杂糅"加以具体化,指涉的是一种分裂的、痛苦的心理状态,又不分性别、阶级和地域,实际上过于普遍化和同质化。② 另外,这种分析仅限于殖民话语和欧洲文化之间的变异,对被殖民文化和第三世界注意不够,③对殖民文化(如加拿大,新西兰,澳大利亚)内部的差异也语焉不详。

同其他后结构主义批评理论一样,后殖民主义批评自身也存在矛盾。首先后殖民研究的中心是独立后的前殖民地国家如何摆脱帝国主义意识形态束缚,但是,和所批评的对象——"东方主义"一样,后殖民研究的话语权多集中在西方大学和研究机构,因此有人认为后殖民研究有朝着新的东方主义发展的危险。其次,有学者批评斯皮瓦克和巴巴等人仅仅注重纸上的文本再现,对于真实的现实问题关注不够。现实被简化为话语,话语被简化为英语文学,英语文学被简化为文本,文本又被简化为文字,离现实越来越远。④ 斯皮瓦克对此很坦率:西方主流话语给后殖民理论施舍出一席之地,本身就是让它服务于前者,成为新殖民主义教育机构的工具。⑤ 再次,后殖民研究越来越体制化之后,关注的范围越来越集中,论述方式越来越程式化,忽视了文化的特殊性、不可译性,轻易地走向了普遍化。

这涉及后殖民主义理论最有争议的"反抗性"问题,即后殖民主义是否是一种抵抗的学说,以及这种抵抗在西方后现代语境下是否有效。欢呼者有之,认为"与其他概念相比,后殖民更加有利于打破学术界欧洲中心论的一统天下,使后殖民知识分子得以把研究指向与非西方世界有关的政治问题"。⑥ 但是,自福柯的权力理论和知识理论提出之后,后学界对反抗话语早已无力辩驳,在后殖民主义讨论中也有反映。斯皮瓦克说过,后殖民主义研究集中于前殖民地和殖民地人民,把殖民主义和帝国主义牢牢地锁定在过去,而有助于当今新殖民主

---

① Bill Ashcroft, Gareth Griffiths & Helen Tiffin, eds., *Post-Colonial Studies Reader* (New York & London: Routledge, 1995), p. 43.
② Ania Loomba, *Colonialism/Postcolonialism* (London & New York: Routledge, 1998), p. 178.
③ A. Dirlik, "The Postcolonial Aura: Third World Criticism in the Age of Global Capitalism," *Critical Inquiry* 20, Winter 1994), p. 342.
④ Ania Loomba, *Colonialism/Postcolonialism*, p. 96.
⑤ H. Adam Veeser, ed., *The New Historicism* (New York & London: Routledge, 1993), p. 62.
⑥ Bill Ashcroft, et al., *The Empire Writes Back: Theory and Practice in Post-Colonial Literatures* (London & New York: Routledge, 2002), p. 219.

义的渗透。① 巴巴也批评赛义德,说他的《东方主义》通篇都以殖民者为主宰,殖民权威成了畅通无阻的意旨,不受任何阻碍。② 有学者认为赛义德的失误在于受福柯的影响太深,而对葛兰西的霸权抵抗理论则关注不够或多有疏漏。③ 也有更加传统的批评,认为以赛义德为代表的西方后殖民主义理论由于不愿认同马克思主义的唯物史观,割裂历史,不谈实践,所以并不是社会需要的"道德哲学"。④

对这些批评,赛义德觉得有些委屈,认为有违他的本意,斥之为"常见的误解和误读"。⑤ 但是他的确意识到《东方主义》也许有这方面的缺陷,所以在《文化与帝国主义》中设法加以弥补:"本书包括以下两点:世界范围的帝国主义文化模式和反抗帝国的历史经历,这使它不仅是《东方主义》的续编,而且加入了新的内容"。⑥ 这个新内容就是殖民地人民的文化反抗。赛义德用了整整一章来叙述"抵抗与对立"的理论,其中引人注意的概念是"航入"(voyage in):有意识地进入欧美话语内部,与之混杂直至改造后者,通过"世俗知识分子"或者第三世界批评家,使之承认那些"边缘""受压制""被遗忘"的诸多历史事实。⑦ 在赛义德看来,后殖民批评家有得天独厚的便利:身处两个世界,通晓两种话语,熟悉两种文明,他们最容易打入宗主国内部进行颠覆。⑧ 这里,"航入"和詹姆逊二十年前在《语言的牢笼》中使用的方法"元评论"可说是异曲同工:"钻进去对它(结构主义)进行深入透彻的研究,以便从另一头钻出来,带出一种全然不同的、在理论上更令人满意的哲学视角。"⑨

---

① G. C. Spivak, *A Critique of Postcolonial Reason: Toward A History of the Vanishing Present* (Cambridge: Harvard University Press, 1999), p. 1.
② Homi Bhabha, *The Location of Culture*, pp. 66 – 84.
③ Patrick Williams, ed., *Edward Said*. 4 vols (London; Thousand Oaks, Calif.: Sage, 2001), pp. 27 – 33; Valerie Kennedy, *Edward Said: A Critical Introduction* (Cambridge: Polity Press, 2000), pp. 27 – 30.
④ Xu Ben, *Situational Tensions of Critic Intellectuals: Thinking through Literary Politics with Edward W. Said and Frank Lentricchia* (New York: Peter Lang, 1992), p. 12.
⑤ David Theo Goldberg & Ato Quayson, eds, *Relocating Postcolonialism* (Oxford: Blackwell Publishers, 2002), p. 1.
⑥ Edward Said, *Culture and Imperialism* (New York: Vintage, 1993), p. xii.
⑦ 同上, p. 216.
⑧ 这个思想无疑受到葛兰西"有机知识分子"论的影响:有机知识分子既通晓统治者的策略,又联系社会大众,所以最容易夺得"领导权"(hegemony)。此外,它也映射出其他一些后殖民概念的影子,如"杂糅"。
⑨ Fredric Jameson, *The Prison-House of Language, A Critical Account of Structuralism and Russian Formalism*, p. vii.

实际上，"航入"的概念在十年前就已经闪现过，那就是《世界、文本与批评家》整整一章描述的"旅行理论"（Traveling Theory）。赛义德对西方"理论"的整合性（integrity）和体制化（institutionalization）怀有戒心，要使之"动"起来，冲破先在的意识形态陷阱，动摇"-sm"的惰性（成形、定式、保守），产生一个个"地域性"（localities），打破其职业化和唯我独尊。① 赛义德的"旅行理论"也与他的"流亡者身份"（exile）相吻合，实际上他所推崇的"业余知识分子"就具有这样的特征：精神和肉体的"漂移"。他的国家（巴勒斯坦）、他的人民（阿拉伯人）以及他本人，都具有这种"漂移"性，也因此可以产生反抗性。

"航入"的提出，部分地回答了有关反抗性是否可能的难题，也得到一定的称赞：边缘进入中心之后，造成了中心的改变，"跨国的向上运动不仅仅只是索要权利，还是对权利的重新定义，可以带来很多好处，因为这意味着对文化资本的重新组合和重新分配"。② 也有后殖民批评家据此提出相似的"反写"说（write back），认为后殖民写作不是对中心话语（metropolitan discourse）的继续或适应，而是意义深远的交锋，试图改造后者。通过"反写"，后殖民话语可以从两种话语内部或两种话语之间来质疑殖民符码，使后殖民知识分子得以施展文化非殖民化策略。③ 但是，既然福柯已经质疑了反抗的有效性，赛义德的策略也不一定能如愿。有人就指出，"航入"把西方中心作为非殖民化斗争的唯一场所，忽视了阶级、社会、地缘等因素，反而使"航入"的异质成为中心的一部分，强权的同谋。④ 同样，"反写"也有抹杀后殖民话语内部差异之嫌。此外，这种非此即彼的二元对立思想也显得不够"深刻"，招致巴巴等人的批评。

尽管存在理论上的局限，后殖民主义研究还是以良好的发展势头进入了新世纪，因为毕竟"不同文化之间的关系这个问题依然存在，不管是作为过去殖民主义的遗留物，还是作为相关非洲和亚洲国家内部的现代政治问题"。⑤ 21世纪面对的首要问题之一，就是不同文明之间以及单一文明内部的交流与沟通，而这正是后殖民主义理论可以提供借鉴之处。后殖民主义理论揭露了旧的个体、社

---

① Edward Said, *The World, the Text, and the Critic*, pp. 325–329.
② Bruce Robbins, "Secularism, Elitism, Progress and Other Transgressions: On Edward Said's 'voyage in'," *Social Text* (Autumn 1994), pp. 28–32.
③ Bill Ashcroft, et al., *The Empire Writes Back: Theory and Practice in Post-Colonial Literatures*, pp. 220–221.
④ Aijaz Ahmad, *In Theory: Classes, Nations, Literature* (New York: Verso, 1992), pp. 196–210.
⑤ Edward Said, *Peace and Its Discontents: Essays on Palestine in the Middle East Peace Process* (New York: Vintage Books, 1996), p. 96.

群和国家观念的局限与阙陋之处,对"启蒙""进步"和"理性"等传统概念的含义加以质疑,对民族、种族和性别等现实问题表现出非同寻常的关注。后殖民主义理论在迈入新世纪后仍然表现出相当的生命力,原因在于"文化之间的问题(或作为殖民过去的遗产,或作为我们所研究的那些亚非国家的一个现代政治问题)继续存在"。① 后殖民主义批评从众多理论潮流中汲取营养,同时又因其内在的批判精神,促使人们对传统学术话语、研究范式等进行反思,为当代文学文化批评理论开辟出了一片新天地。

(撰稿人:朱刚)

---

① 同上。

第十一章 生态批评理论

　　美国海洋生物学家卡森（Rachel Carson）于1962年出版了著名的《寂静的春天》（Silent Spring），描绘了由于大量使用杀虫剂DDT，人们在万物复苏的春天再也无法听到鸟儿的歌唱，田野变得寂静无声。该作品前半部由土壤、植物、动物、水源等环环相扣的生态网络构成，列举实例说明化学药剂对自然的连锁毒害，后半部针对人类生活所接触的化学毒害问题，提出强烈警告。《寂静的春天》"在美国和整个世界掀起了一个永不消退的环境意识浪潮"，[1]开启了公众对于环境污染问题的普遍关注，并促使美国于1972年禁止杀虫剂DDT用于农作物。

　　自然在美国思想中占据着重要的一席之地。爱默生强调自然的工具价值，认为"自然完全是一种媒介，它存在的意义即是为人类服务。自然接受人类的主宰，温顺得就像救世主耶稣的毛驴。它向人类提供他所有的财富，以便把这些原料改造成有益的东西"。[2] 与爱默生不同，梭罗对人类中心主义持批评态度，其生态自然观具体而实际，被誉为"美国文学史上第一位自然阐述者"。[3] 在代表作《瓦尔登湖》中，梭罗展现了整体的生态自然观。随着生态危机的愈演愈烈，严峻的现实挑战激发了文学创作者与批评者强烈的责任感。20世纪80年代初始于美国的生态文学批评（Ecocriticism）正是在全球环境危机日趋严重的背景下产生，旨在探讨文学与自然环境的关系。格罗特费尔蒂（Cheryll Glotfelty）率先倡导以"生态批评"作为一种研究文学与自然环境关系的文学批评，并编辑出版了《生态批评读本》，介绍生态批评的定义、背景、现状及前景。文学的生态批评已经历了三次浪潮，目前正处于物质生态批评的转向之中，其内涵也在不断拓宽，展现出跨学科的特性。

---

[1] Carol B. Gartner, *Rachel Carson* (New York: Frederick Ungar, 1983), p. 28.
[2] 爱默生：《论自然》，吴瑞楠译，北京：中国对外翻译出版公司，2010年，第20页。
[3] Lawrence Buell, "Thoreau and the Natural Environment," in *The Cambridge Companion to Henry David Thoreau,* ed. Joel Myerson (Cambridge: Cambridge University Press, 1995) p. 171.

第一节　美国生态批评的三次浪潮

首次使用生态批评"浪潮"说法的是布伊尔（Lawrence Buell, 1939— ）。对于第一波生态批评家来说，"环境"实际上意味着"自然环境"。第二波生态批评家更倾向于追问构建环境和环境主义的有机论模式。[①] 就研究内容而言，第一波浪潮集中于荒野描写、自然写作，爱默生、梭罗与缪尔（John Muir）等作家的非虚构写作是学者考察的重点；第二波将焦点从远离尘嚣的荒野或风光怡人的乡村田园转移到喧嚣的城市，"环境福祉与平等"成为环境正义与社会正义关系的研究核心。[②] 斯洛维克（Scott Slovic）在布伊尔两阶段理论基础上提出了具有全球视野的生态批评第三次浪潮，在反思第一波和第二波生态批评的前提下，指出生态批评在理论与实践上的得失，注重与现实生活和社会变革相结合，具有将学术、教学和社会相结合的"多元行动主义"倾向，试图建构学术、生活和社会变革的统一体。

早期生态批评试图探索文学与生态科学，尤其是生命科学的关系。1972 年，米克（Joseph W. Meeker）在《生存的喜剧：文学生态学研究》（*The Comedy of Survival: Studies in Literary Ecology*）中提出"文学生态学"概念："文学生态学是对出现在文学作品中的生物学主题和关系的研究。同时也努力探寻人类物种在生态学中所扮演的角色。"[③]米克认为，对于出现在文学作品中的生物主题，应从生态学的视角入手，采用跨学科的方法进行研究。他从动物行为学的角度研究喜剧和悲剧，认为喜剧题材反映了一种非人类中心主义的精神特质——适应外部环境而不是狂妄地挑战它，而悲剧主题则是人类中心主义对自然狂妄自大的结果。[④] 生态批评这一术语的提出者鲁克尔特（William Rueckert）认为，生态批评是"将文学与生态学结合起来"，为"文学研究"和"文学的阅读、教学与写作提供生

[①] Lawrence Buell, *The Future of Environmental Criticism: Environmental Crisis and Literary Imagination* (Oxford: Blackwell Publishing, 2005), p. 24.
[②] 同上，p. 112.
[③] Joseph W. Meeker, *The Comedy of Survival: Studies in Literary Ecology* (3rd Edition)(Tucson: The University of Arizona Press, 1997), p. 7.
[④] 同上，p. 3–4.

态学概念,进而发展出的一门生态诗学。"①他主张文学应当具有生态学思维和生态学视野,从而"建构一个生态诗学体系"。②

随着生态批评走向深入,其领域不断拓宽。豪沃思(William Howarth)指出,"生态批评不是从科学领域征得用以表现(模仿)的语言,而是检查它(科学)的指向能力。"③他提出将人性与科学置于具体的地域环境中进行研究,因为"地质学和生命科学同样重要"。④ 海瑟(Ursula Heise)认为生态批评致力于三个方面的探索,即"科学的自然研究、对(生态危机的)文化表现的学术分析,以及为了人类以更持久的方式生存于自然界而进行的政治斗争",并且第三方面是前两个方面的目的。⑤ 洛夫(Glen A. Love)在《实用生态批评:文学、生物学及环境》(*Practical Ecocriticism: Literature, Biology, and the Environment*)中对于以科学为导向的生态批评的特点进行了系统的阐释。洛夫虽然认为生态批评"是一个内容宽泛的批评术语,是关于环境取向的文学、文化甚至艺术研究以及指导这些批评活动的相关理论",也承认"观点的多元化和题材的多样性,包括环境文学所涵盖的自然书写、深层生态学、城市生态学、生态女性主义、毒性文学、环境公正、生物区域主义、动物生命、地方的重评、跨学科、生态理论、发掘未曾听见的声音的经典拓展及重释过去的经典作品,等等"⑥,但他同时强调:"我们必须不断追问作为人类意味着什么,回答这个新的问题要靠生命科学"。⑦

首先,相信生命科学的洛夫将"跨学科"定义为生态批评的显著特征。在他看来,生态批评学者应尽可能地学习一些关于自然界运行的科学,因为"我坚信科学——实际上指的是知识——在揭示我们与自然的运作方式中所起的作用,这样我们就能更好地找出应对巨大环境挑战的策略"。⑧其次,洛夫认为生态批评应该具有生物学取向,"生命科学,尤其是进化生物学与生态学。……这就是生态批评可以找到与自然世界研究之间联系最为紧密的地方"。"作为自然科学

---

① William Rueckert, "Literature and Ecology: An Experiment in Ecocriticism," eds. Cheryll Glotfelty and Harold Fromm, *The Ecocriticism Reader: Landmarks in Literary Ecology* (Athens: The University of Georgia Press, 1996), pp. 115, 107.
② 同上,pp. 114–115.
③ William Howarth, "Some Principles of Ecocriticism," in *The Ecocriticism Reader*, p. 80.
④ 同上。
⑤ Ursula Heise, "The Hitchhiker's Guide to Ecocriticism," *PMLA* 121: 2(March 2006), p. 506.
⑥ Glen A. Love, *Practical Ecocriticism: Literature, Biology, and the Environment* (Charlotesvile: University of Virginia Press, 2003), p. 3.
⑦ 同上,p. 6.
⑧ 同上,p. 42–43.

中距离人们最近的一门科学,生物学是自然的连接点,也是一门……可以宣称与人类生命具有持久、重要关系的学科。"尤其是达尔文生物学取向的批评范式,因为"达尔文思想对理解人类文化至关重要,文学当然是其中的一部分,进化理论让我们明白我们何以成为文化生物"。通过具体文学文本的解读,洛夫又进一步强化其观点,认为文学批评不仅要涵盖社会和历史议题,还应涵盖生物和生态议题。最后,一致性是描述世界知识的正确方向,自然科学与人文学科将是 21 世纪两大知识领域。社会科学将继续界定在其学科之内,但一个艰难的过程已经开始,"一部分融入生物学或与其相联系,另一部分与人文学科相交融。各学科将继续存在,但形式已与以前大不相同。在此过程中,人文学科……将日益靠近科学,部分与之融合"。三者的逻辑关系表现为"环境研究,尤其是生态学,发轫于生命科学,其范围不断拓展,以至于涵盖人文学科"。①

在当下具有历史和文化多样性的文学批评中,以生物科学为导向的生态批评的作用遭到普遍质疑。于是,从文化的角度对其进行批判并进行生态批评的文化建构,开启了生态批评的第二波浪潮。格罗特费尔蒂等首先向鲁克尔特的生态批评定义发难,"鲁克尔特的定义特别关注生态科学,这太狭隘了"。② 她认为"生态批评是探讨文学与自然环境之关系的研究"。生态批评拥有一个基本前提,即人类文化与物质世界的相互关联,文化影响物质世界,同时也受到物质世界的影响。生态批评以自然与文化,特别是自然与语言文学作品的相互联系作为主题。作为一种批评立场,它一只脚立于文学,另一只脚立于大地;作为一种理论话语,它协调着人类与非人类。③ 格罗特费尔蒂对生态批评的阐释目的在于凸显人类文化与物质世界的相互关系。柯律治(Richard Kerridge)的观点更加具体,他认为:"生态批评应不断追踪环境思想及其表现,以便更清楚地认识发生在文化空间的争议问题。最重要的是,生态批评应根据生态文本和生态思想对环境危机反应的一致性和价值做出判断。"④克洛伯(Karl Kroeber)也指出:"生态批评并非将生态学、生物化学、数学研究方法或任何其他自然科学的研究方法用于文学分析。它只是将生态哲学最基本的观念引入文学批评。"⑤

以文化为导向的生态批评普遍关注人类文化的共性而非个性,海瑟指出:

---

① Glen A. Love, *Practical Ecocriticism*, pp. 55, 54, 19, 67, 71.
② Cheryll Glotfelty and Harold Fromm, eds., *The Ecocriticism Reader*, p. xx.
③ 同上,pp. xviii, xix.
④ 转引自王诺:《生态批评与生态思想》,北京:人民出版社,2013 年,第 xii 页。
⑤ Karl Kroeber, "Home at Grasmere: Ecological Holiness," *PMLA* 89(1974), pp. 132 – 141.

"文学批评在过去比在最近的三十年对共性更感兴趣。"①因此,"如果科学导向的生态批评能够造就一种关于文化和文学的共性的话语分析,这种分析将是描述性的而不是呆板的模式,它不依赖于装扮成人类特征的某种特定文化,可以被当作整个文化理论的一部分"。② 针对生态批评的文化共性问题,马泽尔(David Mazel)提出:"从本体论上讲,环境似乎是一个稳定的基本的存在,似乎可以创造出关于它的神话。然而,环境本身就是一个神话,一个'大寓言',一部复杂的虚构作品,得到广泛共识,尽管偶尔引起争议。"③布伊尔提出,生态批评者应"投入与历史的对话之中",④加勒德(Greg Garard)在《生态批评》(Ecocriticism, 2011)中也将生态问题置于历史发展的长河中,从文化的角度考察它的发展过程。以"荒野"为例,该书认为这一概念在基督教早期意味着精神家园的失落;在近代工业革命时期意味着自然沦落为理性奴役的对象;在美洲新大陆时期它几乎成了美国人身份的象征;而在浪漫主义时期成为崇高的象征。

对个性的忽视令文化导向的生态批评同样遭遇了批评,菲利普斯(Dana Phillips)在《生态学的真相》(*The Truth of Ecology: Nature, Culture, and Literature in America*, 2003)中抨击了以文化为导向的生态批评者将生态学概念过度隐喻化、寓言化和精神化的做法。同时,以文化为导向的生态批评的研究对象狭隘地集中于美国和英国等英语文学研究中。2000年,莫菲(Patrick Murphy)已指出这种局限性,认为为了扩展读者与批评者的理解,有必要重新考虑某些文类的特殊优势以及某些民族文学或种族文学。这种新思维能够令自然这一概念包容世界范围的文学,也能将批评者和读者高度关注的美国文学置于一个世界的关系和比较的框架之内。⑤ 在这样的背景下,斯洛维克在布伊尔两阶段理论基础上提出了具有全球视野的生态批评第三次浪潮。2010年,斯洛维克在《生态批评第三波:北美对该学科现阶段的思考》("The Third Wave of Ecocriticism: North American Reflections on the Current Phase of the Discipline")一文中提出,2000年之初西方生态批评就已经进入第三阶段。第三波生态批评强调跨文化、跨文明视野与生态女性主义批评和环境正义生态批评的结合,其研究视野更为宽阔。

---

① Ursula Heise, "The Hitchhiker's Guide to Ecocriticism," p. 509.
② 同上。
③ David Mazel, *American Literary Environmentalism* (Athens: Georgia University Press, 2000), p. xii.
④ Lawrence Buell, *The Future of Environmental Criticism*, p. 134.
⑤ Patrick Murphy, *Farther Afield in the Study of Nature-Oriented Literature* (Charlotesvile: Virginia University Press, 2000), p. 58.

斯洛维克总结了生态批评第三波的特点:(1)探索地方的全球性观念与区域主义之间的关系,产生了如"生态世界主义""根深蒂固的世界性""全球灵魂"和"超越地方性"等拥有新意的旧词;(2)在比较语境中探索建构人类环境经验的后民族想象和后种族想象的可能性,同时,一些学者考虑将种族变化的经验置于更加宽广的比较语境中研究,考察保持种族特性的重要性;(3)早期生态女性主义研究已经演变成为"物质主义"的生态女性主义新浪潮,生态批评中的性别研究也得到发展,从生态男权主义(eco-masculinism)发展为绿色酷儿理论(green queer theory);(4)对"动物性"概念的高度关注,将环境正义范围扩展至非人类物种及其权利;(5)出现了将学术、教学和社会相结合的"多元行动主义"倾向,试图建构一体化的学术、生活和社会变革统一体。①

实际上,"浪潮"并不能"在文学研究中描绘出环境批评的明确地图","用第一次或第二次进行区分不应当被认为是整齐且界限分明的前后发展。大部分早期生态批评确立的观点继续保持强劲势头,第二次浪潮的大部分形式既以先驱者为基础也涉及与先驱者的斗争。"②尽管第一波生态批评呼吁更多地掌握科学知识,然而从第二波具有科学倾向的环境批评家的立场来看,科学与文化之间并非泾渭分明。生态批评在理论和方法上越来越显现出多元化的趋势,无论是在以科学为导向的"第一次浪潮",以文化为导向的"第二次浪潮",还是全球语境下的"第三次浪潮",没有任何一种方法可以完全占据统治地位。"在这个意义上,用'羊皮纸重写本'(palimpsest)这个词作隐喻要比用'浪潮'(wave)更恰当。"③

第二节 生态批评的物质转向

美国生态批评第三波浪潮中"物质主义"的生态女性主义为生态批评带来"物质"研究的灵感,辅以其他理论的汲养,生态批评逐渐呈现出"物质"转向。2012年,斯洛维克首次将生态批评的物质转向称为第四波浪潮,认为这种更贴近

---

① Scott Slovic, "The Third Wave of Ecocriticism: North American Reflections on the Current Phase of the Discipline," Ecozon@: *European Journal of Literature, Culture and Environment*; Vol. 1, No. 1(2010): "New Ecocritical Perspectives: European and Transnational Ecocriticism," pp. 4–9.
② Lawrence Buell, *The Future of Environmental Criticism*, p. 21.
③ 同上,p. 20.

人类行为与生活方式的物质实证研究"可能"代表了生态批评的另一阶段。① 及至 2015 年，他为《生态批评的国际新声》(New International Voices in Ecocriticism)一书作序时，对于这种新趋势的态度已非常明朗，指出其时涌现的生态批评第四波浪潮特点"鲜明"，"将新物质主义词汇与思维应用于环境美学，并在人类挑战全球变暖力求生存的背景下致力于推动环境人文主义的发展"。② 物质生态批评被定义为物质形式之间或物质与人类维度之间互动方式的研究，产生意义的配置及可称为故事的话语。以叙事表现、物质再现的动态过程为特征。③ 其核心观点主要包括对物质的重新定义、物质与意义的生成、物质与叙事三方面。

首先，物质生态批评的核心概念"物质"在一系列专著中被重新定义，推动了环境人文主义研究的物质转向。阿莱莫(Stacy Alaimo)和海克曼(Susan Hekman)主编的《物质女性主义》(Material Feminism, 2008)、班奈特(Jane Bennett)的《活跃的物质》(Vibrant Matter, 2010)、阿莱莫的《身体自然》(Bodily Natures, 2010)、艾布拉姆(David Abram)的《成为动物》(Becoming Animal, 2011)是其中代表著作。班奈特指出"我们很容易忽略事物的生命特性以及物质形成过程中的活跃力量"，④并阐述了活跃的物质概念在西方的哲学渊源。新物质主义认为，物质并非一成不变或完全被动，而是处于不断变化的"生成过程"之中，这正是物质施事能力的具体表现形式。⑤ 在物质女性主义学者巴拉德(Karan Barad)看来，"物质是不断物质化的现象"，是"稳定与动摇的迭代内部互动过程"，而不是一块等待人类书写的白板。⑥ 与以往事物之间的相互作用(interaction)相比，巴拉德认为"内在互动"(intra-action)更准确地表达了物质化过程。宇宙是"变化中能动的、内在互动的过程"，而人类和非人类物质都是通过内在互动施展施事能力。⑦ 物

---

① Scott Slovic, "Editor's Note," *Interdisciplinary Studies in Literature and Environment*. 19.4(2012): p. 619.
② Scott Slovic, "Foreword," in *New International Voices in Ecocriticism*, ed. Serpil Oppermann (Lanham: Lexington Books, 2015), p. viii.
③ Serenella Iovino and Serpil Oppermann, eds., *Material Ecocriticism* (Bloomington: Indiana University Press, 2014), p. 7.
④ Jane Bennett, *Vibrant Matter: A Political Ecology of Things* (Duke University Press Books, 2010), p. vii.
⑤ Serenella Iovino and Serpil Oppermann, eds., *Material Ecocriticism*, p. 77.
⑥ Serenella Iovino and Serpil Oppermann, "Theorizing Material Ecocriticism: A Diptych," *Interdisciplinary Studies in Literature and Environment* 19.3(2012), pp. 448–475, p. 453.
⑦ Karen Barad, "Posthumanist Performativity: Toward an Understanding of How Matter Comes to Matter," *Material Feminisms*, ed. Stacy Alaimo and Susan Hekman (Bloomington: Indiana University Press, 2008), p. 135.

质内部互动的理解进一步展现了物质概念的复杂性。

新物质主义颠覆了施事能力是人类区别于非人类自然的传统观点。物质生态批评认为，世界由物质构成，任何物质都具有施事能力，因此，意志或理性并不是决定施事能力的必要因素。既然人类和非人类自然都属于物质，那么人类具有意志和理性也不能成为其优越于其他物种的理由，于是，非人类自然和人类可能以平等的方式构建成互为联系的生态网。非人类施能者指具有表达能力的各种存在物的聚合体（assemblage），聚合体不仅包括有感知能力的动物和其他生物有机体，也包括石头、水和树木等自然界物体。人与非人类自然构成具有施事能力的网格（mesh），世界上的物质现象都是这个网格的可被阅读的结点，每个结点都是"地球隐喻"。人类与非人类相互交织在这个网格中，在相互作用过程中产生和释放力量，形成势场（field of force）。对物质生态批评学者而言，即使微乎其微的尘土也在参与小规模的"生态过程"，从而融入更大的环境体系，以此展示自己的施事能力。[1] 在物质生态批评领域具有里程碑意义的著作《物质生态批评》（Material Ecocriticism, 2014）中，意大利都灵大学教授伊奥凡诺（Serenella Iovino）和土耳其哈希坦普大学教授奥伯曼（Serpil Oppermann）分析了物质力量与物质，物质的诠释能力、过程、叙事和故事之间的联系。施事能力在物质中的普及性颠覆了人文主义中主体与客体之间关系的认识论，从而进入"后人文主义空间"。[2]

其次，新物质主义范式反对后现代理论提出的语言建构性，重新思考语言与现实、意义与事物的结合方式。后人文主义推翻了人类是唯一主体的认识，认为人类与非人类是紧密联系的施事者，构成一个物质—符号的网状结构（material-semiotic network），共同组成世界并改变世界。物质世界本身充满了意象、符号、意义与意图，某一物质以及该物质与环境的关系需要具体剖析，从而形成对它的话语理解。意义与物质之间没有清晰界限，有机物内部、有机物与环境之间总是存在诠释，无论多么微小。[3] 有机体的"内部"与"外部"的物质与符号之间紧密联系，构成形体内部与形体之间、物质与话语实践之间相互转换的动态过程。阿莱莫提出"通体性"（transcorporeality）概念，认为人类身处不断变化的物质世界，人类身体与非人类自然之间随时随地存在水分、空气、食物等的物质交换，这种

---

[1] 转引自唐建南：《物质生态批评——生态批评的物质转向》，《当代外国文学》2016年第2期，第116页。
[2] Serenella Iovino and Serpil Oppermann, "Theorizing Material Ecocriticism: A Diptych," p. 456.
[3] Serenella Iovino and Serpil Oppermann, eds., *Material Ecocriticism*, p. 4.

物质交换决定了生态网中同生共息的关系。通体性的概念从生态的角度阐释身体与话语之间的关系，证明身体其实是物质、风险与权力结构的综合体，从而引发读者在"本体论、认识论及伦理观上的共鸣"。① 艾布拉姆从生态现象学视角解读人类与非人类自然的融合关系，认为自然生命是生物与想象过程的结合，心智存在于万物之中，人们用感官触及世界、感知嵌入世界的自身存在，"生物圈与意义圈（semio-sphere）互为渗透，身体的毒物与话语互为交融"，形成了物质与意义不可分割的紧密关系。②

物质生态批评将物质与意义的交融关系纳入其主要观点之中，从而颠覆了语言与现实、文化与自然之间传统的二元对立关系：物质不断推动认识过程、社会建构、科技研究和伦理意识的进程；同时，文化不再是人类独一无二的创造物，包括人类与非人类自然的所有物质都在通过内在互动生成意义，从而文化与自然不再是简单的并置或镜像，而是相互联结的网状结构、一个互为交融的"自然—文化混合体"（natureculture）。正是通过重构物质与意义的关系，新物质主义纠正了后现代主义与后结构主义中有关社会话语主导一切的观点，从而瓦解了语言与现实之间的界限，使人们看到语言在解释现实时，无法超脱物质世界的根基。同样，物质现实也并不是孤寂的存在，它是物质和意义不断生成的过程，而这也是其施事能力的体现。"生物符号学在理论生物学中提出，一切生命，不仅仅是人类生命与文化，都是符号的和可阐释的。这不仅使人、人类形成、人类技艺回归自然，同时消减了现代错误、尖锐的身体、心灵，自然、养育，物质主义、理想主义的区分。"③

第三，基于物质生成意义的观点，物质生态批评认为，人类与非人类自然不仅是文本的描述对象，其本身就是文本与叙事，而这种叙事施事（narrative agency）也是一种生成故事的能力。人、非人类自然与他（它）们的故事或叙事相互交织在物质—符号的网络中，物质世界成为各种具有叙事能力物质的集合体，是由故事化的物质（storied matter）而组成的故事化的世界（storied world），充满符号、意义和目的。"处处存在故事：一切物质都是有故事的物质。""任何生物都在讲述共存、相互依赖、适应、杂交、灭绝、幸存的进化故事，形成具有形式、能动力

---

① Stacy Alaimo, *Bodily Natures: Science, Environment, and the Material Self* (Bloomington: Indiana University Press, 2010), p. 17.
② Serenella Iovino and Serpil Oppermann, eds., *Material Ecocriticism*, p. 5.
③ 同上，pp. 5, 69.

量的轨迹。"①文本的范畴拓展到所有物质,物质就是文本,任何形式的物质都被称为"叙事场所,或故事物质,其叙事体现在人类施事者的大脑中以及自我建构的结构之中",而物质生态批评的一大任务就是考察物质生成过程的故事或叙事潜力。物质生态批评试图探究这种文本的含义,同时也对物质与其文学再现进行联系与比较。

文学不可脱离物质世界而存在,而是在复杂的由能量、物质、思想互动构成的全球系统中起作用。物质生态批评追寻自然—文化互动的轨迹,将之解读为"物质叙事",即物质与话语的分析不仅基于其经文学、文化的再创造,而且也出现于物质表现之中。② 面对物质叙事所体现的巨大潜力,艾布拉姆也指出当前聆听故事世界所遇到的阻力,即新媒体对人类的异化。信息时代,科技飞速发展,电子媒体正在阻止人类与非人类自然的联系,带来人可以脱离物质世界而存在、人类可以掌控整个世界的误解与假象。对此,他建议通过讲述故事重新融入非人类社区,这些故事涉及人类与非人类自然之间的紧密关系,反映物质的"活力与表达力",展示人类与其他物质间沟通交流所启发的"人类叙事"。③ "文学象征性地表达了文化与自然之间交融的根本关系。"④物质生态批评主要考察非人类自然的施事能力在叙事文本中的描述与再现,以及物质作为文本在互动中生成意义的叙事能力,"挖掘叙事与话语改变世界的潜力"。⑤ 人们可以从物质生成过程的角度,重新审视全球变暖的历史演变,剖析导致全球变暖的人类与非人类物质因素。

生态批评的"物质转向"要求文学的生态批评跨越科学、人文的界线,与哲学、地质学、生物学、社会学、女性主义、人类学、考古学、文化研究相结合。这不仅是去人类中心主义的方法,也是分析语言与现实、人类与非人类生活、思想、物质的方法,同时避免陷入二分法的思维模式。物质生态批评体现了非人类中心主义倾向,表明人类只是存在于与万物相互联系之中的物质之一,而不是塑造世界的唯一"施事者"。叙事能力也不再为人类独享,而是包括非人类自然在内的所有物质的基本属性,从而进一步反驳了人类优越于非人类自然的论断。

---

① 同上,pp. 1, 7.
② 同上,p. 6.
③ 同上,pp. 311–312.
④ 同上,p. 57.
⑤ 同上,p. 35.

第三节 生态现象学与环境诠释学:生态批评的哲学思考

生态现象学作为生态哲学的研究方向之一,从现象学的视角出发关注人与自然的关系问题、审视生态环境问题。生态现象学的研究方法不以具体科学思想如生态学作为生态批评的基础,而是通过承认自然的内在价值,强调人与自然的互动,研究自然环境与人文环境之间的关系问题。就其理论渊源而言,生态现象学的最早实践者是海德格尔,他早在1927年在《存在与时间》一书中就运用现象学的方法,论证人的"此在与世界"的在世模式。但生态现象学的正式提出则是2003年3月,德国哲学家梅勒(U. Mailer)在乌尔兹堡举行的德国现象学年会上所作的"生态现象学"报告,提出:"生态现象学是这样一种尝试:它试图用现象学来丰富那迄今为止主要是用分析的方法而达到的生态哲学。"[①]

在当代西方哲学发展史上,分析哲学注重科学的理性分析,现象学则强调整体性的人文精神关怀。1900年前后,胡塞尔提出现象学哲学之时,正是基于对长期占据统治地位的欧洲唯科技主义哲学的批判。后者是一种以科技思维尤其是数学思维压制人性、压制自然的理性主义传统和形而上学传统,"涉及人在与人和非人的周围世界相处中能否自由地自我决定的问题,涉及人能否自由地在他的众多可能性中理性地塑造自己及其周围世界的问题"。胡塞尔认为,这种唯科技主义哲学会导致一场哲学与文化危机,进而带来社会危机,并预示着生态危机的到来。这些危机表现为"对形而上学可能性的怀疑,对作为一代新人指导者的普遍哲学信仰的崩溃"。[②] 此处的"形而上学"与"普遍哲学信仰"主要指古希腊以来的理性主义与人类中心主义。对于这些危机的批判与突破是胡塞尔力创现象学的出发点,也是其现象学必然包含生态意识并走向生态现象学的明证。

现象学作为一门超越主体与客体、文化与自然、肉体与环境的哲学,提供了超越二元对立的思想基础。无论是海德格尔的"诗意栖居"作为人类本质的构成部分以及存在形式,还是梅洛-庞蒂的"对世界肉体的拥抱"对身体经验的强调都为这种超越提供了有力的理论基础。[③] 海德格尔被美国生态理论家称为现代"具有生态观的形而上学理论家",即生态哲学家,他在《存在与时间》中提出"此

[①] U. 梅勒:《生态现象学》,柯小刚译,《世界哲学》,2004年第4期,第86页。
[②] 胡塞尔:《胡塞尔选集》,倪梁康选编,上海:上海三联书店,1997年,第988页。
[③] Ursula Heise, "The Hitchhiker's Guide to Ecocriticism," p. 511.

在与世界"的在世模式,标志着其生态哲学思想的形成。1946年,海德格尔又发表了著名的《论人类中心论的信》("Letter on Humanism"),该文意在突破人类中心主义及其科技主义之束缚的表现。海德格尔后期一再强调的"天地神人四方游戏"正是对于此在与世界二分思维的进一步突破,走向更加彻底的人与自然友好相处融为一体的生态世界观,并且包含与东方"天人合一"的对话。① 梅洛-庞蒂在海德格尔"此在本体论"的基础上发展出"身体本体论"。"身体是在世界上存在的媒介物,拥有一个身体,对一个生物来说就是介入一个确定的环境,参与某些计划和继续置身于其中。"②"此在"变为"身体",是人与世界的"媒介物",也是人存在的基础。这里的"身体"并不是指生理的身体,而是一种"现象身体",是存在的身体和意向性的身体,也是生存的身体。在他看来,这种意向性中的"现象身体"不仅包括身体这个指向世界的意向性客体,而且包括意向所达到的与身体紧密相连的世界这个意向性客体。易言之,无论是身体还是世界都成了现象学意义上的意向性客体,成了相互作用、密不可分的统一整体:"我们的客观身体的一部分与一个物体的每一次接触实际上是与实在的或可能的整个现象身体的接触。"③

　　在美国,生态现象学的文献出现于20世纪80年代。美国哲学家戈赫格(Erazim Kohák)在1984年出版《灰烬与星辰》(*The Embers and the Stars*)一书,标志着将现象学方法引入到生态问题中的最早尝试。戈赫格通过悬置关于人工物的各种经验,描述和呈现了人们回忆中曾被遗忘的关于自然的友好体验。1985年,埃文德(Neil Evernden)出版了《自然的异化》(*The Natural Alien*)一书,指出"环境危机本质上是一种文化危机,而不仅仅是技术危机"。④他在书中竭力追问在西方文化中是否存在某种"可以替代的声音",以消解和清除人类长期以来造成的对自然的异化。2003年,哲学论文集《生态现象学——回到地球本身》(*Eco-Phenomenology: Back to the Earth Itself*)出版,学者们从不同的视角设想了生态现象学的概念框架。他们认为,生态现象学应该提出一种"可能的"理性概念、价值概念以及自然概念,以取代人们已经熟知的,却导致人类深陷危机的形而上学概念体系。

---

① 宋祖良:《拯救地球和人类未来:海德格尔的后期思想》,北京:中国社会科学出版社,1993年,第228页。
② 梅洛-庞蒂:《知觉现象学》,姜志辉译,北京:商务印书馆,2001年,第116页。
③ 同上,第401页。
④ Neil Evernden, *The Natural Alien* (Toronto: University of Toronto Press, 1993), p. xi.

在《什么是生态现象学?》一文中,梅勒将生态现象学定义为"这样一种尝试:它试图用现象学来丰富迄今为止主要是用分析的方法而达致的生态哲学"。梅勒所说"分析的生态哲学"指的是环境伦理学。在他看来,为了克服人类中心主义及其关于自然的工具性价值观,环境伦理学所依赖的是概念分析的方法。环境伦理学立足于生态科学和物理科学对生态系统的揭示,认为既然生态系统具有各种不依赖于人的自在特征,人就应当去尊重和保护自然,并以概念分析的方式论证这种"应当"的合理性。不同于环境伦理学,现象学的理念要求决定了生态现象学必须使用"描述性方法",以此来"呈现"而非"论证"自然世界对于人的价值与意义。在梅勒对生态现象学的学科特征做出规定的基础之上,伍德(David Wood)在《什么是生态现象学》("What is Eco-Phenomenology")中进一步从方法论上界定了生态现象学的特征,认为:"生态现象学重叠了生态学的现象学与现象学的生态学,它提供了现象学和自然主义、意向性和因果关系之间的一条中间地带。"[1]作为生态学的现象学和现象学的生态学的重叠学科或者交叉学科,生态现象学关注的不是与自然割裂的孤立的人,也非一个纯粹客观的自然界,而是两者之间的"中间地带"(middle ground)。自然主义者认为,自然界是一个符合因果律的必然世界,人作为自然之子也应服从这一规律。现象学则反对自然主义者将人完全看作束缚于必然性的物,因为意识具有意向性,而意向性的能力真正体现了具有自我意识的人的特征。现象学的观点可以为人的主体性辩护,但是如果执守这样的观点,人与自然之间的对立关系就无法得到缓解。因此,在伍德看来,生态现象学必须走一条"中间道路",以促成人与自然之间的友好联系。

布朗(Charles S. Brown)则认为,作为一门生态哲学,生态现象学最根本的特征在于以现象学的方式描述自然,尤其是对"生活世界化的自然"进行描述。他认为:"一条现象学通向道德哲学的路径开始于对道德体验的描述,而一种现象学的自然哲学开始于对遭遇者的描述,与这种遭遇者相遇的是生活世界化的自然(life-worldly nature),是优先于理论抽象的我们可以体验到的那个自然。"[2]为

---

[1] David Wood, "What is Eco-Phenomenology," in Charles S. Brown and Ted Toadvine, eds., *Eco-Phenomenology: Back to the Earth Itself* (Albany: State University of New York Press, 2003), p. 231.

[2] Charles S. Brown, "The Real and the Good: Phenomenology and the Possibility of an Axiological Rationality," in Charles S. Brown and Ted Toadvine, eds., *Eco-Phenomenology: Back to the Earth Itself*, p. 6.

了开辟新的摆脱二元论哲学对人与环境关系割裂的途径,恩布里(Lester Embree)在《环境建构性现象学的可能性》("The Possibility of a Constitutive Phenomenology of the Environment")中提出了"相遇环境"(environmental encountering)的概念。他指出,相对于"意识"而言,"相遇"更容易被界定为"认知、价值,尤其是意志"领域,"基于对相遇以及相遇对象的反思性观察,可以产生特定或者一般术语的描述。结果分析不仅可以澄清不同类型的环境相遇,而且能够展示环境行动如何被证明是正当的"。① 其中"相遇"与"相遇对象"两个概念,对应胡塞尔的意识总是具有"意向活动——意向相关项"这一结构。人与环境的"相遇"在本质上也必定是某种意向性的活动,正是在这种活动中"环境"才会摆脱其原始状态而成为"相遇对象"。在生活世界中,人类的活动类型多种多样,与环境的"相遇"也方式各异。生态现象学认为,可以从文化学、社会学和历史的角度对各种经验类型进行描述,以呈现人与其环境的不同密切联系。

受列维纳斯关于"同意义的脸"观念的启发,凯西(Edward S. Casey)提出了"伦理学反应的第一时刻"(the first moment)的概念,并试图以此作为为自然价值辩护的理论基石。凯西指出,当生活中发生某种环境灾难时,如果这种灾难在某一人的脸上有所体现,那么在其他人的脸上也会产生可以期待的一致性反应。凯西认为人的这一普遍性反应是一个明确的事实,并且只有借助于这个事实人类的道德行为才可以被理解,"一种环境伦理学必须从明确而又简单的存在事实开始,这种事实被某种错误的东西所打击并且在环境中发生"。② 他举例说,从时间的维度上说,当触目惊心的环境事件发生的时候,人们总会拥有对事情的一个最初时刻的关注,比如毫不经意地"一瞥",这最初的"一瞥"被凯斯称作"伦理学反应的第一时刻"。人们在这一时刻的面部表情清楚无疑地表露了对于这个世界的伦理反应,同时也表明了自然的固有价值和意义。因为正是"第一时刻关注"的在先发生,才能够理解其后的伦理学反思、情感判断和伦理行动的产生。如此,生态现象学就将对自然的态度建立在可靠的经验事实基础上,而不是像环境伦理学那样,以自然与人的相似性为依据去建立人对非人存在的伦理关心。

在近代哲学观念中,一直支持并鼓励对自然进行技术性掠夺信念的哲学基础是传统的工具理性主义。布朗认为,要改变这种世界观,就要倡导一种价值理

---

① Lester Embree, "The Possibility of a Constitutive Phenomenology of the Environment," in Charles S. Brown and Ted Toadvine, eds., *Eco-Phenomenology: Back to the Earth Itself*, p. 37.
② 同上,p. xviii.

性来取代传统的工具理性主义,"这种价值理性,相对于我们当前的理性概念,将致力于阐明内在于非人自然中的善和价值,引导我们走上一个经验上的(如果不是本体论的)生态伦理学基础"。① 可见,生态现象学和生态伦理学一样,试图从价值论层面为人类保护自然的行动提供适当的理由。不同的是,生态伦理学认为所有合理的价值概念都必须从人类理性上得到彻底说明,生态伦理学不仅要提供合理的价值论,还要提供合理的理性观。生态现象学不会像环境伦理学那样,以自然的先在性、自组织性和系统性为依据,企图从本体论上给予自然的内在价值以认定,而是明确地主张从人的经验活动开始,从人与环境在生活世界中的"相遇"开始,以人的自然经验为依据给予自然的价值以澄清。

同样从哲学领域而非具体科学思想出发,环境诠释学以哲学诠释学思想为基础,探讨人与环境的关系问题。环境诠释学与生态现象学并非泾渭分明,伽达默尔的哲学诠释学是对早期海德格尔现象学解释学方法的继承,而海德格尔则是生态现象学的最早实践者。因此可以说,尽管以不同的方式描述自然以及人与自然的关系,二者实际上却颇有渊源。环境诠释学属于环境哲学与环境伦理学范畴之内的理论立场,打开了自然文学与环境文学研究的新视角。环境哲学的目的是寻求制定解决有关自然环境众多问题的策略,作为哲学的一个分支学科,它吸收了不同的哲学理论来审视自然,所涵盖的内容非常广泛。环境诠释学被认为属于环境哲学的第三阶段。② 环境哲学的第一阶段发源于利奥波德(Aldo Leopold)、梭罗、缪尔等人的经典自然文学作品,它们几乎全部指向应用伦理学范畴。其时的环境哲学将自然文学创作这一领域视为应用伦理学之内的主题,所讨论的问题也都局限于这一狭窄的领域。环境哲学第二阶段试图超越伦理范畴,此时关于环境的思考发掘了更为丰富的智性问题。美学、本体论、神学以及其他学科领域不断参与到环境问题的探讨中,更为广泛的哲学方法得到应用,尤其是欧陆哲学传统也参与进来。这既使环境问题发展成为全球化问题,也开启了关于人类以怎样的方式生存于世界之中的基本问题的讨论。在环境哲学的第三阶段,越来越多的哲学家在环境问题研究中遭遇了"阐释的冲突"的问题,意识到对于环境问题的认识方式,人类亟须更合理和智性地去理解。环境哲学于是开始强调环境如何在人类的智性、道德与知觉的经历中得到沟通调和,而这

---

① Charles S. Brown and Ted Toadvine, eds., *Eco-Phenomenology: Back to the Earth Itself*, p. xii.
② Forrest Clingerman, et al. eds., *Interpreting Nature: The Emerging Field of Environmental Hermeneutics* (New York: Fordham University Press, 2014), p. 11.

些正是环境诠释学的出发点。

早在1989年,西蒙(David Seamon)和玛格洛(Robert Mugerauer)出版的一部旨在系统介绍环境研究的建筑学专著《栖居、地方与环境》(*Dwelling, Place, and Environment*)中,已经出现了住宅、地方和环境方面的少量环境诠释学研究,但主要以现象学为切入点。1995年,玛格洛出版了以现象学和诠释学视角进行有关文化地理学和其他领域研究的专著《阐释环境:传统,解构,诠释》(*Interpreting Environments: Tradition, Deconstruction, Hermeneutics*),考察了具体的案例研究,展示了早期宗教、世俗和科学思想如何产生关于风景和地方的观点。直到近年来,哲学诠释学才开始在环境哲学和环境伦理学中辟出更为清晰的发展路径,环境诠释学作为环境哲学与环境伦理学中新近出现的理论视角,被称为"新兴领域"。①

在全球面临环境问题挑战的当代社会,作为跨学科研究领域的环境诠释学旨在从道德与精神层面警醒、教育人类。这一社会科学知识方法主要发展于美国与西欧,其中尤以美国发展更为蓬勃,拥有众多流派。例如特雷纳(Brian Treanor)将环境哲学中的美德伦理与诠释学相联结。霍雷尔(David G. Horrell)等将诠释学置于《圣经》研究、历史神学与神学伦理学的相同范畴之内,分析在生态危机与可持续发展问题的语境下进行当代诠释的可能性。凯勒(David Keller)运用伽达默尔的哲学诠释学理论作为生态诠释学的基础,并将其视为在现实范围内诠释技术影响的行为。贝尔(Nathan Bell)运用诠释学理论审视人类如何以诠释的方式与环境相遇。弗雷恩(Craig Frayne)展现了经验、语言、诠释的对话,将诠释现象学与海德格尔哲学联系起来。克林格曼(Forrest Clingerman)等提出了环境诠释学中的五种研究方法。② 当代的环境诠释学研究不仅包含伦理问题,还包括认识论层面、神学影响以及话语分析的重要性。

狭义而言,诠释学仅指"哲学诠释学",从施莱尔马赫关于诠释本质的对话开始,通过狄尔泰、海德格尔、伽达默尔、哈贝马斯(Jürgen Habermas)和利科(Paul Ricœur)传承至当代哲学。他们所关心的基本问题是如何理解文本,认为对理解的追求是人类存在的基本特征。诠释学成为一个"为多义性在可能性之流动的

---

① Stephen Gardiner, ed., *The Oxford Handbook of Environmental Ethics* (New York: Oxford University Press, 2017), pp. 162 – 173.
② Irina Boldonova, "Environmental Hermeneutics: Ethnic and Ecological Traditions in Aesthetic Dialogue with Nature," *Journal of Landscape Ecology* 01/1/2016, Vol.9(1), p. 27.

多样性中找到有效边界"的问题。① 这一过程是一个开放式的结构，其目标是打开所有可能的世界，并且不会终结。哲学诠释学认为，人类存在的意义来自将自身置于更大语境的文本范畴及其他有意义的事物之中，并以此为意义探寻的起点。而环境恰恰体现了这种文本语境，人类栖居的世界总是已经得到诠释并充满意义。环境诠释学关注环境与人的互动关系，二者的理解与相遇由先前存在的叙事所表达与规范，即个人与集体、事实与虚构的环境与记忆描写或相遇。②这也是环境诠释学的出发点。

哲学诠释学并不是一种研究方法，而是关于人类存在和人类理解的基本观点。尽管侧重于对书面文本的理解和解释，但诠释学实际上拥有更为广泛的视界，涵盖了世界上以某种方式传达意义并且需要解释的一切元素，包括文学文本、艺术作品、人类行为甚至环境与风景。③ 可以说，诠释学是对于世界经验的阐释，为人类思考环境的意义提供了独特的反思。同样，诠释学也有助于理解我们与世界相遇的实际意义，因为"纯粹的"自然、脱离人类介入的自然是不存在的。④ 环境诠释学正是以哲学诠释学的洞见与理论为基础，揭示并思考对人与环境之间关系进行诠释的方式。综合诠释学的各种概念内涵，按照克林格曼等学者的总结，环境诠释学的内容涵盖五个方面。

首先，环境诠释学实际上属于是任一环境领域阐释原则的延伸，如自然环境、建筑环境、文化环境等。于是看似抽象的概念又含义广泛，使诠释学成为整体阐释活动的逻辑依据与基本框架。阐释主体涵盖参观者、居民、植物学家、艺术家、农民、建筑师、建筑工人，以及其他普通人。

其次，环境诠释学是对人与环境的实际相遇，或在环境内部相遇的阐释。在大多数情况下，这种阐释意在加深我们对于控制互动的地方的理解，于是产生了关于环境诠释学研究论文中普遍存在的案例研究与具体例证。例如自然保护区或历史纪念牌中的信息标识，二者都向参观者传递了"专业"的阐释。这也间接地包含了类似于步道的建设与发展等与风景发生一定关联的活动。

第三，环境诠释学是指自然书写的一种形式。例如、梭罗、缪尔、利奥波德、迪拉德（Annie Dillard）等。这对前一点提到的"具体例证"进行了更为个人化的

---

① Robert Mugerauer, *Interpreting Environments: Tradition, Deconstruction, Hermeneutics* (Austin: University of Texas Press, 1995), p. xxvii.
② Stephen Gardiner, ed., *The Oxford Handbook of Environmental Ethics*, pp. 162–173.
③ 同上。
④ Forrest Clingerman, et al. eds., *Interpreting Nature*, p. 2.

说明。自然文学是人与环境的实际相遇、或在环境内部相遇中,作者对于自然的诠释,以及引发读者对于关于自然之文本的阐释,包括在文本中捕捉或经历自然的不同方式。

第四,环境诠释学为不同环境学科的方法提供阐释。因此,环境诠释学可以拥有完全跨学科的视界。不同的学科以不同的方式根据自身内在逻辑阐释自然环境,产生诸如地质学阐释、经济学阐释、科技阐释、农业阐释等广泛的基于学科知识的环境阐释。环境诠释学可以在不同的学科阐释中批判性地沟通调和,从而指出更加全面有力的对于环境的理解。

第五,在其最为坚实有力的意义上,环境诠释学指的是一种哲学立场,能够理解伽达默尔提出的"诠释学意识"启发人类与环境关系的普遍性。哲学意义上的环境诠释学不仅关注阐释风景环境的方法技巧,而且提供本体论的框架,使得这种阐释变得不可或缺。①

克林格曼等学者继而强调,环境诠释学这五个方面的定义并非互相排斥。并且,或许还会涌现出其他哲学诠释学与环境思想发生关联的可能。随着环境诠释学的进一步发展与不断探索,新的联系必定将会产生。例如科学、神学与宗教研究、休闲研究以及其他领域都会带给环境诠释学新的视角。尽管如此,作为哲学立场的环境诠释学产生于哲学诠释学与环境理论的交汇之间,提供了环境诠释学最为有效的定义。这一领域的研究曾被冠以不同的理论定义,如"生态学诠释学"(ecological hermeneutics)、"生态诠释学"(ecohermeneutics)、"环境诠释学"(environmental hermeneutics)、"地方诠释学"(hermeneutics of place)、"风景诠释学"(hermeneutics of landscape)、"生物诠释学"(biological hermeneutics)。将所有这些概念联系起来的正是哲学诠释学与环境思想发生的关联。因此诠释将包含范围广泛的主题,自然实体与生态系统、风景与海景、荒野或乡村或城市环境都将纳入其研究视野。可以说,环境诠释学最根本的基础是哲学诠释学,最重要的理论来源之一是伽达默尔的历史观和利科的他者伦理。② 环境诠释学研究的起点是,我们所居的世界总是已经拥有意义,并与意义相融合。环境诠释学探讨的问题包括,诠释环境意味着什么?环境何以对我们产生意义?某些环境诠释何以支持某些个人诠释?③

---

① 同上,pp. 3-4.
② Forrest Clingerman, et al. eds., *Interpreting Nature*, pp. 3-4.
③ Stephen Gardiner, ed., *The Oxford Handbook of Environmental Ethics*, pp. 162-173.

在环境诠释学立场中，人们关注的是"阐释的冲突"，普遍存在于人类与物质、情感、智性世界的主体间相遇之中。基于哲学诠释学观点，这意味着去理解人与环境之间调和性的经历，而不是二分结构的相遇。诠释学提供了一种方法的可能性，即将思考与反省人在环境中的经历作为一种阐释的形式。基于"与自然的接触不能没有人类介入"的观点，环境诠释学对不同形式的环境哲学进行了批判式的继承。[①] 因此，环境诠释学倡导将"介入"作为任何环境哲学研究的适当立场。不仅如此，环境诠释学还拓展了环境哲学的研究范畴。在人类与环境的关系中，环境诠释学常常与实践方法相结合，成为环境人文主义的一部分，考察人与环境关系的具体实例，阐明环境在这些关系中所扮演的不同角色，展现对环境的不同诠释如何与个人与社会身份的不同见解相互交织。

克林格曼等学者注意到，环境哲学第一阶段的"自然""荒野"概念依赖于本质主义，本质主义者提出的这种理想主义观点令人类与其相关的责任似乎沦为生活实践的影子。为了回应这种批评，环境哲学第二阶段提出自然的社会建构，或自然的现象学定义。这种观点在克服先前本质主义自然概念困境的同时，又陷入另一种危险之中，即忽视人类确定意义之外的世界现实，同时也消解了对于自然概念本身复杂性的反思。卡梅伦指出："笛卡尔二元论的失败和后结构主义的怀疑质疑我们发展一种没有自然概念的环境哲学。"[②]他继而提出求助于伽达默尔的哲学诠释学，因为它挑战了语言与世界之间相互对立的传统观点。正如伽达默尔以"语言"和"世界"这样的批判性概念所展示的，"自然"以对自身概念不断重构的方式得到充分具体的观察，从而捕捉这些词汇本身呈现世界的方式。尽管我们与自然实体无法进行有效的言语交流，但一方面，人类提供了"自然的语言"，在人类群体中分享对自然的描述与阐释；另一方面，在伽达默尔的《真理与方法》(*Truth and Method*)中清楚写明的是，对诠释学而言，语言并不总是指人类的语言，而是"事物所拥有的任何语言"。[③] 在伽达默尔对世界的诠释学说明

---

① Kenneth Liberman, "An Inquiry into the Intercorporeal Relations between Humans and the Earth," in *Merleau-Ponty and Environmental Philosophy: Dwelling on the Landscapes of Thought*, eds. Suzanne L. Cataldi and William S. Hamrick (Albany: State University of New York Press, 2007), p. 38.

② W. S. K. Cameron, "Must Environmental Philosophy Relinquish the Concept of Nature? A Hermeneutic Reply to Steven Vogel," in *Interpreting Nature: An Emerging Field of Environmental Hermeneutics*, p. 102.

③ Hans-Georg Gadamer, *Truth and Method*, eds. & trans. J. Weinsheimer & D. G. Marshall (New York: The Crossroad Publishing Company, 2004), p. 470.

中,"自然"得以重返,而不是终结。

当前世界的生态环境现状使人们不仅思考当下,也深入历史与文化传统,而环境诠释学恰恰"提供了审视环境哲学与环境伦理学中传统问题的新方式:还未被哲学诠释学影响的话语领域"。[①]环境诠释学关注环境与人的互动关系,二者的理解与相遇由先前存在的叙事所表达与规范,即个人与集体、事实与虚构的环境与记忆描写或相遇。通过诠释,我们使"环境"成为"世界",一个可居的、有意义的世界。从诠释学的视角出发,环境哲学与环境伦理学应更多关注人类对具体环境的责任,例如对于"地方伦理"意义与发展的关注。环境诠释学的对象将包含范围广泛的主题,如自然实体与生态系统、风景与海景、荒野或乡村或城市环境等等,从而提供了审视环境哲学与环境伦理学中传统问题的新方式。对具体地方的关注使环境诠释学向实践的方法开放,环境意义的理解成为一个永无止境的过程。

(撰稿人:姚成贺)

[①] Forrest Clingerman, et al. eds., *Interpreting Nature*, p. 5.

结　语

　　韦勒克在完成了卷帙浩繁的《近代文学批评史》后,感叹:"写批评史难,难于以融冰堆山!"①而他那八卷本的批评史,不过涵盖 1750 至 1950 年间的批评思想。从中世纪算起已历经千余年的英国文学批评史,与二百余年的美国文学批评史,却凝缩于这一卷本之中。篇幅所限,本书只能提纲挈领、撷英采华,通过对英美文学批评历史的梳理,勾勒出由那些闪光的思想、杰出的智者支撑起的文学解读范式与路径。

　　在文学批评历史的发展进程中,英国有着悠久传统,美国作为后来者,构成一道亮丽的风景线,两国相互交织,各领风骚。自锡德尼的《为诗辩护》问世以来,英国作家和批评家从不同的角度重新阐释亚里士多德和贺拉斯等人的观点,逐渐确立起新古典主义的主流地位。爱默生尽管发表了美国文学的独立宣言,谴责文学批评对于欧洲遗风的过度依赖,但他本人仍然充分汲取华兹华斯与柯勒律治的浪漫主义精华,为己所用;梭罗关注自然,却同时无限怀念英国诗歌中的清新之风。19 世纪 40 年代之后,美国文坛终于出现与文学发展相当的文学批评,逐渐独立于英国的批评传统。世纪之交,欧洲主要的批评流派如象征主义、意象主义、表现主义、唯美主义的文学主张,其影响跨越大西洋,催生了美国本土的艺术思想,使美国文学界分为两派:保守派虽然愿意重新评价新英格兰传统,但仍然以柏拉图、亚里士多德的古希腊文化传统和阿诺德为代表的新古典主义为基础;激进派汲取欧洲大陆的哲学思想,批评矛头直指日趋落后的旧式习俗。进入 20 世纪,英国文学批评率先将研究的重点由以往的以外部世界或作者的内心世界为中心转移到以作品为中心。肇始于 20 年代的"新批评",已经展现出英美文学批评紧密的内在联系,二者之间难以划出清晰的界线。直到"二战"前后,"新批评"在美国的发展达到顶峰。20 世纪下半叶,尤其是八九十年代以来,西方学界对欧洲中心主义进行了自我批评,开始对欧美传统之外的文化群体产生兴趣。随着生态环境的日益恶化,源自美国的生态批评理论也在英国盛行,但无

---

① Gary Day, *Literary Criticism: A New History* (Edinburgh: Edinburgh University Press, 2008), p. 1.

论是声势浩大的三次浪潮,从第一波集中于荒野描写、自然写作,到第二波将焦点从远离尘嚣的荒野或风光怡人的乡村田园转移到喧嚣的城市,直到第三波试图建构学术、生活和社会变革的统一体,还是呈现跨学科特性的物质转向、生态现象学、环境诠释学,美国都是生态批评的核心重镇。

文学批评的价值在于其对文学创作、社会历史认知、读者阅读作品的影响。首先,文学批评对文学创作之意义的讨论古已有之。贺拉斯将自己比作"磨刀石",尽管自己切不动什么,却能够使钢刀锋利。"批评家自己或许不会去创作,却愿意指示诗人的职责和功能何在,从何处汲取丰富的材料。"甚至贺拉斯的朋友、批评家昆提留斯如果对修改过的诗仍不满意,"就会让你把你的歪诗全部涂掉,拿去重新在铁砧上锤炼"。① 这种"判官式的批评"尽管已成为历史,但文学批评与文学创作相互影响的关系却一直流传下来。对于文学研究者而言,文学批评已然变得如艾略特所说,"像呼吸一样重要"。② 耶鲁批评家哈特曼将批评与创作提到同等高度。在他看来,批评作品具有独特的风格与形式自由,批评文本同样需要非凡的创造力,是文学传统中不可或缺的一部分。他强调文学批评应靠近哲学而又不离弃形式主义,既要以文为本,也要转向广泛的人类经验。纵观英美文学批评史,批评视角不断触及范围更加广泛的众多文化问题,探讨人性与社会结构,包含心理、历史、哲学、社会学、政治等元素;文化研究、新历史主义批评、后殖民主义批评等流派将文学批评推向更为广阔的空间。正如阿诺德所言,批评家的任务是反映时代的声音,成为时代的预言家。

其次,在《从柏拉图到巴特的文学理论》(*Literary Theory from Plato to Barthes: An Introductory History*, 1999)的作者哈兰德(Richard Harland)看来,文学批评理论自身所包含的意蕴远远高于文学文本所携带的时代价值。历史没有终结,作为批评史的编撰者与读者,我们更看重的是那些不同视角、观点的碰撞所建构起的各理论流派与方法之间的内在关联。因此,无论是批评者还是批评的阅读者,都应具有自我意识,认识到自己的研究和阅读同样受一定历史、社会与体制的制约,不仅以历史的眼光看待过去,而且以历史的眼光检视现在以及过去与现在的辩证关系。新历史主义批评家蒙特罗斯在《声言文艺复兴》中曾以"文本的历史

---

① 贺拉斯:《诗艺》,《诗学·诗艺》,杨周翰译,北京:人民文学出版社,1962年,第153、160页。
② T. S. Eliot, "Tradition and Individual Talent," in *The Complete Prose of T. S. Eliot* (Vol. II), eds. Anthony Cuda & Ronald Schuchard (Baltimore and London: Johns Hopkins University Press, 2014), p. 105.

性"与"历史的文本性"这一对术语巧妙地概括新历史主义研究的特征。[①] 无论是批评者所研究的文本,还是批评文本本身,都无法脱离具体的社会和物质历史语境,始终具有历史性特征;后来者只能借助记载并流传下来的文本认识历史,而记载本身又是选择、保留与舍弃的结果。批评史的编写概莫能外,批评历史的描述、阐释意味着不断的调整与变更。为了理解现在,我们必须回到过去。

最后,对于读者而言,今天的文学解读,再也无法回到单一理论一统天下的年代,批判性地阅读比任何时期都更加重要。因此尤其需要获得批评的原理,同时借批评透视文学。文学批评的不断发展、批评文献的不断发掘、对文学批评家的重新评价,都要求我们保持清醒的认识,不断努力地去探索文学批评思想,去倾听那些来自远方的声音,去辨析我们自己文化中的不同见解。阅读的过程也是阅读主体建构属于自我的意义世界的过程,诸多理论流派提供给读者的是不同的理解视域。在中国语境中读文学、读批评,不仅需要各理论流派、各时代批评思想的视域融合,也需要中西语境的融合,从而实现读者视域与文本视域的融合,实现在文本召唤下的不断探索、前行。希望这一幅英美文学批评史的地图能够超越智识层面,为读者提供更多思索的空间,走向对于文学作品更为丰富的意义阐释。

[①] Louis Montrose, "Professing the Renaissance: The Poetics and Politics of Culture," in *Literary Theory: An Anthology*, eds. Lulie Rivkin and Michael Ryan (Oxford: Blackwell Publishers Inc., 1998), p. 782.

参考文献

Abrams, M. H. *The Mirror and the Lamp: Romantic Theory and the Critical Tradition*. New York: Oxford University Press, 1953.

—, ed. *The Norton Anthology of English Literature*, Vol. 1. New York: W. W. Norton & Company, 1979.

Adams, Hazard, ed. *Critical Theory Since Plato*. New York: Harcourt Brace Jovanovich, Inc., 1971.

— and Leroy Searle, eds. *Critical Theory Since 1965*. Tallahassee: University Presses of Florida, 1992.

Adams, James Eli. *A History of Victorian Literature*. Oxford: Wiley-Blackwell, 2009.

Adler, Hans and Jost Hermand, eds. *Concepts of Culture*. New York & Washington: Peter Lang, 1997.

Agger, Ben. *Cultural Studies as Critical Theory*. London & Washington: The Palmer Press, 1992.

Ahmad, Aijaz. *In Theory: Classes, Nations, Literature*. New York: Verso, 1992.

Alaimo, Stacy and Susan Hekman, eds. *Material Feminisms*. Bloomington: Indiana University Press, 2008.

—. *Bodily Natures: Science, Environment, and the Material Self*. Bloomington: Indiana University Press, 2010.

Anesko, Michael. *Letters, Fictions, Lives: Henry James and William Dean Howells*. New York and Oxford: Oxford University Press, 1997.

Arnold, Thomas, ed. *Dryden: An Essay of Dramatic Poesy*. Oxford: Clarendon Press, 1889.

Ashcroft, Bill, Gareth Griffiths and Helen Tiffin, eds. *Post-Colonial Studies Reader*. New York & London: Routledge, 1995.

— et al. *The Empire Writes Back: Theory and Practice in Post-Colonial Literatures*. London & New York: Routledge, 2002.

Atkins G. D. and M. L. Johnson, eds. *Writing and Reading Differently—Deconstruction and the Teaching of Composition and Literature*. University of Kansas Press, 1985.

Atkins, J. W. H. *English Literary Criticism: The Medieval Phase*. New York: Peter Smith, 1952.

Atkinson, Brooks, ed. *The Complete Essays and Other Writings of Ralph Waldo Emerson*. New York: The Modern Library, 1940.

Baldwin, Elaine, et al. eds. *Introducing Cultural Studies*. London & New York: Prentice Hall Europe, 1999.

Bashford, Bruce. "When Critics Disagree: Recent Approaches to Oscar Wilde," *Victorian Literature and Culture*, Vol. 30, No. 2 (2002): 613–625.

Baudelaire, Charles. *Artificial Paradises*. Trans. Stacy Diamond. Secaucus: Carol Publishing Group, 1996.

Beal, Anthony, ed. *D. H. Lawrence: Selected Literary Criticism*. New York: The Viking Press, 1956.

Beattie, James. *Dissertations, Moral and Critical*. London: W. Strahan, 1783.

Bell, Michael Davitt. *The Problem of American Realism, Studies in the Cultural History of a Literary Idea*. Chicago & London: The University of Chicago Press, 1993.

Bell, Pearl K. "Edmund Wilson's *Axel's Castle*," *Daedalus* Winter, 1976, Vol. 105, No. 1, In Praise of Books (Winter 1976): 115–125.

Belok, Michael V., ed. *Post Modernism, Review Journal of Philosophy and Social Science*. India: ANU Books, 1990.

Bennett, Jane. *Vibrant Matter: A Political Ecology of Things*. Durham, NC: Duke University Press Books, 2010.

Bhabha, Homi. *The Location of Culture*. London & New York: Routledge, 1994.

Birch, Sarah. *Christine Brooke-Rose and Contemporary Fiction*. Oxford: Clarendon Press, 1994.

Bleich, David. *Readings and Feelings: An Introduction Subjective Criticism*. Urbana: National Council of Teachers of English, 1975.

—. *Subjective Criticism*. Baltimore: The Johns Hopkins University Press, 1978.

Bloom, Allan. *The Closing of the American Mind, How Higher Education Has Failed Democracy and Impoverished the Souls of Today's Students*. New York: Simon & Schuster Inc., 1988.

Bloom, Harold. *The Anxiety of Influence: A Theory of Poetry*. Oxford: Oxford University Press, 1973.

—. *A Map of Misreading*. Oxford: Oxford University Press, 1975.

—. *Kabbalah and Criticism*. New York: Seabury Press, 1975.

—. *Poetry and Repression: Revisionism from Blake to Stevens*. New Haven: Yale University Press, 1976.

—et al. eds. *Deconstruction and Criticism*. New York: Seabury Press, 1979.

—. *Stephen Crane's The Red Badge of Courage*. Philadelphia: Chelsea House Publishers, 1996.

Bode, Carl, ed. *The Young Menchen*. New York: The Dial Press, 1973.

Boethius, *The Consolation of Philosophy*. Trans. W. Cooper. London: Dent, 1902.

Boldonova, Irina. "Environmental Hermeneutics: Ethnic and Ecological Traditions in Aesthetic Dialogue with Nature," *Journal of Landscape Ecology* 01/1/2016, Vol.9 (1): 22–35.

Bonnie & Toni A. H. McNaron, eds. *The New Lesbian Studies, Into the Twentieth-First Century*. New York: The Feminist Press, 1996.

Booth, Wayne C. *The Rhetoric of Fiction*. London: Penguin Books, 1987.

Bradbury, Malcolm, ed. *Contemporary Criticism*. London: Edward Arnold, 1970.

—. *Possibilities: Essays on the State of the Novel*. Oxford: Oxford University Press, 1973.

—, ed. *The Novel Today: Contemporary Writers on Modern Fiction*. Manchester: Manchester University Press, 1977.

—. *No, Not Bloomsbury*. London: Deutsch, 1987.

——. *The Modern British Novel*. Revised edition. London: Penguin, 2001.

Bradley, J. L., ed. *John Ruskin: The Critical Heritage*. London: Routledge, 1995.

Broadie, Alexander, ed. *The Cambridge Companion to the Scottish Enlightenment*(《苏格兰启蒙运动》). 北京:生活·读书·新知三联书店,2006.

Brooke-Rose, Christine. *A Rhetoric of the Unreal: Studies in Narrative and Structure, Especially of the Fantastic*. Cambridge: Cambridge University Press, 1981.

——. *Stories, Theories and Things*. Cambridge: Cambridge University Press, 1991.

——. *Invisible Author: Last Essays*. Columbus: The Ohio State University Press, 2002.

Brower, Reuben, Helen Vendler and John Hollander, eds. *I. A. Richards: Essays in His Honor*. New York: Oxford University Press, 1973.

Brown, Charles S. and Ted Toadvine, eds. *Eco-Phenomenology: Back to the Earth Itself*. Albany: State University of New York Press, 2003.

Brown, Marshall, ed. *The Cambridge History of Literary Criticism,* Vol. V: *Romanticism*. Cambridge: Cambridge University Press, 2000.

Buckler, William E., ed. *Walter Pater: Three Major Texts*. New York: New York University Press, 1986.

Buell, Lawrence. *Emerson*. Cambridge, Massachusetts & London: The Belknap Press of Harvard University Press, 2003.

——. *The Future of Environmental Criticism: Environmental Crisis and Literary Imagination*. Oxford: Blackwell Publishing, 2005.

Burke, Kenneth. *A Grammar of Motives*. Berkeley, Los Angeles & London: University of California Press, 1969.

——. *A Rhetoric of Motives*. Berkeley & Los Angeles: University of California Press, 1969.

Burnham, John. *After Freud Left: A Century of Psychoanalysis in America*. Chicago: University of Chicago Press, 2012.

Byatt, A. S. *Passions of the Mind: Selected Writings*. London: Vintage, 1993.

——. *On Histories and Stories*. London: Chatto & Windus, 2000.

Cadava, Eduardo. *Emerson and the Climates of History*. Stanford: Stanford University Press, 1997.

Calverton, V. F. *The Liberation of American Literature*. New York: Scribner's, 1932.

Carlyle, Thomas. *Two Biographies by Thomas Carlyle*. London: Chapman and Hall, 1857.

Carroll, John, ed. *Selected Letters of Samuel Richardson*. Oxford: Clarendon, 1964.

Cataldi, Suzanne L. and William S. Hamrick, eds. *Merleau-Ponty and Environmental Philosophy: Dwelling on the Landscapes of Thought*. Albany: State University of New York Press, 2007.

Caudwell, Christopher. *Studies in a Dying Culture*. London: John Lane, 1938.

Caws, Peter. *Structuralism, A Philosophy for the Human Sciences*. New Jersey: Humanities Press, 1990.

CCCS. *Working Papers in Cultural Studies*, Spring. Nottingham: Partism Press Ltd., 1971.

Chai, Leon. *Aestheticism: The Religion of Art in Post-Romantic Literature*. New York: Columbia

University Press, 1990.

Channing, E. T. "On Models in Literature," *North American Review* 3. July, 1816.

Chaucer, Geoffrey. *The Complete Works of Geoffrey Chaucer*. Ed. F. N. Robinson. Boston: Houghton Mifflin, 1957.

—. *Canterbury Tales*. Ed. A. C. Cawley. London: J. M. Dent & Sons Ltd, 1984.

Clingerman, Forrest et al., eds. *Interpreting Nature: The Emerging Field of Environmental Hermeneutics*. New York: Fordham University Press, 2014.

Clubbe, John and Ernest J. Lovell Jr. *English Romanticism: The Grounds of Belief*. London: Macmillan, 1983.

Coates, Wilson H. and Hayden V. White, *The Ordeal of Liberal Humanism: An Intellectual History of Western Europe*, Volume II: Since the French Revolution. New York: McGraw-Hill Book Company, 1970.

Coleridge, Samuel Taylor. *Biographia Literaria*. Ed. J. Shawcross. London: Oxford University Press, 1907.

Collier, Peterand Helga Geyer-Ryan, eds. *Literary Theory Today*. Ithaca & New York: Cornell University Press, 1990.

Conrad, Joseph. *Notes on Life and Letters*. New York: Books for Libraries Press, 1972.

Coyle, Martin et al. eds. *Encyclopaedia of Literature and Criticism*. London: Routledge, 1990.

Crane, Stephen. *The Red Badge of Courage and Other Stories*. Eds. Anthony Mellors and Fiona Robertson. Oxford & New York: Oxford University Press, 1998.

Culler, Jonathan. *Structuralist Poetics: Structuralism, Linguistics and the Study of Literature*. London: Routledge & Kegan Paul, 1975.

—. *On Deconstruction: Theory and Criticism after Structuralism*. Ithaca & New York: Cornell University Press, 1982.

Dabney, Lewis M. "Edmund Wilson and 'The Wound and the Bow'," *The Sewanee Review* Winter, 1983, Vol. 91, No. 1(Winter 1983): 155–165.

Davis, Norman et al. eds. *A Chaucer Glossary*. Oxford: Oxford University Press, 1979.

De Man, Paul. *Allegories of Reading: Figural Language in Rousseau, Nietzsche, Rilke, and Proust*. New Haven: Yale University Press, 1979.

—. *Blindness and Insight: Essays in the Rhetoric of Contemporary Criticism*. Minneapolis: University of Minnesota Press, 1983.

De Quincey, Thomas. *The Works of Thomas De Quincey*. London: Pickering and Chatto, 2000–2003.

De Saussure, Ferdinand. *Course in General Linguistics*. Ed. Charles Bally. Trans., intro. & notes Wade Baskin. New York: McGraw-Hill Book Company, 1966.

Defoe, Daniel. *Moll Flanders*. London: Mayflower Books Ltd, 1965.

—. *Serious Reflections During the Life and Strange Surprising Adventures of Robinson Crusoe*. London: W. Taylor, 1720.

—. *The Life and Strange Surprising Adventures of Robinson Crusoe*. London: W. Taylor, 1719.

—. *The Novels of Daniel Defoe,* Volume 6: *The Life of Colonel Jack*. Edinburgh: John Ballantyne, 1810.

Derrida, Jacques. *Théorie d'ensemble*. Editions Seuil. In Rivkin & Ryan, 1968.

—. *Of Grammatology*. Trans. Gayatri Chakravorty Spivak. Baltimore & London: The Johns Hopkins University Press, 1976.

—. *Writing and Difference*. London: Routledge & Kegan Paul, 1981.

—. *Dissemination*. Chicago: Chicago University Press, 1981.

Dirlik, A. "The Postcolonial Aura: Third World Criticism in the Age of Global Capitalism," *Critical Inquiry* 20, Winter 1994: 328–356.

Dooley, Gillian. *From a Tiny Corner in the House of Fiction: Conversations with Iris Murdoch*. South Carolina: University of South Carolina Press, 2003.

Dryden, John. *The Works of John Dryden: Illustrated with Notes, Historical, Critical, and Explanatory, and a Life of the Author*. Vol. 1. Edinburgh: T. and A. Constable, 1882.

Duffy, Jean. *Structuralism: Theory and Practice*. Somerset: Castle Cary Press, 1992.

During, Simon, ed. *The Cultural Studies Reader*. London & New York: Routledge, 1994.

Eagleton, Mary. *Feminist Literary Criticism*. Longman: New York, 1991.

Eagleton, Terry. *Criticism and Ideology: A Study in Marxist Literary Theory*. London: NLB, 1976.

—. *Literary Theory, An Introduction*. Minneapolis: University of Minnesota Press, 1985.

—, ed. *Raymond Williams: Critical Perspectives*. Oxford: Basil Blackwell, 1989.

—, Frederic Jameson and Edward Said. *Nationalism, Colonialism, and Literature*. Minneapolis: University of Minnesota Press, 1990.

—. *Ideology: An Introduction*. London: Verso, 1991.

—. *Heathcliff and the Great Hunger: Studies in Irish Culture*. London: Verso, 1995.

—. *After Theory*. New York: Basic Books, 2003.

—. *The Event of Literature*. New Haven & London: Yale University Press, 2012.

Eco, Umberto. *The Role of the Reader*. Bloomington: Indiana University Press, 1984.

Edel, Leon and Gordon N. Ray, eds. *Henry James and H. G. Wells*. Urbana: University of Illinois Press, 1958.

Eliot, Charles W., ed. *Prefaces and Prologues to Famous Books with Introductions, Notes and Illustrations*. New York: Cosimo, 2009.

Eliot, George. *Adam Bede*. Boston and New York: Houghton Mifflin, 1968.

Eliot, T. S. *The Sacred Wood*. London: Methuen, 1920.

—. *Selected Prose of T. S. Eliot*. Ed. Frank Kermode. London: Faber & Faber, 1975.

—. *The Use of Poetry and the Use of Criticism: Studies in the Relation of Criticism to Poetry in England*. Cambridge, Massachusetts: Harvard University Press, 1986.

Elledge, Scott, ed. *Eighteenth-Century Critical Essays*. Ithaca: Cornell University Press, 1961.

Elliott, G. R. *Humanism and Imagination*. Chapel Hill: University of North Carolina Press, 1938.

Emerson, Ralph Waldo. *Essays and Poems*. New York: Literary Classics of the United States, Inc., 1996.

Evernden, Neil. *The Natural Alien*. Toronto: University of Toronto Press, 1993.

Farrell, James T. *A Note on Literary Criticism*. New York: Vanguard, 1936.

Fekete, John. *The Critical Twilight*. London: Routledge & Kegan Paul, 1977.

Fish, Stanley E. *Surprised by Sin: The Reader in Paradise Lost*. Berkeley: University of California Press, 1971.

Forster, E. M. *Two Cheers for Democracy*. New York: Harcourt, 1951.

—. *Aspects of the Novel*. London: Edward Arnold Ltd., 1963.

Foucault, Michel. *The Archaeology of Knowledge and the Discourse of Language*. New York: Pantheon Books, 1972.

—. *The Archaeology of Human Science*. New York: Vintage Books, 1973.

—. *Discipline and Punish: The Birth of the Prison*. Trans. Alan Sheridan. New York: Vintage, 1975.

Franken, Christien. *A. S. Byatt: Art, Authorship, Creativity*. New York: Palgrave, 2001.

Fraser, Antonia, ed. *The Pleasure of Reading*. London: Bloomsbury, 1992.

Gadamer, Hans-Georg. *Truth and Method*. Eds. & Trans. J. Weinsheimer and D. G. Marshall. New York: The Crossroad Publishing Company, 2004.

Galsworthy, John. *The Creation of Character in Literature*. Oxford: The Clarendon Press, 1931.

Gardiner, Stephen, ed. *The Oxford Handbook of Environmental Ethics*. New York: Oxford University Press, 2017.

Gardner, Charles Kitchell. *The Literary and Scientific Repository, and Critical Review*. RareBooksClub.com, 2012.

Garland, Hamlin. *Crumbling Idols: Twelve Essays on Art, Dealing Chiefly with Literature, Painting and the Drama*. Stone and Kimball, 1894.

Garnett, Edward, ed. *Conrad's Prefaces to His Works*. New York: Books for Libraries Press, 1971.

Gartner, Carol B. *Rachel Carson*. New York: Frederick Ungar, 1983.

Geoffrey of Vinsauf. *Poetria nova*. Trans. Margaret F. Nims. Toronto: Pontifical Institute of Mediaeval Studies, 2010.

George, Andrew J., ed. *Carlyle's Essay on Burns*. Boston: D. C. Heath & Co. Publishers, 1897.

Gerard, Alexander. *An Essay on Taste*. Edinburgh: J. Bell, 1780.

Gilbert, Sandra M. and Susan Gubar. *The Madwoman in the Attic: The Woman Writer and the Nineteenth Century Literary Imagination*. New Haven: Yale University Press, 1979.

—, eds. *The Norton Anthology of Literature, by Women, the Tradition in English*. New York: W. W. Norton & Company, 1985.

Glicksberg, Charles I. *American Literary Criticism, 1900–1950*. New York: Hendricks House, Inc., 1951.

Glotfelty, Cheryll and Harold Fromm, eds. *The Ecocriticism Reader: Landmarks in Literary Ecology.* Athens: The University of Georgia Press, 1996.

Goldberg, David Theoand Ato Quayson, eds. *Relocating Postcolonialism.* Oxford: Blackwell Publishers, 2002.

Goldsmith, Arnold L. *American Literary Criticism: 1905–1965.* Boston: Twayne, 1979.

Gramsci, Antonio. *Selections form the Prison Notebooks of Antonio Gramsci.* Ed. & trans. Quintin Hoare and Geoffrey Nowell Smith. New York: International Publishers, 1971.

Granville, Hicks, et al., eds. *Proletarian Literature in the United States, An Anthology.* New York: International Publishers, 1936.

Greenblatt, Stephen. *Renaissance Self-Fashioning: From More to Shakespeare.* Chicago: The University of Chicago Press, 1980.

—. *Shakespearean Negotiations: The Circulation of Social Energy in Renaissance England.* Berkeley & Los Angeles: University of California Press, 1988.

Habib, M. A. R. *A History of Literary Criticism and Theory: From Plato to the Present.* Oxford: Blackwell, 2008.

Hall, Stuart, et al. eds. *Culture, Media, Language.* London: Hutchinson, 1980.

Hall, Vernon Jr. *Renaissance Literary Criticism: A Study of Its Social Content.* Gloucester: Peter Smith, 1959.

Hansen, Olaf. *Aesthetic Individualism and Practical Intellect: American Allegory in Emerson, Thoreau, Adams, and James.* Princeton: Princeton University Press, 2014.

—, ed. *The Radical Will: Selected Writings, 1911–1918.* New York: Urizen Books, 1977.

Hardison Jr. O. B., ed. *The Quest for Imagination.* Cleveland: Case Western Reserve University Press, 1971.

Harland, Richard. *Literary Theory from Plato to Barthes: An Introductory History.* Beijing: Foreign Language Teaching and Research Press, 2005.

Hartman, Geoffrey. *Beyond Formalism: Literary Essays 1958–1970.* New Haven: Yale University Press, 1970.

—. *The Fate of Reading and Other Essays.* Chicago: University of Chicago Press, 1975.

—. *Criticism in the Wilderness: The Study of Literature Today.* New Haven: Yale University Press, 1980.

Hawkes, Terence. *Structuralism and Semiotics.* Berkeley & Los Angles: University of California Press, 1977.

Hearsey, Marguerite. "Sidney's *Defense of Poesy* and Amyot's Preface in North's Plutarch: A Relationship," *Studies in Philology* Vol. 30 (October 1933): 535–550.

Heise, Ursula. "The Hitchhiker's Guide to Ecocriticism," *PMLA* 121: 2 (March 2006): 503–516.

Hicks, Granville. *The Great Tradition: An Interpretation of American Literature Since the Civil War*, rev. ed. New York: Macmillan, 1935.

Holland, Norman N. *The Brain of Robert Frost*. New York & London: Routledge, 1988.

Holub, Robert C. *Reception Theory: A Critical Introduction*. London & New York: Methuen, Inc., Methuen, 1984.

Home, Henry. *Elements of Criticism*. Indianapolis: Liberty Fund, Inc., 2005.

Hopkins, Lisa and Matthew Steggle. *Renaissance Literature and Culture*. Shanghai: Shanghai Foreign Language Education Press, 2009.

Howells, William. *Criticism and Fiction*. New York: Harper & Brothers, 1891. Start Classics, 2012.

Hulme, T. E. *Further Speculations*. Ed. Sam Hynes. Minneapolis: University of Minnesota Press, 1955.

—. *Speculations: Essays on Humanism and the Philosophy of Art*. Ed. Herbert Read. London: Kegan Paul, Trench, Trubner & Co. Ltd, 1936.

—. *T. E. Hulme: Selected Writings*. Ed. Patrick McGuinness. New York: Routledge, 2003.

Huntington, Samuel P. *The Clash of Civilizations and the Remaking of World Order*. New York: Simon & Schuster, 1996.

Husserl, Edmund. *The Idea of Phenomenology*. Trans. W. R. Boyce. New York: The Macmillan Company, 1974.

Hutcheon, Linda. *A Poetics of Postmodernism, History, Theory, Fiction*. New York & London: Routledge, 1988.

Hynes, Samuel, ed. *The Author's Craft and Other Critical Writings of Arnold Bennett*. Lincoln: University of Nebraska Press, 1968.

Iovino, Serenella and Serpil Oppermann. "Theorizing Material Ecocriticism: A Diptych," *Interdisciplinary Studies in Literature and Environment* 19.3(2012): 448–475.

—, eds. *Material Ecocriticism*. Bloomington: Indiana University Press, 2014.

Irving, Washington. "Letter from Geoffrey Crayon," *Knickerbocker* 13. March, 1839.

—. "Review of E. C. Holland's *Odes, Naval Songs*," *Analectic* 3. March, 1814.

—. "A Biographical Sketch of Thomas Campbell," *Analectic* 5. March, 1815.

Iser, Wolfgang. *The Act of Reading: A Theory of Aesthetic Response*. Baltimore and London: The Johns Hopkins University Press, 1987.

—. *Prospecting: from Reader Response to Literary Anthropology*. Baltimore and London: The Johns Hopkins University Press, 1989.

—. "Reader Response Criticism in Perspective," *Changes and Challenges: The Role of the Future University*. Seoul: Hanyang University Press, 1990.

Jameson, Fredric. *The Prison-House of Language: A Critical Account of Structuralism and Russian Formalism*. Princeton: Princeton University Press, 1972.

—. *Marxism and Form, Twenties Century Dialectical Theories of Literature*. Princeton: Princeton University Press, 1977.

—. *The Political Unconscious: Narrative as a Socially Symbolic Act*. Ithaca: Cornell University

Press, 1981.

—. *The Ideologies of Theory*. London: Routledge, 1988.

—. *Postmodernism, or the Cultural Logic of Late Capitalism*. London: Duke University Press, 1991.

—. *The Antinomies of Realism*. London & New York: Verso Books, 2013.

Jefferson, Annand David Robey, eds. *Modern Literary Theory—A Comparative Introduction*. New Jersey: Barnes & Noble Books, 1986.

John of Salisbury. *The Metalogicon of John of Salisbury: A Twelfth-Century Defense of the Verbal and Logical Arts of the Trivium*. Trans. Daniel D. McGarry. Gloucester: Peter Smith, 1971.

Johnson, Samuel. *The History of Rasselas, Prince of Abissinia*. London: Penguin Books, 1988.

Johnson, William Savage, ed. *Selections from the Prose Works of Matthew Arnold*. Cambridge: Riverside Press, 2004.

Jones, Ernest. "The Oedipus-Complex as an Explanation of Hamlet's Mystery: A Study in Motive," *The American Journal of Psychology* Vol. 21, No. 1(Jan.1910): 72–73.

Jonson, Ben. *The Works of Ben Jonson*. Ed. W. Gifford. London: R. H. Evans, 1816.

Josipovici, Gabriel. "World within Words," *New Statesman & Society* Vol. 9, No. 393(August 3, 1996).

Joyce, James. *A Portrait of the Artist as a Young Man*. New York: Penguin Books, 1993.

—. *Stephen Hero*. New York: New Directions Publishing, 1963.

Kastan, David Scott, ed. *The Oxford Encyclopedia of British Literature*, 5 vols.(《牛津英国文学百科全书》)上海：上海外语教育出版社, 2009.

Keats, John. *The Complete Poetical Works and Letters of John Keats*. Ed. Horace E. Scudder. New York: Houghton, Mifflin and Company, 1899.

Kennedy, Valerie. *Edward Said: A Critical Introduction*. Cambridge: Polity Press, 2000.

Ker, W. P., ed. *Essays of John Dryden*. Oxford: Clarendon Press, 1900.

Knoepflmacher, U. C. and G. B. Tennyson, eds. *Nature and the Victorian Imagination*. Berkeley: University of California Press, 1977.

Kolve, V. A. and Glending Olson, eds. *The Canterbury Tales: Nine Tales and the General Prologue*. New York: Norton, 1989.

Kramer, Hilton, ed. *The New Criterion*, Vol. 1, No. 1, Sept. 1982.

Krieger, Murrayand L. S. Dembo, eds. *Directions for Criticism, Structuralism and Its Alternatives*. Madison: The University of Wisconsin Press, 1977.

Kroeber, Karl. "Home at Grasmere: Ecological Holiness," *PMLA* 89(1974): 132–141.

Leavis, F. R. *Mass Civilization and Minority Culture*. Cambridge: The Minority Press, 1930.

—. *The Common Pursuit*. New York: New York University Press, 1964.

Leitch, Vincent B. *Deconstructive Criticism: An Advanced Introduction*. New York: Columbia University Press, 1983.

—. *American Literary Criticism from the 30s to the 80s*. New York: Columbia University Press, 1988.

—. *The Norton Anthology of Theory and Criticism*. New York: W. W. Norton & Company, Inc., 2001.

—. *American Literary Criticism Since the 1930s*. London & New York: Routledge, 2010.

—. *Literary Criticism in the 21st Century: Theory Renaissance*. London: Bloomsbury, 2014.

Lodge, David. *The Novelist at the Crossroads and Other Essays on Fiction and Critics*. London: Routledge & Kegan Paul, 1971.

—. *20th Century Literary Criticism*. London: Longman Group Ltd, 1972.

—. *The Modes of Modern Writing: Metaphor, Metonymy, and the Trilogy of Modern Literature*. London: Edward Arnold, 1977.

—. *Consciousness and the Novel: Connected Essays*. Cambridge, Massachusetts: Harvard University Press, 2002.

Loomba, Ania. *Colonialism/Postcolonialism*. London & New York: Routledge, 1998.

Love, Glen A. *Practical Ecocriticism: Literature, Biology, and the Environment*. Charlotesville: University of Virginia Press, 2003.

Macpherson, Hector Carsewell. *Thomas Carlyle*. Edinburgh: O. Anderson & Ferrier, 1896.

Makaryk, Irena R., ed. *Encyclopedia of Contemporary Literary Theory*. Toronto: University of Toronto Press, 1993.

Matthews, G. M., ed. *John Keats: The Critical Heritage*. London: Routledge, 1971.

Mazel, David. *American Literary Environmentalism*. Athens: Georgia University Press, 2000.

McElderry Jr. Bruc R. *The Realistic Movement in American Writing*. New York: The Odyssey Press, 1965.

Meeker, Joseph W. *The Comedy of Survival: Studies in Literary Ecology* (3rd Edition). Tucson: The University of Arizona Press, 1997.

Mencken, Henry Louis. *The Philosophy of Friedrich Nietzsche*. London: Unwin Collection, 1908.

Miller, J. Hillis. *The Linguistic Moment: From Wordsworth to Stevens*. Princeton: Princeton University Press, 1985.

Millett, Kate. *Sexual Politics*. Garden City, New York: Doubleday, 1970.

Minnis, Alastair and Ian Johnson, eds. *The Cambridge History of Literary Criticism,* Volume II: *The Middle Ages*. Cambridge: Cambridge University Press, 2005.

Moers, Ellen. *Literary Women*. Garden City, New York: Doubleday, 1976.

Mohanty, Sachidananda. "The Many Worlds of Malcolm Bradbury," in *The Hindu* (December 17, 2000).

Montrose, Louis. *The Purpose of Playing: Shakespeare and the Cultural Politics of the Elizabethan Theatre*. Chicago: University of Chicago Press, 1996.

More, Paul Elmer. *Selected Shelburne Essays*. New York: Oxford University Press, 1935.

Morgan W. John and Peter Preston, eds. *Raymond Williams: Politics, Education, Letters*. New York: St. Martin's Press, 1993.

Mueller-Vollmer, Kurt, ed. *The Hermeneutics Reader*. Oxford: Basil Blackwell, 1986.

Mugerauer, Robert. *Interpreting Environments: Tradition, Deconstruction, Hermeneutics.* Austin: University of Texas Press, 1995.

Murdoch, Iris. *Existentialists and Mystics: Writings on Philosophy and Literature.* Ed. Peter Conradi. London: Chatto & Windus, 1997.

Murphy, Patrick. *Farther Afield in the Study of Nature-Oriented Literature.* Charlotesvile: Virginia University Press, 2000.

Murray, Chris, ed. *Encyclopedia of Literary Critics and Criticism.* London and Chicago: Fitzroy Dearborn Publishers, 1999.

Myerson, Joel. *The Cambridge Companion to Henry David Thoreau.* Cambridge: Cambridge University Press, 1995.

Nagel, James. *Critical Essays on Hamlin Garland.* Boston: G. K. Hall Co., 1982.

Natoli, Josephand Linda Hutcheon, eds. *A Postmodern Reader.* Albany: State University of New York Press, 1993.

Newlyn, Lucy, ed. *The Cambridge Companion to Coleridge.* Cambridge: Cambridge University Press, 2002.

Nisbet, H. B. and Claude Rawson, eds. *The Cambridge History of Literary Criticism,* Volume IV: *The Eighteenth Century.* Cambridge: Cambridge University Press, 2005.

Norton, Glyn P., ed. *The Cambridge History of Literary Criticism,* Volume III: *The Renaissance.* Cambridge: Cambridge University Press, 1999.

Obelkevich, Jim. "New Developments in History in the 1950s and 1960s," *Contemporary British History,* 2000(14: 4): 143 – 167.

Ohmann, Richard. *English in America, A Radical View of the Profession.* New York: Oxford University Press, 1976.

Oppermann, Serpil, ed. *New International Voices in Ecocriticism.* Lanham: Lexington Books, 2015.

Ou, Li. *Keats and Negative Capability.* New York: Continuum, 2009.

Parks, Edd. *William Gilmore Simms as a Literary Critic.* Athens, Georgia: University of Georgia Press, 1961.

Parrington, Vernon. *Colonial Mind,* 1927.

< http://xroads.virginia.edu/~ Hyper/Parrington/vol1/intro.html>

——.*The Romantic Revolution in America,* 1927.

< http://xroads.virginia.edu/~ Hyper/Parrington/vol2/intro.html>

Parsons, Theophilus. "Comparative Merits of the Earlier and Later English Writers," *North American Review* 10. January, 1820.

Pater, Walter.*The Renaissance.* New York: The Modern Library, 1873.

——. *Appreciations: with an Essay on Style.* London and New York: MacMillan and Co., 1895.

——. *Modern Painters* Vol. 3. London: J. M. Dent and Company, 1906.

Pfister, Joel and Nancy Schnog, eds. *Inventing the Psychological: Toward a Cultural History of Emotional Life in America*. New Haven & London: Yale University Press, 1997.

Phillips, Wilard. "Cowper's Poems," *North American Review* 2. January, 1816.

Phillips, William, ed. *Art and Psychoanalysis*. Cleveland & New York: Meridian Books, 1963.

Pizer, Donald. *Twenty-Century American Literary Naturalism, An Interpretation*. Carbondale & Edwardsville: Southern Illinois University Press, 1982.

—, ed. *The Cambridge Companion to Realism and Naturalism, Howell to London*. Cambridge: Cambridge University Press, 1995.

—, ed. *Documents of American Realism and Naturalism*. Carbondale & Edwardsville: Southern Illinois University Press, 1998.

Poe, Edgar Allan. *The Complete Works of Edgar Allan Poe*. Ed. James Albert Harrison. New York: T. Y. Crowell & company, 1902.

—and Sherwin Cody, *The Best Poems and Essays of Edgar Allan Poe*. Chicago: A. C. McClurg & Co., 1903.

Preminger, Alex, et al. eds. *Classical and Medieval Literary Criticism: Translations and Interpretations*. New York: Frederick Ungar Publishing Co, 1974.

Prettejohn, Elizabeth, ed. *After the Pre-Raphaelites: Art and Aestheticism in Victorian England*. Manchester: Manchester University Press, 1999.

Pritchard, John Paul. *Criticism in America*. Norman: University of Oklahoma Press, 1956.

Quinn, Esther C. *Geoffrey Chaucer and the Poetics of Disguise*. Lanham, Maryland: University Press of America, 2008.

Ransom, John Crowe. *The New Criticism*. Westport: Greenwood Press, 1979.

Rathbun, John W. *American Literary Criticism, 1800–1860*. Boston: Twayne Publishers, 1979.

Rejai, Mostafa. *Political Ideologies, A Comparative Approach*. New York: M. E. Sharpe, Inc., 1991.

Richards, I. A. *Principles of Literary Criticism*. London: Routledge, 2001.

—. *Practical Criticism: A Study of Literary Judgment*. London: Kegan Paul, Trench, Trubner, 1929.

—. *The Philosophy of Rhetoric*. New York: Oxford University Press, 1965.

Richardson, Samuel. *Clarissa, or, the History of a Young Lady*. Ontario: Broadview Press, 2011.

—. *Pamela*. New York: The New American Library, Inc., 1980.

Richetti, John, ed. *The Cambridge History of English Literature 1660–1780*. Cambridge: Cambridge University Press, 2005.

Ritter, Harry. "Historicism, Historicism," *Dictionary of Concepts in History*. New York: Greenwood, 1986.

Rivkin, Lulie and Michael Ryan, eds. *Literary Theory: An Anthology*. Oxford: Blackwell Publishers Inc., 1998.

Robbins, Bruce. "Secularism, Elitism, Progress and Other Transgressions: On Edward Said's 'voyage in'," *Social Text* (Autumn 1994): 25 – 37.

Rose, Mark. "A Rhetoric of the Unreal (Book)," review of *A Rhetoric of the Unreal* by Christine Brooke-Rose, *Comparative Literature*, Vol. 36, No. 3(Spring 1984).

Rosenblatt, Louise M. *The Reader the Text the Poem: The Transactive Theory of the Literary Work*. Southern Illinois University Press, 1978.

Ruskin, John. *Modern Painters*. Vol. I. Kent: George Allen, 1888.

—. *Modern Painters*, Vol. II. London: George Allen, 1906.

—. *Modern Painters*, Vol. III. London: George Allen, 1906.

—. *Selections from the Works of John Ruskin*. Ed. Chauncey B. Tinker. Cambridge, Massachusetts: The Riverside Press, 1908.

Russo, John Paul. *I. A. Richards: His Life and Work*. Baltimore: The Johns Hopkins University Press, 1989.

Sacks, David Harris. "Searching for 'Culture' in the English Renaissance." *Shakespeare Quarterly* 39, 1988.

Said, Edward. *Orientalism*. New York: Vintage Books, 1979.

—. *The World, the Text, and the Critic*. Cambridge: Harvard University Press, 1981.

—. *Beginnings, Intention and Method*. New York: Columbia University Press, 1985.

—. *Culture and Imperialism*. New York: Vintage, 1993.

—. *Peace and Its Discontents: Essays on Palestine in the Middle East Peace Process*. New York: Vintage Books, 1996.

Sampson, George, ed. *The Cambridge Book of Prose and Verse: From the Beginnings to the Cycles of Romance*. Cambridge: Cambridge University Press, 1924.

Santayana, George. *The Sense of Beauty*. ReadaClassic.com, 2010.

Saussy, Haun, ed. *Comparative Literature in an Age of Globalization*. Baltimore: The Johns Hopkins University Press, 2006.

Scholes, Robert. *Structuralism in Literature: An Introduction*. New Haven and London: Yale University Press, 1975.

Scott, William Robert. *Francis Hutcheson: His Life, Teaching and Position in the History of Philosophy*. Cambridge: Cambridge University Press, 1900.

Seiler, R. M., ed. *Walter Pater: The Critical Heritage*. London: Routledge & Kegan Paul, Ltd, 1980.

Selden, Raman. *A Reader's Guide to Contemporary Literary Theory*. New York & London: Harvester Wheatsheaf, 1989.

Shepard, Odell, ed. *The Journals of Bronson Alcott*. Port Washington, New York: Kennikat, 1966.

Showalter, Elaine. *A Literature of Their Own: British Women Novelists from Brontë to Lessing*. Princeton: Princeton University Press, 1977.

—, ed. *The New Feminist Criticism: Essays on Women, Literature, and Theory*. New York: Pantheon

Books, 1985.

Sidney, Philip. *An Apologie for Poetrie*. Ed. Edward Arber. Birmingham: Murray, 1868.

Slovic, Scott. "The Third Wave of Ecocriticism: North American Reflections on the Current Phase of the Discipline," Ecozon@: *European Journal of Literature, Culture and Environment*, Vol 1, No 1(2010).

—."Editor's Note," *Interdisciplinary Studies in Literature and Environment* 19.4(2012).

Smith, Adam. *Lectures on Rhetoric and Belles Lettres*. Oxford: Oxford University Press, 1983.

Smith, Nowell C., ed. *Wordsworth's Literary Criticism*. London: Henry Frowde, 1905.

Smith, Stan and Anthony Rowland, "Linguistic Turns," *Critical Survey* Vol. 14, No. 2, 2002: 1–8.

Spingarn, J. E."The Sources of Ben Jonson's *Discoveries*," *Modern Philology* 11(1905): 451–460.

—. *The New Criticism: A Lecture Delivered at Columbia University*. New York: Columbia University Press, 1911.

—. *A History of Literary Criticism in the Renaissance*. New York: Columbia University Press, 1912.

Spivak, Gayatri Chakravorty. *Outside in the Teaching Machine*. London & New York: Routledge, 1993.

—. *A Critique of Postcolonial Reason: Toward a History of the Vanishing Present*. Cambridge: Harvard University Press, 1999.

Spurgeon, C. F. E., ed. *Five Hundred Years of Chaucer Criticism and Allusion, 1357–1900*, 2 vols. New York: Russell, 1960.

Spurlin, Williamsand Michael Fischer. *The New Criticism and Contemporary Literary Theory, Connections and Continuities*. New York & London: Garland Publishing, Inc., 1995.

Stewart, D. and A. Mickunas. *Exploring Phenomenology: A Guide to the Field and its Literature*. Chicago: American Library Association, 1974.

Stillman, Robert E. "The Truths of a Slippery World: Poetry and Tyranny in Sidney's *Defence*," *Renaissance Quarterly* Vol. 55, No. 4(Winter 2002): 1287–1319.

—. *Philip Sidney and the Poetics of Renaissance Cosmopolitanism*. Hampshire: Ashgate Publishing Ltd, 2008.

Storey, John, ed. *What Is Cultural Studies? A Reader*. London & New York: Arnold, 1996.

Sturrock, John. *Structuralism*. London: Paladin Grafton Books, 1986.

Sutton, Walter. *Modern American Criticism*. Englewood Cliffs: Prentice-Hall, Inc., 1963.

Swinburne, Algernon Charles. *William Blake: A Critical Essay*. London: John Camden Hotten, 1868.

Tallis, Raymond. *In Defence of Realism*. Lincoln & London: University of Nebraska Press, 1998.

Tate, Allen. *Collected Essays*. Denver: Alan Swallow, 1959.

Tavernier-Courbin, Jacqueline. *The Call of the Wild, A Naturalistic Romance*. New York: Twayne Publishers, 1994.

Thoma, Brook. *American Literary Realism and the Failed Promise of Contract*. Berkeley: University of California Press, 1997.

Thoreau, Henry David. *Walden and on the Duty of Civil Disobedience*. Auckland: The Floating

Press, 2008.

—. *The Journal of Henry David Thoreau.* Salt Lake City: Peregrine Smith Books, 1984.

Todd, Janet. *Feminist Literary History.* New York: Routledge, 1988.

Tompkins Jane P., ed. *Reader-Response Criticism.* Baltimore & London: The Johns Hopkins University Press, 1984.

Trilling, Lionel. *The Liberal Imagination.* New York: New York Review Books, 2008.

—. *Literary Criticism: An Introductory Reader.* New York: Holt, Rinehart and Winston, Inc., 1970.

Turner, Graeme. *British Cultural Studies, An Introduction.* Boston: Unwin Hyman, 1990.

Veeser, H. Aram, ed. *The New Historicism Reader.* New York & London: Routledge, 1994.

Vickers, Brian, ed. *English Renaissance Literary Criticism.* Oxford: Clarendon Press, 1999.

Walls, Laura D. *Emerson's Life in Science: The Culture of Truth.* Ithaca and London: Cornell University Press, 2003.

Watt, Ian. *The Rise of the Novel.* Berkeley: University of California Press, 1957.

Waugh, Patricia, ed. *Literary Theory and Criticism: An Oxford Guide.* Oxford: Oxford University Press, 2006.

Weintraub, Stanley, ed. *Literary Criticism of Oscar Wilde.* Lincoln: University of Nebraska Press, 1968.

Wellek, René. *A History of Modern Criticism, 1750–1950,* 8 vols. New Haven: Yale University Press, 1955–2002.

—and Austin Warren. *The Attack on Literature.* Chapel Hill: University of North Carolina Press, 1982.

White, Hayden. *Metahistory: The Historical Imagination in Nineteenth-century Europe.* Baltimore: Johns Hopkins University Press, 1973.

—. *Tropics of Discourse: Essays in Cultural Criticism.* Baltimore: Johns Hopkins University Press, 1978.

Williams, Ioan, ed. *The Criticism of Henry Fielding.* New York: Barnes & Noble, 1970.

Williams, Patrick, ed. *Edward Said,* 4 vols. London; Thousand Oaks, Calif.: Sage, 2001.

—and Laura Chrisman, eds. *Colonial Discourse and Post-Colonial Theory: A Reader.* New York: Harvester / Wheatsheaf, 1994.

Williams, Raymond. *Culture and Society: 1780–1959.* New York: Columbia University Press, 1958.

—. *Marxism and Literature.* Clarendon: Oxford University Press, 1958.

—. *Problems in Materialism and Culture: Selected Essays.* London: Verso, 1980.

—. *The Long Revolution.* London: Chatto & Windus, 1961.

—. *Writing in Society.* London & New York: Verso, 1981.

Wilson, Edmund. *Axel's Castle: A Study of the Imaginative Literature of 1870–1930* (1931). Farrar, Straus and Giroux Ebook, 2019.

—. *To the Finland Station: A Study in the Writing and Acting of History.* New York: Doubleday & Company Inc., 1940.

—. *The Wound and the Bow: Seven Studies in Literature.* Cambridge: The Riverside Press, 1941.

Winchell, Mark Royden. *Cleanth Brooks and the Rise of Modern Criticism*. Charlottesville & London: University Press of Virginia, 1996.

Wolin, Richard. *The Terms of Cultural Criticism*. New York: Columbia University Press Zimmerman, 1992.

Woolf, Virginia. *Collected Essays*, Vol. 2. New York: Harcourt, Brace and World, Inc., 1967.

—. *The Moment and Other Essays*. London: The Hogarth Press, 1947.

—. *A Room of One's Own*. London: The Hogarth Press, 1930.

Wordsworth, William. *Literary Criticism of William Wordsworth*. Ed. Paul M. Zall. Lincoln: University of Nebraska Press, 1966.

—. *The Excursion, Being a Portion of The Recluse, a Poem*. London: Longman, 1814.

—. *The Letters of William and Dorothy Wordsworth: Middle Years, I*. Ed. Ernest de Selincourt. Oxford: Oxford University Press, 1939.

—. *The Letters of William and Dorothy Wordsworth: Middle Years, II*. Ed. Ernest de Selincourt. Oxford: Oxford University Press, 1939.

—and Samuel Taylor Coleridge. *Lyrical Ballads, 1798*. Ed. Harold Littledale. London: Henry Frowde, 1911.

Worthington, Marjorie. "Done with Mirrors: Restoring the Authority Lost in John Barth's Funhouse," *Twentieth Century Literature*. Spring 2001: 114–136.

Xu, Ben. *Situational Tensions of Critic Intellectuals: Thinking Through Literary Politics with Edward W. Said and Frank Lentricchia*. New York: Peter Lang, 1992.

Zwicker, Steven N., ed. *The Cambridge Companion to John Dryden*. Cambridge: Cambridge University Press, 2004.

马修·阿诺德.文化与无政府状态:政治与社会批评.韩敏中,译.北京:生活·读书·新知三联书店,2002.

M. H. 艾布拉姆斯.镜与灯:浪漫主义文论及批评传统.郦稚牛,张照进,童庆生,译.北京:北京大学出版社,2004.

托·斯·艾略特.艾略特文学论文集.李赋宁,译.南昌:百花洲文艺出版社,1994.

乔治·爱略特.亚当·贝德.周定之,译.湖南人民出版社,1984.

爱默生.论自然.吴瑞楠,译.北京:中国对外翻译出版公司,2010.

柏拉图.伊翁.王双洪,译疏.上海:华东师范大学出版社,2008.

以赛亚·伯林.浪漫主义的根源.吕梁,等,译.南京:译林出版社,2008.

安·塞·布雷德利.莎士比亚悲剧.张国强,等,译.上海:上海译文出版社,1992.

高旭东.孔子精神与基督精神.石家庄:河北人民出版社,1989.

郭绍虞.中国文学批评史.上海:上海古籍出版社,1979.

贺拉斯.诗艺.杨周翰,译.北京:人民文学出版社,1982.

胡塞尔.胡塞尔选集.倪梁康,选编.上海:上海三联书店,1997.

蒋孔阳,主编.十九世纪西方美学名著选(英法美卷).上海:复旦大学出版社,1990.
托马斯·卡莱尔.论历史上的英雄、英雄崇拜和英雄业绩.周祖达,译.北京:商务印书馆,2012.
托马斯·卡莱尔,R. W. 爱默生.卡莱尔、爱默生通信集.李静滢,纪云霞,王福祥,译.桂林:广西师范大学出版社,2008.
克罗齐.历史学的理论与实际.北京:商务印书馆,1982.
约翰·克罗·兰色姆.新批评.王腊宝,张哲,译.南京:江苏教育出版社,2006.
F. R. 利维斯.伟大的传统.袁伟,译.北京:生活·读书·新知三联书店,2009.
刘象愚.外国文论简史.北京:北京大学出版社,2005.
刘须明.约翰·罗斯金艺术美学思想研究.南京:东南大学出版社,2010.
戴维·洛奇.二十世纪文学评论.上海:上海译文出版社,1987.
约翰·罗斯金.建筑的七盏明灯.张璘,译.济南:山东画报出版社,2006.
U. 梅勒.生态现象学.柯小刚,译.世界哲学,2004(4).
梅洛-庞蒂.知觉现象学.姜志辉,译.北京:商务印书馆,2001.
沃尔特·佩特.文艺复兴:艺术与诗的研究.张岩冰,译.桂林:广西师范大学出版社,2000.
托马斯·洛夫·皮科克.诗的四个时代.缪灵珠美学译文集(第三卷),章安祺,编订,北京:中国人民大学出版社,1998.
钱满素.爱默生和中国——对个人主义的反思.北京:东方出版社,2018.
乔叟.坎特伯雷故事.黄杲炘,译.上海:上海译文出版社,2007.
拉曼·塞尔登,编.文学批评理论——从柏拉图到现在.刘象愚,陈永国,等,译.北京:北京大学出版社,2003.
拉曼·塞尔顿.当代文学理论导读.刘象愚,译.北京:北京大学出版社,2006.
盛宁.二十世纪美国文论.北京:北京大学出版社,1994.
亚当·斯密.道德情操论.蒋自强,等,译.北京:商务印书馆,2010.
宋祖良.拯救地球和人类未来:海德格尔的后期思想.北京:中国社会科学出版社,1993.
爱德华·泰勒.原始文化.连树声,译.上海:上海文艺出版社,1992.
唐建南.物质生态批评——生态批评的物质转向.当代外国文学,2016(2).
王尔德.王尔德全集.杨东霞,杨烈,等,译.北京:中国文学出版社,2000.
王辽南.戴维·洛奇小说理论评析.外国文学,2005(2).
王诺.生态批评与生态思想.北京:人民出版社,2013.
王予霞.20世纪美国左翼文学思潮研究.北京:中国社会科学出版社,2014.
王佐良.英国诗史.南京:译林出版社,1997.
雷纳·韦勒克.近代文学批评史(8卷).杨自伍,译.上海:上海译文出版社,1997—2006.
伍蠡甫主编.西方文论选.上海:上海译文出版社,1979.
雪莱.诗之辩护.缪灵珠美学译文集(第三卷).章安祺,编订,北京:中国人民大学出版社,1998.

罗曼·雅各布森.序言:诗学科学的探索.俄苏形式主义文论选.中国社会科学出版社,1989.

亚里士多德.诗学.罗念生,译.北京:人民文学出版社,1962.

亚里士多德,贺拉斯.诗学·诗艺.罗念生,杨周翰,译.北京:人民文学出版社,1982.

威廉·燕卜荪.朦胧的七种类型.周邦宪,等,译.北京:中国美术学院出版社,1996.

爱德华·杨格.试论独创性作品.袁可嘉,译.北京:人民文学出版社,1963.

杨正润.文学的"颠覆"和"抑制"——新历史主义的文学功能论和意识形态论述评.外国文学评论.1994(3):20-29.

特里·伊格尔顿.后现代主义的幻象.华明,译.北京:商务印书馆,2000.

特里·伊格尔顿.历史中的政治、哲学、爱欲.马海良,译.北京:社会科学文献出版社,1999.

殷企平.英国小说批评史.上海:上海外语教育出版社,2001.

赵国新.文化研究.西方文论关键词(第一辑),赵一凡,张中载,李德恩,主编.北京:外语教学与研究出版社,2006.

赵澧,徐京安,主编.唯美主义.北京:中国人民大学出版社,1988.

赵毅衡.新批评——一种独特的形式主义文论.北京:中国社会科学出版社,1986.

郑敏.解构思维与文化传统.文学评论.1997(2).

周小仪.唯美主义与消费文化:王尔德的矛盾性及其社会意义.外国文学评论.1994(3).

周小仪."为艺术而艺术"口号的起源、发展和演变.外国文学.2002(2).

周小仪.唯美主义与消费文化.北京:北京大学出版社,2002.

朱光潜.悲剧心理学.北京:人民文学出版社,1983.

朱立元.当代西方文艺理论.上海:华东师范大学出版社,1997.